外国诗歌的翻译与中国现代新诗的文体建构

The Translation of Foreign Poetry and the Stylistic Construction of Modern Chinese Poetry

熊辉 ◎ 著

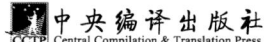

图书在版编目（CIP）数据

外国诗歌的翻译与中国现代新诗的文体建构 / 熊辉著．
—北京：中央编译出版社，2013.3
ISBN 978-7-5117-1576-0

Ⅰ．①外⋯
Ⅱ．①熊⋯
Ⅲ．①诗歌 – 翻译 – 研究 ②新诗 – 诗歌研究 – 中国 – 现代
Ⅳ．① I106.2 ② I207.25
中国版本图书馆 CIP 数据核字（2013）第 012629 号

外国诗歌的翻译与中国现代新诗的文体建构

出 版 人	刘明清
出版统筹	谭　洁
责任编辑	韩慧强
责任印制	尹　珺
出版发行	中央编译出版社
地　　址	北京西城区车公庄大街乙 5 号鸿儒大厦 B 座（100044）
电　　话	（010）52612345（总编室）　（010）52612363（编辑室） （010）66161011（团购部）　（010）52612332（网络销售） （010）66130345（发行部）　（010）66509618（读者服务部）
网　　址	www.cctphome.com
经　　销	全国新华书店
印　　刷	北京紫瑞利印刷有限公司
开　　本	787 毫米 × 960 毫米　1/16
字　　数	370 千字
印　　张	21.5
版　　次	2013 年 3 月第 1 版第 1 次印刷
定　　价	68.00 元

本社常年法律顾问：北京市吴栾赵阎律师事务所律师　闫军　梁勤
凡有印装质量问题，本社负责调换。电话：（010）66509618

序　言

张中良

中国现代文学的发生与发展同外国文学具有密切的关联，外国文学的翻译即是其重要的桥梁。近年来，随着比较文学视野的拓展、翻译研究的兴起，中国现代翻译文学研究取得了一批可观的成果，譬如关于严复、鲁迅、周作人、胡适等翻译家的研究，关于百余年翻译文学历史之整体或断代的梳理，关于俄苏、日本、英国、法国等国别文学翻译状况的概括，关于莎士比亚、普希金、易卜生、泰戈尔、海明威等作家译介的典型剖析，等等。但是，涉及小说、散文、话剧、诗歌等文体的翻译研究则相对薄弱一些，这或许是因为越是深入到文体机理的研究，难度就越大的缘故。

做翻译研究至少应精通一门外语才好，有比较文学的学术背景则更为理想。西南大学新诗研究所熊辉教授本科为英语专业，打下了坚实的英语基础；硕士阶段转向中国现代文学研究，博士论文为《五四译诗与早期中国新诗》，而后又承担了"中国现代诗人与翻译"的研究课题，这两项研究的成果均已出版。正因为熊辉具有这样的学术背景，所以，当他2009年来到中国社会科学院文学研究所从事博士后研究时，我作为合作者，自然支持他发挥自己之所长，继续拓展诗歌翻译与中国新诗的研究领域。经过交流，确定以"现代译诗与中国新诗文体"为博士后研究选题，后来，这一选题获得了人事部第46批中国博士后科学基金资助。

做学问，有凭聪慧者，也有靠下苦功者，二者均能做出成绩。熊辉感觉敏锐，思维活跃，诗的灵性与思辨能力兼备，当属聪慧型，同时又肯下苦功，做出成绩也就在意料之中了。博士后研究报告《现代译诗与中国新诗文体》提交后，得到考核小组的一致好评，认为在翻译诗歌与中国新诗文体建构方面具有开拓性与系统性。经过修订，这份博士后研究报告得到国家社科基金后期资助，成果《外国诗歌的翻译与中国现代新诗的文体建构》将由中央编译出版社出版，我自然十分高兴！

《外国诗歌的翻译与中国现代新诗的文体建构》，从现代诗人的译论、诗论、翻译与创作中寻绎出大量相关的资料，其中不少是著者第一次辑录与阐释；在丰厚的材料基础之上，视野开阔，思辨绵密，把翻译理论、翻译实践与新诗创作联系起来思考，在历史的梳理中对典型现象予以深入剖析，对现代诗歌的文体观念、语言建构与自由诗、现代格律诗、散文诗、小诗、现代叙事诗等形式建构同诗歌翻译的关系详加梳理与分析，其中的自觉选择与不自觉的误译，可喜的成功与生涩的尝试，均得以深入细致的阐释，全面、系统地呈现出外国诗歌的翻译对中国现代新诗文体建构的重要意义；作为附录的"现代译诗研究成果目录"也颇具文献学价值，既为课题本身列出了学术背景材料，也给学术界提供了查阅文献的导向图。这部著作还告诉我们，文体内部的翻译研究是可以大有作为的。

熊辉学术自觉较早，这样年轻就取得了值得称道的成绩，可以预期，他在孜孜矻矻的探索中，一定会不断拓展学术视野，推出新的成果。

2012年10月4日于北京远郊

目 录

绪 论 ·· 1
 第一节 外国诗歌的翻译对中国现代新诗文体建构的重要意义 …… 1
 第二节 中国现代译诗的研究现状 ································ 5
 第三节 研究思路与方法 ·· 18
 第四节 选题原因及主要研究内容 ································ 23

第一章 现代译诗批评场域中的诗歌文体观念 ····················· 30
 第一节 西方文化过滤下的译诗文体选择 ······················ 30
 第二节 翻译伦理批评与译诗语言意义的准确性 ············ 45
 第三节 翻译论争中的译诗形式批评 ···························· 56

第二章 译诗语言与中国现代新诗的语言建构 ····················· 63
 第一节 中国现代译诗的语体特征 ······························· 64
 第二节 译诗语言的流变与中国现代新诗的语言诉求 ······ 92
 第三节 译诗语言与中国现代新诗的语言建构 ··············· 103

第三章 译诗形式与中国现代新诗的形式建构 ····················· 113
 第一节 中国现代译诗的形式追求 ······························· 113
 第二节 中国现代译诗形式的多元化 ···························· 126
 第三节 译诗形式与中国现代新诗的形式建构 ··············· 161

第四章 外国诗歌形式的误译与中国现代新诗的文体建构 ······ 169
 第一节 外国诗歌形式误译的普遍性 ···························· 169
 第二节 民族文化审美与外国诗歌形式的误译 ··············· 176

第三节　外国诗歌形式误译的几种类型 …………………… 185
　　第四节　外国诗歌形式的误译与中国现代新诗的形式建构 …… 193

第五章　外国诗歌的翻译与中国现代新诗各体形式的建构 ………… 204
　　第一节　外国诗歌的翻译与中国现代自由诗体的建构 ……… 204
　　第二节　外国诗歌的翻译与中国现代格律诗体的建构 ……… 212
　　第三节　外国诗歌的翻译与中国现代散文诗体的建构 ……… 222
　　第四节　外国诗歌的翻译与中国现代小诗体的建构 ………… 225
　　第五节　外国诗歌的翻译与中国现代叙事诗体的建构 ……… 234

第六章　外国诗歌的翻译与中国现代新诗文体的关系 ……………… 241
　　第一节　外国诗歌的翻译与中国现代新诗的文体创新 ……… 241
　　第二节　外国诗歌的翻译对中国现代新诗文体观念的践行 …… 257
　　第三节　外国诗歌的翻译与中国现代新诗创作的文体选择 …… 267
　　第四节　外国诗歌的"翻译体"与中国现代新诗的
　　　　　　文体建设 ………………………………………… 283

结　　语 ……………………………………………………………… 292
参考文献 ……………………………………………………………… 295
附　　录　现代译诗研究成果目录 ………………………………… 308
后　　记 ……………………………………………………………… 339

绪　论

第一节　外国诗歌的翻译对中国现代新诗文体建构的重要意义

　　中外诗歌发展的历史证明，要使民族诗歌朝着符合时代要求和民族审美的方向继续前行且"长葆青春，万应灵药就是翻译"①。奥克泰维欧·派茨（Octavio Paz）曾这样论述了翻译诗歌对译语诗歌的促进作用："西方诗歌最伟大的创作时期总是先有或伴有各个诗歌传统之间的交织。有时，这种交织采取仿效的形式，有时又采取翻译的形式。"② 我国现代著名翻译家郑振铎先生把翻译介绍外国文学和创作看成是文学家"两重的重大责任"，认为翻译文学是民族新文学和新文体建立的基础："无论在哪一国的文学史上，没有不显示出受别国文学的影响的痕迹的。……威克利夫（Wyclif）的《圣经》译本，是'英国散文之父'（Father of English Prose）；路德（Luther）的《圣经》译本也是德国的一切文学的基础。"③ 中国现代新诗的文体建构历程同样诠释了翻译的重要作用。

　　译诗文体历来受到人们的重视。早在魏晋南北朝时期，后秦僧人鸠摩罗什在翻译佛经时就体认到了文体是译作成败的试金石，他指出："天竺国俗，甚重文藻，其宫商体韵，以入弦为善。……但改梵为秦，失其藻蔚，虽得大意，殊隔文体，有似嚼饭与人，非徒失味，乃令人

---

　　① 季羡林：《我看翻译》，《翻译思考录》，许钧主编，武汉：湖北教育出版社，1998年，第3页。

　　② Octavio Paz, *Translation：Literature and Letter.* 参见《翻译文化史论》，王克非编，上海：上海外语教育出版社，1997年，第354页。

　　③ 郑振铎：《俄国文学史中的翻译家》，《改造》杂志（3卷11期），1921年7月15日。

呕哕也。"① 在鸠摩罗什看来，古印度在创作习俗上注重文章语言词句的华丽，但梵文翻译成汉语后其文体色彩便消失殆尽，中国读者只能领会原文大意而不能见识原文风格。没有再现（或本就不可能翻译出）原文文体的译文如同嚼碎了的饭，徒留饭沫碎粒而饭的形状和香味不复存在，读者读之，非但没有审美快感反而会觉得恶心。鸠摩罗什希望译者翻译的时候不要只是为了传达意义，还要使译文文体与原文文体不要存有太大差异，否则译文的可读性就会丧失。台湾学者李奭学在《得意忘言：翻译、文学与文化评论》一书中把翻译文体的重要性强调到了极致，他认为清末人士如梁启超和马君武等翻译拜伦的诗歌时，除了时代的限制而不得不使用文言之外，最让他们感到苦恼的"却常属译体"，相对而言，语言意义的对错是次要的。翻译外国文学作品，"尤其是歌赋等文类，最常见的情形则是原文模棱，译家的理解两可，而率尔臧否，就变成甲是而乙非或乙是而甲非。……讹误既不可免，那么只要不违常理，对错就不该是判断译家高下的唯一准绳。……因此包括诗歌等文类的文学作品的中译，在基本对错的考虑之外，我们实在不宜再马虎看待译体是否铢两悉称。"② 在这段话中，我们可以看出论者的基本观点：一直以来人们在翻译的时候强调得最多的是诗歌的文体而不是语言意义的正误和准确与否，因为翻译的时候语义转换的错误或词不达意在所难免，"文体才是翻译成败的关键"，③进一步表明文体之于诗歌翻译的决定性意义，话说得虽然有些偏激，但对译诗文体的"良苦用心"却跃然纸上。对译诗文体的重视不仅是基于审美立场，也是因为译诗文体在民族诗歌文体的建构过程中扮演着重要角色。

外国诗歌的翻译改变了中国现代新诗的语言表达。任何民族的语言在同其他民族语言的交流过程中都会受到影响，而翻译在引入外国诗歌时也自然地会丰富我国新诗语言的词汇，这些词汇不完全是音译外来语，其中也有根据本国语言意译外国新思想新观念而产生的新词汇。20世纪初在翻译诗歌中引入或产生的词汇几乎是伴着中国现代汉语的产生而同时出现在

---

① 引自陈福康：《中国译学理论史稿》，上海：上海外语教育出版社，2000年，第17—18页。
② 李奭学：《得意忘言：翻译、文学与文化评论》，北京：三联书店，2007年，第39—40页。
③ 李奭学：《得意忘言：翻译、文学与文化评论》，北京：三联书店，2007年，第40页。

中国新诗中，它已经成了中国新诗语言的有机组成部分，我们今天的诗歌创作离开了这些词汇就难以为继。翻译外国诗歌不仅为中国新诗带来了大量的新词汇，而且由于翻译表达的需要和原语构词的特点，中国新诗语言的构词方法也相应地发生了变化，当然这种变化也是中国新诗语言欧化的表现。中国新诗诗行的变化一方面是由诗歌节奏和诗歌情感的变化引起的，另一方面也与句子表达方式的变化有关。欧化在中国新诗语言上的体现除了词汇、词法之外，句法可以说又是一个非常明显的表征，很多诗人"宁可学那不容易读又不容易懂的生硬文句，却不屑研究那自然流利的民歌风格"①。可以确定的是，译诗语言使中国新诗的语言染上了浓厚的欧化（准确地讲是外化）色彩，从积极的方面讲，朱自清认为译诗"可以给我们新的语感，新的诗体，新的句式，新的隐喻"②。但无论如何，我们在接受外来影响的同时必须认识到中国新诗语言不可更改的民族特性，才能够使中国新诗在借鉴译诗的基础上焕发诗性光彩。

外国诗歌的翻译促进了中国新诗形式的发展演变。1898年是中国翻译史上不平凡的一年，这一年的翻译成就改变了中国文学的发展模式：梁启超在《清议报》上发表了《译印政治小说序》，不仅为政治小说的翻译作了学理上的倡导，而且开启了中国翻译文学的功用性目的；严复《天演论》的出版宣告了"信"、"达"、"雅"必将成为中国现代翻译史上的理论圭臬；林纾翻译的法国小仲马的《茶花女》（次年出版时改名为《巴黎茶花女遗事》）改变了人们对外国文学的偏见，提高了翻译文学在中国的地位。自此以后，外国文学的大量翻译和广泛传播逐渐改变了中国固有的文学格局，促进了中国现代新文学多种文体的发展。首先就戏剧而言，中国现代文学中的戏剧新品种话剧是在"建设西洋式新剧"③的号召下发展起来的"一种西方戏剧形式"，④翻译戏剧对它的影响程度可想而知。就小说而言，清末兴起的小说翻译热潮对原本遭受歧

---

① 胡适：《北京的平民文学》，参见《新诗杂话》，朱自清著，北京：生活·读书·新知三联书店，1984年，第78页。

② 朱自清：《译诗》，《新诗杂话》，北京：生活·读书·新知三联书店，1984年，第72页。

③ 鲁迅：《〈奔流〉编校后记（三）》，《鲁迅全集》第7卷，北京：人民文学出版社，1981年，第163页。

④ 钱理群、温儒敏、吴福辉：《中国现代文学三十年》（修订本），北京：北京大学出版社，1998年，第163页。

视的叙事文体来说，其地位经历了由侍从到显贵的戏剧化转变，陈平原先生在论述20世纪初小说盛行原因时认为："域外小说的输入是第一推动力"，①"不得不把域外小说输入造成的刺激和启迪作为中国小说嬗变的主要原因。"② 新诗发展所获得的刺激、启示与戏剧、小说一样，其原动力来自中国诗歌内部的裂变和外国诗歌的翻译。中国新诗文体发展演变的轨迹其实就是外来诗歌影响的轨迹："五四运动产生了许多诗歌流派，比如浪漫主义诗派（郭沫若），大众化诗派（刘半农），小诗派（谢冰心），湖畔诗派（冯雪峰），新古典主义诗派（冯至），新格律诗派（闻一多），革命诗派（蒋光慈），象征主义诗派（戴望舒）。总之，这些诗派和他们的作品或多或少地受到了外国诗歌（包括东方和西方的诗歌）的启示和影响。"③ 据此，有学者认为应该从接受西方诗歌影响的角度来撰写新诗发展史："如果编这样一部文学新诗史也是很好的，即从新诗接受西方诗歌影响的角度来编写，考察新诗在发展过程中到底接受了多少西方的影响，影响的程度有多大，哪些影响的接受较为成功，哪些则只起迷惑的作用。"④ 总之，"新文学的小说、诗歌、戏剧形式上较多舶来品，借鉴外国从头做起"，⑤ 没有外国诗歌的翻译，现代新诗至少不会与传统诗歌拉开如此大的审美距离，并迅速地确立起文坛的正宗地位。

中国现代新诗文体的资源主要来自三个方面：古代诗歌、外国诗歌以及新诗自身的文体积淀，而新诗文体又是在外国诗歌尤其是外国诗歌翻译体的启示下得以发生和发展的，因此从某种程度上讲，外国诗歌的翻译体是中国现代新诗文体的主要资源。卞之琳承认自己的诗歌形式技巧受到了三个方面的影响："平心而论，只就我而说，我在写诗'技巧'上，除了从古、外直接学来的一部分，从我国新诗人学来的一部分……我在自己诗创作里常常倾向于写戏剧性处境、作戏剧性独白或对话、甚

---

① 陈平原：《二十世纪中国小说史》（1897—1916）（第一卷），北京：北京大学出版社，1989年，第9页。

② 陈平原：《二十世纪中国小说史》（1897—1916）（第一卷），北京：北京大学出版社，1989年，第20页。

③ 刘重德：《文学翻译十讲》（*The Lectures on Literary Translation*, by Liu Chongde），北京：中国对外翻译出版公司，2003年，第164页。

④ 林庚：《新诗断想：移植和土壤》，《新诗格律与语言的诗化》，北京：经济日报出版社，2000年，第1页。

⑤ 钱理群、温儒敏、吴福辉：《中国现代文学三十年》（修订本），北京：北京大学出版社，1998年，第147页。

至进行小说化，从西方诗里当然找得到较直接的启迪，从我国旧诗的'意境'说里也多少可以找得到较间接的领会，从我的上一辈的新诗作者当中"①自然也能找到直接的联系，充分说明了外国诗歌的翻译对中国现代新诗的文体建构具有不可或缺的促进作用。

第二节 中国现代译诗的研究现状

诗歌翻译包括外国诗歌的中译和中国诗歌的外译两个部分，本书所研究的课题在此主要整理外国诗歌中译的研究现状。② 目的是厘清已有的译诗研究所取得的成绩和存在的不足，并根据新的研究方法和思路确定译诗研究需要强化或拓展的领域。

一

学术界对外国诗歌翻译的研究主要集中体现在语言形式上。翻译语言学派将翻译看作是两种语言的等值替换或等信息转换，从而将注意力集中到语言和技巧层面上。比如最先将语言学的研究成果引入翻译研究的英国翻译语言学派代表约翰·卡特福德（J. C. Catford）认为，翻译是"用一种等值的语言（译语）的文本材料去替换另一种语言（原语）的文本材料"。③ 美国翻译的语言学派代表尤金·A.奈达（Eugene A. Nida）说："所谓翻译，是在译语中用最切近而又最自然的对等语再现原语的信息，首先是意义，其次是文体。"④ 不管是强调"等值"替换还是信息"对等"，这些理论都会将译诗研究引向语言层面，从而将诗歌的可译性

---

① 卞之琳：《完成与开端：纪念诗人闻一多八十生辰》，《卞之琳文集》（中卷），合肥：安徽教育出版社，2002年，第155页。

② 本书在梳理中国现代译诗的研究现状时，主要参考的是20世纪20—40年代主要的谈论译诗的文章、新时期以来主要谈论中国现代译诗的文章和学术专著。对于很多谈论当代诗歌翻译的文章，比如关于飞白、杨德豫、裘小龙、许渊冲、江枫、方平、文楚安、汪榕培等译诗的文章，还有一些涉及现代译诗史上没有被译介过的外国诗人的文章，比如意大利的蒙塔莱（Eugenio Montale）、美国的艾米莉·狄金森（Emily Dickinson）等，尽管涉及了很多有价值的话题，但由于讨论对象仅仅局限于当代的译诗译事而不在本书的考察之列。

③ J. C. Catford, *A Linguistic Theory of Translation*, London：Oxford University Press, 1965, p20. 参见《当代英国翻译理论》，廖七一编著，武汉：湖北教育出版社，2004年，第128页。

④ 参见郭建中编著：《当代美国翻译理论》，武汉：湖北教育出版社，2000年，第65页。

问题、诗歌翻译的形式问题、译诗能否传达原诗情感等问题作为研究的中心话题。中国现代译诗的研究很大程度上受到了这股国际翻译研究风尚的影响,很多成果均与译诗的语言、音韵节奏、形式和风格神韵等内容有关。接下来,本书将从语言、音韵节奏、形式、意象和意境的翻译、译诗的审美观照、理想译诗的标准以及译诗的技法等方面来考察译诗的研究现状。

首先,译诗语言的研究。对译诗语言最基础的研究是语言意义传达的正误,这类研究主要发生在新文学早期,尤以创造社的译诗批评为典型,他们在和胡适、文学研究会诸君进行翻译论争时常常采用原文和译文对照阅读的方式去发现翻译语言意义的错误。由于译诗具有很强的创造性和"叛逆性",对其语义正确与否的分析并不能完全反映出译者能力的高低,因此在当代译诗语言研究范畴中,"纠错型"的译诗语言研究不再引起轰动效应,仅1990年有两篇文章讨论了《行路人》和《六百男儿行》翻译中的语言错误。当代译诗语言学研究比较重视译诗语言的语体色彩、诗性色彩、源语与目标语意义的对等以及译诗语言对原诗情感的传达和再创造等问题。此外,也有借鉴国外翻译理论来从事译诗语言研究的例子,值得一提的是吴南松先生的《"第三类语言"面面观》[①]一书的出版,从文学翻译中"第三类语言"存在的必要性、普遍性、主要特征及其影响因素等方面研究了译作的语体特色,是目前国内第一部专门探讨翻译文学文体的著作。该书把译诗这种特殊文体的语言与其他叙事文学译本的语言毫无分别地加以混合研究,不能凸显出译诗语言的文体特征,而且对译作语言的观照虽然采用了文化批评的视角,但还没能充分挖掘出译作语言的文化特征和文体特征。况且在文化翻译学派看来,尽管从译诗本体出发对译诗语言的研究无足轻重,但译诗语言作为特殊的"第三种语言"还有待从文化诗学和社会学的角度去深入研究,这也是当前从语言学的角度去研究译诗存在的最大不足。(关于译诗语言研究的主要成果详见本书附录)

其次,译诗音韵节奏的研究。诗歌文体的特殊性之一在于它能给读者音乐性审美感受,诗歌的音乐性效果是通过音韵和节奏体现出来的,译诗作为原诗在目标语环境中的存在样态必须具备音乐美。目前学术界

[①] 吴南松:《"第三类语言"面面观》,上海:上海译文出版社,2008年。

对译诗音韵节奏的研究体现在如下两个方面：一是通过某首诗歌的翻译来谈译诗的用韵，比如从冯至翻译里尔克的《沉重的时刻》、查良铮（穆旦）翻译雪莱的《西风颂》、卞之琳翻译华兹华斯的《孤独的割麦女》和胡适翻译蒂斯黛尔的《关不住了》等诗歌作品来分析译诗该如何用韵；二是单纯讨论译诗的用韵技巧以及音韵对译诗审美效果的影响等。译诗的语言由于采用了不同于源语的目标语，因而在音韵节奏的表现方式上与原诗相比有很大的差异，如何在译诗中弥补原诗音乐性的削减以及如何在译诗中再造新的音韵节奏，都是译诗音韵研究必须面对和解决的问题，但是目前学术界却没有很好地探讨这些问题。同时，中国新诗在音乐性上与古代诗歌的差异还体现在诗歌内在韵律的发掘上，中国古诗主要依靠外在的平仄和押韵来突出音韵美，而中国新诗除此之外还通过情感的跌宕起伏造成强烈的"内在音乐性"效果。既然译诗主要采用的是新诗体，那对其音韵节奏的研究就不可能避开内在节奏，但已有的译诗音韵节奏的研究却没有涉及该话题，这是今后译诗音韵节奏研究的视线需要扫描的地带。（关于译诗音韵节奏研究的主要成果详见本书附录）

第三，译诗形式的研究。诗歌是一种形式艺术，对诗歌的研究离不开形式的探讨。学术界目前对译诗形式的研究主要取得了如下成果：一是对译诗具有的形式特质的论述；二是对译诗形式重要性的强调；三是对译诗形式美的探讨；四是认为形式与内容的和谐统一才能铸就一首好的译诗。黄杲炘先生的学术专著《从柔巴依到坎特伯雷——英语诗汉译研究》，第二部分"诗，要看怎么译"专门论述了英语格律诗的翻译问题，为译者在翻译过程中怎样转化或再造译诗的格律提供了有益的建议。① 李寄先生的《鲁迅传统汉语翻译问题论》专门论述了鲁迅译文的文体特征，② 遗憾的是由于鲁迅翻译的诗歌作品较少而没有对译诗文体作出探究。这些研究已经涉及了译诗形式的主要方面，但对译诗形式所具有的源语文化和译语文化特征几乎无人论及，也很少有人注意到译诗形式对中国新诗形式建构的积极作用，这是译诗形式研究的最大缺憾。（关于译诗形式研究的主要成果详见本书附录）

第四，译诗意象/意境的研究。意象和意境是诗歌形象化的标志，不

---

① 黄杲炘：《从柔巴依到坎特伯雷——英语诗汉译研究》，武汉：湖北教育出版社，1999年，参见97—230页。

② 李寄：《鲁迅传统汉语翻译问题论》，上海：上海译文出版社，2008年。

仅涉及诗歌的语言问题，而且还牵涉到源语和译语的文化问题，因此在诗歌翻译的过程中处理好意象和意境就显得举足轻重。目前学术界对诗歌意象的翻译主要进行了如下探讨：首先是如何在新的文化语境中完成原诗意象的转化，比如原意象在译诗中的改变、译诗意象的选择以及隐喻型意象的翻译等；其次是强调意象在译诗中的重要性，比如意象对于原诗情感传达的重要性、意象在译诗中的地位和作用等诸多问题。对译诗中意境的研究主要是探讨如何在译诗中再造原诗的意境；译诗中的意境所具有的文化内涵以及美学特征等。对同种意象或意境在不同文化环境中具有的不同含义应该是译诗意境和意象研究的重要内容，如何在翻译中避免意象或意境引起的文化冲突就成了该领域理应解决的问题，今后应该适当加强这方面的研究。（关于译诗意象/意境研究的主要成果详见本书附录）

　　第五，译诗的审美观照。好的译诗不仅仅只体现在语言、形式或意象意境等方面，它应该是美的集合体。因此译诗研究更多的是从整体上去把握翻译作品的美学特质。学术界主要从以下几个方面来研究了译诗的整体美：一是认为译诗最重要的不在译意而在传神，在于神韵的传达；二是探讨译诗的美感和艺术性，以及由此衍生的美学观念；三是认为好的译诗应该是形神兼备，是语言意义和形式艺术的完美结合。第三种研究体现出来的观点得到了学术界普遍的认同，但翻译活动自身的局限以及诗歌的文体特征决定了追求译诗的形神合一只能是翻译的理想境界，不可能真正实现二者的统一。（关于译诗审美观照的主要成果详见本书附录）

　　第六，译诗标准的研究。长期以来，人们对优秀译诗的认识存在着较大分歧，究竟什么样的译诗才是上等的佳作呢？这涉及诗歌的翻译标准问题，涉及诗歌情感、形式以及风格等诗歌要素孰轻孰重的问题。目前，学术界对诗歌翻译标准问题的论争主要围绕如下几个话题展开：一是认为兼顾了严复所谓的"信"、"达"、"雅"标准的就是好诗；二是认为好诗的标准应该以原诗为参照进行评判；三是认为好的译诗重在达意；四是认为好诗重在艺术美的重现；五是认为好的译诗重在求得意义的"真"和形式的"美"的结合。回顾我国漫漫的翻译历程，各种有关翻译标准的经典命题都不可能是绝对正确或错误的："它们都会依时间、地点、认识主体之间的不同而不同，亦会依观察者角度、层次、目的不同而不同。万理万教，虽有理、亦无理，全取决于认识主体在认识坐标系统中的位置。"① 但随着译介学的成熟、翻译文学国别归属的划分以及翻译学自身的发展，对翻译标准的认识也会日趋合理，"文"、"质"说，"信"、"达"、"雅"说，直译法，意译法，"风韵译"，"归化说"，"神韵说"以及"化境说"等翻译标准虽然都有不足，但它们各自的合理性却不容忽视，在不同的情况下译者自然会侧重于某一种翻译标准。翻译应该博采众长，使译文无限接近原文。由于文学接受者（含翻译工作者）的文化素养和审美心理有差别，他们对译文价值的认可程度也会出现差异，对此，翻译标准就会因人而异，其结果是"没有也不可能有一个绝对的标准"，翻译的标准应该是多元化的，而且各种标准只有在互相补足的情况下才能发挥自己的优势，才能成就"文质彬彬"的译文。（关于译诗标准研究的主要成果详见本书附录）

第七，译诗技法的研究。任何翻译都涉及两种语言的符码转换，如何充分实现两种语言的意义转换和语体色彩的对等，这是对译者翻译能力的基础性考验。译者翻译能力的高低常常与其掌握的翻译技巧和方法有关，因此对译诗技法的研究构成了译诗研究的重要内容。目前学术界对译诗技巧和方法的研究成果主要包括如下几个方面：一是通过具体的译诗作品或译诗作品的对比来论证译者应该怎样去翻译诗歌；二是描述隐喻、专有名词、长短句、修辞手法、格律诗等具体的译诗语素和形式要素的翻译方法和经验；三是专门探讨译诗的策略和方法。（关于译诗技法研究的主要成果详见本书附录）

二

对译诗的赏析和对比阅读、对译诗和诗人译作的总体评价、各社团流派及刊物译诗的研究、外国诗歌在中国的翻译状况等也应该是中国现代译诗研究的题中之义。除了语言形式研究会专注于译诗本体之外，这些研究从某种程度上延续了翻译语言学派的思路，依旧将注意力集中在译诗的语言和形式特征上。

首先，译诗的鉴赏。译诗一旦进入民族文学的发展序列，就会被视为成熟的文学文本而进入研究视野，因此鉴赏译诗如同鉴赏本国诗

---

① 辜正坤：《中西诗比较鉴赏与翻译理论》，北京：清华大学出版社，2003年，第381页。

歌一样成为译诗研究的主要内容。对中国现代译诗的鉴赏主要有两种方式：一是直接将外国诗歌的翻译文本作为鉴赏阅读的对象，从中探求译诗的美学元素、文化元素以及情感特征；二是将一首诗的不同译本或不同诗的译本加以对照阅读和鉴赏，由此确定诗歌翻译过程中的得失并提出最佳的翻译方案。值得一提的，随着网络译诗的兴起，学术界已经有人开始尝试对这类译诗进行鉴赏和批评，比如《一首网络诗歌翻译赏析》（《安徽文学》（下半月），2009/09）是对名为 *I like the subtle* 的网络译诗的赏析，这是译诗研究中的新鲜元素，虽然不是中国现代译诗探讨的内容，但其研究的对象代表了将来译诗的某种主流存在方式，值得在此做特殊说明。（关于译诗赏析和比较阅读的主要成果详见本书附录）

其次，译诗作品的评价。对译诗作品的评价和对译诗作品的鉴赏阅读有某些相似之处，即二者都会涉及译文的内容和形式，但前者更多的是立足于作品外部，将其纳入一个历时的或共时的文化语境中加以评价，从而指出译作的优劣以及与时代的"合谋"或者超越。也唯有如此，才能对译诗作出客观合理的评价。目前学术界对译诗作品的评价分为以下几个层次：一是对某一首译诗加以评价，比如对《致杜鹃》、《西风颂》、《一朵红红的玫瑰》、《哈姆雷特》片段、莎士比亚的某首十四行诗等译本的研究就属此类；二是对某部译作的评价，比如对郭沫若翻译的《英诗译稿》的评价；第三类是对某个译者所有译诗的宏观评价，比如对苏曼殊、胡适、周作人、郭沫若、吴宓、徐志摩、朱湘、卞之琳、穆旦以及王佐良译诗的研究，不仅指出了每个译者不同的译诗风格、价值取向和文体选择，而且还论述到了译诗与译者诗歌观念和创作的辩证关系。张旭先生的学术新著《视界的融合：朱湘译诗研究》一书专门从文体的角度论述了朱湘的译诗在语言、形式和音韵上的特征，是目前国内就某位诗人译诗研究中分析最为详细和完善的著作。[①] 王友贵先生出版的《翻译家鲁迅》全面研究了鲁迅的翻译文学，其中涉及了对其翻译的童话诗《小约翰》的评介。[②] 刘全福先生的《翻译家周作人论》分时间和区域研究了周作人的翻译文学，其中涉及了对周作人翻译的日本诗歌、

[①] 张旭：《视界的融合：朱湘译诗研究》，北京：清华大学出版社，2008年。
[②] 王友贵：《翻译家鲁迅》，天津：南开大学出版社，2005年，参见176—184页。

西欧的英法诗歌（比如雪莱、拜伦、布莱克、波德莱尔等）等作品的论述。① 在此需要特别说明的是，在这些对译诗的评价中，有一篇专门从地域的角度来谈论译诗成就的文章，那就是《新疆当代中外诗歌翻译的基本成果》（《民族文学研究》，2005/04），虽然该文论述的是当代新疆的诗歌翻译情况，但其地域视角的使用对我们今后从事译诗研究提供了很好的思路。在中国现代文学史上，北京和上海的地域文化特征导致了译诗选材的差异，抗战时期的解放区、大后方和沦陷区也因为各自生存环境的不同而在译诗上存在着区域特色。因此，从区域文化和区域政治的角度出发研究中国现代译诗具有广阔的空间，这也是中国现代译诗研究的不足和空白点。（关于译诗作品评价的主要成果详见本书附录）

第三，社团流派译诗的研究。中国现代文学史上活跃着很多文学社团和流派，随之出现了专门的翻译队伍。《新青年》其实是综合性刊物，那时只有陈独秀、刘半农、胡适等少数人翻译介绍外国文学作品，"专门的文学团体、纯文艺性刊物以及翻译介绍外国文学的队伍是从'五四'以后才出现的。"② 沈雁冰、郑振铎、周作人、耿济之等发起的文学研究会，郭沫若、郁达夫、成仿吾、张资平等发起的创造社，鲁迅、韦素园、曹靖华、李霁野等组织的未名社，胡适、梁实秋、徐志摩、闻一多等组织的新月社等，既是新文学社团，又是翻译文学社团。围绕在这些文学团体周围的作家大都在创作诗歌、研究理论、编辑刊物的同时翻译外国文学，而他们的翻译活动深受各社团文学价值观念的影响，从而形成了各具特色的译诗语言形式和审美倾向，这在客观上养成了中国现代译诗风格的多样化特征。因此，对文学社团及其刊物译诗的研究具有非常明确的针对性和目的性，能够显现出社团的诗歌主张和文学价值取向与诗歌翻译特色之间潜在的制约关系。目前对现代文学社团和流派译诗的研究还比较薄弱，除了少量的文章论述过新青年社、创造社、文学研究会、新月社以及上世纪40年代的现代派的译诗之外，其他诸多方面的研究还有待展开。（关于社团流派或期刊译诗研究的主要成果详见本书附录）

第四，外国诗歌在中国翻译情况的研究。考察外国诗歌在中国的翻译情况具有很强的历史性色彩，这方面的研究主要由三个板块构成：一

---

① 刘全福：《翻译家周作人论》，上海：上海外语教育出版社，2007年，参见第45—51页、90—97页、105—107页。

② 陈玉刚：《中国翻译文学史稿》，北京：中国对外翻译出版公司，1989年，第90页。

是考察某个诗人的作品在中国的译介，比如中国现代文学史中的哈代诗歌翻译史；二是对某种类型的诗歌的翻译作历史的丈量，比如英语儿童诗的翻译；三是分国别和时段来考察诗歌翻译，比如法国诗歌、美国现代诗歌和日本现代诗歌在中国的翻译；此外还有对不同语种的诗歌翻译所具有的特殊性的研究，比如对俄汉诗歌和法汉诗歌翻译的论述。在已有的翻译文学史著作中，著者不同程度地对外国诗歌在中国的翻译情况作了梳理，比如马祖毅在《中国翻译简史（五四以前部分）》中对五四前后的译诗作了简单的扫描；① 郭延礼的《中国近代翻译文学概论》辟专章、分文体探讨了中国近代的译诗面貌，并对著名诗歌译者的翻译成就和风格作了专门介绍；② 陈玉刚先生的《中国翻译文学史稿》是新时期以来第一本翻译史著作，本书对中国翻译文学和新文学的关系，各时期翻译文学的特点，重要文学翻译家的翻译主张和翻译的外国诗人作品，以及作为翻译文学的最基本的特点等诸多问题作了探讨；③ 谢天振和查明建先生编撰的《中国现代翻译文学史》（1898—1949）分时期介绍了重要译者、翻译流派的译诗成就，并且分国别对外国重要诗人在中国的翻译历程做了较为详尽的考察；④ 孟昭毅、李载道主编的《中国翻译文学史》在第一编（1897—1920）和第二编（1921—1950）中对外国作家的翻译介绍涉及了大量的诗人诗作。⑤ 这些翻译文学史对外国诗歌的考察仅停留在描述的层面上，没有深入分析为什么他们会在该时期得到翻译，或者对他们的作品进行详细的文本分析。在所有的翻译文学史书写中，张中良先生的《五四时期的翻译文学》既注意从史的角度宏观打量五四时期的翻译文学，又注重从文本分析的角度细读每一个译本或文学翻译现象，历史性和文学性俱备。该书第二章"泰戈尔热"从外在文化批评和内在文学发展诉求两个层面上对泰戈尔在中国的翻译做了细致的分析，是目前研究外国诗人在中国的翻译接受最成功的

---

① 马祖毅：《中国翻译简史（五四以前部分）》，北京：中国对外翻译出版公司，1998年。该书第五章第五节"外国文学的翻译"中分别对小说、戏剧和诗歌的翻译做了简单的描述。

② 郭延礼：《中国近代翻译文学概论》，武汉：湖北教育出版社，1998年。该书在上篇第三部分"中国近代翻译诗歌鸟瞰"和下篇第四部分"苏曼殊、马君武及其他诗歌翻译家"中比较详细地探讨了近代译诗。

③ 陈玉刚：《中国翻译文学史稿》，北京：中国对外翻译出版公司，1989年。

④ 谢天振、查明建主编：《中国现代翻译文学史》（1898—1949），上海：上海外语教育出版社，2004年。

⑤ 孟昭毅、李载道主编：《中国翻译文学史》，北京：北京大学出版社，2005年。

个案之一。① 事实上，在中国现代文学史上，大量著名的外国诗人诗作和诗歌流派在中国现代得到了不同程度的翻译和介绍，比如英国的罗塞蒂、莎士比亚、布莱克、华兹华斯、雪莱、济慈、拜伦、叶芝以及浪漫主义诗歌，美国的蒂斯黛尔、爱伦·坡、惠特曼等，法国的波德莱尔、魏尔伦、里尔克以及象征主义诗歌，德国的歌德、海涅等，日本的和歌与俳句，印度的泰戈尔和波斯的莪默伽亚谟等都是中国现代译诗界的重点观照对象，对他们以及一些诗派的翻译做历时性的传播和影响研究，或者共时性的比较研究等，都是中国现代译诗研究亟待加强的课题。（关于外国诗歌在中国翻译情况研究的主要成果详见本书附录）

三

就像西方文论的发展必然经历从文本研究到文化研究的转变一样，对译诗的研究不可能像英美新批评那样采用"意图谬误"和"感受谬误"去斩断译诗与原作者、源语文化及译诗与译者、目标语文化的联系。因此译诗研究也经历了从语言翻译研究向文化翻译研究的转向，从而使很多被遮蔽的与诗歌翻译相关的文学现象开始进入人们的研究视野。

西方文化研究的兴起改变了翻译研究的视角，文化翻译研究学派认为翻译绝不是两种语言之间的转换，而是两种文化之间的交流。英国学者斯内尔·霍恩比（Snell Hornby）说："译文文本不再是原文文本字当句对的临摹，而是一定情境，一定文化的组成部分。文本不再是语言中静止不变的标本，而是读者理解作者意图并将这些意图创造性再现于另一文化的语言表现。"② 文化翻译研究学派的理论改变了翻译研究的对象和重心，它突破了翻译文学文本的局限而将社会意识形态、价值观念、民族心理和审美趣味等文化形态联系起来，使文学翻译研究获得了更加广阔的前景。这种翻译研究的转向在为译诗研究带来范式变化的同时也拓展了译诗研究的领域，正是借用文化翻译研究这一新的翻译研究范式，译诗的翻译目的、制约译诗翻译的因素、译诗对我国新诗的影响、译诗对我国新文化的影响等便成为了本书的重要内容。

---

① 张中良：《五四时期的翻译文学》，台北：秀威资讯科技股份有限公司，2005年，参见73—108页。

② 参见《当代英国翻译理论》，廖七一编著，武汉：湖北教育出版社，2004年，第21页。

目前，国内从文化的角度研究中国现代译诗取得了以下几个方面的进展：一是对译诗文化属性的研究，比如译诗应该走民族化的翻译道路，译诗的跨文化特征，译诗对外国文化的传递以及"创造性叛逆"所谓的偏向民族文化审美的改写，译诗受到的传统诗歌观念的制约等突破了语言学派专注于译诗内部的研究，成为译诗文化属性研究的重要内容。二是从社会意识形态的角度来论述译诗受到的制约，比如对徐志摩译诗研究沉寂的原因的新探，对译诗社会属性的分析，意识形态对中国现代译诗经典、译文和经济人的操控，社会文化对译诗研究的影响等，受到西方文化翻译研究模式的启示，该方面的研究成为译诗文化研究的主要内容。三是从时代语境出发分析译诗的当下性特征。四是研究中国现代译诗的传播和接受，比如对传播媒介与胡适译诗关系的研究，对文化传播审美规律与诗歌翻译审美实践的考察以及对译诗接受的系统分析等，显示出传媒时代中国现代译诗研究的新变化。在已有的中国现代译诗的文化研究成果中，有一篇涉及了译诗的规范化和伦理道德问题，是译诗文化批评中比较新鲜的内容，值得每一位从事诗歌翻译和译诗批评的人认真审读。虽然以上研究涉及到了翻译文化批评的各种内容，但与中国现代译诗的实际情况并不协调，比如就社会意识形态与中国现代译诗的研究而言，还没有人针对中国现代文学30年中每一时期的具体语境来论述译诗受到的影响，比如五四时期的启蒙、30年代启蒙和救亡的变奏以及40年代的救亡等对诗歌翻译形成的制约是各不相同的，而且持不同意识形态的人对外国诗歌的翻译也存在差异。同时，对译诗传播和接受的研究依然有待进一步深入开掘。（关于译诗文化研究的主要成果详见本书附录）

译诗文化研究的另外一个重要内容是译诗的影响研究，主要探讨译诗在目标语环境中的接受、影响和变异。翻译研究关注在翻译过程中何种文化居于主导地位、谁是潜在读者以及权威的建构方式："学术研究的学科界限以及我们习以为常的研究模式，在处理不同于自身的文化和语言时，常常造成一些困难重重的诠释问题。使用谁的术语？为了哪一种语言的使用者，而且是以什么样的知识权威或思想权威的名义，人们才在形形色色的文化之间从事翻译活动呢？"[①] 这段话涉及到很多翻译研究

[①] 刘禾：《跨语际实践——文学，民族文化与被译介的现代性》，宋伟杰译，北京：生活·读书·新知三联书店，2002年，第2页。

必须面对的问题：比如使用谁的术语一问，在不同的文化之间则显示出文化地位的强势和弱势之别，在同种文化的不同阶层之间则显示出文化精英与大众之别；为了哪种语言的使用者则暗示了翻译的潜在读者，而且也会因为使用者的不同在翻译内容上体现出差异，比如英国人翻译给英国人看的中国文学作品与中国人翻译给英国人看的中国文学作品肯定存在差异；在知识权威或思想权威的名义方面，也存在着强制认同的权威和自觉认同的权威之间的差异。这些都是翻译研究需要认真解释和回答的问题。而对于中国现代的外国诗歌翻译而言，译者采用什么样的话语方式和诗体形式则显示出民族文化身份的差异，同时部分地表征了早期新文学运动先行者和倡导者的价值立场，进而决定了代表强势文化的译诗必然会对处于弱势地位的中国新诗施加影响，不管对这种影响的接受是出于主动还是被动的立场。也正是外国文化的强势地位和中国智识者的积极引导，译诗承载的文体因素和思想因素无可辩驳地成了中国新诗创作者心目中的"权威"，对中国新诗文体的发展起着近乎决定性的影响作用。

中国现代译诗的影响研究在上世纪20—40年代主要是致力于语言欧化的探讨，而目前学术界对译诗的影响研究主要取得了如下几个方面的突破：中国现代诗人的诗歌翻译对其诗歌创作的影响是译诗影响研究的主要领域，比如对戴望舒译诗与创作关系的探讨，对穆旦诗歌翻译与后期创作影响的分析，对刘半农的译诗与创作主题关系的论述等。外国诗歌的翻译对中国现代新诗影响研究的第二个重要方面是诗人译诗对中国现代新诗的整体性影响的研究，比如穆旦的译诗对中国现代派诗歌创作的影响，穆旦的译诗对中国新诗语言的影响，胡适的译诗对中国新诗文体建构的影响，施蛰存的译诗对中国当代诗歌创作的影响等。第三，从社团流派的角度来研究译诗的影响，比如欧美象征派诗歌的翻译对中国上世纪30年代现代派诗歌创作的影响，新月派的诗歌翻译对中国新诗建设的影响等。第四，译诗对非译者创作的影响，比如上世纪20年代冰心的创作受到了郑振铎等人译诗的影响。第五，分时段来研究译诗的影响，比如五四译诗对早期中国新诗语言、形式乃至精神气质的影响，五四以来的译诗对中国新诗建设的功过等。还有人从译诗孕育"新诗"元素、译诗是外国诗歌影响中国新诗的中介以及外国某个诗人作品的翻译对中国新诗创作的影响等方面来展开译诗的影响研究。外国诗歌的翻译对中国新诗文体建构影响深远，即便目前的研究也涉及到了诸多内容，但相关研究成果的数量和深度依然有限，专门探讨外国诗歌的翻译对中国新诗语言影响的文章只有1篇，对中国新诗文体形式影响的文章只有2篇，在已经出版的学术著作中也仅有廖七一先生的《胡适诗歌翻译研究》①谈到了胡适译诗与其白话新诗的诗体探索之间的内在关联，学者任淑坤的《五四时期外国文学翻译研究》简单谈到了外国文学的翻译与中国新诗运动之间的关系，②与前面我们所论述的译诗的主导性影响地位极不相称。而且中国现代诗人几乎都从事过诗歌翻译，他们的译诗活动对创作必然产生影响，但论述诗人译诗对创作影响的个案分析文章也仅仅局限于胡适、刘半农、戴望舒、穆旦等少数人，大部分诗人的译诗成就以及受到的外来影响还不能够得到充分展现，译诗影响研究的内容还有待拓展和深化。（对译诗影响研究的主要成果详见本书附录）

文化翻译研究使部分学者将视角从作品转向了译者，开始从翻译活动的主体去论述影响译诗质量的因素。这方面的研究主要是探讨了译者怎样才能够翻译好诗歌和译者的必备素质等，也有从译者对原作的误读和译者对原作的再创造等方面来分析译者在翻译活动中扮演的重要角色。从某种程度上讲，上述对译者研究的关注还停留在翻译的"正确性"层面上，没有脱离翻译语言学派的思想。（翻译语言学派的思想对今天的翻译文学研究依然具有指导性意义，只是我们不能仅仅停留于此，而应采纳新的研究方法来发掘更多的译诗研究内容。）从翻译的文化研究出发，对译者的研究还应从译者所处的社会地位、社会语境、翻译目的乃至个人审美偏好等方面入手，发现更多的影响译者翻译的内部和外部原因，进而推导出影响译诗文本质量的根源。（关于译者的研究成果详见本书附录）

四

中国现代译诗研究除了在翻译语言学派和翻译文化学派两种主体性

---

① 廖七一：《胡适诗歌翻译研究》，北京：清华大学出版社，2006年。其中第四章"译诗与白话新诗"分别论述了"译诗与翻译的历史界定"、"译诗与新诗体探索"以及"西方诗歌艺术的本体化转换"，是以胡适为例论述了翻译诗歌对中国新诗文体建构的促进作用。

② 任淑坤：《五四时期外国文学翻译研究》，北京：人民出版社，2009年，参见106—109页。

观念的指导下取得了可喜成就之外，目前学术界围绕着翻译诗歌展开的研究还包括译诗批评和译诗理论。译诗理论研究涉及对国外译诗理论的研究、对国内译诗理论的研究以及在国外译诗理论指导下展开的翻译诗歌研究等三方面的内容。

对国外译诗理论的研究主要停留在译介和阐释的层面，至于这些理论在中国的应用和发展则较少涉猎。（关于国外译诗理论研究的主要成果详见本书附录）国内的译诗理论研究在两个主要的领域取得了较好的成绩：一是对译诗理论的探讨，比如对译诗的界定，对"译诗难"的认识，对直译意译的讨论，对诗歌翻译活动特征的认识等；二是对译者译诗观念的挖掘，比如对朱湘、闻一多、郭沫若、卞之琳、王佐良等人译诗理论的研究。另外也涉及到对中国现代译诗阶段性的分析和评价，尤其是梳理中国译诗理论的线性发展历史。严晓江先生的《梁实秋中庸翻译观研究》专门研究我国莎士比亚戏剧或剧诗翻译大师梁实秋的翻译思想，[①] 是国内少有的对译者翻译思想作如此细致考究的成果。译诗理论的研究成果折射出中国人的思维定势，我们至今没有归纳出体系化且中国化的译诗理论，甚至连一本专门的译诗理论史、译诗文体学乃至译诗史的著作都没有，这不能不说是译诗研究的缺憾。而且，对中国现代诗人型译者的理论梳理也并不全面，众多译者的译诗理论和思想还没有引起学术界的注目，比如梁宗岱、徐志摩、戴望舒等等。（关于国内译诗理论研究的主要成果详见本书附录）

理论视角的转换带来的中国现代译诗研究的成果主要集中在对诗歌翻译认识的变化上，比如文论模式与诗歌翻译阐释、从中国诗论的"入出"说看诗歌翻译、模糊美与诗歌翻译、文本类型理论与诗歌翻译、互文性与诗歌翻译、系统功能语法与诗歌翻译、象似性与诗歌翻译、等值论与诗歌翻译……这些研究都是从不同的角度来分析诗歌翻译活动的特征，丰富并深化了人们对翻译活动本质的认识。与此同时，这种研究的机械性和局限性也是显而易见的，它在无形中肢解了翻译活动的整体性，而且有些理论应用到翻译研究中也略显牵强，并不能真正认清诗歌翻译活动的本质特征。（关于理论视角与译诗研究的主要成果详见本书附录）

除了翻译的语言学研究、翻译的文化研究以及翻译的理论研究之外，

---

① 严晓江：《梁实秋中庸翻译观研究》，上海：上海译文出版社，2008年。

目前国内对中国现代译诗的研究在译诗史料上也取得了一些成果。但译诗史料的研究成果基本上都是关于鲁迅译诗文本的发掘，对译诗史料其他方面的研究则没有成果。（对译诗史料钩沉的主要成果详见本书附录）另外，诗歌翻译和教学方面的研究成果1篇——《诗歌的翻译和教学》（《中国俄语教学》，1985/06），这是目前国内诗歌翻译教学方面的唯一研究成果。

从以上对中国现代译诗研究现状的梳理和分析中我们可以看出，立足于译诗本体展开的关于译诗语言、形式、译诗标准以及译诗理论的探讨一直以来是译诗研究的重点和中心。而从文化批评的角度出发展开的与译诗相关的外部研究则相对薄弱，在翻译文化学派思想的启示下，中国现代译诗的研究也多是从社会意识形态、文化和时代精神等方面出发对译诗本体进行观照，或者出于翻译正确性的目的去研究译者的素质，译诗对中国现代新诗文体建构的影响研究尚待拓展和深挖。有鉴于此，本书主要依据翻译的文化研究视角来考察译诗对中国现代新诗文体建构的影响。

第三节 研究思路与方法

翻译诗歌对民族诗歌乃至民族文学发展新变的推动作用已经是学术界的共识。但由于强烈的民族文化认同感、翻译文学研究的局限或者影响研究对翻译中介的忽略导致现代译诗在文体上特有的美学价值及其对中国新诗文体发展新变的促进作用等内容得不到充分的研究。一般来讲，新材料的发掘、新观点的归纳以及新方法或视角的采用都会赋予文学研究创新性价值。本书顺应翻译研究与文学研究的新思路和方法，对译诗的研究不再局限于语言层面的意义转换和情感传达，而是将译诗的影响研究作为重点内容，并旁涉到译诗自身的文体特征和译诗的文体选择等相关话题。

美国翻译批评家韦努蒂（Lawrence Venuti）从文化批评角度提出的"异化翻译"（Foreignizing Translation）为本论题的展开提供了宏观思路。韦努蒂在20世纪末期出版了轰动翻译界的《译者的隐形：翻译史论》（*The Translator's Invisibility – A History of Translation*）一书，作为翻译文化学派的一种思路，韦努蒂反对传统的将翻译作品"归化"为符合目标语文化及其语言习惯的作品，这种将原作者"请到国内来"的方法实质上是把外国的价值观念融汇到译语文化中，从而掩盖了译者对原作的选择、对原作语言文化形式的处理乃至基于原作的再创造活动，使译者在翻译过程中的能动作用处于"隐形"的遮蔽状态。韦努蒂由此提出了异化翻译的理念，其所谓的异化翻译的内涵比我们通常意义上所谓的直译丰富得多："异化翻译是一种另类文化实践，它使在本国处于边缘地位的语言和文学价值观念得以发展，也使那些因与本国价值观念不符合而遭到排斥的异域文化得以发展。一方面，异化翻译对原文进行以本民族为中心的挪用，将翻译视为再现另类文化的场域，因而从文化政治的角度把翻译提上议事日程；另一方面，正是翻译呈现出来的另类文化使异化翻译能够反映出原文在语言和文化上的差异，发挥重新建构文化的作用，并使那些与民族中心主义相背离的译文得到认可，在一定程度上修正本国的文学经典。"①

如果我们采用韦努蒂的异化翻译观来审视和打量外国诗歌的翻译与中国新诗文体建构的关系，就会发现中国现代译诗文体由于采用了分节的形式、长短不一的诗行且白话化的语言，因此相对于古代的律诗绝句等文体形式来说是异化的翻译，而正是这种异化的诗歌文体形式逐渐"修正了本国的文学经典"，使古体诗作为经典文体形式的时代一去不复返，从而在民族诗歌（中国新诗）文体建构过程中发挥了"重新建构文化的作用"。这的确给本论题的开展提供了很好的学理性思路，香港学者张景华在《重新解读韦努蒂的异化翻译理论》一文中总结了韦努蒂异化翻译的多重含义，其中之一便是：异化翻译之"异"表现为译文的"文体之异"。"译者采用'陌生化'（Disfamiliarization）的翻译策略，不仅在语言结构和用词上注重传达原文的'异国情调'（Foriegnism），还冒险在译文中使用非常用或非标准的语汇，如采用不符合语言习惯或晦涩难懂的表达法，或者，将俚语、新词或古词混用在一起。"② 结合中国现代译诗的实际情况来看，译诗不仅采用了非常规的语体，而且还采用了

---

① Venuti, Lawrence. *The Translator's Invisibility – A History of Translation*. New York: Routledge Press, 1995. p.148.

② 张景华：《重新解读韦努蒂的异化翻译理论》，《译者的隐形——翻译史论》，北京：外语教学与研究出版社，2009年，第8页。

非常规的形式，从而使译诗文体呈现出所谓的"异国情调"，亦即本书所谓的翻译体的特征。因此，韦努蒂的"异化翻译"不仅在总体上给本论题提供了思路，而且也提出了一个引人深思的话题——译文的文体特征。于是在韦努蒂的启示下，本论题框架中出现了第四章"外国诗歌的翻译体与中国新诗文体"的部分，力图对外国诗歌翻译体的文体特征以及它与中国新诗文体的关联加以研究，找出二者之间显在或隐在的互动关系。

文化研究和社会学研究范式的介入极大地拓展了翻译研究的领域。美国学者安德烈·勒菲弗尔（Andre Lefevere）认为当前的翻译研究不再以语言学研究为主要方法，提出了翻译研究的"文化转向"，[①] 从而引起了翻译研究内容的革新，"文化研究对翻译研究产生的最引人注目的影响，莫过于70年代欧洲'翻译研究派'的兴起。该学派主要探讨译文在什么样的文化背景下产生，以及译文对译入语文化中的文学规范和文化规范所产生的影响。近年来该派更加重视考察翻译与政治、历史、经济与社会制度之间的关系。"[②] 翻译文化学派的观点使人们开始对翻译文学文本的外部环境产生了兴趣，于是译诗对中国新诗的形式规范乃至中国新文学的文化规范所产生的可能性影响就进入了本书研究的视野之内。严格说来，翻译社会学派应该划归到翻译文化学派的范畴，澳大利亚著名学者皮姆（Anthony Pym）近年来致力于从社会学的角度去研究翻译，他在《翻译史研究方法》（*Method in Translation on History*）一书中所凸显出来的一个重要理念就是"强调用社会学的方法来研究翻译，突出翻译与整个社会诸多因素之间的互动关系。"[③] 比如第一章"现代翻译批评场域中的译诗文体观念"，其中的现代翻译批评场域实际上就是社会文化的缩影，从伦理道德、文化过滤以及翻译论争等社会或文化的角度去研究中国现代译诗与中国新诗文体建构的关系，彰显的就是翻译的文化批评或翻译的社会学批评模式。

福柯的权力/话语结构模式对研究外国诗歌的翻译与中国新诗文体建构之间的关系提供了更为开阔的研究思路和方法。法国著名学者福柯

[①] 郭建中：《当代美国翻译理论》，武汉：湖北教育出版社，2000年，第160页。
[②] 郭建中：《当代美国翻译理论》，武汉：湖北教育出版社，2000年，第156页。
[③] ［澳大利亚］皮姆：《翻译史研究方法·导读》，北京：外语教学与研究出版社，2007年，第4页。

（Foucault）在他极具影响力的著作如《知识考古学》、《疯癫与文明》、《规训与惩罚》、《权力与反抗》乃至《性史》中显示出权力运作最明显和最复杂的地方是其所强调的话语，因为在他看来，"在人文科学里，所有门类的知识的发展都与权力的实施密不可分。"① 翻译实践活动的展开必然受到一定社会历史境遇的影响，尤其是发生在两种文化之间的权力关系的影响："粗略说来，由于第三世界各个社会（当然包括社会人类学家传统上研究的社会）的语言与西方的语言（在当今世界，特别是英语）相比是'弱势'的，所以它们在翻译中比西方语言更有可能屈从于强迫性的转型。其原因在于，首先，西方各民族在它们与第三世界的政治经济联系中，更有能力操纵后者。其次，西方语言比第三世界语言有更好的条件生产和操纵有利可图的知识或值得占有的知识。"② 塔拉尔·阿萨德（Talal Asad）的话表明译者对翻译文本的选择其实与个人审美价值取向的偏好和语言能力的深浅并无多大的关系，对翻译实践起着主导作用的乃是符合政治体制实践的各种形式和福柯所说的知识/权力的关系，这些因素决定的认知方式将某些对外国文学权威化或者经典化，并且压制了其他认知方式和文艺观念。因此，现在进入我们研究视野的翻译文学其实是在强势文化所特有的权力的操控下翻译而成的，很多并不是出于译者个人的主观选择。

正是从福柯的权力/话语结构出发，本书的第二章"译诗语言与中国现代新诗的语言建构"，译诗语体在源语和目标语之间偏重于亦或带有源语的色彩就能够充分说明权力在翻译过程中对话语选择的操控力量，即使是在民族文化情结的驱动下或者由于民族时代文学发展的诉求而对外来文化的权力压力做出过积极的斗争，但最终译诗语言的外化以及由此引发的中国新诗语言的外化事实却无可逆转更无法更改。第三章"译诗形式与中国现代新诗的形式建构"，外国诗歌形式通过诗歌翻译迻译到了中国并刷新了中国几千年来的诗歌形式观念，以至于有人说"新文学运动的最大的成因，便是外国文学的影响；新诗，实际上就是中文写的外

---

① ［法］米歇尔·福柯：《规训与惩罚》，刘北成、杨远婴译，北京：生活·读书·新知三联书店，1999年，第18页。
② 塔拉尔·阿萨德：《英国社会人类学中关于文化翻译的概念》，引文见《跨语际实践——文学，民族文化与被译介的现代性》，刘禾著，宋伟杰译，北京：三联书店，2002年，第4页。

国诗。"① 充分说明了外国诗歌形式与中国新诗形式相比所处的强势地位以及由此获得的对中国新诗的强大影响力。第四章"外国诗歌的翻译与中国新诗的创作",外国诗歌通过翻译中介不仅取得了对中国新诗语体和形式的支配地位,而且无形中还有力地牵引了诗人的创作,译者在不可能采取"归化"翻译而又不愿意完全"异化"翻译的情况下其译作常常成为一种背离原诗形式和目标语诗歌形式的"新体"。同时,强势文化对弱势文化隐形的压制力量使得弱势文化的文体观念有时只能依赖于外国诗歌的形式去加以实践或者检验,才能在民族文化语境中获得更加充分的认同和肯定。最后一章"外国诗歌的翻译与中国新诗各体形式的建构",中国现代新诗的各体形式与古诗殊异,它们都是在外国诗歌或者外国诗歌的翻译体的刺激下产生的,外国诗歌强势的"模板"角色贯穿了其发展过程的始终,因此依然属于权力/话语的研究模式。

本书实际上是对比较文学影响研究理念的一次实践,把"外国诗歌的翻译与中国新诗的文体建构"作为研究对象,必然会采用比较文学的研究方法。在比较文学媒介学的基础上产生的译介学（Medio - translatology）"是对那种专注于语言转换层面的传统翻译研究的颠覆"。② 比较文学中的翻译研究由于文化因素的介入而显示出与传统翻译研究的巨大差异,如果说传统的翻译研究主要是一种语言层面上的研究,那比较文学中的翻译研究就是一种文学研究乃至文化研究。谢天振先生将从比较文学或比较文化的角度出发对翻译（尤其是文学翻译）和翻译文学进行的研究称为译介学,③ 认为翻译研究的对象不在语言层面,译介学"把翻译看作是文学研究的一个对象,它把任何一个翻译行为的结果（也即译作）都作为一个既成事实加以接受（不在乎这个结果翻译质量的高低优劣）,然后在此基础上展开它对文学交流、影响、接受、传播等问题的考察和分析。"④ 所以相对于传统的语言研究来说,译介学拓宽了翻译研究的领域。译介学为我们研究翻译诗歌提供了新的视角和方法,只有译介学把翻译文学作为了理所当然的研究对象。传统的翻译研究注重翻译语

---

① 梁实秋:《新诗的格调及其他》,《诗刊》（创刊号）,1931年1月20日。
② 曹顺庆:《比较文学论》,成都:四川教育出版社,2002年,参见138—148页。
③ 谢天振:《译介学》,上海:上海外语教育出版社,1999年,参见该书的《绪论》部分,第1—23页。
④ 谢天振:《译介学》,上海:上海外语教育出版社,1999年,第11页。

言和翻译过程的对等性，翻译文学（诗歌）不在其观照范围内；一般意义上的文学研究多是以国别或民族文学为研究对象，再放宽眼界无非包括了文学的比较研究，翻译文学在学术研究的园地里成了"无家可归的'孤儿'"。① 译介学作为比较文学研究的一个分支，专门研究比较文学视野下的文学翻译活动和翻译文学，从而使翻译诗歌的研究有了方法上的归宿。译介学和传统翻译学的区别为我们研究翻译诗歌消除了很多争议和障碍，我们不必再去计较诸如"诗的可译与否"、"好诗的标准"以及"诗人译诗的利弊"等问题，而是把所有的翻译诗歌都视为一个既定的客观文本，以这个客观的文本为依托展开文化的影响研究。因此，本论题把译诗及其文体视为"既成事实"，不去对它做真伪和价值评判，更多地是论述译诗文体对中国新诗文体建构的影响。

当然，本书除了在宏观上采用了以上研究思路或方法之外，在具体的研究中还会采用到其他方法。比如对部分译诗文本的细读、分析会用到形式主义批评文论的方法和研究思路；在比较译诗和原诗的文体形式时还会使用到交往行为理论，因为对二者关系的研究涉及主体间性的理论；刘禾的"跨语际实践"理论也为本论题的开展提供了很好的视角，有助于厘清外国诗歌形式和语体是怎样进入中国新诗文体系统的。这些方法和研究思路相互渗透，共同指导本论题的开展。

第四节 选题原因及主要研究内容

本书之所以选取外国诗歌的翻译与中国新诗的文体建构作为研究对象，主要是基于以下几个方面的原因：

首先，外国诗歌是通过翻译的中介活动来影响中国新诗发展的，因此，对中国新诗文体建构发生实质性影响的既非外国诗歌也非仅有译诗，确切地讲是外国诗歌的翻译过程和译诗文体（亦即本书所谓的"翻译体"）对中国新诗的文体建构产生了影响，因此本书的书名是"外国诗歌的翻译与中国现代新诗的文体建构"，不是"译诗与中国现代新诗的文体建构"，更不是"外国诗歌与中国现代新诗的文体建构"。中国人吸

---

① 谢天振：《译介学》，上海：上海外语教育出版社，1999年，第15页。

收西方文学营养的途径主要有三种：阅读外文原文、阅读翻译作品、接受外国文学教育。清末民初，尽管接受西式教育的人数比先前有了较大幅度的增长，但国内擅长外语并精通翻译的人依然不多，所以大多数国人只有通过阅读翻译作品来了解并认知外国文学。有学者在谈论中国近代以来接触西学的普遍情形时说："严复是当时寥寥无几的翻译大师之一，他的教育背景和对西学的理解程度几乎无人能及，所以不具有普遍意义。而刘师培对西学较严复为肤浅的理解，却恰好代表了当时多数士子接受西学的程度，因为他们与刘氏一样，既不通外文，又受过多年中国旧式教育，差不多有共同的知识基础。"① 即便到了五四时期，刘师培接受西学的方式仍然具有普遍意义，即外国文学对中国作家的影响主要是通过阅读翻译文学来实现的，像五四一代能读懂外语原文的诗人，比如胡适、郭沫若、冰心、李金发、徐志摩、闻一多等翻译的外国诗歌在审美上造成的新奇效果诱引了多数不懂外文的读者对译诗的模仿，这种模仿型的创作才最终完成了外国诗歌对中国诗歌的影响。所以，研究外国诗歌对中国现代新诗文体建构的影响，诗歌翻译过程不容忽视。而对于大多数中国人来说，他们通过阅读译诗来获得了对外国诗歌的认知，对他们而言，译诗而非原生态的外国诗歌是影响他们从事新诗创作的原点。也正是从这个意义上讲，谈论外来文学的影响（尤其是对诗歌文体而言）就一定离不开翻译过程和译文特征带给译者和读者潜移默化的感染，外国诗歌对中国现代新诗文体建构的影响由此才得以发生。

  从已有的研究现状来看，将中国现代新诗的文体建构和发展演变过程置于外国诗歌的翻译文化语境中来加以考察的成果并不多见，也没有专门的著作问世，而实际情况却是中国现代新诗的文体建构与外国诗歌的翻译一脉相承，所以研究外国诗歌的翻译对中国新诗文体建构的影响具有开创意义和学术价值。在中国新诗的发展历程中，现代30年无疑充满了特殊意义，中国新诗经历了发生和发展期，在外国诗歌翻译体的影响下逐渐架构起了自己的文体形式和审美观念。中国现代译诗与清末译诗之间存在着较大差异，现代译诗者站在"他文化"的立场上采用白话文、自由诗形式或与传统诗歌有别的格律体去翻译外国诗歌，不像清末翻译人士那样摆脱不了传统诗歌形式的束缚。翻译诗歌由此在语言形式

---

① 李帆：《刘师培与中西学术——以其中西交融之学和学术史研究为核心》，北京：北京师范大学出版社，2003年，第109—110页。

上与传统诗歌拉开了距离，使现代新诗在与古诗决绝之后获得了新鲜的文体营养且有了明晰的参照目标。从时间的向度上来讲，"五四"前后的一段时间无疑是中国新诗和翻译诗歌联袂主演的最值得记忆和品味的"嘉年华"时期，20世纪30年代随着象征主义诗歌和现代派诗歌的翻译引入，中国现代新诗的语言更加智性化，形式更加艺术化，到了30年代末期和40年代，政治意识形态分隔后的文学话语环境对外国诗歌的翻译形成了不可逆转的影响，外国的抗战诗歌和民族意识浓厚的作品得到了大量的翻译，而译诗则多采用了浅显易懂的语言和自由体形式，中国新诗在这一时期也多以口语和民谣体乃至直白的标语口号诗为一大特色。因此，外国诗歌的翻译在现代文学30年代的发展历程中具有不同的阶段特征，仅仅考察某一时段或对现代30年笼统地加以概括都难以对外国诗歌的翻译与中国现代新诗文体建构的关系作出合理的判断。

分析外国诗歌的翻译与中国现代新诗的文体建构，是否就意味着外国诗歌的翻译对中国现代新诗的精神建构没有影响呢？也是否意味着本书将否定外国诗歌的翻译对中国现代新诗文体建构的影响呢？周作人曾在《中国新文学的源流》中指出："由于西洋思想的输入，人们对于政治，经济，道德等的观念，和对于人生，社会的见解，都和从前不同了。应用这新的观点去观察一切，遂对一切问题又都有了新的意见要说要写。然而旧的皮囊盛不下新的东西，新的思想必须用新的文体以传达出来，因而便非用白话不可。"① 正是思想内容的转变吁求着新诗文体、语言和句法的创新，外国诗歌的汉译也为中国新诗引入了新的时代精神和情感体验，所以，讨论外国诗歌的翻译对中国现代新诗的影响自然会涉及诗歌的内容。本书并非有意掩盖和遮蔽外国诗歌的翻译对中国新诗精神建设的影响，而是极力肯定精神影响的客观性，但本书在写作的时候主要将译诗的影响局限在文体上，因此，新诗语言、句法、形式等成了本书探讨的主要内容。同时，外国思想潮流进入中国的途径是多种多样的，西方思想和情感对中国新诗内容的影响是通过多种渠道得以实现的。可以说，社会思潮对人们固有思想的改变给中国诗歌内容带来的冲击远远大于译诗对中国新诗内容的影响。换句话说，对中国新诗内容造成影响并非译诗的专利，更不是译诗的专长，译诗对中国新诗的影响主要局限

---

① 周作人：《中国新文学的源流》，石家庄：河北教育出版社，2002年，第58—59页。

在形式上，其对中国新诗内容的影响并不突出。从另外一个角度讲，正是新内容的出现才促进了新诗对新的文体形式的诉求，对外国诗歌形式的借鉴才显得必要和迫切。不管形式如何，每一时期的文学都会相应地承载并表达出它所属时代的情感内容，中国古诗在漫长的历史道路上充分表现了各个时代的精神特征，只是到了近代以后，新思想的引入才对其提出了形式革新的要求。因此，内容是促使形式革新的原因，至于怎样革新，则似乎只与形式有关。比如新诗模仿译诗创作的出发点和目的仅仅是希望由此带来自己的形式创新，而不是力图要用译诗内容来改变新诗内容。所以，探讨外国诗歌的翻译对中国现代新诗文体建构的影响比探讨外国诗歌的翻译对中国现代新诗精神建构的影响更具针对性和价值。

不过，既然是研究中国新诗的"文体"问题，那就得明白什么是文体，中国新诗的文体究竟包含哪些内容。我们首先不妨从文体的界定入手，"广义的文体指一种语言中的各类文体，例如口语体，书面体，而这两者之中，又各有若干文体……同样是书面体，出布告用的文体又大别于写给朋友的书信的文体。"① 此文体概念主要侧重于语言的差异，而正是语言的差异决定了各种文体的特征，由此看来，语言是文体的灵魂和主要构成元素。与此概念相应，文体学的任务是"观察和描述若干种主要文体的语言特点，亦即它们各自的语音、句法、词汇与篇章的特点，其目的在于使学者能够更好地了解它们所表达的内容和在恰当的场合分别使用它们。"② 如果文体学研究的仅仅是语言以及与语言相关的语音、句法、词汇和篇章等内容，而一首诗和一篇大体上表达情感对等的散文之间的差别仅仅在于文体的话，那"文体"此时是否就等同于诗之为诗的特性呢？"在这种意义中占突出地位的是诗句的感染力，词的魔力，和音的共鸣；相形之下，信息的具体内容反而显得模糊淡薄，黯然无光。"③ 因此，如果说文体学研究的仅仅是语言的话，那语言的意义很多时候在诗歌文体中的地位反而大大削弱。到底是什么让诗歌产生了模糊

---

① 王佐良、丁往道：《英语文体学导论》，北京：外语教学与研究出版社，1987年，第 i 页。

② 王佐良、丁往道：《英语文体学导论》，北京：外语教学与研究出版社，1987年，第 i 页。

③ [美] Dwight Bolinger：《语言要略》，方立、李谷城等译，北京：外语教学与研究出版社，1993年，第915页。

的美感呢？显然诗歌文体之所以独特的原因除了语言之外，还因为意象、表达方式以及形式（篇章结构）等因素的合理作用使然。也正是基于这样的角度，本书所讨论的文体其实涉及新诗的语言、表达方式以及形式等因素，所有的论述都是围绕这几个方面展开的。

本书的主要研究内容："绪论"首先论述了外国诗歌的翻译及其文体特征对中国新诗文体建构的重要意义，接下来梳理并总结了目前译诗研究的现状，指出译诗的影响研究，特别是外国诗歌的翻译对中国现代新诗文体建构的影响是译诗研究中的薄弱环节，从而点明本论题研究的重要价值。第三节是对本论题研究思路和方法的分析，翻译文化学派、社会学派、权力/知识话语以及韦努蒂的"异化翻译"观和比较文学学科内的译介学等理论，为本论题的开展提供了宏观的思路和方法。第四节阐明本论题的选题原因和即将展开研究的主要内容。

第一章"现代翻译批评场域中的诗歌文体观念"，从文化批评的角度对中国现代译诗史中关于译诗文体对中国新诗文体建设的影响做了如下几个方面的研究：一是对五四前后西潮激荡下的译诗界兴起的东方诗风进行文化分析，认为其时译介的东方诗歌是西方文化过滤产物，顺应了该时期翻译引进西方文化的潮流，当然也与中国新诗文体建构的内在需求密不可分。第二节是对上世纪20—30年代期间围绕创造社所展开的译诗论争的研究，认为创造社的对照式阅读批评有助于推进译诗语言对原作意义的准确传递，从语言层面来看有助于促进译诗质量的提升，在某种程度上强化了译者的翻译伦理和道德观念。第三节主要是针对译诗界关于小诗论争而展开的研究，认为现代译诗界的部分论争其实与中国新诗的文体建构密不可分。

第二章"译诗语言与中国现代新诗的语言建构"，本章从分析中国现代译诗的语体特征出发，认为中国现代译诗的语言具有源语和目标语的双重文化属性，由于本身属于诗歌的语言，因而具有诗性色彩，但译诗语言在再现原诗情感和风格上，依然存在着近乎天然的缺陷和历史局限。第二节从不同时期的时代语境出发来阐述译诗语体的流变与中国现代新诗的语体诉求之间的互动关系。第三节从正反两个方面讨论了译诗语言对中国新诗语言建构的影响。

第三章"译诗形式与中国现代新诗的形式建构"，本章首先论述了中国现代译诗的形式追求，即注重译诗形式的建构，追求译诗形式与原诗形式的对等，或者采用民族诗歌的形式去重新赋予译诗的形式美。第二节探讨了中国现代译诗形式的多元化取向，比如采用格律体诗，或为了顾及内容而使译诗形式散文化。同时现代译诗在形式上还具有自然节奏，这也是很多译者在翻译时注意提倡的译诗形式要素。译诗是在目标语文化环境中生存，加上译者的民族诗歌审美情趣和民族情结，很多译诗在形式上具有民族性特征。同时，诗歌是一种形式艺术，中国现代译者十分注重译诗形式对原诗风格的再现。第三节从正反两个方面讨论了译诗形式对中国现代新诗形式建构的影响。

第四章"现代译诗与中国新诗的文体建构"，本章主要包括中国现代译诗的文体特征、现代译诗对中国新诗形式观念的实践文体及外国诗歌的翻译体对中国新诗文体的影响等内容。这是本书的研究基础，因为如果没有现代文化语境下的译诗，没有译诗文体的现代性特质，译诗就不会对中国新诗文体形成影响。因此，本章从论述现代译诗的文体特征出发，认为外国诗歌的翻译体具有原语和译语的双重审美属性和文体特征，从译本的文体选择而言，它受到了新诗形式风尚的规约，而一旦它形成了具体的译诗文本并进入到中国新诗的文体序列中，就会对新诗文体产生影响。第二节认为外国诗歌的翻译过程和翻译体有助于在目标语文化语境中产生新的诗歌文体；第三节认为很多外国诗歌的翻译体是对中国新诗形式观念的实践和检验。在此基础上，本书从多个角度论述了外国诗歌的翻译体对中国新诗文体建构的促进作用。

第五章"中国新诗的文体建构与外国诗歌文体的误译"，本章主要包括中国新诗的形式建构对译诗原文的形式选择、外国诗歌形式误译的原因透析、外国诗歌形式误译的几种类型以及外国诗歌形式的误译与中国新诗的形式建构等内容。外国诗歌的翻译除了语言层面的意义误译之外，还存在着形式上的误译，这是由于民族诗歌审美习惯、诗歌翻译活动的特殊性以及中国新诗的形式理念所致。外国诗歌形式的误译在客观上为新诗形式观念的架构提供了切实的文本范式，声援并影响了中国新诗的形式建设。

第六章"外国诗歌的翻译与中国新诗各体形式的建构"，本章主要包括外国诗歌的翻译与自由诗、外国诗歌的翻译与散文诗、外国诗歌的翻译与小诗、外国诗歌的翻译与现代格律诗、外国诗歌的翻译与叙事诗等内容。这些诗歌形式已经成为中国新诗的主要形式，它们的诞生或多或少地受到了译诗的影响,而在30—40年代的发展期又相应地受到了译诗的影响,对此进行梳理有助于进一步厘清中国新诗的形式资源,认清外国诗歌的翻译对中国新诗各体形式的发生、发展乃至成熟所起到的推进作用。

"结语"部分澄清作者的研究立场和学术指导思想——中国新诗文体来源于多个源头。古典诗歌散曲和民歌民谣是其主要来源,外国诗歌及其翻译体仅仅是中国新诗文体建构的重要资源之一。外国诗歌的翻译在给中国现代新诗的文体建构带来积极影响的同时,也产生了一些负面效应,我们在以后的新诗文体建构中对外国诗歌文体需要扬长避短,使中国新诗的文体朝着健康的方向迈进。

第一章　现代译诗批评场域中的诗歌文体观念

翻译社会学派应该划归翻译文化学派的范畴，澳大利亚著名学者皮姆（Anthony Pym）近年来致力于从社会学的角度去研究翻译，他在《翻译史研究方法》（*Method in Translation on History*）一书中所凸显出来的一个重要理念就是"强调用社会学的方法来研究翻译，突出翻译与整个社会诸多因素之间的互动关系。"① 现代翻译批评场域实际上就是社会文化的一个缩影，从伦理道德、文化过滤以及翻译论争等社会或文化的角度去研究中国现代译诗与中国新诗文体建构的关系，彰显出翻译的社会学批评思路。该章内容主要分为三个部分：一是从西方强势文化对中国新诗界操控的维度论述了1917—1925年前后中国现代译诗对东方短小诗体的选择；二是从翻译伦理道德的角度论述了20世纪20年代创造社的翻译批评对正确的译诗语义的追求；三是从翻译论证的角度论述了创造社与文学研究会的论争涉及对译诗文体形式的批评。

第一节　西方文化过滤下的译诗文体选择

本节主要以20世纪20年代（即五四前后）的诗歌翻译为研究对象，从文化过滤的角度以及强势文化—弱势文化关系的角度来探讨该时期中国为什么会选择东方短小的诗体进行翻译。五四前后是一个西潮涌动的年代，外国的社会学和文学著作伴随着"民主"与"科学"的时代精神被大量翻译介绍到中国，西方文化"逐渐敷布东土，犹之长江、黄河之

---

①　李德超：《翻译史研究方法·导读》，北京：外语教学与研究出版社，2007年，第4页。

水，朝宗于海，自西东流，昼夜不息，使东方固有文化，日趋式微，而代以欧洲文化。"① 伴随着这股强大西潮的涌入，英国、德国和美国等西方国家的诗歌也通过翻译进入普通人的阅读视野，新青年社对英美诗歌的翻译，文学研究会对东欧弱小民族诗歌的翻译，创造社对英国浪漫主义诗歌的翻译均标示出中国新诗坛对西方诗歌明显的趋鹜。几乎没有人会怀疑中国现代早期的译诗主要取材于西方诗歌并顺应了这一时期的西化语境。然而，笔者通过对该时期主要的文学刊物如《新青年》、《小说月报》和《创造季刊》（包括《创造周报》、《创造日》和《洪水》）等发表的译诗进行统计，发现五四时期翻译东方诗歌的数量远远超过了西方诗歌，与人们的预想和时代的价值取向呈现出一种逆现象。为什么在西潮涌动的年代，诗歌翻译界却劲吹东方诗风呢？

一

为了证明20世纪20年代上半期之前中国诗歌翻译逆现象的存在，我们有必要对该时期译诗的数量和国别进行统计。文学报刊或文学社团的繁荣是文艺繁荣的表征，我们因此可以将这一时期主要文学刊物上的译诗作为参照对象，在线性的时间递进中清晰地勾勒出译诗的国别归属。因此，下面以1915—1921年的《新青年》杂志，1921—1931年前后的《小说月报》，② 1921—1929年的创造社刊物为纵向的主线，以呈现出该时期东方诗歌的翻译热潮。

首先来看《新青年》上的译诗：《新青年》在第一卷上登载了陈独秀翻译的外国诗歌，成为现代文学史上最早译介外国诗歌的核心杂志之一，"《新青年》虽不是纯文学杂志，但其文学色彩相当浓厚，而且十分重视翻译，译文占总字数的约四分之一；而在翻译作品中，文学作品的分量又占了一半以上。在第四卷里，翻译文学更是达总量的近90%左右。"③《新青年》不仅翻译了大量的外国诗歌，还形成了自己的译诗特

---

① 张星烺：《欧化东渐史》，北京：商务印书馆，2000年，第3页。
② 之所以选取这一时段，是因为《小说月报》的黄金时期，或者说对新文学贡献最大的时期应该是1921—1931年："商务印书馆的《小说月报》创刊于一九一〇年七月，到一九三二年'一·二八'，因商务印书馆遭战火而停刊，算来有二十一年。然而《小说月报》在社会上发生广泛影响，却只有十一年，即一九二一年到三一年。"（茅盾：《小说月报·影印本序》）
③ 王向远：《翻译文学导论》，北京：北京师范大学出版社，2004年，第105页。

色——注重翻译那些与时代和社会现实结合紧密的诗作,对中国新诗和社会思潮产生了积极而深远的影响。我们可以将《新青年》杂志上的译诗作如下统计:

表一:《新青年》上的译诗统计表(其中包含主要的译者和被译者)

位次	国家(民族)	译诗数量	主要被译诗人	主要译者
1	日本	30	与谢野晶子(Yasano Akiko)、千家元磨(Senke Motomare)、武者小路实笃(Mushakoji)、石川啄木(Ishikawa Takubaku)	周作人
2	印度	26	达葛尔(Tagore)、Ratan Devil、S. Naidu、什伯温妮莎	陈独秀、刘半农、周作人
3	英国	5	民歌、Austin. Dobson	周作人、沈钰毅、天风
4	爱尔兰	4	民歌	周作人、刘半农
5	捷克	4	民歌	周作人
6	古希腊	3	谛阿克罗多思	周作人
7	俄国	3	I. Turgener、那特孙	刘半农、周作人
8	美国	2	S. F. Smith、剌斯戴尔(Teasdale)	陈独秀、胡适
9	法国	2	须毕勃、果尔蒙	周作人
10	波兰	2	达尔曼	周作人
11	苏格兰	1	Lody A. Lindsay	胡适
12	德国	1		苏菲
13	波斯	1	莪墨伽亚谟	胡适
14	挪威	1	易卜生	任鸿隽
15	波斯尼亚	1	民歌	周作人

续表

位次	国家（民族）	译诗数量	主要被译诗人	主要译者
16	立陶宛	1	民歌	周作人
17	保加利亚	1	遏林沛林	周作人
18	未注明国家	3	拉忒伐亚库拉台尔、耶戈洛夫著、凡贝尔格著	周作人
合计	17	91		

注：（1）表格中的国家名和诗人名保留原状，未加修改；
（2）表格中的数据根据《新青年》影印本统计出；
（3）表格中主要统计了从 1915—1921 年间《新青年》上的译诗；
（4）转译的诗歌仍旧按照原作本来的所属国划分。

文学研究会是对中国翻译文学贡献最大的社团之一，他们以《小说月报》为中心，翻译介绍了大量的外国诗歌作品。文学研究会的主要成就是译介外国文学，茅盾将《小说月报》作为专门的新文学刊物，为翻译文学的兴起提供了舞台，无论从译诗的数量还是从质量上讲，《小说月报》都超越了《新青年》，淋漓地显示了五四时期的译诗热潮。除了《小说月报》外，文学研究会创办的其他刊物（比如《文学周报》、《诗》）中也有许多译诗，由于本书只对有代表性的刊物进行描述，所以在此就不再罗列文学研究会其他刊物上的译诗。仅就《小说月报》上的译诗而论，我们可以用以下表格进行统计：

表二：《小说月报》上的译诗统计表（其中包括主要的译者和被译者）

位次	国家（民族）	译诗数量	主要被译诗人	主要译者
1	印度	135	泰戈尔	郑振铎、赵景深、徐志摩、徐培德、落花生
2	英国	47	王尔德、哈代、济慈、拜伦、雪莱、丁尼生、密尔顿、莎士比亚、罗赛蒂	朱湘、徐志摩、傅东华、顾彭年、刘复、赵景深
3	日本	23	石川啄木、生田春月	周作人、谢位鼎、汪馥泉、谢六逸
4	瑞典	20	廖特倍格、赫腾斯顿、泰依纳	希真、沈泽民、冯虚、梅川

续表

位次	国家（民族）	译诗数量	主要被译诗人	主要译者
5	法国	13	波特来耳、龙沙（P. Ronsard）、宓遂（A. Muset）、哇莱荔、魏尔伦	仲密、式微、梁宗岱、侯佩乎、李金发
6	阿美尼亚	13	土尔苛阗支、伊萨诃庚、西曼佗、据蓓兰葛薇儿女士英译本译	茅盾、陈搏
7	匈牙利	11	裴都菲、亚拉奈、桐伯、苟莱、	沈泽民、孙用、冬芬
8	俄国	10	屠格涅夫、烈尔蒙托夫、布洛克	郑振铎、沈性仁、冬芬、海峰、陆秋人
9	葡萄牙	3	特·琨台尔	希真
10	罗马尼亚	2	（民歌）	朱湘
11	波兰	2	柯诺普尼斯卡、阿斯尼克	茅盾
12	乌克兰	2	洛顿斯奇、西芙支钦科	茅盾
13	捷克	2	散尔复维支、白鲁支	茅盾
14	古希腊	2	荷马	傅东华
15	古罗马	2	维其尔	傅东华
16	美国	1	惠特曼	徐志摩
17	阿富汗	1	从 E. Bowys Mahero 的英译本中转译	冯虚
18	乔具亚	1	夏芙夏伐支	茅盾
19	塞尔维亚	1	斯坦芳诺维支	茅盾
20	德国	1	史托姆	伴君
21	波斯	1	莪默伽亚莫	郭沫若
22	瑞士	1	奥立佛	戴望舒
23	未注明国家	4	C. Joseph、Knut Hamsus	徐调孚、汪廷高、一樵
合计	22	298		

注：（1）表格中的国家名和诗人名保留原状，未加修改；
（2）表格中的数据根据《小说月报》影印本统计出；
（3）表格中的译诗主要从1921年改版后的《小说月报》开始统计；
（4）转译的诗歌仍旧按照原作本来的所属国划分。

第一章　现代译诗批评场域中的诗歌文体观念 ………◎ 35

由留日学生组成的创造社在思想上具有浪漫主义的激进色彩，他们以《创造季刊》、《创造月刊》和《创造周报》为阵地，对世界文学中的新思潮和流派的作品"情有独钟"，比如浪漫主义、象征主义、未来派、表现派等，他们的译诗和译诗观念是五四诗歌翻译热潮中绽放出的绮丽之花。为便于论述，我们先将创造社诸君的译诗做如下统计：

表三：创造社的译诗统计表（其中包含主要的译者和被译者）

位次	国家（民族）	译诗数量	主要被译诗人	主要译者
1	波斯	103	莪默伽亚谟（Omar Khayyam）、Gibram	郭沫若、张闻天
2	英国	10	雪莱、葛雷	郭沫若、成仿吾
3	德国	3①	歌德	郭沫若
4	法国	3	Alfred de Vigny、维勒得拉克	穆木天
5	日本	2	上野壮夫、森山启	N. C
6	比利时	2	万雪白（Ch. Van Larberghe）	穆木天
7	未注明国家	1		郭沫若
合计	6	124		

注：(1) 表格中的国家名和诗人名保留原状，未加修改；
(2) 表格中的数据根据影印本统计出；
(3) 表格中是1922年《创造季刊》创刊到1929年《创造月刊》停刊期间的译诗；
(4) 转译的诗歌仍旧按照原作本来的所属国划分。

通过以上的统计我们可以看出，《新青年》上翻译发表了日本、印度和波斯等东方国家的57首诗歌，《小说月报》上翻译发表了印度、日本、阿富汗和波斯等东方国家的160首诗歌，《创造季刊》及创造社的其他刊物上翻译发表了波斯和日本的105首诗歌，总计翻译发表东方诗歌322首。五四前后三个主要刊物发表的译诗有513首，东方诗歌所占的比重是63%，远远超过了西方诗歌的翻译总量，充分说明了在"别求新声"于西方的20世纪早期，强大的东方诗风却漫卷了整个译坛。

---

① 该数据是根据笔者整理得出的，歌德的这三首诗除了《迷娘歌》是专门以诗的名义发表之外，其余两首均是在书信中得到的。

二

为什么人们会翻译大量的东方诗歌呢？首先还是中国诗坛的内在需要决定了翻译东方诗歌的盛行，这些诗歌一方面应和了新文化运动的时代精神和人们的诗歌审美价值取向，另一方面也对建构中国新诗的形式起到了积极的促动作用。

首先从新文学发展诉求的角度来讲，东方诗歌翻译热潮的兴起是多种因素共同作用的结果。五四时期是一个提倡人道主义和博爱精神的时期，泰戈尔"爱的哲学"很快便迎合了人们的心理和时代需求，大量翻译泰戈尔的诗才能满足人们的阅读需求。再以波斯诗歌的翻译而言，鲁拜诗的情感特质符合五四时期的时代精神，莪默伽亚谟的四行诗除了在形式上与中国古诗具有相似性之外，其内容也有显著特色——富含哲理性和反抗精神。莪默伽亚谟的诗作"表达了他对神学理论、宗教的怀疑，否认有天堂、地狱的存在；对统治阶级的暴行和社会罪恶采取批判揭露的态度；表现了他的先进社会思想和对人生意义的沉思与探求。"[①] 这种情感内容正好契合了五四时期青年人对自我人生和社会未来的思考，于是很多诗人都积极地翻译、介绍或探讨鲁拜诗，从而在中国新诗界掀起了一股鲁拜诗的翻译热潮。以当时翻译鲁拜诗最用功的郭沫若为例，有学者认为"伽亚谟的《鲁拜集》，不管是在思想情调、主题指向，还是在文体风格上，都颇能投合郭沫若此时（五四前后——引者）的审美趣味，满足其审美需要。"[②] 翻译是一项文化交流活动，对原作主题的选择往往反映出译入语国的文化需求，《鲁拜集》在五四时期的大量翻译正好说明了中国社会需要莪默伽亚谟式的怀疑和反叛精神。另外，新诗需要充实新思想和新文体，恰如郑振铎所说："泰戈尔之加入世界文坛，正在这个旧的一切，已为我们厌倦的时候。他的特异的祈祷，他的创造的新声，他的甜蜜的恋歌，一切都如清晨的曙光，照耀于我们久居于黑暗的长夜之中的人的眼前。这就是他所以能这样的使我们注意，这样的使我们欢迎的最大的原因。"[③] 这是一个普遍的现象，翻译诗歌引入中国的

---

① 朱湘：《朱湘译诗集》，长沙：湖南人民出版社，1986年，第13页。
② 袁荻涌：《郭沫若为什么要翻译〈鲁拜集〉》，《郭沫若学刊》，1990年3期。
③ 郑振铎：《泰戈尔传·序言》，参见《新文学作家与外国文化》，顾国柱著，上海：上海译文出版社，1995年，第140—141页。

部分原因以及受到中国人欢迎的原因就是因为中国诗歌自身的发展确实需要那样的异质文化的刺激和鼓动,译诗能够为中国萎靡的文坛带来新质和活力。同时,"随着'五四'落潮,疾风骤雨式的思想启蒙式微,社会愈加黑暗,苦闷和彷徨的情绪弥漫开来,更多的作家和诗人从社会中退出来,转入内心对人生作形而上的冥想和哲理探索,或者表现一种'忽然而起,忽然而灭'的个人的并不迫切而同样真实的感情,或者歌咏自然、母爱、童心以回避现实。短小精悍的小诗无疑是适合这种哲理的探索的。"① 于是,日本的俳句、泰戈尔的小诗以及莪默伽亚谟的鲁拜诗便获得了广阔的存在空间,对之加以大量的译介实乃反映出中国新诗的发展需求。

仅仅从20世纪20年代前后人们对新思想和新文体的追求入手来分析东方诗歌的翻译热潮只具有普遍意义而不具备特殊性和针对性,因为对西方诗歌的翻译同样可以从这里找到原因。接下来,本书将从更深层的审美价值取向的角度去分析东方诗歌翻译热潮兴起的原因。民族文化心理和潜在的诗歌审美观念潜移默化地影响着译者对作品的选择,因为诗歌作为艺术性最高的文体,其民族性也最强。同为东方的日本、印度和古波斯在审美观念和文化思维上与中国有很多相似的地方,翻译这三个国家的诗歌在审美和思维上很容易契合中国人的文化心理。而且在新文化运动初期,人们的诗歌审美观念还笼罩在传统阴影下,并没有像后来那样西化,因此译者和读者不仅愿意接触这样的诗歌,而且很乐意阅读并模仿这样的诗歌意象、意境等。20世纪20年代以后,由于自由诗的流行,诗歌形式趋于泛滥和无序之中,于是不少诗人开始寻求新诗的其他表达方式,其中回头向传统诗歌吸取营养当然是解决新诗形式问题的路径之一,但经历了五四新文化运动洗礼后的中国诗歌不可能完全回到传统的老路上,也不可能利用旧诗形式来创作新诗,在这种情况下,泰戈尔简约的小诗,日本精炼的俳句和"绝句"式的鲁拜诗无疑满足了他们内心的审美意识,同时也避免了重走古诗创作道路的危险。所以,与其说中国的小诗是对外国诗歌的摹仿和借鉴,不如说是外国的哲理小诗和俳句契合了我国传统的诗歌审美标准。周作人说:"小诗在中国文学里也是'古已有之',只因他同别的诗词一样,被拘束在文言与韵的两

---

① 杜荣根:《寻求与超越——中国新诗形式批评》,上海:复旦大学出版社,1993年,第63页。

重束缚里,不能自由发展,所以也不免和他们一样同受到湮没的命运。近年新诗发生以后,诗的老树上抽了新芽,很有复荣的味道;思想形式,逐渐改变,又觉得思想和形式之间有重大的相互关系,不能勉强牵就,我们固然不能用了轻快短促的句调写庄重的情思,也不能将简洁含蓄的意思拉成一篇长歌:适当的方法唯有为内容去定外形,在这时候那抒情的小诗应了需要而兴起正是当然的事情了。"① 按照周作人的说法,中国古代已经有小诗文体了,只是五四新文学"闯将"们在否定文言和古诗严谨的韵式时将之湮没了。不管这种说法是否正确,正是这种"古已有之"的存在,东方诗歌才得以大量地被翻译,才得以在中国大量地被阅读接受。东方诗歌翻译热潮兴起的根本原因,还是东方人共有的审美习惯和思维方式,还是这些诗歌对中国传统诗歌美学观念的契合。"小诗的主要作者确乎是接受了印度泰戈尔和日本俳句短歌的影响,但是这种接受又是在深层意义上对我国古典诗歌中凝练、含蓄的审美标准的认同。"② 这也许才是小诗得以兴起的关键原因,也是五四前后译诗中东方诗歌占据很大比重的关键原因。

第三,东方诗歌翻译热潮的兴起与20世纪20年代新诗的形式建构戚戚相关。新诗发展经历了初期的形式"爆破"向后期形式建构的转折,很多诗人开始寻思新诗形式发展的合理路向。20世纪20年代中后期开始,新诗形式建构的意图使人们对新诗的创作现状表示出强烈的担忧并对当时的创作加以批判,比如当时流行的小诗体就显示出诗人形式意识的缺乏。小诗这种文体是在泰戈尔译诗的影响下产生的,而泰戈尔在中国的译诗是根据英文译诗转译的,英文译诗已经失去了原文的音韵节奏,而翻译成汉语后很多人又不注重形式,导致译诗与泰戈尔原诗在形式和音韵节奏上差异很大。因此,如果把这种翻译得不准确或者质量低劣的诗歌当作新诗创作的模板加以模仿,那写出来的作品在艺术的隶属度上就会大打折扣。正是基于这样的认识,创造社的郑伯奇对诗坛上流行的小诗大加指责:"模仿中国恶劣译本去学太戈尔作诗,不仅是大错,实在是笑话了。……形式上的种种限制,都是形式美的要素,新文

---

① 周作人:《论小诗》,《周作人批评文集》,杨扬编,珠海:珠海出版社,1998年,第87页。
② 杜荣根:《寻求与超越——中国新诗形式批评》,上海:复旦大学出版社,1993年,第82页。

学的责任，不过在打破不合理的制限，完成合理的制限而已。就诗而言，绝律试帖之类不合理的制限，是应该打破的，流动的 melodie，铿锵的 rithme，乃至相当调和整齐的 forme，都是应该更使之完美的限制。"① 郑伯奇的这段话的确是批评了小诗由于模仿了翻译的和歌、俳句以及泰戈尔的诗歌而在形式和内容上不能令读者满意，从侧面论述了翻译诗歌给中国新诗带来的负面影响。而《鲁拜集》的翻译有助于改变中国新诗形式建设的不足。其时创作"狂飙突进"的《女神》的郭沫若，创作领域的自由诗格局刚刚打开便在翻译领域里折回"绝句"的严谨形式中，这是个让人感到意外的行为。郭沫若 1923 年 7 月翻译了波斯诗人莪默伽亚谟的 101 首诗，并在译诗前加了很长的引言，阐明了他所翻译的是中国绝句式的诗歌："Rubaiyat 本是 Rubai 的复数。Rubai 的诗形，一首四行，第一第二第四行押韵，第三行大抵不押韵，与我国的绝句诗颇相类。我记得胡适之的《尝试集》里面好像介绍过两首，译名也好像是《绝句》两字。"② 这种具有形式约束美的译诗比泰戈尔诗的自由译体更能给中国新诗的发展提供形式资源，只可惜《鲁拜集》的翻译没有像泰戈尔诗歌的翻译那样在中国新诗坛影响深远，如果当时的小诗作者能够充分地吸纳郭沫若等翻译的《鲁拜集》译作的形式因素，也许小诗的艺术成就会呈现出另外一种面貌。

开放的时代语境使外国诗歌的流行风尚很快吹进了中国文坛，"东方热"带动下的"泰戈尔热"和"鲁拜热"很快影响了中国新诗界对外国诗歌的翻译选择。与此同时，新文化语境和多元化的文学创作路向使翻译诗歌的论争和批评成为可能，这在客观上促进了《鲁拜集》翻译热潮的形成，并为其在中国诗坛的传播、接受和影响创造了条件。

三

难道时代精神、中国固有的诗歌审美观念和中国新诗的文体建构理想就是决定东方诗歌翻译的全部原因吗？事实上，中国现代早期译坛的这股东方诗风并非来自东方，而是在西潮的夹杂下登陆中国的，除开日

---

① 郑伯奇：《新文学之警钟》，《创造周报》（第 31 号），1923 年 12 月 9 日。
② 郭沫若：《莪默伽亚谟诗的诗·小引》，《创造季刊》（1 卷 3 号），1922 年 11 月。

本诗歌之外,印度泰戈尔诗歌和波斯莪默伽亚谟诗歌的汉译本都是从英语诗歌中转译的,中国人接受的东方诗歌无形中经过了西方的文化过滤,这说明我们对东方诗歌的选择依然没有逃脱西方诗歌的审美价值取向,这股看似来自东方的诗风实质上仍然是暗涌的西潮。

  翻译实践活动的展开必然受到两种文化之间的权利关系的影响。正如前文所引塔拉尔·阿萨德的观点,第三世界国家的语言与西方语言尤其是英语比较起来处于弱势地位,因此在翻译的过程中更容易屈服于原语且导致对原语语言因素的吸纳,毕竟在西方各民族在它们与第三世界的政治经济联系中,更有能力操纵后者,由此导致西方语言比第三世界语言有更好的条件生产和操纵有利可图的知识或值得占有的知识。① 此观点表明译者对翻译文本的选择其实与个人审美价值取向的偏好和语言能力的深浅并无多大关系,对翻译实践起操控作用的乃是符合政治体制实践的各种形式和福柯所说的知识/权力的关系,这些因素决定的认知方式将某些对外国文学权威化或者经典化,并且压制了其他认知方式和文艺观念。因此,五四时期中国译者选择什么样的诗歌进行翻译其实很大程度上取决于占主导地位的西方诗歌的审美价值观念。这也就是说,处于弱势地位的中国对东方诗歌的翻译是由处于强势地位的西方观念决定的,西方人认同的泰戈尔、莪默伽亚谟等在使中国人大量翻译了他们作品的同时,却又遮蔽了中国人对其他东方诗人的认识。我们看到的东方诗歌的面貌其实是西方人认知的结果,我们翻译的所谓经典的东方诗歌也仅仅是西方权利塑造的权威和经典,并不是我们主动去选择的结果。

  20世纪初叶,西方诗歌在发展进程中经历了罕见的东方诗歌热。首先以英国诗坛为例,权威的《牛津现代英诗选》(1892—1935)中"印度诗人泰戈尔却占了七首的篇幅,魏莱(Arthur Waley)译的白居易的《游悟真寺诗》也足足占了十面,为集中最长的诗……但是,把许多英国人常读的美国诗除外,而单把一首白居易的长诗收集进去,未免太不顾到事实了。"② 该话显然没有考虑到英国兴起的东方热这一文化背景。白居易的诗占了10页纸的长度,成为《牛津现代英诗选》中的"长诗",这是个让人感到惊讶的事实。而另外一个让他感到不可思议的事实

---

① 引文见《跨语际实践》,刘禾著,宋伟杰译,北京:三联书店,2002年,第4页。
② 叶公超:《牛津现代英诗选》,《文学杂志》(1卷2期),1937年6月。

是编者选了 7 首并没多少人阅读的泰戈尔诗，而将英国人熟悉并常读的美国诗人的作品排除在选集之外。美国诗坛一向被视为英国诗坛的附庸，英国诗坛的东方诗风不可能不在美国诗坛刮起风暴。赵毅衡先生根据美国诗歌年鉴性刊物《刊物诗选》（Anthology of Magazine Verse）对 1915 年到 1923 年的诗歌评论进行了统计，"从评论看，中国居第三位，25 篇，次于法国和意大利……在中国之后，日本居第四位，十八篇……印度的七篇则全是评论在伦敦与英国诗人过从甚密并得到诺贝尔文学奖的泰戈尔"。① 这说明在 20 世纪初期的美国诗坛同样流行着东方诗歌。西方国家兴起东方热的原因是耐人寻味的，张中良先生认为第一次世界大战使西方人在反思自我文化的同时"获得了重新认识东方文化的契机"，他引用法国作家罗曼·罗兰的话对此加以印证："在这场表明欧洲无耻失败的世界大战的浩劫之后，欧洲自己已不能保卫自己，这点是很清楚了。它需要亚洲的思维，正如亚洲从欧洲的思维中获得了裨益一样。"② 为此，西方在一战之后兴起了一股东方诗歌潮流，而这个诗歌时尚反过来又影响了中国对东方诗歌的译介热。也正是英美国家流行的东方诗风影响了中国人对外国诗歌的选择，导致五四时期中国诗坛也刮起了一股东方诗歌风潮，泰戈尔、莪默伽亚谟以及日本的俳句被大量翻译进了中国新诗坛。

就"泰戈尔热"来讲，其诗歌的译介并非有悖于新文化运动时期文坛的西方文学译介潮流。泰戈尔诗歌作品在中国的译介最早要数陈独秀，他于 1915 年在《新青年》（始称《青年杂志》）第 2 期上发表了名为《赞歌》的译诗，翻译的就是泰戈尔的 4 首短诗。译诗小引对泰戈尔作了如下的介绍："达噶尔印度当代之诗人。提倡东洋之精神文明者也。曾受 Nobel Peace Prize，驰名欧洲。印度青年尊为先觉。其诗富于宗教哲学之理想。"③ 在这简短的介绍中，我们至少可以读出陈独秀翻译该诗时的诸多思绪：首先是在文化选择上具有强烈的东方文化情结，其次是译诗的参照文本（原文）在欧洲具有广泛的影响力，第三是译诗的潜在读者是

---

① 赵毅衡：《诗神远游——中国如何改变了美国现代诗》，上海：上海译文出版社，2003 年，第 76—77 页。
② 张中良：《五四时期的翻译文学》，台北：秀威资讯科技股份有限公司，2005 年，参见第 84—85 页。
③ 陈独秀：《赞歌·小引》，《新青年》（1 卷 2 号），1915 年 10 月 15 日。

青年人。也许有人认为此三者中东方文化情结应该居于主导地位，因为正是对东方文化包括中国文化的热爱才使陈独秀选译了泰戈尔的诗歌，但最有意味的还是"曾受 Nobel Peace Prize，驰名欧洲"这句话。因为在西潮激荡的五四时期，在"打孔家店"① 而"别求新声于异邦"的语境下，像陈独秀这样一位"文学革命论"者很难继续归附于传统价值和审美观念，其对泰戈尔诗歌中的"东洋之精神文明"的强调从深层原因来看是受了西方人的影响，毕竟泰戈尔首先是得到了西方文化圈的认同后才获得了诺贝尔奖，没有"驰名欧洲"的泰戈尔诗的传播状况，中国人根本就不知道泰戈尔的存在，也无从去翻译他的作品了。不管西方人是出于对泰戈尔诗歌欣赏的缘故还是带着"东方主义"的视角对泰诗充满了好奇，我们不能否定的是西方人发现了泰戈尔和泰戈尔的作品，中国人对泰戈尔的翻译步入了西方人对东方诗歌的价值评判系统中，对英译本的翻译无疑显示出我们对西方文学的"跟风"情结。因此，对泰戈尔诗歌的大量翻译从某种程度上依然反映出中国五四时期的文坛西潮激荡。

  郭沫若曾指出泰戈尔诗歌在中国流传的原因是因为"西洋人"的欣赏。郭沫若诗歌的泛神论精神使很多人相信他对泰戈尔存有崇敬之情。早在郭沫若开始实践诗歌翻译的 1917 年以前，他就在泰戈尔清新恬淡的表现"梵的现实"的《新月集》、《园丁集》和《吉檀迦利》等作品中选译了一些诗歌，合集为《泰戈尔诗选》。郭沫若因翻译泰戈尔作品而受到的影响和启示是深刻的，他在回忆自己作诗的经历时指出："我短短的作诗经过，本有三四段的变化。第一段是泰戈尔式，这段时期是在五四以前做的诗是崇尚清淡，简短……"② 但我们从郭沫若的《〈创造季刊〉补白十则》中却看到了他对泰戈尔诗歌迥然有异的评价："昨晚我梦见泰戈尔，他向我说：'你们中国诗人，都是些唱戏的猴子。'我说：'怎么说呢？'他说：'他们惯会摹仿，东一摹仿，西一摹仿，身上穿的一件花花衣裳，终竟捉襟见肘。''哼，笑话！'我愤恨着回答他，'其实你老先生也不过是一条老猴子。你比我们好点的，是西洋人多赏了你几

---

  ① "打孔家店"这一表述被后人修改成"打倒孔家店"，事实上，胡适先生首先提出此口号，他在 1921 年 6 月 16 日所写的《〈吴虞文录〉序》的表述是："我给各位中国少年介绍这位'四川省只手打孔家店'的老英雄——吴又陵先生！"
  ② 郭沫若：《创造十年》，《革命春秋》，新文艺出版社，1951 年，第 73 页。

个钱罢了!'他用手杖来打了我一下,我醒了转来,失悔我毁坏了一个大偶像。"① 郭沫若对泰戈尔诗歌的批评首先涉及到诗歌的内容,他吸收了英国浪漫主义大师华兹华斯"诗是强烈感情的自然流露"的诗观,认为泰戈尔的很多作品由于太注重哲理的表达而放逐了情感和诗意。第二点批评与其说是针对泰戈尔的,不如说是郭沫若有意批评当时中国的新诗创作者缺乏独创性,总是借助翻译和外国诗歌的表达方式来写新诗,导致作品没有个人特色。从而呼吁新诗创作应该走出摹仿的俗路,注重自我形式艺术的建构和表达方式的创新。但是更为重要的信息是,郭沫若认为泰戈尔的诗歌和中国的诗歌一样,都是"猴子"创作出来的,唯一不同的是泰戈尔的诗得到了西方人的认同,因此他就成为高高在上的可以随意评论中国诗歌的世界级诗人,也就成为了被西方乃至整个东方认同的大师。这其实暗示了中国人对东方诗人的发现和大规模的译介并非源于我们自身的诗歌审美价值和评判标准,而是被西方人牵引着失去了主动选择的能力。

对波斯诗人莪默伽亚谟的翻译热潮同样说明了东方诗歌的翻译是受了西方审美观念的影响,而不是中国人自身的审美价值理念决定着东方诗歌的翻译。英国人爱德华·菲茨杰拉德(Edward Fitzgerald)于1859年自费出版了他翻译的波斯诗人莪默伽亚谟(Omar Khayyam)的《鲁拜集》(Rubaiyat),由此在全球引发了鲁拜诗的翻译热潮,有几十种语言从菲氏英语译文中转译了该诗集。这股翻译热潮带动了中国五四时期翻译界的《鲁拜集》热,从1919年2月28日胡适选译了两首鲁拜诗起,中国现代新诗史上很多著名诗人如郭沫若、徐志摩、闻一多、成仿吾、朱湘等都曾翻译或介绍过鲁拜诗,《鲁拜集》的翻译在五四时期掀起了高潮。为什么五四时期有这么多诗人来翻译和介绍《鲁拜集》呢?除了前面分析的鲁拜诗的情感特质符合五四时期的时代精神,以及在形式上与中国古诗具有相似性之外,也与世界范围的鲁拜诗翻译热潮分不开。19世纪后期,英国诗人菲茨杰拉德把莪默伽亚谟的诗译成英文出版后,引起了人们对他的极大兴趣,欧洲各国竞相翻译《鲁拜集》。"直到二十世纪初,《鲁拜集》仍受欢迎,尤其是1901年译者版权终止,各种翻版如潮水涌来,至1929年,七十年中出了一

---

① 郭沫若:《〈创造季刊〉补白十则》,《郭沫若佚文集》(上),王锦厚等编,成都:四川大学出版社,1988年,第95—96页。

百二十八版。"① 据统计，到 20 世纪上半叶为止，莪默伽亚谟的诗集有 32 种英文译本，16 种法文译本，12 种德文译本，11 种乌尔都文译本，8 种阿拉伯文译本，5 种意大利文译本，4 种土耳其及俄文译本，此外还有其他亚非各种语言的译本。并且据伊朗学者统计，到 1929 年为止，关于莪默伽亚谟及其作品的论文和专著在欧美各国就有 1500 多种。② 世界范围内的鲁拜诗热潮自然带动了中国人对鲁拜诗的关注和翻译，加上五四前后是一个思想解放和引入外国文化最繁盛的时期，鲁拜诗在中国的翻译热潮就不可避免了。

20 世纪中国知识分子很难保持一种独立的民族文化身份，他们对民族历史和记忆的书写或多或少地都会以他文化为参照。以中国新文学的发展为例，我们的新诗革命在理论先行的情况下，在与传统诗歌决绝之后，其发展往往只能以外国诗歌或外国诗歌的译本为蓝本进行创作，这多少反映出中国现代知识分子的民族文化心理和居于世界民族文化之林的地位。而在借鉴外国语言表达的时候很难实现本土化转换或将之加以中国化，因为"要想轻松自如地谈论中国化，必须充分假设中国自信其文明相对于世界的其他地方而言具有绝对的中心性（Centrality）……由于西方的在场，这种自信几乎消磨殆尽，其程度之深，甚至迫使中国不再能为自身维系一种独立的身份认同，而必须或隐或显地参照世界的其他地方，后者时常以西方为代表。"③ 对东方诗歌的翻译正好彰显了五四时期知识分子的这种文化心态，他们对东方诗歌的翻译不是自主选择的结果，而是以西方诗坛流行的元素为参照，西方的东方热带动了中国五四时期东方诗风的流行。

总之，在西潮涌动的 20 世纪 20 年代时期，东方诗风的兴起一方面与中国自身的新诗文体建设有密切关系，另一方面也与我们潜意识中的西方中心主义思想分不开，因此我们在西方文化过滤之后从英语或日语中转移了大量的东方诗歌。西潮涌动与东方诗风这对看起来互为逆现象的诗坛景观本质上并不矛盾，东方诗风盛行的表象背后其实暗涌的依然

---

① 赵毅衡：《诗神远游——中国如何改变了美国现代诗》，上海：上海译文出版社，2003 年，第 173 页。

② 黄杲炘：《从柔巴伊到坎特伯雷——英语诗汉译研究》，武汉：湖北教育出版社，1999 年，参见第 203—204 页。

③ 刘禾：《跨语际实践》，宋伟杰译，北京：三联书店，2002 年版，第 5—6 页。

是西方诗潮。

第二节 翻译伦理批评与译诗语言意义的准确性

文学伦理学批评自 20 世纪 80 年代末期以来逐渐受到了中西方学者的重视，随着《批评伦理学》（*The Ethics of Criticism*，1988）、《我们的朋友：小说伦理学》（*The Company We Keep: An Ethics of Fiction*，1988）、《伦理·理论与小说》（*Ethics, Theory and Novel*，1994）、《叙事伦理》（*Narrative Ethics*，1995）等著作的问世，文学伦理学批评开始成为显学。"文学伦理学批评的目的不仅在于说明文学的伦理道德方面的特点或是作家创作文学的伦理学问题，而在于从伦理和道德的角度研究文学作品以及文学与社会、文学与作家、文学与读者等关系的种种问题。"① 因此，从文学伦理学的角度来重新审视创造社与文学研究会的翻译论争，我们就会在"抢占文学地盘"或"争夺话语权力"的利己主义之外发现中国现代翻译史上这场大规模的论争具有促进译者伦理道德意识的养成、翻译质量的提高以及翻译文学多元化发展等正面价值和意义，特别是创造社提倡的将原文与译文进行对照阅读的批评方式有助于提高译诗语义传达的准确性，提升译诗文体的质量。

一

20 世纪 20 年代，中国翻译伦理批评的观念首先体现为一种认识论思想，即认为翻译是一项伦理道德活动，从事翻译活动的译者必须具有自觉的翻译伦理意识。基于这样的认识，凡是不负责任的翻译行为和译者态度就会受到创造社激烈的批判。

中国现代早期的译者普遍认为文学翻译是一项伦理道德活动。文学翻译是一项神圣的文学交流活动，译者应该从道德和伦理的角度出发既对原文负责又对读者负责，从事文学翻译不能仅仅出于发表译作或挣钱的目的。新文学初期的 20 世纪 20 年代，"许多译书的人，稿费拿到了手，便再不管译得如何，别人如何评论，也不倾听。只顾忙着把新的译

---

① 王晨：《文学批评的伦理转向：文学伦理学批评》，《山东社会科学》，2009 年 5 期。

书完稿。"① 如果译者抱着不负责任的态度将翻译视为某种任务或者挣钱的方式，拿到稿费之后连对自己译作的批评意见都不愿意听取，也更不会去修正翻译的错误和调整翻译的方法，这便是对翻译伦理的极大违背，完全沦落为纯粹的拜金主义者而不是架构中外文化交流的译者。很多时候，替别人指出翻译错误的人是在从事一项"损己利人"的高尚事业，抛开狭隘的圈子利益之争和人为的矛盾对立，创造社和文学研究会对彼此翻译的指责其实是在维护翻译的伦理道德，他们所指出的翻译的具体错误有助于译者完善原作的翻译，为国内读者呈现出更加理想的译作。从这个角度讲，下面这段话可以被理解为最符合翻译伦理和道德的言论："近来常见到批评翻译的文字，这是很好的现象。我以为这种工作虽然是消极的，然而它能鞭策从事翻译的人，使不再欺人欺己，功德确是无量。……有一二批评家措词时有过激之处，我以为我们也应当谅解。"② 因此，那些不具备翻译能力的人应该停止翻译，有能力翻译的人也不能因为翻译环境的恶劣而放弃翻译，只有文化界人士具备了翻译的道德伦理观念后，才会形成文学翻译的良好环境。郭沫若认为译者应有翻译的伦理，在了解原文的基础上准确地翻译传达出意义，而不能为了挣钱的目的忽视了译者的责任："翻译的动机无论是为'糊口'起见，或者是为'介绍思想'起见，它的先决问题是要在了解原书以后，不能说是对原书完全不了解，为糊口起见便可以随便译书。对于原书完全未了解便从事翻译，又何从把思想介绍得准确呢？"③

既然文学翻译是一项伦理道德活动，那势必要求译者在翻译时具有伦理道德意识。"翻译文学是文学作品的一种独立的存在形式，既然它不是外国文学，那么它就该是民族文学或国别文学的一部分，对我们来说，翻译文学就是中国文学的一个组成部分，这完全是顺理成章的事。"④ 在新文学发生的五四前后，很多作家和译者都把翻译文学看成新文学的组成部分，或者将翻译文学视为新文学效法的模板，因而翻译文学质量不高就不利于新文学的发展。但上世纪20年代的新文学界，很多译者由于没有自觉的翻译道德意识而不负责任地翻译致使整个译坛处于混沌状态。

---

① 唐汉森：《瞿译〈春之循环〉的一瞥》，《创造周报》（第49号），1924年4月19日。
② 唐汉森：《瞿译〈春之循环〉的一瞥》，《创造周报》（第49号），1924年4月19日。
③ 郭沫若：《反响之反响》，《创造季刊》（1卷3期），1922年11月1日。
④ 谢天振：《译介学》，上海：上海外语教育出版社，1999年，第239页。

郭沫若在谈歌德诗歌的翻译时说："我看得中国报纸上有一处的译文，太不像样子。我们国内的创作界，幼稚到十二万分（日本的《新文艺》杂志本月号有一篇《支那小说界之近况》，笑骂得不堪），连外国文的译品也难有真能负责任——不负作者，不负读者，不负自己——的产物，也无怪乎旧文人们对于新文学不肯信任了。那样的译品，说是世界最大文豪的第一首佳作，读者随自己的身分（份）可以起种种的错感：保守派以为如此而已，愈见增长其保守的恶习；躁进者以为如是而已，愈见加紧地粗制滥造。我相信这确是一种罪过：对于作者蒙以莫大的侮辱，对于读者蒙以莫大的误会。这样地介绍文艺，不怕就摇旗呐喊，呼叫新文学的勃兴，新文学的精神，只好骇走于千里之外。"① 当时的文学界将翻译诗歌当成了证明新诗实力的有力"武器"，没有伦理道德的译诗不但会长保守派保守的恶习，而且会使新文学激进者借机肆无忌惮地"创新"，实际上不利于国内新文学运动的开展。更为重要的是，郭沫若在此阐发了翻译的伦理问题，译者一旦开始翻译外国文学作品，他就不再是根据自己的喜好或某种非文学意图，做一件个人性的事情，他的翻译行为必然涉及到原作者、原作、译语国读者以及社会文化语境等因素，舍弃其中某一方面都是不符合翻译伦理道德的行为。创造社激烈批评的也正是那种对原作者、原文和读者极不负责任的翻译，因此他们总是找出原文和译文来对照阅读，指出译作客观存在的无可辩驳的语义错误，警醒后来的译者不要犯如此低层次的错误，由此形成健康和谐的文学翻译生态。

　　正是从翻译伦理学批评的角度对翻译活动和译者有了独特的认识，创造社猛烈抨击了没有翻译伦理道德意识的译者。五四前后很多译者依靠不完全的或者错误的翻译横行于新文学界，"我们中国的新闻杂志界的人物，都同清水粪坑里的蛆虫一样身体虽然肥胖得很，胸中却一点儿学问也没有。有几个人将外国书坊的目录来誊写几张，译来对去的瞎说一场，便算博学了。有几个人，跟了外国的新人物，跑来跑去的跑几次，把他们几个外国的粗浅的演说，糊糊涂涂的翻翻译译，便算新思想家了。我们所轻视的，日本有一本西书译出来的时候，不消半个月功夫，中国也马上把那一本书译出来，译者究竟有没有见过那一本原书，译者究竟

---

① 郭沫若：《海外归鸿》（第二封），《创造季刊》（1卷1号），1922年5月1日。

能不能念欧文的字母的,却是一个疑问。"① 该话从译者不能充分翻译外国作家或思想家的著作为切入点,批评了那些依靠转译他国作品的不通英文字母的译者,他们迅速而即时的翻译其实是极不负责任的行为,完全没有顾及一个译者应有的翻译伦理和道德。

这些关于翻译活动的认识以及对译者的要求其实都涉及到翻译的伦理学批评,不仅有利于译作在内容上忠实于原文,而且有助于促成译者形成良好的职业道德修养,在新文学初期形成良好的翻译文化生态。

二

创造社和文学研究会成员的论争文章几乎都是围绕着翻译语言意义的正误"据理力争",他们不约而同地采取了将原文与译文对照阅读后指出对方翻译错误的批评方式,围绕着翻译过程中语言意义的转换展开批评,在中国现代翻译史上形成了独特的翻译批评方式——对照阅读式批评。从文学伦理学批评的角度来讲,他们采用这种翻译批评方式的出发点和目的都是为了捍卫翻译的伦理道德并净化翻译语境。

传统的翻译语言学理论普遍将翻译看作是两种语言的等值替换或等信息转换,从而将翻译研究的注意力集中到语言和技巧层面上。比如前文曾论述到最先将语言学研究成果引入翻译研究的英国翻译语言学派代表约翰·卡特福德(J. C. Catford)认为翻译是"用一种等值的语言(译语)的文本材料去替换另一种语言(原语)的文本材料"。② 美国翻译语言学派代表尤金·A. 奈达(Eugene A. Nida)说:"所谓翻译,是在译语中用最切近而又最自然的对等语再现原语的信息,首先是意义,其次是文体。"③ 不管是强调"等值"替换还是信息"对等",这些理论都会将翻译批评引向语言层面,从而将译文语言是否准确传达原文意义等作为研究的中心。创造社和文学研究会的翻译论争很大程度上属于翻译的语言学批评,他们将原文与译文对照阅读并找出译文中的错误,形成了一种客观的并非吹毛求疵的翻译批评模式。郁达夫比较明确地阐发了创造社对照阅读式批评的具体做法:"我们所欢迎的批评,不仅限于小说,就

---

① 郁达夫:《夕阳楼日记》,《创造季刊》(1卷2号),1922年8月25日。.

② J. C. Catford, *A Linguistic Theory of Translation*, London: Oxford University Press, 1965, p. 20.

③ 郭建中编著:《当代美国翻译理论》,武汉:湖北教育出版社,2000年,第65页。

是诗歌哲学之类，也可以的。但是翻译品的批评，只可评他的译文错不错，译法好不好，不能评他的内容，这一点要请投稿诸君注意。"① 成仿吾对郑振铎翻译泰戈尔诗篇的批评，田楚侨、孙铭传对郭沫若翻译雪莱诗歌的批评，张伯符对子岩《乌鸦》译诗的批评，唐汉森对瞿世英翻译泰戈尔剧作《春之循环》的批评，在创造社刊物上发表的闻一多对郭沫若翻译《鲁拜集》诗篇的批评，郁达夫对余家菊翻译的《人生之意义与价值》的批评，胡适对郁达夫译文的批评以及郭沫若对胡适翻译的批评等等，都采用了对照阅读的批评方式。

　　创造社和胡适等人就德国人 R. Eucken 的《人生之意义与价值》的翻译进行了一场"旷日持久"的拉锯战。那些依靠转译他国作品的不通英文字母的译者迅速而即时的翻译其实是极不负责任的行为，完全没有顾及一个译者应有的翻译伦理道德。比如郁达夫在《夕阳楼日记》中质疑《人生之意义与价值》②的翻译为什么要根据英文本重译而不借助于原文的德文版呢？更重要的是译者即便是转译英文版的《人生之意义与价值》的译文也有很多错误，比如译文中开篇第一句（"中文译本的绪论第一页第一行第一句"）翻译得就令人匪夷所思。英文原文是："Has human life any meaning and value? In asking this question we are under no illusion."译者翻译成了"人生有无何等意义与价值？有此种怀疑的，并非为幻想所支配。"但实际上应该是"人生究竟有无什么意义与价值？问到这个问题，我们大家都是明白的了。"读者将英语原文、错误的翻译和正确的翻译三者进行对照阅读，就会对商务印书馆出版的《人生之意义与价值》的翻译质量作出客观的判断，就会对译者不负责任的翻译行为感到震惊，就不得不怀疑他的翻译伦理道德和操守。郁达夫对余家菊翻译德国人的《人生之意义与价值》的批评引来了一场大规模的争论，胡适、郭沫若等都先后站在各自的立场上分别为余家菊和郁达夫二者辩解。胡适于1922年9月17日在《努力周报》第20号上发表了名为《骂人》的文章，一方面承认余家菊的翻译确实有错，另一方面又说郁达夫

---

① 郁达夫：《编辑余谈》，《创造季刊》（1卷1号），1922年5月1日。
② 指余家菊翻译的德国人 R·Eucken 的《人生之意义与价值》，余家菊（1898—1976），字景陶、子渊，湖北黄陂人，少年中国学会会员，1925年参加中国青年党，曾任中华书局《醒狮》编辑。余家菊1920年在上海中华书局出版了译著《人生之意义与价值》。

改译的"几乎句句是打错"且译文显得"全不通"。① 胡适将郁达夫翻译的句子重新翻译了一遍，我们在此姑且还是以第一句为例，郁达夫的翻译是"人生究竟有无什么意义与价值？问到这个问题，我们大家都是明白的了"，胡适的翻译是"人生有什么意义和价值吗？我们发这疑问时，并不存什么妄想"。这句话从余家菊的翻译到郁达夫的翻译，再到胡适的翻译，理应一次比一次翻译得准确，但实际情况也许并非如此，关于这句话的翻译的论争也远没有结束。1922 年 11 月郭沫若在上海《创造季刊》第一卷第三期上发表了题为《反响之反响》的文章，批评了胡适对郁达夫的翻译批评有失公道，进而根据自己对德文原文的理解再次否定了胡适的翻译，肯定了"达夫把这下半句译成'我们大家都是明白的了'，正是相当的意译"。② 成仿吾也卷入了这场翻译论争中，他针对胡适"骂人"的文章认为"胡先生的译文，由英文看起来，也错得太厉害。"③ 在这场论争中，虽然某些创造社成员的语气激烈，但他们立论和批驳对方的立足点始终在翻译的语言层面上，属于比较典型的对照阅读式批评。

这场翻译"风波"催生了吴稚晖的《就批评而运动注译》，其主要旨趣是在翻译发表外国文学作品的时候要保存原文，直译的文本由于与中国语言表达的相异而应该加注。④ 吴稚晖认为注译运动至少有两个好处：一是"注译了比较容易发见错误"，二是"助外国文学的研究"。⑤ 从翻译的角度来讲，吴稚晖的注译运动可以在文本和接受两个层面上促进翻译文学的改进：首先是提高翻译的质量，译者因为有了原文而不敢肆意地"意译"或者不负责任地错译，抑或译文出现了错误，有些读者也能够根据原文正确理解该作品的内容；其次是有助于读者对译文的理解和接受，即便是再"诘屈聱牙"的译语表达也会因为有了"注译"而易于使读者克服"外化"的表达，从而更容易读懂原文。当然，注译运动是否真的能达到吴稚晖预设的翻译和接受效果还有待论证。郭沫若基于当时译界很多人士的翻译工作"多少带有些投机的性质，只看书名人

---

① 胡适：《骂人》，《努力周报》（第 20 号），1922 年 9 月 17 日。
② 郭沫若：《反响之反响》，《创造季刊》（1 卷 3 期），1922 年 11 月 1 日。
③ 成仿吾：《学者的态度——胡适之先生的"骂人"的批评》，《创造季刊》（1 卷 3 号），1922 年 10 月 13 日。
④ 吴稚晖：《移读外籍之我见》，《民铎》（5 卷 5 号），1924 年 7 月。
⑤ 引自《讨论注译运动及其他》，郭沫若著，《创造季刊》（2 卷 1 期），1923 年 5 月。

名可受社会的欢迎，便急急忙忙抱着一本字典死翻，买本新书来滥译"①的现状，认为吴稚晖的注译运动由于对译者提出了较高的语言要求而难以实现，同时国内读者也因为外语知识的缺乏而难以将译文和原文对照阅读，这样一来所谓的"注译运动"还不如"唤醒译书家的责任心"②之于翻译文学质量的提升有用。郭沫若在《讨论注译运动及其他》一文中看似在讨论吴稚晖提出的注译运动，而实际上却是在论述翻译的伦理道德，希望译者具有翻译的责任心和良知，为中国新文学界输入更多优秀的翻译文学。

创造社和文学研究会之间主要围绕着泰戈尔作品的翻译展开了激烈论争。成仿吾曾批评郑振铎英语能力低下，认为他的泰戈尔《新月集》译本拙劣到了令人"作呕"的地步："郑君的英文程度本来是人所共晓，我原不必扬他人之恶显自己之能；不过我既看见了，颇觉得有点像胸中作呕，非吐出不行，而且郑君既然译错了，我由他的学力断定他是不能看出他自己的错处的，那么，我为读此书的诸君的立意起见，似也不可不把郑译的几处大错改正一下。"③这实际上是从语言意义转换的角度否定了郑振铎的文学翻译水准。又比如唐汉森1924年4月在《瞿译〈春之循环〉的一瞥》对文学研究会出版的丛书之一《春之循环》④中语义的错误翻译列举了39条"罪状"，而且还有些地方出现了脱落文句的"惨象"。但在创造社成员看来，文学研究会的译者常以泰戈尔专家的身份自居，而他们对泰戈尔作品的翻译在质量上却是如此拙劣，因此不免让他们感到不平和悲哀：翻译或介绍泰戈尔的高论的人，"大约离不了是那些曾经翻译或介绍过他的人，因为他们一个个都自以为是研究太戈尔的专家，当然不免要乘机一显身手。"⑤这篇文章不仅指出了译者翻译的错误，而且还批评了校对者责任的丧失，瞿世英的译文本来是由当时泰戈尔诗歌翻译专家郑振铎担任校对的，但即便如此还是出现了几十处"硬伤"性的错误，所以唐汉森也借机对文学研究会的翻译领头人郑振铎讽刺性地批评了一番："把春之循环的封面过细一看的时候，'瞿世英译'

---

① 郭沫若：《讨论注译运动及其他》，《创造季刊》（2卷1期），1923年5月。
② 郭沫若：《讨论注译运动及其他》，《创造季刊》（2卷1期），1923年5月。
③ 成仿吾：《郑译〈新月集〉正误》，《创造周报》（第30号），1923年12月8日。
④ ［印度］太戈尔：《春之循环》，瞿世英译，郑振铎校，上海：商务印书馆出版，1920年。
⑤ 唐汉森：《瞿译〈春之循环〉的一瞥》，《创造周报》（第49号），1924年4月19日。

的旁边,有'郑振铎校'的四个字。我这才知道这部译本倒真是应该大错的了。郑君译的几部书早有人指谪过,瞿君倒请他校,真不知是问道于什么了。"① 此外,两个社团也因美国诗人艾伦·坡(Edgar Allan Poe)的作品《乌鸦》(The Raven)的翻译进行了一场争论。张伯符针对《文学》百年纪念号上子岩所翻译的《乌鸦》提出了批评,他找来爱伦·坡的原文和子岩的译诗进行对比阅读,发现了18处翻译的错误。郭沫若对《乌鸦》原诗进行了剖析:"这首诗虽是很博得一般的赞美,但是,我总觉得他是过于做作了。他的结构把我们中国的文学来比较时,很有点像把欧阳永叔的《秋声赋》和贾长沙的《鹏鸟赋》来熔冶于一炉的样子;但我读时,总觉得没有《秋声赋》的自然,没有《鹏鸟赋》的朴质。'Nevermore'一字重复得太多,诗情总觉得散漫了。"② 言外之意说明了文学研究会的翻译在选材方面还比较缺乏眼光。

"创造社的成员一开始翻译活动,就有意识地向翻译文学阵营内的投机分子和粗制滥译行为进行'清算'。"③ 这句话高度肯定了创造社成员具有翻译的伦理道德观念。他们采用对照阅读式批评,从翻译的基础入手,为保证译作内容的忠实性和语义的正确性而在译作中找出客观存在的翻译"硬伤",使译者无可辩驳地接受别人指出的翻译错误。这种批评方式使译者为了避免被别人抓住低级的语义错误而不得不在翻译的过程中更加审慎细心,有助于译者伦理道德意识的养成,促进翻译质量的提升。

三

以上所列举的这些翻译语言学批评最终目的是为了维护翻译的伦理道德和译文正确的语义。那为什么20世纪20年代前后的翻译批评舍弃了较高层次的风格追求而偏执于语言意义的转换层面呢?除了翻译研究的语言学导向之外,更重要的涉及到翻译批评的功能和伦理观念。

创造社和文学研究会等社团诸君在采用对照阅读式翻译批评观念时,

---

① 唐汉森:《瞿译〈春之循环〉的一瞥》,《创造周报》(第49号),1924年4月19日。
② 郭沫若:《〈乌鸦〉译诗的讨论》(通信二则),《创造周报》(第45号),1924年3月22日。
③ 王向远、陈言:《二十世纪中国文学翻译之争》,南昌:百花洲文艺出版社,2006年,第25页。

中国的文学翻译尤其是诗歌翻译在质量上存在着严重的不足，很多译者连最基本的理解并传达原文意义的翻译前提条件都不具备，其译文对原文的扭曲和对读者的欺瞒。对照阅读式批评从基本的"信息对等"的角度出发力图扭转翻译的残败局势，于是他们常找来原文和译文进行对照阅读，然后指出翻译中的语义错误，目的是希望译者从翻译批评中习得经验教训，形成翻译的伦理道德意识，在翻译的过程中顾及到原作与译作、译者翻译风格与读者的审美兴趣等方面的关系，翻译出既忠实于原文又能满足译入语国读者需要的作品。创造社和文学研究会关于泰戈尔作品翻译的论争，创造社和胡适等人关于《人生之意义与价值》的论争等形成了中国现代翻译文学史上最大的论战，而焦点还是集中在翻译的语义转换上，不管他们之间在语言上存在多大的攻击性和非理性成分，在客观上却改变了这一时期中国文学翻译的文化语境，迫使很多不负责任的译者或没有翻译能力的假译者退出了翻译的"江湖"。这些关于翻译的论争有助于译者翻译伦理道德意识的养成。当时译坛有很多译者不能做到译文与原文语义的忠实，出现了让人触目惊心的翻译"硬伤"，两个社团的成员对此加以相互批评是有意义的，至少可以让部分不负责任的译者或者为着稿费而翻译的投机者不再熟视无睹地随意翻译，有助于捍卫翻译的伦理和道德准则。

　　在整个翻译论争的过程中，即便是创造社成员偏激的言论也会在客观上促进翻译伦理的建构。创造社反对温和的翻译批评方式，认为这样的批评不利于翻译文学的多元化发展。上世纪 20 年代左右的翻译批评界看起来一团和气，团体意识浓厚且权作了翻译文学的"扬声器"，这本身就是不符合批评伦理的翻译评论方式。"我国的批评家——或许可以说是没有——也太无聊，党同伐异的劣等精神，和卑陋的政客者流不相上下，是自家人的做作译品，或出版物，总是极力捧场，简直视文艺批评为广告用具；团体外的作品或与他们偏颇的先入见不相契合的作品，便一概加以冷遇而不理。"[①] 创造社的翻译批评方式显得比较激烈，语词中常常夹杂着谩骂和诋毁的成分，但创造社尖锐甚至偏激的翻译批评最终要维护的是翻译作品的质量，而不是要有意辱骂他人，实质上仍然是对翻译伦理的捍卫。不过，创造社翻译批评的锋芒并非仅仅针对文学研究

---

① 郭沫若：《海外归鸿》（第二封），《创造季刊》（1 卷 1 号），1922 年 5 月 1 日。

会成员，对于他们内部的同人而言，如果翻译中出现了重大错误尤其是"硬伤"，依然逃脱不了尖锐语词的嘲讽和批评，哪怕是对于他们的主将郭沫若也不例外。这从侧面说明了他们的翻译批评不是党同伐异，而是本着提高翻译质量的原则。比如田楚侨在《创造周报》第47号上发表的《雪莱译诗之商榷》就指出了郭沫若翻译的不足，① 孙铭传发表在《创造日集刊》上的《论雪莱〈Naples 湾畔悼伤书怀〉的郭译》一文也采用"蜥蜴"去比喻郭沫若蹩脚的译诗。② 倘若创造社尖酸刻薄的翻译批评话语只是用于对郑振铎等文学研究会成员的翻译指责中，我们就会怀疑创造社翻译批评观念的公正性；但如果对郭沫若的翻译指责得同样愤激，我们就不能不从创造社翻译批评风格的维度来寻找原因了。创造社对文学翻译近乎刻薄的要求并不只是出于与文学研究会对抗而使用的权宜之计，他们对所有的翻译作品都把持着相同的尺度，因此尖锐的批评实际上也是符合翻译的伦理学批评原则的。

  当然，译者有了伦理道德也不一定就能保证译诗语言意义的绝对准确。以倡导翻译准确性著称的创造社为例，他们的诗歌翻译也常常存在着源语与译语意义的错位。梁宗岱的《杂感》一文从翻译的语言层面批评了创造社的译诗，尤其对成仿吾和郭沫若的诗歌翻译质量予以无情的贬责。梁宗岱主要从两个方面来批评了创造社的译诗：一是译诗的语言生硬艰涩，而且有很多语言翻译的硬伤。比如成仿吾在翻译华兹华斯的《孤寂的高原刈稻者》时就认为郁达夫的翻本存在问题，于是怀着译好原作的主观愿望再次翻译了这首诗。但梁宗岱看了成仿吾翻译的华兹华斯的《孤寂的高原刈稻者》后就批评了译本语句的生涩："我读成氏所译的（《孤寂的高原刈稻者》——引者加），不独生涩不自然，就是意义上也很有使我诧异，觉得有些费解的！"③ 梁宗岱举原诗的第四行（Stok here, or gently pass）为例，本来的意思是刈稻者或行或止，但是成仿吾却翻译成了"为她止止步，或轻一点儿"，后半句连主要的动词"pass"也被忽略了，这对于一般的译者而言是不容许出现的差错。二是批评了创造社的译者具有原作者的情感，而且几乎就以大诗人的身份自居。梁宗岱主张诗歌翻译者要领会原作者的情感，有了心灵的共鸣才能

---

① 田楚侨：《雪莱译诗之商榷》，《创造周报》（第47号），1924年4月5日。
② 孙铭传：《论雪莱〈Naples 湾畔悼伤书怀〉的郭译》，《创造日》丛刊，1923年7月。
③ 梁宗岱：《杂感》，《文学周刊》（84期），1923年8月20日。

再现原诗的风格。如果译者连原诗的情感和意义都没有完全领会，而且译诗在语言上又诘屈聱牙，那怎么可能实现译者与原作者之间的心灵沟通呢？又怎么可以翻出好的作品呢？梁宗岱很推崇雪莱的诗作，读者"不独爱他的图画的表现，他的优美伟大的思想和想象，还爱听他的诗中神妙的音乐，把他的译成了诘屈聱牙、煞费思索的不通的中国文，而且夹杂着许多误解的，对于雪莱，对于读者，已经谢罪之不暇！"① 哪还能自诩"我译他的诗，便如象我自己在创作一样。"② 为此，梁宗岱讽刺道："倘若一个人把一个大诗人的作品糊里糊涂的译过中文来，便居然以那个大诗人自居。那么，中国现在真个不愁没有大诗人了！"③ 梁宗岱对郭沫若和创造社同人译诗的批判多少含有为朋友徐志摩长势的私念④，对郭沫若的职责也略显牵强，有意否定了郭沫若译雪莱诗时与原作者发生的情感共鸣。但是对创造社诸君译诗中的错误的指责却是不可辩驳的

---

① 梁宗岱：《杂感》，《文学周刊》（84期），1923年8月20日。
② 郭沫若：《〈雪莱的诗〉小引》），该文初载于1923年上海创造社出版的《创造季刊》1卷4期，后收入《雪莱诗选》，参见《郭沫若集外序跋集》，成都：四川人民出版社，1982年，第216页。
③ 梁宗岱：《杂感》，《文学周刊》（84期），1923年8月20日。
④ 1923年5月6日的《努力》周报上刊出了徐志摩的几节"杂记"。其中一节，题为《坏诗，假诗，形似诗》。其中对"诗"不易下定义表达了感慨，但他认为，虽然真诗真美不容易发现，可假诗不美的东西却易于为人指出："人有真好人，真坏人，假人，没中用人；诗也有真诗、坏诗、形似诗。真好人是人格和谐了自然流露的品性，真好诗是情绪和谐了（经过冲突以后）自然流露的产物……假诗也是剽窃他人的情绪与思想来装缀他自己心灵的穷乏与丑态。"在这样比附联系后，徐志摩眼睛扫到了中国新诗："新文学里最刺目的是一种'形容癖'，例如说心，不是心湖就是心琴，不是浪涛汹涌，就是韵调凄惨，说下雨就是天在哭泣，比夕阳总是说血……"接着，徐志摩举了一个具体例子："我记得有一首新诗，题目好象是重访他数月前的故居，那位诗人摩按他从前的卧榻书桌，看看窗外的云光水色，不觉大大的动了伤感，他就禁不住泪浪滔滔。固然作诗的人，多少不免感情作用，诗人的泪比女人的眼泪更不值钱些，但每次流泪至少总得有个相当的缘由。现在我们这位诗人回到他三月前的故寓，他就使感情强烈，就使眼泪'富裕'，也何至于像海浪一样的滔滔而来！"这样写似乎还不够，徐志摩进一步探讨："我们固然不能断定他当时究竟出了眼泪没有，但我们敢说他即使流泪也决不至于成浪而且滔滔——除非他的泪腺的组织是特异的。"这最后一句就很有调侃意味了。徐志摩这里引的是当时已在新诗创作上暴得大名，出版有被称为真正新诗集《女神》的郭沫若的大作。就在徐志摩文章发表不到一个月后，6月3日，创造社主办的《创造周报》第4号上，发表出成仿吾给徐志摩的一封信。信中措辞非常严厉："我由你的文章，知道你的用意，全在攻击沫若的那句诗，全在污辱沫若的人格。我想你要攻击他人，你要拿有十分的证据，你不得凭自己的浅见说他人的诗是假诗，更不得以一句诗来说人是假人。"这样的反应，徐志摩当然不能不特别重视。成仿吾那封信发表不过三四天，徐志摩也迅速以信加标题形式，写出一篇长文《天下本无事》来回应成仿吾。这是20世纪20年代徐志摩乃至胡适与创造社之间的又一出笔墨官司戏，作为徐志摩的挚友，梁宗岱发文指谪创造社的译诗似乎也带有为朋友说话的仗义侠肠。

实情，反映出中国现代译诗对语体和句法的重视。

有学者认为"创造社发起与文学研究会的论争就具有了明显的策略性。然而要明确的是，这种策略并非意在取而代之，更不是图名图利，而是要为自己恪守的文学信念争取尊重……挑起论争的文章尽管言辞激切，然而郭沫若、郁达夫据以进攻的基点始终是：文学创作是多元的，任何理论、任何人都无权压制他者，而受压制者有权反抗。"① 这话肯定了创造社与文学研究会的翻译论争对新文学发展的多元化具有开拓之功。但从翻译伦理学的角度来讲，创造社与胡适和文学研究会等关于翻译的论争客观上对净化翻译环境、养成译者的伦理道德意识以及提高文学作品的翻译质量等都起到了潜移默化的推进作用。

第三节　翻译论争中的译诗形式批评

在中国现代译诗史上，创造社与文学研究会之间的翻译论争涉及到诸多问题，除了上面论述的翻译伦理道德之外，也与译诗文体的艺术性及其对中国新诗文体的影响有关。这里涉及到泰戈尔小诗和日本俳句的翻译对中国小诗文体发生的促动和负面影响，而创造社成员则认为文学研究会的译诗形式艺术的缺失导致了中国小诗文体形式的单薄和情思的"透明"，因此他们希望通过自己的翻译来改变令人堪忧的中国新诗形式的发展现状。

一直以来，人们从郭沫若的诗歌作品和他本人的自述中理所当然地认为他对泰戈尔的诗歌倍加推崇。但事实却并非如此，郭沫若后来在《〈创造季刊〉补白十则》中对泰戈尔的诗歌转而持批判的态度。为什么在短短几年时间里，郭沫若对泰戈尔诗歌的态度会出现如此大的反差呢？本书在陈述了郭沫若对泰戈尔作品推崇的基础上，立足于20世纪20年代的翻译语境，从诗歌文体建构的角度出发深入分析了郭沫若对泰戈尔诗歌评价发生变化的原因。郭沫若是中国现代翻译史上泰戈尔诗歌翻译的先行者之一。按照他回忆叙述的文字，其没有出版的《泰戈尔诗选》汉英对照本也应该是中国最早的泰戈尔诗的汉语译诗集，比我们今天通

---

① 李卫国、魏建：《创造社与文学研究会论争的缘起》，《德州学院学报》，2001年1期。

认的泰诗汉译第一人郑振铎于 1922 年 10 月出版的《飞鸟集》和 1923 年 9 月出版的《新月集》等译诗集还早了 5 年以上。如果郭沫若具有出版的资本和途径，那中国的泰戈尔翻译历史将会是另外一种面貌。1936 年他在和蒲风谈诗歌的时候曾说过："最先对泰戈尔接近的，在中国恐怕我是第一个，当民国四年左右即已看过他的东西，而且什么作品都看：如像 Geskent Moon（《新月》），Gardener（《园丁集·恋歌》），Gitanjali（《颂歌》），The Gifts of Lover（《爱人的赠品》），One Hundred poems of Kabir（《伽彼诗一百首》），The King of Black Chamber（《暗室王》——剧本）都已读过"。① 而郭沫若谈他的作诗经过时说自己 1916 年就大量阅读了泰戈尔的诗歌，只是到了 1917 年迫于生计才大量翻译了泰诗，海涅的爱情诗和泰戈尔超乎自然的小诗吸引了他，"这两位诗人的诗，有一个时期我曾经从事迻译，尤其太戈尔的诗我选译了不少。在民六的下半年因为我的第一个儿子要出生，没有钱，我便辑了一部《泰戈尔诗选》，用汉英对照，更可以解释。写信向国内的两大书店求售，但当时我在中国没有人知道固不用说，就连太戈尔也是没有人知道的，因此在两家大书店的门上便碰了钉子。《海涅诗选》我在民七的暑间又试办过，但也同样地碰了钉子。"② 郭沫若说是"辑了一部《泰戈尔诗选》"，表明其中的很多译诗完成要早于 1917 年，而其所说的当时国内还没有人知道泰戈尔明显有误，早在 1915 年 10 月 15 日，《青年杂志》（即《新青年》杂志）上发表了陈独秀翻译的泰尔诗歌四首，陈自拟题目为《赞歌》，由此拉开了中国翻译泰戈尔诗歌的序幕。不管郭沫若是否在 1917 年印刷出版了泰戈尔的译诗集，其作为早期中国泰戈尔译介的先行者的事实是不容否定的。

郭沫若对泰戈尔这位东方诗人的喜爱和崇拜之情不仅溢于言表，而且体现在诗歌创作中。郭沫若在日本留学期间接触到了泰戈尔的作品并随之坠入其诗歌艺术境界中难以自拔。他回忆说："我记得大约是民国五年秋天，我在冈山图书馆突然寻出了他这几本书（指泰戈尔的《吉檀迦利》、《园丁集》、《暗室王》等——引者）时，我真好像探得了我'生命的生命'，探得了我'生命的泉水一样'。每天学校一下课后，便跑到一间很幽暗的阅书室去，坐在室隅，面壁捧书而默诵，时而流着感谢的

---

① 郭沫若：《与蒲风谈作诗》，《郭沫若佚文集》（上），王锦厚等编，成都：四川大学出版社，1988 年，第 252—253 页。

② 郭沫若：《我的作诗的经过》，《质文》月刊（2 卷 2 期），1936 年 11 月。

眼泪而暗记，一种恬淡的悲调荡漾在我的身之内外。我享受着涅槃的快乐。"① 郭沫若《凤凰涅槃》受到了泰戈尔诗歌意境的影响是明显的，他创作《岸上》时直接引用了泰戈尔长诗《吉檀迦利》中的四行诗：

无穷世界的海边群儿相遇。
无际的青天静临，
不静的海水喧豗。
无穷世界的海边群儿相遇，叫着，跳着。②

泰戈尔的诗句被翻译成中文并直接应用到诗歌创作中，足以见出郭沫若对泰戈尔的推崇。关于这一点，我们还可以举以下两首诗为例说明：

午夜的天空有无数的星辰，
在天空中悬着没有什么意义。
如果他们下降到地上，
也许可以用来做街灯。
——泰戈尔：戏剧《春之循环》中的一首③

另一首是郭沫若的作品：

远远的街灯明了，
好像闪着无数的明星。
天上的明星现了，
好像点着无数的街灯。
——郭沫若：《天上的市街》

两首诗都是对刹那间情思的阐发，二者寄托诗情的意象相同——星

---

① 郭沫若：《我的作诗的经过》，《郭沫若全集》（文学编第16卷），北京：人民文学出版社，1989年。
② 这四行诗原本为泰戈尔《吉檀迦利》中的诗句，郭沫若将其用于自己的诗歌中。引诗参见《女神》，郭沫若著，北京：人民文学出版社，1953年，第142页。
③ 该译诗参见泰戈尔《春之循环》，吴岩译，上海译文出版社，1991年版。

辰（明星）、街灯，诗情产生的时间都是夜晚，诗情产生的空间距离都是天空到地上，尤其郭沫若诗歌的最后两行，在意境和情趣上完全可以看作泰戈尔诗歌的缩写。泰戈尔《春之循环》剧本是在1921年翻译出版的，时间上比郭沫若创作《天上的市街》早了几年，郭沫若的诗歌受到了泰戈尔诗歌译作的影响显然是确定无疑的。

但是到了1922年，郭沫若对泰戈尔的诗"一反常态"，由推崇转向了批判："概念诗是做不得的，批评家可以在诗里面去找哲学；做作家不可把哲学的概念去做诗。诗总当保得是真情的流露。泰戈尔的短诗，有多少只是Aphorism，不是诗了。"郭沫若为什么对泰戈尔作品的评价会从积极的一面滑向消极的一面呢？事实上，对当时译诗语境和新诗创作现状的担忧使郭沫若等人开始反思中国新诗的影响源，对译诗文体及其影响的重视导致郭沫若对泰戈尔作品出现了前后期的强烈反差。学界普遍认为小诗这种文体是在泰戈尔译诗的影响下产生的（比如冰心曾多次撰文阐明这个问题），而泰戈尔在中国的译诗是根据英文译诗转译的，英文译诗已经失去了原文的音韵节奏，而翻译成汉语后很多人又不注重形式，导致译诗与泰戈尔原诗在形式和音韵节奏上差异很大。因此，如果把这种翻译得不准确或者质量低劣的诗歌当作新诗创作的模板加以模仿，那写出来的作品在艺术的隶属度上就会大打折扣。

正是基于这样的认识，创造社的郑伯奇对诗坛上流行的小诗大加指责："这两年来，流行所谓'小诗'，其形式好像在（再）来的绝句，小令，而没有一点音调之美。至于内容，又非常简陋，大都是唱几句人生无常的单调，而又没有悲切动人的感情。在方生未久的新诗国中，不意乃有这种沈靡简单的'小诗'流行，真可算是'咄咄怪事'！听说这流行是由翻译太戈尔和介绍日本的和歌俳句而促成的；那么更令人莫名其妙了。太戈尔诗的中国译本，本没有好的，又都是由英文间接译来的，更与原文相左，遑论音节之妙。太戈尔的诗，读英文译本，往往不能领略它的音调之美，这正如读海涅诗的法文译本，不能感受它那娓娓动人的音调是一样的。……就这样讲来，模仿中国恶劣译本去学太戈尔作诗，不仅是大错，实在是笑话了。和歌与俳句固然不讲押韵，但也很讲音节，并且字数的限制，很是一种特色。……形式上的种种限制，都是形式美的要素，新文学的责任，不过在打破不合理的制限，完成合理的制限而已。就诗而言，绝律试帖之类不合理的制限，是应该打破的，流动的

melodie，铿锵的 rhithem，乃至相当调和整齐的 forme，都是应该更使之完美的限制。"① 郑伯奇的这段话的确是批评了小诗由于模仿了翻译的和歌、俳句以及泰戈尔的诗歌而在形式和内容上不能令读者满意，从侧面论述了翻译诗歌给中国新诗带来的负面影响。但这并不是他的立意所在，当时中国诗歌翻译界翻译最多的是泰戈尔的诗歌和日本的俳句，而主要译者是郑振铎等文学研究会的主要成员，因此从创造社的立场上讲，郑伯奇似有指责文学研究会中翻译泰戈尔诗居多的郑振铎和翻译俳句居多的周作人等人的意图，从翻译质量的层面上否定了他们的译诗成就。

郭沫若和郑伯奇对泰戈尔诗歌态度的转变折射出中国小诗文体发展的不足。周作人曾这样评说过小诗的缺憾："一切作品都像一个玻璃球，晶莹透彻得太厉害了，没有一点朦胧，因此也似乎缺少了一种余香与回味。"② 闻一多也曾就小诗的流行和"泰戈尔热"告诫当时的诗人说，就形式而言，日本的俳句译成汉语时仅有一句，泰戈尔的诗更如同格言，因此，小诗在借鉴时，要特别注意内容的充实和形式的精致的巧妙结合，否则就容易走向片面的说理而忽略了诗性。他在总体上对"泰戈尔热"持保留态度，因为他认为泰戈尔的作品是以哲理而非艺术取胜，如果中国诗坛一味地模仿借鉴日本的俳句和泰戈尔的诗歌进行创作的话，那新诗的前途是令人担忧的："于今我们的新诗已够空虚，够纤弱，够偏重理智，够缺乏形式的了，若再加上泰戈尔底影响，变本加厉，将来定有不可救药的一天。希望我们的文学界注意。"③ 这些批评的确点中了后来阻碍小诗进一步发展的诸多原因，许多小诗作品停留于直白的说教和寓意，诗歌艺术极其匮乏，读者也因此出现了"审美疲劳"，20 世纪 20 年代以后，小诗在诗坛终于只留下了匆匆的背影。

也正是从建构中国新诗形式和改变小诗创作弊端的角度出发，郭沫若翻译了具有"绝句"特质的《鲁拜集》。出于对文学研究会译诗质量的批判和由此对新诗形式发展带来的负面影响的认识，创造社成员开始着手翻译外国的格律诗，《鲁拜集》无疑为他们的翻译意图提供了最好的材料。在选择诗歌作品来翻译的时候，他们除翻译了大量的浪漫主义诗人如雪莱

---

① 郑伯奇：《新文学之警钟》，《创造周报》（第31号），1923年12月9日。
② 周作人：《扬鞭集·序》，《周作人批评文集》，杨扬编，珠海：珠海出版社，1998年，第223页。
③ 闻一多：《泰果尔批评》，上海《时事新报·文学》（第99期），1923年12月3日。

等的作品外,也将眼光投向了东方的波斯鲁拜诗,对泰戈尔、日本俳句和莪默伽亚谟的选择从某种程度上折射出文学研究会和创作社之间的翻译竞争格局。其时创作"狂飙突进"的《女神》的郭沫若,创作领域的自由诗格局一旦打开便在翻译领域里折回"绝句"的严谨形式中,这是个让人感到困惑不解的行为。如果从与文学研究会之间在译诗形式、语言乃至质量等方面的竞争角度出发,我们幸许能够理解创作自由诗的郭沫若为什么会翻译东方的格律诗,他是希望自己的译诗更符合东方的和传统的诗歌审美观念,从而击败文学研究会不顾及形式的诗歌翻译行为。因此,郭沫若1923年7月翻译了波斯诗人莪默伽亚谟的101首诗,并在译诗前加了很长的引言,主要阐明了他所翻译诗歌与自由诗不同而类似于中国古代的绝句,并且还说胡适等人对此译诗也有类似的看法。① 后来在《创造季刊》2卷1号上,闻一多也把莪默伽亚谟的诗看作"绝句",其介绍文章的题名为《莪默伽亚谟之绝句》,并且肯定了郭沫若翻译的《鲁拜集》的语言是诗性的语言,从而间接否定了文学研究会的译诗在形式和语言上没有诗性特征。郭沫若的翻译讲究严格的格律形式,与郑伯奇批判的文学研究会翻译泰诗的自由音韵形成鲜明的对照,不是有意对抗文学研究会的译诗形式也会在客观上对他们的译诗形成冲击,只可惜《鲁拜集》的翻译没有像泰戈尔诗歌的翻译那样在中国新诗坛促成了新体诗歌的诞生,如果当时的小诗作者能够充分地吸纳郭沫若等翻译的《鲁拜集》译作的形式因素,也许小诗的艺术成就会呈现出另外一种面貌。

闻一多在评价郭沫若从英国诗人菲茨杰拉德(Fitzgerald)译文转译波斯诗人莪默伽亚谟的《鲁拜集》时说:"译者于此首先要对莪默负责;其次要对斐芝吉乐(即菲茨杰拉德——引者)负责,因为是斐氏底神笔使这些 Rubaiyat 变为不朽的英文文学;再次译者当然要对自己负责——那便是他要有枝诗笔再使这篇诗籍转为中文文学了。"② 在这段话中,闻一多首先肯定了菲茨杰拉德的译诗语言因为具有诗性色彩而使他的译诗在英国文学史上享有盛誉,同理,他希望中国的译者在译诗语言上同样应该具有符合中国诗歌审美特质的诗性色彩以保证译文的文学性。因此,

---

① 郭沫若:《莪默伽亚谟诗的诗·小引》,《创造季刊》(1卷3号),1922年11月。其中的文字是这样的:"Rubaiyat……与我国的绝句诗颇相类。我记得胡适之的《尝试集》里面好像介绍过两首,译名也好像是《绝句》两字。"

② 闻一多:《莪默伽亚谟之绝句》,《创造季刊》(2卷1号),1923年5月。

在对郭沫若的译文语言的正确性进行核实之后，闻一多继续说到："翻译底程序中有两个确划的步骤。第一是了解原文底意义，第二便是将这意义形之于第二种（即将要译到的）文字。在译诗时，这译成的还要是'诗'的文字，不是仅仅用平平淡淡的字句一五一十地将原意数清了就算够了。"① 闻一多之所以花费大量篇幅来讨论郭沫若的译诗，目的不仅在于指出郭氏译诗的错漏，而且在于指出译诗的再创造性和译诗语言的诗化本质。在《莪默伽亚谟之绝句》这篇文章的注释中，闻一多引用了Richard Le Gallienne的译本序中文字来说明菲茨杰拉德的译文"真不啻一篇创作了"："也许莪默底原来的蔷薇，可说并不是一朵蔷薇，但是将要凑成一朵花底碎瓣而已；也许斐芝吉乐并不是使莪默底蔷薇重新开放，但是使它初次开放呢。瓣是从波斯来的，却是一个英国的术士把它们咒成一朵鲜花了。"② 在闻一多看来，译者就像是一个术士一样把原本开放在异质文化土壤中的花朵移植到了译语文化中，优秀的译者更是把原作者创造的花瓣在新的文化语境中拼凑成了美丽动人的花朵，而"术士"使用的魔法就是译语的诗化。由此我们也可以推定出闻一多主张译诗语言必须是诗化的语言，而不是一般的叙事性语言。从闻一多对译文语言的要求来讲，如其感叹"我读到郭译的莪默，如闻空谷之蛩音"，③ 那毫无疑问说明了郭沫若的译诗在语言上肯定是富于诗性色彩的，与小诗重哲理的阐发而轻文体的诗性形成鲜明的反差。

可见，创造社和文学研究会的翻译论争使创造社的郭沫若、郑伯奇等人转向了对翻译泰戈尔译诗成就颇高的文学研究会及其译诗的批判，并系统地翻译了具有"绝句"般严谨格律的鲁拜诗以对抗文学研究会松散的译诗形式，有助于中国新诗特别是小诗的文体建构。同时，郭沫若对东方诗歌偶像泰戈尔态度的转变是多种因素共同作用的结果，除了上面所论述到的泰诗汉译的消极影响和建构中国新诗形式的目的之外，也与创造社与文学研究会的翻译论争及郭沫若等人提倡的译者应具有责任心等有关。当然，这并不能抹杀泰戈尔对中国新诗包括郭沫若本人在内的积极影响，只是更明显地反映出创造社的翻译伦理道德观念和建构中国新诗形式的自觉意识。

---

① 闻一多：《莪默伽亚谟之绝句》，《创造季刊》（2卷1号），1923年5月。
② 闻一多：《莪默伽亚谟之绝句》，《创造季刊》（2卷1号），1923年5月。
③ 闻一多：《莪默伽亚谟之绝句》，《创造季刊》（2卷1号），1923年5月。

第二章　译诗语言与中国现代新诗的语言建构

"在语言内部或语言之间，人类的交际等于翻译。翻译研究就是语言研究。"① 为此，研究外国诗歌的翻译与中国新诗的文体建构就必然首先涉及到翻译语言问题。外国诗歌的翻译过程几乎见证了中国新诗的发生和成长历史，前者与后者的影响和互证关系决定了中国现代译诗的语言观念与中国新诗发展的语言诉求具有顺向的推进关系。纵观现代翻译文学 30 年的译诗语言及译诗语言批评，我们会发现由于早期新诗文体地位的确立有赖于语体的革新，于是很多译者采用白话文去翻译外国诗歌并声明译诗的语言应该使用白话文。与此同时，新文学倡导者纷纷感到中国语言和句法之于新情思的表达具有一定的束缚，为了向西方"缜密"的语言学习而提倡译诗的语言应该尽量保存原作语言的特点，并由此认为译诗的语言可以丰富和改造中国新诗乃至整个新文学语言。当然，由于译诗在文体上仍然属于诗歌范畴，因此译诗语言的诗性、译诗语言表达的流畅以及翻译活动自身不可能克服的译诗语言的缺陷等也都是中国现代译诗语体观念的重要组成元素。因此，本书接下来将从译诗语言的源语和目标语文化属性、译诗语言的局限性等方面来讨论中国现代译诗语言的特征，从不同时期的出发论述译诗语体的流变与中国新诗语言诉求的互动关系，进而探讨中国现代译诗语言对中国新诗语言建构的正面和负面影响。

---

① Roger T. Bell, *Translation and Translating: Theory and Practice*. Longman Group UK Ltd, 1991. p. 28.

第一节　中国现代译诗的语体特征

"所谓语体，就是人们在各种社会活动领域，针对不同对象、不同环境，使用语言进行交际时所形成的习惯用语、常用句式、结构体式等一系列运用语言的特点。"① 而语体的不同特点和不同语体色彩是通过语音、词汇、语法、修辞方式、篇章结构等语言因素以及一些伴随语言的非语言因素具体表现出来的，而本部分内容涉及到译诗语言的文字、语言、词法和句法等方面的内容，故采用"中国现代译诗的语体特征"而非"中国现代译诗语言特征"作为论述的重心。中国现代译诗的语体特征十分丰富，译诗语言具有源语和目标语的文化属性，具有诗性特征。

一

译诗是外国诗歌的他语言书写形式，译诗语言应该尽可能地保持原诗的特色；同时，从建构和丰富中国新诗语言的角度来讲，译诗语言的异质文化成份越多，就越能为汉语输入新成分。因此，很多人提倡中国现代译诗语言要尽量与原作的语言对应，融入更多的外国语言元素，但这种翻译在客观上会引起译诗语言的欧化，致使部分译者对此产生了反感。

在语言资源匮乏和把古文言弃绝的语境下，很多译者要求五四时期的翻译文学使用一种不同于白话文或文言文的偏重于原语色彩的第三种语言，这在主观上是为了给中国新诗输入更多的语言表达方法。刘半农是著名的语言学家，其关于译诗文体的论述也多涉及到语言问题。比如他认为翻译文学的语言应该在顾及译语表达习惯的基础上尽量保留原作的语言特色，翻译文学的语言在译语和原语的天平上应该更偏重于后者。翻译语言由于在书写形式和表达方式上更多使用的是目标语，因此刘半农所谓的翻译语言其实也是一种特殊的语言形态，一种具备了原语和译语文化属性的第三种语言。在那篇五四时期有名的"双簧戏"文章中，刘半农指出："当知译书与著书不同，著书以本身为主体；译书应以原本为主体；所以译书的文笔，只能把本国文字去凑就外国文，决不能把外

---

① 参见"百度百科"，http://baike.baidu.com/view/959338.htm.

国文字的意义神韵硬改了来凑就本国文。即如我国古代文学史上最有名的两部著作，一部是后秦鸠摩罗什大师的《金刚经》，一部是唐玄奘大师的《心经》：这两人，本身生在古代，若要在译文中用些晋唐文笔，眼前风光，俯拾即是，岂不比林先生仿造两千年以前的古董，容易得许多，然而他们只是实事求是，用极曲折极缜密的笔墨，把原文精意达出，既没有自己增损原意一字，也始终没有把冬烘先生的臭调子打到《经》里去；所以直到现在，凡是读这两部《经》的，心目中总觉这种文章是西域来的文章，决不是'先生不知何许人也'的晋文，也决不是'龙嘘气成云'的唐文：此种输入外国文学使中国文学界中别辟一个新境界的能力，岂一般'没世穷年，不免为陋儒'的人所能梦见！"① 刘半农认为像鸠摩罗什和玄奘这样的翻译大师由于采用了西域语言的"极曲折极缜密"的表述方式，舍弃了当时晋代或唐代的语言表达习惯，因而没有随着朝代的更迭而失去存在的价值，反而由于其固有的西域文化色彩延传至今。

  不过刘半农并非极端的语言"西化"者，后来他比较客观地阐发了译诗语言观念，认为译诗的语言既应保留原语的特点，又要顾及目标语的表达习惯。刘半农1921年在给周作人的信中说：我们翻译西书的"基本方法，自然是直译。因是直译，所以我们不但要译出它的意思，还要尽力的把原文中的语言的方式保留着；又因直译（Literal Translation）并不是字译（Transliteration），所以一方面还要顾着译文中能否文从字顺，能否合乎语言的自然。"② 刘半农的这句话显然比他在和钱玄同的"双簧戏"中所写的《复王敬轩书》一文对翻译诗歌的语言要求有所改变，刘氏在该文中认为译文语言应该"凑就外国文"，但是在这封给周作人的书信中却有所缓和，认为语言的翻译体在凑就外国语言的同时还要根据译语的表达习惯做到"文从字顺"。刘半农的译诗语言观念既避免了之前的绝对西化，又避免了鲁迅"宁信不顺"的极端翻译方式，因而是当时比较合理的翻译语言观念。在这种观念下产生的翻译语言必然具备原语和译语的二重文化属性，兼顾了两种语言的特点，能够使译文更大限度地满足广大读者的需求。刘半农的译诗语言观念已经无限接近荷尔德林所谓的"纯语言"观。荷氏提出纯语言的目的是想在"他所翻译的古

---

① 刘半农：《复王敬轩书》，《新青年》（4卷3号），1918年3月15日。
② 刘半农：《刘半农致周作人》（书信），1921年3月20日。

希腊语和现代德语之间开辟一个文化和言语上的中间地带,这个地带既不完全属于希腊语,又不完全属于德语,而是更贴近所有人类语言所共有的东西。"① 此"纯语言"兼具了希腊语和德语的特征,从而使译文能够被懂德语和希腊语的读者所接受。也即是说荷尔德林认为译文的语言应该具有原语和译语的共同特征,两种语言"以一种互补的关系共同存在"于译语这样的第三种语言中,只有这样才能最大限度地满足读者的需要。

除了表达形式上与外国诗歌语言保持一致外,译诗语言在语体上也应该和原诗一致。对译诗语言的语体要求显然比单纯的语言要求更考验译者的能力,因为这不仅仅关涉到语言意义的传达,而是更高层次的翻译风格问题。比如卞之琳在给青乔翻译的大卫·加奈特的《女人变狐狸》写序时说:"《变形记》后人可以用资本主义社会异化现象来解释,显得深刻,沉痛,细节有点令人恶心,《女人变狐狸》的著者未必意识到异化问题,写起来冷隽而有时候令人感到悱恻和亲切,通篇有冷嘲而没有热讽,笔调上也各具民族特色,各放异彩。因此中译本总得保持原著的风格。现在漓江出版社新约青乔重译的这个译本,比起旧译本不一定后来居上,却可以至少也基本上满足了这个要求。"② 由此可见卞之琳对译著语言的要求是要翻译出原作的语体色彩和风格,否则便不是一部好的译作。同样地,鲁迅认为翻译外国文学时也应该注意译文的语体风格。不能用太雅的文字去翻译通俗文学,也不能用俚语俗字去翻译典雅的文学,如果是翻译儿童文学,则应该采用符合儿童语言习惯的表达。鲁迅在翻译苏联儿童作家班台莱耶夫的《表》时就充分考虑了译文的语体色彩,他说在开始翻译这个作品以前,曾抱了不小的野心,"想不用什么难字,给十岁以下的孩子们也可以看。但是,一开译,可就立刻碰到了钉子了,孩子的话,我知道得太少,不够达出原文的意思来,因此仍然译得不三不四。"③ 不管这篇译文在实际上是否符合小孩的阅读和审美习惯,但却表明了鲁迅提出这个问题的初衷是对译文语体的重视。不像近代乃至20世纪初期很多译者在没有弄清原文的语体特征就想当然地按

---

① 谭载喜:《西方翻译简史》,北京:商务印书馆,1991年,第140页。
② 卞之琳:《大卫·加奈特的〈女人变狐狸·动物园人展〉——青乔译本序》,《卞之琳文集》(中卷),合肥:安徽教育出版社,2002年,第61—62页。
③ 鲁迅:《〈表〉译者的话》,《译文》月刊(2卷1期),1935年3月。

照自己并不成熟的理解进行翻译,读者看到的是风格丧失殆尽的译文。卞之琳认为文学翻译还应该注意原文的语言风格,采用相应的语言类型进行翻译。他说:"各国语言都有标准语(文,我国现在叫普通话)、行话、术语、方言、俚语等分别。文学翻译也应尽可能求其相应。例如……译文正文是口语化的普通话,即使需要插用土白俚语,用北京的土白俚语是合适的,用上海的,除非通篇主要用普通上海话翻译,不然翻译就和原文不相称了。"① 同时,卞之琳认为"文学翻译在语言上也应首先感觉出什么是喜闻乐见,什么是陈词滥调,什么是'雅',什么是'俗'(也应该感觉出'雅'得'俗'和'俗'得'雅')。"② 如果用太陈旧的语言去翻译一篇新潮的文章,或者用俚俗的语言去翻译雅致的文章都是不符合译文的语体要求的,与原文的语言风格相距更远了。

中国现代译诗文体观念除了对语言的原语色彩和风格进行阐发之外,在译诗的句法上也有所创新。20世纪30年代后期,梁宗岱鼓励译者"自制许多规律",通过磨练达到自由创作的目的。首先,梁宗岱认为译诗在句法上可以学习外国诗歌的跨句。瓦雷里曾说的一句话让梁宗岱印象深刻:"制作底时候,最好为你自己设立某种条件,这条件是足以使你每次搁笔后,无论作品底成败,都自觉更坚强,更自信和更能自立的。"③ 诗歌创作和诗歌翻译理应考虑诗句的整齐、押韵、节奏等形式因素,梁宗岱因此"很赞成努力新诗的人,尽可以自制许多规律;把诗行截得整整齐齐也好,把韵脚列得像意大利或莎士比亚式底十四行诗也好;如果你愿意,还可以采用法文底阴阳韵底办法"。④ 当然,译诗的诗句在借鉴这些"规律"的时候一定要充分考虑中国语言的音乐性特征,因为不同的文字其音乐性是有差异的。比如中国诗歌语言的音乐性因素就包括停顿、韵律、平仄或清浊,而且这些音乐性因素在诗句中的运用与诗行的整齐与否没有太大的关系,因此"中国诗律没有跨句,

---

① 卞之琳:《文学翻译与语言感觉》,《卞之琳文集》(中卷),合肥:安徽教育出版社,2002年,第529页。
② 卞之琳:《文学翻译与语言感觉》,《卞之琳文集》(中卷),合肥:安徽教育出版社,2002年,第529页。
③ 梁宗岱:《论诗》,《诗与真·诗与真二集》,北京:外国文学出版社,1984年,第36页。
④ 梁宗岱:《论诗》,《诗与真·诗与真二集》,北京:外国文学出版社,1984年,第36页。

中国诗里的跨句亦绝无仅有"。①梁宗岱对西洋诗的跨句持肯定态度,"跨句之长短多寡与作者底气质(Le souffle)及作品底内容有密切的关系的,……我终觉得这是中国旧诗体底唯一缺点,亦是新诗所当采取于西洋诗律的一条。"② 叶维廉先生在《中国诗学》中讲到"中国旧诗没有跨句(enjambment);每一行的意义都是完整的",③ 即便胡适写出的新诗也是这样。但是到了郭沫若的笔下,诗行就变得异常自由和灵活,郭沫若的"主情说"让他的诗句灵动而跳跃,诗的分行不再是根据意义,而是为着节奏或情感表达的需要。

不管是在译诗中保存原诗的语言风格和语体色彩也好,还是在译诗中使用西方诗歌惯用的跨行也罢,译诗语言和句法尽量保存原作特色的主张在客观上都会导致译诗语言的欧化。比如徐志摩的译诗在语言上就有欧化的趋向,他曾翻译了古希腊女诗人莎福(Sappho)的《一个女子》,1925年8月12日发表在《晨报副刊》上,其中有这样的诗句:"像是那野绣球花在山道上长着的,/让牧童们过路的脚踵见天的踩,见天的残,/直到一天那紫拳拳的花球烂入了泥潭。"其中,第一行便是完全欧化的句式,因为只有在英语中表地点的状语才放于句末,而按中文句法,第一行应该改为:"像是山道上长着的野绣球花";第二行中的"牧童们"是一个欧化的词汇,因为汉语并不在名词后加"们"来构成复数。而朱湘认为译诗语言的外化是不可避免的。欧化或外化是所有的文学翻译语言都不可避免的"宿命"走向,是中国新文学语言自身发展的内在需求。通过翻译引起的中国文学语言的变化并不是五四新文化运动以后才出现的现象,早在汉唐开始的佛经翻译就拉开了中国语言外化的序幕。"佛学大盛于唐代,是玄奘等的功绩;那些佛经的译本,在中国文化上引起了莫大的变化的,岂不是'诘屈聱牙',完全的印度化了的么?为了文字的内身的需要,当时的印度化是必然的现象,——欧化,在新文学内,也是一个道理。……有许多的时候,不必欧化,或是欧化得不好;至于欧化的本身,现代的中国人却没有一个能以非议"。④ 中国

---

① 梁宗岱:《论诗》,《诗与真·诗与真二集》,北京:外国文学出版社,1984年,第39页。
② 梁宗岱:《论诗》,《诗与真·诗与真二集》,北京:外国文学出版社,1984年,第39页。
③ 叶维廉:《中国现代诗的语言问题》,《中国诗学》,北京:人民文学出版社,2006年,第330页。
④ 朱湘:《翻译》,《朱湘作品选》,北京:中央民族大学出版社,2005年,第188—189页。

语体文的欧化是五四前后很多新文学作家极力赞成的主张,《小说月报》曾专门刊登了茅盾、郑振铎等人的文章来说明欧化对中国现代汉语和现代文学发展的积极作用。朱湘从线性的历史角度来论述了中国文字在翻译引进外国文学作品的进程中因受到外来影响而发生"外化"的现象,从而说明了新文学语言发生欧化现象的历史必然性和合理性。

尽管如此,很多中国现代的译者从维护诗歌语言民族化的立场出发,坚决反对译诗语言采用外国的构词法和句法。新文学运动之初,闻一多就认为翻译外国文学作品的时候不一定要采用西文句法。1919年闻一多在看了严复翻译的《天演论》后对之大加夸赞,而对于《新潮》社的青年人认为此翻译不具备原作"词气""笔法"的批判,闻一多则表现出了自己"保守"的立场:"读《天演论》,辞雅意达,兴味盎然,真迻译之能事也。《新潮》中有非讥严氏者,谓译书不仅当译意,必肖其词气、笔法而后精,中文造句破碎,不能达蝉联妙邃之思,欲革是病,必摹西文云云。要之严氏之文,虽难以上追诸子,方之苏氏,不多让矣。必谓西文胜于中文,此又蜎蜎丸转,癖之所锺,性使然也。吾何辩哉!"① 新文学运动正蓬勃开展的1919年前后,《新潮》社的傅斯年主张中国现代白话文的发展方向"就是直用西洋文的款式,方法,词法,句法,章法,词枝,(Figure of Speech)……一切修辞学上的方法,造成一种超于现在的国语,欧化的国语,因而成就一种欧化国语的文学。"② 在新文化运动早期的文言白话之争中,我们很难断定闻一多没有站在文言的立场上力挺严复的翻译,但可以肯定的是闻一多对傅斯年等人极端的欧化主张持保留态度,认为西方语言不一定强于中国语言,而且翻译文学如果在语言上一味地采用西方语言的词法和句法,定会对中国文学语言造成负面影响,时间久了就会产生欧化之弊。因此,闻一多后来在评论郭沫若的《女神》时专门义正辞严地批评了其欧化特征的浓厚和地方色彩的稀薄:"若我在郭君底地位,我定要用一种非常的态度去应付,节制这种非常的情况。那便是我要

---

① 闻一多:《仪老日记》(1919年2月20日),《闻一多全集》(12),武汉:湖北人民出版社,1993年,第423页。
② 傅斯年:《怎样做白话文》,《中国新文学大系·建设理论集》,胡适选编,上海:上海良友图书印刷公司印行,1935年,第223页。

时时刻刻想着我是个中国人，我要做新诗，但是中国的新诗，我并不要做个西洋人说中国话，也不要人们误会我的作品是翻译的西文诗"。①

反对译诗语言欧化的举措除了上面谈到的正面抗议之外，也有人从使用纯粹的民族语言去译诗的角度来对抗"凑就外国字"的译诗语言观。有译者主张译诗在语言上应该采用纯洁的现代汉语，反对在译本中加入外国文字："20年代有人写作，有时在文句间掺入不必要的外国字，这样就破坏了语言的纯洁性，我当时也沾染了这种不良的习气。如今我读到这类的文句，很感到可厌。因此我把不必要的外国字都删去了，用汉字代替。"② 在翻译外国诗歌的时候，冯至的译诗语言从来没有采用一个外国字甚至是音译外来词汇，他有自觉维护译诗语言纯洁性的意识。冯至所谓"语言的纯洁性"观点源于他对现代汉语文学地位的肯定，他认为纯洁的汉语在新文学运动以后就是现代汉语而非文言，是中国文字而非外国文字。冯至认为在一个充满危机和觉醒的时代就应该回过头去汲取传统的精神营养，中外文学乃至文化的发展皆然。"在西方每逢到了一个危机的或觉醒的时代，自然而然地便发生一种呼吁，向往远古的希腊。现在的觉醒的中国在万事待理的时机，教育实在是一个迫切的问题，许多关于精神的营养不能不从'过去'里去摄取，也是必然的道理。"③ 冯至曾说："我在晚唐诗、宋词、德国浪漫派诗人的影响下写抒情诗和叙事诗。"④ 说明了传统诗歌对冯至的新诗创作产生了影响，并不像很多人说的新诗只是受了外国诗歌的影响，"是中文写的外国诗。"⑤ 冯至主张尊重传统并不是要让文学在复古的调子中搬进"颓废的宫殿"，以文字为例，他赞成文学应该使用"现代的活文字"，古文言文在新文化语境中再也不能言说现代人的现代思想，即便有人坚持用之来创作文学，这种"无用的回忆"只是给新文学界增加"徒然的争执"或"在内部

---

① 闻一多：《〈女神〉之地方色彩》，《创造周刊》（第5号），1923年6月10日。
② 冯至：《诗文自选琐记（代序）》，《冯至全集》（第二卷），石家庄：河北教育出版社，1999年，第164页。
③ 冯至：《传统与"颓废的宫殿"》，《冯至全集》（第四卷），石家庄：河北教育出版社，1999年，第25—26页。
④ 冯至：《诗文自选琐记（代序）》，《冯至全集》（第二卷），石家庄：河北教育出版社，1999年，第168页。
⑤ 梁实秋：《新诗的格调及其他》，《诗刊》（创刊号），1931年1月20日。

第二章 译诗语言与中国现代新诗的语言建构

搅扰"① 新文学的发展。因此，不管是翻译还是创作都应采用纯洁的现代汉语。

的确，我们在借鉴外国诗歌的语言来丰富译诗的语言表达进而完善汉语的词法句法时，必须以不损害中国语言的纯洁性为前提。"从语言问题说，一方面从西方来的影响使我们用白话写诗的语言多一点丰富性、伸缩性、精确性。西方句法有的倒和我国文言相合，试用到我们今天的白话里，有的还能融合，站住了，有的始终不通。引进外来语、外来句法，不一定要损害我国语言的纯洁性。"② 在这里，卞之琳同样承认借鉴外国诗歌的语言和句法可以使译诗在文体上更好地再现原文的风格，同时有助于中国新诗语言表达的完善，但是他仍然为这种借鉴设置了底线——不要损害中国语言的纯洁性。那什么样的译诗语言会损害中国新诗语言的纯洁性呢？实际上，卞之琳的话是对新诗革命以来的译诗语言严重"欧化"的反驳。译诗语言不同于原作的语言，也不同于译入语国的语言，因此，"欧化"几乎与生俱来地成了译诗语言的本相。"任何认真从事过翻译的人，都清楚知道翻译时'译文腔'几乎是无可避免的，把外语（主要是欧洲语）作品翻译成中文，最显著的'译文腔'便是'欧化'，也就是译者自觉或不自觉地借用外语的句式和句法，这是因为中西语文在语式句法等各方面都有明显差异的缘故，译者过于讲究直译，'欧化'的情形便自然而然地出现。"③ 翻译决定了译诗语言不可避免地会出现欧化的倾向。例如穆木天发表在《洪水》杂志上的《万雪白（Ch. Van Larberghe）的两首诗》中的《伊扶之歌》之一节：

> 到了晚上，
> 些个黑色的天鹅，
> 或是些个暗淡的仙女，
> 出来从花里，从西东里，从我们里，

---

① 引语出自歌德关于美国文化的诗歌："无用的回忆，徒然的争执，不在内部搅扰你，在这生气蓬勃的时代。"（引自冯至：《传统与"颓废的宫殿"》，《冯至全集》（第四卷），石家庄：河北教育出版社，1999年，第4页。）表达的是美国没有传统文化的搅扰，本书反其意而用之，以说明复古的文艺思潮在中国文学内部搅扰着新文学的发展。
② 卞之琳：《新诗和西方诗》，《诗探索》，1981年4期。
③ 王宏志：《"欧化"："五四"时期有关翻译语言的讨论》，《翻译的理论建构与文化透视》，谢天振编，上海：上海外语教育出版社，2000年，第131页。

这是我们的影子。①

这节诗歌的欧化色彩很浓，第四行完全是欧化的表达方式，按中文的表达习惯应该是："从我们东西方的花丛中走出来"，显然穆木天对该诗采取了直译的方式。译诗语言的欧化影响了国内的文学语言，在新诗创建初期，人们往往借鉴译诗以及其他翻译文学的语言表达方式，因此，"欧化白话文的趋势可以说是在白话文学的初期已开始了。"② 文学研究会的沈雁冰、郑振铎等人都十分赞成语体文的欧化。所以，译诗语言的欧化在当时是被广泛接受的，译诗语言的这一特点反过来自然会影响了中国新诗语言的欧化。

正是出于对中国语言纯洁性的维护，卞之琳反对直译，因为直译后的译诗语体不符合中国字句的顺序。文学翻译"不妨首先考虑一下适当处理两种语言的字句顺序问题，这似乎是细微末节的小问题。谁都知道中西语言中有些基本词组、片语，讲顺序是恰巧相反的，颠倒的，例如汉语'的'和英语 of、法语 de，作用一样，但是所连接的前后两词或词组，只有倒过来译才不反原意。然而，我们用所谓'直译'（再加上'直译'原来西语的限制性形容从属句），在中文里就得用一连串的'的'。这样实际上既不合中国话的自然习惯，也不收西方话的自然效果。"③ 这段关于译语顺序的论述是有道理的，比如英语中无生命的东西的所有格常用 of，"legs of the desk"这个短语如果直译的话就是"腿的桌子"，而实际的意思是"桌子的腿"，所以，采用直译的话意义就完全变了。这说明卞之琳主张诗歌翻译既需要顾及原文的语言特征，但同时也应该符合中国语言的表达习惯，否则翻译的效果就会南辕北辙。

当然，也有人认为译诗语言的欧化具有积极的意义。欧化是一种现代化："我们接受了外国的影响，'迎头赶上'的缘故。这就是欧化，但不如说是现代化。"④使用欧化文法句式成了中国现代乃至当前诗歌创作的一种时尚和潮流："现在白话诗起来了，然而做诗的人似乎还不曾晓得

---

① 该诗载《洪水》周刊第1期，1924年8月20日。
② 胡适：《中国新文学大系·建设理论集·导言》，《中国新文学大系·建设理论集》，胡适选编，上海：上海良友图书印刷公司印行，1935年，第24页。
③ 卞之琳：《文学翻译与语言感觉》，《卞之琳文集》（中卷），合肥：安徽教育出版社，2002年，第529页。
④ 朱自清：《新诗杂话》，北京：生活·读书·新知三联书店，1984年，第87页。

俗歌里有许多可以供我们取法的风格与方法，所以他们宁可学那不容易读又不容易懂的生硬文句，却不屑研究那自然流利的民歌风格。这个似乎是今日诗国的一个缺陷吧？"①因此，朱自清认为新诗的语言不是来自民间而是受了译诗语言的影响："新诗的语言不是民间的语言，而是欧化的或现代化的语言。"②清末的"诗界革命"受到了翻译的影响，却仅仅是词汇方面："清末梁启超先生等提倡'诗界革命'，多少受了翻译的启示，但似乎只在词汇方面，如'法会胜于巴力门'一类句子。至于他们在意境方面的创新，却大都从生活经验中来，不由翻译，如黄遵宪的《今离别》，便是一例。这跟唐宋诗受了禅宗的启示，偶用佛典里的译名并常谈禅理，可以相比。他们还想不到译诗。"③ 中国现代新诗受到的翻译诗歌的影响与此前所受的影响相比是全方位的，后者仅仅是词汇上。为什么会造成这种差别呢？原因当然得从语言说起，"清末的译诗，似乎只注重新的意境。但是语言不解放，译作中能够保存的原作的意境是有限的，因而能够增加的新的意境也是有限的。新文学运动解放了我们的文字，译诗才能够给我们创造出新的意境来。这里说'创造'，我相信是如此。将新的意境从别的语言移植到自己的语言里而使她能够活着，这非有创造的本领不可。这和少数作者从外国诗得着启示而创出新的意境，该算是异曲同工。"④

二

译诗语言具有源语和目标语的双重文化属性，它一方面应该具有源语的语言色彩，另一方面也应该有目标语的语言特征。因此，除了上面所论述到译诗语言具有原作语言的特征和外化色彩之外，本书接下来将探讨译诗语言对原作语言的部分背离以及译诗语言的民族性。

译者沿用原诗的语言方式很难传达出原诗的情感内容和精神意蕴，因此很多时候译者会对原诗的语言句法进行改造。如果译诗语言难以再现原诗语言的风格，那译者怎样才能增强译诗语言的艺术性呢？诗歌翻译的关键在于传递出原诗的神韵，形式和内容俱佳的译诗不是简单的直

---

① 朱自清：《新诗杂话》，北京：生活·读书·新知三联书店，1984年，第78页。
② 朱自清：《新诗杂话》，北京：生活·读书·新知三联书店，1984年，第95页。
③ 朱自清：《新诗杂话》，北京：生活·读书·新知三联书店，1984年，第70页。
④ 朱自清：《新诗杂话》，北京：生活·读书·新知三联书店，1984年，第71页。

译或意译所能求得的，它要求译者具有合理增删原诗形式和内容的能力。人类历史上优秀的诗篇都是天然去雕琢，诗歌的语言自然朴实，看不出诗人为此用了多少功力，好像是脱口而出，但是经过很多世纪的考验却被证明是不朽的名作。遇到这样的诗歌作品，"有经验的翻译家翻译它们都会感到困难，如果逐字直译，则索然无味，如果体会诗的境界，只是意译，就会失去原诗的质朴，甚至弄得面目全非。同样情形，中国有几个诗人和翻译家译《漫游者的夜歌》，都曾尽了相当大的努力，却很难表达出原诗的特点。"① 既然直译和意译都不能产生像样的译本，那是否就否定译诗的存在价值或不主张开展诗歌翻译活动呢？解决问题的关键因素是译作在文体形式尤其是语言艺术上必须具有再创造的成分，译者必须具有驾驭本国语言的能力，才能在异质文化语境中再现原诗的神韵。莱蒙托夫的译本《漫游者的夜歌》是整个苏联人翻译中最传神的，但是他的翻译不仅没有按照原诗的形式，而且在内容上也有增删，"几乎成了译者自己的创作了。"② 这说明了要把外国诗歌翻译得传神有诗性，译者必须具备创作的能力，才能在译入语国语境中赋予原作强盛的生命力，否则译本就得不到流传。因为成功的诗篇"之所以成功，在于诗人充分发挥了自己的语言的特长，而这特长又不是另一种语言所能代替的。若是逐字逐句地去翻译（尽管我们主观上念念不忘是在译诗），其结果往往索然无味，表达不出原诗中每个字的音与义给予读者的回味无穷的感受，可是这也正是那些为数不多的优秀的朴素的诗具有的特点。如果译者只体会诗的意境，不顾原诗的形式和字句，那么译出来的诗，成功的无异于是译者本人的创作，失败的会弄得面目全非。"③

因此，译诗需要才情，译者必须具备驾驭语言的素质才能译出好诗。比如冯至对待译诗与对待创作一样，十分讲求译文的语言特征，在文体上染上了创作的风格。也正是由于译诗融入了诗人的语言特色和形式风格，冯至将译诗当作创作收入到自己的诗中。冯至20世纪20年代中晚期出版的第二本个人诗集《北游及其他》中收入了作于1926到1929年间的46首作品，其中包括5首译诗：奥地利诗人莱瑙（1802—1850）

---

① 冯至：《读歌德诗的几点体会》，《文艺研究》，1982年4期。
② 冯至：《读歌德诗的几点体会》，《文艺研究》，1982年4期。
③ 冯至：《一首朴素的诗》，《冯至全集》（第八卷），石家庄：河北教育出版社，1999年，第160页。

（N. Lenau）的《芦苇歌》、法国诗人阿维尔斯（1806—1850）（Arvers）的《十四行诗》、瑞士德语诗人洛伊托德（1827—1879）（H. Leuthold）的《秋》、波兰诗人列德尔（1866—1912）（Waclaw Rolicz‐Lieder）的《我的爱人》和《生命的秋天》。冯至这一时期的译诗出自悲情诗人之手，这四位诗人几乎都英年早逝，诗歌中充满了对生命的喟叹和对友情爱情的诉求。这5首译诗和其他诗作一样都是白话自由诗体，阿维尔斯的《十四行诗》也只是在结构上保住了十四行体的面貌，而省去了许多诗律，显示出新诗革命在20年代以后已经确立起了文体地位，在新文化语境中成长起来的诗人自觉地汲取了新诗的语言形式经验，自然而然地采用白话自由体去翻译外国诗歌。译诗《芦苇歌》"在《沉重》半月刊初次发表时，朋友中不只一人向我说，《芦苇歌》跟我自己写的一样，他们很喜欢读。经他们一说，我也觉得这四首译诗像自己的创作。"① 因此，冯至也很乐意把这首奥地利诗人莱瑙（1802—1850）（N. Lenau）的《芦苇歌》当作自己创作的作品。他在编选《冯至选集》的时候给自己定了个标准——"决定不收译诗"，但是因为《芦苇歌》这首诗具有十分明显的冯至"诗风"，所以他决定还是"制法犯法"地把这首译诗收进了自己的选集中："这部选集，我决定不收译诗。但是我制法犯法，要来一个例外……为了不辜负朋友们当年的赞许，我把《芦苇歌》视为自己的创作，收入第一辑里。"②

如此看来，译诗语言的表现力是译者创造力的体现。既然译诗语言难以传达出原诗的神韵，那翻译活动还有存在的必要吗？或者说，译诗活动在何种程度上依然可以被视为是在翻译诗歌而不是其他文体呢？这就需要翻译的成品必须是诗，需要译者必须具有诗人的创作能力，尤其是驾驭语言的能力。翻译首先要求译者与原作者之间达到情感的通融。"能完全领略一首诗或是一篇戏曲，是一个精神的快乐，一个不期然的发现。这不是容易的事；要完全了解一个人的品性是十分难，要完全领会一首小诗也不得容易。我简直想说一半得靠你的缘分，我真有点迷

---

① 冯至：《诗文自选琐记（代序）》，《冯至全集》（第二卷），石家庄：河北教育出版社，1999年，第177页。
② 冯至：《诗文自选琐记（代序）》，《冯至全集》（第二卷），石家庄：河北教育出版社，1999年，第177页。

信。"① 既然对一首外国诗歌的理解如此困难，而译诗的语言又难以再现原诗的神韵——译者在困难中理解的或许只是部分的原诗的神韵，那译诗无疑背离了原诗的精神旨趣，只等译者的语言能力和形式建构能力去赋予它新的生命，否则译诗就会在译入语国语境中失去生命。比如徐志摩翻译哈代的诗歌就是因为他与哈代的精神有了"不期然的发现"和"缘分"，他翻译哈代的诗作21首②，占了其译诗总量的三分之一，这与大陆出版的《徐志摩全集》（赵遐秋、曾庆瑞、潘百生编，广西民族出版社，1991年）所收录的哈代的译诗仅15首在数量上有一定的出入。为什么他独爱一个以写小说成名的作家的诗呢？显然是哈代的"悲观"和"厌世"迎合了徐志摩对个性自由解放的渴慕，迎合了他对诗歌创作的主张；"什么是诚实的思想家，除了大胆的，无隐讳的，祖露他的疑问，他的见解，人生的经验与自然的现象影响他心灵的真相？……哈代但求保存他的思想的自由，保存他灵魂永有的特权。……实际上一般人所谓他的悲观主义（pessimism）其实只是一个人生实在的探险者的疑问"。③ 正是哈代的这种"人生实在的探险者"的姿态打动了徐志摩，于是就翻译了哈代的21首作品。在徐志摩看来，诗歌翻译不只是要求译者能看懂原文并和原作者产生情感的共鸣，更需要译者具有语言表现能力："你明明懂得不仅诗里字面的意思，你也分明可以会悟到作家下笔时的心境，那字句背后的更深的意义。但单只懂，单只悟，还只给了你一个读者的资格，你还得有表现力——把你内感的情绪翻译成联贯的文字——你才有资格做译者"。④ 否则翻译过来的作品至多只是传递了原文的情感内容，其语言和形式艺术就会被遗落。

到了20世纪40年代，中国现代的译诗语言观念认为诗歌翻译不应该只是讲求语言意义的对等，译者很多时候可以根据情感表达和诗歌表现的实际需要适当地对原语加以改造，译诗语言不必完全忠实于原诗语言。20世纪下半期，美国翻译理论批评家奈达（E. A. Nida）认为翻译实际上是"从语义到文体在译语中用最近似的自然对等值再现原语的信

---

① 徐志摩：《济慈的夜莺歌》，《小说月报》（16卷2号），1925年2月。
② 参见陆耀东《在中外文化交流桥上的徐志摩》，《外国文学研究》，1999年11期。
③ 徐志摩：《哈代的悲观》，《新月》（1卷1号），1928年3月10日。
④ 徐志摩：《葛德的四行诗还是没有翻好》，《晨报副刊》，1925年10月8日。

息。"① 从这个有名的"信息对等理论"出发,译诗与原诗相比至少要做到语义、语体、意象、形式等多方面的对等,这很自然地会使译诗在"文"与"质"之间出现无法调和的矛盾。在这种情况下,"奈达及其他许多翻译学家都主张,形式应让位于内容。……注重内容而忽略形式,那么原文的美感必将消失,译文显得枯燥乏味"。② 诗歌是最富形式艺术的文体,诗歌翻译如果因为片面地追求语义的对等而忽略了语体色彩的诗性建构,那译文真的会验证美国诗人罗伯特·罗斯特(Robert Frost 1874—1963)的话"诗乃翻译中失去的东西"("Poetry is what gets lost in translation")。因此,穆旦认为译诗在语体上一定要有诗歌语言的特性,译者不必为了达到"忠于原作"的目标或使译文语言"正确无讹"地传达原文意义而采取"字对字、句对句、结构(句法)对结构"的翻译方法。为了体现译本的诗歌文体风格,"假如译者把原句拆散,或把原意换一个方式说出,没有追随原作的遣词,或保留了主要的东西而去其不重要的细节,"只要译文"实质上还是原意",③ 那译诗语言对原诗语言的局部改造在诗歌翻译过程中都是合理的。比如穆旦在翻译普希金的名诗《致恰达耶夫》时,将"焦急的心情"翻译成"不耐地",将"就像年轻的恋人/等待着忠实的约会一样"翻译成"就像一个年轻的恋人/等待他的真情约会的时刻"。仔细比较我们就会发现,穆旦的翻译虽然在语言上并不忠实于原文,但诗的意味无疑更为浓厚。正是从这个意义上讲,诗歌翻译包含着创作的成分,并不是忠实于原文的翻译就是好的翻译,我们从英国人菲茨杰拉德翻译波斯诗人莪默伽亚谟的《鲁拜集》、庞德翻译东方诗歌的《神州集》等译例中就可以得到证实。

为什么译诗语言可以背离原诗语言甚至对之进行改造呢?除了上面讲到的诗性原则之外,语体色彩也是影响译诗语言背叛原作的重要原因。凡从事翻译的人都会碰到这样的难题,即"在一种语言里一个字眼挺俏皮,在另一国语言里就常常不,在这里美——在那里常常就不美,本是很动人的,照样译成外国的几个字,有时就索然无味。"④ 因此,逐字逐

---

① Nida. E. A&Charles R. Taber. *The Theory and Practice of Translation*. Leiden: E. J. Brill. 1969, p. 12.
② 廖七一:《当代西方翻译理论探索》,南京:译林出版社,2000年,第88页。
③ 穆旦:《谈译诗问题》,《郑州大学学报》(人文科),1963年1期。
④ 穆旦:《〈欧根·奥涅金〉译后记》,引自《穆旦诗文集》,北京:人民文学出版社,2006年,第110页。

句地翻译诗歌很难完整地再现原诗的语体色彩,很可能把一首风格独特的诗歌翻译得平庸无奇。与其让译诗为了忠实原文意义而失去原作者别具一格的诗才,还不如为了使译文成为名副其实的诗歌而改变或删减原文的语言意义。当然,这并不是说诗歌翻译具有很大的灵活性,译者可以根据自己的需要随意改变原文语词的意思,译诗依然要求准确传递原文的情思。只是对于诗歌而言,翻译的准确不等同于语言、句子和形式的对等,而是指"把诗人真实的思想、感情和诗的内容传达出来",①倒是那些逐字逐句的所谓"准确"的翻译很多时候并不准确。诗歌是一种艺术性很强的文学体裁,除了表情达意之外,还有很多形式要求,因而诗歌翻译也不只是翻译意义,还要翻译韵律节奏、形式艺术以及语体风格。难怪在穆旦眼中,好的译诗"应该是既看得见原诗人的风格,也看得出译者的特点。"②译者在选择译诗语言的时候,一定要顾及原作的语体色彩,准确地翻译出原作的风格特点,而不应该为了传递信息而放走了诗性。

  译诗除了在意义层面可以适当地背离原诗语言外,译诗在句法结构上也可以对原文有所增删。诗歌翻译属于艺术性的翻译,而艺术性的翻译本来就是创造性的翻译,译者只能"惟妙惟肖"地再现原诗的艺术元素而不是"一丝不走"地传递原诗的内容,"有足够修养的译者就不会去死扣字面,而可以灵活运用本国语言的所有长处,充分利用和发掘它的韧性和潜力。"③穆旦从这句话中体认到"文学翻译的首要任务是要在本国语言中复制或重现原作中的那个反映现实的形象,而不是重视原作者所写的那一串文字。"诗歌是用最凝练的语言来塑造最鲜明的艺术形象,再通过艺术形象来达到作者书写的目的,它的翻译更应该在语言句法上大胆实现译者的创造性和能动性。在具体的翻译实践中,译者可以将原作两行的诗翻译成三行,或者对某一行诗加以拆分跨行。以穆旦翻译拜伦的《哀希腊》中的一节为例,原诗是:

---

  ① 穆旦:《〈欧根·奥涅金〉译后记》,引自《穆旦诗文集》,北京:人民文学出版社,2006年,第111页。
  ② 穆旦:《〈欧根·奥涅金〉译后记》,引自《穆旦诗文集》,北京:人民文学出版社,2006年,第111页。
  ③ 卞之琳、叶水夫、袁可嘉、陈燊:《十年来的外国文学翻译和研究工作》,《文学评论》,1959年5期。

> The isles of Greece! the isles of Greece!
> Where burning Sappho loved and sung,
> Where grew the arts of war and peace,
> Where Delos rose and Pheobus sprung!
> Eternal summer gilds them yet,
> But all, except their sun, is set.
> ——George Gordon Byron: *The Isles of Greece*

穆旦的译诗是:

> 希腊群岛呵,美丽的希腊群岛!
> 火热的萨弗在这里唱过恋歌;
> 在这里,战争与和平的艺术并兴,
> 狄洛斯崛起,阿波罗跃出海面!
> 永恒的夏天还把海岛镀成金,
> 可是除了太阳,一切已经消沉。

虽然译诗和原诗在诗行数量上都是六行,但译诗在诗句上却与原诗存在较大差异:比如第三行,译诗将状语提前并单独成句;第四行,译诗将原诗中的并列句拆分为两个独立的句子;第六行,译诗也并没有遵照原诗的句式翻译成"但是一切,除了太阳,已经沉没",而是翻译成了"可是除了太阳,一切已经消沉"。可见,诗歌翻译需要根据汉语的句子结构来重新组合原句,译者需要创造性地改变原诗的句法结构,才能再现甚或增加原诗的诗性品质。对原作句法结构的背离或忠实并不是评价译诗好坏的标准,尤其对诗歌翻译而言句法结构的背离甚至是必要的。穆旦在翻译实践的基础上总结道:"打破原作的句法、结构,把原作用另外一些话表达出来,在文辞上有所增减,完全不是什么'错误',而恰恰相反,对于传达原诗的实质有时反而是必要的。"[①]

对原诗语言的改造或背叛是以本民族语言为准绳和依据的,其目的是要突出本国语言在诗歌翻译和诗歌创作中的主导性地位。翻译外国诗

---

① 穆旦:《谈译诗问题》,《郑州大学学报》(人文科),1963年1期。

歌最好采用本国的语言和诗歌形式。译诗是对原诗的创造，原诗是译诗的材料，译诗可以根据本国语言和审美习惯对原诗进行改动。柳无忌在《我所认识的子沅》一文中曾对朱湘的译诗经过做了这样的回忆："最使我钦佩的，是他译诗的方法。他读书与翻译时从不用字典，真的，他去美国读书时连一本字典都没有带去；遇有疑难的地方，他才借我的字典来应用，但是这些次数并不多。他翻译时不打草稿，他先把全段的诗意读熟了，腹译好了，然后再一口气的写成他的定稿。他的诗稿上很少有涂抹的地方，就是他给友人的信，也是全篇整洁不苟。"① 这说明朱湘翻译诗歌时只是注重翻译了原诗的诗意，而对于原诗是否使用了别致的语言和独特的形式则顾及不多，而且一旦用自己的思维习惯组织好了语言之后，朱湘很少再去改动自己的译诗。朱湘认为翻译诗歌主要是翻译原诗的意境和情趣，除此之外的形式和语言则属于"枝节"问题，是可以有所改动的，而且为着更好地传达原诗的情感内容所发生的诗歌形式的"更动"是翻译过程中必须的正常行为。很多时候，为了能够更好地赋予译作在译语国的生命力，译者应尽可能地采用本国的语言和诗歌形式，译者的翻译是自由而不受原作形式束缚的。朱湘说："我们对于译者的要求，便是他将原作的意境整体的传达出来，而不顾问枝节上的更动，'只要这种更动是为了增加效力。'我们应当给予他以充分的自由，使他的想象有回旋的余地。我们应当承认：在译诗者的手中，原诗只能算着原料，译者如其觉到有另一种原料更好似原诗的材料，能将原诗的意境达出，或是译者觉得原诗的材料好虽是好，然而不合国情，本国却有一种土产，能代替着用人译文，将原诗的意境更深刻的嵌入国人的想象中；在这两种情况之下，译诗者是可以应用创作者的自由的。《茹贝雅忒》（英国诗人费兹基洛（Fitz Gerald）翻译的波斯诗人莪默伽亚谟的作品。——引者加）的原文经人一丝不走的译出后，拿来与费兹基洛的译文比照的时候，简直成了两篇诗，便是一个好例。"② 这充分反映出在朱湘的眼中，对原文的语言和形式没有加以任何改变的译诗与有所变动的译诗比较起来有很大的差异，而"忠实"的前者在艺术审美上反而比不上"变动"的后者。这种事实说明了翻译外国诗歌时，在语言和形式乃至情趣上的部分

---

① 柳无忌：《我所认识的子沅》，引自《朱湘译诗集·序》，长沙：湖南人民出版社，1986年，第4—5页。

② 朱湘：《说译诗》，《文学》（第290号），1927年11月13日。

"变动"反而会增加译诗的艺术性，使外国诗歌在异质文化语境中获得更强大的生命力。

优秀的译诗应该在民族诗歌语言形式的向度上体现出创造性特质。朱湘认为优秀的译诗必须具有创造性品格。译诗的所谓创造性品格主要体现在诗体形式、语体或诗歌情感等诸多方面。诗歌翻译应该传达出原诗的情感或者在原诗的基础上有所创造，才会使译诗成为民族诗歌中的闪光部分。他在评论胡适的《尝试集》时专就其中的译诗《老洛伯》发表了自己的看法，认为该诗有很多翻译得不够准确乃至错误的地方。《尝试集》"收入了几首译诗，但是它们不但没有什么出色的地方，可以与西方文学中有创造性的译诗相提并论，并且《老洛伯》一首当中，还有两处大的谬误……胡君没有将此中的曲折看懂，含糊译过去……所以胡君的译诗，我们也应当一笔勾销，不再去谈。"① 由此可见，朱湘否定胡适译诗有两重原因：一是胡适的翻译在语义转换的层面上出现了错误，译诗没有达到准确地传达出原诗内容的翻译的基本要求；二是胡适的译诗根本就没有创造性，因此就不可能像西方人如菲茨杰拉德翻译古波斯的《鲁拜集》和庞德翻译东方诗歌的《神州集》那样具有很高的艺术价值。朱湘在另外一篇专门谈翻译诗歌的文章中论及了能够在一国诗歌历史上留下痕迹的译诗必然是具有创造性的，译诗只有具备了创造性品格才能进入民族诗歌的各种选本："英国诗人班章生（Ben Jonson）有一篇脍炙人口的短诗《情歌》（*Drink to Me Only with Thine Eyes*），它是无论哪一种的英诗选本都选入的——其实，它不过是班氏自希腊诗中译出的一个歌。还有近世的费兹基洛（Fitz Gerald）译波斯诗人莪默伽亚谟的《茹贝雅忒》，在英国诗坛上留下了广大的影响，有许多的英国诗选都将它采录入集。由此可见译诗这种工作是含有多份的创作意味在内的。"② 从这个角度来讲，朱湘认为优秀的译诗应该在传达出原诗精神意蕴的同时结合译语国的文化语境有创造性地融入新质，并根据一时代语言和诗体形式的需要对原诗有所"变形"，才能赋予原作在译语国的二度生命并使译诗进入到民族诗歌的发展序列中。朱湘自己的译诗则富有创造性特征，难怪罗念生曾说："朱湘的翻译手法有时近于创作"，③ 比如他翻

---

① 朱湘：《"尝试集"》，《中书集》，北京：中国文联出版公司，2001 年，第 180—181 页。
② 朱湘：《说译诗》，《文学》（第 290 号），1927 年 11 月 13 日。
③ 罗念生：《朱湘译诗集·序》，长沙：湖南人民出版社，1986 年，第 5 页。

译琼生的《给西利亚》中的两行："On leave a kiss but in the cup/ And I'll not look for wine"，大意是"你在杯子上留下了一个吻，然后我就不再找酒喝"。朱湘将之翻译成："我要抱着空杯狂吸，／倘若你曾吹起轻呵"，两相比较，朱湘的翻译确实带有浓厚的创作色彩。

三

无论中国现代译诗的语言观念如何丰富或何等偏颇，但有一点是不容否定的事实——译诗语言必须是诗的语言，译诗语言必须采用中国语言。从这两个向度上讲，译诗语言必须具有诗性特质，具有精炼美，而且在符合现代汉语表达的基础上做到语句通顺流畅。

在20世纪20年代的文化和诗歌背景下，赞成新诗革命的译者理所当然地会选择白话文去翻译外国诗歌，将外国诗歌翻译成散文或自由诗，但往往却忽视了其翻译的是诗歌文体，在语体上必须采用诗性的而不是叙述性的语言。闻一多在评价郭沫若从英国诗人菲茨杰拉德（Fitzgerald）译文转译波斯诗人莪默伽亚谟的《鲁拜集》时说："译者于此首先要对莪默负责；其次要对斐芝吉乐（即菲茨杰拉德——引者）负责，因为是斐氏底神笔使这些Rubaiyat变为不朽的英文文学；再次译者当然要对自己负责——那便是他要有枝诗笔再使这篇诗籍转为中文文学了。"① 在这段话中，闻一多首先肯定了菲茨杰拉德的译诗语言因为具有诗性色彩而使他的译诗在英国文学史上享有盛誉，同理，他希望中国的译者在译诗语言上同样应该具有符合中国诗歌审美特质的诗性色彩以保证译文的文学性。因此，在对郭沫若的译文语言的正确性进行核实之后，闻一多继续说到："翻译底程序中有两个确划的步骤。第一是了解原文底意义，第二便是将这意义形之于第二种（即将要译到的）文字。在译诗时，这译成的还要是'诗'的文字，不是仅仅用平平淡淡的字句一五一十地将原意数清了就算够了。"② 闻一多之所以花费大量篇幅来讨论郭沫若的译诗，目的不仅在于指出郭氏译诗的错漏，而且在于指出译诗的再创造性和译诗语言的诗化本质。在《莪默伽亚谟之绝句》这篇文章的注释中，闻一多引用了Richard Le Gallienne的译本序中的文字来说明菲茨杰拉德

---

① 闻一多：《莪默伽亚谟之绝句》，《创造季刊》（2卷1号），1923年5月。
② 闻一多：《莪默伽亚谟之绝句》，《创造季刊》（2卷1号），1923年5月。

的译文"真不啻一篇创作了":"也许莪默底原来的蔷薇,可说并不是一朵蔷薇,但是将要凑成一朵花底碎瓣而已;也许斐芝吉乐并不是使莪默底蔷薇重新开放,但是使它初次开放呢。瓣是从波斯来的,却是一个英国的术士把它们咒成一朵鲜花了。"① 在闻一多看来,译者就像是一个术士一样,把原本开放在异质文化土壤中的花朵移植到了译语文化中,优秀的译者更是把原作者创造的花瓣在新的文化语境中拼凑成了美丽动人的花朵,而"术士"使用的魔法就是译语的诗化。由此我们也可以推定出闻一多主张译诗语言必须是诗化的语言,而不是一般的叙事性语言,如其感叹"我读到郭译的莪默,如闻空谷之蛩音",② 那毫无疑问说明了郭沫若的译诗在语言上肯定是富于诗性色彩的。

此外,译诗语言的精炼和意义指向的准确性也是现代译诗语言观念的重要内容之一。卞之琳认为译诗语言应该精炼,他认为新诗不容易被人们记住的原因就是诗律的缺乏和语言的冗赘:"还没有形成一种为大家所公认的新格律(押韵是格律的一部分;民歌体却大体上就有一种传统的格律)。更重要的原因却是不够精炼。不够精炼主要是属于内容问题,但也包含形式问题,特别是语言问题。"③反映到他的译诗语言上则要求译诗语言应如创作一样精炼,译者应该注重译诗形式的律化和语言的精炼美。文学尤其诗歌翻译应适当注意翻译语言意义的准确性。郭沫若认为创造社总被冠以"异军突起"的原因主要在于这派作家是新文学阵营中首先向新文学发难的先锋,唱起了新文学先驱者意想不到的反调,尤其是对新文学第一阶段很多人投机似的"粗翻滥译"表示强烈的不满。当创造社成员开始活跃于中国新文学界的时候,旧文学的余孽已经被陈独秀、胡适、刘半农、钱玄同等人"打到","无须乎他们再来抨击,他们所攻击的对象却是所谓新的阵营内的投机分子和投机的粗制滥造。投机的粗翻滥译……一般投机的文学家或者操觚家,正在旁若无人兴高采烈的时候,突然由本阵营内起了一支异军,要严整本阵营的部曲,于是群议哗然,而创造社的几位分子便成了异端。"④ 创造社的确就语言

---

① 闻一多:《莪默伽亚谟之绝句》,《创造季刊》(2卷1号),1923年5月。
② 闻一多:《莪默伽亚谟之绝句》,《创造季刊》(2卷1号),1923年5月。
③ 卞之琳:《对于新诗发展问题的几点看法》,《处女地》(辽宁),1958年7月。
④ 郭沫若:《文学革命之回顾》,《郭沫若全集》(文学编第十六卷),北京:人民文学出版社,1989年,第98页。

的翻译问题与胡适等人展开了论争，批评了胡适等人在翻译上的种种错误，形成了中国现代翻译文学史上最大的一次论战。将他人的译文与原文对照阅读以发现译文的不足，在此基础上自己再动手复译该文以彰显正确的翻译，郭沫若的这种对照式阅读批评行为开创了创造社的翻译批评模式，后来创造社的翻译批评几乎都是沿着这样的路径展开的。1922年8月郁达夫在《创造季刊》上发表的《夕阳楼日记》一文对文学研究会成员余家菊从英文转译的《人生之意义与价值》的错误翻译进行了批评，胡适于9月在《努力周报》发表文章指责了郁达夫改译的错误并自行再翻译了一遍，但与原文相比依然不够准确，于是郭沫若找来德文原文进行对照阅读后加以翻译才算勉强传达了原意。这场翻译"风波"催生了吴稚晖的《就批评而运动注译》，其主要旨趣是在翻译发表外国文学作品的时候要保存原文，直译的文本由于与中国语言表达的相异而应该加注。① 这样比较容易发现译文的错误，同时也有利于理解和研究外国文学。从翻译的角度来讲，吴稚晖的注译运动可以在文本和接受两个层面上促进翻译文学的改进：首先是提高翻译的质量，译者因为有了原文而不敢肆意地"意译"或者不负责任地错译，抑或译文出现了错误，有些读者也能够根据原文正确理解该作品的内容；其次是有助于读者对译文的理解和接受，即便是再"诘屈聱牙"的译语表达也会因为有了"注译"而易于使读者克服"外化"的表达，从而更容易读懂原文。当然，注译运动是否真的能达到吴稚晖预设的翻译和接受效果还有待论证。郭沫若基于当时译界很多人士的翻译工作"多少带有些投机的性质，只看书名人名可受社会的欢迎，便急急忙忙抱着一本字典死翻，买本新书来滥译"② 的现状，认为吴稚晖的注译运动由于对译者提出了较高的语言要求而难以实现，同时国内读者也因为外语知识的缺乏而难以将译文和原文对照阅读，这样一来所谓的"注译运动"还不如"唤醒译书家的责任心"③ 之于翻译文学质量的提升有用。郭沫若在《讨论注译运动及其他》一文中看似在批评吴稚晖提出的注译运动，而实际上二者都是希望译者具有翻译的责任心和良知，能够准确地传达出原文的意义，为中国新文学界输入更多优秀的翻译文学。

---

① 吴稚晖：《移读外籍之我见》，《民铎》（5卷5号），1924年7月。
② 郭沫若：《讨论注译运动及其他》，《创造季刊》（2卷1期），1923年5月。
③ 郭沫若：《讨论注译运动及其他》，《创造季刊》（2卷1期），1923年5月。

第二章　译诗语言与中国现代新诗的语言建构

译诗语言除了具有诗歌语言的美学特质外,最基本的还应该做到文从字顺。尽管梁宗岱多次强调诗歌翻译应该注重原作的精神和风格,落实到具体的翻译实践上,他却"大体以直译为主",同时保证翻译的诗行应当自然流畅。译诗集《一切的峰顶》除了少数几首诗之外,大部分诗"不独一行一行地译,并且一字一字地译,最近译的有时连节奏和用韵也极力模仿原作——大抵越近依傍原作也越甚。"① 不仅如此,梁宗岱的翻译"对于原文句法、段式、回行、行中的停与顿、韵脚等等,莫不殷勤追随。"② 为什么梁宗岱会使用直译这种他自认为笨拙的翻译方式呢?是为了让译诗具有外国诗歌的风貌,抑或是给中国新诗输入新鲜的表达方式?这涉及到梁宗岱对诗歌语言艺术的深切领悟,涉及到他对原作者遣词造句的苦心的理解,毕竟诗歌高度凝练的语言和非同寻常的字句组合是其形式艺术的集中体现。原诗的每一个用词和每一行诗都经过了诗人长时间的推敲,译者不应该随意对之加以改变。以下这些话可以帮助我们理解梁宗岱采用直译的原因:"我有一种暗昧的信仰,其实可以说迷信:以为原作的字句和次序,就是说,经过大诗人选定的字句和次序是至善至美的。如果译者能够找到适当对照的字眼和成语,除了少数文法上地道的构造,几乎可以原封不动地移植过来。"③

梁宗岱为了保存译作风格的直译不同于翻译学上所谓的直译,也与鲁迅等人采用直译的目的存在差异,后者多采用原文的语言句法,给读者造成很大的阅读障碍。鲁迅坚持使用"信而不顺"的语言去翻译外国文学,认为这样的译本"不但在输入新的内容,也在输入新的表现法。中国的文或话,法子实在太不精密了,作文的秘诀,是在避去熟字,删掉虚字,就是好文章,讲话的时候,也时时要辞不达意,这就是话不够用,所以教员讲书,也必须借助于粉笔。这语法的不精密,就在证明思路的不精密,换一句话,就是脑筋有些胡涂。"④ 鲁迅对中国旧有语言文

---

① 梁宗岱:《〈一切的顶峰〉序》,《梁宗岱译诗集》,长沙:湖南人民出版社,1983 年,第 205 页。
② 余光中:《绣锁难开的金钥匙——序梁宗岱译〈莎士比亚十四行诗〉》,《余光中谈诗歌》南昌:江西高校出版社,2003 年,第 191—192 页。
③ 梁宗岱:《〈一切的顶峰〉序》,《梁宗岱译诗集》,长沙:湖南人民出版社,1983 年,第 205 页。
④ 鲁迅:《关于翻译的通信》,《翻译论集》,罗新璋编,北京:商务印书馆,1984 年版,第 276 页。

字在表达上的弊端的指认使人想起了胡适、傅斯年等人相似的观点,①因此,鲁迅认为"宁信而不顺"的翻译可以医治中国语言的疾病,他说:"要医这样的病,我以为只好陆续吃一点苦,装进异样的句法去,古的,外省外府的,外国的,后来便可以据为己有。"②梁宗岱的直译并不等于硬译,其目的不像鲁迅的直译要给贫乏的中国文字输入新鲜的词语和句法,而是在保证译文流畅自然的基础上尽量再现原作诗句的表达风格,其直译兼顾了原文和译文的双重审美特征。难怪余光中先生在谈及梁宗岱的译诗语句时说:"一般的译诗在语言的风格上,如果译者强入而弱出,就会失之西化;另一方面,如果译者弱入而强出,又会失之简化,其结果是处处迁就中文,难于彰显原文的特色。梁宗岱在这方面颇能掌握分寸,还相当平衡。"③比起真正的直译来讲,梁宗岱的译诗在语言上显得自然清新,他反对把诗歌翻译成晦涩难解的文字。当他看了成仿吾翻译的华兹华斯的《孤寂的高原刈稻者》后就批评了译本语句的生涩:"我读成氏所译的(《孤寂的高原刈稻者》——引者加),不独生涩不自然,就是意义上也很有使我诧异,觉得有些费解的!"④不管是出于对原诗"至善至美"的字句的维护也好,还是出于对中国新诗字句的改造和创新也罢,梁宗岱的译诗在客观上具有的文体特征也会影响到他本人或国内其他诗人的诗歌创作。有评论家认为:能够在尊重原诗语言和形式艺术的基础上传达出原诗的精神意蕴,这一译风"只有杰出的诗歌翻译家才能做到。'五四'运动以来,除梁氏外,仅有朱湘、戴望舒、卞之琳等少数几个能达到这个水准。正是因此,梁氏的寥寥几十首译作,对

---

① 傅斯年曾说:"现在我们使用白话做文,第一件感觉苦痛的事情,就是我们的国语,异常质直,异常干枯……我们不特觉得现在使用的白话异常干枯,并且觉得它异常的贫——就是字太少了"。(《怎样做白话文》,载《中国新文学大系·建设理论集》,胡适选编,上海:上海良友图书印刷公司印行,1935年版,第223—224页。)他指出了白话的两大弱点:缺乏表现力,语言词汇有限。胡适认为"中国语言文字孤立几千年,不曾有和其它他种高等语言文字相比较的机会"是导致中国语言文法和句法"贫弱"的根本原因,因此翻译可以增加中国语言和外国语言接触的机会,从而促进中国语言的发展。(《国语与国语文法》,载《中国新文学大系·建设理论集》,胡适选编,上海:上海良友图书印刷公司印行,1935年版,第230页。)

② 鲁迅:《关于翻译的通信》,《翻译论集》,罗新璋编,北京:商务印书馆,1984年版,第276页。

③ 余光中:《绣锁难开的金钥匙——序梁宗岱译〈莎士比亚十四行诗〉》,《余光中谈诗歌》南昌:江西高校出版社,2003年,第190—191页。

④ 梁宗岱:《杂感》,《文学周刊》(84期),1923年8月20日。

诗歌翻译工作者来说，具有极高的借鉴价值。"① 这是对梁宗岱译诗语言句法的最好肯定。

到了上世纪 40 年代，人们普遍认为译文在表达上应该符合中国人的阅读习惯，做到文从字顺。忠实的翻译并不是完全抛开目标语的文化因素和表达习惯而对原文进行逐字逐句的翻译，这种方法之所以不合理，根源就在于"其字义观之根本谬误。字义是活的，随时随地用法而变化的，一个字有几样用法，就有几个不同意义。其所以生此变化，就是因为其与上下文连贯融合的缘故。倘是译者必呆板板的执以字解字的主张，就不免时有咬文嚼字断章取义的错误。大概文字的意义，一部分是比较有定义的，一部分是变化莫测的，其字愈常用愈简单，则其用法愈繁复，而愈不适用于逐字拆开翻译之方法；因为拆开了，还是不能得其全句之义。"② 林语堂的这番话似在批评当时大力提倡直译的鲁迅，因为后者的译文常常令读者没有继续读下去的勇气，鲁迅每每劝导读者为了求得新的思想而"硬着头皮"去读，而我们随便选取一篇鲁迅的译文就可看出林语堂所说的逐字翻译的弊端，比如："这意义，不仅在说，凡观念形态，是从现实社会受了那唯一可能的材料，而这现实社会的实际形态，则支配着即被组织在它里面的思想，或观念者的直观而已，在这观念者不能离去一定的社会底兴味这一层意义上，观念形态也便是现实社会的所产。"（《艺术论》第七页）以上这段话引自鲁迅翻译的苏联文论家卢那卡尔斯基的《艺术论》印本中，梁实秋先生曾就鲁迅的译文发表过尖锐的批评意见，他指出："专就文字而论，有谁能看得懂这样希奇古怪的句法呢？……读这样的书，就如同看地图一般，要伸着手出来寻找句法的线索位置"，③ 否则读者是很难看懂译文的。梁实秋批判的鲁迅的翻译方式其实就是林语堂所不赞同的"字字对译"法，他认为译者要有对本国读者负责的伦理道德观念，译作"既为本国人译出，当然亦有对本国读者之责，此则翻译与著述相同之点。或以诘屈聱牙之文饷读者，而谓读者看惯了此种文便不觉得，这实在是不明译

---

① 璧华：《〈梁宗岱选集〉前言》，《宗岱的世界·评说》，广东：广东人民出版社，2003 年，第 315 页。

② 林语堂：《论翻译》，《中西诗歌翻译百年论集》，海岸选编，上海：上海外语教育出版社，2007 年，第 62 页。

③ 梁实秋：《论鲁迅先生的"硬译"》，《新月》（第 2 卷第 6—7 号合刊），1929 年 9 月 10 日。

者对读者之责任。"① 此话非常明显地是针对鲁迅的翻译而论的，任何语体没有经过"国化"之前都是不通顺的，而且即便是没有经过"国化"处理而形成的欧化也多表现在词汇上，像鲁迅这样在句法上仍然欧化的译文是不多见的。

20世纪40年代的朱生豪是一位注重读者阅读感受的译者，他总是把自己的译文调理得适合一般读者的阅读习惯。比如1944年他在翻译莎士比亚的诗剧后说："余译此书之宗旨，第一在求于最大可能之范围内，保持原作之神韵；必不得已而求其次，亦必以明白晓畅之字句，忠实传达原文之意趣；而于逐字逐句对照式之硬译，则未敢赞同。凡遇原文中与中国语法不合之处，往往再三咀嚼，不惜全部更易原文之结构，务使作者之命意豁然呈露，不为晦涩之字句所掩蔽。每译一段，必先自拟为读者，查阅译文中有无暧昧不明之处。又必自拟为舞台上之演员，审辨语调是否顺口，音节是否调和。一字一字之未惬，往往苦思累日。"② 朱生豪的翻译风格相对于鲁迅而言发生了质的改变，尤其是在对译作语言的要求上，一改之前鲁迅直译得近乎硬译、死译的作风，注重从译语的角度去置换外国人的思维和语言表达方式，是一种对读者负责任的翻译方式。译者在行文的时候一定要有中国语文的思维和心理，外国的表达和思维习惯一定要经过译语国文化的过滤，这样才是翻译的正确路径。因此，在林语堂看来，鲁迅的翻译实际上是减少了本国语过滤这一环节，其字句欧化而不合于中文表达的译文是对读者的不负责任。

四

在中国现代译诗史上，人们对译诗语言的不足也有较为全面的认识。由于中西方语言系统的差异太大，一种语言要充分地再现另一种语言的意义几乎是不可能的，于是译诗语言不可能传达出原诗的情感内容就成了中国现代译诗语言观念中关于译诗语言不足的核心理念：从语言形式上讲，译诗语言难以和原诗语言达到对等的互相转译的程度，难以再现原诗的语言风格；从语言意义的角度上讲，译诗语言难以传达出原诗的

---

① 林语堂：《论翻译》，《中西诗歌翻译百年论集》，海岸选编，上海：上海外语教育出版社，2007年，第60页。
② 朱生豪：《〈莎士比亚戏剧全集〉译者自序》，《中西诗歌翻译百年论集》，海岸选编，上海：上海外语教育出版社，2007年，第102页。

精神意蕴。

  翻译诗歌时很难在译语中找到与原文对等的语言，这就造成了翻译的难度。"翻译之所以困难，并不是了解原书之为难，是翻译难得恰当之为难。两种国语，没有绝对相同的可能性。而一种国语中有许多文字又多含歧义。譬如 A 字有甲乙丙丁数义，在译者本取甲义去译书，而读者却各取乙丙丁数义去解释，于是与原义便大相径庭，而解释便互相争执不下了。……两种国语中之绝对相同语既少，一种国语中之歧义语又多，对于原文的语神语势既要顾及，对于译文的语神语势又要力求圆润，译书之所以困难，正在这些地方。"① 郭沫若这段话有很多重复的表述，尤其是对两种语言存在的差异做了反复的强调，意在使人从语言本体的角度去认识翻译行为发生的可能性和翻译结果的"差强人意"，最终从意义的角度去认识翻译之难和跨语际翻译实践必然面对的诸多挑战。郭沫若意识到了不同语言之间的差异性导致了跨语际交流的困难，但即便如此，各种语言之间在隐喻意义上的对等关系为翻译活动的开展提供了一种假想的未被经验证明的可行性基础，人们总是认为各种语言是相通的，而且在一种语言中自然而然地存在着另一种语言的对等词汇。由此形成的跨文化比较的典型意图就是尽量去证明"人们在形成有关其他民族的观点时，或者是为其他文化同时（反过来）也是为自身文化整体的同一性设置各种话语的哲学基础时，他们所依赖的正是那种来自双语词典的概念模式——也就是说，A 语言中的一个词一定对等于 B 语言中的一个词或词组，否则的话，一种语言就是有缺陷的。"② 这在很多人看来是可以作为真理一样存在的东西其实背后具有很大的欺骗性，它的产生并非实践经验的结果而是一种先入为主的假设，虽然在某种意义上它具有真理一样的普遍性，很难对其作出真伪的评价。我们通常是先天性地接受了语言之间具有对等性的观念，而很少去思考这种观念产生的根基是否可靠。20 世纪 30 年代，叶公超也意识到了两种不同的语言之间由于文化和历史背景的差异而不可能在翻译中建立起对等的关系："严格说起来，任何翻译没有与原本绝对准确的。我们都知道，文字是思想与智慧的表现，有哪一种的文化便有哪一种的文字。若是要输入一种异己的文

---

 ① 郭沫若：《反响之反响》，《创造季刊》（1 卷 3 期），1922 年 11 月 1 日。
 ② 刘禾：《跨语际实践——文学，民族文化与被译介的现代性》，宋伟杰译，北京：三联书店，2002 年，第 6 页。

化，自然非同时输入那种文化的文字不可。……每个字都有它的特殊的历史：有与它不能分离的字，与它有过一度或数度关系的字，以及与它相对的字。这可以说是每个字本身的联想。因此，严格说来，译一个字非但要译那一个而已，而且要译那个字的声、色、味以及其一切的联想。实际上，这些都是译不出来的东西"。① 因此，翻译也不可能在两种语言之间找到完全对应的词汇，译诗是不得已而为之的文化交流活动。

译诗语言难以再现原诗语言的风格。上世纪70年代，冯至在翻译海涅的长诗《德国，冬天的童话》时说："《童话》里涉及大量当时德国的人和事，对于中国的读者是生疏的；有些艰涩的韵脚、戏谑的语言，也不是用另一种文字容易表达的；所以原诗中一些精锐有力的诗句，在译诗中失去了它们的光彩，无论是对于原作者或是读者，译者都感到歉疚。"② 其实不仅是翻译诗歌，就是翻译小说或散文都会出现译语不能再现原语风格的情况，哪怕译者的外语能力很强也无法消除翻译活动的这一局限。他在翻译海涅的《哈尔次山游记》这篇散文后也发出了相似的感慨："远在1927年，译者曾把这篇游记译成中文出版。当时译者德文水平很低，译文里有许多不能容忍的错误。现在把他重新校改，错误处改正了不少，但是海涅特殊的用语和风格，有许多地方还是译得很不恰当，希望读者能给以批评和指正。"③ 冯至对译诗语言风格的缺失早有体会，译者往往为了传达出原诗的内容而忽视了语言的修炼和形式的艺术建构，有些译诗读起来全然没有诗味，因此1925年2月21日在给杨晦的信中，他说："Yeats的诗，大半也有翻译的，但是翻译的诗，我是不想读的"。④ 虽然冯至没有详细说明为什么不想读翻译的诗而愿意隔着语言的障碍去读原诗，但从后来他对译诗语言的看法中我们就可以明白：译诗语言由于不能再现原文的风格，如果译者不推敲译诗的语言而只顾翻译意义，那译文的可读性就会降低，以至于像冯至这样的诗歌爱好者

---

① 叶公超：《论翻译与文字的改造——答梁实秋论翻译的一封信》，《新月》月刊（第4卷第6期），1933年3月1日。
② 冯至：《〈德国，一个冬天的童话〉译者前言》，《冯至全集》（第九卷），石家庄：河北教育出版社，1999年，第254页。
③ 冯至：《〈哈尔次山游记〉译者后记》，《冯至全集》（第十一卷），石家庄：河北教育出版社，1999年，第273页。
④ 冯至：《致杨晦》（1925年2月21日），《冯至全集》（第十二卷），石家庄：河北教育出版社，1999年，第51页。

也不愿意去读译诗。

翻译时要完全找到两种语言的同义词是不可能的，这同时也决定了译诗很难具有原诗的排列美和音韵美。（形式误译）"翻译一篇作品或者一段讲话，必然涉及两种语言：一种是原来那个作品或者讲话的语言，德国学者称之为 Ausgangssprache（源头语），英美学者称之为 Original 或 Source language；一种是译成的语言，德国学者称之为 Zielsprache（目的语言），英美学者称之为 Target language。二者之间总会或多或少地存在着差距。因为，从严格的语言学原则上来讲，绝对的同义词是根本不存在的。"① 因此，翻译涉及到译者处理两种语言关系的能力，涉及到译者的文学创造力，尤其是对于"重在表达情感的高级文学作品"的翻译而言，比如以情感为内容的诗歌翻译"或多或少只能是再创作，只能做到尽可能地接近原作，原作的神韵、情调是无论如何也难以完全仿制的。特别是源头语言中那些靠声音来产生的效果，在目的语言中是完全无法重新创造的。"② 翻译中不可仿制的诗歌形式因素决定了译诗在文体上必然部分甚或完全背离原作的形式，也正是从语言差异的角度来讲，诗歌翻译过程中形式的误译几乎是不可避免的，译诗的文体只能是部分地具有了原诗的属性。

最后从语言意义的角度讲，译诗的语言难以传达出原诗的精神意蕴。虽然徐志摩曾对译诗语言做了如下理想的要求：译诗应该做到"字面要自然，简单，随熟；意义却要深刻，辽远，沉着；拆开来一个个字句得没有毛病，合起来成一整首的诗，血脉贯通的，音节纯粹的。"③ 但翻译毕竟是横亘在两种语言之间的交流活动，语言之间的差异很多时候是由于文化的差异决定的，而不同的语言对应的文化存在着很多互不包含的内容，因此翻译就难以做到字句对应。"本来从一种文字翻成另一种文字，其间的困难就不知有多少，那还是就两种文字是相近的说。至于文字的差别远如中文与英文，那时翻译的难处简直是没法想的了。单说通常名词与词句就够困难，因为彼此没有确切相符的句格或思想格式……因为每个名词的背后都含着独有的国民性的或是民族性的特

---

① 季羡林：《翻译》，《季羡林谈翻译》，北京：当代中国出版社，2007年，第2页。
② 季羡林：《翻译》，《季羡林谈翻译》，北京：当代中国出版社，2007年，第2—3页。
③ 徐志摩：《葛德的四行诗还是没有翻好》，《晨报副刊》，1925年10月8日。

征,这一家有的,那一家不一定有。"① 因此,译诗的语言实际上难以再现原诗的风格意趣,"玉泉的水只准在玉泉流着",诗歌一经他语的翻译就会失却诗味。徐志摩在翻译波德莱尔《恶之花》中的《死尸》时,认为该诗是"最恶亦最奇艳的一朵不朽的花",其音调和色彩像是夕阳馀烬中反射出来的青芒,辽远而惨淡,一般的语言很难再现这种意趣,"翻译当然只是糟蹋"。② 倘若真的要把一首在原语国非常出色的诗歌翻译到异质的文化语境中,即便译作看上去仍然是一首诗的形式,但原诗的神韵就会在语言的转换中消失殆尽。因此徐志摩认为他用现代汉语翻译的《死尸》就是"仿制了一朵恶的花。冒牌:纸做的,破纸做的;布做的,烂布做的。就像个样儿,没有生命,没有灵魂,所以也没有他那异样的香与毒。"③ 有时候徐志摩甚至连原诗的"样儿"都没有保留,其译诗形式完全背离了原诗,比如他将济慈的《夜莺歌》完全翻译成了散文就是一例。

第二节 译诗语言的流变与中国现代新诗的语言诉求

中国现代译诗语言在不同的阶段呈现出不同的语体特征,其流变主要与中国现代新诗发展的语言诉求有关。20世纪20年代前后,在白话新诗还没有取得文坛地位的时候,中国新诗发展的意向性目的就是将白话语言确立为诗歌语言的常体,因此这一时期的译者纷纷倡导白话文译诗;而到了30年代,中国新诗开始转向建设阶段,特别是现代诗派的兴起对诗歌语言的精炼和智性提出了较高的要求,译诗语言也随之转向了凝练。与此同时,整个20世纪30—40年代由于革命和救亡的社会现实而形成了诗歌的另一种发展道路——"大众化",因此革命诗歌或抗战诗歌的翻译继续在语言上沿用着白话乃至口语。

---

① [日]小畑薰良:《讨论译诗——答闻一多先生》,徐志摩译,《晨报副刊》,1926年8月7日。
② 徐志摩:《〈死尸〉译诗前言》,《语丝》(第三期),1924年12月1日。
③ 徐志摩:《〈死尸〉译诗前言》,《语丝》(第三期),1924年12月1日。

一

　　中国新诗乃至整个新文学在理论先行的情况下急需优秀的白话诗歌做有力的支撑，寂寞的新文学园地导演了刘半农和钱玄同的"双簧戏"来刺激新文学的勃兴。同样，中国现代译诗的语言也被纳入声援新诗确立文体地位的"有力武器"之列。因此，中国现代译诗最早也是最根本的语言观念便是译诗语言的白话化。

　　20世纪西方文论由哲学向语言学转向影响甚至规定了西方文论后来的发展路向，就算海德格尔等存在主义哲学大师们宣称的"语言是存在的家"和国内有人所说的"诗到语言为止"是一种偏激的言说，但这番言论却阐明了语言之于文学新变的决定性意义。近来国内有学者将五四新文化运动的成功归于语言层面的革新，认为是现代汉语的出现才真正确立了新文学的"正统"地位，古人语曰"工欲善其事，必先利其器"也正好说明了这一点。早期新文化运动的倡导者和实践者们已经意识到了语言对于文学革新的重要性，胡适也许不是提倡白话入诗的第一人，但他却是明确提倡白话译诗译文的第一人，就这一点而论，胡适便可被尊为中国现代翻译理论的先行者。中国近代的翻译在文字上采用的是文言文，严复批判这种翻译语言时说："原书文理颇深，意繁句重，若依文作译，必至难索解人，故不得不略为颠倒，此以中文译西书定法也。西人文法，本与中国迥殊，如此书穆勒原序一篇可见。海内读吾译者，往往以不可猝解，訾其艰深，不知原书之难，且实过之。理本奥衍，与不佞文字固无涉也。"① 因为"古文究竟是已死的文字，无论你怎样做得好，究竟只能够供少数人的赏玩，不能行远，不能普及。"② 在近代，无论是梁启超、马君武还是苏曼殊，其翻译都是采用古体古字，这种译法的弊端正如胡适所说使译文"不能普及"。关爱和先生在评价苏曼殊的译诗时曾说："曼殊的译诗是有缺点的，最突出的就是多用古字，因而显

---

① 严复：《译〈群己权界论〉自序》，《严复集》（第一册），北京：中华书局，1986年，第132页。

② 胡适：《五十年中国文学变迁的大势》，《论中国近世文学》，胡适，周作人著，海口：海南出版社，1994年，第32页。

得晦涩难懂。"① 这大概是近代多数译文的一个通病吧,尽管译者由于历史的局限性而不得不采用文言文,但其译作在客观上的确造成了与读者的隔膜。正是充分认识到了文言译诗的不足,胡适提出从翻译的"工具"入手,采用白话文来翻译外国文学。

1918年,胡适在《建设的文学革命论》中就翻译问题提出了三类意见,其中一点便是"全用白话韵文之戏曲,也都译为白话散文。(着重号为原文所有——引者)用古文译书,必失原文的好处。"② 他的此番言论,对于近代翻译工作者来说无疑是一种有悖常理的"标新",也正是他的"白话译文"的主张划开了中国近代与现代翻译的界线,开创了中国翻译的新局面。胡适用他的翻译实践检验了他的翻译理论,证明了采用白话文来翻译外国文学的可行性和生命力。胡适的白话译诗《关不住了》开创了中国白话新诗的纪元。五四时期,文学讲求的是"教训与宣传"的"启蒙"作用,胡适认为要达到此目的,翻译的文学作品必须在语言上"明白流畅",这不仅是做好翻译的一个基本条件,而且也是发挥译作"启蒙作用"的前提条件。五四新文化运动以后,外国文学作品大量涌入中国,各种文体的语作大都是采用白话文进行翻译的,这些翻译作品不仅丰富了国内的文学创作,而且为新文学的成长和发展供给了必要的文学和文化营养,这不能不说与胡适早期主张用白话文翻译外国文学作品的思想相关。胡适的这种翻译观点不仅影响了中国后来的文学翻译,许多诗人和翻译工作者开始用白话来翻译外国文学,而且闻一多、徐志摩、朱自清等人还沿用了胡适力主白话译文的思想,使其成为中国现代翻译理论界具有里程碑意义的理论。

20世纪20年代上半期,在文言文和白话文处于势均力敌的状态下很多诗人毅然选择了采用白话文去翻译外国诗歌,主张译诗的语言应该是白话文。当然,译者或翻译批评者主张译诗语言白话化的个中原因各不相同,比如闻一多主张白话文译诗具有双重原因:一是基于白话文能更好地传达原诗的情感,二是基于声援白话新诗的目的,因为其时白话新诗刚刚诞生,还没有取得文坛的正宗地位,需要大量的白话新诗来证明其合理性和与古诗相比的优势。闻一多早年在清华大学读书期间翻译

---

① 关爱和:《苏曼殊译作述评》,《从古典走向现代》,郑州:河南人民出版社,1992年,第252页

② 胡适:《建设的文学革命论》,《新青年》(4卷4号),1918年4月15日。

第二章　译诗语言与中国现代新诗的语言建构　………◎ 95

了一首《点兵之歌》，认为这首诗与我国唐代杜甫的《兵车行》一样淋漓尽致地展现了"战事惨况"，具有异曲同工之妙，可以弥补自己读了《兵车行》后"拟书所感，久而不成"的缺憾。闻一多采用文言文翻译了这首诗歌，这也是他 30 多首译诗中唯一在语体上采用文言文的译作，因此并不能说明他在译诗语言上对文言存有偏好。相反的却是，闻一多一贯坚持译诗的语言应该采用白话，在谈到用什么语言翻译这首"西人的点兵之歌"时，他说："译事之难，尽人而知，而译韵文尤难。译以白话，或可得其髣髴，文言直不足以言译事矣。而今之译此，尤以文言者，将使读原诗者，持余作以证之，乃至文言译诗，果能存原意之髣髴者几何，亦所以彰文言之罪也。"① 看来闻一多采用文言翻译《点兵之歌》的真实意图是要让读者明白文言译诗的弊端，而后证明译诗语言只有采用白话文才能更好地传达原诗的意趣。对于文言译诗的困难闻一多深有体会，他本人曾于 1919 年 5 月在第 4 卷第 6 期的《清华学报》上发表了用文言翻译的英国诗人阿诺德（Matthew Arnold）的《渡飞矶》（Dover Beach）一诗，整首诗采用五言体古诗形式，译文是否充分再现了原诗的情感内容姑且不论，仅就语言句法和形式而言就缺少了翻译诗歌的面貌，全然是中国人自己创作的古体诗。1921 年，闻一多便在《清华周刊》上发表文章规劝那些还执意作旧诗的人应该摒弃古诗严谨的格律，在语体上应该采用白话文："我诚诚恳恳地奉劝那些落伍的诗家，你们要闹玩儿，便罢，若要真做诗，只有新诗这条道走，赶快醒来，急起直追，还不算晚呢。"② 因此，闻一多后来的译诗在语言上都是采用的白话文，而且在形式上尽量保留原诗的风貌。

　　出于声援白话文运动的目的而主张译诗语言应该采用白话文的除了闻一多之外，另一个不能忽视的关键性人物便是徐志摩。徐志摩的诗歌翻译始于 20 世纪 20 年代早期，其文体观念必然受到时代风尚的审美价值取向的影响。在白话新诗刚刚立足新文学园地的五四前后，徐志摩坚决认为译诗语言应当是现代白话。徐志摩认为人与人之间即便隔着语言和文化的屏障，但凭借着想象力和共同的情感感受力，还是可以相互间理解对方的人生经验和生命体验，因此诗歌翻译是可以开展的。但是在

---

① 闻一多：《〈点兵之歌〉译者前言》，《闻一多全集》（1），武汉：湖北人民出版社，1993 年，第 293 页。
② 闻一多：《敬告落伍的诗家》，《清华周刊》（第 211 期），1921 年 3 月 11 日。

新文学发生初期的 20 年代究竟采用什么样的文字去翻译外国诗歌更理想呢，或许人们还没有一定的结论，或许人们还处于相互的争论之中。于是 1924 年徐志摩在《小说月报》上发表了《征译诗启》，希望人们用一种"不同的文字"、"解放后"的文字去翻译外国诗歌。因为在他看来，只有采用现代汉语去翻译外国诗歌才能更好地传达出原诗的精神："我们想要征求爱文艺的诸君，曾经相识与否，破费一点功夫做一番更认真的译诗的尝试；用一种不同的文字翻来最纯粹的灵感的印迹……我们所期望的是要从认真的翻译研究中国文字解放后表现致密的思想与有法度的声调与音节之可能；研究这新发现的达意的工具究竟有什么程度的弹力性与柔韧性与一般的应变性；究竟与我们旧有的方式是如何的各别；如其较为优胜，优胜在那里？为什么，譬如苏曼殊的拜伦译不如郭沫若的部分裴麦译，（这里的标准当然不是就译论译，而是比较译文与所从译）；为什么旧诗格律不能表现的意致的声调，现在还在草创时期的新体即使不能满意的，至少可以约略的传达。如其这一点是有凭据的，是可以共认的，我们岂不应该依着新开辟的途径，凭着新放露的光明，各自的同时也是共同的致力，上帝知道前面有没有更可喜更可惊更不可信的发现！"① 由此可以看出，与其说是徐志摩主张用现代汉语去翻译外国诗歌，毋宁说是他希望借助翻译外国诗歌来向人们表明现代汉语在表达细密思想上具有的弹性、柔韧和应变力。因为徐志摩写此启示的时候，时值徐志摩的好友胡适编辑的《现代评论》与章士钊的《甲寅》之间展开了白话和文言的激烈论战，徐志摩本人也撰写了《守旧与"玩"旧》一文来抨击章士钊对文言的守护"不是基于传统精神的贯彻"。② 因此，徐志摩力图通过译诗来彰显现代汉语的优势，让文言文退出文学的舞台。当然，徐志摩之所以会主张用新的语言去译诗，在根本上与他认为只有现代汉语能更好地传达原诗的情感有关。

二

强调译诗语言的白话化是出于更好地传达原诗情感的需要，也是出于确立白话新诗地位的策略。任何理论倡导都会带来正面和负面效应，

---

① 徐志摩：《征译诗启》，《小说月报》（15 卷 3 号），1924 年 3 月 10 日。
② 徐志摩：《守旧与"玩"旧》，《晨报副刊》，1925 年 11 月 11 日。

一味地突出译诗语言的白话化势必也会导致译诗语言的口语化，而这恰恰又有悖于诗歌语言的精炼美。于是到了20世纪30年代，中国新诗确立了文坛地位并开始步入建设阶段，于是有人对译诗语言的过于散文化或口语化提出了批评意见，译诗语言开始趋于精炼和智性。

中国新诗在上世纪30年代赢得了发展的最佳时期，特别是讲求形式艺术建构的现代派诗歌的崛起更是强化了诗歌语言的精炼性和智性化特点，20年代旨在"白话"而忽视诗性的译诗语言观到了30年代就面临着巨大的挑战。比如梁宗岱的译诗在语言上保留着文言的痕迹，他反对将外国诗歌翻译成口语化的新诗，这一译诗语言观念源自他对文言和白话优劣的认识。梁宗岱20世纪20—30年代的译诗在语言上使用了大量的文言词藻，以至于人们后来评价他的译诗时给予肯定最多的是其渗透出来的精神，而非独特的语言形式。梁宗岱的译诗和译介文章给中国诗坛输送了现代主义文学的创作精神，推动了中国新诗的现代化。梁宗岱先生对中国新诗现代化的建构很大程度上是通过译介外国诗人及其作品来影响新诗人的创作而得以实现的，卞之琳先生在纪念文章中回忆说："我在中学时代，还没有学会读一点法文以前，先后通过李金发、王独清、穆木天、冯乃超以至于赓虞的转手——大为走样的仿作与李金发率多完全失真的翻译——接触到一点作为西方现代主义文学先驱的法国象征派诗……但是它们炫奇立异而作践中国语言的纯正规范或平庸乏味而堆砌迷离恍惚的感伤滥调，至少给我真正翻译的印象，直到从《小说月报》上读了梁宗岱翻译的梵乐希（瓦雷里）《水仙辞》以及介绍瓦雷利的文章才感到耳目一新。我对瓦雷利这首早期作的内容和梁译太多的文言词藻（虽然远非李金发往往文白都欠通的语言所可企及）也并不倾倒，对梁阐释瓦雷里以至里尔克的创作精神却大受启迪。"① 卞之琳对译介法国象征主义诗歌的诸多译者在语言上都提出了批评，认为李金发等的译诗语言是在"作践中国语言的纯正规范"，显得十分"平庸乏味"，而梁宗岱的译诗则包含着"太多的文言词藻"。试以梁译《水仙辞》的第二节为例：

无边的静倾听着我，我向希望倾听。

---

① 卞之琳：《人事固多乖——纪念梁宗岱》，《新文学史料》，1990年1期。

>泉声忽然转了，它和我絮语黄昏；
>我听见银草在圣洁的影里潜生。
>宿幻的霁月又高擎她黝古的明镜
>照澈那黯淡无光的清泉的幽隐。

我们今天回过头来用发展了近一个世纪的现代汉语打量梁宗岱的这首译诗，分明会感觉到生硬和拗口，很多单音节词的使用更是造成了阅读时急促的停顿，比如"无边的静"、"圣洁的影"等便是该译诗的语言瑕疵。尽管如此，梁宗岱翻译的《水仙辞》在总体上还是"优雅传神，迷倒了很多青少年读者"，① 这显然与他一贯主张诗歌翻译要侧重传达原作精神有关。

梁宗岱反对新文学初期胡适等人将文学语言等同于"现代中国话"的主张，由此他也反对用绝对白话化的日常语言去翻译外国诗歌。在梁宗岱看来，任何国家的语言都可以分为文言和白话两大类，而常用的白话在词汇上比文言要少得多，现代文学语言如果要采用白话作媒介，要使白话能"完全胜任文学表现底工具，要充分应付那包罗了变幻多端的人生，纷纭万象的宇宙的文学底意境和情绪，非经过一番探险，洗炼，补充和改善不可。"② 如果新文学继续使用白话口语而不加以文学向度上的提升，那新文学创作只会出现"简单和浅薄"的结果："要不是我们底文学内容太简单了，太浅薄了，便是这文学内容将因而趋于简单和浅薄。"③ 由此我们不难理解为什么梁宗岱的译诗语言含有文言词汇。也正是从这个角度出发，他认为胡适用以宣称白话诗新纪元的译诗《关不住了》由于采用了口语化的白话而显得"幼稚粗劣"，就此他不无讽刺地说：五四时期的"文学革命家底西洋文学知识是那么薄弱因而所举出的榜样是那么幼稚和粗劣——譬如，一壁翻译一个无聊的美国女诗人底什么《关不住了》，一壁攻击我们底杜甫底《秋兴》八首，前者的幼稚粗劣正等于后者底深刻与典丽——而文学革命居然有马到成功之概者，一

---

① 卢岚：《心灵长青——怀念梁宗岱老师》，《宗岱的世界·评说》，广东：广东人民出版社，2003 年，第 50 页。
② 梁宗岱：《文坛往哪里去——"用什么话"问题》，《诗与真·诗与真二集》，北京：外国文学出版社，1984 年，第 56 页。
③ 梁宗岱：《文坛往哪里去——"用什么话"问题》，《诗与真·诗与真二集》，北京：外国文学出版社，1984 年，第 56 页。

部分固由于对方将领之无能,一部分实在可以说基于这误解。"① 此处所谓的"误解"即胡适提出的"文学底工具应该用真正的现代中国话"。后来,在《新诗底分歧路口》一文中,梁宗岱再次阐明了新诗语言的弊端和古诗语言的优点:"虽然新诗底工具,和旧诗底正相反,极富于新鲜和活力,它的贫乏和粗糙之不宜于表达精微委婉的诗思却不亚于后者底腐滥和空洞。"② 既然文学的语言是区别于日常白话的,而且文言适宜表现"精微委婉的诗思",那么翻译外国诗歌在语体上就理应拒绝白话化而适量地使用文言。

到了20世纪40年代,人们提出译诗语言白话化的目的就不再是为了"攫取"文言文的文坛正宗地位了,而是为了提升译诗的审美价值,毕竟新诗经过20多年的发展早已确立了"独尊"的地位并开始步入良性的建构阶段。因此,中国现代译诗第三个十年的语言观念即便是提倡译诗语言应该采用白话,自然也是基于建构中国新诗形式或提升译诗质量的目的。1943年朱自清在《论译诗》一文中指出:"清末的译诗,似乎只注重新的意境。但是语言不解放,译作中能够保存的原作的意境是有限的,因而能够增加的新的意境也是有限的。新文学运动解放了我们的文字,译诗才能够给我们创造出新的意境来。这里说'创造',我相信是如此。将新的意境从别的语言移植到自己的语言里而使她能够活着,这非有创造的本领不可。这和少数作者从外国诗得着启示而创出新的意境,该算是异曲同工。"③从朱自清的话无非是说解放后的白话文更适合翻译外国诗歌,译诗只有采用白话文才可能更好地传达出原诗的情感,帮助译者营造更加感人的意境,从而使译诗的质量得以进一步提升。

三

活跃于整个20世纪30—40年代中国诗坛的除了上面谈到的现代主义诗歌之外,另外一支和着时代的脉搏跳动的却是"大众化"的诗歌。从1937年到1945年间,抗战诗歌在民族危亡的时候得到了迅速的发展,

---

① 梁宗岱:《文坛往哪里去——"用什么话"问题》,《诗与真·诗与真二集》,北京:外国文学出版社,1984年,第54页。
② 梁宗岱:《新诗底分歧路口》,《诗与真·诗与真二集》,北京:外国文学出版社,1984年,第169页。
③ 朱自清:《新诗杂话》,北京:生活·读书·新知三联书店,1984年,第71页。

诗歌为了激发大众的抗战激情而采用了口语化的语言。为了配合中国的抗战需要,这一时期革命诗歌或抗战诗歌的翻译语言呈现出口语化的特征。

"七·七"事变之后,中国的社会现实发生了很大的变化,抗日战争和解放战争构成了40年代的主旋律。而在这样一个特别的抗战时期,新诗却得以进一步普及和深化。由于宣传抗战和鼓舞民众的需要,这一时期,"一个切合当时民众审美需要和欣赏心理的通俗文艺创作高潮出现了,通俗文艺刊物之多,从事通俗文学创作的作家之多,是此前各时期所鲜见的。"① 新诗的通俗性和大众化在这一时期也出现了前所未有的势头。关于"文学的大众化"、"利用旧形式"和"民族形式"等问题的讨论,为新诗的大众化准备了理论基础,提供了指导和参考。文艺大众化问题是新文学建设中的一个十分重要的问题,1928年以来,新文学阵营就此展开过几次大的讨论,但由于条件限制,只停留在一般性的理论探讨阶段。抗日战争爆发后,国共统一战线的建立,"文章下乡,文章入伍"口号的提出,广大文艺工作者与人民群众的亲密接触,在客观上为抗战时期的"大众化"讨论提供了良好的条件。另外,大量通俗文学作品的出现,为这次讨论提供了丰富的感性材料。讨论主要围绕大众化运动的意义和任务,以及利用旧形式等问题,澄清了那种把大众化单纯理解为一时服务于抗战的需要和把文学与政治平列起来的错误认识。1938年10月,毛泽东发表了关于民族形式问题的讲话,1940年1月,他又在《新民主主义论》中指出:"中国文化应有自己的形式,这就是民族形式",提出"建立民族的、大众的新文化"。为探讨创建民族形式的具体途径,从延安开始,在解放区和国统区展开了民族形式问题的讨论。民族形式问题的提出,是文学大众化理论探讨和创作实践发展的必然结果,也是新文学民族化的必要步骤。

在"大众化"和"民族形式问题"讨论的基础上,为进一步配合民族抗战,文学,尤其是诗歌,首先应致力于唤起民族的抗战热情。而要唤起这种热情,就必须使诗歌适应民众,易于被民众接受和理解。因此,茅盾认为:"我们的大众化问题,简单地说,应该是两句话:一是文艺大众化起来,二是用各地大众的方言,大众的文艺形式(俗文学的形式)

---

① 郭志刚、孙中田:《中国现代文学史》(下),北京:高等教育出版社,1996年,第7页。

来写作品。"① 这样，在特定的时代背景下，中国新诗开始大规模地走向社会，走向大众，正如朱自清所说："抗战以来，一切文艺形式为了配合战争需要，都朝着普及的方向走，诗作者也就从象牙塔里走上十字街头"②。诗朗诵活动受到高度重视，"新诗在 40 年代从'贵族化'转向'大众化'的关键，是抗战初期勃兴的诗歌朗诵化运动。"③ 穆木天、茅盾、臧克家都写文章肯定了朗诵诗的大众化方向和现实意义。此外，"新诗的民间化运动，仍然是新诗从'贵族化'转向'大众化'的一种方式。"④ 抗战以后，为了把政治动员的任务传达到广大民众中去，把民族革命的精神和思想带给广大读者，新诗的歌谣化创作成为一种时尚，很多人用小调、大鼓、钱板、快板等民间形式来创作诗歌，如老舍尝试着用大鼓调写长诗。学习民间文艺，创作歌谣化新诗成了一股浩大的诗歌潮流，民歌采风也形成热潮，很多人对民间歌谣的思想艺术价值进行发掘。特别是1942年《延安文艺座谈会上的讲话》发表以后，一大批年轻诗人倾心于民歌体新诗的创作，如李季的《王贵与李香香》是在陕北民歌信天游的基础上写出来的，"说它是'民族形式'的史诗，似乎也不算过分……"⑤ 田间这时也停止了鼓点似的短诗创作，写出了通俗化、口语化的《赶车传》；还有阮章竞的《漳河水》等都是在新诗民间化运动中产生出来的好诗。新诗民间化运动适应了广大群众在长期的生产劳动中积淀而成的文化心理和集体审美情趣，适应了救亡与革命的现实需要，因而得到了很好的发展，也取得了相当的成就。有些为救亡而创作的大众诗歌的着眼点不在唤起民众的觉醒和抗战热情，它们本身就发挥了武器一样的战斗作用，直接作为救亡的工具呈现在诗歌大众化运动的历史中。蒲风说："我们的歌唱，便是大众的向前奋斗的主题。大众的敌人是帝国主义，我们的主题也便是反帝；大众需要自由解放，不需要封建的剥削束缚，我们便也对此而集中歌唱……"⑥ 这是诗歌发挥战斗作

---

① 茅盾：《文艺大众化问题》，《茅盾全集·中国文论四集》，北京：人民文学出版社，1991 年，第 356 页。

② 朱自清：《抗战与诗》，《朱自清全集》第二卷，南京：江苏教育出版社，1988 年，第 346 页。

③ 茅盾：《茅盾文集》（第七卷），北京：人民文学出版社，1961 年，第 405 页。

④ 茅盾：《茅盾文集》（第七卷），北京：人民文学出版社，1961 年，第 416 页。

⑤ 茅盾：《再谈"方言文学"》，《大众文艺丛刊》（第1辑），1948 年 3 月。

⑥ 蒲风：《抗战以来的诗歌运动观》，《蒲风选集》（下册），福州：海峡文艺出版社，1985 年，第 699—700 页。

用的论说,其攻击目标直接对准日本帝国主义。萧三主张创造民族化大众化的诗歌,它的《血债》一诗以犀利的讽刺笔调揭穿了亲日派卖国求荣的可耻行为:"亲日派还要什么脸?/早就决心作汉奸。/大日本老爷有命令,/他们就得干。/不干——/日本爸爸要打他几百板!"该诗借大众口语发挥了诗的战斗作用。田间在《我是海的一个》中自称"是战斗的小伙伴",自觉地把自己融入到救亡的洪流中。高兰在《放下你那枝笔》中更直接地抒发了慷慨激昂的战斗情绪:"我们咆哮,我们怒吼!/我们要以牙还牙,以眼还眼……"

时代语境对诗歌语言的规约使 20 世纪 30—40 年代抗战诗歌的翻译在语言上不得不采用通俗易懂的口语。比如"中华全国文艺界抗敌协会"的会刊《抗战文艺》在 1939 年发表了题为《乌克兰诗人雪夫琴可底诗》中,共译出了 6 首雪夫琴可的诗。译者小序介绍雪夫琴可是一位"民众歌手",他的诗风简单朴实,语言生动而富热情,诗歌节奏感强烈而富有音乐美。这些诗歌在艺术表达方式上颇具民歌作风,有很强的可诵性,朗诵起来铿锵有力。除了原作本身具有大众化的审美价值取向之外,译作的语体风格表明译者在翻译这些诗歌的时候充分考虑了当时国内的诗歌大众化语境,在语言上采用了通俗的口语。雪夫琴可的诗很接近民众的生活,诉说了民众在沙皇统治下的不幸遭遇,充满对压迫者反抗的呼声。"在遭沙皇充军时,虽被禁止写诗作画,但他的精神始终未屈服,仍为民众呐喊如故。"[①] 对这样一位具有革命精神、为民众呐喊的诗人的介绍,会给我们广大的文艺工作者以精神上的刺激和行动上的鼓舞。对这类民众诗歌的翻译,可以看出乌克兰人民为争取自由而与压迫者进行无情的斗争,即使当诗人已经死了,民众也要起来争取民族的自由解放:"把我埋得深深地,但你们起来/在欢笑中打碎你们的锁链!/用压迫者作恶的血/洒向自由上!/当伟大的新种,/那自由的宗族临盆时,/呵,用亲切而平安的话/来纪念我吧。"诗人要用压迫者罪恶的鲜血来祭奠自由,真实而生动地写出了人们的苦难,在"那间林屋没有恩爱的天堂/我瞧见的只有地狱。/不停的苦工和黑暗的奴役/没有一个人是自由的/去赞美你所赞美的上帝。/我的慈母,被劳碌和不幸/磨老了/还当年纪轻轻,/就被丢进了穷人的墓垒。/父亲坐下来和我们一道哭泣——/家中空

---

① 周醉平:《乌克兰诗人雪夫琴可底诗·译序》,《抗战文艺》(4 卷 5、6 期合刊),1939 年 10 月 10 日。

无所有，藏的都吃得净光——/在这样一种残酷的命运下他低头死去。"这不就是我们中国人民苦难的真实写照吗？这不就是我们世世代代无法摆脱的悲哀吗？

由此可见，中国社会对文学的需求往往决定了诗歌语言的时代特质，而诗歌语言的时代性反过来又会制约译诗的语言。因此，从某种程度上讲，译诗语言的变化其实反映了中国新诗语言的变化，时代语境对译诗语言和中国新诗语言具有一定的规约性。

第三节 译诗语言与中国现代新诗的语言建构

通过翻译引入外国语言的词法句法以丰富民族语文的发展，这是文化交流中存在的普遍现象。翻译可以产生新的不同于固有语言的第三种语言："翻译——除出能够介绍原来的内容给中国读者之外——还有一个很重要的作用：就是帮助我们创造出新的中国的现代汉语。"[1] 瞿秋白从语言的角度认为翻译可以更新中国语言，从而创造出新体。如前所述，中国现代译诗的语言由于部分地保留了外国诗歌语言的特点，因此能够为中国新诗语言的发展注入很多新鲜的元素。中国现代译诗语言对中国现代新诗的影响表现在两个层面：一是翻译的过程译语产生新的语言和新的句法；二是译诗语言相对于民族语言的"陌生"成分逐渐进入到目标语中而成为其新鲜的构成要素。

文学翻译可以促进中国文学语言的发展。文学翻译工作"可以促进本国的创作，促进作家的创作欲；作家读了翻译作品，可以学习它的表现生活的方法。通过翻译，也可以帮助我国语文的改进。中国语文固然优美，但是认真使用起来，就感到语法的不够用了，做翻译工作的人都会体会到这一点的。通过翻译，我们可以学习别国语言的构成和运用，采取它们的长处，弥补我们的短处。"[2] 早期新文学界将翻译文学视为创作的组成部分，翻译文学质量的高低直接影响到新文学的社会声誉和发展前途，因此有责任心的翻译者总是尽力做好译介的工作。郭沫若在谈

---

[1] 瞿秋白：《瞿秋白关于翻译致鲁迅》，《翻译论集》，罗新璋编，北京：商务印书馆，1984年，第266页。

[2] 郭沫若：《谈文学翻译工作》，《人民日报》，1954年8月29日。

歌德诗歌的翻译时说:"我看得中国报纸上有一处的译文,太不像样子。我们国内的创作界,幼稚到十二万分(日本的《新文艺》杂志本月号有一篇《支那小说界之近况》,笑骂得不堪),连外国文的译品也难有真能负责任——不负作者,不负读者,不负自己——的产物,也无怪乎旧文人们对于新文学不肯信任了。那样的译品,说是世界最大文豪的第一首佳作,读者随自己的身分可以起种种的错感:保守派以为如此而已,愈见增长其保守的恶习;躁进者以为如是而已,愈见加紧地粗制滥造。我相信这确是一种罪过:对于作者蒙以莫大的侮辱,对于读者蒙以莫大的误会。这样地介绍文艺,不怕就摇旗呐喊,呼叫新文学的勃兴,新文学的精神,只好骇走于千里之外。"① 译者一旦开始翻译外国文学作品后,他就不再是根据自己的喜好或某种非文学意图在作一件个人性的事情,他的翻译行为必须涉及到对原作者、原作以及译语国读者等负责,舍弃其中某一方面都是不符合翻译伦理道德的行为。创造社激烈批评的也正是那种对原作者、原文和读者极不负责任的翻译行为,因此他们总是找出原文和译文来对照阅读,指出译作无可辩驳的客观存在的错误,并希望后来的译者要加强翻译的质量,由此建构起健康和谐的文学翻译生态,为中国新文学的发展提供合理的借鉴。新中国成立后的 1954 年,郭沫若在全国文学翻译工作会议上的发言再次申明了译者应该有翻译的责任感:"我们对翻译工作决不能采取轻率的态度。翻译工作者必须具有高度的责任感。他不能随便抓一本书就翻,他要从各方面衡量一部作品的价值和它的影响。在下笔以前,对于一部作品的时代、环境、生活,都要有深刻的了解。翻译工作者没有深刻的生活体验,对原作的时代背景没有深入的了解,要想译好一部作品很不容易。"② 只有译者具备了翻译的伦理道德思想,才会翻译出质量上乘的作品来促进中国文学的健康发展。

朱湘的诗歌翻译成就在新文学早期很难有人与之媲美,他的译诗集《番石榴集》是自苏曼殊等人翻译外国诗歌以来"没有一本译诗赶得上这部集子选拣的有系统,广博,翻译的忠实"。③ 大量一丝不苟的翻译实践必然会使朱湘对译诗语言有十分贴切而客观的认识,他认为译诗语言在语体上的外化现象是不可避免的,同时译诗语言的二重文化属性决定

---

① 郭沫若:《海外归鸿》(第二封),《创造季刊》(1 卷 1 号),1922 年 5 月 1 日。
② 郭沫若:《谈文学翻译工作》,《人民日报》,1954 年 8 月 29 日。
③ 常风:《〈番石榴集〉书评》,《大公报·文艺副刊》,第 249 期。

了它必然会给中国文学语言的发展输入新质,从而促进后者的完善。朱湘认为译诗语言相对于中国语言所具有的陌生化成分可以为中国现代汉语写作输入新鲜的语言元素,使中国文学语言变得更加完善。朱湘在给赵景深的信中高度赞扬了他翻译的意大利童话《盖留梭》,并且相信赵景深即将脱稿的译作《柴霍甫短篇小说全集》"一定能在文坛上放一异彩。创造一种新的白话,让它能适用于我们所处的新环境中,这种白话比《水浒》、《红楼梦》、《儒林外史》的那种更丰富,柔韧,但同时要不失去中文的语气:这便是我们这班人的天职。你这篇译文所取的途径我看来是康庄大道,做到神化之时,便与古文中的《左传》,英文中的《旁观者》能够一样。"① 在朱湘看来,当时的白话文运动虽然取得了决定性的胜利,但白话文本身却并不成熟。现代白话文不同于中国古代文学中的白话文,它应该"能适用于我们所处的新环境中",是在新的文化语境中产生的。朱湘认为避免了欧化之弊的翻译文学语言恰好是现代白话文发展的方向,翻译可以创造中国文学的新体,翻译语言因为顾及了原文的表达和意义而具备了严密的逻辑性,弥补了中国文学语言自身的不足。译诗语言虽然在语体形式上采用的是译语,但由于它要顾及原文的语言思维风格,所以语言的翻译体相对于原民族语言来说肯定会增添一些异质成分,而该异质成分逐渐融合到民族语言中,潜移默化地给民族语言带来了新变化。因此,中国现代汉语的发展路径之一就是借鉴翻译文学的语言。

卞之琳主张在不影响中国语言纯洁性的基础上输入外国的词法句法以丰富新文学语言。他曾说:"我的翻译原则,讲求取'信'于内容与形式,并趁机引进些西语句法,例如倒装句(我们口头说话倒往往实有的),或偶用文言前置词,例如用'于'代替白话'在……里''在……上'以应英语的'in''on'之类,使我们的语言在保持纯洁性条件下增加更多的丰富性、伸缩性"。② 这种主张既可以在一定范围内避免中国语言和句法的欧化,又能在中国语言为主导的情况下增强我们语言的表现力,是中国现代译诗史上最为审慎的文体观念。卞之琳上世纪80年代曾就"横的移植"的"现代派"诗作发表过意见,认为这不应该纳入到

---

① 朱湘:《寄赵景深(三)》,《朱湘书信集》,罗念生编,上海:上海书店,1983年,第47页。

② 卞之琳:《赤子心与自我戏剧化:追念叶公超》,《文汇月刊》,1989年12期。

诗人正常的作品集中。但同时他也承认西方现代诗有很多值得中国新诗借鉴的地方,"适当吸收外来语与句法,是不仅可取,而且有时候是必要的;忘本,破坏祖国语言,自又当别论。至于'五四'以来,引进新式标点,是出于时代和科学的需要,不存在合不合民族形式问题,事实也已证明如此。"① 如此看来,卞之琳认为外国诗歌的词汇、句法和标点符号经过翻译传入到中国,只要我们不"忘本",不怀着"破坏祖国语言"的目的去吸纳和借鉴,就可以促进中国语言表达的科学性和缜密性。卞之琳是一个民族语言意识较强的诗人,他始终坚持译诗或作诗可以借鉴外国诗歌语言的表达方式,但必须以中国语言自身的表达习惯为主,外来的语言和句法仅仅对中国现代汉语起到"丰富"而非颠覆的作用。

到了 20 世纪 20 年代,译诗语言可以为中国新诗乃至新文学语言输入新鲜血液的看法得到了更多译者的认同。朱自清认为译诗的语言"可以给我们新的语感,新的诗体,新的句式,新的隐喻。"② 任何民族的语言在同其他民族语言的交流过程中都会受到影响,而翻译在引入外国诗歌时也自然地会丰富我国新诗语言的词汇,这些词汇不完全是音译外来语,其中也有根据本国语言意译外国新思想新观念而产生的新词汇。20 世纪初在翻译诗歌中引入或产生的词汇几乎是伴着中国现代汉语的产生而同时出现在中国新诗中,它已经成了中国新诗语言的有机组成部分,我们今天的诗歌创作离开了这些词汇就难以为继。翻译外国诗歌不仅为中国新诗带来了大量的新词汇,而且由于翻译表达的需要和原语构词的特点,中国新诗语言的构词方法也相应地发生了一些变化,当然这种变化也是中国新诗语言欧化或外化的表现。中国新诗诗行的变化一方面是由诗歌节奏和诗歌情感的变化引起的,另一方面也与句子表达方式的变化有关。外化在中国新诗语言上的体现除了词汇、词法之外,句法可以说又是一个非常明显的表征。五四时期,使用外化的文法句式成了诗歌创作的时尚潮流:"现在白话诗起来了,然而做诗的人似乎还不曾晓得俗歌里有许多可以供我们取法的风格与方法,所以他们宁可学那不容易读

---

① 卞之琳:《莲出于火:读古苍梧诗集〈铜莲〉》,《读书》,1982 年 7 期。
② 朱自清:《译诗》,《新诗杂话》,北京:生活·读书·新知三联书店,1984 年,第 72 页。

又不容易懂的生硬文句，却不屑研究那自然流利的民歌风格。"① 为此，我们必须在借鉴译诗语言的同时认识到中国新诗语言自身不可更改的特性，才能够使中国新诗在借鉴译诗的基础上焕发民族光彩。朱自清曾明确宣称译诗的语言便是"增富用来翻译的那种语言"："一切翻译比较原作都不免多少有所损失，译诗的损失也许最多。除去了损失的部分，那保存的部分是否还有存在的理由呢？诗可不可以译或值不值得译，问题似乎便在这里。这要看那保存的部分是否能够增富用来翻译的那种语言。且不谈别国，只就近代的中国论，可以说是能够的。"② 他认为译诗的语言由于部分地具有原作语言的成分，因而可以为中国新诗的发展提供借鉴，可以使新诗语言的表达丰富起来："从翻译的立场看，诗大概可以分为两类。一类带有原来语言的特殊语感，如字音，词语的历史的风俗的涵义等，特别多，一类带的比较少。前者不可译，即使勉强译出来，也不能叫人领会，也不值得译。实际上译出的诗，大概都是后者，这种译诗里保存的部分可以给读者一些新的东西，新的意境和语感；这样可以增富用来翻译的那种语言，特别是那种诗的语言，所以是值得的。也有用散文体来译诗的。那是恐怕用诗体去译，限制多，损失会更大。这原是一番苦心。只要译得忠实，增减初不过多，可以不失为自由诗；那还是可以增富那种诗的语言的。"③

在新的文化语境下应该如何研究中国现代汉语在被动或主动地借鉴吸纳外国语言经验和表达方式的基础上发生的欧化现象（也有人称为英语殖民汉语的现象）呢？难道在这种影响过程仅仅是中国现代汉语失去了民族语言的纯粹性而沦落为他者影响的结果？在中国现代文学史上，人们对现代汉语接受外来影响存在着两种截然有别的态度：一方面，五四新文化运动的倡导者在文化弱势/劣势身份的自我认同中大力引进外国语言的表达方式。胡适认为西洋文学的方法可以作为新文学的范本，所以要赶快翻译西书："西洋的文学方法，比我们的文学，实在完备得多，高明得多，不可不取例……因为西洋文学真有许多可给我们做模范的好处，所以我说，如果我们真要研究文学的方法，不可不赶快翻译西洋的

---

① 胡适：《北京的平民文学》，参见《新诗杂话》，朱自清著，北京：生活·读书·新知三联书店，1984年，第78页。
② 朱自清：《新诗杂话》，北京：生活·读书·新知三联书店，1984年，第68页。
③ 朱自清：《新诗杂话》，北京：生活·读书·新知三联书店，1984年，第68—69页。

文学名著做我们的模范。"① 胡适说现代汉语"就是充分吸收西洋语言的细密的结构，使我们的文字能够传达复杂的思想，曲折的理论。"② 傅斯年认为，欧化的白话文"就是直用西洋文的款式，方法，词法，句法，章法，词枝，（Figure of Speech）……一切修辞学上的方法，造成一种超于现在的国语，欧化的国语，因而成就一种欧化国语的文学。"③ 除了《新青年》社的陈独秀、胡适、刘半农、钱玄同、《新潮》社的傅斯年等人外，《小说月报》也积极地提倡文学语言的欧化，1921 年沈雁冰在《语体文欧化之我观》中说："对于采用西洋文法的语体文我是赞成的"；郑振铎在同名文章中说："我极赞成语体文的欧化"；王剑三在《语体文欧化的商榷》中认为："其实改革语体文，不但于文学上有优美的进步，即于非文学的文字，也能有相当的效力"；何薏人同样在《语体文欧化讨论》中认为："大家还要替欧化的语体文拍案叫绝哩！"④ 虽然《小说月报》的讨论受到了不少人的攻击，但赞同语体文欧化的声音毕竟更多，《时事新报》、《文学旬刊》等刊物都发表文章赞同中国文学语言的欧化。鲁迅对通过翻译引进欧化语言来丰富民族文学语言的观点持肯定态度，他在与梁实秋、瞿秋白等人的讨论中阐明了关于翻译语言、句法对于民族文学语言建构的积极意义。1930 年，鲁迅针对梁实秋的翻译观写了《"硬译"与"文学的阶级性"》一文，从古今中外寻找依据，认为日本翻译欧美的文学，唐代翻译佛经以及元朝翻译上谕等都出现了一些"生造"的文法、句法和词法，用久了就自然了。⑤ 1931 年，在《关于翻译的通信》中针对瞿秋白翻译语言应该"白话化"的观点，鲁迅认为翻译给知识分子看的文章宁可信而不顺；即使是普通的群众，偶尔也应该加

---

① 胡适：《建设的文学革命论》，《中国新文学大系·建设理论集》，胡适选编，上海：上海良友图书印刷公司印行，1935 年，第 139 页。
② 胡适：《中国新文学大系·建设理论集·导言》，《中国新文学大系·建设理论集》，胡适选编，上海：上海良友图书印刷公司印行，1935 年，第 24 页。
③ 傅斯年：《怎样做白话文》，《中国新文学大系·建设理论集》，胡适选编，上海：上海良友图书印刷公司印行，1935 年，第 223 页。
④ 以上文章和引文都来自《小说月报》中"关于语体文欧化问题的讨论"，载《小说月报》（12 卷 12 号），1921 年 12 月 10 日。此外，在 13 卷 1 号—2 号上还有相关的讨论。
⑤ 鲁迅：《"硬译"与"文学的阶级性"》，《鲁迅全集》（第 4 卷），北京：人民文学出版社，1981 年，第 195 页。

一些新的字眼和语法，这样的话，群众的语言才会丰富起来。① 就这两点看来，鲁迅是把翻译作为繁荣和扩大中国文学语言的途径之一，他不赞成瞿秋白主张的用纯粹的白话译文，也不赞成用方言这种特殊的白话来翻译文学作品，因为这样的译语不利于中国文学语言的丰富和发展。鲁迅认为欧化文法入侵中国文学的原因"并非因为好奇，乃是为了必要"，中国新文学中"固有的白话不够用，便只得采些外国的句法。"② 为此，鲁迅主张翻译的语言不一定需要完全的"归化"，译文要"洋气"，要"保持异国情调"，进而才能改进中国语言，输入新的表现方法。③

人们对欧化的赞同是有限度的，诗歌语言的欧化范围"还要狭小"："论到语体文的欧化，我赞同振铎兄的主张，允许在能了解的范围之内的可以欧化。论到诗的文字的欧化，我主张范围还要狭小。但是有些人以为作诗须尊重性灵，所以诗的文字的欧化与否，和欧化的深浅，应听之作者主观的自择，宁可读者不同，不可为读者勉强，所以我就不说了。"④ 不管欧化是否会带来语言的进步，我们都应该正确地认识语言的这种变化并容许它的存在："文字底变化和革新底产生，当然全由精神底选择和发展的不可遏制的力；就使不说它是进步，也不能阻碍或损害它毫末。即退一步，至少有它的原因和实象可以解释，理会；它绝不会料到会有生疏，惊奇，被遗弃的酬报和荒谬，粗暴的认识。"⑤ 今天，我们对诗歌语言的欧化同样应该采取包容和理解的态度，一味地围堵或力图保住中国诗歌语言的民族性纯度是行不通的，白话新诗在语言匮乏的时期吸收了欧化的营养才得以发展壮实，况且伴随着世界文化交流步伐的加剧，各民族语言之间的共同点理应越来越多，中国新诗在语言形式上表现出与传统诗歌迥然有别的特点和不可避免地染上欧化的色彩实在是再正常不过了，在保持诗歌语言民族特色的前提下，我们没有理由拒绝

---

① 鲁迅：《关于翻译的通信》，《翻译论集》，罗新璋编，北京：商务印书馆，1984 年版，参见第 275—276 页。
② 鲁迅：《玩笑只当它玩笑》（上），《鲁迅全集》（第 5 卷），北京：人民文学出版社，1981 年，第 519 页。
③ 鲁迅：《"题未定"草·二》，《鲁迅全集》（第 6 卷），北京：人民文学出版社，1981 年，第 352 页。
④ 云菱：《论译诗》，《诗》月刊（1 卷 3 号），1922 年 5 月。
⑤ C. P：《外化的句和新用的字》，《文学》（第 96 号），1923 年 11 月 12 日。

语言的这种新变。宗旨，他们认为中国新文学语言因为借鉴了外国语言的表达方式而更细密，更能传达复杂的、变化的、曲折的思想感情，结果是词汇的丰富化和句法的严密化。

另一方面，作为想象的共同体，民族以及由此衍生出来的民族意识对本土语言在跨语际实践中遭遇的外化现象总是怀着一种强烈的抵抗情绪，认为海禁未开时期的汉语才是纯洁的汉语，而今天的中国现代汉语一直处于被动接受外来影响却又不自觉地陷入影响的泥沼且大有愈陷愈深之势。民族文化的落后使当时的有识之士对学习外国先进文化采取了开放和积极的姿态，派遣留学生、出洋考察以及翻译西书等满足了人们对异域文化和文学的渴望，中国人开始频繁地接触西方文学和语言。周策纵先生认为五四以后的文学翻译是"用新的翻译技巧介绍现代西方文学。……作品被译成一种语法和风格都受原来欧洲语音影响的中文。"①欧化译文必然使大量的新名词、新概念随之进入中国文学语言中，进而改变了我们自己的语言本色。余光中先生在分析五四时期年轻作家笔下的西化之病时认为，因为有了翻译活动和对英语的接触，"道地的中文，包括文言文与民间文学的白话文，和我们的关系日渐生疏，而英文的影响，无论来自直接的学习或间接的潜移默化，则日渐显著，因此一般人笔下的白话文，西化的病态日渐严重。"② 的确，从晚清开始，随着文学翻译活动的开展，借鉴外来语言和文法去表达新思想的做法越来越普遍，梁启超的"新文体"、章士钊的"欧化古文"以及初期很多白话诗人从翻译文学中吸收的外国词汇、句法或文法，这些都有欧化的影子。在极端的"反传统"思潮的推动下，很多人相信从翻译得来的新字词和新语法由于不同于传统的文言古语，因此既能较好地表达从西方输入的复杂思想，又能解决新生白话诗在语言和表达上的诸多不足，从翻译中引进的欧化语体文成了解决白话文不足的有效办法。思果先生在《翻译研究》一书中不无遗憾地指出翻译（主要是指硬译、直译）引起的中国新文学创作语言的欧化已经成了不可逆转的事实，"谁也不能否认，目前的翻译已经成了另一种文字，虽然勉强可以懂，但绝对不是中文。译者照英文的字眼硬译，久而久之成了一体，已经'注了册'，好像霸占别人妻子的人，时间已久，反而成了'本夫'，那个见不到妻子面的可怜的

---

① ［美］周策纵：《五四运动史》，陈永明等译，长沙：岳麓书社，1998年，第394页。
② 余光中：《余光中谈翻译》，北京：中国对外翻译出版公司，2002年，第151页。

本夫,却无权回家了。"① 翻译使中国文学语言几乎偏离了纯正的中文语言,而且这种欧化之风反而成了新文学语言的"主宰",从这个角度来说,翻译带来的中国新诗语言的"欧化"确实令人担忧。

主动接受与被动接受外来词法和句法都使现代汉语获得了同样的发展样态,对其研究不能简单地纳入西方统治—本土抵抗的研究模式。刘禾先生认为在后殖民语境下出现的后殖民理论为该问题的研究提供了新的方法和思路:"后殖民理论家的著述令人兴奋,而且他们的研究方法所开启的意味深长的新思路使我获益匪浅。与此同时,我本人关于中国现代历史与文学的研究,已使我必须直面种种现象与问题,它们无法被简单归结为西方统治与本土抵抗这一后殖民研究范式。"② 但是目前很多人依然认为作为居于统治地位的民族文化在吸纳和借鉴外国语言优势的行为中扮演着一种极其简单的"抵抗"的角色,从而忽略了民族语言的能动性极其对外国语言的破坏性。刘禾认为霍米·巴巴(Homi Bhabha)的"混杂性"(Hybridity)概念消除了自我与他者之间的对立,使中国现代汉语与外语之间处于一个相对平行的地位,容易让人看清汉语和居于强势地位的外语之间的影响实际上具有双向性。代表强势文化的外国语言在影响中国现代汉语的同时,我们的民族书面语甚至地方土语也影响("污染")了外国语言,影响了它的纯粹性和完整性,使其成为一种混杂型的语言。因此,现代汉语在接受外来影响的同时也影响了外国语言,并非我们通常理解的外国语言因为出于文化的强势地位而单向地影响了中国现代汉语。

总体说来,中国现代译诗史上关于译诗语言的看法大体上有三种:一是极端地主张中国化,即采用中国的语言文字、诗体形式去翻译外国的诗歌。这一路翻译在清末时期尤其盛行,但在古文言文和古诗体自身的地位遭遇动摇之后,五四以降的诗歌翻译再也回不到"归化"翻译的道路上了,因而这种翻译便逐渐销声匿迹了。本来这路翻译的变体应该是采用中国新诗的形式和现代汉语去翻译外国诗歌,但新诗的形式究竟是什么样的却成了新诗革命者暗藏于心的隐痛,没有定型的新诗形式,甚至没有一致的新诗形式观念,因此翻译外国诗歌就不可能实现中国化

---

① 思果:《翻译研究·引言》,北京:中国对外翻译出版公司,2001年,第1页。
② 刘禾:《跨语际实践——文学,民族文化与被译介的现代性》,宋伟杰译,北京:三联书店,2002年,第2页。

了。二是极端地主张西化，即采用中国文字去顺应外国的句法和词法，体现在翻译方法上就是直译甚至硬译。三是主张在再现原诗精神意蕴和形式艺术的基础上采用中国化的语言表达方式，并适量地引入外国的语言表达方式，在保证中国语言的纯洁性和主体地位的情况下丰富其表达。这第三种认识应该是中国现代译诗史上最具代表性的语言观念，中国新诗只有在坚守民族语言本位的基础上才能更好地借鉴译诗语言，并由此获得民族语言的独立和发展。

第三章 译诗形式与中国现代新诗的形式建构

中国现代译诗是在新诗发生和成长期被迻译进新文学的园地，由于中国新诗自身的形式建构还处于待完善阶段，不像古代诗歌那样具有相对稳定的形式，因而中国现代译诗的形式自然充满了诸多变幻和不确定因素，其形式观念也就显得比较庞杂。大体说来，译诗应该选择合适的文体形式、应该具有音韵节奏和音乐性，译诗形式的自由体甚至散文体更能有效地传达原诗精神，译诗形式与原诗形式的关系，译诗除了外在形式还应该注重内在的自然节奏，诗歌翻译可以产生新的诗歌形式以及译诗形式对促进中国新诗的形式建构具有积极意义等是中国现代译诗的主要形式观念。

第一节 中国现代译诗的形式追求

中国现代译诗在总体上趋向于追求完美的形式，从一开始人们就十分重视译诗的形式，闻一多、朱湘、卞之琳和梁宗岱都一致阐发了他们对译诗应该讲求形式的看法，并且论述了译诗形式与原诗形式之间的关系，认为译诗形式与原诗形式的对等是中国现代译诗形式追求的最高目标和理想境界。

一

对新诗发展近百年的历程做一个简单回顾，最大的遗憾就是新诗形式建设仍然处于"未完成时"状态。但是新诗的形式建设却一直在进行着，对诗歌形式的自觉意识使译者在从事翻译的时候也比较重视译诗的形式。

　　为了更深入地探讨译诗的形式观念，我们有必要先回溯一下中国现代诗歌史上的形式主张。20 世纪 20 年代中期，闻一多对诗歌形式的要求比较宽松，并不是要把诗歌写成"豆腐干"的形式。他曾经在给陈梦家的信中告诫应该注意诗歌的诗行，"句子似应稍整齐点，不必呆板的限定字数，但各行相差也不应太远"。① 闻一多认为诗歌创作有无限的弹性，历史上常常是那些敢于冲破固有形式观念束缚的诗人取得了非凡的成就。"有人把诗写得不像诗，如阮籍、陈子昂、孟郊，如华茨渥斯（Wordsworth），惠特曼（Whitman），而转瞬间便是最真实的诗了。诗这东西的长处就在它有无限度的弹性，变得出无穷的花样，装得进无限的内容。只有固执与狭隘才是诗的致命伤，纵没有时间的威胁，它也难立足。"② 闻一多和徐志摩的诗歌形式实践和理论倡导虽然都来自外国，但是他们通过自己的诗歌创作在中国诗坛上展示了一种新体，为中国新诗创作开辟了新的形式道路，积累了新的诗歌创作经验和技法。后来朱自清评价闻一多等人的诗歌形式主张时认为，现代格律诗派在形式上留给我们的创作经验是其所主张的"格律不像旧诗词的格律这样呆板；他们主张'量体裁衣'，多创格式。"③ 同时，闻一多认为诗歌的情感内容远比形式重要，他写诗的原动力并不源于技巧而是源于情感抒发的需要，1943 年 11 月在给臧克家的信中他极力反对评论界认为"《死水》的作者只长于技巧"的论断，不知道"这冤从何处诉起"。闻一多否认他是个凭借技巧写诗的人，他说"我真看不出我的技巧在那里。假如我真有，我一定和你们一样，今天还在写诗。我只觉得自己是座没有爆发的火山，火烧得我痛，却始终没有能力（就是技巧）炸开那禁锢我的地壳，放射出光和热来。"④ 因此，在闻一多看来，正是没有作诗的技巧，他才在 20 世纪 30 年代以后逐渐停止了诗歌创作，而且他心头的情感怒火也无从爆发出来。我们惯常的看法是闻一多和徐志摩主持《晨报副刊》后开始主张现代格律诗，他从诗歌的"建筑美"出发写出了很多以《死水》为表

---

　　① 闻一多：《论〈悔与回〉》，《新月》（3 卷 5—6 合期），1931 年 4 月。
　　② 闻一多：《文学的历史动向》，《当代评论》（4 卷 1 期），1943 年 12 月。
　　③ 朱自清：《新诗杂话》，北京：生活·读书·新知三联书店，1984 年，第 74 页。
　　④ 闻一多：《致臧克家》（1943 年 11 月 25 日），《闻一多全集》（12），武汉：湖北人民出版社，1993 年，第 381 页。

征的讲求形式技巧的不朽诗篇。加上闻一多自己曾说出了被现当代主张格律诗（或追求诗歌形式艺术）的诗人及诗评家引为经典的话："恐怕越有魄力的作家，越是要戴着脚镣跳舞才跳得痛快，跳得好。只有不会跳舞的才怪脚镣碍事。只有不会做诗的才感觉得格律的缚束。对于不会做诗的，格律是表现的障碍；对于一个作家，格律便成了表现的利器。"①

上世纪 30 年代，也许是受到了闻一多的影响，梁宗岱阐发了类似的诗歌形式观点，② 到了 50 年代何其芳又提出了以有规律的押韵或顿来建设现代格律诗的构想，③ 中国现代格律诗逐渐架构起了自己一脉相承的历史传统。由是闻一多在现代新诗史上被定格为追求形式技巧的先行者。但根据闻一多这位"戴着脚镣跳舞"的诗人的现身说法，情感表达仍然是诗歌的第一要素，他之所以写诗或停止写诗的原因不是因为技巧而是因为情感。也就是在那篇被人们解读成现代格律诗论经典的《诗的格律》一文中，闻一多专门区别了现代格律诗中的格式与古代律诗中的格律的差异，归纳起来主要有如下三点：第一，从形式的丰富性来看，"律诗也是具有建筑美的一种格式；但是同新诗里的建筑美的可能性比起来，可差得多了。律诗永远只有一个格式，但是新诗的格

---

① 闻一多：《诗的格律》，《晨报副刊·诗镌》（第 7 号），1926 年 5 月 13 日。
② 梁宗岱曾在多篇文章中阐发了形式之于诗歌的重要性：1931 年在给徐志摩的信中，梁宗岱就诗歌的形式做过这样的论述："我从前是极端反对打破了旧镣铐又自制新镣铐的，现在却两样了。我想，镣铐也是一桩好事（其实行文底规律与语法又何尝不是镣铐），尤其是你自己情愿带上，只要你能在镣铐内自由活动。"（梁宗岱：《论episodes》，《诗与真·诗与真二集》，北京：外国文学出版社，1984 年，第 35—36 页。）同一时期，梁宗岱写下了关于中国新诗命运的文章《新诗底分歧路口》，在这篇文章中，他进一步强调了形式之于诗歌的重要性，认为诗歌如果不受诗歌韵律和形式因素的束缚，"我们也失掉一切可以帮助我们把捉和传造我们底情调和意境的凭藉；虽然新诗底工具，和旧诗底正相反，极富于新鲜和活力，它的贫乏和粗糙之不宜于表达精微委婉的诗思却不亚于后者底腐滥和空洞。"（梁宗岱：《新诗底分歧路口》，《诗与真·诗与真二集》，北京：外国文学出版社，1984 年版，第 169 页。）接着他进一步强调说："形式是一切文艺品永生的原理，只有形式能够保存精神底经营，因为只有形式能够抵抗时间的侵蚀。……正如无声的呼息必定要流过狭隘的萧管才能够奏出和谐的音乐，空灵的诗思亦只有凭附在最完美的最坚固的形体才能达到最大的丰满和最高的强烈。没有一首自由诗，无论本身怎样完美，如能和一首同样完美的有规律的诗在我们心灵里唤起同样宏伟的观感，同样强烈的反应的。"（梁宗岱：《新诗底分歧路口》，《诗与真·诗与真二集》，北京：外国文学出版社，1984 年版，第 170—171 页。）
③ 何其芳说："我们说的现代格律诗在格律上就只有这样一点要求：按照现代的口语写得每行的顿数有规律，每顿所占时间大致相等，而且有规律的押韵。"（何其芳：《关于现代格律诗》，《中国青年》，1954 年 10 期，1954 年 5 月 16 日。）

式是层出不穷的"；第二，从形式与内容的关系来看，"律诗的格律与内容不发生关系，新诗的格式是根据内容的精神制造成的"；第三，从创造形式的主体来看，"律诗的格式是别人替我们定的，新诗的格式可以由我们自己的意匠来随时构造。"① 从第二和第三点差别中我们很容易看出闻一多所谓的形式其实很大程度上是以情感为主导的，尤其是现代新诗的形式更是充满了弹性和各种变化的可能，诗人可以根据内容的精神去制造形式或根据自己的匠心（诗歌形式审美观念）去创造新的形式。所以，闻一多并非对诗歌形式的要求极端到了只能写"豆腐干"形式的诗篇，他的诗歌形式观念受到了情感内容的制约，其"脚镣"也仅仅是情感的装饰物。

  闻一多虽然不是极端的形式主义者，但他对诗歌形式的注重在新诗史上妇孺皆知，因此在他看来不讲求形式艺术的诗歌哪怕是译诗都称不上是真正的诗。闻一多曾批评泰戈尔的诗"是没有形式的"，但是"我不能相信没有形式的东西能存在，我更不能明了若没有形式艺术怎能存在！固定的形式不当存在；但是那和形式本身有什么关系呢？我们要打破一种固定的形式，目的是要得到许多变异的形式罢了。泰果尔底诗不但没有形式，而且可说是没有廓线。因为这样，所以单调成了他的特性。"② 泰戈尔的诗歌采用孟加拉文写成，原诗具有节奏、韵律和排列等形式要素，但翻译成英文后原诗的形式艺术便遭受了部分折损，而五四前后人们又根据英译本翻译泰诗，受翻译自身的局限使英译本泰诗的形式艺术再次遭受了折损，于是泰戈尔的诗歌在新文化语境中被迫遭遇了"豪杰译"，③ 其形式要素便所剩无几乃至荡然无存了。泰戈尔虽然主张创作自由诗和散文诗，但他本人却十分重视诗歌的形式建构，认为"正是格律才能以它均衡、流畅的节奏表达找到通

---

① 闻一多：《诗的格律》，《晨报副刊·诗镌》（第7号），1926年5月13日。
② 闻一多：《泰果尔批评》，《时事新报·文学》（第99期），1923年12月3日。
③ "豪杰译"指清末时期为了思想启蒙和政治改良的需要，译者将作品的主题、结构、人物性格等都进行了改造，使其成为宣传思想的有利"工具"。该称谓来自于翻译法国科学小说家凡尔纳斯的《十五小豪杰》，英国人从法文翻译成英文时"译意不译词"，日本人从英文翻译成日文时"易以日本格调"，梁启超从日文翻译成中文时"又纯以中国说部体段代之"，"小豪杰"经过多次改译已是具有不同性格的小英雄了。这种因为翻译"豪杰"而引起的巨大变化，后来被用来指称改动较大的翻译类型。

向人类心灵之路的感情",① 而且"缺乏精雕细琢的自由体诗应该受到鄙视和嘲笑"。② 在此,我们姑且"悬置"闻一多对泰戈尔诗歌形式艺术的评价,其实他所阅读到的仅仅是泰戈尔诗的翻译体,要么是英文译本,要么是中文译本,他对泰诗的批判本质上是对其译本形式的批判,间接说明了闻一多要求诗歌翻译必须重视译本的形式。

在中国现代新诗史和现代译诗史上,朱湘都因其强烈的形式意识而备受瞩目。朱湘的创作和翻译作品都"认真地实践了新月派'理性节制情感'的美学原则",他认为诗歌创作和翻译应该选择合适的文体去表现情思。朱湘在评论徐志摩的诗歌时曾说过下面一段富含深意的话:"一个作家发现了一种工具的用途以后,自然是极其高兴,并且极其喜欢把它常拿出来使用;不过一种工具并非万能的,有些题材用得到它,但其它的题材则非用它来所可奏效的:正像一个小孩子发现了小刀有削梨的功用以后,快活的了不得,碰到铅笔也削,碰到纸也裁,碰到了自己的手指头,一刀划去,血出来了,自己也哭出来了。"③ 朱湘此处所说的工具当然是指诗歌的创作形式,根据他的这段话,我们可以看出其中的主旨是诗歌创作应该根据情感内容的需要而选择不同的诗体形式,倘若诗人掌握了一种诗体形式而将之用于所有情感的抒发,那最后无疑会使自己的情感受到折损。所以诗人应该具备多种诗体形式的创作素质,才能在更好地表达自己情感的基础上做到"文质彬彬",创作出形式和内容俱佳的作品。诗歌翻译者同样应该选取合适的形式去表达原诗的情感内容,或者按照原诗的形式去翻译原作,而不应该根据诗人自己对某种诗体形式的偏重而一味地使用同种形式去翻译不同的作品。

20世纪30年代,卞之琳开始追求译诗形式的完美。"较完美的诗,在文学类型中,特别是内容与形式、意义与声音的有机统一体,译成外国语,只'信'于一方面,就损失一半,就不真'似',就不是较完善的翻译。'信'即忠实,忠实又只能相应,外国诗译成汉语,既要显得是外国诗,又要在中文里产生在外国所有的同样或相似效果,而且在中

---

① 泰戈尔:《诗与韵律》,《诗人的追述》(大师文集·泰戈尔卷),倪培耕等译,桂林:漓江出版社,1995年,第133页。
② [印度]泰戈尔:《诗与韵律》,《诗人的追述》(大师文集·泰戈尔卷),倪培耕等译,桂林:漓江出版社,1995年,第135页。
③ 朱湘:《评徐君志摩的诗》,《中书集》,北京:中国文联出版公司,2001年,第157页。

文里读得上口,叫人听得出来。"① 卞之琳认为译诗要达到这样的境界是很难的,不过他从中国语言的特点出发认为,只要译者费一点功夫,外国诗歌是可以被翻译好的:"我们叨光祖国语言的富于韧性、灵活性,有时还可以适当求助于不太陌生的文言词汇和句法,也可以自然引进一些不太违反我们语言规律、语言纯洁性的外来词汇和句法(例如倒装句法)。我们译西方诗,要亦步亦趋,但是也可以作一些与原诗同样有规律的相应伸缩。在大多数场合,我们只要多下点苦功,总可以办到。"② 在此,卞之琳依然认为解决翻译诗歌的形式问题要立足于中国语言本身,借鉴外国语言句法的目的是增富中国语言的表达,而不是要破坏中国语言的纯洁性。当然,卞之琳除了追求译诗的语言、句法和形式之外,对译诗的精神意蕴也十分看重。卞之琳先生在纪念文章中曾回忆说:"我在中学时代,还没有学会读一点法文以前,先后通过李金发、王独清、穆木天、冯乃超以至于赓虞的转手——大为走样的仿作与李金发率多完全失真的翻译——接触到一点作为西方现代主义文学先驱的法国象征派诗……但是它们炫奇立异而作贱中国语言的纯正规范或平庸乏味而堆砌迷离恍惚的感伤滥调,至少给我真正翻译的印象,直到从《小说月报》上读了梁宗岱翻译的梵乐希(瓦雷里)《水仙辞》以及介绍瓦雷利的文章才感到耳目一新。我对瓦雷利这首早期作的内容和梁译太多的文言词藻(虽然远非李金发往往文白都欠通的语言所可企及)也并不倾倒,对梁阐释瓦雷里以至里尔克的创作精神却大受启迪。"③ 可见卞之琳对诗歌精神的看重,诗歌是精神和形式的有机结合,卞之琳注重译诗形式的同时也不会忽略译诗的精神。

要谈中国现代译诗史上的译诗形式问题,就不能忽略梁宗岱的存在。梁宗岱比较注重诗歌形式的翻译,这很符合他一贯的诗歌形式主张。梁宗岱在法国留学期间结识了后期象征主义诗派的重要诗人瓦雷里,他在翻译《水仙辞》的序言中详细介绍了瓦雷里的生平和诗歌理念,对瓦氏采用严谨的古典诗律来创造新的曲调表示出极大的理解和认同:"梵乐希是遵守那最谨严最束缚的古典诗律的,其实就说他比马拉美守旧,亦无不可。因为他底老师虽采取旧诗底格律,同时却要创造一种新的文

---

① 卞之琳:《〈英国诗选〉编译序》,《文汇月刊》,1983年6期。
② 卞之琳:《〈英国诗选〉编译序》,《文汇月刊》,1983年6期。
③ 卞之琳:《人事固多乖——纪念梁宗岱》,《新文学史料》,1990年1期。

字——这尝试是遭了一部分的失败的。他则连文字也是最纯粹最古典的法文……他不特能把旧囊装新酒，竟直把旧的格律创造新的曲调，连旧囊也刷得簇新了。"① 在 1931 年给徐志摩的信中，梁宗岱就诗歌的形式做过这样的论述："我从前是极端反对打破了旧镣铐又自制新镣铐的，现在却两样了。我想，镣铐也是一桩好事（其实行文底规律与语法又何尝不是镣铐），尤其是你自己情愿带上，只要你能在镣铐内自由活动。"② 同一时期，梁宗岱写下了关乎中国新诗命运的文章《新诗底分歧路口》，在这篇文章中，他进一步强调了形式之于诗歌的重要性，认为诗歌如果不受诗歌韵律和形式因素的束缚，"我们也失掉一切可以帮助我们把捉和捁造我们底情调和意境的凭藉；虽然新诗底工具，和旧诗底正相反，极富于新鲜和活力，它的贫乏和粗糙之不宜于表达精微委婉的诗思却不亚于后者底腐滥和空洞。"③ 接着他进一步强调说："形式是一切文艺品永生的原理，只有形式能够保存精神底经营，因为只有形式能够抵抗时间的侵蚀……正如无声的呼息必定要流过狭隘的萧管才能够奏出和谐的音乐，空灵的诗思亦只有凭附在最完美的最坚固的形体才能达到最大的丰满和最高的强烈。没有一首自由诗，无论本身怎样完美，如能和一首同样完美的有规律的诗在我们心灵里唤起同样宏伟的观感，同样强烈的反应的。"④ 正是有了这样的诗歌形式观念，梁宗岱的译诗形式大都讲求格律和整体的匀称，以他翻译的《莎士比亚十四行》第一首的前四行为例：

对天生的尤物我们要求蕃盛，
以便美的玫瑰永远不会枯死，
但开透的花朵既要及时凋零，
就应把记忆交给娇嫩的后嗣；

---

① 梁宗岱：《保罗·梵乐希先生》，《诗与真·诗与真二集》，北京：外国文学出版社，1984 年，第 23—24 页。

② 梁宗岱：《论诗》，《诗与真·诗与真二集》，北京：外国文学出版社，1984 年，第 35—36 页。

③ 梁宗岱：《新诗底分歧路口》，《诗与真·诗与真二集》，北京：外国文学出版社，1984 年，第 169 页。

④ 梁宗岱：《新诗底分歧路口》，《诗与真·诗与真二集》，北京：外国文学出版社，1984 年，第 170—171 页。

该诗完全具备了十四行诗的形式要素，不仅实现了诗歌形式的整齐，而且也基本保持了 ABAB 的韵式。梁宗岱翻译的莎士比亚十四行诗"行文典雅、文笔流畅，既求忠于原文又求形式对称，译得好时不仅意到，而且形到情到韵到……人常说格律诗难写，我看按原格律译格律诗更难。凭莎氏之才气写一百五十四首商籁诗尚且有几首走了点样（有论者谓此莎氏故意之笔），梁宗岱竟用同一格律译其全诗，其中一般形式和涵义都兼顾得可以，这就不能不令人钦佩了。"①梁宗岱的译诗在形式上比莎士比亚的原诗更从一而终地保持了十四行诗的格律，足以见出他对译诗形式的考究。

二

前面从译者形式意识的角度论述了中国现代翻译界对译诗形式的重视，这是否就说明译诗与原诗在形式上存在着对应的可能性呢？这涉及到译诗形式和原文形式的关系问题。

为了探讨译诗形式与原诗形式的关系，我们有必要先厘清译诗形式与原诗内容的关系，在此基础上才能更准确地认识译诗形式与原诗形式的关系。译诗的形式应该配合情感的传达，做到形式和内容的有机统一，很多译者力图将"形式"和"内容"在译诗文本中加以协调，这是翻译诗歌的最高境界，往往在实践中难以实现。实际的情况却多半是译者顾及了内容丢失了形式，顾及了形式而又损害了内容，因此现代译诗者不约而同地发出了"译诗难"的感慨。比如徐志摩曾这样说过："翻译难不过译诗，因为诗的难处不单是他的形式，也不单是他的神韵，你得把神韵化进形式去，象颜色化入水。又得把形式表现神韵，象玲珑的香水瓶子盛香水。"② 这实际上是主张译诗形式和内容的统一，看似与 1920 年郭沫若所说的"风韵译"有相同之处，但郭沫若的"风韵"是文本的内容与形式之外的美学要素，与中国传统诗论中的"韵数"、"风格"相通。而徐志摩此处所讲的"神韵"专指内容层面的东西，他实际上是要追求内容和形式俱佳的译作，有意思的是他本人却反过来认为译诗要达到"形式"和"神韵"的交融统一似乎是不可能的，"有的译诗专诚的

---

① 钱兆明：《评莎氏商籁诗的两个译本》，《外国文学》，1981 年 7 期。
② 徐志摩：《一个译诗问题》，《现代评论》（2 卷 38 期），1925 年 8 月 29 日。

第三章 译诗形式与中国现代新诗的形式建构

拘泥形式，原文的字数协韵等等，照样写出，但这来往往神味浅了；又有专注重神情的，结果往往是另写了一首诗，竟许与原作差太远了，那就不能叫译"。① 因此，"诗，不论是中是西是文是白，决不是件易事。这译诗难，你们总该同意了吧？"② 正因为诗歌翻译要达到形式和内容的统一是很困难的，徐志摩认为译诗中出现的错误或不明确性都属于正常现象，因为"各个著作家的思想都要明了，和翻译要无处疏忽是很不容易的，所以翻译的错误和不确，是很无须惊讶的事情。"③ 他认为翻译工作是难免会出错的，如果将原文与译文进行对照，很多译作（哪怕是那些被评为优秀的诗人）都会存在相当的错漏，因此，在译文中出现错误是可以理解的，值得宽容。他在编《晨报副刊》时在一封回读者的信中说："说起翻译，我怕我们还没有到完全避免错误的时候，翻的人往往胆太大，手太匆忙，心太不细。"④ 由于文化背景，语言习惯个人理解能力和思维方法等存在差异，对原文的理解也就会存在某些偏差，我们的译文总会在一定程度上与原文存在距离，这是为什么翻译时错误难免的原因，同时也使我们对同一篇文章进行复译具有了一定的价值。

因此，译诗形式难以"移植"原诗形式，通常是原诗形式的"变形"。诗歌独特的文体特征决定了翻译诗歌的难度甚至是不可操作性，译诗"形式"和"神韵"的统一性显然只是设定了翻译的理想标准，实际上翻译常常不能再现原诗的形式风格。徐志摩翻译小说《涡堤孩》的最初愿望是给他的母亲看的，"所以动笔的时候，就以她看得懂与否做标准，结果南腔北调杂格得很。"⑤ 这部小说的翻译全然是为了达意而省去了应有的形式风格，以至于译者本人也不得不承认其语言文字是"南腔北调"。也是在翻译《涡堤孩》这部小说，"有一处译者竟然借助作者的篇幅借题发了不少自己的议论！那是什么话——该下西牢一类的犯罪！原因是因为译者当时对于婚姻问题感触颇深，因此忍俊不住甩了一条狗尾到原书上去。此后当然再不敢那样的大胆妄为，但每逢到译，我的笔

---

① 徐志摩：《一个译诗问题》，《现代评论》（2 卷 38 期），1925 年 8 月 29 日。
② 徐志摩：《葛德的四行诗还是没有翻好》，《晨报副刊》，1925 年 10 月 8 日。
③ 徐志摩：《我的哥德四行诗后端的翻译和讨论的结果》，《现代评论》（2 卷 50 期），1925 年 11 月 21 日。
④ 徐志摩：《雾秋〈关于翻译末函〉杂语》，初载《晨报副刊》，1926 年 5 月 15 日。
⑤ 徐志摩：《〈涡堤孩〉引子》，《徐志摩全集》（第四卷），台北：传记文学出版社，1980 年（中华民国六十九年），第 577 页。

路与其说是直还不如说是来得近情些。"① 要在译文中发表自己的意见，那显然不是保持原作风貌的"直译"，笔路不是"直"而是"近情"，那显然是在意译。当然，这与其说是徐志摩在主张意译，不如说是他翻译的随意性导致了译作的"变形"。徐志摩在翻译小说的时候常常根据自己的主观情感对原作进行修改。早在1928年，《曼殊斐儿小说集》出版后不久，张友松先生曾撰文批评了徐志摩对曼殊斐儿小说原文的修改。② 徐志摩本人也说过自己曾在译作中加入了主观的议论。徐在翻译时不但修改原文或在原文中增加自己的观点，而且从译的效果上来说，也少有人恭维。后来卞之琳对徐志摩的诗歌翻译作过这样的概括："他的译诗里挫败借鉴有余，成功榜样不多。"③ 对其译作进行赞扬的似乎只有胡适，由于二人私交甚好，无论人们对徐志摩翻译的批评是中肯的还是不切实际的，他都会站在徐志摩的立场上进行维护。如前面所说的张友松批评徐志摩修改了曼殊斐儿的小说，胡适则不分青红皂白地说："几乎全是张先生自己的错误，不是志摩的错误"，同时赞扬徐志摩的"译笔很生动，很漂亮，有许多困难的地方很能委曲保存原书的风味，可算是很难得的译本。"④ 刘全福先生在谈到徐志摩翻译研究沉寂的原因时分析了内外两类因素，从内来说便是徐志摩译作本身的不足，"尽管他的中英文造诣极深，但就其翻译而论，人们不知何时何故对此形成了一种不敢恭维的'记得板印象'。"⑤ 也有人认为徐志摩的部分翻译尤其是诗歌翻译能"充分发挥汉语的优势，译写出形式活泼，原味犹存的目的语"。⑥

到了上世纪30年代，卞之琳也主张译诗的形式应该和原文形式对应。卞之琳在《〈莎士比亚悲剧四种〉译本说明》中对原文中诗体形式的翻译做了这样的说明："剧词原文主要用'素体诗'（或译着'白体诗'，非自由诗体），每行轻重格或称抑扬格五音步，不押脚韵，但

---

① 徐志摩：《新月》（2卷2号），1929年4月10日。
② 张友松：《我的派责——关于徐浩哲对于曼殊斐儿的小说之修改》，《春潮》（第2期），1928年12月15日。
③ 卞之琳：《〈徐志摩译诗集〉序》，《卞之琳文集》（中卷），合肥：安徽教育出版社，2002年，第326页。
④ 胡适：《论翻译——寄梁完秋，评张友松先生评徐志摩的曼殊斐儿小说集》，《新月》，第1卷11号。
⑤ 刘全福：《徐志摩与诗歌翻译》，《中国翻译》，1999年6期。
⑥ 杨全红：《诗人译诗，是耶？非耶？——徐志摩诗歌翻译研究及近年来徐氏翻译研究沉寂原因新探》，《重庆交通学院学报》（社科版），2001年2期。

也常出格或轻重音倒置,或多一音步,且常用所得'阴尾'即多一轻音节收尾,此外主要就是散文体。……译文中诗体与散文体的分配,都照原样,诗体中各种变化,也力求相应。"① 除了诗体形式的翻译和原文相对应外,卞之琳认为诗歌的字句也应该和原文保持对等:"剧词诗体部分一律等行翻译,甚至尽可能作对行安排,以保持原文跨行与行中大顿的效果。原文中有些地方一行只是两'音步'或三'音步'的,也译成短行。所根据原文版本,分行偶有不同,酌量采用。译文有时不得已把原短行译成整行,有时也不得已多译出一行,只是偶然。"② 后来卞之琳在介绍奥登的作品时再次申明了按照原作诗律翻译的目的是为了呈现原作的形式艺术:"我照例试用我们今日汉语说话的自然规律的基本单位'顿'(小顿)或称'音组'(短音组)以符合英诗每行长短的基本节拍单位'音步',并照原诗脚韵排列来译这几首诗(指奥登的《"他用命在远离文化中心的场所"》、《"当所有用以报告消息的工具"》、《名人志》和《小说家》——引者),而且多数是十四行体诗,无非是使我国读者,不通过原文,也约略能看见原诗的本来面貌。"③

不过,要使译诗的文体形式真正做到与原文相应只是一个理想的翻译目标,一再坚持译诗形式要符合原文形式的卞之琳也深谙其中的甘苦。所以他后来在翻译瓦雷里的晚期诗歌的引言中说:"至于我在这里的译法,仍照我一贯的主张,尽可能在内容与形式上忠于原作,实际上也就是在本国语言里相当于原作。瓦雷里诗作里一般不爱用日常语言,我把它们译成汉语,却尽可能用日常语汇,只有不得已才用出了不太触目、不太成滥调的文言辞藻……《失去的美酒》开头和《风灵》整首原文,在瓦雷里诗作中少见的,用了一点点日常用语和亲切语调,多少正符合我全部译文的基调。至于特别像《海滨墓园》这首较长的诗里所用出的巧妙多变的双声叠韵等出色的诗艺,在译文里当然不能处处相当了。译诗终还得作一定的妥协,

---

① 卞之琳:《〈莎士比亚悲剧四种〉译本说明》,《卞之琳文集》(下卷),合肥:安徽教育出版社,2002年,第338页。
② 卞之琳:《〈莎士比亚悲剧四种〉译本说明》,《卞之琳文集》(下卷),合肥:安徽教育出版社,2002年,第339页。
③ 卞之琳:《重新介绍奥顿的四首诗》,《卞之琳文集》(下卷),合肥:安徽教育出版社,2002年,第576页。

亦无可奈何。"①

翻译外国诗歌时译文形式尤其重要，如何为译诗选择一种适合的形式，这是诗歌翻译者常常碰到的问题。季羡林先生在翻译印度古典名著《罗摩衍那》的时候也遇到了解决译诗形式的难题。在着手翻译这部宏大巨作以前，季羡林以为原文的梵语并不难懂，翻译起来也自然并不艰难，但"一着手翻译，立刻就遇到了难题。原文是诗体，我一定要坚持自己早已定下的原则，不能改译为散文。但是要什么样的诗体呢？这里就有了问题。流行的白话诗，没有定于一尊的体裁或者格律，诗人们各行其是，所有的形式我都觉得不恰当。我于此道是外行，不敢乱发议论。所谓玛雅科夫斯体，在这里更是风马牛不相及，根本用不上。完全用旧诗来译，也有困难，一是不能做到'信'，一是别人看不懂。反复考虑，我决定译成顺口溜似的民歌体。每行字数不要相差太多，押大体上能够上口的韵。"② 因此，诗歌翻译因为要考虑到译文内容的"信"和译本的接受情况，常常会和原文的形式产生偏差，诗歌翻译中的形式误译是不可避免的，有时甚至是译者有意为之的翻译行为。

因此，诗歌翻译要在文体上求得绝对的忠实是不可能的。林语堂常谓翻译的绝对忠实是天方夜谭，但这并不能否定他没有提倡翻译应该做到忠实性，他认为译者的第一重要责任"就是对原文或原著者的责任，换言之，就是如何才可以忠实于原文，不负著者的才思与用意。"③ 但是至于什么样的翻译才是忠实的翻译呢？翻译界一直以来存在的直译和意译之争在根本上就是语言的忠实与意义的忠实之别，在当代翻译界尤其以赵景深的"宁顺不信"和鲁迅的"宁信不顺"为代表，二者均没有在"文"和"质"这两个向度上做到对原文的忠实。既然翻译的忠实性并不体现在逐字对译上，也不体现在纯粹意义的传达上，那在林语堂看来，翻译的忠实实际上只能是求得"传神"，而不可能做到绝对的忠实，"译者所能谋达到之忠实，即比较的忠实之谓，非绝对的忠实之谓。字译之徒，以为若字字译出可达到一百分的忠实。其实一百分的忠实，只是一

---

① 卞之琳：《新译保尔·瓦雷里晚期诗四首引言》，《卞之琳文集》（下卷），合肥：安徽教育出版社，2002年，第584页。

② 季羡林：《〈罗摩衍那〉译后记》，《季羡林谈翻译》，北京：当代中国出版社，2007年，第77—78页。

③ 林语堂：《论翻译》，《中西诗歌翻译百年论集》，海岸选编，上海：上海外语教育出版社，2007年，第60页。

种梦想。翻译者能达到七八成或八九成之忠实，已为人事上可能之极端。"① 尤其是对于诗歌翻译而言，诗歌讲求外在的形式美和节奏美，诗歌的音乐性因为两种语言发音的差异而难以充分传达，因此林语堂说："凡文字有声音之美，有意义之美，有传神之美，有文气文体形式之美，译者或顾其意而忘其神，或得其神而忘其体，决不能把文义文神文气文体及声音之美完全同时译出。"② 因此我们可以看出，在林语堂的观念中，任何翻译都是残缺的，都不可能做到与原文绝对的忠实，尤其是从诗歌文体上的语言和形式二项去谈翻译的忠实性更是遥不可及。

译诗形式和原始形式不可能对等的原因除了上面论及的之外，也与人们对外国诗歌形式的陌生感有关。刘半农曾将外国的诗歌文体翻译成了小说文体，这是严重的诗歌文体的误译，译文的文体与原文已经不属于同一类别了。比如他早期翻译屠格涅夫的散文诗时将之误译成小说："杜氏（指屠格涅夫，'杜'和'屠'读音类似，可见是音译的结果——引者）成书凡十五集，诗文小说并见，然小说短篇者绝少。兹于全集中得其四，曰《乞食之兄》，曰《地胡吞我之妻》，曰《可畏哉愚夫》，曰《嫠妇与菜汁》，均为其晚年手笔……措辞立言，均惨痛哀切，使人情不自胜。余所读小说，殆以此为观止；是恶可不译以饷我国之小说家。"③ 为什么会出现这样近乎荒诞离奇的翻译结果呢？除了与刘半农对原文的内容和文体理解不够深入有关外，更重要的是散文诗文体对中国人而言具有特殊性和陌生感。对一种文体的陌生导致的文体形式的误译在刘半农之前就有先例，比如林纾在众多"口授者"的帮助下从事翻译也没能逃脱文体误译的"厄运"，后来的新文学先驱者胡适曾这样批评道："林琴南把萧士比亚的戏曲，译成了记叙体的古文！这真是萧士比亚的大罪人"。④ 由于当时中国人对戏剧文体的认识还比较模糊，莎士比亚的戏剧在文体形式上更是让林纾等人摸不着头脑，于是干脆翻译成了他们熟悉

---

① 林语堂：《论翻译》，《中西诗歌翻译百年论集》，海岸选编，上海：上海外语教育出版社，2007年，第64页。
② 林语堂：《论翻译》，《中西诗歌翻译百年论集》，海岸选编，上海：上海外语教育出版社，2007年，第65页。
③ 刘半农：《杜瑾讷夫之名著·译者前言》，《中华小说界》（2卷7期），1915年。引自《中国近代文学大系·翻译文学集》（3），上海：上海书店出版社，1995年，第209页。
④ 胡适：《建设的文学革命论》，《新青年》（4卷4号），1918年4月15日。徐治平：《散文诗美学论·后记》，南宁：广西教育出版社，1994年。

的"记叙体的古文"。散文诗是在世界诗歌自由化潮流的涌动中产生的一种具有现代性气息的文体，自19世纪中期开始在世界各国的文坛上蔓延开来。中国的散文诗诞生于五四新文化运动时期，在"增多诗体"的时代，早期诗人很快便接受了这种新文体。中国散文诗的发展显然受到了外国散文诗翻译作品的启发，但学术界普遍关注"中国古典诗词和散文小品的美学追求对中国现代散文诗的影响"，①忽略了散文诗受到的外来影响。尤其是在清末时期，由于中国没有这样的诗体形式，因此当刘半农最先接触到屠格涅夫的散文诗时，他根本不知道这是何物，也无从根据已有的文学体裁去认知这种文体，于是干脆将其翻译成了小说。在中国人逐渐知道了散文诗文体之后，他们对翻译文体的认知再也不会局限于诗歌或小说之类，刘半农后来翻译了大量的散文诗，并在客观上带动了中国散文诗的发展。

第二节　中国现代译诗形式的多元化

中国现代译诗在形式上存在着多种价值取向：由于外国诗歌多数是讲求格律的，因此译诗形式存在着格律化的取向；由于翻译的难度和出于更好地传达原诗情感的需要，译诗形式常常有自由化和散文化的价值取向；也由于民族审美心理和挥之不去的诗歌传统美学观念的影响，译诗形式也具有民族性色彩。同时，中国现代译诗虽然简化了外在的音乐性，但却比较注重对自然节奏的把握，比较注重再现原作风格。

一

第一节主要是从观念上论述了中国现代译诗史上关于对译诗形式看重的言论，那么译者应该怎样在翻译中对译诗形式的追求加以具体的实践呢？对译诗形式的看重实际上体现为在翻译过程中对外国诗歌音律的采用，亦即对译诗形式的格律化追求。译诗形式的格律化包含三个层面的话题：一是保留原诗的音韵和节奏，译诗的形式应该是格律体；二是注重译诗的形式因素，但不必像原诗那么谨严；三是注重译诗的形式因

---

① 徐治平：《散文诗美学论·后记》，南宁：广西教育出版社，1994年。

素，但应以不妨碍诗情的传达为限度。

对译诗形式的格律化追求首先体现为对原诗格律和韵脚的保留。新月派是中国现代新诗史上专注于诗歌形式建构的流派，闻一多是该派创作和理论的主将，他对译者提出的要求之一就是在翻译外国诗歌的时候要尽量保持原作的形式，"在求文字的达意之外，译者还有余力可以进一步去求音节的仿佛。……译者应当格外小心，不要损伤了原作的意味。"① 朱自清在《译诗》一文中曾这样评价过闻一多等人的译诗形式特征："北平《晨报·诗镌》出现以后，一般创作转向格律诗。所谓格律，指的是新的格律，而创造这种新的格律，得从参考并试验外国诗的格律下手。译诗正是试验外国格律的一条大路，于是就努力的尽量的保存原诗的格律甚至韵脚。"② 新月派诗人们最初翻译外国诗歌的目的虽然不是为了保存其固有的形式要素，而是为着试验自己从外国借鉴过来的格律形式，但最终却造成了他们的译诗文体形式基本上保存了"原诗的格律甚至韵脚"。比如闻一多和饶孟侃都钟情于豪斯曼的诗歌，闻一多公开发表了近40首译诗，③ 除了勃朗宁夫人的情诗21首之外，豪斯曼的就有5首，包括《樱花》、《春斋兰》、《情愿》、《"从十二方的风穴里"》和《山花》，其中后两首是与饶孟侃合译的。以《山花》一诗为例，译者在前面加了一小段话，表明豪斯曼"对于自己的作品的估价。他这谦虚的态度适足以显着他的伟大"，④ 这话其实也表明了闻一多等提倡格律诗体的人所具有的谦逊的态度。这首译诗共分4节，每节4行，每行8个字，每节换韵但韵式均为ab-ab，足以见出闻一多译诗的形式特色。

除了闻一多之外，朱湘的译诗在形式上也追求格律和韵式。朱湘是20世纪20年代《小说月报》上发表英诗译作最多的诗人，他翻译的诗歌在形式上大都采用了整齐的格律体，其译诗的形式风格渗透进了创作

---

① 闻一多：《英译李太白诗》，《北平晨报·副刊》，1926年6月3日。

② 朱自清：《译诗》，《新诗杂话》，北京：生活·读书·新知三联书店，1984年版，第72页。

③ 关于闻一多先生译诗数量的说法主要有以下三种：《闻一多全集》第1卷（武汉：湖北人民出版社，1993年版）中收入"译诗"部分的有32首译诗，"古体诗"部分有《渡飞矶》1首译诗，《真我集》中"《雪片》、《志愿》两首似为译诗"。王锦厚先生认为"闻一多一生公开发表译诗三十三首"（王锦厚：《闻一多与饶孟侃》，成都：电子科技大学出版社，1999年，第225页）。南治国先生认为"闻一多的翻译作品并不多，主要是诗歌的翻译。他总共译诗40首"（南治国：《闻一多的译诗及译论》，《中国翻译》，2002年2期）。

④ 闻一多、饶孟侃：《〈山花〉译者前言》，《新月》（2卷9号），1929年11月10日。

中，使朱湘成为新格律派诗歌的先行者。朱湘1924到1926年间翻译了丁尼生的《夏夜》、白朗宁的《异域思乡》、济慈的《无情的女郎》和《秋曲》、黎理（Lyly）的《赌牌》、雪莱的《恳求》、朗德尔（Landor）的《多西》和《终》、莎士比亚的十四行诗《归来》和《海挽歌》，此外，他还从英文中转译了欧洲中古时代的诗《行乐》等10余首诗歌。朱湘的译诗在形式上很有特色，基本上保留了原诗的形式因素，是现代诗歌翻译史上最早具有形式自觉意识的先行者之一。1926年6月，朱湘翻译了莎士比亚的十四行诗《归来》，译诗是典型的十四行诗，每行有十个音节，韵式为abab – cdcd – efef – gg，这样就形成了四节，前面三节多为陈述，最后一节的两行结题：

    请不要埋怨我变过心肠，
    别离虽似乎冷去点温情，
    要知道我宁愿身躯灭亡，
    也不愿抛开你我的灵魂；
    你是我的家，我虽曾远游，
    不过如今我又回了家园，
    我未在他乡的花下淹留，
    我带回了圣水，洗涤前愆；
    我虽然无异于一班的人，
    有时候受点外来的诱惑，
    但我希望我们这次离分，
    更能增加复会时的亲热。
    我如今知道了，宇宙皆空，
    除非有你的情充实其中。

  朱湘反对五四时期那种一味地将外国诗歌翻译成自由诗体的译风："我国如今尤其需要译诗。因为自从新文化运动发生以来，只有些对于西方文学一知半解的人凭藉着先锋的幌子在那里提倡自由诗，说是用韵犹如裹脚，西方的诗如今都解放成自由诗了，我们也该赶紧效法，殊不知音韵是组成诗之节奏的最重要的份子，不说西方的诗如今并未承认自由体为最高的短诗体裁，就说是承认了，我们也不可一味盲从，不运用自己独立的判断。"①

朱湘的译诗对其创作的影响主要体现在形式上。创作于1925到1926年间的《草莽集》是朱湘的扛鼎之作，该集子中的诗歌"对于形式极其讲究"，罗念生在《评〈草莽集〉》一文中认为朱湘"对于西洋古典文学极喜欢，而且极有研究，但那种精神没有明白显现在他的作品里"，②这并不表明朱湘的作品中没有译诗的痕迹，罗念生先生所说的仅仅是诗歌精神而非诗歌形式。卞之琳先生认为朱湘译诗和创作都很注重形式："朱湘译西方格律诗，在认真的场合，能做到：原诗每节安排怎样，各行长短怎样，行间押韵怎样（例如换韵，押交韵、抱韵之类），在中文里都严格遵循……象朱湘一样，有意识地在中文里用相应的格律体译诗（和写诗）而后走一条音律道路，既有实践也有理论，较为人注意的，早期有闻一多（他在实践中也没有严格做到）、孙大雨，后期有何其芳（他晚年试译诗未及加工定稿）。作为诗行长短衡量单位，闻沿用英诗律而称'英尺'（或'音步'），孙首称'音组'，何称'顿'，三者实际上是一回事。陆志韦讲'拍'，就是一行里有几个间隔的重音。"③当然，朱湘的译诗形式和创作形式之间的影响关系并不是单向的，二者实际上互为目的，彼此促进，很难证明孰先孰后。

正是由于对诗歌形式的忠实，朱湘认为诗人更有语言和形式素养去翻译诗歌。诗人才能更好地使用诗性语言和诗歌的形式艺术去从事诗歌翻译活动，因此诗人最适合从事诗歌翻译："有人以为诗人是不应该译诗的，这话不对。我们只需把英国诗人的集子翻开看看，便可知道最古的如么尔屯（Milton），最近的如罗则谛（D. G. Rossetti），他们都译了许多的诗。唯有诗人才能了解诗人，唯有诗人才能解释诗人。他不但应该译诗，并且是有他才能译诗。"④朱湘认为诗人最能够运用诗歌的思维去理解原诗的情感意蕴，并运用自己在创作中习得的语言和艺术素养去翻译外国诗歌，这就是为什么越是优秀的诗人越能翻译出优秀的诗篇，那些平淡的诗人或者不作诗的译者翻译的诗歌往往陷入平庸的原因。诗歌是

---

① 朱湘：《说译诗》，《文学》（第290号），1927年11月13日。

② 罗念生：《评〈草莽集〉》，《新月派评论资料选》，方仁念选编，上海：上海华东师范大学出版社，1993年，第186页。

③ 卞之琳：《人与诗：忆旧说新》，北京：生活·读书·新知三联书店，1984年，第196—197页。

④ 朱湘：《说译诗》，《文学》（第290号），1927年11月13日。

艺术性最强的文体，诗歌在语言和形式上给作者设置了较高的"门槛"，没有娴熟的语言能力和形式艺术积淀是不可能创作出好诗的，诗歌翻译同样如此，因此不是诗人的译者由于对诗歌语言和形式的隔膜而不可能翻译出好诗的。

　　对诗歌某个方面的重视必然导致其他"部件"的削减。朱湘过于追求译诗整齐的形式，反而使很多译诗作品陷入了生硬的境地。比如罗念生在评价朱湘的译诗时曾说："朱湘讲究'形体美'，为求整齐起见，把每行的字数严格限定。这是一个错误，因为诗是时间的艺术，与空间无关，诗是拿来朗读或默读的，而不是拿来看的。……限定了字数，往往会拉掉一些字或塞进一些字以求整齐，这就会破坏诗的意义或音韵。朱湘的译诗有些生硬，原因就在这里。"① 罗念生对朱湘译诗形式的批判并不是完全正确，比如认为诗歌"与空间无关"等便显偏颇。但是他指出的朱湘译诗形式的僵硬之弊却是切中要害的，朱湘的很多译诗为了顾及形式的整齐而"因形害意"的不在少数。

　　正是出于对译诗形式格律化的追求，很多诗人在翻译外国诗歌的时候特别注重翻译选材的格律化，常常选取讲求形式韵律的外国诗歌来进行翻译。郭沫若认为文学内容高于文学形式，文学内容的变化导致了文学革命的发生，只要内容是符合时代的，文体形式上就不必苛求文言或白话了。"道就是时代的社会意识。在封建时代的社会意识是纲常伦教，所以那时的文学载的道便是忠孝节义的讴歌。近世资本主义制度时代的社会意识是尊重天赋人权，鼓励自由竞争，所以这时候的文便不能不来载这个自由平等的新道。这个道和封建社会的道根本是对立的，所以在这儿便不能不来一个划时期的文艺上的革命。这就是文学革命的意义，所以它的意义是封建社会改变为资本制度一个表征。白话文的要求只是这种表征中所伴随着一个因子，它是第二义的。因为有了这样的一种革命过程，便需要一种更自由的文体来表现，它的表里要求其适合，所以第一义是意识的革命，第二义才是形式的革命。有了意识的革命，就用文言文来写那种革命的意识，不失为时代的文学"。② 但与此相反的是，郭沫若在从事诗歌翻译的时候却比较看重形式。郭沫若曾就爱伦·坡

---

　　① 罗念生：《朱湘译诗集·序》，长沙：湖南人民出版社，1986年，第6页。
　　② 郭沫若：《文学革命之回顾》，《郭沫若全集》（文学编第十六卷），北京：人民文学出版社，1989年，第86页。

《乌鸦》译诗致信露明女士，对《乌鸦》原诗作了这样的剖析："这首诗虽是很博得一般的赞美，但是，我总觉得他是过于做作了。他的结构把我们中国的文学来比较时，很有点像把欧阳永叔的《秋声赋》和贾长沙的《鹏鸟赋》来熔冶于一炉的样子；但我读时，总觉得没有《秋声赋》的自然，没有《鹏鸟赋》的朴质。'Nevermore'一字重复得太多，诗情总觉得散漫了。"① 这段话无疑显示出郭沫若对译诗原文的形式要求颇高，至少表明他喜欢翻译那些形式自然质朴而又洋溢着浓厚诗情的作品。我们从他翻译《鲁拜集》等作品也可以看出他对具有形式美的原诗的喜爱，他在介绍莪默伽亚谟诗歌的形式特点时将其定性为中国式的"绝句"。既然知道《鲁拜集》是形式严谨的格律诗而偏要将它完整地翻译进中国，间接说明了郭沫若在诗歌翻译选材上的有意"形式化"。

对译诗文体及其影响的重视导致郭沫若对泰戈尔作品出现了前后期的强烈反差。小诗这种文体是在泰戈尔译诗的影响下产生的②，而泰戈

---

① 郭沫若：《〈乌鸦〉译诗的讨论》（通信二则），《创造周报》（第45号），1924年3月。

② 关于小诗的产生受到了郑振铎翻译的泰戈尔诗歌的影响的看法，其实不仅是郑伯奇的独见，就连在中国现代文学史上以创作小诗成名的冰心本人也多次在不同的文章中承认过郑译泰诗的影响：她在《从"五四"到"四五"》一文中说："我写《繁星》和《春水》的时候，并不是在写诗，只是受了泰戈尔《飞鸟集》的影响，把自己平时写在笔记本上的三言两语——这些'零碎的思想'，收集在一个集子里，送到《晨报》的《新文艺》栏内去发表。"（冰心：《从"五四"到"四五"》，载《文艺研究》，1979年第1期。）她在《〈繁星〉自序》中写道："一九一九年的冬夜，和弟弟冰仲围炉读泰戈尔（R. Tagore）的《迷途之鸟》（《Stray Birds》），冰仲和我说：'你不是常说有时思想太零碎了，不易写成篇段么？其实也可以这样的收集起来。'从那时起，我有时就记下在一个小本子里。"（冰心：《〈繁星〉自序》，载《繁星》，上海：上海商务印书馆，1923年版。）如果没有看见泰戈尔诗歌的翻译体，冰心也许还不知道怎样去表达她那些零碎的思想，《繁星》一类的优秀小诗也许就不会在20年代初期如此流行。在《〈冰心全集〉自序——我的文学生活》一文中，冰心说："我写《繁星》，正如跋言中所说，因着看泰戈尔的《飞鸟集》，而仿用他的形式，来收集我零碎的思想"。（冰心：《〈冰心全集〉自序——我的文学生活》，上海：北新书局，1932年版。）建国后，冰心在谈创作经验时说："我偶然在一本什么杂志上，看到郑振铎译的泰戈尔的《飞鸟集》连载，（泰戈尔的诗歌，多是采用民歌的形式，语言美丽朴素，音乐性也强，深得印度人民的喜爱，当他自己将他的孟加拉文的诗歌译成英文的时候，为要保存诗的内容就不采取诗的分行的有韵律的形式，而译成诗的散文。这是我以后才知道的。《飞鸟集》原文是不是民歌的形式，我也不清楚。）这集里都是很短的充满了诗情画意和哲理的三言两语，我心里一动，我觉得我在笔记本上的眉批上的那些三言两语，也可以整理一下，抄了起来，在抄的时候，我挑选那些更有诗意的、更含蓄一些的，放在一起，因为是零碎的思想，就选了其中的一段，以'繁星'两个字起头的，放在第一部，名之为《繁星集》。"（冰心：《我是怎样写〈繁星〉和〈春水〉的》，载《诗刊》，1959年第4期。）在《创作谈》一文中，冰心再次说道："这以后不久（创作《伊人独憔悴》以后——引者），我又开始写《繁星》和《春水》。那是受了印度诗人泰戈尔的《飞鸟集》的影响，收集起我自己的'零碎的思想'"。（冰心：《创作谈》，载《冰心论创作》，吴重阳、萧汉栋、鲍秀芬编，上海：上海文艺出版社，1982年版，第110页。）

尔在中国的译诗是根据英文译诗转译的，英文译诗已经失去了原文的音韵节奏，而翻译成汉语后很多人又不注重形式，导致译诗与泰戈尔原诗在形式和音韵节奏上差异很大。因此，如果把这种翻译得不准确或者质量低劣的诗歌当作新诗创作的模板加以模仿，那写出来的作品在艺术的隶属度上就会大打折扣。正是基于这样的认识，创造社的郑伯奇对诗坛上流行的小诗大加指责："这两年来，流行所谓'小诗'，其形式好像在（再）来的绝句，小令，而没有一点音调之美。至于内容，又非常简陋，大都是唱几句人生无常的单调，而又没有悲切动人的感情。在方生未久的新诗国中，不意乃有这种沈靡简单的'小诗'流行，真可算是'咄咄怪事'！听说这流行是由翻译太戈尔和介绍日本的和歌俳句而促成的；那么更令人莫名其妙了。太戈尔诗的中国译本，本没有好的，又都是由英文间接译来的，更与原文相左，遑论音节之妙。太戈尔的诗，读英文译本，往往不能领略它的音调之美，这正如读海涅诗的法文译本，不能感受它那娓娓动人的音调是一样的。……就这样讲来，模仿中国恶劣译本去学太戈尔作诗，不仅是大错，实在是笑话了。和歌与俳句固然不讲押韵，但也很讲音节，并且字数的限制，很是一种特色。……形式上的种种限制，都是形式美的要素，新文学的责任，不过在打破不合理的制限，完成合理的制限而已。就诗而言，绝律试帖之类不合理的制限，是应该打破的，流动的 melodie，铿锵的 rithme，乃至相当调和整齐的 forme，都是应该更使之完美的限制。"① 郑伯奇的这段话的确是批评了小诗由于模仿了翻译的和歌、俳句以及泰戈尔的诗歌而在形式和内容上不能令读者满意，从侧面论述了翻译诗歌给中国新诗带来的负面影响。但这并不是他的立意所在，当时中国诗歌翻译界翻译最多的是泰戈尔的诗歌和日本的俳句，而主要译者是郑振铎等文学研究会的主要成员，因此从创造社的立场上讲，郑伯奇似有指责文学研究会中翻译泰戈尔诗居多的郑振铎和翻译俳句居多的周作人等人的意图，从翻译质量的层面上否定了他们的译诗成就。

郭沫若对泰戈尔诗歌态度的转变折射出中国小诗文体发展的不足。周作人曾这样评说过小诗的缺憾："一切作品都像一个玻璃球，晶莹透彻

---

① 郑伯奇：《新文学之警钟》，《创造周报》（第31号），1923年12月9日。

得太厉害了，没有一点朦胧，因此也似乎缺少了一种余香与回味。"① 闻一多也曾就小诗的流行和"泰戈尔热"告诫当时的诗人说，就形式而言，日本的俳句译成汉语时仅有一句，泰戈尔的诗更如同格言，因此，小诗在借鉴时，要特别注意内容的充实和形式的精致的巧妙结合，否则就容易走向片面的说理而忽略了诗性。他在总体上对"泰戈尔热"持保留态度，因为他认为泰戈尔的作品是以哲理而非艺术取胜，如果中国诗坛一味地模仿借鉴日本的俳句和泰戈尔的诗歌进行创作的话，那新诗的前途是令人担忧的："于今我们的新诗已够空虚，够纤弱，够偏重理智，够缺乏形式的了，若再加上泰戈尔底影响，变本加厉，将来定有不可救药的一天。希望我们的文学界注意。"② 这些批评的确点中了后来阻碍小诗进一步发展的诸多原因，许多小诗作品停留于直白的说教和寓意，诗歌艺术极其匮乏，读者也因此出现了"审美疲劳"，20 世纪 20 年代以后，小诗在诗坛终于只留下了匆匆的背影。

也正是从建构中国新诗形式和改变小诗创作弊端的角度出发，郭沫若翻译了具有"绝句"特质的《鲁拜集》。郭沫若的翻译讲究严格的格律形式，与郑伯奇批判的文学研究会翻译泰诗的自由音韵形成鲜明的对照，不是有意对抗文学研究会的译诗形式也会在客观上对他们的译诗形成冲击，只可惜《鲁拜集》的翻译没有像泰戈尔诗歌的翻译那样在中国新诗坛促成了新体诗歌的诞生，如果当时的小诗作者能够充分地吸纳郭沫若等翻译的《鲁拜集》译作的形式因素，也许小诗的艺术成就会呈现出另外一种面貌。闻一多在评价郭沫若从英国诗人菲茨杰拉德（Fitzgerald）译文转译波斯诗人莪默伽亚谟的《鲁拜集》时说："译者于此首先要对莪默负责；其次要对斐芝吉乐（即菲茨杰拉德——引者）负责，因为是斐氏底神笔使这些 Rubaiyat 变为不朽的英文文学；再次译者当然要对自己负责——那便是他要有枝诗笔再使这篇诗籍转为中文文学了。"③ 在这段话中，闻一多首先肯定了菲茨杰拉德的译诗语言因为具有诗性色彩而使他的译诗在英国文学史上享有盛誉，同理，他希望中国的译者在译诗语言上同样应该具有符合中国诗歌审美特质的诗性色彩以保证译文

---

① 周作人：《扬鞭集·序》，《周作人批评文集》，杨扬编，珠海：珠海出版社，1998 年，第 223 页。

② 闻一多：《泰果尔批评》，上海《时事新报·文学》（第 99 期），1923 年 12 月 3 日。

③ 闻一多：《莪默伽亚谟之绝句》，《创造季刊》（2 卷 1 号），1923 年 5 月。

的文学性。因此，在对郭沫若的译文语言的正确性进行核实之后，闻一多继续说到："翻译底程序中有两个确划的步骤。第一是了解原文底意义，第二便是将这意义形之于第二种（即将要译到的）文字。在译诗时，这译成的还要是'诗'的文字，不是仅仅用平平淡淡的字句一五一十地将原意数清了就算够了。"① 闻一多之所以花费大量篇幅来讨论郭沫若的译诗，目的不仅在于指出郭氏译诗的错漏，还在于指出译诗的再创造性和译诗语言的诗化本质。在《莪默伽亚谟之绝句》这篇文章的注释中，闻一多引用了 Richard Le Gallienne 的译本序中文字来说明菲茨杰拉德的译文"真不啻一篇创作了"："也许莪默底原来的蔷薇，可说并不是一朵蔷薇，但是将要凑成一朵花底碎瓣而已；也许斐芝吉乐并不是使莪默底蔷薇重新开放，但是使它初次开放呢。瓣是从波斯来的，却是一个英国的术士把它们咒成一朵鲜花了。"② 在闻一多看来，译者就像是一个术士一样把原本开放在异质文化土壤中的花朵移植到了译语文化中，优秀的译者更是把原作者创造的花瓣在新的文化语境中拼凑成了美丽动人的花朵，而"术士"使用的魔法就是译语的诗化。由此我们也可以推定出闻一多主张译诗语言必须是诗化的语言，而不是一般的叙事性语言。从闻一多对译文语言的要求来讲，如其感叹"我读到郭译的莪默，如闻空谷之蛩音"，③ 那毫无疑问说明了郭沫若的译诗在语言上肯定是富于诗性色彩的，与小诗重哲理的阐发而轻文体的诗性形成鲜明的反差。

　　"音组"在中国的创立和在翻译中的使用同样反映出中国现代译诗形式的格律化追求。闻一多借鉴外国诗歌的形式因素提出了在中国新诗形式建构的历程中举足轻重的"音步"概念。卞之琳先生曾梳理过中国新诗的诗律探索历程，认为几乎所有的新诗创格都是围绕着闻一多先生借鉴外国诗歌的"音组"概念而展开的，从他的文字中我们可以看出中国新诗每一次重要的格律建设都与借鉴外国诗歌的格律密切相关，其中翻译诗歌更是实验外国诗歌格律的排头兵。"闻先生所说的'音尺'（从英文 metric foot 译来的，别人较多译为'音步'），即后来常说的'音组'或沿用我国旧说的'顿'。在闻先生以外，举例说孙大雨先生写诗和译诗体作品，是有意思以'音组'作为诗行内的基本

---

① 闻一多：《莪默伽亚谟之绝句》，《创造季刊》（2卷1号），1923年5月。
② 闻一多：《莪默伽亚谟之绝句》，《创造季刊》（2卷1号），1923年5月。
③ 闻一多：《莪默伽亚谟之绝句》，《创造季刊》（2卷1号），1923年5月。

单位；(……最近接读美国威斯康星大学周策纵教授 1962 年发表在纽约《海外论坛》月刊 3 卷 9 期上的《定形新诗体的提议》这篇渊博的长文，知道他也肯定'音组'是新诗律方面的'最主要因素'。)故陆志韦先生，借鉴西方大多数语种的诗律，主要用重音为单位来建行，试验写出了《杂样的五拍诗》……似也和闻先生的主张和实践有相辅相成的地方。梁宗岱先生译莎士比亚十四行体诗，则试按法国格律诗建行算'音缀'即我国语言学改称的'音节'(syllabe)，也就是汉语的单音字，探求诗行的整齐，这又合闻先生主张的整齐、匀称的一个方面。而比我还年轻一代的屠岸同志译莎士比亚十四行体诗则在'顿'或'音组'以外还讲求轻重音配置，这又是进一步的试验"。① 这段话说明译诗在试验外国诗体形式方面具有明显的优势，因为译者为了充分再现原作的形式而不得不在翻译的时候尽可能地使用外国的诗律。

卞之琳提倡用"音组"去翻译外国格律诗。"最难自然是翻译西方格律诗。韵式可以相同或相似，音律只能相应。英语格律诗每行数音步，按轻重音分抑扬格（最常用）、扬抑格、抑抑扬格、扬抑抑格等；法语格律诗每行算音节（相当于中文单字）数，配置行中大顿。我们用语体（现代白话）来翻译他们的格律诗，就不能像文言诗一样，像法文诗一样，讲音节（单字）数，只能像英文诗一样，讲'顿'数或'音组'数（一音节一顿就不便说'音组'了)，但是不能像英文诗一样排固定的轻重音位置。这也就是相应。"②

卞之琳在翻译外国诗歌时有时也采用"素体诗"进行翻译。他认为中国现代诗人在翻译西方格律诗的时候，多数人都尝试过新月诗派按照字数的相同或相近来建行的办法，或有意无意地采纳了闻一多"音尺"或孙大雨"音组"的说法。但是当他看到吴兴华采用素体诗去翻译莎士比亚戏剧中的诗歌时，比较赞同这种译诗文体："他终于尝试在中文里处理莎士比亚戏剧主体所用'素体诗'（blank verse 无韵抑扬格五音步一行体)，基本上等于翻译中与我交会了。"③ 这说明卞之琳自己也很希望采用这样的诗歌形式去翻译外国诗歌，因为"在中文里保持'素体诗'原

---

① 卞之琳：《完成与开端：纪念诗人闻一多八十生辰》，《卞之琳文集》（中卷），合肥：安徽教育出版社，2002 年，第 157 页。
② 卞之琳：《〈英国诗选〉编译序》，《文汇月刊》，1983 年 6 期。
③ 卞之琳：《吴兴华的诗与译诗》，《中国现代文学研究丛刊》，1986 年 2 期。

貌，至少使译文比一般散文在节奏上较为明显、整齐，实践证明是行得通的。"如此看来，卞之琳认为译诗还是应该遵守一定的形式规范，比起采用闻一多的"音尺"来翻译外国诗歌而言，"素体诗"似乎更能够保证译诗形式的整齐和节奏的均衡，是译诗形式的一道底线，否则译诗就会沦为散文的分行排列了。

与上面所论述的追求译诗形式的格律化相比，中国现代译诗史上也有部分译者认为：译诗的确应该讲求形式因素，但较之谨严的格律体却应稍显松散，比如适当押韵和不规律的韵律等。诗歌翻译不同于其他文学翻译的关键之处在于诗歌形式的重要性，译者翻译诗歌时结合内容与诗的形式比单纯地传达简单的形象或词句的意思要困难得多，换句话说，注重一字一句的意义翻译比把内容安排在诗的形式中要容易得多。这涉及到诗歌翻译的复杂性和艰难性，很多人由此认为诗歌不可译，或者干脆用自由诗、散文诗或者散文等形式来翻译外国诗歌。刘重来先生在《西奥多·萨瓦利所论述的翻译原则》一文中认为，"当代散文诗或诗的散文"的译诗方法其实指的是用"自由诗或无韵诗"来译诗，他说："用格律诗译格律诗，如能既讲格律，又无损原意，自属上乘；但在确实不能用格律诗译格律诗的某些具体情况下，则不妨考虑运用自由诗体来译，以便尽量保留原诗的思想、情节、意境和形象"。① 这样做的目的就是要避开诗歌形式翻译的困难，从而单纯地传达简单的形象或词句的意思。但这样做的结果却是降低了原文在译语文化语境中的诗歌隶属度，虽然我们承认内容重于形式，但"诗的内容必须通过它特定的形式传达出来。即使能用流畅的优美的散文把原诗翻译出来，那结果还是并没有传达出它的诗的内容，发挥不了它原有的感人的力量。"② 从读者的角度来讲，评判一首译诗的优劣应该具备如下两个条件：首先，"要看它把原作的形象和实质是否鲜明地传达了出来"；其次，"要看它被安排在什么形式中"。③ 很多人只是注意了第一个条件而没有注意第二个条件，因此常常要求诗歌翻译抛弃形式而顾及内容的准确性，导致诗歌文体的泯灭。

穆旦把形式视为诗歌翻译的精髓所在，为此他提出为了翻译诗歌的

---

① 刘重来：《西奥多·萨瓦利所论述的翻译原则》，《外国语》，1986 年 4 期。
② 穆旦：《谈译诗问题》，《郑州大学学报》（人文科），1963 年 1 期。
③ 穆旦：《谈译诗问题》，《郑州大学学报》（人文科），1963 年 1 期。

形式可以忽略原作中不重要的词义，或者为了诗歌形式被迫采用不准确的词义。穆旦根据自己翻译诗歌的实践认为，结合诗的形式译出原作的内容是诗歌翻译的最高原则，在这一原则的指导下，并不是原作的"每一字、每一辞、每一句都有同等的重要性；对于那在原诗中不太重要的字、辞或意思，他为了便于突现形象和安排形式，是可以转移或省略的；甚至对某一个词句或意思，他明明知道有几种最好的方式译出来，可是却被迫采用不那么妥帖的办法把它说出，以求整体的妥帖。"① 从中我们可以看出穆旦在诗歌翻译过程中对形式的强调，这并不表明他是个"因文害义"的形式主义者，相反，穆旦十分重视诗歌翻译中意义的准确性，虽然少量的字句没有达到精准翻译的要求，但这种局部的"误译"却使原诗中重要的情感内容和意象在译文中变得更加突出和鲜明。从更高的层次上讲，穆旦的话其实表明了译者在翻译外国诗歌的时候应该着眼全局，不要因为一朵乌云而失去了蓝天，因为一排浪涛而失去了大海。就如穆旦所说："译一首诗，如果看不到它的主要实质，看不到整体，只斤斤计较于一字、一辞、甚至从头到尾一串字句的'妥帖'，那结果也不见得就是正确的。"② 好的诗歌翻译一定是从全局入手，将原诗的情感内容溶入合适的形式艺术中，其间可以使译诗在语体和句法上局部地背叛原文，以求得译诗整体上的内容准确和艺术价值。

  翻译外国的格律诗应该讲求韵律，但是不必讲求严格的韵律，否则就会有碍事情的表达。例如穆旦以他自己翻译俄国诗人普希金的叙事诗的经验告诉大家，"不能每行都有韵；因为如果要每行都有韵，势必使译文艰涩难行，文辞不畅，甚至因韵害意，反而不美。而且，我国律诗的传统，和西洋诗不同：行行都韵似乎不是我们的习惯。"③ 因此，穆旦本人在翻译外国格律诗的时候采用了双行韵和隔行韵混合交错的韵式，"它的好处是：（一）译者可以相当自由地选择辞句，不过份受韵脚的限制；而另一方面，（二）仍是处处有韵脚的链锁：在任何相连的两行诗中，必然至少有一行是和或前或后的一行（也许是和它邻近的一行；也许是隔开的一行）押着韵的。这样，我们读起来时，会感到有连续不断的韵

---

① 穆旦：《谈译诗问题》，《郑州大学学报》（人文科），1963 年 1 期。
② 穆旦：《谈译诗问题》，《郑州大学学报》（人文科），1963 年 1 期。
③ 查良铮：《关于译文韵脚的说明》，《中西诗歌翻译百年论集》，海岸选编，上海：上海外语教育出版社，2007 年，第 121 页。

贯穿着全篇。(三)没有呆板或单调之感；因为韵的出现富于变化，有些地方近似一种'意外的巧合'，有助于阅读的快感。"① 穆旦在自己的译诗中尽量减少用韵的原因除了韵式过多会妨碍诗情的表达之外，也与中国的现代白话文自身在音韵上的不足有关。穆旦认为他的译诗"韵脚有些押得很勉强，很模糊，这一方面固然由于译者的思虑不够周详，但另一方面，恐怕也是白话译诗所不易避免的现象，有其在语言本质上的困难：因为有很多个字，和它们准确押韵的可能性本来就是很少的。但关于这，译者不想在此多作解释了。"②

另外，译诗形式的格律化还有第三种情况，那就是译诗应该具有形式要素，但却应以不妨碍诗情的传达为限度。"主情派"的诗歌格律化追求者应该以冯至为代表，他主张诗歌的文体形式应该以不妨碍诗情的表达为客观标准，但同时也不能自由得没有一丝约束。为了更好地探讨冯至的译诗形式观念，我们有必要先对他的诗歌形式观做简要的论述：冯至主张诗歌应该形式与情感并重，既不要因文害意，也不能因质失文。他的诗歌创作始于五四新文化运动蓬勃开展的时期，当时的诗歌创作需要冲破旧诗形式的束缚而自由抒发诗人的情感，"但是思想感情不能漫无边际地自由泛滥，所以新诗从一开始，就有建设新形式的要求"。③ 冯至认为诗歌应该在一定形式的束缚下自由地抒发情感："那时我年轻，对于诗说不上有什么主张，却愿意在一定形式的约束下诗句能生动活泼，舒卷自如；我最不喜欢有一种诗为了凑字数、凑行数、凑押韵，把诗写得呆板没有生气，或是堆砌华丽的词藻，让人读了，喘不过气来。"④ 而冯至的诗歌文体观念与当时很多人相比显得更为客观合理，他不极端地采用自由的形式，也不过度地使用诗律来拘囿情感的表达。他曾说："我写诗不拘一格，对于自由体和格律诗都作过一些尝试。我认为，自由体不应写得太散漫，像是分行的散文，格律诗也不要过于严格，给自己又套

---

① 查良铮：《关于译文韵脚的说明》，《中西诗歌翻译百年论集》，海岸选编，上海：上海外语教育出版社，2007年，第121页。

② 查良铮：《关于译文韵脚的说明》，《中西诗歌翻译百年论集》，海岸选编，上海：上海外语教育出版社，2007年，第122页。

③ 冯至：《〈冯至诗选〉日译本序言》，《冯至全集》（第五卷），石家庄：河北教育出版社，1999年，第87页。

④ 冯至：《诗文自选琐记（代序）》，《冯至全集》（第二卷），石家庄：河北教育出版社，1999年，第172页。

第三章 译诗形式与中国现代新诗的形式建构

上新的枷锁。"① 比如冯至最早的诗集《北游及其他》中的作品几乎都是自由体，但大多数诗行却是讲求押韵的，比普通自由诗更具形式美感和创作约束；而他抗战期间写的《十四行集》没有严格遵守十四行体的诗律，语调和诗情的表达比普通的格律诗流畅，形式也更为自由。后来，冯至又说："20 年代，闻一多等人提倡格律诗，我不很同意，我认为写新诗就是要从固定的旧格律里解放出来，不必迫不及待地又给自己加上新的枷锁。但我又不同意过分散文化，我始终遵守语调的自然，并给以适当的形式。"②

冯至的译诗形式观念契合了他的诗歌形式主张，他一方面认为译诗要尽量传达出原诗的语言风格和形式艺术，但另一方面却认为译诗需要译者与原作者之间产生感情的共鸣，传达出原诗的神韵，惟其如此译文才有生气。冯至曾说："译诗不只是语言的迻译，还要有思想感情的共鸣，如果没有共鸣，译诗也很难得有生气。"③ 冯至因受里尔克诗歌情绪的感染而与之有了情感上的通融，于是翻译了他的很多诗篇，从此追随这位诗歌和精神的"使者"进行创作。1926 年秋天，冯至第一次接触里尔克（Rilke，1857—1926），就被其散文诗《旗手》（*Cornett*）彰显出来的色彩性、音乐性和神秘性所折服："这篇（《旗手》——引者）现在已有两种中文译本的散文诗，在我那时是一种意外的、奇异的得获。色彩的绚烂，音调的铿锵，从头到尾被一种幽郁而神秘的情调支配着，像一阵深山中的骤雨，又像一片秋夜里的铁马风声：这是一部神助的作品"。④ 冯至认为在诺瓦利斯（Novalis）离世和荷尔德林（Holderlin）走向疯狂的年龄，里尔克却有一种新的能力产生，"他使音乐的变为雕刻的，流动的变为结晶的，从浩无涯涘的海洋转向凝重的山岳。"⑤ 冯至极尽所能地用最好的词藻对里尔克的作品加以修饰，无疑会不自觉地沾染里尔克的气息并将之融合进他的创作中，难怪有人认为："冯至 1930 年 9 月来到德国。在这里，他沉醉在里尔克的为人精神与诗文之

---

① 冯至：《〈冯至诗选〉日译本序言》，《冯至全集》（第五卷），石家庄：河北教育出版社，1999 年，第 87 页。
② 冯至：《谈诗歌创作》，《诗双月刊》（冯至专号），1991 年 4 期。
③ 冯至：《诗文自选琐记（代序）》，《冯至全集》（第二卷），石家庄：河北教育出版社，1999 年，第 177 页。
④ 冯至：《里尔克——为十周年祭日作》，《新诗》（1 卷 3 期），1936 年 12 月 10 日。
⑤ 冯至：《里尔克——为十周年祭日作》，《新诗》（1 卷 3 期），1936 年 12 月 10 日。

中",他的创作"多少地透露出与存在主义哲学观相吻合之处。"① 冯至文质兼备而又互不制约的译诗文体观念在他的翻译实践中体现得淋漓尽致,比如他1937年发表在《文学杂志》8卷1期上的翻译尼采的《旅人》② 一诗:

"再也没有路!四围是深渊,死的寂静!"
你志愿如此!你的意志躲避路径,
旅人,如今是这样,要看得冷静,明显!
你是遗失的人,你可信托——危险?

这首译诗很明显的是自由诗体,但译者没有完全抛弃诗歌文体的语言和韵律:整首诗采用得最多的是四字句或五字句,不像一般的自由体诗行长短不一;同时,该译诗采用了有规律的押韵,韵式是aa-bb,具有一定的音乐性效果。由此可以见出冯至的译诗在文体上较好地注意了形式和内容的有机结合,既考虑了原文的形式,又较为准确地传达出原诗的精神意蕴,是一种富于活力与生气的译诗文体观念。

梁宗岱的译诗形式造诣颇高,但相对于形式而言,在翻译中传达原作的精神风貌更为重要。任何出色的诗歌翻译家都会高屋建瓴地去把握原诗的情感和精神,在翻译过程中有意忽视甚至部分曲解语言的意思,从而将一首看似平淡的诗歌翻译得极具精神内涵和艺术价值。梁宗岱认为译者必须与原诗在情感上产生共鸣之后才能用语言技巧和艺术风格去再现原诗的神韵,最好的译诗好比是两颗伟大的灵魂遥隔着时间和国界携手合作的结果,他曾在《译诗琐话》中说:"我自认为自己的翻译态度是严肃的。我认为,翻译是再创作,作品首先必须在译者心中引起深沉隽永的共鸣,译者和作者的心灵达到融洽无间,然后方能谈得上用精湛的语言技巧区再现作品的风采。"③ 为此,梁宗岱的译诗"没有一首不是他反复吟咏,百读不厌的每位大诗人的登峰造极之作,就是说,他自

---

① 王毅:《中国现代主义诗歌史论》(1925—1949),重庆:西南师范大学出版社,1998年,第227—228页。
② [德]尼采:《旅人》,冯至译,《冯至全集》(第九卷),石家庄:河北教育出版社,1999年,第409页。
③ 梁宗岱:《译诗琐话》,《宗岱的世界·诗文》,广东:广东人民出版社,2003年,第395页。

己深信能够体会个中奥义，领略个中韵味的。"① 戴镏龄先生在《忆梁宗岱先生》一文中这样评价过梁宗岱："他译诗全神贯注，往往灵机触发，别有妙语，不徒在字面上做考证功夫，至于专事辞藻的润色，音律的讲究，他虽认为不可少，但他所更用心的是表达原作的精神和风格。因此在他人认为结构上颇为简单的诗行，他有时觉得含蓄幽微，寄意深远，在汉译中不可草率处理。"② 由于对原诗精神意蕴的重视，梁宗岱译诗并不仅仅将注意力停留在翻译对象的语言和形式上，也不介意翻译那些在别人看来结构简单的诗歌，哪怕是一首短小的诗歌也会被他翻译得诗意盎然。梁宗岱在给徐志摩的通信中批评了梁实秋小诗"没有艺术底价值"的言论，他以初期郭沫若、刘延陵、徐志摩、冰心及宗白华的新诗为例，并且还以古代诗歌和外国为例来说明短小的诗歌"给我们心灵的震荡却不减于悲多汶一曲交响乐。何以故？因为它是一颗伟大的，充满了音乐的灵魂在最充溢的刹那间偶然的呼气。"③ 梁宗岱在诗歌翻译过程中对原作精神和风格的偏爱还可以从他翻译陶渊明的作品中得到证实，法国象征主义诗人瓦雷里在给陶渊明诗歌的法文译本写序时，正面评价了梁宗岱的翻译："毫无疑问，诗人的艺术内涵在翻译中几乎尽失；但我相信梁宗岱先生的文学意识，它曾使我如此惊奇和心醉，我相信他从原作里，为我们提取出语言之间巨大差距所能容许提取的东西。"④ 瓦雷里此处所说的在翻译中"容许提取的东西"就是诗歌的精神和神韵，他认为梁宗岱的译诗在不同的语言之间最大限度地传递出了这些相似的东西，由是赞美了梁宗岱的译诗。

在中国现代译诗史上，追求译诗形式格律化的译者很多，但这些译者自己的诗歌创作形式主张却不一定和他们的译诗形式主张形成呼应，比如创作自由奔放《女神》的郭沫若却主张译诗形式应该格律化。多数情况下，译者的译诗形式主张和他们的创作主张是一致的，二者相互促进，共同推动了中国新诗的形式建构。

---

① 梁宗岱：《〈一切的顶峰〉序》，《梁宗岱译诗集》，长沙：湖南人民出版社，1983 年，第 204—205 页。
② 戴镏龄：《忆梁宗岱先生》，《宗岱的世界·评说》，广东：广东人民出版社，2003 年，第 27 页。
③ 梁宗岱：《论诗》，《诗与真·诗与真二集》，北京：外国文学出版社，1984 年，第 34 页。
④ ［法］瓦雷里：《法译〈陶潜诗选〉序》，卢岚译，《宗岱的世界·评说》，广东：广东人民出版社，2003 年，第 347 页。

二

诗歌形式和内容的关系一直以来困扰着诗人的创作,对于诗歌翻译而言,二者的矛盾关系也许体现得更为明显。与上面论述的译诗形式的格律化相反,很多人认为译诗在形式上应该采用自由体甚至是散文体,亦即译诗形式的散文化,惟其如此才能更好地传达出原诗的情感。著名语言学家吕叔湘认为:"不同之语言有不同之音律,欧洲语言同处一系,尚且各有独特之诗体,以英语与汉语相去之远,其诗体自不能苟且相同。初期译人好以诗体翻译,即令达意,风格已殊,稍一不慎,流弊丛生……用散体为之,原诗情趣,转易保存。"① 这说明了诗歌翻译因为语言的差异而要保存原作的形式因素是不可能的,诗歌翻译不宜采用格律体。

由于诗歌的格律形式在一定程度上会对情感的抒发形成约束,因此译诗的文体最好采用自由诗或散文诗形式,哪怕是在翻译外国格律诗的时候同样应该如此。外国诗歌"是应该翻译成散文呢,还是应该翻译成本国诗式的诗。凡是有格律的诗,固然也有他从格律所生出来的美,译外国有格律的诗,在理论上,自然是照样也译为有格律的诗,来得好些,但在实际,拘拘于格律,便要妨碍了译诗其他的必要条件。而且格律总不能尽依原诗,反正是部分的模仿,不如不管,而用散文体去翻译。翻译成散文的,不是一定没有韵,要用韵仍旧可以用的。"② 茅盾的译诗形式观念是基于翻译实践的具体难度形成的,他之所以主张把外国诗歌翻译成自由诗或散文诗,主要有如下两个方面的原因:一是翻译诗歌时如果要考虑原文的形式因素,必然损害意义的传达,因此译者为了传达原作的情感意蕴而不得不放弃形式;二是即便充分考虑了原诗的形式因素,译作因为译语和目标语的差异也不可能完全再现原作的节奏和韵律。无论如何,译诗在形式上都会背离原诗,于是茅盾干脆放弃了诗歌形式的翻译,主张把外国诗歌翻译成自由体或散文体。

徐志摩与闻一多一道被称为中国现代诗坛的双璧,他本人根据外国诗歌的形式曾在创作中试验过多种文体。徐志摩主张现代格律诗,但在

---

① 吕叔湘:《〈中诗英译比录〉序》,《中诗英译比录》(修订版),北京:中华书局,2002年。

② 茅盾:《译诗的一些意见》,《文学旬刊》(第52期),1922年10月10日。

翻译的时候认为最好采用新诗自由体翻译外国诗歌。徐志摩讲求诗歌形式的整齐。徐志摩是新月诗派的代表诗人，和闻一多一起依靠《晨报副刊》主张现代格律诗。徐志摩认识到了诗歌形式之于诗歌表情达意的重要性，认为"诗是表现人类创造力的一个工具，与音乐与美术是同等同性质的；我们信我们这民族这时期的精神解放或精神革命没有一部像样的诗式的表现是不完全的；我们信我们自身灵性里以及周遭空气里多的是要求投胎的思想的灵魂，我们的责任是替他们抟造适当的躯壳，这就是诗文与各种美术的新格式与新音节的发见；我们信完美的形体是完美的精神唯一的表现"。① 但是徐志摩等人为了追求诗歌的均齐和"建筑美"而生硬地将完整的诗行割裂开来，造成了诗行意义的断裂和带来形式主义趋向。以至于新月派诗人创作了大量"豆腐干"式的诗歌，完全滑向了形式一端。比如徐志摩常常将一句话写成几行，或几句话写成一行，韵脚也多出现在行末而不是句末，比如徐志摩在《翡冷翠的一夜》中有这样的诗句："你愿意记着我，就记着我，／要不然趁早忘了这世界上／有我，省得想起时空着恼，／只当是一个梦，一个幻想"。由于他们的格律过分地模仿并依赖西洋诗的格律，忽略了汉语诗歌在音韵和节奏上的特点，余光中先生认为中国诗歌的音律与外国诗歌的音律之间存在大的不同："第一，中国字无论是平是仄，都是一字一音，仄声字也许比平声字短，但不见得比平声字轻，所以七言就是七个重音。英文字十个音节中只有五个是重读，五个重音之中，有的更重，有的更轻……因此英诗在规则之中又有不规则，音乐效果接近'滑音'，中国诗则接近'断音'。"② 而且，汉诗和英诗在句式和诗句中的顿等方面也存在很大的差异，致使他们的很多主张难以在创作中付诸实践。

在白话自由诗刚刚确立文坛地位的时候，其孱弱的现状还需要译诗对它继续进行支撑，因此很多人处于策略的考虑而认为译诗形式采用白话新诗体比使用文言古诗体好。尽管前面论述了徐志摩讲求诗歌形式的整齐，讲求形式与内容的和谐统一，但在翻译诗歌的时候还是主张采用白话新诗体，特别是白话自由体。主张用白话文复译那些曾经用文言文翻译过的作品，以彰显新诗体的优势并为翻译开辟新路。他此时主张复

---

① 徐志摩：《诗刊弁言》，《晨报副刊·诗刊》（第一号），1926 年 4 月 1 日。
② 余光中：《中西文学之比较》，《余光中谈翻译》，北京：中国对外翻译出版公司，2002 年，第 23 页。

译的目的不在译文本身，而在倡导并使用新诗体进行翻译，研究这新发现的达意的工具究竟有什么程度的弹力性、柔构性与一般的应变性；究竟比我们旧有方式是如何的各别，同时，他还对苏曼殊翻译的拜伦的诗和郭沫若翻译的莪麦的诗进行了对比，说明"旧诗格"翻译外国诗歌不如新诗满意。在此，徐志摩触及了诗歌翻译的一个难点，即语言形式和音韵形式的翻译问题。由于诗在形式上有较多的"约束"，这不仅为我们达意造成了麻烦，也为翻译的灵活性带来了不便，新诗在形式上相对自由，这无疑为翻译的达意扫清了许多障碍，所以徐志摩认为用新诗体比用古诗体翻译外国诗歌更为优势，更具"弹力性"，"柔构性"和"应变性"。因而徐志摩赞成用自由体翻译外国诗歌。1926年，徐志摩翻译了日本外交官用英文写的《讨论译诗——答闻一多先生》一文，对其中所说的自由诗翻译外国诗歌的优势表示赞成："自由体有一种好处，它没有固定的呆板，来得灵活，新鲜，有意味，翻译的人当然更可以按照原诗的意义下手。"①

徐志摩的译诗大都采用了白话自由体。徐志摩擅长使用白话自由体去翻译外国的诗歌，他的译诗没有一首在形式上采用了格律体，即便是翻译古希腊和莎士比亚剧作中的诗歌也都采用了自由体。或者可以说，徐志摩的译诗在文体形式上很少有接近原诗的，哪怕是他早年采用文言古体翻译的济慈的十四行诗《致范尼·勃朗》（To Fanny Browne）也被翻译成了"22行体"，在结构上已经失去了十四行体的特征，更不用说保持该格律体的诗律了。事实上，徐志摩翻译的诸如惠特曼等创作的自由诗体代表了他整个的译诗水平，尽管译诗在诗行的长短上参差不齐，有的诗行字数达到了40个之多，但其体现出来的气势和略带夸张的语气很符合惠特曼的诗歌风格，也与他自己的《灰色的人生》、《毒药》等作品的语言和形式风格相似。因此，卞之琳曾说：徐志摩"译惠特曼那一段长行自由诗是应属他较好的译诗之列，他以自己爱用的排比、堆砌的句法，正好保持了原诗的气势、节奏，他自己早期写诗也产生类似的……稍嫌浮夸的有生气作品。"② 这一点再次证明了译诗常常在文体上

---

① ［日］小畑薰良：《讨论译诗——答闻一多先生》，徐志摩译，《晨报副刊》，1926年8月7日。

② 卞之琳：《〈徐志摩译诗集〉序》，《卞之琳文集》（中卷），合肥：安徽教育出版社，2002年，第324页。

带有译者自己创作诗歌的风格，他也特别喜欢选择符合自己个性的作品进行翻译。反之，如果原作与译者的诗歌风格不符合甚至相背离，那译诗的效果就会受到折损，甚至译者根本无法驾驭原诗的语言和形式，译诗在文体形式上就会显得比较生硬。徐志摩翻译波德莱尔的格律诗《死尸》就是一个例证，依照他自己轻车熟路的自由体就难以驾驭原诗形式了，于是只能强力使自己勉强凑和原诗的韵事，结果译文的形式成了蹩脚的自由体，比如译诗的第一节：

  我爱，记得那一天好天气
  你我在路旁见着那东西；
  横躺在乱石与蔓草里，有
  一具溃烂的尸体。

  这节诗读起来比较生硬，而且徐志摩为了使诗行略显整齐采用了不自然的跨行，全然没有他自己创作的白话诗读起来流畅。后来，徐志摩翻译了哈代的很多作品，在这些译诗中，徐志摩"用了他自己最擅长的利落、冷峭的口语横好合适，也逐渐能于自控，较符合原来的形式，"①但是到了翻译哈代作品中比较讲究诗律的地方，徐志摩又变得难以控制译局了。我们阅读徐志摩所有的译诗就会发现，他不仅整个地采用了自由诗形式（也有讲究格律的诗歌，但诗律并不严谨），而且对那些原作本身形式比较自由的诗翻译得最成功。

  中国现代译诗形式的自由化和散文化使译者能够更充分地传达出原诗的精神意蕴和情感内容，但是译作毕竟是对原作的翻译，在文体上理应和原作保持一致。如果将一首诗翻译成散文或者是小说，其引发的译作与原作文体类型的变化必然是有悖常理的，因此追求译诗形式的格律化或散文化都具有一定的局限性，理想的译诗形式观念应该是兼备内容和形式之长。

三

  在中国现代译诗形式观念中，对译诗自然节奏的发现和把握应该是

---

① 卞之琳：《〈徐志摩译诗集〉序》，《卞之琳文集》（中卷），合肥：安徽教育出版社，2002年，第324页。

译诗韵律最新鲜的构成部分。中国现代译诗史上很多译者在翻译的过程中都注意到了诗歌的这一节奏要素，无形中弥补了译诗外在形式和外在韵律欠缺的不足。

译诗押韵与否关乎到译诗文体的音乐性问题，如果译者为了满足押韵的要求而在每行诗的最后选取几个押韵的字，到后来可能会导致译文意义的扭曲或者有碍译文表达的流畅。因此，林语堂主张诗歌翻译应该放宽对形式的要求，译诗可以不押韵："凡译诗，可用韵，而普遍说来，还是不用韵妥当。只要文字好，仍有抑扬顿挫，仍可保存风味。因为要叶韵（同'谐韵'——引者），常常加一层周折，而致失真。今日白话诗之所以失败，就是又自由随便，不知推敲用字，又不知含蓄寄意，间接传神，而兼又好用韵。随便什么长短句，末字加一个韵，就自称为诗。……宁可无韵，而不可无字句中的自然节奏。"① 林语堂的这种译诗文体观显然与中国新诗史上的"内在律"有相似之处，内在律的发现和确立是郭沫若对新诗建设的又一历史贡献。"古代诗词整齐固定的外在律（句数、字数固定，讲究对仗、韵脚、平仄等等），不但是精致的，而且是与重意境、重趣味的内容相适应的。像清末改良派诗人那样仅仅削弱它（使之宽松），或者像胡适那样仅仅砸碎它，却不给以相应的补偿，固然有其历史合理性，但毕竟没有诗美建设意义。郭沫若首先发现了并成功地运用了内在律，这是他对新诗艺术的一大贡献。内在律的发现主要是基于现代诗人对自我内心情绪变化的关注，也与心理学知识有关。"② 郭沫若在给朋友李石岑的信中说："诗之精神在其内在的韵律……内在的韵律便是'情绪的自然消涨'。这是我自己在心理学上求得的一种解释。"③ 1919年他在创作《雪朝》的时候便是充分应用了内在律。尽管郭沫若最初把内在律和外在律对立起来，"形式方面我主张绝对的自由"，认为新诗应该只讲究内在律，但是后来他纠正了自己的偏颇思想，提出了内在律和外在律可以统一的思想，《女神》及其以后的作品便充分实践了这种统一，这使得其诗歌精神充满了内在的节奏美。

---

① 林语堂：《论译诗》，《中西诗歌翻译百年论集》，海岸选编，上海：上海外语教育出版社，2007年，第71页。
② 吕家乡：《字思维·旧诗·新诗》，《字思维与中国现代诗学》，谢冕、吴思敬主编，天津：天津社会科学院出版社，2002年，第223页。
③ 郭沫若：《给李石岑的信》，《时事新报·学灯》，1921年1月15日。

在林语堂看来，译诗最重要的是能够传达原诗的精神神韵，语言上能够体现出原作的风味，做到文字的优美流畅就是最大的形式上的成功，诗歌最重要的不是人工雕琢气十足的韵式，而是情感的跌宕起伏所造成的自然节奏。以中国新诗自身的形式为例，正是很多诗人由于仅仅看重形式上的押韵而不去注意文字的优美和诗意的营造，导致我们的白话诗创作苍白无力，诗性被完全放逐了。诗歌翻译最重要的是翻译传达出原作的情感内容，因为按照前面的论述，林语堂认为形式是不可能做到忠实于原文的，译者只有将原诗的神韵通过优美的目标语传递给读者，为读者营造出诗歌的意境，而不去顾及外在的形式，才能翻译出上佳的作品。如此看来，林语堂在译诗的时候更注重情感的传递和诗性的营造，如果能将"自然节奏"和外在节奏完美地结合起来，那译诗的质量将会大幅度提升。

如果能够将外在的节奏和韵律同内在的情感节奏结合起来，译诗的音乐性会更强。以徐志摩为例，他对诗歌音乐性的敏感不仅体现在他的创作中，而且在他的译诗中也多有体现，他甚至比较喜欢选择富有音乐性的作品来翻译。卞之琳认为徐志摩的诗歌创作"最大的艺术特色，是富于音乐性（节奏感以致旋律感），有不同于音乐（歌）而基于活的语言，主要是口语（不一定靠土白）。它们既不是直接为了唱的……也不是为了像演戏一样在舞台上吼的，而是为了用自然的说话调子来念的。"①《再别康桥》一类的诗在形式上并不属于格律体诗，但读之，一股清新流畅的节奏感还是会不自觉地袭来。徐志摩在翻译波德莱尔的《死尸》时说："诗的真妙处不在他的字义里，却在他的不可琢磨的音节里；他刺戟着也不是你的皮肤（那本来就太粗太厚！）却是你自己一样不可琢磨的灵魂……我不仅会听有音的乐，我也会听无音的乐（其实也有音就是你听不见）。我直认我是一个干脆的 Mystic，为什么不？我深信宇宙的底质，人生的底质，一切有形的事物与无形的思想的底质——只是音乐绝妙的音乐。……无一不是音乐做成的，误译不是音乐。"② 徐志摩的音乐观充满了泛神论的色彩，道出了宇宙万物都有自己的节奏，那么诗歌更是如此。后来他在介绍济慈的《夜莺歌》时，似乎专在介绍济

---

① 卞之琳：《〈徐志摩选集〉序》，《卞之琳文集》（中卷），合肥：安徽教育出版社，2002年，第317页。

② 徐志摩：《〈死尸〉译诗前言》，《语丝》（第三期），1924年12月1日。

慈诗作中的音乐性，于是干脆丢弃了原文的形式而只顾引领读者进入到一个充满神秘乐感的世界。徐志摩认为济慈《夜莺歌》的音乐具有无穷的魔力，我们的灵魂会被它的"沉醴浸醉了，四肢软绵绵的，心头痒荠荠的，说不出的一种浓味的馥郁的舒服，眼帘也是懒洋洋的挂不起来，心里满是流膏似的感想，辽远的回忆，甜美的惆怅，闪光的希翼，微笑的情调一齐兜上方寸灵台"。① 音乐使人充满了无限的幻想，济慈的《夜莺歌》因此而受到了徐志摩的青睐。徐志摩对音乐的偏爱决定了他对音乐性强的诗歌充满偏爱，因此他翻译诗歌时也尽量使原诗充满音乐的灵动感，除了少数几首诗歌外，徐志摩的译诗基本上都具有较强的自然音节，并且注意韵脚的使用。比如他翻译的布莱克的《猛虎》一诗，该诗每节4行诗，均采用了 aa－bb 的韵式，而且第一节和最后一节的第一行均是"猛虎，猛虎，火焰似的烧红"，首尾呼应，造成了回环往复的音乐性效果。这种处理诗歌音乐性的办法不仅在译诗中，在徐志摩的创作中使用得也很普遍，比如《再别康桥》的首尾两节也是采用相似的诗行来造成复沓的音乐效果。应该说，徐志摩的译诗由于做到了外在音乐性和内在节奏形成的音乐性的结合而成为译作中的佳品。

音乐性是诗歌文体形式的重要元素，诗歌翻译面临的最大挑战就是对原诗音乐性的合理处置。音乐性这种"属于某种语言本身固有的区别于他种语言的独特性的东西都是不可译的"②，尤其对讲求音乐性的诗歌而言其韵律几乎不能在译本中再现。但是西方的诗歌"如法国象征派诗歌、美国意象派诗歌和俄国未来派诗歌都在诗的听觉形式上追求韵律的多样化、散文化、自由化"，③ 而梁宗岱选译的恰恰是极富音乐性的诗篇。他先后翻译了瓦雷里（Valéry）、歌德（Johann Wolfgang von Goethe）、布莱克（William Black）、雪莱（Percy Bysshe Shelley）、雨果（Victor Hugo）、波德莱尔（Charles Baudelaire）、尼采（Friedrich Wilhelm Nietzsche）、魏尔伦（Paul－Marie Veriaine）、里尔克（Rainer Maria Rilke）、泰戈尔（Rabindranath Tagore）、莎士比亚（William Shakespeare）等音乐性强的象征主义诗歌和格律体诗。梁宗岱自己也承认瓦雷里等人的诗歌具有很强的音乐性："梵乐希底诗，我们可以说，已达到音乐，那

---

① 徐志摩：《济慈的夜莺歌》，《小说月报》（16卷2号），1925年2月。
② 辜正坤：《世界名诗鉴赏词典》，北京：北京大学出版社，1990年，第29页。
③ 王珂：《百年新诗诗体建设研究》，上海：上海三联书店，2004年，第171页。

最纯粹,也许是最高的艺术底境界了。"① 因此,韵律便成了梁宗岱十分推崇的而在翻译中难以再现的译诗难题。余光中认为要翻译莎士比亚的十四行诗必须克服三重困难:格律、韵脚和节奏,"大致说来,梁译颇能掌握原文的格律……至于韵脚,梁宗岱有时押得不够准、稳、自然;不过不算严重……大致而言,梁宗岱的译笔兼顾了畅达与风雅,看得出所入颇深,所出也颇纯,在莎翁商籁的中译上,自有其正面的贡献",② 除了十四行诗之外,梁宗岱翻译的其他诗歌也都具有音乐性特征,"九叶诗派"的重要诗人陈敬容在谈到1983年湖南人民出版社出版的《梁宗岱译诗集》时,评价梁宗岱"早已是我国当年为数不多的优秀翻译家之一,集内选译的作品,在译笔的谨严与传神,及语言、节奏、音韵的考究和精当等方面,当年是很少人能以企及的。"③

相比较而言,诗歌更应该注意的是情感内容的传递而不是形式的架构,译诗的理想境界是内容与形式的完美结合,这是一种理想得近乎"荒谬"的译诗观念。但实际上,只要译者注意发掘诗歌的内在韵律节奏,关注译诗情感引起的内在节奏的传达,那译诗便可以做到内容和节奏的完美结合。戴望舒指出:一首诗的"佳劣不在形式而在内容。有'诗'的诗,虽以诘屈聱牙的文字写来也是诗;没有'诗'的诗,虽韵律齐整音节铿锵,仍然不是诗。只有乡愚才会把穿了彩衣的丑妇当做美人。"④ 作为一个诗人,戴望舒认为诗歌的生命在于情感的凝聚和诗意的发现,离开了内容而专事诗歌形式技巧的作品不是真正的好诗。真正的好诗是可以翻译的,只要译者领受了原作的精神意蕴和情感内容,无论用什么样的文字表达出来也都还是具有诗味的。因此译者不必在意诗歌的外在形式,那种以为有了好的内容加上好的形式便能成就一首好的译作的认识"听上去好像有点道理,仔细想想,就觉得大谬。诗情是千变万化的,不是仅仅几套形式和韵律的制服所能衣蔽。以为思想应该穿衣裳已经是专断之论了(梵乐希:《文学》),何况主张不论肥瘦高矮,都应该一律穿上一定尺寸的制服?所谓'完整'并不应该就是'与其他相

---

① 梁宗岱:《保罗·梵乐希先生》,《诗与真·诗与真二集》,北京:外国文学出版社,1984年,第20页。
② 余光中:《绣锁难开的金钥匙——序梁宗岱译〈莎士比亚十四行诗〉》,《余光中谈诗歌》南昌:江西高校出版社,2003年,第184—190页。
③ 陈敬容:《重读〈诗与真·诗与真二集〉》,《读书》,1985年12月。
④ 戴望舒:《诗论零札》(二),《华侨日报·文艺周刊》(第2期),1944年2月6日。

同'。每一首诗应该有它自己固有的'完整',即不能移植的它自己固有的形式,固有韵律。"① 戴望舒之所以会对译诗的形式如此的"淡漠",除了受制于内容高于形式的诗歌观念外,也与他对诗歌内在律的看重有关。诗歌由于具有外在和内在两重节奏,因此外在韵律的损失并不意味着诗歌节奏的完全流失,只要作者或译者能够把握住情感起伏造成的内在节奏,创作或翻译的诗歌依然具有韵律。戴望舒指出:"米尔顿说,韵是野蛮人的创造;但是,一般意义的'韵律',也不过是半开化人的产物而已。仅仅非难韵实乃五十步笑百步之见。诗的韵律不应只有肤浅的存在。它不应存在于文字的音韵抑扬这表面,而应存在于诗情的抑扬顿挫这内里。在这一方面,昂德莱·纪德提出过这更正确的意见:'语辞的韵律不应是表面的,矫饰的,只在于铿锵的语言的继承;它应该随着那由一种微妙的起承转合所按拍着的,思想的曲线而波动着。'"② 在戴望舒的心目中,外在形式的韵律与内在形式的韵律相比是较低层次的韵律,诗歌最本质的韵律应该体现为"诗情的抑扬顿挫"。由此看来,戴望舒并不是主张诗歌翻译不需要考虑韵律的因素,而是说相对于内在韵律而言不必要考虑外在的韵律因素,就像人一样,毕竟美的本质在内心而不在服饰。同时,戴望舒也绝非完全的"主情说"论者,他之所以认为翻译一首好诗应该注意内容而不顾词语的"诘屈聱牙"," 并不是反对这些词藻、音韵本身。只当它们对于'诗'并非必需,或妨碍'诗'的时候,才应该驱除它们。"③ 所以,戴望舒的译诗文体观念还是比较注重译诗的外在形式的,只是在和内容发生冲突的时候,内容就居于次席了。

四

译诗的形式风格是中国现代译诗观念中一个比较重要的话题,一直以来很少有人对此加以关注。在我国翻译理论的建设过程中,翻译标准是学术界一再探讨却没有定论的话题。抛开古代经书翻译不论,仅就近代开始,从严复提出"信、达、雅"到"直译"、"意译",从傅雷的"神似"说到钱钟书的"化境"说等等,人们对翻译标准的认识莫衷一

---

① 戴望舒:《诗论零札》(二),《华侨日报·文艺周刊》(第2期),1944年2月6日。
② 戴望舒:《诗论零札》(二),《华侨日报·文艺周刊》(第2期),1944年2月6日。
③ 戴望舒:《诗论零札》(二),《华侨日报·文艺周刊》(第2期),1944年2月6日。

是。但在从近现代到当代翻译标准的发展进程中,起着关键性承接作用的应该是郭沫若的"风韵译"。这一形式要求在中国翻译理论上具有突破性意义,然而,由于种种原因,他所提出的翻译标准没有受到理论界足够的重视,以至很多从事翻译理论工作的人都忽略了它的历史价值。在此有必要以郭沫若的"风韵译"观念为例来探讨中国现代译诗的形式风格问题。

从汉代的译经活动算起,翻译在我国业已有几千年的历史了,而关于翻译标准问题似乎也顺应了刘勰"文变染乎世情"的思想,不同时期有不同的翻译标准。虽然在最初的佛经翻译过程中已有直译和意译之雏形产生,但译界主要还是"文"与"质"的标准之争。"文"即文采和形式,主张"文"的翻译家强调翻译的修辞和可读性,这是对翻译作品在形式上的要求;"质"即内容,主张"质"的翻译家强调翻译的不增不减和忠实性,这是对翻译作品在内容上的要求。孔子有"文质彬彬,然后君子"之说,故只强调"文"或只强调"质"的翻译作品仅仅抓住了文章"肌质"和"骨架"中的一面。到了近代,严复于1898年提出了相对全面的翻译标准:"信"、"达"、"雅","雅"实质上是要求用文言文来进行翻译,随着新文化运动的深入发展,白话文最终取代了文言文,如果现在依然主张严复的"雅"说,倒有维护文言文体之嫌。抛开一切嫌疑而论,"雅"在今天至多只适合用来翻译文学作品,恰如郭沫若所说:"翻译文学作品尤其需要注意第三个条件(即"雅"——引者加),因为译文同样是一件艺术品。"① 到了20世纪,新文化运动"启蒙"的要求和"别求新声于异邦"的思想使翻译文学成了新文学在文体、思想和创作方法上的主要生长资源。这一时期,翻译的空前盛况使翻译出现了多元化的标准,直译、意译和归化译是其中最具代表性的三种。意译是站在译入语国的立场上,按照该国传统的审美情趣和审美标准把原著的内容和思想精神翻译出来,从这个角度讲,意译就是一种归化。由于比较符合译入语国的审美习惯,读者一般不会产生阅读障碍。在实际的翻译过程中,一个翻译者往往根据不同的需要会采用直译和意译这两种方法,一部翻译作品的成功是应用多种翻译标准的结果。比如郭沫若在修改《茵梦湖》的时候就用到了直译和意译两种方法:"我用

---

① 郭沫若:《谈文学翻译工作》,《郭沫若论创作》,上海文艺出版社,1983年,第650页。

的是直译体，有些地方因为迁就初译的缘故，有时也流于意译。"① 直译是为了保持原著的外国味，意译或归化译是为了保持原著的译入语国文化特点，二者均未在鲁迅所说的"易解"和"丰姿"上找到一个很好的平衡点。1951 年，傅雷提出了文学翻译的"传神论"标准，这较先前的翻译标准更加完善，他说："翻译应当像临画一样，所求的不在形似而在神似"。② 1964 年，钱锺书先生提出了"化境"说，他认为"文学翻译的最高标准是'化'。把文学作品从一国文字转化为另一国文字，既能不因语文习惯的差异而露出生硬牵强的痕迹，又能保持原有的风味，那就算得入于'化境'"。③ 有人说："'化境'是比'传神'更高的翻译标准，或者说是翻译的最高标准，因为'传神'论要求的'神似'实际上是译文与原作精神上的相似或近似，而'化境'则要求译文与原作在除了文字形式以外的所有方面相等一致。这的确是翻译的理想，是每一位翻译工作者和学习翻译的学生的努力方向。"④

在当代，辜正坤先生在权衡了各种翻译标准的基础上提出了自己独到的翻译标准观。他没有走入前人关于翻译标准界定的极端做法——给翻译提出一个新的标准或给自己的翻译标准冠以学名，他也不像有的学者那样只认定某种标准或某个人提出的标准是最高标准。辜先生以合乎学理的眼光，综合各家之长，并根据翻译实践中遇到的具体问题提出了"翻译标准多元互补论"。⑤ 这种学术品格值得在我们今天的学术界推广，因为长期以来，大多数学者在探讨研究同类问题时常采用"非此即彼"或全盘否定的思维方式，走入片面深刻有余而全面客观不足的胡同里，他们缺少的是一种全面、客观、公正的"兼容"思想。在人文学科的研究中，除非人为地以某种主流思想作为准绳，没有哪种观点会是绝对的正确或错误，任何观点都有其合理性并值得肯定的地方。因此，我们惟有在客观地看待前人研究成果的基础上采取"兼容并包"的态度，才可

---

① 郭沫若：《〈茵梦湖〉改译序》，《学生时代》，人民文学出版社，1979 年。
② 傅雷：《〈高老头〉重译本序》，《翻译论集》，罗新璋编，北京：商务印书馆，1984 年，第 558 页。
③ 钱锺书：《林纾的翻译》，《翻译论集》，罗新璋编，北京：商务印书馆，1984 年，第 698 页。
④ 冯庆华：《实用翻译教程》，上海：上海外语教育出版社，1997 年，第 3—4 页。
⑤ 辜正坤：《中西诗比较鉴赏与翻译理论》，参见该书第十二章，北京：清华大学出版社，2003 年，第 338 页。

能使自己的观点更具深度和广度，显示出强大的生命力和合理性。对翻译标准的认识同样如此，文、质说，信、达、雅说，直译法，意译法，"归化"说，神化说以及化境说等翻译标准虽然都有不足，但它们各自的合理性却不容忽视，所以，本着科学客观的治学态度，辜先生提出的翻译标准观显得更为合理。由于文学接受者（含翻译工作者）的文化素养和审美心理有差别，他们对译文价值的认可程度也会出现差异，对此，翻译标准就会因人而异，其结果是"没有也不可能有一个绝对的标准"（辜正坤语），翻译的标准应该是多元化的，而且各种标准只有在互相补足的情况下才能发挥自己的优势，才能成就上佳的译文。

如果说傅雷、钱钟书以及辜正坤等人在翻译标准上较近代的严复、鲁迅等人的观点更深入全面的话，那在他们之间起着关键性链接作用的应该是郭沫若。从对中国翻译标准的简单回顾中，我们会发现郭沫若是翻译理论界中一个不容忽视的重要人物，因为只有有了郭沫若的"风韵译"翻译标准论，才会有后来的"神似说"和"化境说"。作为中国现代文学界和翻译界的多产者，郭沫若大量成功的翻译实践在促进我国新文学尤其是诗歌发展进步的同时，也成就了他翻译理论的完备与合理。郭沫若的翻译理论思想主要集中体现在《谈文学翻译工作》、《论文学的研究与介绍》和《讨论注译运动及其它》等几篇谈论文学翻译的理论文章中，此外，他为其翻译作品所写的40余篇"序"和"跋"中也时有翻译思想的闪光。

郭沫若最早在1920年发表的《〈歌德诗中所表现的思想〉附白》一文中阐发了他的文学翻译标准观："诗的生命，全在他那种不可把捉之风韵，所以我想译诗的手腕于直译意译之外，当得有种'风韵译'。"①"风韵译"便是郭沫若认为的翻译标准。何谓风韵译呢？"风"是对文章美学特质的一种抽象说法。魏晋南北朝时期是我国文学的自觉时代，人们常用"建安风骨"或"魏晋风度"来概说这一时期的文学特点，鲁迅对建安文学的风骨作过这样的总结："归纳起来，汉末，魏初（即建安前后，公元196—220年——引者加）的文章，可说是：清俊，通脱，华

---

① 郭沫若：《〈歌德诗中所表现的思想〉附白》，《少年中国》（1卷9期）"诗学研究号"，1920年3月15日。

丽，壮大。"① 可见鲁迅理解的"风"是从美学角度来谈论的一种文学品格。什么是"韵"呢？古人谈文章时常说文章应追求"言外之意"和"韵外之致"，"韵"当指文章的雅致，它常与"神韵"、"风韵"相连，要求诗歌写得空灵，给人"悟"和"品"的空间。这与中国传统的美学思想"意境"说有直接的因果关系，有韵者必得其意境。就狭义的范畴来说，"韵"与音韵相通，指文章的一种外在形式。因而，"风韵"主要还是一种形式美学，包含了中国传统美学思想的混沌和感悟性特点。郭沫若主张风韵译主要是从译文的美学角度来要求翻译不仅要通达和雅致，而且要具备形式美。注重译文中的美学要素可以说是郭沫若对前人翻译理论的突破，也是他对中国翻译理论的重大贡献。在郭沫若之前的翻译理论中，很少有人专门就译文的形式和其它美学要素发表过见解，而在郭沫若之后，人们才对翻译在形式和美学上提出了要求，所以说郭沫若在中国翻译标准的理论演进过程中起到了关键性链接作用。风韵译不同于严复的"雅"，因为雅仅仅是文字层面的标准，但和傅雷、钱钟书的翻译标准观有相通之处，极端地说有一致之处，因此，我们今天很难说傅雷和钱钟书的翻译观没有受到郭沫若风韵译的某些启示和直接影响。正是从这个角度讲，郭沫若的风韵译是对前人的超越，同时启示了中国后来诸家的理论观点。郭沫若无疑是中国翻译理论界中一个承上启下的关键性人物，其翻译观点值得我们进一步研究。

除 1920 年首次谈到风韵译以外，郭沫若还多次阐发了这一翻译思想。他在翻译作品的过程中十分强调原文的风格，例如在谈雪莱的诗时，郭沫若认为其诗歌有多种风韵："古人以诗比风。风有拔木倒屋的风（Orkan），有震撼大树的风（Sturm），有震撼小树的风（Frisch），有动摇小枝的风（Maessig），有偃草动叶的风（Schwach），有不倒烟柱的风（Still）。这是大宇宙中意志流露时的种种诗风，雪莱的诗风也有这么种种。"② 正因为郭沫若意识到了诗风的多样化，他才会特别注重译文的"风韵"，才不会只求达意而将不同诗风的作品千篇一律地以同种文体或

---

① 鲁迅：《魏晋风度及文章与药及酒之关系》，《鲁迅选集》，成都：四川人民出版社，1996 年，第 268 页。
② 郭沫若：《〈雪莱的诗〉小引》，《创造季刊》（1 卷 4 期），上海：上海创造社出版，1923 年 2 月。

风格呈现给读者。在翻译实践中，由于客观因素的影响而不得不强迫自己放弃原文的一些精神风格时，郭沫若会感到十分痛心，比如在翻译爱尔兰剧作家约翰·沁孤的方言剧时，中国的方言千差万别而使他不知道选用哪种方言去翻译更符合原文的风格，因此他叹息道："没有法子我只好仍拿一种普通的话来移译了，这在使多数人能够了解上当然可以收到效果，但于原书的精神，原书中各种人物的传神上，恐不免要有大大的失败了。"① 在他看来，译文的美学价值远远大于它的意义，显示出郭沫若对译文"风韵"的追求。在中国翻译理论史上，郭沫若的风韵译与矛盾的"神韵说"一样，从美学的角度对翻译作品提出了更高的要求，对推动翻译理论的发展和翻译实践的繁荣起到了积极的作用。

在提出了风韵译的基础上，郭沫若进一步指出风韵译标准的理想译本是原作本身。其意是说我们不能凭借着自己的主观感觉而赋予翻译文本某种风韵，而应该根据原著的风格来确定译文的风格，译文应该以原著的风格为出发点和归宿。"我们相信理想的翻译对于原文的字句，对于原文的意义自然不许走转，而对于原文的气韵尤其不许走转。"② 此处的气韵与前面所讲的风韵相类，因为在中国古代文论中，"气"和"风"都是指与原文的风格相联系的美学术语。郭沫若的观点表明，在翻译实践中，原文的气韵尤其应当坚持，无可改变。我们不能因为原文是文学作品就一定要在译文的语言层面上作到"雅"，如前面说到的约翰·沁孤的某些戏剧是方言剧，译文太雅致反而有损原文的风格。也不能因为原文是科技著作便一味地直译而不求"雅"，如郭沫若在翻译《生命之科学》这类自然科学作品时就因为原文的文采性很强而在译文中同样保持了"文艺的性格"："原著（指《生命之科学》——引者加）实可以称为科学的文艺作品。译者对于原作者在文学修辞上的苦心是尽力保存着的……尽力保存原文之风貌……译文同时是照顾着要在中国文字上带有文艺的性格。"③ 此外，我们也不能因为原文是无韵诗而取消译文的脚韵，因为在中国，尤其是古代，能被称为诗的东西多半应讲求押韵，否

---

① 郭沫若：《〈约翰沁孤的戏曲〉译后》，《约翰沁孤的戏曲集》，上海：上海商务印书馆初版，1926年2月。
② 郭沫若：《讨论注译运动及其它》，《郭沫若论创作》，上海：上海文艺出版社，1983年。
③ 郭沫若：《〈生命之科学〉译者弁言》，《生命之科学》，上海：上海商务印书馆初版，1934年10月。

则,无韵诗翻译过来便会失去"诗"味,如在翻译歌德的长诗时他说:"原诗乃 Hexametor(六步诗)的牧歌体,无韵脚;但如照样译成中文会完全失掉诗的形式。不得已我便通同加上了韵脚,而步数则自由。要用中文来做叙事诗,无韵脚恐怕是不行的。"① 郭沫若对原文的这种改变其实是为了译文的文体更加贴近原文的风格而不是要在气韵上远离原文,仍然体现了他对风韵译标准的追求和恪守。

  郭沫若尽管十分推崇"风韵译",但却并不拘泥于某一翻译标准,他认为根据实际翻译的需要,译者可以选用不同的翻译方法和标准。当然,由于郭沫若对译文美学风格的重视,所以他不赞成直译,他认为:"逐字逐句的直译,终是呆笨的办法,并且在理论上是不可能的。我们从一国文字之中通晓得一个作家的思想,不是专靠认识他的字面便能成功的。一种文字有它的一种气势。这在英文是 Mood ……逐字逐句的直译,把死的字面虽然照顾着了,把活的精神却是遗失了。"② 鲁迅主张直译,这似乎和郭沫若的观点相抵触,但大凡一流的学者都会具备客观全面的眼光和变通的思想。鲁迅并不反对意译和归化,对译文应该具备形式美的"风韵"观表示称道,他认为"凡是翻译,必须兼顾着两面,一当然力求其易解,一则保存着原作的风姿。"③ 鲁迅所说的"风姿"指原作的形式和韵味。同样,郭沫若尽管反对直译,但他反对的却是僵化的直译,反对的是不根据实际需要或原文特点而一味地以"直译"的标准进行翻译的做法。他自己在改译《茵湖梦》和翻译《生命之科学》等作品时就用到了直译和意译这两种方法,甚至在翻译歌德的长诗《赫曼与窦绿台》时他全用了直译。

  我们今天还在不断地讨论翻译的标准问题、方法问题、功能问题、翻译者的素质问题、诗歌的可译性问题等,而郭沫若的翻译思想无疑为我们的探讨提供了诸多有益的参考,尤其是他提出的"风韵译"思想,启示并影响了整个 20 世纪中国翻译理论和翻译文学的发展。随着译介学的发展和翻译文学国别归属的划分,郭沫若的翻译思想和翻译实践对于中国现代文学的重要意义必将受到更为广泛的关注。

---

  ① 郭沫若:《〈赫曼与窦绿台〉书后》,《文学》月刊,第 8 卷 1—2 期。
  ② 郭沫若:《〈赫曼与窦绿台〉书后》,《文学》月刊,第 8 卷 1—2 期。
  ③ 鲁迅:《关于翻译》,《南腔北调》,人民文学出版社,1981 年。

五

主张译诗形式应该尽可能地和原诗形式保持一致并不意味着现代译诗形式价值取向的西化。本书将主要以朱湘为例来说明当时的很多译者在吸收外国诗歌形式营养的时候并没有放弃对传统诗歌形式审美观念的坚守。朱湘他翻译了很多外国诗歌作品,认为译诗的语言和形式都有助于中国新诗文体的建构,并且在新诗创作初期依然选择了创作白话新诗,但这并不表明朱湘是一个完全西化的诗人。我们从朱湘对中国古典诗歌传统的偏爱和译诗形式的民族化主张等方面就可以看出,朱湘的译诗文体观念其实具有很多中国元素。

朱湘的译诗和创作作品兼顾了传统和西方的优点,他认为借鉴西方和学习传统是新诗发展的两条道路。朱湘自幼学习中国古典诗词,对之有浓厚的兴趣;到了美国后,由于受到种族歧视①而产生了很强的民族文化认同感。为了让西方人了解中国文化的丰厚,他决定把中国古诗翻译到国外去,朱湘在美国时给赵景深写信说:"我如今忙着译诗,尤其是从我国诗歌译成英诗的这种工作"。② 朱湘认为中国人除了翻译介绍西方文学之外,也应该很好地吸纳中国古代文学的精粹,他经常举的例子是欧洲的文艺复兴是对古希腊文学的吸纳,英国浪漫主义的复兴也是源于对古代文学的介绍:"不是凭希腊文学的介绍,文艺复兴一定不会诞生,不是凭复古,英国的浪漫诗人一定不会产生。"③ 因此他认为中国文学的复兴有两条道路——"不是介绍他国文学,便是复真正的古以求真正的新"。④因此,有学者对朱湘的诗歌观念做了这样的评价:"朱湘以诗为终生事业,他孜孜不倦地进行新诗形式的探求和创造,既注重借鉴西方的

---

① 关于朱湘在美国受到歧视的描述,参阅《漂泊的生命·朱湘》之第三部分《异国苦旅与文学梦的破灭》(孙基林著,济南:山东画报出版社,1998年);朱湘自己在给赵景深的信中曾说:"我决计就回国了,缘故你也知道了。推源西人鄙蔑我们华族的道理,不过是他们以为天生得比我们好,比我们进化,我们受蹂躏侮辱是应该的,合于自然的定则。"(朱湘:《寄赵景深(二)》,《朱湘书信集》,罗念生编,上海:上海书店,1983年,第45页。)

② 朱湘:《寄赵景深(十)》,《朱湘书信集》,罗念生编,上海:上海书店,1983年,第66页。

③ 朱湘:《寄孙大雨(五)》,《朱湘书信集》,罗念生编,上海:上海书店,1983年,第210页。

④ 朱湘:《寄孙大雨(五)》,《朱湘书信集》,罗念生编,上海:上海书店,1983年,第210页。

诗律学，学习西方诗歌整饬而多变的格律体的长处，又积极主张吸收古典词曲和民歌鼓词的优良传统，从而创造出整齐、统一、和谐而多变的诗歌新形式。"① 在五四新诗的变革期，朱湘作为一个有志于探讨新诗形式的诗人，他不可能不到外国诗歌中去寻找借鉴诗体形式来发展中国新诗，他与闻一多一样，在文学上通晓古今中外，而且对中国固有的诗歌传统怀有深厚的情感，所以朱湘的在形式上既有译诗的痕迹，又有古典词曲的背影。张秀亚先生在《新月派诗人朱湘》一文中对朱湘的诗歌形式特征描述道："朱湘的诗，受旧诗的影响颇深，同时，也吸收了西洋诗的精髓，在他的集子中，就出现了两种迥不相侔的作品：有我国民谣形式的诗歌，也有隔行押韵的极接近西洋诗体的作品。"②

　　翻译外国诗歌最好采用本国的语言和诗歌形式。译诗是对原诗的创造，原诗是译诗的材料，译诗可以根据本国语言和审美习惯对原诗进行改动。柳无忌在《我所认识的子沅》一文中曾对朱湘的译诗经过做了这样的回忆："最使我钦佩的，是他译诗的方法。他读书与翻译时从不用字典，真的，他去美国读书时连一本字典都没有带去；遇有疑难的地方，他才借我的字典来应用，但是这些次数并不多。他翻译时不打草稿，他先把全段的诗意读熟了，腹译好了，然后再一口气的写成他的定稿。他的诗稿上很少有涂抹的地方，就是他给友人的信，也是全篇整洁不苟。"③ 这说明朱湘翻译诗歌时只是注重翻译了原诗的诗意，而对于原诗是否使用了别致的语言和独特的形式则顾及不多，而且一旦用自己的思维习惯组织好了语言之后，朱湘很少再去改动自己的译诗。朱湘认为翻译诗歌主要是翻译原诗的意境和情趣，除此之外的形式和语言则属于"枝节"问题，是可以有所改动的，而且为着更好地传达原诗的情感内容所发生的诗歌形式的"更动"是翻译过程中必须的正常行为。很多时候，为了能够更好地赋予译作在译语国的生命力，译者应尽可能地采用本国的语言和诗歌形式，译者的翻译是自由而不受原作形式束缚的。朱湘说："我们对于译者的要求，便是他将原作的意境整体的传达出来，而

---

① 徐荣街：《二十世纪中国诗歌理论》，济南：山东教育出版社，2000年，第232页。

② 张秀亚：《新月派诗人朱湘》，《新月派评论资料选》，方仁念选编，上海：上海华东师范大学出版社，1993年，第200页。

③ 柳无忌：《我所认识的子沅》，引自《朱湘译诗集·序》，长沙：湖南人民出版社，1986年，第4—5页。

不顾问枝节上的更动,'只要这种更动是为了增加效力。'我们应当给予他以充分的自由,使他的想象有回旋的余地。我们应当承认:在译诗者的手中,原诗只能算着原料,译者如其觉到有另一种原料更好似原诗的材料,能将原诗的意境达出,或是译者觉得原诗的材料好虽是好,然而不合国情,本国却有一种土产,能代替着用入译文,将原诗的意境更深刻的嵌入国人的想象中;在这两种情况之下,译诗者是可以应用创作者的自由的。《茹贝雅忒》(英国诗人费兹基洛(Fitz Gerald)翻译的波斯诗人莪默伽亚谟的作品。——引者加)的原文经人一丝不走的译出后,拿来与费兹基洛的译文比照的时候,简直成了两篇诗,便是一个好例。"① 这充分反映出在朱湘的眼中,对原文的语言和形式没有加以任何改变的译诗与有所变动的译诗比较起来有很大的差异,而"忠实"的前者在艺术审美上反而比不上"变动"的后者。这种事实说明了翻译外国诗歌时,在语言和形式乃至情趣上的部分"变动"反而会增加译诗的艺术性,使外国诗歌在异质文化语境中获得更强大的生命力。

  优秀的译诗应该在民族诗歌语言形式的向度上体现出创造性特质。朱湘认为优秀的译诗必须具有创造性品格。译诗的所谓创造性品格主要体现在诗体形式、语体或诗歌情感等诸多方面。诗歌翻译应该传达出原诗的情感或者在原诗的基础上有所创造,才会使译诗成为民族诗歌中的闪光部分。他在评论胡适的《尝试集》时专就其中的译诗《老洛伯》发表了自己的看法,认为该诗有很多翻译得不够准确乃至错误的地方。《尝试集》"收入了几首译诗,但是它们不但没有什么出色的地方,可以与西方文学中有创造性的译诗相提并论,并且《老洛伯》一首当中,还有两处大的谬误……胡君没有将此中的曲折看懂,含糊译过去……所以胡君的译诗,我们也应当一笔勾销,不再去谈。"② 由此可见,朱湘否定胡适译诗有两重原因:一是胡适的翻译在语义转换的层面上出现了错误,译诗没有达到准确地传达出原诗内容的翻译的基本要求;二是胡适的译诗根本就没有创造性,因此就不可能像西方人如菲茨杰拉德翻译古波斯的《鲁拜集》和庞德翻译东方诗歌的《神州集》那样具有很高的艺术价值。朱湘在另外一篇专门谈翻译诗歌的文章中论及了能够在一国诗歌历史上留下痕迹的译诗必然是具有创造性的,译诗只有具备了创造性品格

---

① 朱湘:《说译诗》,《文学》(第290号),1927年11月13日。
② 朱湘:《"尝试集"》,《中书集》,北京:中国文联出版公司,2001年,第180—181页。

才能进入民族诗歌的各种选本："英国诗人班章生（Ben Jonson）有一篇脍炙人口的短诗《情歌》（*Drink to Me Only with Thine Eyes*），它是无论哪一种英诗选本都选入的——其实，它不过是班氏自希腊诗中译出的一个歌。还有近世的费兹基洛（Fitz Gerald）译波斯诗人莪默伽亚谟的《茹贝雅忒》，在英国诗坛上留下了广大的影响，有许多的英国诗选都将它采录入集。由此可见译诗这种工作是含有多份的创作意味在内的。"①从这个角度来讲，朱湘认为优秀的译诗应该在传达出原诗精神意蕴的同时结合译语国的文化语境有创造性地融入新质，并根据一时代语言和诗体形式的需要对原诗有所"变形"，才能赋予原作在译语国的二度生命并使译诗进入到民族诗歌的发展序列中。朱湘自己的译诗则富有创造性特征，难怪罗念生曾说："朱湘的翻译手法有时近于创作"，② 比如他翻译琼生的《给西利亚》中的两行："On leave a kiss but in the cup/ And I'll not look for wine"，大意是"你在杯子上留下了一个吻，然后我就不再找酒喝"。朱湘将之翻译成："我要抱着空杯狂吸，/倘若你曾吹起轻呵"，两相比较，朱湘的翻译确实带有浓厚的创作色彩。

　　正是由于建构民族文学的需要，转译往往成为一种必要的翻译活动。文学作品的转译是必须的。中国诗歌很需要翻译："我觉得国内的文坛如今各方面都需要人才，不单是创作这一方面：说介绍，试问西方的名著现在有几本译成了中文，诗，戏剧，小说，批评，散文，不说好的译本，就是坏的译本都没有一个影子！我们正是一个需要翻译的时期：你知道的，也不用我讲。欧洲文艺复兴的原动力中希腊文学的介绍占了很重要的位置"。③ 如果没有翻译介绍希腊文学，欧洲的文艺复兴也许就不会发生，因此，我国新文学必须翻译介绍西方的文学名著来促进自身的发展新变。文学作品的转译是不可避免的现象，是一种供应迫切需要的过渡的办法。朱湘认为"重译""是翻译初期所必有的现象"，④ 朱湘所说的重译实际上指的是转译，即从第三种语言中翻译某国的文学。诗歌的转译会造成原诗语言和形式的第二度折损，但这种翻译在很多时候尤其是

---

① 朱湘：《说译诗》，《文学》（第290号），1927年11月13日。
② 罗念生：《朱湘译诗集·序》，长沙：湖南人民出版社，1986年，第5页。
③ 朱湘：《寄孙大雨（五）》，《朱湘书信集》，罗念生编，上海：上海书店，1983年，第210页。
④ 朱湘：《翻译》，《朱湘作品选》，北京：中央民族大学出版社，2005年，第187页。

一种新型的文学类型兴起的时候却是必需的，因为要使新兴的文学在短时间内获得更为开阔的视野以及更加丰富的营养，译者不得不根据自己熟悉的语言去翻译第三国的文学。比如意大利文艺复兴是对古希腊文学的发现，而创作《神曲》的但丁却不通希腊语，其中关于希腊文化的部分是根据拉丁文的译本或转述本写成的。因此中国新诗草创时期转译外国诗歌也属正常现象，比如五四时期为了应和西方的东方热潮，陈独秀、郑振铎等人根据英文译本转译了印度诗人泰戈尔的诗歌。为什么在新的文学类型兴起的时候转译的现象就会显得比较普遍呢？拿中国新诗的转译来说，由于译者所具备的外语能力所翻译出的诗歌难以满足国内对外国诗歌的需求，译者很多时候就只有通过另外一种他所熟悉的语言的译本去翻译他国文学，因此出现转译的现象实乃文学作品的供不应求所造成的。因此，朱湘说："由文学史来观察，拿重译（实际上是转译——引者）来作为一种供应迫切的需要的过渡办法，中国的新文学本不是发难者"，[①] 外国文学的发展亦然。

总之，朱湘认为译诗是促进中国新诗发展繁荣的力量之一，对于一国文学的创新具有非常重要的意义："从前意大利的裴特拉（Pet·Rach）介绍希腊的诗到本国，酿成文艺复兴；英国的索雷伯爵（Earl of Surrey）翻译罗马诗人维基尔（Virgil），始创无韵体诗（Blank Verse）。可见译诗在一国的诗学复兴之上是占着多么重要的位置了。"[②] 和其他的译者只注重借鉴外国诗歌形式相比，朱湘的译诗文体观念由于具备了外国诗歌和古典诗歌的形式要素而在现代译诗史上显示出独特的价值，对中国新诗文体建构所起的促进作用也更显著。

第三节　译诗形式与中国现代新诗的形式建构

译诗形式至少在结构上较多地采用了原诗的形式要素，因此对中国新诗形式的影响是显而易见的。现代译诗形式对中国新诗形式的影响主要体现在两个方面：一是译诗可以为中国新诗创造新体；二是译诗形式作为中介可以实现对中国新诗形式的影响。

[①] 朱湘：《翻译》，《朱湘作品选》，北京：中央民族大学出版社，2005年，第188页。
[②] 朱湘：《说译诗》，《文学》（第290号），1927年11月13日。

刘半农提倡中国新诗形式的发展应该学习英国，因为英国的诗歌形式最为丰富，而且英国有格律限制较少的自由诗和不讲求押韵且不限定音节的散文诗，这些自由的诗歌形式对诗人情感的表达没有产生约束，因此英国诗歌比法国诗歌的成就更高。"尝谓诗律愈严，诗体愈少，则诗的精所受之束缚愈甚，诗学决无发达之望。试以英法二国为比较。英国诗体极多，且有不限音节不限押韵之散文诗。故诗人辈出。长篇记事或咏物之诗，每章长至十数万字，刻为专书行世者，亦多至不可胜数。若法国之诗，则戒律极严。任取何人诗集观之，决无敢变化其一定之音节，或作一无韵诗者。因之法国文学史中，诗人之成绩，决不能与美国比。长篇之诗，亦破乎不可多得。此非因法国诗人之本领魄力不及某人也，以戒律械其手足，虽有本领魄力，终无所发展也。"① 此时我们姑且对英法诗歌孰高孰低以及散文诗的起源地是否在英国等问题"悬置"不论，很明显，刘半农说这番话的意图是要为白话自由诗寻找合理的证据，通过英法诗歌成就的对比衬托出诗体解放对于一国诗歌发展的关键性作用。既然诗体的解放和诗体的丰富如此重要，那刘半农自然会在"律诗排律当然废除"之后"别求新体于异邦"了。如何增多新诗的诗体呢？他认为"建设新文学的韵文之动机，倘将来更能自造、或输入他种诗体，并于有韵之诗外，别增无韵之诗。"② 刘半农很自然地将翻译引进外国诗歌的形式作为建设新诗的重要路径，不管是"自造"还是"输入"诗体，最终都会借鉴外国诗歌的形式，而对于多数不能从事诗歌翻译的人来说，他们借鉴的实质上是翻译诗歌的文体形式。如此看来，要真正实现刘半农所谓的"增多诗体"，新文学界就得大量地翻译外国的各体诗歌。刘半农乐观地认为，翻译诗歌的形式可以在形式和精神两个方面推进中国新诗的发展："在形式一方面，既可添出无数门径，不复如前此之不自由。其精神一方面之进步，自可有一日千里之大速率。"③ 刘半农的整个言论充满了五四新文学先驱普遍具有的激进语气和"革命"乐观主义精神，从后来新诗的发展来看，外国诗歌的翻译的确给中国新诗输入了多种诗体，中国新诗形式的丰富性远远超过了古诗，这不能不"归功"于刘半农等早期新诗先行者的理论倡导和创作实践。

---

① 刘半农：《我之文学改良观》，《新青年》（3卷3号），1917年5月15日。
② 刘半农：《我之文学改良观》，《新青年》（3卷3号），1917年5月15日。
③ 刘半农：《我之文学改良观》，《新青年》（3卷3号），1917年5月15日。

梁宗岱也认为翻译外国诗歌可以为中国新诗输入新鲜的文体形式。翻译外国诗歌是中国新诗形式建构的路径之一，译诗对中国新诗的形式建设具有模板或启示的功能，而且可以通过翻译来试验新诗体。朱自清先生在《新诗的出路》中认为翻译外国诗歌对中国诗人而言"可以试验种种诗体，旧的新的，因的创的；句法，音节，结构，意境，都给人新鲜的印象。（在外国也许已陈旧了）不懂外国文的人固可有所参考或效仿，懂外国文的人也还可以有所参考或效仿；因为好的翻译是有它独立的生命的。译诗在近代是不断地有人在干……要能行远持久，才有作用可见。这是革新我们诗的一条大路"。[①] 在朱自清看来，译诗是一件非常伟大的事业，可以帮助很多不懂外文的人了解外国诗歌，也可以使那些写诗但同样不懂外国文的人借鉴外国诗歌翻译体进行创作，从而在句法、音节、结构或意境等诸多方面增富中国新诗的诗体内容。朱自清呼吁让更多的人投入到翻译外国诗歌的"大业"中来，毕竟"直接借助于外国文，那一定只有极少数人，而且一定是迂缓的，仿佛羊肠小径一样这还是需要有天才的人；需要精通中外国文，而且愿意贡献大部分甚至全部生命于这件大业的人。"[②] 惟其如此，中国新诗界才会有更多的形式营养，才可能创造出更多的新诗体或发现更多的诗体元素。借助翻译来建设中国新诗形式的观点并非朱自清独创，从最初胡适以译诗《关不住了》来宣布新诗成立的"新纪元"到刘半农的借助翻译增多诗体，梁宗岱在《新诗底分歧路口》中也认为翻译是增进中国新诗诗体形式的"一大推动力"，虽然翻译外国诗歌"有些人觉得容易又有些人觉得无关大体，我们确认为，如果翻译的人不率尔操觚，是辅助我们前进的一大推动力。试看英国诗是欧洲近代诗史中最光荣的一页，可是英国现行的诗体几乎没有一个不是从外国——法国或意大利——移植过去的。翻译，一个不独传达原作底神韵并且在可能内按照原作底韵律和格调的翻译，正是移植外国诗体的一个最可靠的办法。"[③] 表明了翻译外国诗歌是中国新诗文体建构过程中非常重要和关键的环节，不仅可以为中国新诗提供形式经验，而且可以帮助中国新诗"增多诗体"。在梁宗岱看来，译诗

[①] 朱自清：《新诗的出路》，《新诗杂话》，北京：生活·读书·新知三联书店，1984年。
[②] 朱自清：《新诗的出路》，《新诗杂话》，北京：生活·读书·新知三联书店，1984年。
[③] 梁宗岱：《新诗底分歧路口》，《诗与真·诗与真二集》，北京：外国文学出版社，1984年，第172页。

在文体形式上应该保留原作的韵律和格调,虽然在翻译实践中很难做到,但毕竟是他对译诗形式的一个追求目标,也是对译诗文体形式设定的一个理想标准,为译诗与原诗形式的一致性提供了参照标准。

译诗形式可以促进中国新诗形式的建构。中国新诗的发展历程就是翻译外国诗歌并受其影响的过程,而这种影响主要体现在文体形式上。冯至在《中国新诗和外国的影响》一文中就翻译诗歌的文体形式对中国新诗文体建构的促动进行了梳理:早期新诗人在打破古诗体格律的情况下采用西方诗歌的结构创作分行分节的新诗,尽管胡适凭借一首译诗《关不住了》宣告新诗的纪元正式成立,但并不能掩饰早期新诗文体形式和思想情感的幼稚。后来的郭沫若在日本留学期间接触到了泰戈尔和海涅的抒情诗,惠特曼和歌德"狂飙突进的精神",后来郭沫若动手翻译了歌德的《少年维特之烦恼》和《浮士德》,正是凭着他所阅读的别人翻译的诗歌或自己翻译但没有形成文字文本的译诗文体的影响,其中也别是惠特曼革新诗歌形式的精神启发了郭沫若《女神》的创作。20 世纪 20 年代开创中国现代格律诗格局的闻一多广泛接触了外国诗歌,认为新诗应该既非纯粹的西方诗而又非纯粹的本地诗,乃应是中西诗结合的"宁馨儿",他的格律诗主张在翻译和创作实践中不断地应用成熟。当然,冯至认为上世纪 20 年代新诗借鉴外国诗歌或译诗文体创作也有失败的教训,那便是没有区分日语和汉语的特征且没有理解俳句的规律就进行的小诗体创作,不熟悉汉语且"食而不化"地模仿法国象征主义诗歌创作的以李金发为代表的早期象征主义诗歌。到了 30 年代,殷夫从德文翻译匈牙利爱国诗人裴多菲的诗歌,自己则从中吸收艺术养分创作了享有声誉的革命诗歌,戴望舒和卞之琳等则在翻译法国波德莱尔、马拉美、瓦雷里和西班牙诗人洛尔卡等人诗歌的同时锻炼了自己的笔法并习得了表现艺术,创作出了中国的现代主义诗歌。30 年代的艾青喜欢法国后期象征主义的诗篇,并翻译了比利时诗人凡尔哈伦(Verhaeren)的诗歌结集成《原野与城市》出版,"这些诗的内容和自由节奏显然影响了艾青早期用清新的笔调和深切的同情歌咏农村悲苦的名篇"。抗战以后,马雅可夫斯基的作品传到了中国,虽然其诗歌的中译本在形式上与原文形式出入较大,但却"给中国的朗诵诗树立了一个很好的榜样。"在对中国新诗受到的外来影响做了简单的分析后,冯至认为这种外来影响主要体现在形式上:"通过外国诗的借鉴,中国新诗在本国诗歌传统的基础上丰富了不少新的意象，新的隐喻，新的句式，新的诗体。"而且该影响主要依靠译诗文体发挥作用："中国新诗人能直接读外国诗的只是一部分，有成就的诗人中通过译诗，或通过理论的介绍，间接受到外国诗影响的也不在少数"。① 由此可知，外国诗歌对中国新诗形式的影响是借助译诗文体来实现的。

译诗的文体形式可以帮助中国新诗形式创格。中国新诗自诞生之日起就忽视了诗歌形式的创格，很多人凭借对外国诗歌的一知半解或错误的翻译形式认为外国诗歌发展的趋势是抛弃音韵和形式的束缚，因此我们的新诗应该效法西方创作自由诗。朱湘认为这样的诗歌形式观念是错误的，而要纠正这种偏颇的诗歌形式观念，路径之一就是借助翻译诗歌的形式来刺激和启示人们重新认识诗歌节奏和音韵的重要性："我国如今尤其需要译诗。因为自从新文化运动发生以来，只有些对于西方文学一知半解的人凭藉着先锋的幌子在那里提倡自由诗，说是用韵犹如裹脚，西方的诗如今都解放成自由诗了，我们也改赶紧效法，殊不知音韵是组成诗之节奏的最重要的份子，不说西方的诗如今并未承认自由体为最高的短诗体裁，就说是承认了，我们也不可一味盲从，不运用自己独立的判断。我国的诗所以退化到这种地步，并不是为了韵的束缚，而是为了缺乏新的感兴，新的节奏——旧体诗词便是因此木乃伊化，成了一些僵硬的活轻薄的韵文。倘如我们能将西方的真诗介绍过来，使新诗人在感兴上节奏上得到鲜颖的刺激与暗示，并且可以拿来同祖国古代诗学昌明时代的佳作参照研究，因之悟出我国旧诗中那一部分是芜曼的，可以铲除避去，那一部分是菁华的，可以培植光大，西方的诗中又有些什么为我国的诗不曾走过的路，值得新诗的开辟。"② 朱湘的这段话给中国新诗形式的发展提供了如下启示：首先是自由诗并不是外国诗歌"最高的短诗体裁"，因此即便外国流行自由诗，也不能将之作为主要效法的诗体；第二是中国新诗形式的发展应该有自己的道路和特色，不应该跟随西方诗歌的发展脚步；第三是只有翻译优秀的外国诗歌，并且将其形式翻译准确才能为中国新诗的创格提供有益的参考。

卞之琳十分关注外国诗歌形式和译诗形式对中国新诗的影响。他在

---

① 冯至：《中国新诗和外国的影响》，《冯至全集》（第五卷），石家庄：河北教育出版社，1999年，第182页。

② 朱湘：《说译诗》，《文学》（第290号），1927年11月13日。

纪念郭沫若诞辰100周年的纪念文章中对郭沫若痴心于诗歌形式的探索精神表示折服，同时表明了自己对新诗形式建设的一贯努力。"郭老所不满的'分行散文'加不能赋予一些旧词藻新功能而成的滥调这种'像诗'（似诗非诗）的非议，令我敬服。实际上我几十年先在实践上后在理论上探索新格律，却从不反对过自由体而且自己也试用过自由体，只是直至最近还在进一步根据现代汉语的语言特色，探索写、译语体诗的声韵规律，以求获得社会上有一定文化水平的一般人的共识，为使新体诗能真正取代旧体诗成为现代主流的地位。"① 在后来的文章中他承认自己的诗歌形式受到了三个方面的影响："平心而论，只就我而说，我在写诗'技巧'上，除了从古、外直接学来的一部分，从我国新诗人学来的一部分……我在自己诗创作里常常倾向于写戏剧性处境、作戏剧性独白或对话、甚至进行小说化，从西方诗里当然找得到较直接的启迪，从我国旧诗的'意境'说里也多少可以找得到较间接的领会，从我的上一辈的新诗作者当中呢？"② 卞之琳从闻一多等人那里学到了很多"有规律的诗行"以及形式技巧。卞之琳认为中国新诗的形式技巧和创作资源来源于古典诗歌、外国诗歌和中国新诗，他是较早认同新诗形式和创作技巧传统的诗人，而其所受外国诗歌的"直接的启迪"进一步说明翻译外国诗歌对中国新诗创作技巧和形式的引导作用。

在卞之琳看来，正是译诗的白话文体拉开了中国新诗历史的序幕。倘若中国的译诗还是采用古体形式，没有胡适那首迥然有别于传统诗歌形式的译诗，即便是新诗形式有了理论上的倡导，依然很难打开新的诗歌创作局面。五四新文学运动以前，清末就有了大量的译诗，"但是译的都是用文言旧诗体，影响有限，对于中国诗体的变革更无直接关系。"③ 在古诗体步入僵化的发展境地时，新诗革命倡导白话自由诗，力图达到"作诗如作文"的自由创作，抛却严谨的古体诗律。《白话诗八首》的发表也没有为新诗赢得文体地位，主要原因在于这些最初的新诗作品保留着浓厚的古体诗味，"实在不过是一些刷洗过的旧诗，……都还脱不了词

---

① 卞之琳：《一条界线和另一方面：郭沫若诗人百年生辰纪念》，《诗刊》，1992年11期。
② 卞之琳：《完成与开端：纪念诗人闻一多八十生辰》，《卞之琳文集》（中卷），合肥：安徽教育出版社，2002年，第153页。
③ 卞之琳：《翻译对于中国现代诗的功过》，《卞之琳文集》（中卷），合肥：安徽教育出版社，2002年，第534页。

曲的气味与声调"。① 新诗包括整个新文学都面临着无人问津的尴尬局面，怎样创造新诗的新体成了新诗人亟待解决的难题。在这个关系到新诗发展的关键时期，有别于古体诗的译诗文体形式的出现打破了新诗坛的沉寂，为新诗开启了"合法"的创作道路。胡适"偶用白话译现代美国女诗人莎拉·替斯代尔（Sara Teasdale）平平常常的一首抒情小诗《关不住了!》（Over the Roofs），却好像'得来全不费功夫'，居然用他自己的说法，开了'我的'新诗'成立的纪元'。说来也妙，胡适早决意要进行'诗体大解放'，写白话诗要写得'自然'，打破整齐句法，……却一直像'踏破铁鞋无觅处'，建不起'新诗'的格局，一朝用白话把一首原是普通的英语格调诗译得相当整齐，接近原诗的本色，就有理由使他自己得意，也易为大家接受。从此，稍经一些同道合力'尝试'的初步'成功'，白话新诗的门路打开了。……这在中国诗史上确是一次革命性变易。"② 根据卞之琳的理解，翻译诗歌的文体实践了最初的白话诗主张，是中国新诗形式的最好体现，由是实现了中国诗歌形式的"变易"，打开了"白话新诗的门路"。

卞之琳认为中国新诗形式建构的每个阶段都受到了译诗文体的影响。中国新诗的发展历程总是与翻译借鉴外国诗歌的艺术形式分不开的，充分理解外国诗歌的精神特质并运用外国诗歌的形式是新诗艺术成熟的关键。卞之琳在《新诗和西方诗》中这样概说了现代诗歌的发展与借鉴西方诗歌的关系：

> 草创阶段，大致说来，是1919年"五四"前后胡适写《尝试集》中的那些诗到出书的1921年前后。新诗当时还比较幼稚……原因是：存心想突破旧诗词而突破不了，对西方诗的精神实质又没有能够掌握和加以借鉴。
>
> 真正的突破阶段，我认为还是以郭沫若在1921年出版《女神》开始……这以后，新诗才真像"新诗"。郭沫若写旧诗也很有修养，还是首先受惠特曼的影响，才使他写出了新诗。
>
> 接下去，是新诗艺术开始成熟的阶段……这时期艺术上的代表

---

① 胡适：《〈尝试集〉再版自序》，《尝试集》，北京：人民文学出版社，2000年，第181页。
② 卞之琳：《翻译对于中国现代诗的功过》，《卞之琳文集》（中卷），合肥：安徽教育出版社，2002年，第535页。

诗人应推写《志摩的诗》（1925 年出版）的徐志摩和写《死水》（1929 年出版）的闻一多。他们也是对旧文学有修养的，但是熟悉西方诗，所以能用我国活生生的口语写出更像"西化"的诗……尽管用中国题材，他们始终没有超出英美浪漫派诗的格调。

20 年代末期到 30 年代初期应算是第四阶段吧。新诗艺术表现形式另有了较成熟的新东西，接近西方现代派的东西……

30 年代是各家诗风繁荣的时期……开始正式发表诗的何其芳和艾青，接近戴望舒为首的《现代》派诗风，却直接受了法国象征派或象征派边缘诗人的影响……

1942 年以后的 40 年代，……在大后方。像在西南联合大学，20 年代后期就成名的冯至在里尔克的影响下写出了《十四行诗集》，还有一些年轻诗人接受了英美现代派诗人如艾略特与奥登的影响。[①]

卞之琳指出了中国现代新诗形式艺术的发展历程就是不断受到西方诗歌影响的过程，那西方诗歌是怎样影响到中国新诗的呢？显然与诗人直接阅读西方诗歌原文（在思维中翻译成中文）、翻译西方诗歌、阅读翻译诗歌等某个与诗歌翻译相关的文化交流行为分不开，毕竟只有依靠译诗才能实现外国诗歌对中国新诗的影响。正如卞之琳本人所说："'五四'以来，我国新诗受西方诗的影响，主要是间接的，就是通过翻译。"[②] 中国新诗的发展的确受到了外来诗歌形式元素的影响，这是人们已有的共识，但卞之琳从译诗的角度来论述这种文体影响的实有和存在，实则是对外国诗歌影响中国新诗形式的可能路径的肯定。

[①] 卞之琳：《新诗和西方诗》，《诗探索》，1981 年 4 期。
[②] 卞之琳：《新诗和西方诗》，《诗探索》，1981 年 4 期。

第四章 外国诗歌形式的误译与中国现代新诗的文体建构

误译（mistranslation）是翻译研究中的关键词，在一般翻译研究者看来它具有两层含义：一是传统翻译学和现代翻译语言学理论从语言层面出发，认为误译即是两种语言的不"对等"或不"等值"，是译语对原语的错误替换；二是译介学和现代文化翻译理论从意义或文化交流的角度出发，认为误译是对文学文本意义或文化内容的改写，或曰"创造性叛逆"（creative treason）。目前学术界关于误译研究所取得的丰硕成果足以建构起一套误译理论体系，但这套体系却并不完备，其中有很多亟待补足和改进的地方，比如在文学翻译尤其是诗歌翻译中，由于诗歌是一种非常讲究形式艺术的文体，这就决定了误译不仅仅指涉语言、意义和文化，它还应该包括文体形式。外国诗体的误译现象不仅是普遍的、必然的，而且是合时宜的、有意义的。本书试图从诗体误译的普遍性出发，分析外国诗体在翻译过程中为什么会出现形式的误译以及其对中国新诗诗体建设的积极影响，进而在形式方面补足并完备误译理论。

第一节 外国诗歌形式误译的普遍性

误译是文学翻译过程中极为普遍的现象，但和文本意义误译的普遍性不同，文体形式的误译常常只发生在对形式艺术要求颇高的诗歌翻译过程中。诗歌形式和内容的特殊性以及翻译活动本身的局限性决定了外国诗歌在翻译成中文时出现文体误译的普遍性。

诗歌形式的特殊性决定了诗歌形式的误译。相对于叙事文学来说，诗歌艺术化的形式对抒发感情的烘托作用显示出诗歌文体的优势，"诗的内容既然总是饱和着强烈而深厚的感情，这就要求他的形式便于表现一种反复回旋，一唱三叹的抒情气氛。有一定的格律是有助于造成这种气氛的。"① 诗歌要咏唱的事物和要抒发的感情在形式中得到了形象生动的演绎，形式成了诗美最好的注脚："现实生活中有诗美，不过它是美在本质上、内容上，诗则把它熔化在优美的形式里。"② 极端的形式论者甚至认为诗歌作品之间的差异主要是由形式来划分的："所有诗歌的材料——就是说，自然的风貌、人的思想和感觉——是没有变化的，因而，诗人与诗人的不同就在于他们每一个人把语言、格律、音韵和节拍等应用于这种不变的材料的不同方式。"③ 不管此论述是否具有学理性，但其强调诗歌形式重要性的主观意图却是值得肯定的。

　　既然形式对于诗歌如此重要，那诗歌翻译其实很大程度上说应该是在翻译诗歌形式。但恰恰是诗歌形式最容易引起误译，为什么呢？我们知道诗歌形式包括语言、音韵、节奏、排列以及象征等内容，由于发音、声调和文化的不同，诗歌的形式内容很难用另一种语言等值地翻译到异质的文化语境中，人们一直以来所喟叹的"译诗难"的症结其实就出在诗歌形式上，在等值的理想化翻译标准面前，诗歌由于不可避免的形式误译而使翻译界认为译诗在所有的文学翻译中是最困难的。依照翻译语言学理论，诗歌翻译应该将注意力集中到语言和技巧层面上，认为翻译是用一种语言材料去等值替换另一种语言材料。但实际上，这种完全的"替换"对形式性极强的诗歌翻译来说是难以实现的。"形式感是可以把握的，如果从字、词、句、段、篇的组合来考察的话；但假如涉及声音、节奏、象征等等，就只可意会不可言传了。诗的音乐效果是无从翻译的。音乐性愈好，一首诗愈难翻译。"④ 译语（汉语）与源语（英语）之间的差异使诗歌形式的误译成了天然的无法逾越的屏障，美国学者伯顿·拉夫尔（Burton Raffel）从语言差异出发认为原诗的形式"无法在新的语言中再现"，他从五个方面分析了译诗形式误译的原因：两种语言的语音

---

　① 何其芳：《关于格律诗》，《何其芳集》，北京：中国社会科学出版社，2004年，第40页。
　② 吕进：《新诗的创作与鉴赏》，重庆：重庆出版社，1982年，第71页。
　③ ［英］A. C. 布拉雷德：《为诗而诗》，《文学批评理论：从柏拉图到现在》，拉曼·塞尔登著，刘象愚等译，北京：北京大学出版社，2003年，第256页。
　④ 树才：《译诗：不可能的可能——关于诗歌翻译的几点思考》，《翻译思考录》，许钧主编，武汉：湖北教育出版社，1998年，第385页。

第四章 外国诗歌形式的误译与中国现代新诗的文体建构

不同,无法在一种语言中重现另一种语言的声音;两种语言的句法结构不同,无法在一种语言中完整地重现另一种语言的句法结构;两种语言的词汇不同,无法在一种语言中重现另一种语言的词汇;两种语言的文学史不同,无法在一种语言文化中重现另一种语言文化中的文学样式;两种语言的韵律不同,无法在一种语言的文学作品中重现另一种语言文学作品的语律。①

因此从形式的角度讲,翻译诗歌"失败几乎是必然,而成功则显得意外或偶然。"② 如果我们真要去顾及原诗的形式和音韵的话,那诗歌翻译在形式和内容两个方面都会落得"声败名裂",导致意义和形式的双重误译,从而使诗歌真正变成不可译的文学样式。为了不"因韵损文",所以很多时候译者就不会顾及原文的韵律,以形式的误译去成全诗歌内容的传递并达到文化交流的目的。"如果我们一定要按照原文的格律,结果必然是要牺牲原文的内容,或者增加字,或者减少字,这是很不合算的。每国文字不同,诗歌格律自然也不同。追求诗歌格律上的'信',必然造成内容上的不够'信'。"③ 因此在现代人看来,"韵律并不像传统那样受到至高无上的重视,从而也就不会夸大译诗的难度。"④

翻译活动的特征决定了诗歌形式的误译。外国诗歌在翻译进他国文化中时在形式和内容上都会出现不同程度的误译现象,这一方面是由语言差异引起的,另一方面也与翻译活动自身的局限性分不开。诗歌翻译活动涉及到原诗歌文本、翻译过程、译者、译入语国的文化语境、译诗等环节,除了译诗直接体现出形式的误译之外,其它几个环节也都可能成为诗歌形式误译的诱因。

从文本的特征出发,接受美学论者伊塞尔(Wolfgang Iser)提出了文本的"召唤结构"(Appellstruktur),对于诗歌文体来说,形式的空白和不确定性比内容更为突出,诗歌形式上的召唤结构给翻译造成了两难选择,因为诗歌形式特别是语言对不同文化的读者来说其理喻程度是不同的,对不同时代的读者来说也有差异。所以,原文本的形式应尽可能地根据译入语国的读者的接受能力和接受现状来进行翻译,这种翻译肯定

---

① 郭建中:《当代美国翻译理论》,武汉:湖北教育出版社,2000年,第215—216页。
② 郭建中:《当代美国翻译理论》,武汉:湖北教育出版社,2000年,第386页。
③ 马红军:《翻译批评散论》,北京:中国对外翻译出版公司,2000年,第200—201页。
④ 郭建中:《当代美国翻译理论》,武汉:湖北教育出版社,2000年,第66页。

会引起原诗形式的误译。由译入语国的文化来引起的诗歌内容和形式的误译都可称为创造性叛逆。比较而言,诗歌文本较其它文学文本更容易引起形式的误译,"文学翻译的创造性叛逆在诗歌翻译中表现得最为突出,因为在诗歌这一独特的体裁中,高度精练的文学形式与无限丰富的内容紧密地结合在一起,使得译者几乎无所适从——保存了内容,却破坏了形式,照顾了形式,却又损伤了内容。"①

从翻译的演变发展来看,外国诗歌的翻译就是其形式不断被改写和误译的过程。不同时期有不同的诗歌翻译原则和规范,这些原则和规范都是为了满足各自时代对诗歌作品形式的不同需求。译诗的演变轨迹明晰地划出了不同时期诗歌的翻译方法和翻译标准,在这种翻译观念的指导下,同一首诗在不同时期就会出现不同的形式。这从另外一个角度表明,每个时期外国诗歌形式都存在误译现象,译诗的形式在译入语国内没有统一标准,只有时代诗风的痕迹。比如拜伦《哀希腊》一诗的译体就出现了马君武、苏曼殊、胡适、刘半农、胡寄尘等人的多种翻译,其中有古诗的五言体、骚体、白话体等;五四时期为了学习外国诗歌的表现方法和文体而采用直译的方法;为了启蒙和"化大众"而采用白话译诗;为了促进本国新诗文体的变革而采用自由诗的形式翻译外国诗歌等等,都说明了不同时期的译诗在形式上都存在着差异,这是由翻译诗歌的时代特征决定的。即诗歌翻译的形式取决于译入语国当下流行的诗歌形式,而非原诗本身的形式。

再次,从译者的角度来看,由于个人的文化修养和对原诗的理解的差异,不同的译者会对同一首诗歌作出不同的翻译。一个出色的翻译者常常会在译作中加入自己的翻译风格,那些本身是诗人的译者还会在译诗中突出自己个性化的诗歌色彩,"'一般说来,诗人而兼事译诗,往往将别人的诗译成颇具自我格调的东西。'这当然是常见的现象。由于我自己写诗时好用一些文言句法,这种句法不免也出现在我的译文之中。"②很明显,外国诗歌在翻译的过程中会随着译者的不同而呈现出不同的形式特征,对于那些从事诗歌创作的译者来说,按照自己诗歌创作的形式特征去翻译诗歌所导致的形式误译甚至是不自觉的行为。翻译的目的是"要原作的意义成分在译作语言的符形外观上表现出来,同时又要试图让

---

① 谢天振:《译介学》,上海:上海外语教育出版社,1998年,第137—138页。
② 余光中:《余光中谈翻译》,北京:中国对外翻译出版公司,2002年,第35页。

原作的符形特征尽可能地纳入译作的意义中去。这样一个复杂的、交错柔和的过程，必然地会让只属于翻译者个体而非原文创作主体的风格特征掺和其中，从而部分地消解原作的风貌……在这种意义上，译文的走样或失真是一种不自觉的行为，其范围和幅度取决于翻译者个体的灵性和语言文化素养。"①

译入语国的文化语境决定了诗歌形式的误译。对外国诗歌形式的选择和翻译必须以民族文化心理和审美习惯为基础，这样外国诗歌才能够在译入语国的文化环境和当下语境中得到认同和接受，"当我们从表层上认识了外来形式时，还不可能即刻接受、模仿或变革它，我们的意识的潜结构同时就无形地起着某种选择或约束作用了。任何外来形式的借鉴和引用都必须与本国的文化历史背景以及由此而来的欣赏习惯和审美心理相近相似或相符，并且以本民族的心理模式将其'民族'化，否则就有可能把它当作一种与本体文化相对立的异体排斥。"② 这既可以说明创造性叛逆的客观性，也可以说明译诗形式变形的必然性，胡适的译诗《关不住了》以及他的胡适之体、闻一多及其主张的格律诗等等，都是在本民族审美经验的基础上对外来诗歌形式加以"本土化"改造的结果。除了这与生俱来的无可更改的民族文化心理和审美心理会导致外国诗歌形式朝着惯常的民族审美方式变形外，任何语境的"当下性"也会使诗歌形式发生误译，这即是说外国诗歌在翻译时，其形式是根据某一时期译入语国流行的诗歌形式或对某种诗歌形式的需求来决定的。当时译者翻译外国诗歌的旨趣是为诗歌的"自然口语化"寻找证据，"外国诗歌并不以其自身的思潮、流派特征熠熠生辉，引人注目，而是权作了……诗歌观念的一点旁证和说明。"③ 译诗的"旁证"作用在诗歌的形式方面也得到了体现，比如五四初期为了打破古诗严格的韵式，几乎所有的译诗都被翻译成了自由诗，胡适将蒂斯代尔（Teasdale）的诗歌《关不住了》翻译成自由体诗便是最好的例证。因此，外国诗歌在翻译中出现的形式误译与诗坛的"时风"相关。

---

① 葛中俊：《语言哲学观照下的文学翻译和翻译文学》，《翻译的理论建构与文化透视》，谢天振主．上海：上海外语教育出版社，2000 年，第 114 页。
② 杜荣根：《寻求与超越——中国新诗形式批评》，上海：复旦大学出版社，1993 年，第 146 页。
③ 李怡：《中国现代新诗与古典诗歌传统》，重庆：西南师范大学出版社，1994 年，第 189 页。

既然诗歌翻译中形式的误译是难免的,那是否表明诗歌就真的不可翻译呢?中外诗歌发展的历史表明诗仍然是可译的,而且优秀的译诗大量存在,那原因又是什么呢?原因并不是译者有知其不可为而为之的翻译勇气,而是因为译诗在民族文化创新中的积极作用和在文化交流中的中介作用所导致的民族文学在文化层面上对译诗的需求;同时也是因为人们对译诗形式的宽容态度和对译诗评判标准的特殊化所致。译诗是将处于两种不同文化中的诗歌进行联袂的中介,郭沫若将翻译比作"媒婆"① 正好形象地说明了这一点,译诗是外国诗歌在民族或国别文化中获得身份认同的存在方式。因此,很多时候人们将译者视为文化交流大使,将译者的翻译视为文化交流的桥梁,陆耀东先生在论述徐志摩的翻译时就将他称为"文化交流大使",② 充分肯定了翻译译者和译诗在文化交流中的桥梁作用。译诗除了具备文化交流的中介作用外,还能够促进民族诗歌的发展和新变。王佐良先生曾这样高度概括了翻译对中国新文学的促进作用:"如果没有翻译,又怎能出现1919年的中国新文化运动和中国的新文学?如果没有翻译,又怎能有目前众多的中国作家在以各种新内容新写法勃起于文坛?……它带来新观念、新结构、新词汇,但远不止这些零星的项目,而是有一股总的力量,使得语言重新灵活起来、敏锐起来,使得这个语言所贯穿的文化也获得了新的生机。这也就是为什么,一个大的文艺复兴运动往往有一个大的翻译运动为其前驱。"③ 在五四前后这段中国文学尤其是诗歌缺乏创新和营养的艰难时期,没有翻译诗歌,中国新诗内容和形式的发展怎么会获得新的生机呢?所以,尽管翻译引进的外国诗歌存在着形式的误译,但中国新诗自身发展所面临的语境还是为这些变形的译诗提供了广阔的生存空间。

既然诗歌形式的误译是不可更改的,那译诗的存在也与人们对它的评判标准的改变相关,如果还是以原诗形式为参照去评判译诗形式的话,那很多译诗就会因为"体无完肤"而失去存在的理由。正如前面所说,翻译诗歌的价值在于文化交流,在于为译入语国引进新的思想和文体,

---

① 郭沫若:《致李石岑》,《民铎》(2卷5号),1921年2月。
② 陆耀东:《在中外文化交流桥上的徐志摩》,《外国文学研究》,1999年11期。
③ 王佐良:《谈诗人译诗》,《翻译思考录》,许钧主编,武汉:湖北教育出版社,1998年,第412页。

第四章　外国诗歌形式的误译与中国现代新诗的文体建构

"翻译正是在这种使外来学术内在化，增添精神财富，解除落后桎梏，促进思想自由与发展的意义上，体现出真正的无可替代的价值。"① 所以，翻译诗歌的评判标准不是参照原诗，而应该在译入国语的文化中去进行评判，因为"不管译者译的是什么，他的翻译行为都必须靠母语。译诗的唯一有效的标准应放在译诗'文本'所处的语言中。"② 译诗形式误译的不可避免性并不妨碍译诗的存在，人们仍然需要译诗，"诗是必须有翻译的，因为诗是一个民族的语言精华之所在，是一种民族精神的体现。在当今世界上日益扩大和深入的交流中，通过诗歌去了解一个国家及其语言，更是很有必要的，因为这是一种高层次的了解。既然有必要读外国诗，而不是每个人都能读外国诗原作，那就只能读译诗。"③ 因此，形式被误译后的译诗因为文化交流的作用和评判标准的改变而具备了存在的价值理由。

从以上的分析中我们可以看出，诗歌文体和翻译活动等所具有的一些特点决定了外国诗歌形式的误译是不可避免的，外国诗体的误译现象不仅是普遍的、必然的，而且是合时宜的、有意义的。由于译诗在文化交流中不可替代的作用以及译诗评判标准的特殊性使它获得了生存的广泛空间，我们仍然需要译诗。外国诗歌要在译入语国中找到生存空间，就必须在符合译入语国的文化心理、审美观念和诗歌文体观念的方向上发生形式的误译。民族文化制约着翻译诗歌原作和译作形式的选择，但译诗却会促进民族诗歌（中国新诗）形式的民族化推进，译诗与民族诗歌之间的交流是平等的，译者的努力仅仅是为二者架构起一座交流之桥，没有哪一种诗歌形式处于中心地位。外国诗歌形式的中国化并不是要主张中国诗歌中心主义，构筑中外诗歌交流和互动的平台才是诗歌形式误译的终极目的。

从译诗的传播和接受的角度讲，外国诗歌形式的误译是有意识的创造行为，它与中国新诗的形式之间形成了一种互动关系，有助于中国诗歌文体的建设和外国诗歌翻译活动的开展。

---

　　① 王克非：《关于翻译的哲学思考》，《外语教学与研究》，1996 年 4 期。
　　② 树才：《译诗：不可能的可能——关于诗歌翻译的几点思考》，《翻译思考录》，许钧主编．，武汉：湖北教育出版社，1998 年，第 393 页。
　　③ 黄杲炘：《从柔巴依到坎特伯雷——英语诗汉译研究》，武汉：湖北教育出版社，1999年，第 5 页。

第二节　民族文化审美与外国诗歌形式的误译

事实上，形式的误译是诗歌翻译中十分普遍的现象，除诗歌文体和翻译活动自身的局限、文化和时代语境等会引起诗歌形式的误译外，译入语国的传统文化、诗歌文体观念和审美观念等民族文化审美因素也会引起外国诗歌形式的误译。从某种程度上讲，民族文化审美引起的外国诗歌形式的误译是诗歌翻译活动中不可避免的现象，对其进行探讨具有普遍性意义。

民族文化制约着外国诗歌形式的选择和吸纳，本国的诗歌文体观念和传统的审美观念无形中规定和约束着译者的翻译活动。译者选择什么样的诗歌文本进行翻译，他对原诗的接受、翻译、模仿或者改写的出发点和目的等行为已经被"先在"的民族文化观念圈定了范围。外国诗歌的文体样式只有符合了译入语国的文化传统和审美欣赏习惯，或者在翻译过程中被"本土化"了，才会被民族文化接纳，否则，外国诗歌形式就会被当作民族诗歌文体的异物而受到排斥。"翻译技巧的变化并不是随意发生的，它与许多因素密切联系在一起，不同的文化在不同的时期会形成不同的翻译现象，'他文化'的客观存在以及需要从一系列处理'他文化'的可能策略中进行选择等，都会给翻译设置挑战。"[①] 为了逾越和克服文化差异"给翻译设置挑战"的现实，翻译者必须学会许多处理"他文化"的策略，其中，将外国诗歌形式朝着符合本国审美习惯和文化需求的方向误译就是一项有效的"策略"，这是外国诗歌能够传入中国的前提。其次，只有"本土化"了的且形式上可能误译了的诗歌才会被译入语国的读者接受。清末的诗歌翻译者就是依据当时人们普遍接受的古诗体来处理译诗形式的，比如马君武、苏曼殊、胡适等人采用五言绝句或骚体来翻译拜伦的《哀希腊歌》，严复为了迎合"士阶层"的阅读口味而采用文言翻译《天演论》，五四时期的译者根据当时中国诗歌对自由诗的偏好而采用白话自由诗体翻译外国诗歌，这些外国诗歌或其他文体形式误译的例子说明了外国诗歌只有朝着民族当下性诗歌形式

[①] Susan Bassnett & André Lefevere. *Constructing Cultures*: *Essays on Literary Translation*, Shanghai: Shanghai Foreign Language Education Press, 2001, p. 12.

的方向翻译才会被接受。林纾是开创中国文学翻译新篇章的重要译者,他对外国文学的有意误译"弥合了中西差异,使包括自己在内的士大夫阶层不至将西方视为'禽兽'而加以拒绝。林氏的误读,……是晚清那个时代广大士人阶层可能接受和理解西方的最好策略。"① 林纾的误译策略有很强的普遍性,在任何时代,译者按照当时读者的审美和阅读趣味进行的"误译"行为都会促进原作在译语国中的接受。第三,从对外国诗歌形式借鉴的层面讲,外国诗歌形式只有在适合民族文化生活和审美要求的基础上才会被借鉴采用。"中西文化在交流中渗透互补、调节平衡,但各自都不会丧失其自身。中国新诗的孕育发展,得力于外来诗歌的影响,但它只能是西方诗艺与民族传统的融合,外来的东西只有经过消化吸收,才能化为自己的血肉。"② 对外国诗歌"消化吸收"的过程就是按照民族文化将之本土化的改造过程,惟有如此,外国诗歌的形式才会被吸收,民族诗歌才会创造能够为本民族广大读者所接受的诗歌新形式。"从根本上,外来文化必须内化才能对民族传统文化发生深刻的影响,就是说,外来文化只能通过本土才能起作用。"③ 总之,"翻译过来的思想文化,既不是纯粹外国的,也不是纯粹中国传统的,而是中西思想文化的一种交汇。翻译一方面是介绍西方的思想文化,另一方面又是以中国传统的方式进行介绍,即西方的思想文化被纳入了中国传统的话语体系,也就是在翻译的过程中中国化了。"④ 作为西方文化组成部分的诗歌及其形式,一旦被翻译,也不再是"纯粹外国的",在被纳入中国传统或当下的诗歌文体体系中的同时,其意义和形式的误译就会随之发生。

民族文化不仅制约着外国诗歌及其形式的翻译、接受和借鉴,而且制约着原作的选择。外国诗歌的翻译介绍在五四时期形成了繁盛的局面,从译诗的类型来看,浪漫主义诗歌和其他现实主义作品是译介的重点,这是由当时中国的语境决定的,"五四时代欧洲文学的翻译主要是现实主

---

① 杨联芬:《晚清至五四:中国文学现代性的发生》,北京:北京大学出版社,2003年,第103页。
② 徐荣街:《二十世纪中国诗歌理论》,济南:山东教育出版社,2000年,第280页。
③ 高玉:《现代汉语与中国现代文学》,北京:中国社会科学出版社,2003年,第177页。
④ 高玉:《现代汉语与中国现代文学》,北京:中国社会科学出版社,2003年,第175页。

义作品,其次是积极浪漫主义的诗歌。这些都是符合当时中国人实际需要的。人们要正视现实,对当前的黑暗社会怀有强烈的憎恨,为了彻底揭发它,则需要批判现实主义的创作方法。而年轻人革命的热情,以及对于美好将来的向往,又易于感受浪漫主义精神。所以现实主义和浪漫主义的文学是当时翻译介绍的对象。"① 但是,从诗歌作品翻译的数量上看,东方国家特别是印度、日本、波斯等国的诗歌却占有绝对优势。以五四时期的重要刊物《新青年》上的译诗来分析,在总共80首译诗中,来自日本的有30首,印度20首,占了总数的62.5%,说明了《新青年》在诗歌方面推崇的不是西方而是东方作品。② 再从另外一重要刊物《小说月报》上的译诗来看,在290首译诗中,来自印度的有135首,日本23首,在国别译诗的数量上占有绝对优势,由于五四以后翻译范围和翻译数量的扩大,东方诗歌的比重略有下降,加上阿富汗的2首,波斯1首,整个东方的译诗仍然占《小说月报》译诗总量的56%左右。③ 通过以上实证性的分析,我们不仅要问,为什么与小说、戏剧的翻译作品多来自西方而诗歌翻译作品多来自东方呢?原因还得追溯到民族文化,因为"诗是最富民族性的文体",④ 同为东方的日本和印度在审美观念和文化思维上与中国有很多相似的地方,尤其是日本,在根本上属于汉文化圈,因此翻译这两个国家的诗歌在审美和思维上很容易契合中国人的文化心理,在形式艺术上接近中国人的审美习惯,译者和读者不仅愿意接触这样的诗歌,而且很乐意阅读并模仿这样的诗歌意象、意境进行创作。有人认为译诗作品大都来自东方的现象反映出五四前后诗歌翻译的保守性:"日本的当代诗歌与泰戈尔似乎是中国接受者眼里的诗歌借鉴对象。这里,译者的选择看来以地区的相近与民族的亲合性为潜在的决定因素。同样欲向外开放,从外部世界引进新思想新文化,长期被中国文人认作二类文学体裁的小说与戏剧,向远一点、陌生些的国家如西欧开放,中国的接受者似乎还能主动接受。但对于一向居文学之首的诗歌,中国的

---

① 冯至、陈祚敏、罗业森:《五四时期俄罗斯文学和其他欧洲国家文学的翻译和介绍》,《北京大学学报》,1959年2期。

② 金丝燕:《文学接受与文化过滤:中国对法国象征主义诗歌的接受》,北京:中国人民大学出版社,1994年,参见第72页。

③ 金丝燕:《文学接受与文化过滤:中国对法国象征主义诗歌的接受》,北京:中国人民大学出版社,1994年,参见第81—90页。

④ 吕进:《中国现代诗学》,重庆:重庆出版社,1991年,第5页。

第四章　外国诗歌形式的误译与中国现代新诗的文体建构

接受者似乎显得有些'保守'了：寻求诗歌感觉上的同一性使他们首先把眼光投向日本和印度。"① 此观点看到了译诗和其他体裁的翻译文学在接受的过程中的差异，看到了中国诗歌借鉴日本和印度诗歌的客观现实，但对其原因分析却是片面的，以为翻译诗歌和创作新诗的人没有翻译小说或创作小说的人借鉴的眼光开远，以为保守和追求感觉的相似性是造成人们借鉴东方诗歌的原因。此段话忽略了诗歌的文体特征，忽略了民族文化心理、文化思维以及文化审美的潜在性和对译者以及创作者不可抗拒性的影响。既然如此，为什么五四前后的译者还要选择翻译英美诗歌呢？原因当然与鲁迅所的"摩罗诗力说"有关，此时翻译英美诗歌的期待视野是思想而不是审美，是社会变革的需要而不是情感表达的需要。即新文学运动的目的性决定了他们对英美国家诗歌尤其是浪漫派诗歌的翻译，民族文化心理、思维、审美习惯等则决定了他们对东方诗歌的翻译。因此，这两种翻译倾向是由读者的两种不同层面的期待视野决定的：前者为思想，后者为艺术，前者源于社会需要，后者源于民族文化，并且最终民族文化压倒社会需要成为制约原作选择的主要原因。

民族文化不仅制约着原作的选择，而且制约着译作的形式，使外国诗歌的形式在符合民族审美的方向上发生误译。外国诗歌形式只有在翻译过程中进入民族文化体系后，才可能被译入语国的读者接受，被该国的诗人借鉴，发挥译诗的对民族诗歌的积极影响。所有的文学翻译（包括诗歌）都会根据译入语国读者的审美习惯对原文进行误译："译文之间的差异一般都能用游离于两极间的总括性的词语加以描述，即一极是对所有方面的保留，而另一极则是对所有方面的同化。吸收保留的意思是指译者努力试图复述——或至少是在可能的范围内表达——原著的所有可辨的特征。一般说来，他这样做是由于他认为这些特征对于真正的作品欣赏来说至关重要。同化的意思是指译者对原文的改造，即将原文转为一种普通读者熟悉的形式。当然，这些都是极端的做法，大多数译作都处于中间位置，介于完全保留与完全同化之间。"② "无论用何种翻

---

① 金丝燕：《文学接受与文化过滤：中国对法国象征主义诗歌的接受》，北京：中国人民大学出版社，1994 年，第 78 页。
② ［美］韩南（Patrick Hanan）：《中国近代小说的兴起》，徐侠译，上海：上海教育出版社，2004 年，第 110 页。

译手段，一定的变化都不可避免。"① 林庚先生认为移植外国诗体有很多弊端，其中移植到现代格律诗中来的"音步"（foot）就不可能在汉语诗歌中获得生命力，② 因此，在翻译外国诗歌时如果要考虑形式因素的话，还得采用民族诗歌的音韵方式。"在英诗汉译的过程中，如果能采用中国诗歌的韵脚格式，重现英诗的意境，那无疑能得到很好的效果。……使中国读者有一种亲切感。"③ 这说明译诗在民族文化语境下的形式误译有利于外国诗歌的接受。许钧先生在谈"失信于原作"的翻译现象时提到了民族文化导致原作形式误译的可能性，因为译者所处的社会、文化和历史环境都会限制译者对外国诗歌形式的翻译，从而出现"译本对原作的偏离"。④ 宋永毅在《李金发：历史毁誉中的存在》一文中认为李金发的诗歌在上世纪20年代乃至以后受到冷遇的原因除了不符合当时倡导的时代精神外，其诗歌"所面临的压力还来自国内读者的传统审美心理。"⑤ 译诗在当时也面临着这样的困境，如果在诗歌形式和艺术风格上不适合国内读者的传统审美心理，没有进入民族诗歌文体的审美范式，那这样的译诗无疑会招致诗歌界的唾弃。难怪有人通过翻译实践得出这样的结论："译诗应走民族化道路，……在语言和形式上要译入语化。"⑥ 民族文化不仅会影响外国格律诗、自由诗等诗体的翻译，而且还会引起很多定型诗在翻译过程中出现形式的变化。比如十四行诗（sonnet）被译介到中国以后就成了中文书写的十四行诗，但与道地的外国十四行诗比较起来，梁实秋肯定地说："用中文写十四行诗永远写不像"，⑦ 言外之意，中国的十四行体因为加入了很多民族文化成分永远不像外国的十四行体。再比如说马雅可夫斯基的"楼梯诗"在中国传统诗歌美学观念的影响下译成了讲究韵律、对偶和均衡的诗歌形式，在取得了原诗形式

---

① ［美］韩南（Patrick Hanan）：《中国近代小说的兴起》，徐侠译，上海：上海教育出版社，2004年，第112页。
② 林庚：《新诗格律与语言的诗化》，北京：北京经济日报出版社，2000年，参见第71—74页。
③ 杨纪鹤：《对英诗汉译之本土式模式的探讨》，载《南昌职业技术师范学院学报》，2002年1期。
④ 许钧：《怎一个"信"字了得——需要解释的翻译现象》，《译林》，1997年1期。
⑤ 宋永毅：《李金发：历史毁誉中的存在》，载《走向世界文学：中国现代作家与外国文学》，曾小逸主编，长沙：湖南人民出版社，1985年，第403页。
⑥ 王宝童：《走民族化的译诗之路》，《河南大学学报》（社会科学版），1996年3期。
⑦ 梁实秋：《新诗的格调及其他》，《诗刊》（创刊号），1931年1月20日。

第四章 外国诗歌形式的误译与中国现代新诗的文体建构

的优点后"而以梯形状列出，既有提示作用，有高度凝缩，使诗变得更含蓄，更耐读了。"① 因此，民族文化所形成的诗歌文体观念和审美心理会使外国诗歌形式在翻译进译入语国的过程中出现误译，使译诗形式在艺术和美学价值的取向上与民族诗歌呈现出趋同性。译诗照搬原诗形式不但是不可能的，而且还会与译入语国的审美习惯、语言习惯等文化因素相冲突，为此，译者如果不根据本民族的文化对外国诗歌形式进行"本土化"改造的话，那译诗作为一种诗歌存在形式的合法性就会遭受质疑了。

民族文化审美的范畴也会引起诗体的误译，即某种诗体形式不在民族诗歌已有的形式之列，从而给译者的阅读带来了陌生感，使译者不能根据既有的诗歌形式去翻译原诗，进而引起形式的误读和误译。刘半农曾将外国的诗歌文体翻译成了小说文体，这是严重的诗歌文体的误译，译文的文体与原文已经不属于同一类别了。比如他早期翻译屠格涅夫的散文诗时将之误译成小说："杜氏（指屠格涅夫，'杜'和'屠'读音类似，可见是音译的结果——引者）成书凡十五集，诗文小说并见，然小说短篇者绝少。兹于全集中得其四，曰《乞食之兄》，曰《地胡吞我之妻》，曰《可畏哉愚夫》，曰《嫠妇与菜汁》，均为其晚年手笔……措辞立言，均惨痛哀切，使人情不自胜。余所读小说，殆以此为观止；是恶可不译以饷我国之小说家。"② 为什么会出现这样近乎荒诞离奇的翻译结果呢？除了与刘半农对原文的内容和文体理解不够深入有关外，更重要的是散文诗文体对中国人而言具有特殊性和陌生感。对一种文体的陌生导致的文体形式的误译在刘半农之前就有先例，比如林纾在众多"口授者"的帮助下从事翻译也没能逃脱文体误译的"厄运"，后来的新文学先驱者胡适曾这样批评道："林琴南把萧士比亚的戏曲，译成了记叙体的古文！这真是萧士比亚的大罪人"。③ 由于当时中国人对戏剧文体的认识还比较模糊，莎士比亚的戏剧在文体形式上更是让林纾等人摸不着头脑，于是干脆翻译成了他们熟悉的"记叙体的古文"。散文诗是在世界诗歌

---

① 杜荣根：《寻求与超越——中国新诗形式批评》，上海：复旦大学出版社，1993年，第250页。

② 刘半农：《杜瑾讷夫之名著·译者前言》，《中华小说界》（2卷7期），1915年版。引自《中国近代文学大系·翻译文学集》（3），上海：上海书店出版社，1995年，第209页。

③ 胡适：《建设的文学革命论》，《新青年》（4卷4号），1918年4月15日。

自由化潮流的涌动中产生的一种具有现代性气息的文体，自19世纪中期开始在世界各国的文坛上蔓延开来。中国的散文诗诞生于五四新文化运动时期，在"增多诗体"的时代，早期诗人很快便接受了这种新文体。中国散文诗的发展显然受到了外国散文诗翻译作品的启发，但学术界普遍关注"中国古典诗词和散文小品的美学追求对中国现代散文诗的影响"，① 忽略了散文诗受到的外来影响。尤其是在清末时期，由于中国没有这样的诗体形式，因此当刘半农最先接触到屠格涅夫的散文诗时，他根本不知道这是何物，也无从根据已有的文学体裁去认知这种文体，于是干脆将其翻译成了小说。在中国人逐渐知道了散文诗文体之后，他们对翻译文体的认知再也不会局限于诗歌或小说之类，刘半农后来翻译了大量的散文诗，并在客观上带动了中国散文诗的发展。

以上仅仅从民族文化特别是民族诗歌对外国诗歌引起的形式误译，但并不表明本书认为外国诗歌的翻译在形式上一定要采用民族诗歌的形式，译诗毕竟不是民族诗歌，它虽然受民族诗歌的影响而在意义和形式上与原诗有一定的背离，但它仍然在形式艺术上拥有翻译诗歌独到的品质。正是译诗与民族诗歌形式上的相异性决定了外国诗歌通过译诗对中国新诗形式的发展提供新质并产生积极的影响。换句话说，民族诗歌形式与译诗形式之间的关系不是"单向度的"，一方面，民族诗歌形式制约着译诗形式，使外国诗歌发生形式误译；另一方面，译诗形式反过来也会促进中国新诗形式的民族化。郭沫若在谈做诗经过时这样写了外国诗歌对他的影响：

> 我的短短的做诗的经过，本有三四段的变化。第一段是泰戈尔式，第一段时期在"五四"以前，做的诗是崇尚清淡、简短，所留下的成绩极少。第二段是惠特曼式，这一段时期正在"五四"的高潮中，做的诗是崇尚豪放、粗暴，要算是我最可纪念的一段时期。第三段便是歌德式了，不知怎的把第二期的热情失掉了，而成为韵文的游戏者。②

---

① 徐治平：《散文诗美学论·后记》，南岭：广西教育出版社，1994年版。
② 郭沫若：《创造十年》，《沫若文集》（第7卷），北京：人民文学出版社，1959年，第76—77页。

是什么让郭沫若成为"韵文的游戏者"呢？深层原因当然是中国传统的诗歌美学观念，但诱因却是外国诗歌。正是那些讲究韵律和形式艺术的外国诗歌唤醒了蕴藏在郭沫若心中的民族诗歌"原型"①，使郭沫若从一个追求"狂飙突进"的自由诗创作者转变成一个注意诗歌形式和音韵建设的"韵文游戏者"。郭沫若继《女神》之后出版的诗集《星空》和《瓶》等已经在形式上开始有了变化，"《星空》对郭沫若早期诗论的背离主要表现在对诗歌形似格律的讲究与其韵和音雅的艺术效果上。"②从《静夜》、《南风》、《雨后》以及《天上的市街》等诗歌中就可以窥见诗人在形式上对传统诗歌在音韵形式上的回归。闻一多的诗歌创作也受到了外国诗歌的深刻影响，但也许正是这种外来影响使他较五四时期的郭沫若等人更为清醒地认识到了"地方色彩"的重要性，他在《〈女神〉之地方色彩》中说："我总以为新诗径直是新的，不但新于中国固有的诗，而且新于西方固有的诗，换言之，它不要做纯粹的本地诗，但还要保存本地的色彩。它不要做纯粹的外洋诗，但又尽量的吸收外洋诗的长处。它要做中西艺术结婚后产生的宁馨儿。我以为诗同一切的艺术应是时代的经线，同地方纬线所编织成的一匹锦。"③ 又比如上世纪20年代兴起的小诗，毫无疑问，小诗的兴起得益于泰戈尔的诗歌和日本的俳句，"小诗的主要作者确乎是接受了印度泰戈尔和日本俳句短歌的影响，但是这种接收又是在深层意义上对我国古典诗歌中凝练、含蓄的审美标准的认同。"④ 小诗是新诗在形式上尤其是诗歌语言的应用上对传统诗歌的亲近，是译诗形式对民族诗歌形式促进的最好例证。废名在谈论新诗时叹息道："后来做新诗的人，虽说是模仿外国诗歌的诗行，字句之间却还是旧文人一套习气的缠绕，不是初期新诗质素文章再经过的修辞，这是很可惜的一件事。"⑤ 这种"可惜"对于新诗复归中国诗歌传统和促进新诗的民族化发展又何尝是种可惜呢？民族诗歌虽然制约了外国诗歌

---

① 加拿大文论家弗莱在《批判的解剖》中认为："所谓原型，我是指一个把一首诗与另一首诗联系起来因而帮助使我们的文学经验成为一体的象征。"本书引用原型，值得是民族的诗歌经验。参见《当代西方文艺理论》，朱立元主编，上海：华东师范大学出版社，1997年，第171页。

② 伍世昭：《郭沫若早期心灵诗学》，上海：上海文艺出版社，2003年，第109页。

③ 闻一多：《〈女神〉之地方色彩》，《创造周报》（第5号），1923年6月。

④ 杜荣根：《寻求与超越——中国新诗形式批评》，上海：复旦大学出版社，1993年，第82页。

⑤ 废名：《论新诗及其他》，沈阳：辽宁教育出版社，1998年，第108页。

的形式的翻译,但同时译诗却促进了新诗的发展,尤其是在"自由"和"白话"席卷诗坛后对新诗形式起到了民族化的"修复"作用。

当然,主张民族文化对外国诗歌误译的合理性并不是要主张文化中心主义,因为误译的出现是文化交流的结果而不是文化交流的阻碍。如果倡导文化中心主义思想,就会阻碍中国诗歌和外国诗歌的交流,就会阻碍中国诗歌对外国诗歌形式的吸纳借鉴:"那些视他们自己为所居住世界中心的文化,往往不大可能和'他文化'交流,除非他们是被迫的。"① 文化中心主义是中国翻译发展缓慢的关键原因,长期以来,中国人都以自己的文化为中心去吸纳同化其他文化,即便是到了近代,在西方强势文化的压迫下,中国人还处在自我中心的迷梦中,认为西方文化除了"格致"和"政事"之外,"文章礼乐不逮中华远甚","吾祖国之文学,在五洲万国中,真可以自豪也。"② 这种妄自尊大的文化观念极大地影响了中国的文化输入和对异域文化的吸纳,进而阻碍了中国文学的发展。甲午海战之后,中国人才在不得已的情况下翻译西学,这说明了中国的文学翻译具有被动性,它不是主动地和他国文化进行交流学习,而是把持一种过度"自尊"和"自恋"的文化心态,除非外界的压力让它不得不借鉴学习的时候,它才会在并不自如的惶恐心态下学习其他文化。因此,我们在对待外国诗歌形式的翻译时,尽管主张要符合民族文化和审美习惯,但却并不是主张"诗歌中心主义",而是为外国诗歌的引入和文化交流的开展找到一个最佳的契合点,在交流中促进中国新诗文体的发展。

总之,外国诗歌要在译入语国中找到生存空间,就必须在符合译入语国的文化心理、审美观念和诗歌文体观念的方向上发生形式的误译。民族文化制约着翻译诗歌原作和译作形式的选择,但译诗却会促进民族诗歌(中国新诗)形式的民族化推进,译诗与民族诗歌之间的交流是平等的,译者的努力仅仅是为二者架构起一座交流之桥,没有哪一种诗歌形式处于中心地位。外国诗歌形式的中国化并不是要主张中国诗歌中心主义,构筑中外诗歌交流和互动的平台才是诗歌形式误

---

① Susan Bassnett & André Lefevere. *Constructing Cultures*: *Essays on Literary Translation*. Shanghai: Shanghai Foreign Language Education Press, 2001, p. 13.

② 引自《中国现代翻译文学史》(1898—1949),谢天振、查明建主编,上海:上海外语教育出版社,2004年,参见第16—17页。

译的良苦用心。

第三节 外国诗歌形式误译的几种类型

由于语言和文化的差异、译入语国的时代语境和文化传统等因素的影响，加上翻译活动和诗歌文体自身的许多特点决定了外国诗歌在翻译的过程中难免会出现形式上的误译，外国诗歌在翻译成汉语诗歌时，其形式的误译变形主要有如下三种类型：将外国诗歌翻译成散文或散文诗，将外国格律体诗翻译成自由体诗，将外国的格律体诗翻译成"本土化"的格律诗体诗。当然，也有将外国的自由体诗翻译成格律体诗的，或者将外国的定型诗体在翻译过程中朝着民族化审美的观念上变形等等，这些在外国诗歌形式的误译中都是十分普遍的现象。

首先来看将外国诗歌翻译成散文诗体或散文的这种误译类型。诗歌文体在语言上的高度凝练使译者在翻译的时候常常要先经历一番周折才能读懂原诗的意义，如果再要求译者在民族语言中找相应的词汇、形式去表现原诗的情感和风格，那难度就更大了，于是很多译者在能够读懂原文的情况下，往往采用一种比较自由灵活的文体形式来翻译外国诗歌，在诗歌的各种文体中只有散文诗体最符合译者的需要，最体谅译者译诗的艰辛，因此，外国诗歌（尽管不是散文诗）形式被误译成了散文诗体或散文文体的驱动力之一便是译者力图方便自由地表达原诗的情感和意义。在实际的翻译实践中，以诗译诗的原则是可行的，但散文译诗的情况却十分多见，英国翻译研究者西奥多·萨瓦里（Theodore Horace Savory）在《翻译的艺术》（*The Art of Translation*）中对译者为何会选择散文文体或散文诗体译诗进行了比较细致的分析：

> 有些经验丰富的翻译家告诉人们说，他们发现以诗译诗要比以散文译诗更加严密精确，这似乎可以证明'以诗译诗'的原则可以成立。但为什么很多译者还要考虑把诗体译为散文体呢？并且在许多诗集里，诗的散文译法比例远远高于以诗形式译的诗呢？其实答案很容易找到，只要译者实践一下，把几行希腊文、拉丁文或法文诗译成英文诗。他第一步是先用散文译出来，以便确实知道他要说

什么，然后才把散文变成诗。但是诗，尤其是令人满意的诗，并不轻易流露笔端。译者发现需要花很多心思和时间，才能找到最佳的词，达到最佳的效果。这说明以诗译诗要比以散文译诗需要更多的努力和更高超的技巧。①

诗歌翻译中原诗向散文诗或散文方向的变形其实还是诗歌本身对译者提出了过高的要求所致，当然，也与译者本人对翻译的态度有关，但即便是译者从民族诗歌形式的角度出发采用"以诗译诗"的策略，外国诗歌形式的误译依然难以避免，只是误译的类型不同罢了。刘重来先生在《西奥多·萨瓦利所论述的翻译原则》一文中认为，"当代散文诗或诗的散文"的译诗方法其实指的是用"自由式或无韵诗"来译诗，② 在他看来，用散文或散文诗翻译外国诗歌的客观效果只要是推动了原诗内容的表达，形式的误译也是具有价值的。从读者的角度讲，外国诗歌形式的这种误译类型同样具有积极的意义，"译者不再坚持刻板的理论教条，逐渐摈弃了以诗译诗的传统，普遍提倡把原诗翻译成散文，不翻译成韵文；即使翻译历代大诗人的作品，也不采用严格的韵律，译者应使用质朴平易的语言，使译文在不加注释的情况下也能为读者读懂。"③ 为此，译者常常对原诗的形式进行误译，美国学者安德烈·勒菲弗尔（Andre Lefevere）说："译者往往以自己的文化诗学来重新改写原文，目的是为了取悦于新的读者。他们这样做，也能保证他们的译作有人读。译者也往往以自己的译作影响他们所处时代诗学发展的进程。"④ 但诗歌的散文翻译法（Poetry into Prose）也存在很大的不足："如果仔细审视译文，就会发现译文既不像诗，也不像散文。由于散文的排列，无法突出诗歌中的用词特色和修辞手段，也难以重现诗歌的节奏和韵律。结果，与直译法和韵律译法一样，译文歪曲了原文的意义和交际意义，也歪曲了原文的句法。译文也难以在目的语中成为以一篇文学艺术作品。"⑤ 所以，外国诗歌形式被误译成散文或散文诗的原因是诗歌文体语言的高度凝练

---

① 引自《英国当代翻译理论》，廖七一编著，武汉：湖北教育出版社，2004年，第64页。
② 刘重来：《西奥多·萨瓦利所论述的翻译原则》，《外国语》，1986年4期。
③ 引自《英国当代翻译理论》，廖七一编著，武汉：湖北教育出版社，2004年，第64页。
④ 引自《当代美国翻译理论》，郭建中编著，武汉：湖北教育出版社，2000年，第163页。
⑤ 引自《当代美国翻译理论》，郭建中编著，武汉：湖北教育出版社，2000年，第203页。

和诗歌形式的高度艺术化所导致的,也与译入语国的读者的接受有关,它在为诗歌翻译和译诗的接受带来方便的同时,也给翻译诗歌的艺术性带来了极大的折损。

再来看第二种外国诗歌形式的误译类型:将外国格律体诗翻译成自由体诗。引起这种误译类型的原因与第一种有相重合的地方,那就是诗歌文体自身的抗译性和诗歌文体翻译的难度决定了译者通常采用比较自由的形式来翻译外国诗歌,不同的是此种误译在文体上保留了诗歌文类。外国格律诗被误译为自由诗的首要原因是中国五四前后自由诗观念的盛行。从19世纪中期开始到20世纪初,西方诗歌由于社会发展的需要而出现了散文化和自由化趋向,法国的自由诗派和美国意象派倡导的自由诗革命等造成的世界诗坛的振动波及了中国新诗革命。一时之间,人们似乎认为自由诗成了世界诗歌的主潮和发展方向,于是自由诗体成了中国诗人翻译和创作的主要形式。胡适《谈新诗》一文中创作自由诗的主张几乎成了当时诗人创作中在形式上必须恪守的"金科玉律",① 刘半农在《我之文学改良观》中认为"倘将来更能自造、或输入他种诗体,并于有韵诗之外,别增无韵之诗。"② 这些主张极大地助长了诗坛对自由体诗的创作和需求欲望,为了证明自由体诗的"合法性",许多诗人纷纷将外国格律体诗歌翻译成自由体诗,以说明世界诗歌的自由化趋势和中国新诗的发展方向,同时在"革命"阶段,他们还需要借助这种诗体来对抗传统诗歌在语言、格律等形式上对诗歌创作的束缚。除了这种国内外兴起的诗歌的自由化潮流诱导着人们将外国的格律诗翻译成自由诗外,汉语和英语(还包括其他语种)在读音和音节上的差别也是造成外国格律诗体被误译成自由诗体的原因之一。在音韵方面:英语中多音节词很多,而且其重读音节不一定在最后一个音节上,从押韵的角度来讲,由于受重读"弱化"(即重读音节不一定在每一行诗的最后一个音节上)的影响,外国诗歌在押韵上造成的音乐效果不及汉语诗歌突出。在节奏方面:由于英语的多音节词较多,因此要使外国诗歌(英诗)在节奏上达到整齐、和谐的效果就需要一定的功夫,而汉字是单音节词,安排节

---

① 朱自清:《中国新文学大系·诗集·导言》,上海:上海良友图书印刷公司,1935年,第2页。

② 刘半农:《我之文学改良观》,载《中国新文学大系·建设理论集》,胡适选编,上海:上海良友图书印刷公司印行,1935年,第70页。

奏比英语容易，汉语诗歌节奏的容易程度而使它在汉语诗歌中的地位不及在英诗中的地位。这些差异使外国的格律诗体在翻译成汉语诗歌时不可能达到完全的对等，难免会出现形式上的偏差和误译。英国学者西奥多·萨瓦里（Theodore Horace Savory）认为"韵对于译者是一种束缚，很大程度上影响着他的选词。几乎每首翻译的抒情诗都说明了这一点，不是对原诗有所省略，便是对原诗有所增加。"① 这些都说明了格律诗被翻译成自由诗是合理的、不得已而为之的形式误译。当然，承认这种误译类型并非极端地主张完全抛弃原诗的形式而不讲求"建筑美"和"音乐美"，诗歌翻译中的无韵诗翻译法（Blank verse）尽管合乎情理，但却不应该抛弃诗歌的韵律："无韵诗的节奏和押韵尽管较为自由，但不论是传统的韵律还是自创的韵律，都还得遵守。"② 同上一种误译类型相比，自由诗误译外国格律诗不但因为形式的相对自由而确切地表达出了原诗的内容，而且译作的艺术性比散文诗或散文翻译的作品更强，此种误译类型采用的毕竟是诗歌的形式。不过这种误译类型对中国新诗发展形成的负面影响也是客观存在的，梁实秋先生曾这样谈到了西方自由诗（主要体现为译诗中的自由诗）对中国新诗形式建设造成的"不幸"："白话诗运动起初的时候，许多人标榜'自由诗'（Verse Libres）作为无上的模范。所谓'自由诗'是西洋诗晚近的一种变形，有两个解释，一是一首诗内用许多样的节奏与音步，混合使用，一是根本打破普通诗的文字的规律。中国文字和西洋文字根本有别，所以第一义不能适用，只适用第二义，那即是说，毫无拘束的随便写下去便是。我们的新诗，一开头便采取了这样的一个榜样，不但打破了旧诗的格律，实在是打破了一切诗的格律。这是不幸的。因为一切艺术品总要有它的格律，有它的形式，格律形式可以改变，但是不能根本取消。我们的新诗，三十年来不能达于成熟之境，就是吃了这个亏。"③ 梁实秋先生所谓的新诗的榜样其实指的是翻译诗歌中的自由诗，因为"在中西文化交流中西方文学对中国文学的影响，在某种意义上也可以说是翻译文学对中国文学的影响"。④ 所

---

① 廖七一：《当代英国翻译理论》，武汉：湖北教育出版社，2004 年，第 65 页。
② Andre Lefevere. *Translating Poetry: Seven Strategies and a Blueprint.* 引自《当代美国翻译理论》，郭建中编著，武汉：湖北教育出版社，2000 年，第 203 页。
③ 梁实秋：《文学讲话》，载《梁实秋批判文集》，徐静波编，珠海：珠海出版社，1998 年，第 228 页。
④ 郭廷礼：《中国近代翻译文学概论》，武汉：湖北教育出版社，1998 年，第 495 页。

以，自由诗翻译外国格律诗的误译类型给中国新诗发展带来的负面影响不容忽视，尽管此翻译法保留了诗歌文体气息的误译类型。

接下来分析第三种误译类型。用本国的格律体诗翻译外国的格律诗应该是最具形式对应效果的翻译方式，然而外语（主要指英语）和汉语的差异决定了这种看似最合理的翻译方法也难免会步入形式误译的困惑之中。郭沫若曾说："外国诗译成中文，也得像诗才行，有些同志过分强调直译、硬译。可是诗是有一定的格调，一定的韵律，一定的诗的成分的。"① 译诗也是诗，因此在形式上也必须具备诗的成分，但译诗的诗的成分只能在译入语国的文化语境中去寻得，而不能取原诗的形式，特别是对于律诗来说更是如此。英语词汇中以具有两个以上的音节的单词居多，凡是具有两个音节的单词都具有重音，英语的格律诗以轻重音节相间的排列来形成节奏，以音步（foot）为单位，英语诗歌中的音步分为抑扬、抑抑扬、扬抑、扬抑抑四种，汉语诗歌中则是以平仄来形成节奏和韵律。二者在格律诗的要求上存在着差别，而且这种差别是无法通过翻译得到相互转换的，"汉诗中的平仄无法移入英诗。同样，英诗音步的四种形式也无法照搬入汉诗。"② 既然英汉语中格律诗的构成要素不同而且不能够相互转换，那表明以汉语的格律诗去翻译英语格律诗仍然会使译诗在形式上与原诗之间存在较大差异，仍然会出现形式的误译。以徐志摩翻译的 C. 罗塞蒂（Christina Rossetti）的《歌》（*Song*）为例：

Song

When I am dead, my dearest,
Sing no sad songs for me;
Plant thou no roses at my head,
Nor shady cypress tree;
Be the green grass above me
With showers and dewdrops wet;
And if thou wilt, remember,
And if you wilt, forget

---

① 郭沫若：《答孙铭传君》，《人民日报》，1954 年 8 月 9 日。
② 周方珠：《论诗歌的翻译》，《安徽大学学报》（哲学社会科学版），1999 年 4 期。

I shall not see the shadows,
I shall not feel the rain;
I shall not hear the nightingale
Sing on, as if in pain;
And dreaming through the twilight
That doth not rise nor set,
Haply I may remember,
And haply may forget

再来看徐志摩的译诗：

歌

我死了的时候，亲爱的，
别为我唱悲伤的歌；
我坟上不必安插蔷薇，
也无需浓荫的柏树；
让盖着我的青青的草，
淋着雨，也沾着露珠；
假如你愿意，请记住我，
要是你甘心，忘了我。

我再不见地面的青荫，
觉不到雨露的甜蜜；
再听不见夜莺的歌喉，
在黑暗中倾吐悲哀，
在悠久的昏暮中消沉；
阳光不升起，也不消翳。
我也许，也许我记得你，
我也许，我也许忘记。①

---

① 此英文诗和译诗选自《英语名篇佳作100篇背诵手册》，李寄编译，北京：学苑出版社，2003年，参见100—102页

第四章　外国诗歌形式的误译与中国现代新诗的文体建构

从诗歌的均齐和诗行的排列来看，原诗和译诗之间几乎如出一辙；但从节奏和韵律的角度讲，原诗中的音节和音步与译诗中的音节和顿之间就不可能达到对等了；而原诗中每节都有元音音标［iː］或［ei］造成押韵而形成音乐化效果，但译诗对韵的运用却不够重视。尽管译诗在形式上比较整齐，但与原诗的形式之间的差异仍然很大。所以，犹如翻译的语言学派要求翻译达到信息和功能的对等具有理想性色彩一样，在诗歌翻译中要求达到形式的对等或避免形式的误译也是不可能的。林庚先生在《关于新诗形式的问题和建议》一文中认为采用外国格律诗的音步或顿来创作中国新格律诗是错误的："我们今天热心于格律诗的人们却并不都是重视民族诗歌形式的，从新月派的诗人们讲求格律以来，在诗歌形式问题上，有不少人是想把西洋诗的形式移植到中国新诗上来……马上就证明了是不科学的……正由于中国诗行原不是用音步或顿数来构成格律的。"① 美国学者安德烈·勒菲弗尔（Andre Lefevere）主张诗歌的韵律翻译法（Metrical Translation），认为译者力图步原文的韵律，以在最大程度上保留原文的形式。但这也是不可能的，无论两种语言的体系多么接近，要在两种语言中找到完全相同的韵律，是不可能的。像音位翻译法一样，译者为了凑音步，就难以顾全意义。结果是歪曲了原文的词语的本意和交际意义。② 上世纪20年代发表在《诗》上的一篇谈翻译的文章谈到了译诗的音韵问题，其作者这样写道："我以为译诗要达原有的风调很难，要达原有的风格更难——有时竟可说是绝对不能。所以如果一首诗失去了原有的风调音节就失去了原有的价值，则这首诗万不必译。如果失去两者而原有的价值尚无大损失，就不必为保存原有的风格与音节之十分之一或百分之一，而使意义暗晦。如果失去两者而原有的价值丝毫无伤，就更不必为保存风调音节而使文字受不必要的欧化以陷于暗晦。"③ 在原诗形式无法翻译转换的时候，译诗就不必为了形式而使原诗的意义和情感招受折损。卞之琳先生说："最难自然是翻译西方格律诗。韵式可以相同或相似，音韵只能响应。"④ 即便是那种在译入语国的读者

---

①　林庚：《关于新诗形式的问题和建议》，载《新诗格律与语言的诗化》，北京：经济日报出版社，2000年，第71—72页。
②　引自《当代美国翻译理论》，郭建中编著，武汉：湖北教育出版社，2000年，第202页。
③　云菱：《论译诗》，《诗》（1卷3号），民国11年5月（1922年5月）。
④　卞之琳：《〈英国诗选〉编译序》，载《人与诗：忆旧说新》，北京：生活·读书·新知三联书店，1984年，第204页。

看来是格律体的译诗，其形式与原诗形式之间依然不能划上等号，此格律诗以非彼格律诗！外国诗歌的这种翻译方法能够诗译诗在译入语国中获得较高的诗的隶属度，因为它较自由诗、散文诗或散文翻译法能使译诗形式具备更多的诗歌特质。

　　外国诗歌形式的误译当然造成了原诗形式的变形，但译诗形式的误译是不得已而为之的事情，否则，不同民族和不同文化之间的诗歌就不能够进行正常的交流。但形式的误译（而非乱译）对于原诗和民族（国别）诗歌而言也具有积极的正面意义。符合译入语国诗歌形式观念的误译使译诗在译入语国中获得了新的认同，如果翻译作品没有契合译入语国的读者的审美趣味，根据接受美学的观点，读者就不能够对作品进行新的意义和艺术的构架，那作品就会因为失去读者而失去生命。美国比较文学研究专家韦斯坦因（Ulrich Weisstein）认为："把一首诗从一种语言转换成另一种语言，只有当它能投合新的听众（读者）的趣味时才能站得住脚。"① 所以，外国诗歌形式的误译其实是译者为译诗在新的文化语境中找到生存空间而从审美的维度上采取的一种调整和适应策略。从民族诗歌的角度来讲，外国诗歌形式的变形是对本国诗歌建设的积极参与，尤其是在民族诗歌处于变革时期，译诗很多时候成为了某一诗歌新体式的有力支持者、实践者和证明者。比如在五四新诗变革时期，译诗不但以自己的实绩支持着自由诗的创作，而且其自身的形式也向着自由诗方向误译，它通过自身的翻译实践和实绩为新诗取得了文坛地位并使这种诗歌新形式得到了社会的普遍认可。此外，尽管外国诗歌形式在翻译的过程中难免会出现误译，但这种误译后的诗歌形式在本质上既不同于原诗形式，又与民族诗歌形式之间存在诸多差异。正是译诗形式与民族诗歌形式的差别决定了译诗在新诗革命中起到了"模范"作用，为中国新诗形式的发展输入了可资借鉴的新质，影响了中国新诗形式发展的方向。比如1922年10月发表在《小说月报》上的一篇文章这样写道："近来吾国人士有许多事情都喜欢模仿欧美，就是文学也不能作为例外。'自由诗'——也有叫做'新诗'，就是无律无韵的白话诗——就是文学模仿的一例。这个潮流一来，喜新的人们以为开神州文学数千年未有之局，是顶可以欣赏的事情，守旧的却看它做文学界的'洪水猛兽'，以

---

① （美）韦斯坦因：《比较文学与文学理论》，刘象愚译，沈阳：辽宁人民出版社，1987年，第36页。

为是应该极力排斥的。"① 模仿外国诗歌形式创作新诗成了五四前后诗坛的一大趋势，也正是从这个意义上讲，译诗促进了中国新诗形式的发展。

外国诗歌形式的误译大体上有以上所论述的几种类型，作为翻译活动中极为普遍的现象，形式的误译在引起原诗形式变形的同时，却对译入语国的诗歌形式建设产生了意义深远的影响。

第四节 外国诗歌形式的误译与中国现代新诗的形式建构

某一特定时代的翻译诗歌形式相对于原诗形式的变形在很大程度上是由该时代的诗风引起的，外国诗歌形式的误译与中国新诗文体的自觉意识直接相关，正是中国新诗出于自身文体建设的需要而在翻译中改变了外国诗歌的形式。译者常常不是根据原诗形式来选择译诗形式，而多是根据中国新诗文体和形式建设的需要来确定译诗的形式，所以，外国诗歌形式的误译在一定范围内是由中国新诗的文体需求和时代诗风引起的。

诗歌翻译作为一种文化交际活动，是在一定的时代语境下进行的，总会受到时代语境的限制。英国学者哈特姆（B. Hatim）和梅森（I. Mason）在其著作《话语与译者》（*Discourse and the Translator*）中从"交际"的角度出发认为翻译必须考虑时代语境，先前关于翻译的许多二项对立的争论，比如直译—意译、形式对等—动态对等、形式翻译—内容翻译等，都忽略了翻译作为一种交际必须注意的一个根本问题，那便是翻译活动进行的语境，这个语境概括起来就是：谁在翻译什么？为谁翻译？何时何地翻译？为什么翻译？在何种情况下翻译？回答了这些问题，翻译研究才会减少很多不必要的争论和盲目性。② 其实，他们所谓的语境就是对译者所处的时代环境的概括，说明了只有符合一定语境的翻译才可能赢得更多的认同。译诗的文体风格主要受时代制约，从文学翻译的角度讲，只有那些适合时代需求的作品才会进入译者的视野；

---

① 唐钺：《旧书中的新诗》，载《小说月报》（13卷10号），1922年10月10日。
② B. Hatim&I. Mason, *Discourse and the Translator*, London：Longman, 1999, p.5. 引自《当代英国翻译理论》，廖七一，武汉：湖北教育出版社，2004年，第268页。

从文学接受的层面讲，译诗的形式只有符合了时代审美趣味才会吸引更多的读者。因此，赵毅衡先生认为对译诗形式起决定作用的是时代的要求："一谈到翻译，西人往往说每个时代有每个时代的但丁，每个时代有每个时代的荷马。翻译似乎不是作为影响中介，反而成了时风的产物。当然，优秀的翻译也可能反过来加强某种时风，但对翻译形式起决定作用的，似乎是时代的要求。"① 五四时期在思想上对自由的要求和在文学上对古诗的反叛，使当时的知识分子和诗人们倾慕于自由诗的创作，在翻译外国诗歌时纷纷采用自由诗形式，那些采用自由诗形式翻译得比较成功的外国诗歌反过来也加强了自由诗创作的"时风"，五四时期自由诗成功的实绩很多都是由译诗贡献的。译诗形式对时代语境的迎合无疑是从译入语国的读者的接受和译入语国的文学审美为出发点的，有利于译诗的传播和接受。但这种"迎合"是以牺牲外国诗歌形式的本来面貌为代价的，是以外国诗歌形式的误译换取的。"为了适应时代和文化的需要，很多译作在译介的过程中就经过了删除、增加、意译、改变形式等项加工。有些诗由于当时没有译，或不能译，很多应当选的好诗，被他（指译者——引者加）漏掉了。由此看来，社会和文化环境对译介的影响不可低估。"② 可见，时代不仅决定了人们对原诗的选择，而且决定了诗歌翻译会出现形式的误译。

中国新诗在其发展过程中对文体自觉的需求意识也会引起外国诗歌形式误译。五四时期是诗体解放的时期，创作自由诗成为那时中国诗坛的风气，朱自清先生曾这样谈到了当时人们对自由诗的"共信"：

新诗运动从诗体解放下手；胡适以为诗体解放了，'丰富的材料、精密的观察，高深的理想，复杂的感情，方才能跑到诗里去'。这四项其实只是泛论，他具体的主张见于《谈新诗》。消极的不作无病之呻吟，积极的以乐观主义入诗。他提倡说理的诗。音节，他说全靠（一）语气的自然节奏，（二）每句内部所用字的自然和谐，平仄是不重要的。用韵，他说有三种自由：（一）用现代的韵，

---

① 赵毅衡：《诗神远游——中国如何改变了美国诗》，上海：上海译文出版社，2003年，第203页。
② 刘介民：《类同研究的再发现：徐志摩在中西文化之间》，北京：中国社会科学出版社，2003年，第127页。

（二）平仄互押，（三）有韵固然好，没有韵也不妨。方法，他说须要用具体的做法。这些主张大体上似乎为《新青年》诗人所共信；《新潮》，《少年中国》，《星期评论》，以及文学研究会诸作者，大体上也这般作他们的诗。《谈新诗》差不多成为诗的创造和批评的金科玉律。①

通过以上的引文我们可以肯定地得出这样的结论：五四前后一段时期内，中国新诗在形式上是把自由诗体作为追求的目标。这种对自由诗的"狂热"崇拜必然使胡适自由诗理论的"金科玉律"辐射到诗歌翻译领域，影响人们对译诗形式的选择。当时许多中国人以为中外诗歌无论古今都有大量的自由诗存在，甚至有人认为"所有各国的古代诗歌都是没有固定的（rhythm）没有固定的平仄或（metre）的……我们固不坚执的说，诗非用散文不可，然而在实际上，诗确已有由'韵'趋'散'的形势了。"② 这其实是五四前后中国人对外国诗歌发展历史和发展趋势的误读的集中体现，他们不仅认为中国当时需要自由诗，而且认为外国诗歌从古至今都不把韵律和形式视为作诗的要素。然而什么是自由诗却没有人（包括胡适在内）认真思考过，这是导致自由诗创作泛滥的一大根源。事实上，自由诗是一种创作观念而非具体的诗歌样式："自由诗在中国诗坛已形成了一道主流。有少数人却误解了自由诗的真意，以为自由即放纵。实不知自由诗亦有其法则。无形的法则，不定的法则，较有形的法则和既定的法则更难运用。……自由诗，为一富变化的表现方式，非以具体的创作观。"③ 在这些错误观念的指导下，诗人们在翻译诗歌时也常常采用自由的形式而不顾及原诗的音韵，外国诗歌形式的误译就在所难免了。五四一代的诗人们根据自己对新诗发展的规划而肆意地在翻译外国诗歌时对其进行修改和误译："受中国'五四'时期革命风潮的影响，为我所用地对外国诗歌诗潮进行断章取义式的引进，甚至不惜误读扭曲外国诗歌诗潮。为

---

① 朱自清：《中国新文学大系·诗集·导言》，上海：上海良友图书印刷公司，1935年，第2页。

② 引自梁实秋：《现代文学论》，载《梁实秋批评文集》，徐静波编，珠海：珠海出版社，1998年，第164页。

③ 覃子豪：《新诗向何处去？》，载《中国现代诗论》（下编），杨匡汉、刘福春选编，广州：花城出版社，1986年，第199页。

了把新诗革命搞成彻底破旧立新的文体革命,如胡适所言的是一场'诗体大解放',新诗革命者极端地引进了当时国外以意象派为代表的自由诗革命思潮,夸大了域外自由诗、散文诗运动的革命程度。……为了强化新诗的散文化、自由化,为作诗如作文提供外来证据,还大量引进了散文诗,让散文诗成为打破'无韵则非诗'的已有作诗法则的强大武器,使散文诗严重助长了新诗革命时期新诗诗人作诗有绝对自由的极端思潮。"① 的确,很多诗人都通过翻译外国诗歌(其中当然含有格律诗)来实践他们的自由诗主张,"为我所用"地对外国诗歌形式进行误译,比如胡适对《关不住了》的翻译采用的是自由诗体,②徐志摩对济慈《夜莺歌》的翻译采用的是散文文体③等都说明了这一点。朱自清先生在《译诗》一文中说:五四前后"白话译诗渐渐的多起来;译成的大部分是自由诗,跟初期新诗的作风相应。"④ 这正好说明了中国新诗的文体意识决定了外国诗歌在译入语国中的文体形式。到了五四后期,由于自由诗的泛滥和新诗发展现状的需求,中国诗坛在20世纪20年代中后期兴起了现代格律诗的潮流,此时在中国新诗文体发展的自觉意识中,格律诗体就成为了主流,于是在翻译外国诗歌时,部分诗人就根据中国新诗自身文体建设的需求,将外国诗歌翻译成格律诗。比如徐志摩采用格律体翻译波德莱尔《死尸》的目的之一就是为了实践自己的格律诗主张:"1915—1925年间,波德莱尔的《死尸》为唯一一首被译成中文的格律诗。其余译诗均为波德莱尔的散文诗。徐志摩选择这首诗体上为格律的《死尸》,不仅仅因为该诗的奇异之香。在诗体上或许也有潜在的选择倾向。这与后来徐志摩及闻一多推崇新诗的新的格律美形成一致的诗歌观念。"⑤ 再比如波德莱尔的

---

① 王珂:《百年新诗诗体建设研究》,上海:上海三联书店,2004年,第90页。

② 《关不住了》一诗原为美国女诗人蒂斯戴尔(Teasdale)所作,原诗具备一定的格律和音韵,但胡适在用汉语翻译后使原诗的形式受到了折损。该译诗发表在《新青年》上,参见第6卷3号,1919年3月15日。

③ 《夜莺歌》是英国浪漫派诗人济慈的名诗,徐志摩对该诗的翻译采用的是散文译意,完全没有采用诗歌样式。该译作发表在《小说月报》上,参见16卷2号,1925年2月15日。

④ 朱自清:《译诗》,载《新诗杂话》,北京:生活·读书·新知三联书店,1984年,第70页。

⑤ 金丝燕:《文学接受与文化过滤:中国对法国象征主义的接受》,北京:中国人民大学出版社,1994年,第113—114页。

第四章　外国诗歌形式的误译与中国现代新诗的文体建构

同一首诗在不同的时期被翻译成自由诗体，散文诗体或格律诗体，① 正如刘半农最初将诗歌翻译成了散文或小说一样，译者的这些做法其实源于中国新诗文体发展的内需。

外国诗歌形式的误译，尤其是根据中国新诗发展需要而有意识的误译（形式上的创造性叛逆）受到了很多人的批评和反对。就前面论述的成为五四前后新诗创作恪守的"金科玉律"的自由诗主张而言，冯雪峰在20世纪40年代时认为："在'五四'当时及'五四'以后，新诗反对任何规律的束缚，提出有什么话就写什么话，注意自然和自由等等。这无疑是一种革命。并且的确使人表现自己的思想感情，比起旧诗来是容易得多了，也亲切和自由得多了。但是，越是没有规律的束缚，越是注重自然和自由，如果不是同时以最大的积极精进的精神和努力和实践和建树，那么，流弊就一定非常的大，结果一定会使内容浅薄、形式散漫无组织的东西，多于内容深刻充实、形式也相当有组织有创造的东西了。"② 既然自由诗主张的流弊如此严重，那采用这样的诗歌形式观去不加区分地翻译外国诗歌又会造成什么样的后果呢？"有人主张以中国诗的格式来翻译外国诗，这种主张也并不新奇，多少年前，苏曼殊就是把拜伦的作品以中国古诗体来翻译。我以为这样做是不妥当的，把原来包含比较复杂意义的语言，压缩在五个字一句、七个字一句的文言里，多少都要损害原作。"③ 即便是采用自由诗形式来翻译外国诗歌，也会因为对原诗形式的忽视而出现形式上的误译，尽管较采用古诗体翻译外国诗歌而言其对原诗意义的误译较少。究竟该采用什么样的诗体来翻译原诗呢？这是一个没有答案或者说没有准确答案的问题。那些严格地按照原诗形式来翻译的诗歌在译入语国中很可能因为审美观念的隔阂而不能够流传开来，而恰恰是那些根据译入语国的诗歌形式进行的形式误译的译诗反而得到了读者的认可，比如波斯诗人莪默·伽亚谟（Omar Khayyam）的

---

① 比如周作人1922年3月发表在《小说月报》13卷3号上名为《窗》的译诗采用的是自由诗体；而1925年2月张定璜发表在《语丝》15期上的名为《窗子》的译诗则采用了散文诗体。而这同为波德莱尔的诗歌 Les Fenetres 的翻译文本，但在诗体上却不尽相同。类似的例子还很多，这说明了外国诗歌形式的误译往往与中国新诗的文体意识相关。

② 冯雪峰：《我对新诗的意见》，载《雪峰文集》（第2卷），北京：人民文学出版社，1983年。

③ 艾青：《诗的形式问题——反对诗的形式主义倾向》，载《中国现代诗论》（下编），杨匡汉、刘福春选编，广州：花城出版社，1986年，第199页。

诗集《鲁拜集》（又称《柔巴依集》）被英国人爱德华·菲茨杰拉德翻译按照英国诗歌的形式翻译进了英国，但这种几乎完全形式误译的译诗作品却产生了意想不到的结果，正是菲茨杰拉德的误译使《鲁拜集》走向了世界，五四时期郭沫若等人对《鲁拜集》的翻译就是根据英译本转译的。这说明了译诗的生命力是译入语国的接受情况赋予的，诗歌的翻译应该多采用一些适合民族审美习惯的形式。但另一方面，如果采用原诗的形式来翻译诗歌也会为民族诗歌的发展"增多诗体"，这也是五四一代诗人们的初衷。① 采用中国流行的形式还是原诗形式来翻译外国诗歌时孰优孰劣已不重要，外国诗歌形式的误译是不可避免的，诗歌文体的特点、翻译活动的特点以及时代语境和新诗发展的需求等都决定了诗歌翻译中形式误译的必然性。翻译诗歌的目的是为了便于译诗接受和"增多诗体"，因此，我们应该在保证译诗流传的同时兼顾原诗风格，才可能产生译诗的"宁馨儿"。

在此，本书不得不解决这样一个问题：到底是中国新诗形式的需求决定了外国诗歌形式的误译呢，还是误译后的外国诗歌形式（译诗形式）影响促成了中国新诗形式的发展？中国新诗形式和译诗形式之间应该是一个双向性的影响关系，二者互为因果。一方面，我们不得不承认中国新诗是在外国诗歌的影响下发生和发展起来的，翻译诗歌的文体自然会影响到新诗创作时的文体选择。比如五四时期，由于人们处于打破传统诗歌格律的需要和时代对于自由精神的需要，中国的新诗创作在形式上主要表现为对自由体诗的需求，所以，当时的译诗主要采用自由诗的形式，即便是原诗是格律诗也采用自由体来翻译。以胡适翻译蒂斯代尔的《关不住了》为例，为了配合自己"作诗如作文"的主张，他在翻译的过程中尽管主要地还是保留了原诗的形式，但在韵律上也作了一定的修改。五四前后中国形成的各诗歌流派均受到了外国诗歌的影响，这是诸多学者已经达成的共识，而外国诗歌的影响主要是通过翻译诗歌来实现的："译诗，比诸外国诗原文，对一国的诗创作，影响更大，中外皆

---

① 比如当时刘半农在《我之文学改良观》一文中认为多翻译外国诗歌"以增多诗体"，此文参见《中国新文学大系·建设理论集》，胡适选编，上海：上海良友图书印刷公司印行，1935年，参见第68—73页。

然。"① 所以，译诗对20世纪20—30年代中国诗歌文体的各种形式都产生了深刻的影响。但同时，正如前面所论述的那样，译诗形式的选择恰恰又受到了中国诗歌形式的限制，参与了中国新诗的形式建设。所以，我们似乎既可以说是新诗人喜欢自由诗诗体而选择了用该诗体来翻译外国诗歌，又可以说是因为外国诗在被翻译的时候不得已被译成了自由诗体而促进了自由诗在中国的兴起。在五四时期，自由诗形式的翻译诗歌和自由诗创作几乎是相辅相成的，他们在中国新诗诗坛上出现的时间也几乎是同时的，② 所以，二者之间是相互促进的关系，一方面，"没有外国诗歌形式的输入就没有现代新诗文体"；另一方面，"让译诗恢复自由性质的恰恰是新诗，正是新诗本身导致了译诗从旧文体向新文体的转化。"③五四之前即是新诗产生之前，外国诗歌均被翻译成了古诗形式，失去它本身在原语国的形式，五四以后，在外国诗歌的影响下产生了自由诗，于是外国诗歌被翻译成汉语诗歌时就获得了独特的形式。晚清以来的白话文运动和"诗界革命"逐渐拉开了中国诗歌文体创新的序幕，五四新文学运动在文学而非工具的层面上确立起了白话文在文学上的地位，当时不少诗人已经开始尝试新诗自由化形式的创作。译诗的诗体决定着中国新诗诗体的流行方式，除了自由诗以外，格律诗的翻译同样影响着中国新诗的格律化创作："流行外语诗如果采用格律方式译进，新诗创作便流行现代格律诗。"④ 因此，外国诗歌的翻译文体影响着中国新诗的创作文体。但另一方面，新诗根据国内的当下语境作出的文体需要和表现出的文体自觉意识也决定了人们对翻译诗歌文体的选择。五四之前，由于国内的诗歌创作还处于革命的过渡期，文言古诗体仍然占居着诗坛乃至整个文坛的要津，所以，当时诗人的翻译也主要采用了古格律体，比如苏曼殊、马君武等人的翻译诗歌都是采用的古诗词形式。五四时期的诗人比如胡适、郭沫若、冰心、李金发等人采用自由诗诗体翻译外国诗歌，从横向的维度上为中国自由诗的发展引入了新的参照，在文体上

---

① 卞之琳：《人与诗：忆旧说新》，北京：生活·读书·新知三联书店，1984年，第196页。

② 此观点主要是根据胡适依靠一首译诗《关不住了》来宣布新诗成立的"新纪元"而得出的，大体上讲，翻译诗歌的自由形式和新诗的自由诗形式差不多是同时出现的。

③ 高玉：《现代汉语与中国现代文学》，北京：中国社会科学出版社，2003年，第197—198页。

④ 王珂：《百年新诗诗体建设研究》，上海：上海三联书店，2004年，第149页。

有力地证明了自由诗的合理性,稳定了新诗在早期新文学园地上的地位。所以,我们既可以说中国新诗的文体自觉和文体需要促使五四一代诗人们翻译外国诗歌时普遍采用自由诗形式;同时也可以说,正是翻译诗歌时采用自由诗形式,使国内的读者产生了"外国诗歌是自由诗"的误觉,所以纷纷效仿翻译诗歌的形式,从而促进了中国新诗运动的蓬勃开展。对于翻译者,尤其本身是诗人的翻译者来说,在翻译外国诗歌的过程中,其自身的诗歌创作技巧、思维乃至审美观念都会逐渐发生变化,他们在翻译中习得了大量的诗歌创作营养,翻译对他们来说是学习,是创作的训练,所以对他们来说,新诗创作是在翻译中逐渐走向成熟的。因此,我们可以说,正是中国诗歌自身的文体需要和文体意识往往决定着翻译诗歌的文体选择,但反之,正是外国诗体的引入,才丰富并冲击了原来中国诗歌文体单一的生态环境,使新诗在诗体建设上朝着多元化的路向迈进。赵毅衡先生在谈中国古典诗歌的翻译与美国新诗运动的关系时说:

……中国古典格律诗,自新诗运动起,译成英语时大都译成自由诗,这已成了惯例,中国诗之成功是新诗运动——自由诗运动胜利的信号。

这种说法听起来有点因果循环:究竟是因为现代诗人选择自由诗所以才用自由诗译中国古典诗歌,还是中国诗的自由诗译文受欢迎促进了自由诗运动?

实际上,这二者可能都是正确的。……①

赵先生的论述无疑给我们认识中国新诗形式和译诗形式之间的互动关系给出了思路。

当然,外国诗体的误译也会给中国新诗的文体建构带来负面影响。西方从19世纪中叶开始,现代派的兴起和自由派思潮的涌动使一些诗人开始用比较自由的形式来表现他们的思想感情,法国的象征主义,美国的意象派运动等,将自由诗推向了高潮。英国桂冠诗人丁尼生(Alfred Tennyson)悼念朋友的名诗《冲,冲,冲》便是一首自由诗:

---

① 赵毅衡:《诗神远游——中国如何改变了美国诗》,上海:上海译文出版社,2003年,第203页。

第四章 外国诗歌形式的误译与中国现代新诗的文体建构 ……… ◎ 201

> Break, break, break,
> 　On thy old grey stones, O sea!
> And I would that my tongue could utter
> 　The thoughts that arise in me.
> ……
> ——Tennyson: *Break, Break, Break*

这是该诗的第一节，每一行诗的音步基本上不相等，但该诗的偶行却是押韵的，而且全诗四节都是采用的四行体诗，在排列上显得十分均齐，这些都是格律诗的要素。即便是最受自由诗写作者推崇的惠特曼（*Walt Whitman*）的自由诗也保留了一定的格律形式，但中国现代的很多译诗将外国的自由诗误译成了完全不讲音韵节奏的绝对自由的形式，把中国新诗的形式引向了非格律化的歧途。卞之琳说："译诗，比诸外国诗原文，对一国的诗创作影响更大，中外皆然。今日我国流行的自由诗，往往拖沓、松散，却不应归咎于借鉴了外国诗；在一定的'功'以外，我们众多的外国诗译者，就此而论，也有一定的'过'。今日我国同样流行的'半自由体'或'半格律体'，例如四行一节，不问诗行长短，随便押上韵，特别是一韵到底，不顾节同情配，行随意转的平衡、匀称或变化、起伏的内在需要，以致单调、平板，影响所及，过去以至现在大批外国格律诗译者也负有一定的责任。"① 根据卞之琳的看法，中国新诗形式的松散不是借鉴外国诗歌的结果，而是译者译诗时没有传达出原诗的形式和格律，将外国的格律诗翻译成半格律诗甚至自由诗，把外国讲求诗律的自由诗翻译成完全没有形式美感的诗体。这种不负责任的译诗文体随后又影响了中国新诗的创作，很多不会翻译或不能读外国诗原文的诗人模仿外国诗创作其实就是在模仿译诗创作。从这个意义上讲，外国诗歌的翻译体是中国新诗文体建构的直接资源，译诗者必须具有充分的形式自觉意识，才能使外国诗歌对中国新诗产生正面的积极影响。

卞之琳在《译诗艺术的成年》一文中以重要的诗人为线索对中国现代译诗的诗律问题作过一次简单的勾勒：比如李金发翻译介绍的法国象

---

① 卞之琳:《译诗艺术的成年》,《读书》, 1982 年 3 期。

征主义诗歌本来是格律诗,诗句条理清楚且符合正常的语法,但经过他文白夹杂的译笔的处理,原诗的翻译体就变得七长八短且语法混乱,不过就是这种误译后的翻译体却深深地影响了中国象征诗(或其他现代主义诗歌)的创作。在翻译格律诗的时候存在着诗行长短的标准问题,用白话译诗究竟应该以什么标准来衡量一行诗的长短呢?"也像文言诗一样,以单音字作单位呢,还是以我们今日说话的基本自然停、逗为单位"?① 朱湘的译诗采取了第一种处理诗行长短的方式,试以朱湘翻译济慈的《秋曲》②(后来译为《秋颂》(To Autumn))的第一节为例:

> 雾气洋溢果实黄熟的秋!
> 你同成熟的太阳是良朋,
> 你们同用了累累的珠球
> 点缀起茅檐下的葡萄藤;
> 你们使苹树负密实弯腰,
> 使榛实生甜核仁而涨胖,
> 使葫芦腹大,使一切果实脸红;
> 你们为蜜蜂开迟结的苞,
> 使它们以为永远有暖阳,
> 虽然夏已填满它们的黏巢中。

原诗是一首十行体格律诗,其韵式为 ab – ab – cde – cde,朱湘翻译过来以后,基本保留了原诗的音韵、形式排列以及诗节。他的译诗不仅能够传达出原诗的精神意蕴,而且在形式上也紧跟外国诗歌的原貌,但他的格律译诗虽然整齐押韵但读起来总显生硬拗口,因为其中采用了很多单音字。而闻一多、孙大雨、何其芳等人的译诗则是以"音尺"、"音组"或"音顿"为单位,较多地考虑了白话文以多音字为主体的特征,所以他们的格律体译诗读起来依然比较顺畅。当然,与朱湘等的译诗忠于原诗的韵律不同,穆旦的译诗则有意背离原文的韵律而重造新的韵式,比如他翻译的拜伦的《唐璜》,原诗的韵脚是 ab – ab – ab – cc,但他的译诗却是 ×a – ×a – ×a – bb(×表示无韵)。穆旦的译诗仍然可被称为格

---

① 卞之琳:《译诗艺术的成年》,《读书》,1982 年 3 期。
② [英]济慈:《秋曲》,朱湘译,《小说月报》(16 卷 12 号),1925 年 12 月 10 日。

律体诗，只是此时的格律诗没有采用原诗的格律而已，说明处理译诗的形式是自由的，译者可以根据汉语表达的需要在翻译中自造新韵以更好地传达出原诗的精神意蕴。

  总之，外国诗歌形式的误译一方面受到了中国五四前后时代语境的影响，另一方面是由该时期中国新诗文体发展的自觉意识和文体需求引起的。从译诗的传播和接受的角度讲，外国诗歌形式的误译是有意识的创造行为，它与中国新诗的形式之间形成了一种互动关系，有助于中国诗歌文体的建设和外国诗歌翻译活动的开展。

第五章　外国诗歌的翻译与中国现代新诗各体形式的建构

中国新诗文体的发展受到了外国诗歌影响的观念得到了学术界一致的认同。中国现代诗歌创作不仅在语言上有"欧化"的现象，而且在形式上也充分吸纳了外国诗歌形式的美学特质，极端地说，"新文学运动的最大的成因，便是外国文学的影响；新诗，实际上就是中文写的外国诗。"① 外国诗歌对中国新诗的影响首先体现在对新诗作为新生的独立文体地位的确立的声援上；然后体现在文体观念和创作上；进而对具体的诗歌各体形式产生了影响，输入了一些中国传统诗歌形式中所没有的体式；并使中国新诗在结合时代和世界诗歌思潮的同时开始了"革命诗歌"的创作。现代新诗从形式上可以分为自由诗、格律诗和散文诗，从内容上可以分为抒情诗和叙事诗，在此，本书试图以传统诗歌形式中所没有的自由诗、现代格律诗、散文诗、小诗以及叙事长诗为例，从相对微观的角度来论述外国诗歌对中国现代新诗各种体式造成的影响。当然，小诗或叙事诗在形式上可能是自由诗或格律诗，在此单独分节论述可能会导致分类标准的混乱，所以将其纳入最后两节来讨论。

第一节　外国诗歌的翻译与中国现代自由诗体的建构

在中国新诗的各种体式中，自由诗与传统诗歌在形式艺术上的审美距离应该说是最大的，它不仅打破了古诗词严谨的排列和韵式，而且在借鉴西方翻译诗歌的基础上真正实现了形式的自由：自由诗没有固定的

---

① 梁实秋：《新诗的格调及其他》，《诗刊》创刊号，1931年1月20日。

节数，每节没有固定的行数，每行没有固定的字数，在音韵上也做到了"句末无韵也不要紧"①的简略韵式。自由诗的产生是对传统诗歌形式的叛逆，同时也受到了外国诗歌（翻译诗歌）的影响。

中国现代翻译诗歌的"他文化"性决定了新的译诗形式必然会给中国诗歌发展提供新的形式资源，必然会在古老的中国诗歌土壤上催生出与古诗严谨形式相背离的自由诗体。诗歌翻译是中外文化交流活动的产物，1871年王韬翻译的《马赛曲》(Chant de Marseillais) 拉开了近代中国人翻译西方诗歌的序幕，之后，梁启超、马君武、苏曼殊、胡适等人先后翻译了大量的外国诗歌。但清末的译诗在形式上存在着非常大的缺陷："以古典诗歌的形式，用文言翻译外国诗，不论是五言、七言，抑是骚体或词的长短句，其语言既是文言，就很难完美地翻译外国诗，读者总感到它们并不像英国诗、法国诗、德国诗和印度诗，而带有浓郁的中国诗的风味。"② 外国诗歌的汉译为什么会染上浓厚的中国色彩呢？在此不是论述文言和白话译诗孰优孰劣的问题，而是要解决为什么清末人士的译诗具有"中国诗的风味"。原因当然与当时人们对待西方文学的态度有关，美国人安德烈·勒菲弗尔（Andre Lefevere）认为阻碍翻译进行的往往不是语言的相异性，而是文化本位主义："那些视他们自己为所居住世界中心的文化，往往不大可能和'他文化'交流，除非他们是被迫的。"③ 中国人一直以来怀有"天朝上国"的迷梦，认为西方文化水平远在中国之下，所以他们在翻译西方诗歌时采取了"中体西用"策略，将外国诗歌纳入本国诗歌体系并使其形式特征泯灭在"绝句"和"骚体"之中。然而，世界的变化以及中国文化面临的危机使知识分子开始输入西方先进思想，这使中国现代翻译诗歌与古代翻译诗歌相比在性质上发生了根本性变化，即此时的翻译者是怀着引进外国诗歌形式和精神的目的而不是力图将外国诗歌纳入中国诗歌体系。"近代翻译和现代翻译的根本不同在于前者是以中国传统文化作为基础，是古代汉语体系，因而在根本上具有中国古代性，它的作用是推动中国传统文化向中国现代文化

---

① 胡适：《谈新诗——八年来一件大事》，《中国新文学大系·建设理论集》，胡适选编，上海：上海良友图书印刷公司印行，1935年版，第303页。
② 郭廷礼：《中国近代翻译文学概论》，武汉：湖北教育出版社，1998年，第100页。
③ Susan Bassnett and André Lefevere, *Constructing Cultures: Essays on Literary Translation*, Shanghai: Shanghai Foreign Language Education Press, 2001. P. 13.

转型。……而现代翻译则是以中国现代文化作为基础，作为底色，属于现代汉语体系，它从根本上具有现代性。"① 正是五四新文化运动以来对待外国诗歌的这种"他文化"态度为中国输入了大量的新思想、新术语和新名词。思想层面的变化使传统诗歌在语言和形式上的局限日益显露出来，因而新诗自由形式运动的开展才成为一种必然的趋势，"因为思想上有了变化，所以用白话……旧的皮囊盛不下新的东西，新的思想必须用新的文体以传达出来，因而便非用白话不可。"② 同时，"他文化"立场使译者在译诗时尽量保存原诗的风韵，加上翻译本身引起的外国诗歌形式的变化，外国诗歌形式常常以"自由诗"的面貌出现在读者面前，这为在批判传统诗歌形式之后本来就缺乏"模式"的中国新诗创作提供了参考。所以，中国现代翻译诗歌的"他文化"性不仅使中国自由诗的出现成为时代发展的必然需求，而且为自由诗的创作提供了可资借鉴的模式。

中国自由诗的兴起是对外国诗歌自由化思潮的顺应，是对译诗所代表的外国诗歌形式的极端化理解。在诗歌观念上对世界诗潮的顺应又必然会引起创作实践上对外国诗歌的模仿。从19世纪中后期开始，外国诗歌的发展迎来了"自由化"时期，法国的象征派、英美的意象派、俄国的未来派以及德国的表现派等诗潮先后对世界诗坛的"格律"化秩序形成了冲击，这些诗派的诗歌作品大都采用有别于传统的自由形式和白话语言，从而宣告了世界诗歌自由化时代的到来。中国新诗创作正是在世界诗歌自由化潮流的影响下发生的。胡适受到美国意象派诗歌观念的启发而决意在中国掀起白话新诗运动，③ 但之前中国诗坛从来没有出现过形式自由、语言浅俗的诗歌样式，即便是胡适所说的中国白话文已经有几千年的传统，但古时的白话诗不仅遵循了古诗词严整的形式，而且这样的诗歌也从未在文学史上产生过多少影响。这样一来，早期的白话诗

---

① 高玉：《现代汉语与中国现代文学》，北京：中国社会科学出版社，2003年，第177—178页。

② 周作人：《中国新文学的源流》，石家庄：河北教育出版社，2002年，第55—59页。

③ 关于胡适的"白话"主张与意象派诗歌运动的主张的相似之处已经由很多人进行过论述，尽管胡适自己对此持否定态度并在欧洲文艺复兴和中国传统诗歌中去寻求理论和实践渊源。比如梁实秋在《现代中国文学之浪漫的趋势》一文认为美国意象派诗歌的主张"几乎条条都与我们中国倡导白话文的主旨吻合。"美国汉学家夏志清、周策纵等认为胡适的"八不主义"受到了罗威尔《意象派宣言》的影响。胡适自己在1916年12月26日的日记中也曾记录过罗威尔的"宣言"。这些都表明了胡适的白话诗主张受到了意象派诗歌的启发。

第五章　外国诗歌的翻译与中国现代新诗各体形式的建构

运动就遭遇了这样的尴尬：理论上已经提出了白话诗主张，并且在对古诗词形式贬斥的时候遭来了大量的攻击，但实际的创作业绩却让新诗倡导者们感到十分寒碜，于是他们不得不将目光投向西方。外国诗歌对中国自由诗的支持体现在两个方面：一是创作上，白话译诗成为中国新诗最早的成功的例证，胡适便是借助译诗来宣告新诗的"新纪元"的成立；二是理论和舆论上，在新诗闯将们遭受"保守派"的攻击时，在他们要为自己的白话诗主张寻求证据时，世界诗歌的自由化潮流使他们赢得了强有力的"革命武器"。难怪废名（冯文炳）在谈周作人的《小河》一诗时说："中国这次新文学运动的成功，外国文学的援助力甚大，其对于中国新文学运动理论上的声援又不及对于新文学内容的影响。这次的新文学运动因为受了外国文学的影响，新文学乃能成功一种质地。"① 外国诗歌对中国新诗的影响与国内对外国诗歌的译介和理论者的引导分不开。由于当时的新诗人写的主要是自由诗，而外国诗歌的翻译形式也主要是自由体，所以当时人们以为外国诗歌都是自由诗，新诗的发展也应该走自由化的道路。废名等人认为"新诗应该是自由诗"，而他对自由诗的理解却是："有一天我又偶然写得一首新诗，我乃大有所触发，我发见了一个界线，如果要做新诗，一定要这个诗是诗的内容，而写这个诗的文字要用散文的文字。以往的诗文学，无论旧诗也好，词也好，乃是散文的内容，而其所用的文字是诗的文字。我们只要有了这个诗的内容，我们就可以大胆地写我们的新诗，不受一切的束缚。……我们写的是诗，我们用的文字是散文的文字，就是所谓自由诗。"② 此观点有些表面化，但也说到了新诗的一些特点，最基本的便是内容上、情感上和精神上一定要有诗意才能够成诗。至于他所说的新诗的语言是散文的语言则显得有些肤浅，他没有注意到整个新文学的语言已经变成了白话文，此时的现代汉语已经不是传统意义上的民间白话或者散文的语言了。可见，是外国诗歌发展的自由化潮流导致了早期诗人创作主张的自由化、白话化，同时，又是外国诗歌在汉译时形式的自由化为中国新诗创作提供了范式，在理论和实践两个方面促进了中国自由诗的发展。

---

① 废名：《〈小河〉及其他》，《论新诗及其他》，沈阳：辽宁教育出版社，1998年，第70页。

② 废名：《新诗应该是自由诗》，《论新诗及其他》，沈阳：辽宁教育出版社，1998年，第21—22页。

散文诗的翻译或翻译诗歌的散文化助长了自由诗创作。诗歌翻译是所有翻译中最难把原作的形式和内容协调周全的，"因韵害意"或"因意害文"的情况十分普遍。在诗歌翻译过程中，每一个译者都希望自己的译作在形式上尽可能地和原作接近，但"以诗译诗"的方法却难以在诗歌翻译中付诸实施，原因当然是用散文比用诗歌文体翻译诗歌更容易。在很多情况下，翻译自身的局限决定了采用散文诗或自由诗翻译外国诗歌是更行之有效的路径，不仅许多外国诗歌在中国现代被翻译成了散文、散文诗或自由诗，就是在国外，这样的翻译情况也比较普遍，比如谭载喜先生在谈英国 20 世纪上半期翻译诗歌的特点时认为，译者不再坚持刻板的理论教条，逐渐摈弃了以诗译诗的传统，普遍提倡把原诗翻译成散文，不翻译成韵文；即使翻译历代大诗人的作品，也不采用严格的韵律，译者应使用质朴平易的语言，使译文在不加注释的情况下也能为读者读懂。① 英国学者西奥多·萨瓦里（Theodore Horace Savory）在《翻译艺术》（*The Art of Translation*）中提出了"充分翻译"（adequate translation）的概念，"所谓'充分翻译'，是指不拘形式、只管内容的翻译。换句话说，只要译文在内容上与原文保持一致，文字上有出入却无关紧要。……这就意味着，译者在翻译某个作品时，只要能做到保持原作内容基本不变，就可以在形式上对原作进行大幅增删修改，而译者的这个做法大概是不会招致多少批评的"。② 一直以来，人们普遍感到用自由诗体或散文诗体翻译外国诗歌比用格律体容易得多，也更能够将原诗的意蕴翻译出来，比如徐志摩 1925 年 2 月发表在《小说月报》上的《济慈的夜莺歌》就是用散文诗形式翻译的诗歌。朱湘在《论译诗》中也主张给翻译者自由："我们对于译诗者的要求，便是他将原诗的意境整体的传达出来，而不过问枝节上的更动，'只要这种更动是为了增加效力'。我们应当给予他充分的自由，使他的想象有回旋的余地。我们应当承认：在译诗者的手中，原诗只能算作原料，译者如其觉得有另一种原料更好似原诗的材料能将原诗的意境传达出，或是译者觉得原诗的材料好虽是好，然而不合国情，本国却有一种土产，能代替着用入译文将原诗的意境更深刻地嵌入国人的想象中，在这两种情况之下，译诗者是可以应用

---

① 谭载喜：《西方翻译简史》（增订本），北京：商务印书馆，2004 年，参见第 205 页。
② 参见《当代英国翻译理论》，廖七一编著，武汉：湖北教育出版社，2004 年，第 17 页。

创作者的自由的。"① 翻译诗歌在文体上也是自由的，很多诗歌用散文诗或自由诗形式来翻译比用格律诗翻译出来的效果要好得多。拿严复和王佐良对英国诗人蒲伯（Pope）的《人论》（*Essay on Man*）的翻译来说，严复的翻译考虑了形式因素而将原文翻译成了中国的古诗体，王佐良考虑了内容和意蕴而将原诗翻译成了近似于散文诗的自由诗，② 两相比较，显然后者的效果要好于前者。不仅翻译活动会引起翻译诗歌朝着自由化和散文化的方向发展，而且在新诗草创期，人们还有意将诗翻译成散文诗，而且当时中国人翻译的外国散文诗还成为了新诗自由化的典范："中国新诗草创期将'散文诗'与'诗'混同，波德莱尔的散文诗被视为打破无韵则非诗的典范，甚至散文诗被当成汉诗改革的方向"。③ 散文诗在中国新诗的发展道路上起到过非常重要的作用，朱自清在《选诗杂记》中说："最初自誓要作白话诗的是胡适，在一九一六年，当时还不成什么体裁。第一首散文诗而具备新诗的美德的是沈尹默的《月夜》，在一九一七年。继而周作人随刘复作散文诗之后而作《小河》，新诗乃正式成立。"④ 这表明新诗创作中散文诗比自由诗要成熟得早一些，当自由诗"还不成什么体裁"的时候，反而是散文诗"具备了新诗的美德"，而宣告"新诗正式成立"的《小河》在形式上则受到了波德莱尔散文诗的影响。⑤ 这些都说明了散文诗的翻译或翻译诗歌的散文化促进了中国新诗创作的自由化，使自由诗成为中国现代新诗的主要形式。

最后，译诗对自由诗的影响主要体现在具体的形式上，中国自由诗的许多形式来自于对译诗的学习借鉴。自由诗的兴起首先当然是社会思想和文化的变迁所致，随着中国社会转型和近现代以来人们对外国思想和文化接触的频繁，诗歌在精神上较之前已经发生了很大的变化，"诗的

---

① 朱湘：《说译诗》，载《文学周报》（第290期），1927年11月13日。

② 严复的译文："元宰有密机，斯人特未悟；/纪事岂偶然，彼苍审措注；/乍疑乐律乖，庸知各得所？/虽有偏渗灾，终则其利溥。"王佐良的译文："整个自然都是艺术，不过你不领悟；/一切偶然都是规定，只是你没看清；/一切不协，是你不理解的和谐；/一切局部的祸，乃是全体的福。"以上是二者译诗中的部分诗行，仅供说明散文比古诗译诗有优势。

③ 王珂：《百年新诗诗体建设研究》，上海：上海三联书店，2004年，第101—102页。

④ 朱自清：《选诗杂记》，《中国新文学大系·诗集》，朱自清选编，上海：上海良友图书印刷公司，1935年，第15页。

⑤ 周作人：《〈小河〉序》，《新青年》（6卷2期），1919年2月15日。原话是："有人问我这诗是什么体，连自己也回答不出。法国波特莱尔（BAUDELAIRE）提倡起来的散文诗，略略相像，不过他是用散文格式，现在却一行一行地分写了。"

精神既以解放，严刻的格律不能表现的自由的精神，于是遂生出所谓自由诗了。"① 社会思潮的发展只是预示着自由诗的出现，但自由诗究竟是什么形式却有待探讨。胡适等人提倡白话自由诗时，中国的自由诗作品还没有诞生，而早期的新诗人在骨子里却认为新诗在形式上一定不同于中国古诗，因此，他们在没有创作实践的情况下提出来的新诗主张要真正实现形式的创格就只能"别求新声于异邦"了。胡适依靠一首译诗宣告了他自己新诗"新纪元"的到来，郭沫若受到惠特曼（Whiteman）的影响创作了具有里程碑意义的自由诗《女神》，说明了译诗的"榜样"作用。"五四时期的许多作者都仿效着自己崇敬的外国作家"，② 此时诗人模仿外国诗歌作品进行创作不但不会受到人们的非难，反而会在文坛上享有盛誉，这主要与当时中国新诗在诗艺、语言上的贫乏有关，与自身传统的浅薄和营养的缺乏有关。在五四新文学运动的倡导下，人们创作新诗时拿外国诗歌或译诗做榜样是非常普遍的事情，"我们拿西洋文当作榜样，去模仿他，正是极适当、极简便的办法。"③ 中国现代很多诗人都对自己模仿外国诗歌进行创作的事实供认不讳，导致自由诗作品看上去像"中文写的外文诗"，但正是对外国自由诗的模仿，使中国新诗中的自由诗得以发展成熟。

抗战时期出于宣传抗战的需要，外国诗歌的翻译主要停留在自由诗形式上，要么选择外国自由诗进行翻译，要么将外国诗歌翻译成自由诗，从而进一步带动了中国三四十年代自由诗的创作热潮。以"文协"创办的抗战时期最具影响力的《抗战文艺》为例，其发表的译诗主要是自由诗。自由诗没有固定的格式韵律，节与节之间没有对等的诗行，行与行之间没有对等的字数，这种自由开放的诗体可以使诗人毫无约束地抒发自己的情感。"五四"以来的新诗有一个向大众靠近的发展思潮，从陈独秀的"国民文学"到胡适的"八不"主张，再到中国诗歌会的"大众歌调"，新诗在形式和语言上都体现出对传统诗歌"革命"的姿态。到了抗战时期，诗人们由于要创作出大量的诗篇来宣传抗战，自由诗由于

---

① 刘延陵：《法国诗之象征主义与自由诗》，《诗》月刊（1卷4号），1922年4月15日。
② 刘纳：《郭沫若：心灵向世界洞开》，载《走向世界文学：中国现代作家与外国文学》，曾小逸主编，长沙：湖南人民出版社，1985年，第339页。
③ 傅斯年：《怎样做白话文》，载《中国新文学大系·建设理论集》，胡适选编，上海：上海良友图书印刷公司，1935年，第224页。

不考虑形式因素而具有较为快捷的创作功效,因此成为抗战诗歌最主要的文体。故而对外来诗歌的译介,也要求符合时代的审美需要,主要以自由诗的形式去译介外国诗歌,或者选择外国诗歌中的自由诗进行翻译。《哀悼》、《手榴弹之歌》等译诗就是接近大众生活的自由诗。抗战时期,全民族面临的首要任务是把敌人赶出中国,争取民族战争的胜利。对于能够更好地号召民众起来抗战的诗体,有利于抗战的新文艺就会受到人们的欢迎。在中国诗人对新形式的试验不断取得成功的同时,对外国诗歌形式的译介无疑也是一条较为快速的增多诗体的方法。姚蓬子认为翻译介绍外国作品是中国抗战诗歌形式创新的路径之一:"从创造的路上求得适合于表现新人和新事的新形式与新风格之获得,而增强翻译外国作家的古典的和新兴的伟大作品的工作,则必有助于新形式与新风格之完成。"① 看来抗战文学尤其是抗战诗歌要完成形式的转变,除了诗人继续沿着新诗开创的道路前进之外,翻译外国的诗歌作为发展新形式的资源也是不可缺的重要路径。比如 A. Brown 的《跟着码头工人前进》这首诗是"单张诗",王礼锡先生翻译的时候对"单张诗"进行了介绍:"因为单张诗要流传民间,所以不但形式上是平民的,就内容上也是要为平民而颂,具有反抗性与战斗性。他们反对那些'把穷人的骨头来做骰子'、'把活命的面包买去藏匿在库里'的人们。同时,他们也骄傲地唱'我们耕耘,财富积屯;我们不干,贫穷立见。'就在技巧上说,这类歌谣改铸的新词为后来宝贵的诗歌遗产,也是比任何形式的诗歌的贡献要大,这是谁都不能否认的。所以单张诗运动也是一个旧形式的新运动。"② 这种"旧形式的新运动"契合了当时中国诗坛正在倡导用旧形式来创作抗战诗歌的主张,它是面对平民而作的,它是反抗的,是革命的。在抗日战争时期,不管我们采用新的或者旧的诗歌形式,我们都要以广大的人民群众为接受对象。"旧的是大多数人所能懂的旧的,新的也要是大多数人所能懂的新的。为了个人的兴趣与爱好,尽可以写古诗,绝句甚至于律诗,或是摹仿外国的十四行的旧体诗,写得比古律绝还难懂;……可是做要一个新的运动,就必须面对着群众;要

---

① 《一九四一年文学趋向的展望——会报座谈会》,《抗战文艺》(7 卷 1 期),1941 年 1 月 1 日。

② 王礼锡:《跟着码头工人前行·译序》,《抗战文艺》(5 卷 2、3 期合刊),1939 年 12 月 10 日。

使诗歌能在抗战中发挥他们作用,就必须唱得使大家懂,大家动情。一首诗必须像一篇歌,可以唱;或一篇谣,可以诵;或一篇精炼的演说,可以念,或一个用具体事实来表现的标语口号,可以嚷。"① "单张诗"不仅形式上是平民的诗体,而且内容上也是歌颂平民的,因此受到了中国诗人的喜爱而被翻译进了中国,助长了抗战时期自由诗的创作热潮。

总之,中国现代诗歌翻译的"他文化"立场,外国诗歌发展的自由化和散文化趋势,散文诗的翻译以及翻译的散文化,诗人对译诗自由形式的模仿以及时代语境对自由诗的需求等都使得中国新诗形式朝着更加自由灵活的方向发展,翻译诗歌的影响和推动作用也从中得到了体现。

第二节 外国诗歌的翻译与中国现代格律诗体的建构

现代格律诗在诗歌的审美趣味上与中国传统诗歌有相似性,即注重诗歌的形式建设,但现代格律诗并没有承传中国传统诗美路向,而是在一个特殊的时代里借助翻译进来的外国诗歌的音韵和排列方式建构起与古诗形式迥然有别的现代格律诗体。如果说新月派诗人的作为是向传统诗歌回归的话,那至多只能表明他们在心态和主观愿望上对诗歌形式的建构理想,在实际的创作方法上他们却是受外国诗歌或翻译诗歌影响最深的一个诗歌群体,至少朱自清先生称其作品为"西洋诗"② 不会是空穴来风。

为什么现代格律诗派会受到外国诗歌或翻译诗歌的影响呢?五四新诗革命在结束了枯燥的文言和呆板的形式对诗歌创作的束缚以后,自由诗创作潮流大有一发不可收拾之势,导致人们在诗歌语言的白话化和诗歌形式的自由化之间迷失了诗歌创格的方向,新诗尽管确立了它在文坛上的地位,但兼顾形式和情感的诗歌作品却不多见。"文学革命后,旧诗的规律完全打破,作诗者可随意创造。……因为没有规律可以随意创造,

---

① 王礼锡:《跟着码头工人前行·译序》,《抗战文艺》(5 卷 2、3 期合刊),1939 年 12 月 10 日。

② 朱自清:《中国新文学大系·诗集·导言》,上海:上海良友图书印刷公司,1935 年,第 7 页。

于是贪功急就之辈，都从新诗入手。"① 当时新诗创作的混乱和流弊由此可见一斑。从读者接受的角度来讲，新诗的发展现状实在有违几千年诗国的审美文化心理，在这种情况下，新诗形式建构就成了当时诗坛面临的急需解决的问题。既然新诗革命表明传统的道路行不通，那就只能将目光转向国外。新诗理论和主张大都来自西方，而且中国人的许多现代意识也是从西方传进来的，在一个与传统文化保持距离的求新的时代，诗人们只有借助外来形式保持其诗歌主张的合理性和权威性，如果还是用中国旧有的形式，那无异于清末旧瓶装新酒的"诗界革命"，最终只会走向失败。除了这种"革命"的心态会导致闻一多等人会借鉴外国诗歌艺术外，在文化心态上，他们仍然受到了中国古代格律诗的影响，在骨子里面仍然认同诗歌的格律化和形式的整齐化，这是他们主张现代格律诗的潜在原因。胡适在提倡文学革命的时候尽量避免外国的东西而在古诗中去寻找根据便是明显的例证。五四一代作家追求白话，但其实并不是要否定格律等诗性要素。

新月派对外国诗歌形式艺术的吸纳同样是以民族诗歌审美心理为基础的，如果外国诗歌形式不能够和传统相结合，那它就不可能真正地对中国新诗构成影响，"当我们从表层上认识了外来形式时，还不可能即刻接受、模仿或变革它，我们的意识的潜结构同时就无形地起着某种选择或约束作用了。任何外来形式的借鉴和引用都必须与本国的文化历史背景以及由此而来的欣赏习惯和审美心理相近相似或相符，并且以本民族的心理模式将其'民族'化，否则就有可能把它当作一种与本体文化相对立的异体排斥。"② 胡适《关不住了》的译诗以及他的胡适之体、闻一多及其主张的格律诗等等，都是在本民族审美经验的基础上对外来形式改造和吸纳的结果。此外，外国诗歌的格律与中国古代诗的格律相比有自己明显的优势，此格律在一致中存在着不一致，在整齐中体现着不整齐，具有相当的变化性和灵活性，克服了古诗格律呆板的局限。因此，国内诗坛的创作流弊、新诗人对诗歌形式建构的诉求以及外国格律的优势决定了新月派诗人在认同传统诗歌形式建构理念的同时，必然在实际

---

① 石灵：《新月诗派》，《文学》（8卷1号），1937年1月生活书店出版。参见《新月派评论资料选》，方仁念选编，上海：上海华东师范大学出版社，1993年，第42页。

② 杜荣根：《寻求与超越——中国新诗形式批评》，上海：复旦大学出版社，1993年，第146页。

的创作中向外国诗歌或翻译诗歌的格律靠拢。

中国新诗文体建设实际上从新诗发生时就已经开始了。胡适尽管是公认的主张白话自由诗的"第一人",但其实他主要的还是主张诗应该有韵,他曾说新诗在用韵上有三种自由:"第一,用现代的韵,不拘古韵,更不拘平仄韵。第二,平仄可以互相押韵,这是词曲通用的例,不单是新诗如此。第三,有韵固然好,没有韵也不妨。新诗的声调既在骨子里,——在自然的轻重高下,在语气的自然区分——故有无韵脚都不成问题。"①"有韵固然好"已经表明胡适对新诗音韵的看重,比如他翻译的《关不住了》,每节四行,逢双押韵,既吸收了英美四行体诗歌的长处,又和古体诗的韵味极为相似;湖畔诗人最初完全写的是自由诗,但在《蕙的风》出版一年后,《春的歌集》和《寂寞的国》却几乎全是格律体或半格律体;卢志韦将眼光转向域外,舍弃平仄而采用"一抑一扬,自称节奏",注意到了英语语言的轻重音构成的节奏;后来"诗镌"和"新月"诸君的言论和实践标志着格律诗运动的高潮,这是新诗发展的内在需求,梁实秋、徐志摩、闻一多、刘梦苇等人都对格律诗提出了自己的看法。正是对诗歌形式的追求以及对外国诗歌形式的借鉴,在诗歌艺术相互认同的基础上为新月派奠定了流派基础:

  一件事的形式和内容,无论就哪一方面说,总不能凭空创造出来,他总要有一点既成的坯子做为蓝本才行。新月诗派的内容和形式的蓝本是什么呢?……在本土,(创造社的影响也是外来的)无论形式内容哪方面,既然都无可籍助,只好把眼光放到异地去了。新月派的领袖人物,都是受过很深的西洋诗的熏陶的,于是自然的,他们就走上了西洋诗的道路。同时,整个的中国的文学革命,是受的西洋文学的影响,其后各种新文学的样式,也都是接受西洋影响而产生的,新诗是其一枝,大势所趋,又不仅是一二人的力量了。这可说是新月诗派形成的客观基础。②

---

① 胡适:《谈新诗》,《中国新文学大系·建设理论集》,胡适选编,上海:上海良友图书印刷公司印行,1935年,第306页。
② 石灵:《新月诗派》,《文学》(8卷1号),1937年1月生活书店出版。参见《新月派评论资料选》,方仁念选编,上海:上海华东师范大学出版社,1993年版,第38页。

石灵在这篇文章中谈到的新月诗派的诞生基础其实是以外国诗歌或外国诗歌深刻影响下的中国新诗文化环境为依托的,在他看来,没有外国诗歌的影响,不仅没有新月诗派的兴起,而且整个新诗和新文学都会失去借鉴目标而难以发生。

外国诗歌的格律体译作不仅是现代格律诗派形成的基础,而且还决定了中国新诗的格律化走向,闻一多等人就是通过翻译诗歌来实践他们的格律诗主张。在自由诗泛滥的年代,人们"只能从传统的和外国的诗律基础的比较中,通过创作和翻译的实验,探索新路。"① 闻一多和徐志摩从1925年开始以《晨报·副刊》为基地开始进行新格律诗的实验,同时翻译了伊丽莎白·勃朗宁(Elisabeth Browning)、A·E·霍斯曼(A. E. Houseman)等人的诗歌,以此实践并证明了新格律诗的主张。在此,翻译外国诗歌既是新月派诗人创作的来源,又是其格律诗主张的试验。有学者在谈到闻一多翻译赫斯曼的诗歌作品时认为:"因为是诗人译诗,这几首译诗的质量很高。闻一多基本上保留了原诗的节奏和韵律,在形式上非常整齐,因此,这几首译诗可以被视为他的新格律诗的试验。"② 的确,闻一多等人的诗歌建构理念总是与外国诗歌紧密地联系在一起的,早在1923年他批评郭沫若的诗集《女神》时就认为,新诗"不但新于中国固有的诗,而且新于西方固有的诗;换言之,他不要做纯粹的本地诗,但还要保持本地的色彩,他不要做纯粹的外洋诗,但又尽量的呼吸外洋诗的长处;他要做中西艺术结婚后产生的宁馨儿"。③ 不管是要求新诗成为"宁馨儿"也好,还是认为郭沫若的诗歌"过于欧化"也罢,闻一多的话至少让我们捕捉到了他这样的诗歌观念:中国新诗要彻底地摆脱传统诗歌的束缚,要真正的"新",就不可避免地会和外国诗歌发生联系,要么模仿,要么在吸纳西方诗艺的基础上创新。同时,闻一多的话也说明了《女神》受到的外国诗歌的影响相当明显,没有外国诗歌,何来《女神》,何来新诗的第一次开拓和创新?因此,对于闻一多等新格律诗派诗人们来说,外国诗歌或翻译诗歌不仅是他们聚合的基础,而且是他们理论主张的有力支持者,正是外国诗歌(尤其是外国

---

① 王克菲:《翻译文化史论》,上海:上海外语教育出版社,1997年,第211页。
② 南治国:《A·E·赫斯曼德诗及其在中国的译介》,《翻译的理论建构与文化透视》,谢天振编,上海:上海外语教育出版社,2000年,第185页。
③ 闻一多:《〈女神〉之地方色彩》,《创造周刊》(第5号),1923年6月10日。

格律诗歌）的形式艺术让他们在建构中国新诗形式的道路上找到了可资借鉴的"蓝本"。现代格律诗人尽管在诗美观念上表现出对传统的回归，但在创作方法上却是输入西方诗体来建构中国新格律诗体。

从具体的诗歌创作实践来看，中国现代格律诗充分实践了外国诗歌的格律和形式主张。首先从语言和诗句上来看，"他们没有存心倡导形式运动，即《晨报诗刊》发刊之前，他们也不甚讲究此点。但自《晨报诗刊》起，即孑然不同，字法，句法，章法，无往而不欧化"。[1] 从诗歌语言来讲，在新的人生经验和情感体验的基础上，新月派诗人们充分应用想象和外国诗歌经验来进行创作，这样就使诗歌语言显得非常别致而与以往的表达方式截然不同。再就诗行来看，中国古代诗歌一行多为意义完整的句子，但现代格律诗则比较注重诗歌的节奏，常常将一句话写成几行，或几句话写成一行，韵脚也多出现在行末而不是句末，比如徐志摩在《翡冷翠的一夜》中有这样的诗句："你愿意记着我，就记着我，/要不然趁早忘了这世界上/有我，省得想起时空着恼，/只当是一个梦，一个幻想"。从另外一个角度讲，这也是为了顾及诗歌的音乐性和情感抒发的节奏。现代格律诗理论的关键词是音步（foot）（也可以称为音尺），这个概念来自于国外，它是音节与音节的组合或语言的暂时停顿，白话新诗的音尺基本上由两个字或三个字组成，只要每行诗的两字音尺和三字音尺数量相等即可，这样既可以保证诗行的均齐，又可以使诗歌的节奏在有规律的起伏中产生波动，比如闻一多《死水》中的诗句：

这是/一沟/绝望的/死水，
清风/吹不起/半点/涟漪。

该诗被认为是现代格律诗的"典范"之作，每一行诗中有一个三字音尺和三个两字音尺，基本做到了音节数和音步的对等。再从诗歌的篇章来看，新月派诗人将一首诗歌分成几章，每章又分成几句，虽然《诗经》中曾经有过这样的章法，但后来逐渐绝迹了，所以新月派的这类诗歌肯定受到了外国诗歌的影响，比如《死水》和《红烛》的许多诗篇都是这样的布局。从诗歌的韵律上看，在新诗格律化运动之前，徐志摩、

---

[1] 石灵：《新月诗派》，《文学》（8卷1号），1937年1月生活书店出版。参见《新月派评论资料选》，方仁念选编，上海：上海华东师范大学出版社，1993年，第38页。

闻一多等人写的仍然是自由诗,音韵没有规则,比如在这之前出版的《红烛》和《志摩的诗》在韵律上就没有什么讲究。但后来情况就出现了如下两种变化:一是音节数的限定:西洋诗尤其是西洋的格律诗每行的音节数是一定的,所以新月诗派的诗歌的音节数做到了隔行相等或每行相等;二是韵脚的创格:在古诗中,两句一换韵的诗十分少见,但新月派诗中的两行一换韵的诗却很多,有时候一首诗中可能会出现多个韵式,这显然留下较深的乔叟式的英诗"双韵体"的影响。同时,新月派诗人也出现过对外国诗歌形式的横向移植的情况,这主要体现在商籁体诗的创作上。如果说以郭沫若为代表的创造社因为对西方浪漫主义诗歌的吸收而在内容上实现了对古诗的超越的话,那新月派诗歌则在形式上实现了对古诗的超越。"从旧诗走上真正的新诗的领域,必须经过一架主要的桥梁,那桥梁不是自由诗,自由诗至多是桥块上的一片泥土。建造桥梁的主要材料有两件东西,一件是创造社的内容上的扩充,另一件就是新月派的规律运动。"① 真正的新诗建设既然是这两个方面,而这两个方面的成功都吸纳了外国诗歌的营养,创造社从浪漫派那里得到了精神内容,而新月派从外国诗歌那里得到了格律的启发,所以,新诗受到外来影响的说法是有根据的。

十四行诗作为一种特殊的格律体诗,是外国诗歌的翻译对中国新格律体诗的建构产生影响的具体例证。怀亚特(Thomas Wyatt)是英国文艺复兴前期著名的诗人,他对英国诗歌最大的贡献在于引进了意大利格律体诗十四行(sonnet)。十四行诗在史诗盛行的外国诗歌中算比较短小的诗体,整首诗一共十四行,意大利十四行的韵式原型为 abba – abba cde – cde,前八行的韵式基本上是固定的,后面六行的韵式除了采用 cde – cde 外,也可以采用 cdcdcd 的形式。此种诗体是用来陈述一件事情的两个方面,或者是前面八行陈述,后面六行抒情议论。怀亚特则对意大利式的十四行进行了改进,主要是对后面六行进行了变动,将之分为两节,最后以双韵体结束。怀亚特的十四行经过塞莱(Henry Howard Surrey)的运用,又经过斯宾塞(Edmund Spenser)和莎士比亚(William Shakespeare)的改进,发展成为一种典型的英国十四行诗:每行有十个音节,五个抑扬格音步,韵式为 abab, cdcd, efef, gg,这样就形成了四节,前面三节多

---

① 石灵:《新月诗派》,《文学》(8 卷 1 号),1937 年 1 月生活书店出版。参见《新月派评论资料选》,方仁念选编,上海:上海华东师范大学出版社,1993 年,第 41 页。

为陈述,最后一节的两行结题。作为一种形式十分严格的格律诗,"十四行诗的输入与运用给了英国诗的一大好处是:纪律。以前的英国诗虽有众多优点,却有一个相当普遍的毛病,即散漫,无章法。现在来了十四行体,作者就必须考虑如何在短小的篇幅内组织好各个部分,调动各种手段来突出一个中心意思,但又要有点引申和发展,音韵也要节奏分明。"① 上世纪20年代开始,中国诗人开始有意识地翻译引进这种特殊的诗歌形式,闻一多曾在《新月》杂志上发表了23首白朗宁夫人的十四行诗,成为当时译介十四行的典范。进入30年代,梁宗岱翻译了莎士比亚的十四行诗,40年代初期冯至仿照里尔克的诗创作了变体的十四行诗,这些都表明当时诗歌界对此诗体的重视。十四行诗的翻译直接影响了中国十四行诗的创作,孙大雨根据其韵式来创作新诗,他1926年4月10日发表在北京《晨报·诗镌》上的格律体诗《爱》就是新诗史上的第一首有意识创作的十四行诗,拉开了中国新诗形式创格的序幕。关于翻译诗歌对中国十四行诗创作的影响,我们可以引用下面这段话作为总结:"事实上,中国十四行诗的形成、进化和成熟,并形成多种变体,都与翻译欧洲十四行诗有关。翻译,是十四行体移植中国的中介。"②

在翻译诗歌或外国诗歌的影响下创作中国现代格律诗,这给中国新诗的发展带来了积极的影响。现代格律诗改变了中国诗坛的自由化倾向:"闻一多、宗白华、梁宗岱、朱光潜、穆木天、王独清、李金发等人的强调艺术性的新诗理论和具有唯美色彩的诗体规范的新诗创作,否认了由文化激进主义者控制的国内诗坛的自由诗,特别是散文诗是同时期外国诗歌的主流诗歌、外国也在进行如中国同样大规模的'自由诗运动'的流行观念。"③ 郭沫若20年代后期的诗歌创作在翻译诗歌和现代格律诗运动的影响下朝着"形式"方向发展,新诗人越来越重视新诗诗体建设,这其实说明了随着外国律诗的翻译引进,人们逐渐纠正了偏颇的诗歌观念,在创作上也开始注意新诗的形式建设,闻一多等人的理论主张和创作实践推动了中国新诗文体建设。但与此同时,由于现代格律诗借鉴的是外国诗歌的韵式,所以其负面影响同样存在。徐志摩等人为了追求诗歌的均齐和"建筑美"而生硬地将完整的诗行割裂开来,造成了诗

---

① 王佐良:《英国诗史》,上海:译林出版社,1997年,第57页。
② 许霆、鲁德俊:《十四行体在中国》,苏州:苏州大学出版社,1995年,第10页。
③ 王珂:《百年新诗诗体建设研究》,上海:上海三联书店,2004年,第59页。

行意义的断裂和带来形式主义趋向。徐志摩曾在《诗刊放假》一文中说:"我们学做诗的一开步就有双层的危险,单讲'内容'容易落了恶滥的'生铁门笃儿主义'或是'假哲理的唯晦学派';反过来,单讲外表的结果只是无意义乃至无意识的形式主义。就我们诗刊的榜样说,我们为要指摘前者的弊病,难免有引起后者弊病的倾向,这是我们应分时刻引以为戒的。"① 徐志摩的这种担忧和"时刻引以为戒"的形式主义倾向终于在他们自己的诗歌创作中应验了,新月派诗人创作了大量"豆腐干"式的诗歌,完全滑向了形式一端。由于他们的格律过分地模仿并依赖西洋诗的格律,忽略了汉语诗歌在音韵和节奏上的特点,余光中先生认为中国诗歌的音律与外国诗歌的音律之间存在很大的不同:"第一,中国字无论是平是仄,都是一字一音,仄声字也许比平声字短,但不见得比平声字轻,所以七言就是七个重音。英文字十个音节中只有五个是重读,五个重音之中,有的更重,有的更轻……因此英诗在规则之中又有不规则,音乐效果接近'滑音',中国诗则接近'断音'。"② 而且,汉诗和英诗在句式和诗句中的顿等方面也存在很大的差异,致使他们的很多主张难以在创作中付诸实践。朱自清先生认为现代格律诗相对于中国古诗和自由诗来说"完全是新东西,历史的根基太浅,成就自然不大——一般读者看起来也不容易顺眼。闻氏作情诗,态度也相同;他们都深受英国影响,不但在试验英国诗体,艺术上也大半模仿近代英国诗。梁实秋氏说他们要试验的是用中文来创造外国诗的格律,装进外国诗的诗意。这也许不是他们的本心,他们要创造中国的新诗,但不知不觉写成西洋诗了。"③ 这些其实说明了现代格律诗的创作和对外国诗歌形式的接受是失败的。

正是有了外国诗歌的翻译以及由此带来的积极影响,很多中国现代诗人纷纷认为中国现代新诗应该讲究格律。比如朱自清认为自由诗体只是中国新诗的一体,不可能代替格律诗体,而且在地位上也不应该超过格律诗体,有型诗是中国新诗发展的方向。中国新诗形式的探索之路其

---

① 徐志摩:《诗刊放假》,《晨报副刊·诗镌》(第11号),1926年6月10日。
② 余光中:《中西文学之比较》,《余光中谈翻译》,北京:中国对外翻译出版公司,2002年,第23页。
③ 朱自清:《中国新文学大系·诗集·导言》,上海:上海良友图书印刷公司,1935年,第7页。

实就是寻求诗歌形式定型的道路,"无论是试验外国诗体或创造'新格式与新音节',主要的是在求得适当的'匀称'和'均齐'。自由诗只能作为诗的一体而存在,不能代替'匀称''均齐'诗体,也不能占到比后者更重要的地位。外国诗如此,中国诗也不例外。"① 中外诗歌发展的历史表明了有型诗在诗体建设过程中的优势地位,代表了诗歌形式的最终走向。上世纪初掀起的新诗运动中,先行者针对旧体诗僵化的格律形式而提倡白话自由诗,一大批诗人投入到了自由诗的创作潮流中,但等到他们有了自觉的文体建构意识以后,就开始创作格律诗。因为新诗虽然摆脱了旧诗的腐烂和空洞,摆脱了诗歌格律的束缚,但同时也失去了表现的力度。亦即如果新诗"不受严密的单调的诗律底束缚,我们也失掉一切可以帮助我们把捉和传造我们底情调和意境的凭藉;虽然新诗底工具,和旧诗底正相反,极富于新鲜和活力,它的贫乏和粗糙之不宜于表达精微委婉的诗思却不亚于后者底腐滥和空洞。"② 如此看来,新诗赖以成立的形式优势还抵不过其给表情达意带来的不足,此话间接表明比起自由抒发感情来说新诗更需要形式的建构。从诗歌接受的角度来讲,梁宗岱先生认为:"没有一首自由诗,无论本身怎样完美,如能和一首同样完美的有规律的诗在我们心灵里唤起同样宏伟的观感,同样强烈的反应的。"③ 我们姑且不去讨论梁先生对自由诗的态度是否公允,单从他的话中可以看出"有规律"对诗歌而言多么重要。

既然格律诗应该成为中国新诗的发展方向之一,那我们应该怎样发展中国的格律诗呢?很多诗人还是将眼光伸向了国外,认为翻译外国诗歌是中国新诗形式建构的路径之一,译诗对中国新诗的形式建设具有模板或启示的功能,而且可以通过翻译来试验新诗体。朱先生在《新诗的出路》中认为翻译外国诗歌对中国诗人而言"可以试验种种诗体,旧的新的,因的创的;句法,音节,结构,意境,都给人新鲜的印象。(在外国也许已陈旧了)不懂外国文的人固可有所参考或效仿,懂外国文的人也还可以有所参考或效仿;因为好的翻译是有它独立的生命的。译诗在

---

① 朱自清:《诗的形式》,《新诗杂话》,北京:生活·读书·新知三联书店,1984年。
② 梁宗岱:《新诗底分歧路口》,《诗与真·诗与真二集》,北京:外国文学出版社,1984年。
③ 梁宗岱:《新诗底分歧路口》,《诗与真·诗与真二集》,北京:外国文学出版社,1984年。

近代是不断地有人在干，……要能行远持久，才有作用可见。这是革新我们诗的一条大路"。① 在朱自清看来，译诗是一件非常伟大的事业，可以帮助很多不懂外文的人了解外国诗歌，也可以使那些写诗但同样不懂外国文的人借鉴外国诗歌翻译体进行创作，从而在句法、音节、结构或意境等诸多方面增富中国新诗的诗体内容。朱自清呼吁有更多的人投入到翻译外国诗歌的"大业"中来，毕竟"直接借助于外国文，那一定只有极少数人，而且一定是迂缓的，仿佛羊肠小径一样这还是需要有天才的人；需要精通中外文，而且愿意贡献大部分甚至全部生命于这件大业的人。"② 惟其如此，中国新诗界才会有更多的形式营养，才可能创造出更多的新诗体或发现更多的诗体元素。借助翻译来建设中国新诗形式的观点并非朱自清独创，从最初胡适以译诗《关不住了》来宣布新诗成立的"新纪元"到刘半农的借助翻译增多诗体，上世纪 30 年代梁宗岱在《新诗底分歧路口》中也认为翻译是增进中国新诗诗体形式的"一大推动力"，虽然翻译外国诗歌"有些人觉得容易又有些人觉得无关大体，我们确认为，如果翻译的人不率尔操觚，是辅助我们前进的一大推动力。试看英国诗是欧洲近代诗史中最光荣的一页，可是英国现行的诗体几乎没有一个不是从外国——法国或意大利——移植过去的。翻译，一个不独传达原作底神韵并且在可能内按照原作底韵律和格调的翻译，正是移植外国诗体的一个最可靠的办法。"③ 表明了翻译外国诗歌是中国新诗文体建构过程中非常重要和关键的环节，不仅可以为中国新诗提供形式经验，而且可以帮助中国新诗"增多诗体"。

现代格律诗在诗歌观念上是对传统的回归，但在创作方法上却采纳了西方诗歌的音韵形式，对外国诗歌格律的追求不仅成了中国现代格律诗派的聚合基础，而且直接影响了中国现代格律诗的创作。很多诗人都主张在借鉴外国诗歌或翻译诗歌的基础上发展中国现代格律诗，但汉语诗歌毕竟不是英语诗歌，现代格律诗由于没有传承古典诗歌格律而对外国诗歌格律过分依赖，同时，由于很多诗人对形式和格律的追求大大超出了对诗情的捕捉和提炼，致使现代格律诗创作出现了严重的"形式主

---

① 朱自清：《新诗的出路》，《新诗杂话》，北京：生活·读书·新知三联书店，1984 年。
② 朱自清：《新诗的出路》，《新诗杂话》，北京：生活·读书·新知三联书店，1984 年。
③ 梁宗岱：《新诗底分歧路口》，《诗与真·诗与真二集》，北京：外国文学出版社，1984 年。

义"趋向,这是今后中国现代格律诗创作应该注意的问题。

第三节 外国诗歌的翻译与中国现代散文诗体的建构

散文诗是在世界诗歌自由化潮流的涌动中产生的一种具有现代性气息的文体,自19世纪中期开始在世界各国的文坛上蔓延开来。中国的散文诗诞生于五四新文化运动时期,在"增多诗体"的时代,早期诗人很快便接受了这种新文体。中国散文诗的发展显然受到了外国散文诗翻译作品的启发,但学术界普遍关注"中国古典诗词和散文小品的美学追求对中国现代散文诗的影响",① 忽略了散文诗受到的外来影响。在此,本书将从翻译诗歌的角度来论述外国诗歌对中国散文诗发生、发展起到的促进作用。

首先,诗歌翻译活动的特点决定了五四时期许多外国诗歌被翻译成散文诗,使中国诗坛一时间出现了散文诗这种新文体,从而促进了中国散文诗创作。诗歌在语言上的高度凝练和心灵性给翻译设置了障碍,他们要先经历一番周折才能读懂原诗的意义,如果还要在民族语言中找相应的语言、形式去表现原诗的情感和风格,那难度就更大了。鉴于这样的情况,很多译者往往采用比较自由灵活的文体形式来翻译外国诗歌,以尽量传达出原诗的精神意蕴,在诗歌的各种文体中只有散文诗体最符合译者的需要,最体谅译者译诗的艰辛,因此,外国诗歌(尽管不是散文诗)就被误译成了散文诗体或散文文体。刘重来先生在《西奥多·萨瓦利所论述的翻译原则》一文中认为,"当代散文诗或诗的散文"的译诗方法其实指的是用"自由诗或无韵诗"来译诗,他说:"用格律诗译格律诗,如能既讲格律,又无损原意,自属上乘;但在确实不能用格律诗译格律诗的某些具体情况下,则不妨考虑运用自由诗体来译,以便尽量保留原诗的思想、情节、意境和形象,总比死守诗行的长度和韵脚而对原诗内容任意增删好得多。"② 在他看来,用散文或散文诗翻译外国诗歌的客观效果只要是推动了原诗内容的表达,形式的误译也是具有价值的。从读者的角度讲,或者说从利于译诗传播的角度来讲,将外国诗歌

---

① 徐治平:《散文诗美学论·后记》,南宁:广西教育出版社,1994年。
② 刘重来:《西奥多·萨瓦利所论述的翻译原则》,《外国语》,1986年第4期。

形式误译成散文诗同样具有积极的意义,"译者不再坚持刻板的理论教条,逐渐摈弃了以诗译诗的传统,普遍提倡把原诗翻译成散文,不翻译成韵文;即使翻译历代大诗人的作品,也不采用严格的韵律,译者应使用质朴平易的语言,使译文在不加注释的情况下也能为读者读懂。"① 为此,译者常常把诗歌翻译成散文诗,美国学者安德烈·勒菲弗尔(Andre Lefevere)说:"译者往往以自己的文化诗学来重新改写原文,目的是为了取悦于新的读者。他们这样做,也能保证他们的译作有人读。译者也往往以自己的译作影响他们所处时代诗学发展的进程。"② 这其实说明了翻译外国诗歌有助散文诗文体在译入语国中的发展。所以,外国诗歌被误译成散文或散文诗的原因是诗歌文体语言的高度凝练和诗歌形式的高度艺术化导致的,也与译入语国的读者的接受能力有关,它在为诗歌翻译和译诗的接受带来方便的同时,也增加了诗歌文体的自由度和散文化,为散文诗提供了更好的创作环境和创作技巧,在五四翻译浪潮中,诗歌的散文化翻译带动了国内散文诗的创作。

散文诗"是吸取西洋的一种诗体",③ 中国散文诗是在翻译引进了外国散文诗后才产生的一种新文体,从这个意义上说,没有外国散文诗的译介,中国散文诗的产生就不会这么早,没有世界诗歌发展的散文化潮流,中国散文诗的发展就不会有这么大的推动力。散文诗的广泛翻译和介绍,无疑对中国的散文诗创作起到了促进作用,它迎合了新诗人自由地用白话表达情感的时代需求,因为散文诗"能在极有限的篇幅里,表达某种十分美丽的情绪和心灵活动……它可能是一种最简捷的文体。"④ 另外,世界诗歌在20世纪初朝着散文化方向发展,而中国的新诗运动也需要那些与传统诗歌严谨的形式相对立的诗歌形式来确立新诗的地位,这使外国散文诗的译介在中国得到了广泛的支持。在中国,先有翻译的散文诗,然后才有自己创作的散文诗。从1915年刘半农翻译(用文言)屠格涅夫的4首散文诗到1917年沈尹默、刘半农创作散文诗,仅仅两年的时间,散文诗创作便从无到有进而在20世纪20年代呈现出繁荣的景

---

① 参见《当代英国翻译理论》,廖七一编著,武汉:湖北教育出版社,2004年,第17页。
② 参见《当代美国翻译理论》,郭建中编著,武汉:湖北教育出版社,2000年,第163页。
③ 朱星:《新文体概论》,重庆:五十年代出版社,1954年,第35页。
④ 郭风:《关于散文诗》,《福州晚报》,1982年5月2日。

象：一是大批散文诗作者和诗集的出现；二是鲁迅《野草》的出版；三是散文诗的题材和风格多样化；四是表现的意识增加了。① 这足以见出散文诗在外国诗歌的启示下显示出来的蓬勃发展的势头。因此，杜荣根先生认为中国散文诗受到翻译诗歌的影响是确切无疑的事实："首先是散文诗的名称来自于域外，由于《新青年》诸君的努力，散文诗才作为独立的形式传入中国。郑振铎、草川未雨、李健吾等人又都是以雷蓝（Rannie）的《文体纲要》为散文诗正名、辩护的。其次是现代中国散文诗是先有译介而后才有自己的创作。第三，刘半农、鲁迅、何其芳等人的散文诗创作都或多或少地受到过波特莱尔、泰戈尔、屠格涅夫散文诗的深刻影响。"②

从 20 世纪 20 年代散文诗理论的建构来看，中国散文诗理论大体上是在对西方散文诗理论的认同和阐释的基础之上建立起来的。郭沫若1922 年在《少年维特之烦恼》的译序中说："韵文 = prose in poem，散文诗 = poem in prose。韵文如男优之坤角。散文诗如女优之男角。衣裳虽可混淆，而本质终竟不能变易。"③ 当时许多人都认为诗歌贵在有精神和想象，对于形式则普遍比较淡漠，这明显受到了五四前后新诗创作的"自由化"形式思潮的影响，比如郑振铎在《文学旬刊》上发表的《论散文诗》中鲜明地提出诗歌的要素在于"诗的情绪与诗的想象的有无，而决不在于韵的有无"，因此，"有诗的本质——诗的情绪与诗的想象—而用散文来表现的是'诗'；没有诗的本质，而用韵文来表现的，绝不是诗"。④ 后来，滕固也在《文学旬刊》上发表了同为《论散文诗》的文章，认为散文诗的兴起是诗体解放的结果。从早期的散文诗论中我们可以看出，散文诗在中国的出现一方面是外国散文诗的启示，另一方面也是中国文体解放的结果。这些理论认识固然源于中国五四时期的散文诗创作实践，但同时也受到了外国散文诗理论的影响。比如法国散文诗大家波德莱尔在谈他的散文诗集《巴黎的忧郁》时说："这还是《恶之

---

① 杜荣根：《寻求与超越——中国新诗形式批评》，上海：复旦大学出版社，1993 年，参见第 87—88 页。

② 杜荣根：《寻求与超越——中国新诗形式批评》，上海：复旦大学出版社，1993 年版，第 99 页。

③ 郭沫若：《〈少年维特之烦恼〉序引》，《创造季刊》（1 卷 1 期），1922 年 5 月 1 日。

④ 郑振铎：《论散文诗》，载《时事新报·文学旬刊》（第 24 号），1922 年 1 月 1 日。

花》，但更自由、细腻、辛辣。"① 正是波德莱尔等人的散文诗对中国散文诗创作产生了很大的影响，此话一则表明散文诗应该有诗性，二则表明散文诗的形式比诗更自由。郭沫若、郑振铎等人的理论与此相仿，而且散文诗文体的诗性与形式的自由性正好迎合了中国五四时期新诗变革的方向，所以散文诗这种文体一经传入我国便很快出现了创作的繁荣局面。

因此，散文诗作为一种新诗体，它是在译介外国散文诗作品的基础上发展起来的，这种诗体由于契合了五四新诗形式的自由化潮流而受到中国诗人的青睐，促进了中国新诗诗体的繁荣。

第四节 外国诗歌的翻译与中国现代小诗体的建构

小诗是上世纪 20 年代最流行的诗体，尽管我们能够在古代诗歌传统中找到该诗体的"胚子"，但没有人会怀疑小诗是受了外国诗歌的影响才风行起来的。其中，翻译诗歌仍然充当了外国诗歌对小诗的影响中介，因为作为创作小诗的冰心、宗白华和何植等三人是在阅读了郑振铎、周作人等人的翻译诗歌后才掀起小诗创作潮流的，恰如周作人所说："中国现代的小诗的发达，很受外国的影响，是一个明了的事实。"② 即便是三四十年代街头小诗的创作也受到了外国诗歌的影响。

小诗的兴起主要是受到了翻译诗歌的诱导和启示，其中最直接的影响来自印度泰戈尔的短诗和日本的俳句。周作人在《论小诗》一文中说："中国的新诗在各方面都受到欧洲的影响，独有小诗仿佛是例外，因为它的来源是在东方的：这里面又有两种潮流，便是印度和日本，在思想上是冥想与享乐。"③ 说到对日本和印度诗歌的译介，我们不得不提及两个重要人物，一是周作人，二是郑振铎。1920 年 11 月，《新青年》第 8 卷 3 号上发表了周作人翻译的日本短诗《杂译诗二十三首》，此后，他

---

① ［法］波德莱尔：《巴黎的忧郁·题词》，亚丁译，桂林：漓江出版社，1982 年，第 1 页。
② 周作人：《论小诗》，《周作人批评文集》，杨扬编，珠海：珠海出版社，1998 年，第 87 页。
③ 周作人：《论小诗》，《周作人批评文集》，杨扬编，珠海：珠海出版社，1998 年，第 88 页。

又连续在《新青年》、《诗》月刊等刊物上发表了近百首日本短诗或希腊短歌的译作,成为五四时期名副其实的日本诗歌翻译家。郑振铎从1921年1月在《小说月报》第12卷1号上发表了《杂译太戈尔诗》以后,便在《小说月报》、《文学周报》等刊物上大量发表了翻译泰戈尔《园丁集》、《飞鸟集》和《新月集》中的诗篇,并于1922年出版了《飞鸟集》译本,是五四前后翻译泰戈尔短诗成就最大的译者。他们两人在翻译上的努力改变了中国诗坛在翻译上的审美趣味和译作的选择范围。1915年—1921年间,《新青年》上发表了80余首翻译诗歌,其中日本诗歌30首,印度诗歌17首,占总数的59%左右;而改版后的《小说月报》在1921—1925年间发表了290余首翻译诗歌,其中日本诗歌23首,印度诗歌135首,占总数的55%左右。这两组数据表明翻译日本和印度诗歌成为上世纪20年代初期的主潮,而五四前后的译者"大多是新文化运动、新文学运动的倡导者,他们翻译介绍外国文学的目的,是希望引入新思想、新文学,借以打破中国文化思想停滞不前的局面,并作为我国新文学的楷模。"①

　　成仿吾在《诗之防御战》一文中这样谈到泰戈尔译诗的传播盛况:"大家一起争着传诵,争着翻译,争着模仿,犹如文艺复兴时代的人得到一本古典的稿子"。②郑振铎在出版了《飞鸟集》后说:"近来小诗十分发达。它们的作者大半都是直接间接接受泰戈尔此集(指《飞鸟集》——引者加)的影响的。"③ 1914年胡适在美国接触到了泰戈尔;同年,郭沫若在日本阅读了他的《新月集》中的部分作品,接近了泰戈尔。真正最早有意向中国读者翻译介绍泰戈尔的是陈独秀,1915年10月他在《青年杂志》1卷2期上刊登了《吉檀迦利》中的自己命名为《圣歌》的四首译诗,1924年泰戈尔访华,中国掀起了空前的"泰戈尔热",当时有影响的刊物都刊登了他的作品,而且从1920自1925期间,泰戈尔的重要著作几乎都有了中译本或节译本。比如王独清和郑振铎都译了《新月集》,选译《新月集》的人更多。小诗的兴起在内容上更多地受到

---

① 陈玉刚:《中国翻译文学史稿》,参见《文学接受与文化过滤:中国对法国象征主义诗歌的接受》,金丝燕著,北京:中国人民大学出版社,1994年,第72页。
② 成仿吾:《诗之防御战》,《创造周报》(第1号),1923年5月13日。
③ 郑振铎:《飞鸟集·序》,北京:商务印书馆,1922年。参见《中国新诗流变论》,龙泉明著,北京:人民文学出版社,1999年,第113页。

了泰戈尔哲理的影响,陈独秀、刘半农、黄仲苏、郑振铎等人以及《小说月报》和《少年中国》杂志翻译介绍了大量泰戈尔的诗,为小诗的兴起在内容上起到了很好的铺垫;在形式上更多地是受了日本俳句的影响,周作人不仅翻译了大量的俳句,而且写了多篇介绍日本短歌和俳句的文章,朱自清和俞平伯等人也在形式上给小诗很大的支持。周作人翻译的目的之一就是要造就中国的"俳句":"准确传达原诗的意韵,虽然是周作人努力追求的境界,却不能说是他的最终目标。周氏并不满足仅仅译介一种异域的新鲜文学样式,他更希望把自己的翻译汇入中国刚刚兴起的新体诗运动,为中国新诗引进类乎俳句体的新的一型。"[1] 对日本短歌、俳句以及印度泰戈尔短诗的大量译介为中国新诗创作在形式上树立了"楷模",为中国新诗创作营造了新鲜的环境,小诗便随之呼吁而出。

20世纪20年代从事新诗创作的诗人大都是在阅读了翻译诗歌后开始创作小诗,从创作实践上充分说明了翻译诗歌对小诗的影响。冰心在访谈和回忆录中多次提到她的小诗创作是受到了郑振铎翻译的泰戈尔的《迷途之鸟》和《飞鸟集》的影响,因为她当时和许多青年人一样还不能够直接阅读原作或英文译作,只能够借助翻译诗歌来学习外国诗歌艺术。在1981年的一篇访谈录中冰心这样回忆道:"当时根本就没有想起写诗,只是上课的时候,想起什么就在笔记本上歪歪斜斜地写上几句。后来看了郑振铎的泰戈尔的《飞鸟集》,觉得那小诗非常自由。那时年青,'初生牛犊不怕虎',就学那种自由的写法,随时把自己的感想和回忆,三言两语写下来。"[2] 当然,冰心对郑振铎译诗的接受是积极的,从某种程度上讲,冰心对小诗体的借鉴完全出于小诗这种文体能够很好地表达她"零碎的思想",如果没有阅读译诗的经历,冰心早年的零碎思想和刹那间的情思可能就会湮灭在时光的流逝中。可见,译诗是冰心诗歌获得生命力的原因之一,但她的诗歌在借鉴外国诗歌形式时,又加入了符合中国人的审美习惯和诗歌表达方式,模仿译诗的同时必须具有独创性才能为自己的诗歌赢得生命。郭沫若说他在日本留学时就已经读到

---

[1] 王中忱:《定型诗式与自由句法之间——周作人翻译诗体的选择策略分析》,《日本书学翻译论文集》,北京日本研究中心文学研究室编,北京:人民文学出版社,2004年,第236—237页。

[2] 卓如:《访老诗人冰心》,《诗刊》,1981年第1期。

了泰戈尔的诗歌（当然这些诗歌本身也是翻译到日本的作品），① 郭沫若的诗歌受到了泰戈尔诗歌译作的影响显然是确定无疑的。此外，徐志摩等人的诗歌也都受到了泰戈尔诗歌译作的影响，由于他们的作品不属于小诗范畴，所以在此不作评论。

以上的论述使我们明确了小诗的兴起是受到了翻译印度诗歌和日本俳句的影响，那为什么20世纪20年代中国诗坛会兴起翻译印度和日本诗歌的热潮呢？原因是多方面的：一是五四时期是一个提倡人道主义和博爱精神的时期，泰戈尔"爱的哲学"很快便迎合了人们的心理和时代需求；二是文坛需要新鲜思想和新鲜文体来加以充实。郑振铎说："泰戈尔之加入世界文坛，正在这个旧的一切，以为我们厌倦的时候。他的特异的祈祷，他的创造的新声，他的甜蜜的恋歌，一切都如清晨的曙光，照耀于我们久居于黑暗的长夜之中的人的眼前。这就是他所以能这样的使我们注意，这样的使我们欢迎的最大的原因。"② 这是一个普遍的现象，翻译诗歌引入中国的部分原因以及受到中国人欢迎的原因就是因为中国诗歌自身的发展确实需要那样的异质文化的刺激和鼓动，译诗能够为中国萎靡的文坛带来新质和活力。同时，"随着'五四'落潮，疾风骤雨式的思想启蒙式微，社会愈加黑暗，苦闷和彷徨的情绪弥漫开来，更多的作家和诗人从社会中退出来，转入内心对人生作形而上的冥想和哲理探索，或者表现一种'忽然而起，忽然而灭'的个人的并不迫切而同样真实的感情，或者歌咏自然、母爱、童心以回避现实。短小精悍的小诗无疑是适合这种哲理的探索的。"③

这些都是译介外国诗歌的原因，也是刺激小诗兴起的主要因素，但从更深层的原因来分析，译介印度和日本诗歌也体现了对民族审美理念的认同。前面分析了1915—1925年间，《新青年》和《小说月报》等主要刊物刊登的翻译诗歌中，东方的日本和印度诗歌占了近60%的份额，仅仅从五四前后人们对新思想和新文体的追求入手来分析泰戈尔诗歌和日本俳句传入中国的原因只具有普遍意义而不具备特殊性和针对性。20

---

① 参见郭沫若《泰戈尔来华的我见》一文，《创造周报》（第23号），1923年10月。
② 郑振铎：《泰戈尔传·序言》，参见《新文学作家与外国文化》，顾国柱著，上海：上海译文出版社，1995年，第140—141页。
③ 杜荣根：《寻求与超越——中国新诗形式批评》，上海：复旦大学出版社，1993年，第63页。

第五章　外国诗歌的翻译与中国现代新诗各体形式的建构

世纪20年代以后，由于自由诗的流行，诗歌形式趋于泛滥和无序之中，于是不少诗人开始寻求新诗的其他表达方式，其中回头向传统诗歌吸取营养当然是解决新诗形式问题的路径之一，但经历了五四新文化运动洗礼后的中国诗歌不可能完全回到传统的老路上，也不可能利用旧诗形式来创作新诗，在这种情况下，泰戈尔简约的小诗，日本精炼的俳句就满足了他们内心的审美意识，同时也避免了重走古诗创作道路的危险。所以，与其说中国的小诗是对外国诗歌的摹仿和借鉴，不如说是外国的哲理小诗和俳句契合了我国传统的诗歌审美标准。周作人说：

> 小诗在中国文学里也是'古已有之'，只因他同别的诗词一样，被拘束在文言与韵的两重束缚里，不能自由发展，所以也不免和他们一样同受到湮没的命运。近年新诗发生以后，诗的老树上抽了新芽，很有复荣的味道；思想形式，逐渐改变，又觉得思想和形式之间有重大的相互关系，不能勉强牵就，我们固然不能用了轻快短促的句调写庄重的情思，也不能将简洁含蓄的意思拉成一篇长歌；适当的方法唯有为内容去定外形，在这时候那抒情的小诗应了需要而兴起正是当然的事情了。①

按照周作人的说法，中国古代已经有小诗文体了，只是五四新文学"闯将"们在否定文言和古诗严谨的韵式时将之湮没了。不管这种说法是否正确，周作人的话至少为印度和日本诗歌大量翻译进中国在民族审美上找到了基点，正是这种"古已有之"的存在，泰戈尔的诗歌和日本的俳句才得以被大量地翻译，才得以在中国大量地被阅读接受。印度和日本诗歌被大量译介的根本原因，还是东方人共有的审美习惯和思维方式，还是这些诗歌对中国传统诗歌美学观念的契合。"小诗的主要作者确乎是接受了印度泰戈尔和日本俳句短歌的影响，但是这种接收又是在深层意义上对我国古典诗歌中凝练、含蓄的审美标准的认同。"② 这也许才是小诗得以兴起的关键原因，也是五四前后译诗中东方诗歌占据很大比

---

① 周作人：《论小诗》，《周作人批评文集》，杨扬编，珠海：珠海出版社，1998年，第87页。
② 杜荣根：《寻求与超越——中国新诗形式批评》，上海：复旦大学出版社，1993年，第82页。

重的关键原因。

泰戈尔诗歌和日本俳句的大量翻译促成了中国20世纪20年代的小诗创作潮流，为中国新诗的发展找到了又一文体，开辟了新诗形式的繁荣局面。但同时，这些东方诗歌翻译作品带来的消极影响也是不可避免的。周作人曾这样评说过小诗的不足："一切作品都像一个玻璃球，晶莹透彻得太厉害了，没有一点朦胧，因此也似乎缺少了一种余香与回味。"① 闻一多也曾就小诗的流行和"泰戈尔热"告诫当时的诗人说，就形式而言，日本的俳句译成汉语时仅有一句，泰戈尔的诗更如同格言，因此，小诗在借鉴时，要特别注意内容的充实和形式的精致的巧妙结合，否则就容易走向片面的说理而忽略了诗性。他在总体上对"泰戈尔热"持保留态度，因为他认为泰戈尔的作品是以哲理而非艺术取胜，如果中国诗坛一味地模仿借鉴日本的俳句和泰戈尔的诗歌进行创作的话，那新诗的前途是令人担忧的："于今我们的新诗已够空虚，够纤弱，够偏重理智，够缺乏形式的了，若再加上泰戈尔底影响，变本加厉，将来定有不可救药的一天。希望我们的文学界注意。"② 这些批评的确点中了后来阻碍小诗进一步发展的诸多原因，许多小诗作品停留于直白的说教和寓意，诗歌艺术极其匮乏，读者也因此出现了"审美疲劳"，20世纪20年代以后，小诗在诗坛终于只留下了匆匆的背影。

尽管如此，小诗创作在中国持续的时间也可延伸到三四十年代，因为抗战宣传的需要使小诗出现了再度中兴的局面。抗战街头诗在形式上具有短小精悍的特点，比较注重细节，在内容上与标语口号一样主要是为了宣传鼓动抗战，与故事一样，主要是为了感化大众抗战的激情。在形式上，街头诗可以说是小诗的一种类型，具有短小明快的特征。田间和柯仲平等人创作的街头诗少则两三行，多则六七行，但却能表达完整的意义和思想旨趣，不仅起到了宣传鼓动的效果，而且洋溢着形象生动的诗歌意蕴。这与20世纪20年代后期流行的小诗在艺术和思想旨趣上有异曲同工之妙。比如田间的《假使我们不去打仗》："假使我们不去打仗，/敌人用刺刀/杀死了我们，/还要用手指着我们的骨头说：/'看，/这是奴隶！'"短短的六行诗，不足50字，却能言说清楚"假使我

---

① 周作人：《扬鞭集·序》，《周作人批评文集》，杨扬编，珠海：珠海出版社，1998年，第223页。

② 闻一多：《泰果尔批评》，上海《时事新报·文学》（第99期），1923年12月3日。

们不去打仗"的后果，充分调动和激发人民的抗战激情。抗战街头诗由于在文体上属于小诗的一种类型，因此缺乏叙事诗和一般抒情诗具有的宏大历史叙事模式。街头诗在写作方法上善于抓住抗战生活细节来表现民族精神。"街头诗很少正面书写金戈铁马、硝烟弥漫的宏阔场景，也很少直观激扬刚烈、豪壮澎湃的灼人情怀，而是善于将宏大的民族精神具体化到生活细节中孕育诗思……诗歌以拉家常的口吻……将深刻的民族大义溶解在简单生动的生活场景里，以直观的图景描绘唤起人民群众的抗战热情。"① 街头诗常通过细节来达到表现情感的目的，由于篇幅短小，所以必需删减很多情节和素材，田间说："我想在诗里表现'人'的形象，常常是通过行动和感情来表现的。似乎不见'人'，其实有'人'在。我在这首诗（《坚壁》——引者）里，是仅仅采取敌我对话这个细节来表现的。这样可以比较容易达到精炼，突出主题思想，而删除其它不必要的情节。我的其它一些街头诗，写作经过，也大致如此。"② 因此，街头诗的文体特征决定了它对宏大叙事和深层结构的舍弃，对"细节"表现力的偏爱。

　　这类街头小诗的艺术与思想成就得到了人们的认可，成为抗战诗歌中最主要的文体。街头诗与小诗在文体上具备的相似性不仅体现在优点和长处方面，而且也体现在弱点和不足上。很多街头诗尤其是抗战初期的街头诗往往流于空洞的呐喊，"许多英勇地为真理与革命而斗争的诗人们，他们的心里燃烧着热烈的火焰，充满了战斗的气氛；然而他们的诗的语言缺乏锤炼，过于粗糙、平庸，而且观念化，他们的诗缺乏纯，常常只是理论的宣讲和理论的汇集，流为空泛的呼喊与冗赘的文章，不能具现真的感情生命的形象去激发人们的心灵。"③ 以田间为例，其街头诗"形式的最大特征是在利用诗句的分行（读起来的时候就是中止和间歇）形成急驰的旋律，在旋律的起伏中间使读者的呼吸紧张起来，使读者对诗人所歌的意象获得强力的感印，激动起感情的涌流。"这是对田间街头诗的褒扬，但田间"不是燃烧着最高度的斗争的激情的诗人，他把握不住这种闪耀着战斗的火花的意象。他迸发不出这种激荡着战斗的喜悦的

---

① 季臻：《论抗战时期的街头诗和朗诵诗运动》，《理论学刊》，2006年9期。
② 田间：《街头诗札记》，《文艺研究》，1980年6期。
③ 吕荧：《人的花朵——艾青与田间合论》，《七月》（6集3期），1941年4月。

感情，他写不出这样的诗篇。"① 难怪杨云璀在给胡风先生的信中说："我非常奇怪田间先生为甚么毫不选择地，把一个完成的句子截成数段来安排。这样做是为了加强印象吗？加重感情吗？抑是为了顾全形式呢？把一个活生生的人，无故地斩成数段来安排，也许是美观一点，但却失去了生命！"② 因此，杨云璀把田间分行过多的诗歌比喻成"多节而乏汁的甘蔗"似乎点中了初期抗战街头诗的形式弊病。这与前面提及的周作人和闻一多对小诗艺术缺陷的点评如出一辙，街头诗和当年小诗的文体困境的相似性进一步证明街头诗属于小诗文体。

抗战街头小诗并非外来的诗歌文体，但却受到了外国诗歌运动的影响，间接表明了翻译诗歌对该时期小诗的促动作用。关于街头诗的兴起与外国诗歌的关系问题，田间曾自述道："一九三四年左右，我在上海参加革命工作和初学写诗时……当时看过一点有关马雅柯夫斯基的论文，对诗如何到广场去，如何在'罗斯塔之窗'③ 等等，其革命精神，吸引了我。我们后来（一九三八年八月）在延安发动街头诗运动，和这有一些关系。"④ 这句话引起了人们对街头诗文体渊源的误读，几乎所有研究街头诗的文章都认为马雅可夫斯基的诗歌影响了中国抗战街头诗的创作，⑤ 不曾想到这种文体在马雅可夫斯基的作品译介到中国之前就有了。街头诗不是抗战时期才出现的诗歌文体，只是宣传抗战的现实助长了它的兴盛。"街头诗是为了抗战而发动的，批判地采用中国民间传统的形式。这类形式，过去也常见。"⑥ 但无论如何，马雅可夫斯基的革命精神

---

① 吕荧：《人的花朵——艾青与田间合论》，《七月》（6集3期），1941年4月。
② 杨云璀：《关于诗与田间的诗致胡风》，《七月》（5集2期），1940年3月。
③ "罗斯塔之窗"（*Window of Losta*）：苏联国内战争时期，国家通讯社罗斯塔印行的宣传画。由马雅可夫斯基和宣传画家切列姆内赫在莫斯科根据通讯社的电讯稿，改画成一种富于战斗性的政治宣传鼓动画，张贴于通讯社的橱窗和街道商店里，故称罗斯塔之窗。其利用诗画并茂的形式，通俗易懂，发挥了战斗作用，得到列宁的好评。在其存在的近3年中，共创作出约1600种作品。被认为是生活直接创造出来的一种新形式。对苏联其他许多城市的画家产生了很大影响。
④ 田间：《〈给战斗者〉重印补记》，《文汇报》，1978年7月11日。
⑤ 比如郭怀仁的《田间与街头诗》（《文艺理论与批评》，1995年4期）认为："田间虽然没有亲历其境，对马雅可夫斯基的诗也读得甚少，但他们的主张和做法却在田间脑海里留下深刻印象。"潘颂德的《抗战时期街头诗理论批评述略》（《固原师专学报》，2000年5期）认为："田间等人提倡街头诗，一方面是受了苏联马雅可夫斯基等革命诗人在苏联内战时期将短小的诗作展示在街头橱窗做法的影响。"
⑥ 田间：《街头诗札记》，《文艺研究》，1980年6期。

第五章　外国诗歌的翻译与中国现代新诗各体形式的建构 ………◎ 233

对中国街头小诗的创作产生了影响却是不争的事实。田间在《〈给战斗者〉重印补记》中说："后来，有人（包括有些外国人士）常问我这个问题，我的回答是：他的革命精神，对我有一定的影响"。① 20 世纪 80 年代田间在谈街头小诗的时候又说："有不少人问过我，包括一些国外人士，他们问，街头诗和马雅柯夫斯基'罗斯塔之窗'有什么关系？我曾经回答过，在抗战前夕，在上海，有人介绍过他对诗的一些理论，其中说到他主张'诗到广场去'，我对他的这种革命精神，是很赞同的，对我自己也有某些影响。我们的街头诗，也有他的这种因素。至于他那'罗斯塔之窗'，到底是怎么个写法，我是没有见过的。所以，两者在形式上，说不上有多大关系。因而这个问题，无从谈起。而我们对自己的传统形式也有革新。一个民族的传统，可以革新，应当不断地求得革新。街头诗，在抗战中，这是中华民族的雷声和闪电，而不是什么舶来品。"② 这段话再次表明马雅可夫斯基的诗歌理论和革命精神对中国抗战街头小诗产生了影响。马雅可夫斯基的作品对中国抗战时期小诗的影响还可以从田间的一段回忆文字中得到印证："一天，我和柯老相遇，谈起西战团在前方搞的戏剧改革，也谈起苏联马雅柯夫斯基搞的'罗斯塔之窗'，还谈到中国过去民间的墙头诗。于是我们一致问道：目前，中国的新诗往何处去？怎样走出书斋，才能到广大群众中去，走出小天地，奔向大天地？我们又一致回答，必须大众化，要做一个大众的歌手"，于是商定："我们也来一个街头诗运动。"③ 以上这些论述和引语证明了马雅可夫斯基的"罗斯塔之窗"启发了中国的街头诗运动。

小诗创作无疑受到了翻译诗歌的影响，只是这种影响在 20 年代不是来自西方，而是来自东方的印度和日本，到了三四十年代，街头小诗的创作又受到了苏联诗歌的影响。尽管小诗步履匆匆地在中国现代诗坛偶尔昙花一现，但它却开创了上世纪 20 年代新诗的繁荣景象，并在三四十年代为中国的民族战争起到了鼓舞人心的作用，同时也为新诗的发展在形式上积累了经验。

---

① 田间：《〈给战斗者〉重印补记》，《文汇报》，1978 年 7 月 11 日。
② 田间：《街头诗札记》，《文艺研究》，1980 年 6 期。
③ 田间：《田间自述》（三），《新文学史料》，1984 年 4 期。

第五节　外国诗歌的翻译与中国现代叙事诗体的建构

叙事长诗虽然不是 20 世纪 20 年代新诗的主要形式，但它却在上世纪三四十年代迎来了发展的高潮。中国古代叙事长诗并不发达，因此中国现代叙事长诗的思想情感和表现艺术多来自域外，纵观整个现代三十年叙事诗的发展，我们会发现其每个重要时期都与外国诗歌及相应的文学理论的翻译介绍戚戚相关，外国诗歌的翻译成为中国现代叙事诗体建构的重要推动力量。

中国古代诗歌多抒情短诗而少叙事长诗。清末人士早就意识到了中国古诗短小而缺乏普适性的人文精神，即便是有像《孔雀东南飞》这样的叙事诗，也主要表现的是儿女情长之事。梁启超在了解了西方文化之后，不自觉地将中国古代的叙事诗与西方的叙事诗加以比较，从而流露出惭愧的颜色："希腊诗人荷马，古代第一文豪也。其诗篇为今日考据希腊史者独一无二之秘本，每篇率万数千言。近世诗家，如莎士比亚、弥儿敦、田尼逊等，其诗动亦数万言，伟哉！勿论文藻，即其气魄固已夺人矣。中国事事落他人后，惟文学似差可颉颃西域。然长篇之诗，最传诵者，惟杜之《北征》，韩之《南山》，宋人至称为日月争光。然其精深盘郁雄伟博丽之气，尚未足也。古诗《孔雀东南飞》一篇，千七百余字，号称古今第一长篇诗。诗虽奇绝，亦只儿女子语，于世运无影响也。"① 在梁启超看来，西方诗歌自古希腊开始就形成了叙事诗的传统，诗歌的语言形式艺术姑且不论，单就其表现出来的气魄而言就足以让人震撼，这些长诗成为今天人们研究历史的重要资料和凭证。而中国古诗中的长诗屈指可数，在有限的篇目内要么"精深盘郁雄伟博丽之气"不足，要么"于世运无影响"。因此，中国古代叙事诗数量奇缺而又没有历史的气魄。周氏兄弟在翻译英国人哈葛德和安度阑和著的《红星佚史》的序言中，对古希腊的叙事诗进行了一番夸赞："鄂谟者，古希腊诗人也，生三千年前，著二大诗史，一曰《伊利阿德》（Iliad），纪（记——引者）多罗亚战事……诗之二曰《阿迭绥》（Odyssey），即记阿

---

① 梁启超：《饮冰室诗话》，《中国近代文学大系·文学理论集》（1），上海：上海书店，1994 年，第 681 页。

迭修斯自多罗亚归，途中涉险见异之事……中国近方以说部教道德为桀，斯书之繙，似无益于今日之群道。"① 周作人的言下之意在于说明外国的叙事诗可以自由表达共同的思想和理趣，而中国短小的诗篇则只适合表达个人的情感体验，虽然二者并无优劣之别，但在周氏兄弟翻译外国文学的时候，胸中还是怀有启蒙大众的目的，因此更希望诗歌能够承载"群道"。从这个角度来讲，周作人无疑是在借外国的叙事长诗来批判中国古代诗歌叙事之不足。

外国文化和翻译进中国的外国叙事长诗构成了中国现代叙事长诗产生的文化土壤。为什么这样说呢？因为任何诗歌形式的出现都有它自己的学理营养和文化传统，这种营养和传统可能来源于自身文化内部，也可能是来自国外的异质文化。由于中国叙事长诗的传统并不深厚，而现代叙事长诗又是在输入外国诗歌文体观念并翻译进大量叙事长诗作品的基础上发生的，因此，这种诗歌形式肯定受到了外来诗歌的影响和启示。中国人比较注重感性思维，注重"托物言志"，西方人则比较重视理性思维，重视对事物的再现。这种思维上的差异导致了中西方诗歌形式的差异，中国人常借诗抒情，外国人常以诗叙事或再现事物，如同朱光潜所说，由于中国人追求"情感的瞬间高峰"，② 因而长诗在中国并不发达。闻一多将中国叙事诗不发达的原因归结为中国文字不利于大量地使用比喻，因为中国诗歌语言比较含蓄凝练，有限的字词间就已经蕴含了大量的信息，他说："西诗中有一种长长的、复杂的 Homeric Simile（荷马式直喻），在中国诗里找不到，因为它们的篇幅同音节的关系，更难梦见。这种写法是大规模的叙事诗（epic）中用以减煞叙事单调之感的有效伎俩。中国的文学里找不出这种例子，也正是中国没有叙事诗的结果。"③ 从中国古代叙事诗创作的实际情况来看，我们实际上也拥有一些艺术成就颇高的叙事诗，比如《格萨尔王》、《江格尔》、《木兰辞》以及《孔雀东南飞》等。但只要我们对这些叙事诗稍加分析便可以看出，除《孔雀东南飞》外，其他几部著名的叙事诗都不是在儒家汉文化土壤里

---

① 周作人：《〈红星佚史〉序》，《知堂序跋》，周作人著，北京：中国人民大学出版社，2009 年，第 5—6 页。

② 朱光潜：《长篇诗在中国何以不发达》，《朱光潜全集》（第 8 卷），安徽文艺出版社，1993 年，第 355 页。

③ 闻一多：《〈冬夜〉评论》，《闻一多全集》（第 3 卷），北京：生活·读书·新知三联书店，1982 年，第 350 页。

生长起来的,就连《孔雀东南飞》的产生也受到了异域文化的影响。梁启超认为,自汉代开始,佛教文化开始传入中国,印度文学中分章分节的叙事长诗"大诗"(Mahakarya)也随之进入中国,从而影响了中国的诗歌创作:"我国古诗从三百篇到汉、魏的五言,大率情感主于温柔敦厚,而资料是现实的。像《孔雀东南飞》……一类的作品,都起自六朝,前此都无有。"同时,梁启超认为,《佛本行赞》原来是一首长诗,六朝时期的名士"几乎人人共读",此书"热烈的情感和丰富的想象力,输入我们诗人心灵中当然不少,只恐《孔雀东南飞》一类的长篇叙事抒情诗,也间接受着影响。"① 这即是说中国汉文化诗歌传统中几乎没有叙事长诗,即便有也是在翻译文学(佛典)的影响下产生的。中国叙事诗的历史状况表明了在中国诗歌传统内部很难有叙事诗的因子产生,中国现代叙事长诗的产生想必是受到了西方诗歌的影响,其中翻译进中国的叙事长诗起到了影响的中介作用。

在意识到了中国缺乏叙事诗的同时,各方人士纷纷认为翻译引入外国叙事长诗才能解决中国诗歌精神的不足。梁启超认为倘若自己作诗的话,将不再效仿中国古代名士,而会将眼光投向域外,就像当年的哥伦布把发现新大陆的希望寄托在欧洲之外一样,认定输入新思想和新境界才能创造出迥异于中国古代的诗篇。在那篇有名的《夏威夷游记》中,梁氏这样写道:"余虽不能诗,然尝好论诗,以为诗之境界,被千余年来鹦鹉名士(余尝戏名词章家为鹦鹉名士,自觉过于尖刻。)占尽矣。虽有佳章佳句,一读之,似在某集中曾相见者,是最可恨也。故今日不作诗则已,若作诗,必为世界之哥伦布、玛赛郎然后可,犹欧洲之地力已尽,生产过度,不能不求新地于阿米利加及太平洋沿岸也……吾虽不能诗,惟将竭力输入欧洲之精神思想,以供来者之诗料可乎?"② 引用上述这段文字,我们可以领会到梁启超变革中国诗歌的勇气和向外寻求新变资源的决心。除了输入"精神思想"之外,我们从该文中还可以看出他因为采用了外来的语言表达而为一首诗"拍案叫绝",究其原因而论,主要是因为该诗"全首皆用日本译西书之语句,如共和、代表、自由、

---

① 梁启超:《印度与中国文化之亲属的关系》,载《梁启超讲文化》,天津:天津古籍出版社,2005年。

② 梁启超:《夏威夷游记》,《中国近代文学大系·文学理论集》(1),上海:上海书店,1994年,第675—677页。

平权、团体、归纳、无机诸语，皆是也。吾近好以日本语句入文，见者已诧赞其新异；而西乡①乃更以入诗，如天衣无缝。"② 外来新词汇入文已经让人觉得惊喜了，更何况有人将之用来作诗。所以，综合这两段引文，我们可以十分清楚地看到梁启超诗歌革命的两个要素：一是从域外输入新精神和思想；二是从域外输入新词句和新表达，只有这样才不会再做寻章摘句的"鹦鹉名士"，才能不学古人而于中国诗歌来说创造出"新意境"和"新语句"。

　　五四前后翻译外国诗歌的功用目的直接导致了叙事长诗的诞生。当时许多新诗人或新文化运动的倡导者们翻译外国诗歌的目的之一便是为中国新诗引入新的文体形式。胡适说："吾意以为如西洋诗体文体果有采用之价值，正宜尽量采用。采用得当，即成中国体。"③ 周作人在《日本近三十年小说之发达》中说：我们如果要想医治中国文学现实的疾病，"须得摆脱历史的因袭思想，真心的先去模仿别人。随后自能从模仿中蜕化出独创的文学来，日本就是这个榜样……所以目下切要办法，也便是提倡翻译及研究外国著作。"④ 周作人的翻译目的不仅是要为中国新文学引入新思想，而且他在翻译时怀着建构中国新诗的文体自觉意识，他翻译日本诗歌时就希望为中国新诗引入新形式。因此，在新诗成立之初，由于形式的单调而模仿外国诗歌进行创作是新诗发展最好的路径。不仅仅是翻译诗歌改变了新诗的形式，就连叙事文学的翻译也给新诗的形式建设带来了不小的冲击，尤其是清末民初西方叙事文学的大量译介改变了中国人对叙事文体的鄙视态度，林纾的翻译小说可谓大大提升了小说的地位，使之成为清末民初的"显学"。小说地位的提升和西洋叙事方法的引进必然引起诗歌创作思维的改变，从而为叙事诗创作开辟了广阔的发展空间。闻一多先生在谈宗教对中国文学的影响时说："第一度佛教带来的印度影响是小说戏剧，第二度基督教带来的欧洲影响又是小说戏剧（小说戏剧是欧洲文学的主干，至少是特

---

　　① "西乡"即郑西乡，此人从来不作诗，偶用日本语词作诗，便得到了梁启超上述赞赏，因为新语句入诗给人新奇的审美感受。
　　② 梁启超：《夏威夷游记》，《中国近代文学大系·文学理论集》（1），上海：上海书店，1994年，第677页。
　　③ 胡适：《通信》，《新青年》（4卷6号），1918年2月1日。
　　④ 周作人：《日本近三十年小说之发达》，《周作人批评文集》，杨扬编，珠海：珠海出版社，1998年，第310页。

色），你说是碰巧吗？"① 这当然不是碰巧了，因为外国文学较中国文学而言，其擅长的就是叙事文体，亦即中国文学匮乏的就是叙事文体。外国文学包括宗教文学对中国文学造成的影响就在叙事文体上，这种影响必然会波及诗歌创作，在一个自身缺乏文化积淀而求"新生"于异邦的年代，外国叙事文体的创作方法和观念加上叙事诗歌的翻译就为中国叙事诗的发展在观念和创作实践上起到了范本作用。因此有人说："中国叙事诗接受了西方叙事诗的观念，归根到底还是接受了'荷马史诗'的原则，榜样主要是西方的诗体小说"。② 伴随着《荷马史诗》、《浮士德》、《失乐园》和《唐璜》等外国经典叙事诗的翻译，中国第一首白话叙事诗也在1920年诞生了。③ 除了1920年沈玄庐创作的《十五娘》和刘半农的《敲冰》外，20年代影响最大的叙事诗当数白采的《赢疾者的爱》，全诗4节800余行，深受朱自清和俞平伯的好评，同期发表的叙事长诗还有王统照的《独行的歌者》、郭沫若的《洪水时代》、闻一多的《园内》等在内容上体现出了五四时期的时代精神。朱湘的《王娇》、冯至的《蚕马》、韦丛芜的《君山》、闻一多的《李白之死》等则呈献出古代传说和爱情悲剧的色彩，这与20世纪20年代以后人们的革命热情的减退有关。尽管在20世纪20年代新诗的发生期内，叙事诗作为新诗的形式之一"堪称独步"④而没有形成气候，但它毕竟是在翻译诗歌影响下产生的一种新的诗体，是后来叙事诗繁荣发展的先声。

现代叙事诗的发展除了受到翻译诗歌的影响外，也与五四时期一大批诗人和诗论家的大力倡导分不开。比如朱自清不仅自己创作了长诗《毁灭》，而且还写了《白采的诗》一文来声援《赢疾者的爱》，与此同时还在《短诗与长诗》中号召人们多做长诗："在近几年来的诗坛上，长诗底创作实在太少了；可见一般作家底情感底不丰富与不发达！这样下去，加以现在那种短诗的盛行，感情将有萎缩、干涸底危险！所以，我很希望有丰富的生活和强大的力量的人能够多写些长诗，以调剂偏枯

---

① 闻一多：《文学的历史动向》，《闻一多作品精选》，胡瑜芩编，武汉：长江文艺出版社，2003年，第369页。
② 朱多锦：《发现"中国现代叙事诗"》，《诗探索》，1999年4期。
③ 1920年12月，沈玄庐在《国民日报·觉悟》上发表了《十五娘》，全诗11节81行。朱自清在《中国新文学大系·诗集·诗话》中称之为中国新诗史上"最早的叙事诗"。
④ 朱自清：《中国新文学大系·诗集·诗话》，上海：上海良友图书印刷公司，1935年。

第五章　外国诗歌的翻译与中国现代新诗各体形式的建构

的现势！"① 朱自清可谓早期中国现代叙事长诗最有力的支持者。闻一多从和谐的"建筑美"的角度出发对叙事诗的形式提出了独特的见解，他认为："布局 design 是文艺之要素，而在长诗中又尤为必要。因为若是拿许多不相关属的短诗堆积起来，便算长诗，那长诗真没有存在底价值。有了布局，长篇便成一个多部分之总体，a composite whole，也可视为一个单位。宇宙一切的美——事理的美，情绪的美，艺术的美，都在其各部分间和睦之关系，而不单在其每一部分地充实。诗中之布局正为求此和睦之关系而设也！"② 这给叙事长诗的创作者提供了很好的建议，闻一多自己的长诗《园内》和《李白之死》等就是在这种形式主张的指导下创作而成的。这些建议和理论指导为中国叙事长诗的发展起到了积极的推动作用。

中国现代叙事诗各时期的发展几乎都受到了翻译诗歌的影响。同五四前后相仿，外国叙事诗和相关文学理论的翻译是导致 20 世纪三四十年代中国现代叙事诗繁荣的主要原因之一。中国现代叙事诗的发展经历了几个不同的时期，大体上讲，五四时期是中国现代叙事诗的发端期，上世纪三四十年代该诗体才迎来了繁荣期。为什么叙事诗会在上世纪三四十年代才得以繁荣呢？杜荣根先生认为："这在一定意义上取决于现代语言的发展和旧诗格律的打破。陈独秀和胡适白话文的发难，语言经历了一场巨大的蜕变，使现代语言朝着文言合一、单音化向双音化的发展。文学媒体的裂变给新诗的产生创造了条件，而格律的废止，使新诗的发展冲破了旧诗的樊篱，这样，现代叙事诗就伴随着叙事意识的苏醒大大地拓展起来，几乎成为诗歌的一种潮流。"③ 由此可见，正是语言的变化和诗人们叙事意识的苏醒导致了中国现代叙事诗在上世纪 30—40 年代得以迅速地发展起来。除此之外，还有其他原因促使该时期叙事诗繁荣起来吗？从时代语境的角度来看，由于该时期中国内忧外患严重，人们为了表达自己深重的民族情感和宏大的时代主题，不得不选取叙事诗作为表现对象。当然，我们也不能忽视翻译诗歌的影响作用，"西方恢宏的史

---

① 朱自清：《短诗与长诗》，参见《闻一多评传》，刘烜著，北京：北京大学出版社，1983 年，第 83 页。
② 闻一多：《给吴景超、梁实秋》，参见《闻一多评传》，刘烜著，北京：北京大学出版社，1983 年，第 80 页。
③ 杜荣根：《寻求与超越——中国新诗形式批评》，上海：复旦大学出版社，1993 年，第 205 页。

诗和叙事诗如《荷马史诗》、《失乐园》、《唐璜》、《浮士德》、《叶普盖尼·奥涅金》等又给现代中国诗人的叙事诗创作提供了范例。新诗人乐意由模仿而创新。同时，西方哲学观的渗入多少改变了中国诗人重直感顿悟、轻经验理性的哲学观，加强了客观的观察与分析，这也是有助于叙事诗的勃兴的。"① 此话指出外国叙事长诗的翻译以及外国哲学观念的引入是引起中国现代叙事诗在 20 世纪 30—40 年代繁荣的又一原因。从诗歌翻译的角度寻求中国现代叙事诗繁荣的原因并非一己之见，而是很多学者的共识："从 20 年代就开始了的外国叙事诗理论及作品的翻译介绍，这时期（20 世纪 30—40 年代——引者）呈现出多元及系统性的特点。许多外国古代及近现代作家的经典性叙事诗、史诗作品，甚至像艾略特的《荒原》，都有中译本出版，并能得到文坛及时的注意及评介……特别是国外的各种近现代叙事文学及叙事诗理论规范，开始成为中国现代文艺理论及叙事诗论建构中，不同流派作家选择的基本美学原则及评判标准。……对中国现代叙事诗论及批评产生着深刻广泛的影响。"② 将以上言论归纳起来，我们不难找出上世纪三四十年代导致中国叙事诗繁荣的主要原因除了中国现代汉语固有的属性之外，外国叙事诗和史诗的翻译、外国叙事文学理论和叙事诗论的翻译以及与之相关的哲学思想的引入也是必不可少的助推因素。

总之，叙事诗虽然古已有之，但中国古代的叙事诗却不发达，为数不多的叙事长诗要么是少数民族文化孕育而生的，要么受到了翻译文学（佛教典籍）的影响。因此，中国现代叙事长诗的发生离不开外国叙事文学和叙事长诗的影响，也离不开相关文学理论和诗论的译介，尤其是外国叙事长诗的翻译作品直接为中国叙事诗的发生和繁荣提供了"模型"，使叙事诗在中国新诗史上成为一种常见的诗歌文体。

---

① 杜荣根：《寻求与超越——中国新诗形式批评》，上海：复旦大学出版社，1993 年，第 204—205 页。

② 王荣：《中国现代叙事诗史》，北京：中国社会科学出版社，2004 年，第 222 页。

第六章　外国诗歌的翻译与中国现代新诗文体的关系

前面论述了外国诗歌的翻译对中国新诗语言和形式建构的促进作用，接下来本章将从整体上探讨外国诗歌的翻译与中国现代新诗文体之间的关系，外国诗歌的翻译与中国现代新诗的文体创新、现代译诗对中国现代新诗形式观念的践行、外国诗歌的翻译与中国新诗创作中的文体选择、外国诗歌的翻译体与中国新诗的文体建设等将成为本章的主要研究内容。

第一节　外国诗歌的翻译与中国现代新诗的文体创新

清末时期，苏曼殊和马君武等人的诗歌翻译确立了译诗在文体上的独立地位，但外国诗歌在形式上完全被翻译成了中国古诗体，译者的创造性和在翻译外国诗歌时体味到的艰难遭到了文化中心主义的无情压抑。外国人一次次地用坚船利炮炸灭了中国人天朝上国的迷梦，于是中国人方才从器物转到文化层面上向外国人学习。五四以后的译诗因此具有了更多的外国色彩，而这些新鲜的语言形式对中国新诗的文体建构起到了积极的促进作用，由此引发了本书所要论述的外国诗歌的翻译与中国新诗的文体创新这一命题。

一

外国诗歌的翻译与中国新诗的文体创新首先体现为语体的创新。外国诗歌的翻译有助于改进或创造新的汉字，产生新的语言句法和表达方式，这些语言创新直接导致了中国新诗语体的创新。同时，在翻译的过程中产生的新的语言形式具有自身独特的文化属性，意味着译语与源语的调和以及由此建立起了诗歌翻译活动得以成立的可能性。

翻译有助于改进或创造新的汉字。在中国现代汉语史上，我们都知道"她"字是刘半农发明的，但也许很少有人知道刘半农创造"她"字时所凭借的支撑力量来自翻译。刘半农创造出"她"字以后，上海的《新人》杂志刊登了一篇署名寒冰的作者的文章《这是刘半农的错》，对刘半农发明的这个阴性代词提出质疑。① 远在英国读书的刘半农知道这件事情后就写了一篇《"她"字问题》的文章进行辩驳，认为以前中国的文章中没有"她"字是既成事实，后人无法改变，但是在翻译英语文章的时候就不得不用这个阴性代词了，因为英语中的"he"和"she"不可能只用一个"他"字加以翻译，否则就会引起意义的混乱。刘半农指出："在以往的中国文字中，我可以说：这'她'字无存在之必要；因为前人做文章，因为没有这个字，都在前后文用关照的功夫，使这一个字的意义不至于误会，我们自然不必把古人已做的文章，代为一一改过。在今后的文字中，我就不敢说这'她'字绝对无用，至少至少，总能在翻译的文字中占到一个地位。"② 为了进一步说明"她"字存在的必要性，刘半农举了一个例子进行说明，比如：He has been here, but we should wait for her. 翻译成汉语是："他来了，不过我们应该等她。"如果没有"她"字，那这句话的译文就是："他来了，不过我们应该等他。"语义自然就不如用了"她"清楚明白。刘半农关于"她"字的想法正好与他"译书的文笔，只能把本国文字去凑就外国文，决不能把外国文字的意义神韵硬改了来凑就本国文"的翻译主张相吻合。因此，为了"凑就"外国的"She"，汉字就必须有"她"字。正是借助翻译文体的语言表达方式，刘半农的"她"字赢得了存在的空间并逐渐融汇到了现代汉语中，成为我们常用的汉字之一。这从另外一个角度说明了翻译体在语言上的特殊性有时会导致目标语词汇的更新和扩大。

翻译有助于产生新的语言句法和表达方式。上世纪30年代，瞿秋白和鲁迅关于翻译的通信虽然有各自的出发点和语言主张，但二者不约而同地认识到了在翻译外国文学时所使用的语言与源语和目标语都存在着差异，翻译文学的语言相对于目标语来说是一种新的语言。瞿秋白认为翻译可以产生不同于固有语言的新的语言形式："翻译——除出能够介绍

---

① 寒冰：《这是刘半农的错》，《新人》（第1号），1920年4月。
② 刘半农：《"她"字问题》，《时事新报·学灯》，1920年8月9日。

原来的内容给中国读者之外——还有一个很重要的作用：就是帮助我们创造出新的中国的现代汉语。"① 瞿秋白从语言的角度认为翻译可以更新中国以后的语言，"帮助我们创造出新的"不同于已有汉语书面语的"现代汉语"。鲁迅翻译时采用的是"一种特别的白话"，他自己曾说："没有法子，现在只好采说书而去其油滑，听闲谈而去其散漫，博取民众的口语而存其比较的大家能懂的字句，成为四不像的白话。这白话得是活的，活的缘故，就因为有些是从活的民众的口头取来，有些是要从此注入活的民众里面去。"② 鲁迅所谓的翻译采用的白话是一种"四不像的白话"，也就是说翻译文学的语言几乎不可能和目标语完全一致，译者在翻译时采用的是一种既不同于原语又不同于目标语的语言，而同时，该语言既具备了原语的特征又具备了目标语的特征。所以对目标语国的读者而言，译诗语言或其他翻译文学的语言就成了"另类"语言，充分彰显出翻译体特殊的文体特征。

  翻译产生的新的语言形式有助于中国新诗语言的发展完善。朱湘认为译诗语言相对于中国语言所具有的陌生化成分可以为中国现代汉语写作输入新的语言元素，使中国文学语言变得更加完善。朱湘在给赵景深的信中高度赞扬了他翻译的意大利童话《盖留梭》，并且相信赵景深即将脱稿的译作《柴霍甫短篇小说全集》"一定能在文坛上放一异彩。创造一种新的白话，让它能适用于我们所处的新环境中，这种白话比《水浒》、《红楼梦》、《儒林外史》的那种更丰富，柔韧，但同时要不失去中文的语气：这便是我们这班人的天职。你这篇译文所取的途径我看来是康庄大道，做到神化之时，便与古文中的《左传》，英文中的《旁观者》能够一样。"③ 在朱湘看来，当时的白话文运动虽然取得了决定性的胜利，但白话文本身却并不成熟。现代白话文不同于中国古代文学中的白话文，它应该"能适用于我们所处的新环境中"，是在新的文化语境中产生的。朱湘认为避免了欧化之弊的翻译文学语言恰好是现代白话文发展的方向，翻译可以创造中国文学的新体，翻译语言因为顾及了原文的表达和意义而

---

  ① 瞿秋白：《瞿秋白关于翻译致鲁迅》，载《翻译论集》，罗新璋编，北京：商务印书馆，1984年，第266页。
  ② 李季：《鲁迅对于翻译工作的贡献》，载《翻译论集》，罗新璋编，北京：商务印书馆，1984年版，第306—307页。
  ③ 朱湘：《寄赵景深（三）》，《朱湘书信集》，罗念生编，上海：上海书店，1983年，第47页。

具备了严密的逻辑性,弥补了中国文学语言自身的不足。译诗语言虽然在语体形式上采用的是译语,但由于它要顾及原文的语言思维风格,所以语言的翻译体相对于原民族语言来说肯定会增添一些异质成分,而该异质成分逐渐融合到民族语言中,潜移默化地给民族语言带来了新变化。因此,中国现代汉语的发展路径之一就是借鉴翻译文学的语言。

翻译文体语言的"第三者"属性产生的可能性原因在于,译者为了更好地在译入语国中传达出原文的内容,为此他不能将原语与译语中的一方置于压倒另一方的地位,否则就会滑向优势语言一端而无法平等地对待正在交流的两种文化。英国学者艾伦·达夫(Alan Duff)在有名的《第三种语言》(*The Third Language*)中指出:"将一种语言的概念强加于另一种语言之上的译者是无法自由穿梭于两个世界之间的,相反,他们创造了一个第三世界——以及'第三种语言'。"① 达夫所命名的"第三种语言"实际上就是翻译体语言,他点破了翻译体语言之所以不同于原语和译语而自成一格的关键原因在于译者翻译时兼顾了两种语言的特征,不至于使译文在失去原语特色的同时失去译语国的读者。澳大利亚学者 Anthony Pym 在《翻译史研究方法》(*Method in Translation on History*)一书中提出了"交互文化"(Intercultures)的概念,认为译者(Translator)的翻译行为一旦发生,他就不再属于源语文化或目标语文化,而是属于这两种文化的重合交替部分,他用了下面这个简单但形象的图像来阐明了译者所具有的"交互文化"特征:②

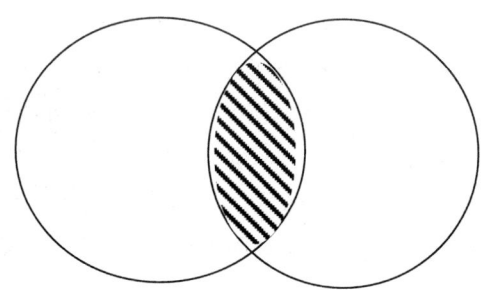

---

① Duff, Alan. *The Third Language*. Oxford: Pergamon Press Ltd., 1981. p. 10.
② Pym, Anthony. *Method in Translation on History*. Manchester: St. Jerome Publishing Ltd, 1998. p. 177.

这两个圆代表的是处于文化交流和翻译中的两种文化,中间的交汇部分即为译者的文化处境。达夫的"第三种语言"观和皮姆的"交互文化观"为我们确立翻译语言的独立性和双重文化属性提供了理论依据。正是基于对翻译体语言特点的考虑,"译者不再满足于使用规范化的语言来重新表达原作的意义和内容,而是力图通过对译入语的革新,来尽可能传达原作所体现出的语言文化差异性。显然,这种努力所产生出的译作语言必然不同于传统意义上的源语和译语。而是一种介于两者之间的独特的语言,这种语言我们不妨称之为'第三类语言'。"① 不管将翻译文体的语言称为第几种语言,以上论述所要阐明的一个中心问题就是翻译文体的语言独具特色,具有原语文化和译语文化的二重文化属性。有人对翻译体语言的特征做了这样的描述:翻译语言"以译入语的语言要素为建筑材料,但是又不同于规范地道的译入语;它力图在译语读者可以接受的基础上,尽可能多地传达原作中所体现出的语言文化差异性,以达到促进文化交流,特别是推动译语发展繁荣的目的。"② 因而,在翻译外国诗歌的过程中产生的"第三种语言"同样有助于推动中国现代新诗语言的建构。

翻译导致有自身特性的"第三者语言"样态的出现究竟意味着什么?"在与外文词语的跨语际交流中,新词语和新词语的建构猛然出现了,它们占据着过去与现在之间的一个中介性位置,要求对历史变化进行不同的解读。首先,变化不可能是从未经触动的过去直接过渡到现在,因为存在着许许多多的中介,这就使我们不可能自称拥有一个物化的过去。其次,本土语言的转型不能……仅仅用外来冲击予以解释,因为外国词语和通过翻译传介的中国古代语言一样,都得服从同样的跨语际解读的逻辑。"③ 中国社会在19世纪末期到20世纪初年的跨语际实践进程中,更应该给予关注的是"在历史偶然性的关键时刻,西方和中国过去的思想资源究竟是怎样被引用、翻译、挪用和占有的,从而使被称为变化的事物得以产生。我认为这种变化既不同于中国自身的过去,也不同

---

① 吴南松:《"第三类语言"面面观》,上海:上海译文出版社,2008年,第3页。
② 吴南松:《"第三类语言"面面观》,上海:上海译文出版社,2008年,第30—31页。
③ 刘禾:《跨语际实践——文学,民族文化与被译介的现代性》,宋伟杰译,北京:三联书店,2002年版,第53—54页。

于西方，但又与二者有着深刻的联系。"① 两种不同的语言之间由于文化和历史背景的差异而不可能在翻译中建立起对等的关系。既然语言之间的对等关系只是一种喻说，那这种对等的关系在语言之间是如何建立起来并保存至今？让不同的语言之间建立对等关系的行为究竟是服务于什么的需要？这并不是翻译中的技术问题或语言问题，而是指向跨文化和跨语际研究中值得重点关注的实践与权力的各种因素。"翻译的一贯方法以及翻译的政治之所以成为可能，靠的就是在不同语言之间建立人们假定其存在的对等关系。"② 这种假设对等关系的破绽是很容易被看清的，毕竟很难有两种不同的语言所对应的词汇能够相似到可以充分描写相同的社会现实和生活现实，不同的语言在各自建构起来的世界中所扮演的角色也不会只是表面形式的"独特或者怪异"，而其本质也必然存在差异。就如叶公超所说："严格说起来，任何翻译没有与原本绝对准确的。我们都知道，文字是思想与智慧的表现，有哪一种的文化便有哪一种的文字。若是要输入一种异己的文化，自然非同时输入那种文化的文字不可。……每个字都有它的特殊的历史：有与它不能分离的字，与它有过一度或数度关系的字，以及与它相对的字。这可以说是每个字本身的联想。因此，严格说来，译一个字非但要译那一个而已，而且要译那个字的声、色、味以及其一切的联想。实际上，这些都是译不出来的东西"。③ 因此，"特定共同体"语言世界观的假设是不成立的，翻译也不可能在两种语言之间找到完全对应的词汇。这在客观上反映出中国近现代知识分子在面对西方文化时所流露出来的边缘文化心态。20世纪中国知识分子很难保持一种独立的民族文化身份认同感，他们对民族历史和记忆的书写都或多或少地以他文化为参照。以中国新文学的发展为例，我们的新诗革命在理论先行的情况下，在与传统诗歌决绝之后，其发展往往只能以外国诗歌或外国诗歌的译本为蓝本进行创作，这多少反映出中国现代知识分子的民族文化心理和居于世界民族文化之林中的边缘地位。我们现在回过头来打量现代汉语受到的外来影响时常用"欧化"或

---

① 刘禾：《跨语际实践——文学，民族文化与被译介的现代性》，宋伟杰译，北京：三联书店，2002年版，第54页。
② 刘禾：《跨语际实践——文学，民族文化与被译介的现代性》，宋伟杰译，北京：三联书店，2002年版，第22页。
③ 叶公超：《论翻译与文字的改造——答梁实秋论翻译的一封信》，《新月》月刊（4卷6期），1933年3月1日。

"外化"对之加以概括,而很少有人会认为是外国语言的中国化。不仅是在语言上,我们在借鉴外国文体来书写我们民族的心路历程时也体现得十分明显,比如19世纪末20世纪初期中国提倡文学革命,要以西方的文学为模板来发展我们的新文学,这已经彰显出中国当时的知识分子不再盲目自大地将自己的文化置于世界文化的中心地位,国门被强制打开后涌入的外国器物层面和精神层面的文化早已将"天朝上国"的迷梦击得粉碎。其实,为什么汉语中没有与英语相对等的词汇和语吻就一定说明汉语有缺点呢?难道不可以反过来证明西方语言因为不能充分再现东方文化神韵而具有缺点呢?对此,叶公超曾说:"世界上各国的语言文字,没有任何一种能单独的代表整个人类的思想的。任何一种文字比之它种都有缺点,也都有优点,这是很显明的。从英文、法文、德文、俄文译到中文都可以使我们感觉中文的贫乏,同时从中文译到任何西洋文字又何尝不使译者感觉到西洋文字之不如中国文字呢?就是西洋文字彼此之间只怕也有同病相怜之感吧!"[1]

因此,我们在将外国文学翻译进中国时如果找不到合适的词语与之相对应,并不能就此推断中国语言有缺点且不及外国语言缜密,隐含在翻译中的权力关系不容忽视。

二

在翻译外国诗歌的过程中有时会产生不同于中国已有的新的诗歌形式。在中国现代译诗发展的每一个时期,由于中国诗歌固有的形式与外国诗歌之间始终难以建立起完全对等的关系,译者在翻译外国诗歌的时候就会通过自身的创造去寻求更能再现原诗风格的译诗形式,于是在翻译外国诗歌的过程中便产生了新的诗歌形式。

在中国新诗形式建构尚处于萌芽阶段的新文学运动早期,采用格律严谨的古诗体很难再现外国诗歌的文体风格,所以很多译者在翻译的时候采用了直译的方式,遂在中国新诗界形成了新体。中国最早尝试无韵体诗和散文诗创作的是刘半农,究其原因主要还是他在翻译过程中获得了新的诗歌形式。刘半农早在新文化运动之前的1915年就翻译了屠格涅

---

[1] 叶公超:《论翻译与文字的改造——答梁实秋论翻译的一封信》,《新月》月刊(4卷6期),1933年3月1日。

夫的4首散文诗,后来又翻译了印度诗人拉坦·德维的散文诗,最为重要的是刘半农在翻译的过程中习得了新的诗歌文体,他在《我行雪中》的译后记中说:"两年前,余得此稿于美国 Vanity Fair 月刊,尝以诗词歌赋各体试译,均为格调所限,不能竟事,今略师前人译经笔法写成之,取其曲折微妙处易于直达,然亦未能尽惬于怀。意中颇欲制造一完全直译之文体,以其事甚难,容缓缓尝试之。"① 这说明用中国传统的诗歌文体难以翻译外国的诗歌作品,只有以直译的方法进行尝试,借助原文的文体,才可能将外国诗歌翻译得更好,于是,便产生了诸种外国诗歌文体,这些"直译之文体"对中国诗歌而言是陌生而新鲜的。"刘半农率先把在翻译中学到的诗体形式,运用于创作中,竟创出了新路",② 使他成为最早的散文诗人之一。刘半农在翻译阅读中创造诗歌新体的另外一例是他创作《爱它?害它?成功》受到了英国诗人皮考克《橡树和山毛榉》的启示:"我这首诗,是看了英国 T. L. Peacock(1785—1866)所作的一首'The Oak and the Beech'做的。我的第一节,几乎完全是抄他;不过入后的用意不同,似乎有些'反其意而为之'(他的用意也很好)。"③ 这些事例说明刘半农的诗歌创作采用的形式是在直译外国诗歌的过程中获得的新体。

  虽然中国新诗的文体形式受外国诗歌影响深重,但中国新诗的形式还是不能和外国诗歌的形式建立起对应的关系,这直接导致了我们在翻译外国诗歌的时候经常找不到合适的诗歌形式去再现原诗的形式,于是译者不得不在中国新诗固有的文体形式之外另辟它径,创造一种新的形式来翻译外国诗歌。上世纪30—40年代,穆旦在翻译普希金的叙事长诗的时候遇到了形式上的问题,因为原诗是格律诗,而中国新诗现有的文体却没有建立起格律来,因此为了尽可能地接近原诗的形式,译者只能在中国新诗形式之外另创新体。"普希金的叙事诗是很严谨的格律诗,要把它译成我国的新诗,对译者立刻发生一个困难的问题。由于我们的新诗还没有建立起格律来,译者没有一定的式样可以遵循,这迫使他不得不杜撰出一些简便可行的、而又类似格式的临时

---

① 刘半农:《〈我行雪中〉译后记》,《新青年》(4卷5号),1918年5月15日。
② 沈用大:《中国新诗史》,福州:福建人民出版社,2006年,第49页。
③ 赵景深:《半农诗歌集评》,杨扬辑补,北京:书目文献出版社,1984年,第33页。

的原则，以便他的译文有适当的规律性。"① 如何为译诗选择一种适合的形式去翻译外国诗歌，这是译者常常碰到的问题。到了 20 世纪 70 年代，季羡林先生在翻译印度古典名著《罗摩衍那》的时候也遇到了解决译诗形式的难题。在着手翻译这部宏大巨作以前，季羡林以为原文的梵语并不难懂，翻译起来也自然并不艰难，但"一着手翻译，立刻就遇到了难题。原文是诗体，我一定要坚持自己早已定下的原则，不能改译为散文。但是要什么样的诗体呢？这里就有了问题。流行的白话诗，没有定于一尊的体裁或者格律，诗人们各行其是，所有的形式我都觉得不恰当。我于此道是外行，不敢乱发议论。所谓玛雅科夫斯基体，在这里更是风马牛不相及，根本用不上。完全用旧诗来译，也有困难，一是不能做到'信'，一是别人看不懂。反复考虑，我决定译成顺口溜似的民歌体。每行字数不要相差太多，押大体上能够上口的韵。"② 因此，诗歌翻译因为要考虑到译文内容的"信"和译本的接受情况，常常会和原文的形式产生偏差，诗歌翻译中的形式误译是不可避免的，有时甚至是译者有意为之的翻译行为。季羡林先生的翻译没有选取文人常用的古诗体和新诗体，而是采用了一种不同于地道民间歌谣体的顺口溜体。即便是采用了一种书面化的"顺口溜体"，季羡林在翻译《罗摩衍那》时还是在文体形式上"越来越觉得别扭。我觉得，使用的那种每行字数大体上差不多的诗体，还不够理想；还不如干脆译成七言绝句、少数五言绝句式的顺口溜，这也许更接近中国的民歌。"③ 由此看来，季羡林在翻译中使用的文体形式既不是民间的顺口溜，也不是文人的五七言绝句体，更不是新诗形式，其译文采用的是一种变异的新文体——兼具了民歌的韵式、古诗的排列形式和新诗的白话三种特质。

诗歌翻译涉及到一系列的文体问题，比如译者动笔之前总会思索本国的诗歌究竟是什么样子，而即将动手翻译的外国诗又将被翻译成什么文体，是否在原诗和民族诗歌已有的文体形式中能找到适宜于译诗的形式等等。但译诗最复杂的形式问题却并没有包括在其中，有时候译者在

---

① 查良铮：《关于译文韵脚的说明》，《中西诗歌翻译百年论集》，海岸选编，上海：上海外语教育出版社，2007 年，第 121 页。
② 季羡林：《〈罗摩衍那〉译后记》，《季羡林谈翻译》，北京：当代中国出版社，2007 年，第 77—78 页。
③ 季羡林：《〈罗摩衍那〉译后记》，《季羡林谈翻译》，北京：当代中国出版社，2007 年，第 83 页。

源语和目标语文化语境中均不能找到合适的形式去对应或者"凑就"原诗，这个时候，译者不得不在习得的诗歌形式美学知识中去重新组构新的诗歌形式。不管是借助传统的诗歌形式、外国的诗歌形式还是中国现代已有的诗歌形式，译者总之是在翻译诗歌的时候必须得创造新体。这种迫于译诗和原诗不能形成形式对应而不得不另寻它路的形式创新，在诗歌翻译中是比较普遍的现象，它既不属于形式的异化翻译也不属于形式的归化翻译，而是介于二者之间的新体。以翻译林语堂英文小说《京华烟云》闻名的台湾学者张振玉在谈诗歌的翻译时回忆了自己的一段译诗经历：20世纪30年代前后，他在北京辅仁大学上学的时候开始翻译英国的抒情诗歌，在形式上主要采纳了卞之琳、何其芳等创作新诗时常用的时尚形式，"但是后来觉得，如果在文字精炼悦耳顺口之下，采取一种诗体，把中国诗经楚辞汉魏乐府、唐之古风律绝、宋词元曲小令融汇于一炉，不知如何？因为如此一来，则句法长短无律绝的限制，韵的疏密无词曲的限制；句之长短，韵之疏密，既然全无限制，试问还有什么认为的'桎梏'来'迫害'我呢？"[①] 据此，张先生的译诗采用了古诗文体形式上的所有自由元素。接下来，他继续说到："我又决不用古奥艰涩的字眼儿，不用古韵，文字要文而不涩，浅而不俗"[②] 据此，张先生的译诗采用了中国新诗文体语言上的"现代性"元素。至于译文与原文语言的关系问题，张先生也说得很清楚："我以为中英文字不同，我并不遵守原诗的韵脚；译诗中的文字技巧仍是中文的技巧。因为原诗的声音节奏之美既然在译诗中渺不可见，若再不赋予中文的形式美，尚有什么文字美可言？没有文字美，又何足以称为诗。"[③] 据此，张先生的译诗背离了原诗的语言节奏而转向中文语言的艺术性建构方式。张振玉先生的话从两个层面标示出译诗在文体形式上具有的创新性：一是没有采用中国新诗固有的形式而仅仅是采用了现代白话文，二是没有采用外国诗歌语言的音韵节奏而仅仅是采用了中文艺术。因此他的译诗在文体形式上必然不同于已有的现代新诗和作为翻译参照对象的原诗，而是一种新体。

---

① 张振玉：《翻译散论》，台北：东大图书股份有限公司，1993年（民国八十二年），第56页。

② 张振玉：《翻译散论》，台北：东大图书股份有限公司，1993年（民国八十二年），第56页。

③ 张振玉：《翻译散论》，台北：东大图书股份有限公司，1993年（民国八十二年），第56页。

我们试以张振玉翻译 Oliver Goldsmith 的《荒村》(*The Deserted Village*)为例来看看他为翻译而"创造"的新体具有怎样的审美效果:

原诗中的一节:①
But now the sounds of population fail,
No cheerful murmurs fluctuate in the gale,
No busy steps the grass-grown footway tread,
But all the bloomy flush of life is fled——
All but you widowed, solitary thing
That feebly bends beside the plashy spring;
She, wretched matron-forced in age, for bread,
To strip the brook with mantling cresses spread,
To pick her wintry fagot from the thorn,
To seek her nightly shed, and weep till morn——
She only left of all the harmless train,
The sad historian of the pensive plain.

张振玉先生的译文是:

如今已无万家灯火与村声,再无笑语浮沉逐晚风。细草小径已无脚步忙来往,村中旺气已无存。只剩村妇寡且贫,茕茕一孤身。龙钟行难稳,屈伏泉水滨。寻野菜,填空腹,张破网,捞水芹。为御冬寒伐经荆榛,做柴薪。日暮独归茅舍去,饮泣晓星沉。全村人,皆还去,此老妇,一身存。满腹凄凉伤往事,平原村庄一史臣。

张先生的译文没有分行排列,他认为诗之为诗的根本不在分行与否,而在于语言的精炼和诗意的浓厚。该译诗基本能传达原诗的悲凉意蕴,刻画老妇人伤感的形象,语言紧凑但通俗易懂,诗行长短参差不齐却不显松散,整个形式比古诗自由但比新诗严谨,完全有别于当时流行的白

---

① 原文和译文均参见《翻译散论》,张振玉著,台北:东大图书股份有限公司,1993年(民国八十二年),第57页。

话自由诗。

　　翻译外国诗歌之所以会产生新的诗歌形式，这主要与民族诗歌形式与原诗形式之间难以找到一一对应的诗歌形式有关，也与诗歌翻译本身难以再现原诗的形式风格密不可分。随着中国新诗文体的发展成熟和诗歌形式的日益增多，译者在翻译外国诗歌的时候就有更多的形式选择，于是在翻译中创造新体的文学现象就日渐减少。但不管怎样，翻译外国诗歌的过程中产生的新体在客观上促进了中国新诗自身的文体建构。

三

　　任何人在翻译外国诗歌时，主观上总是力图再现原诗的风格神韵，这样译诗便不得不背离民族语言形式和诗歌文化；但客观上，由于受到民族诗歌和民族文化原型的影响，很多诗歌元素具有不可译性，外国诗歌与中国新诗之间"等值"的符码或形式转换不可能实现，译诗在文体样式和语言运思方式上又不得不皈依民族语言和诗歌文化，主观上的背离和客观上的皈依造就了翻译诗歌文体特殊的双重文化属性。

　　在极端否定传统诗歌的五四时期，人们纷纷倡导译诗应该偏向于外国诗歌的文体。比如刘半农强调翻译文学的语言应该更偏重于原语，但由于它在书写形式和表达方式上更多的使用的是译语，因此刘半农所谓的翻译语言其实也是一种特殊的语言形态，一种具备了原语和译语文化属性的第三种语言。在那篇五四时期有名的"双簧戏"文章中，刘半农指出："当知译书与著书不同，著书以本身为主体；译书应以原本为主体；所以译书的文笔，只能把本国文字去凑就外国文，决不能把外国文字的意义神韵硬改了来凑就本国文。即如我国古代文学史上最有名的两部著作，一部是后秦鸠摩罗什大师的《金刚经》，一部是唐玄奘大师的《心经》：这两人，本身生在古代，若要在译文中用些晋唐文笔，眼前风光，俯拾即是，岂不比林先生仿造两千年以前的古董，容易得许多，然而他们只是实事求是，用极曲折极缜密的笔墨，把原文精意达出，既没有自己增损原意一字，也始终没有把冬烘先生的臭调子打到《经》里去；所以直到现在，凡是读这两部《经》的，心目中总觉这种文章是西域来的文章，决不是'先生不知何许人也'的晋文，也决不是'龙嘘气成云'的唐文：此种输入外国文学使中国文学界中别辟一个新境界的能力,岂一般'没世穷年,不免为陋儒'的人所能梦见!"① 刘半农认为像鸠摩罗什和玄奘这样的翻译大师由于采用了西域语言的"极曲折极缜密"的表述方式,舍弃了当时晋代或唐代的语言表达习惯,因而没有随着朝代的更迭而失去存在的价值,反而由于其固有的西域文化色彩延传至今。刘半农这段话的真实用意是要求五四时期的翻译文学不要采用五四时期的语言表达方式,应该使用一种不同于白话文或文言文的偏重于原语色彩的第三种语言去从事翻译。这在客观上有利于为中国新诗输入更多的诗体,从侧面表明了翻译诗歌对中国新诗文体建设的重要意义。

但事实上,理想的译诗在语言形式上应该保留原语的特点,又要顾及译语的表达习惯。偏激的五四新文学先锋们到了20世纪20年代便开始意识到译诗的文体不能只具有原诗的特征,还必须符合译语国的诗歌审美习惯。刘半农后来在给周作人的信中说:我们翻译西书的"基本方法,自然是直译。因是直译,所以我们不但要译出它的意思,还要尽力的把原文中的语音的方式保留着;又因为直译(Literal Translation)并不是字译(Transliteration),所以一方面还要顾着译文中能否文从字顺,能否合于语言的自然。在这双方挤压中,当然不免要有牺牲的地方"② 刘半农的这句话显然比他在和钱玄同的"双簧戏"中所写的《复王敬轩书》一文对翻译诗歌的语言要求有所改变,刘氏在该文中认为译文语言应该"凑就外国文",但是在这封给周作人的书信中却有所缓和,认为语言的翻译体在凑就外国语言的同时还要根据译语的表达习惯做到"文从字顺"。刘半农的译诗语言观念既避免了之前的绝对西化,又避免了鲁迅"宁信不顺"的极端翻译方式,因而是当时比较合理的翻译语言观念。在这种观念下产生的翻译语言必然具备原语和译语的二重文化属性,兼顾了两种语言的特点,能够使译文更大限度地满足广大读者的需求。刘半农的译诗语言观念已经无限接近荷尔德林所谓的"纯语言"观。荷氏提出纯语言的目的是想在"他所翻译的古希腊语和现代德语之间开辟一个文化和言语上的中间地带,这个地带既不完全属于希腊语,又不完全属于德语,而是更贴近所有人类语言所共有的东西。"③ 此"纯语言"

---

① 刘半农:《复王敬轩书》,《新青年》(4卷3号),1918年3月15日。
② 刘半农:《刘半农致周作人》,1921年3月20日。
③ 谭载喜:《西方翻译简史》,北京:商务印书馆,1991年,第140页。

兼具了希腊语和德语的特征，从而使译文能够被懂德语和希腊语的读者所接受。也即是说荷尔德林认为译文的语言应该具有原语和译语的共同特征，两种语言"以一种互补的关系共同存在"于译语这样的第三种语言中，只有这样才能最大限度地满足读者的需要。

如果离开普遍主义和文化相对主义，离开我们一直以来所认为的语义对等的翻译基础，那我们还能在不同的语言之间继续文化交流吗？我们还能通过掌握他语言进行翻译并进入另一个语言建构的世界吗？本雅明在《译者的任务》中的观点为跨语际交流提供了新思路，有助于翻译研究走出普遍主义和文化相对主义的思维模式："一部作品是否可译的问题具有双重意义。或：是否能在作品的总体阅读中找到胜任的译者？或更确切地说：它的本质是否适合翻译，因此，仅就这种形式的意义来说，而要求翻译？"[1] 本雅明在翻译的过程中只考虑了译者和原文的因素，并没有考虑译文的读者，按照他的观点，本源语中的原文和接受语中的译文应该服从于第三个概念——纯语言（Pure language），它"不再意指或表达任何东西，而是就像那不可表达的、创生性的太初之言，在所有语言中都有意义。"[2] 因此，本雅明的翻译观念摒弃了原文的原初性、译文的忠实性以及普遍主义所谓的译语与原语之间的对等性，否定了两种语言在意义上可以直接由对应的词汇的假设，而将翻译文本的语言引入了纯语言的境地。那么究竟什么是纯语言呢？刘禾认为"纯语言属于上帝的记忆王国，原文和译文在那里以一种互补的关系共同存在着。"[3] 既然存在着这样的语言，那作品的翻译就存在着可能性，不管我们是否有足够的能力去理会"纯语言"并由此踏上翻译的征程。

本雅明的"互补性"观念对德里达从解构主义思考翻译过程中的起源和意图及各种语言之间的关系时获得了新的认识，人们开始意识到翻译不再是建立在普遍主义和文化相对主义真理的基础上的可译性视野内的寻找不同语言间意义对等的交流活动，也不是原文是翻译的最高标准，

---

[1] 本雅明：《译者的任务》，陈永国译，《翻译与后现代性》，陈永国编，北京：中国人民大学出版社，2005年版，第4页。
[2] 本雅明：《译者的任务》，陈永国译，《翻译与后现代性》，陈永国编，北京：中国人民大学出版社，2005年，第4页。
[3] 刘禾：《跨语际实践——文学，民族文化与被译介的现代性》，宋伟杰译，北京：三联书店，2002年，第20页。

译文就是对原文的忠实反映或是对原文意义信息的损耗。根据本雅明的观点，原文和译文是互相补充的，因而译文可能创造出比原文的翻版或复制更加丰富的意义内涵，原语和译语"以一种前所未有的形式在翻译中相互关联。他们相互补充……可是世界上没有任何其他一种完整性能够代替这样一种完整性，或者说这样象征性的互补性"① 翻译外国诗歌是为中国新诗"输入诗体"的主要途径，因此，译诗形式可以丰富中国的新诗文体。译诗的文体形式有助于为中国新诗引进新体。比如徐志摩在翻译中引入新体"土白诗"（方言诗）就是一例，他"学习并借鉴了彭斯的'土白诗'这种独白体，这种语体在中国，正像当时评论家指出的那样，属于徐志摩首创。"② 徐志摩的《卡尔弗利里》和《一条金色的光带》都是"土白诗"。译诗形式对中国新诗文体建构具有促动作用："借此（外国诗的翻译）可以感发本国诗的革新。我们翻开各国文学史来，常常看见译本的传入是本国文学史上一个新运动的导线；翻译诗的传入，至少在诗坛方面，要有这等的发生。"③ 中国新诗文体形式正是凭借外国诗歌的翻译体才逐渐建构和发展起来的，从最初胡适以译诗《关不住了》来宣布新诗成立的"新纪元"到刘半农的借助翻译增多诗体，从朱自清认为译诗可以"试验种种诗体"到梁宗岱认为译诗是新诗诗体形式的"一大推动力"，④ 表明了翻译外国诗歌是中国新诗文体建构过程中非常重要和关键的环节，不仅可以为中国新诗提供形式经验，而且可

---

① 引自刘禾：《跨语际实践——文学，民族文化与被译介的现代性》，宋伟杰译，北京：三联书店，2002年版，第21页。
② 刘介民：《类同研究的再发现：徐志摩在中西文化之间》，北京：中国社会科学出版社，2003年，第337页。
③ 茅盾：《译诗的一些意见》，《文学旬刊》（第52期），1922年10月10日。
④ 朱自清先生在《新诗的出路》中认为翻译外国诗歌对中国诗人而言"可以试验种种诗体，旧的新的，因的创的；句法，音节，结构，意境，都给人新鲜的印象。（在外国也许已陈旧了）不懂外国文的人固可有所参考或效仿，懂外国文的人也还可以有所参考或效仿；因为好的翻译是有它独立的生命的。译诗在近代是不断地有人在干，……要能行远持久，才有作用可见。这是革新我们诗的一条大路"。（朱自清：《新诗的出路》，载《新诗杂话》，北京：三联书店，1984年版。）梁宗岱也认为翻译外国诗歌可以为中国新诗输入新鲜的文体形式，他在《新诗底分歧路口》中也认为翻译是增进中国新诗诗体形式的"一大推动力"，虽然翻译外国诗歌"有些人觉得容易又有些人觉得无关大体，我们确认为，如果翻译的人不率尔操觚，是辅助我们前进的一大推动力。试看英国诗是欧洲近代诗史中最光荣的一页，可是英国现行的诗体几乎没有一个不是从外国——法国或意大利——移植过去的。翻译，一个不独传达原作底神韵并且在可能内按照原作底韵律和格调的翻译，正是移植外国诗体的一个最可靠的办法。"（梁宗岱：《新诗底分歧路口》，载《诗与真·诗与真二集》，北京：外国文学出版社，1984年，第172页。）

以帮助中国新诗"增多诗体"。

现代译诗在文体上的艺术成就有时候超越了中国现代新诗的艺术成就。在中国现代新诗史上,翻译诗歌在文体上的优势地位和引导作用不仅体现为优秀译诗所具有的模板作用,而且也体现为诗人的译诗与其创作相比所具有的语言形式优势。也即是说,很多诗人的译诗比创作更具艺术价值,比如有人在评价戴望舒和艾青的诗歌时曾说:"比较他们的创作和译诗,有明显影响的痕迹。但质地大都较后者差。(注:艾青只译了十数首维尔哈仑的诗,译笔堪称一流,语句与他自己的诗风几乎难以区别)。"① 其实不只是戴望舒和艾青的创作和译诗相比具有文体弱势,在中国新诗的创作实践历程中,很少有诗人兼顾了内容与形式的和谐而使自己的作品具有"文质彬彬"的气质。在中国新诗面对形式和内容的两难处境时,翻译诗歌的出现恰恰从某种程度上调和了二者的矛盾。比如胡适译的蒂斯戴尔的《关不住了》、朱湘译的济慈的《秋曲》、梁宗岱译的莎士比亚的十四行诗、冯至译的里尔克的《豹》、穆旦译的拜伦的《哀希腊》等,其中渗透出来的内容与形式的协调统一是这些诗人自身的创作所难以达到的艺术高度。"中国新诗史上似乎还没有哪个诗人写出了既包容了现代感性又具有严整的形式和韵脚的出色的诗",这种说法虽然显得绝对化,但可以肯定的是,现代诗歌史上的很多"译诗都达到了汉语最大限度的和谐,他们不仅把内容而且也把形式移植过来了,成为当今诗歌创作的范例。"②

总之,由于诗歌翻译是建立在两种语言之间的跨文化交流活动,语言和文化的差异决定了译者在翻译的过程中往往会背离原作的诗歌的文体形式而接近本民族的诗歌审美取向。但对于译入语国的读者来说,译诗无论怎样"归化"于本国诗歌,它始终带有外国诗歌的语言和形式色彩。因此,外国诗歌的翻译总会在目标语环境中产生新的文体,进而带动本国诗歌文体的发展。

---

① 李景冰:《中国象征主义诗歌的两极——由戴望舒、梁宗岱想到的》,《文艺评论》,1996 年 3 期。

② 李景冰:《中国象征主义诗歌的两极——由戴望舒、梁宗岱想到的》,《文艺评论》,1996 年 3 期。

第二节 外国诗歌的翻译对中国现代新诗文体观念的践行

　　诗人译诗是中国现代新诗史上的独特现象，充分显示了诗歌翻译与创作的互动关系。很多译者在翻译外国诗歌的过程中习得了艺术经验而开始用诗去表达情思，从而走上了诗歌创作的道路；也有部分诗人在创作的过程中形成了独特的诗歌文体主张，从而把外国诗歌翻译成符合自己审美观念的形式，致使大量的现代译诗成了践行中国新诗文体观念的"生力军"。具体而言，现代译诗主要在语言、音律、形式以及风格等方面实践或试验了中国新诗的形式观念。

一

　　诗歌的文体要素主要包括语言、音律和形式等内容。在中国新诗提倡白话但很难创作出符合理论要求的文本时，现代译诗则最早成功实践了新诗的语言主张，成为中国新诗创作的语言范本。同时，中国新诗根据外国诗歌的音律特征创立的"音步"理论也逐渐在翻译外国诗歌的过程中得以应用成熟。

　　现代译诗最早实践并成功运用了中国新诗的语言观念。20世纪初的新诗运动实质上是白话文运动的构成部分，其时的胡适和陈独秀等人主张新诗语言的白话化点明了中国新诗文体的核心特征。胡适的《白话诗八首》于1917年2月在《新青年》发表，这批最早的新诗产品还没有完全脱离古诗文体的窠臼，倒是在此之前或稍后的译诗更充分地实践了白话新诗的主张。清末圣经诗篇的译本已经具有很强的新诗意味，例如收集在《中国近代文学大系》（翻译文学集）中的《弓歌》和《雅歌》则和现代白话新诗的语言如出一辙："无花果树结果芬芳，／葡萄树开花发香，／我的佳偶，我的美人，／求你兴起随来。"[①] 这几行节选自1908年出版的《旧约全书》官话本中的诗歌，基本符合胡适等人提倡的新诗语

[①] 施蛰存主编：《中国近代文学大系·翻译文学集》（3），上海：上海书店出版社，1995年，第101页。

言主张。胡适1918年4月发表在《新青年》上的《老洛伯》采用的完全是口语白话，而到了1919年3月翻译的《关不住了》则充分实践了中国新诗的语言主张，难怪胡适称该译诗开创了中国新诗的"新纪元"。现代译诗不仅在整体上实践了中国新诗的语言观念，而且具体的译诗过程也是对译者语言风格的实践。徐志摩1924年从英国人菲茨杰拉德（Edward Fitzgerald）的英译诗中转译了波斯诗人莪默《鲁拜集》的第73首作品，而之前胡适、郭沫若均对此做了较好的翻译，但徐志摩却认为翻译不是要拿自己的译品与他人的译品"比美"，"翻诗至少是一种有趣的练习，只要原文是名著，我们译的人就只能凭我们各人的'懂多少'，凭我们运用字的能耐，'再现'一次原来的诗意"。① 翻译外国诗歌对诗人自身的创作而言的确是一种有效的检验，诗人的诗歌文体观念和表现技巧都可以在诗歌翻译过程中得到练习并日趋完善。译诗往往也由此打上译者语言风格的烙印，余光中先生在《翻译和创作》一文中说："'一般说来，诗人而兼事译诗，往往将别人的诗译成颇具自我格调的东西。'这当然是常见的现象。由于我自己写诗时好用一些文言句法，这种句法不免也出现在我的译文之中。"② 因此，对译者而言，他们的译诗语言在风格向度上与创作很多时候是一致的，有效地实践了自我的新诗语言观念。

现代译诗有效地践行了中国新诗的音律主张。中国现代新诗的音律探索历程几乎都是围绕着闻一多先生的"音组"概念展开的，中国新诗的每一次格律建设均与借鉴外国诗歌的格律密不可分，其中翻译诗歌更是实验中国新诗格律观念的"排头兵"。"闻先生所说的'音尺'（从英文 metric foot 译来的，别人较多译为'音步'），即后来常说的'音组'或沿用我国旧说的'顿'。在闻先生以外，举例说孙大雨先生写诗和译诗体作品，是有意识以'音组'作为诗行内的基本单位；（……最近借读美国威斯康星大学周策纵教授1962年发表在纽约《海外论坛》月刊3卷9期上的《定形新诗体的提议》这篇渊博的长文，知道他也肯定'音组'是新诗律方面的'最主要因素'。）故陆志韦先生，借鉴西方大多数语种的诗律，主要用重音为单位来建行，试验写出了《杂样的五拍诗》，……似也和闻先生的主张和实践有相辅相成的地方。梁宗岱

---

① 徐志摩：《莪默的一首诗》，《晨报副刊》，1924年11月7日。
② 余光中：《余光中谈翻译》，北京：中国对外翻译出版公司，2002年，第35页。

先生译莎士比亚十四行体诗,则试按法国格律诗建行算'音缀'即我国语言学改称的'音节'(syllabe),也就是汉语的单音字,探求诗行的整齐,这又合闻先生主张的整齐、匀称的一个方面。而比我还年轻一代的屠岸同志译莎士比亚十四行体诗则在'顿'或'音组'以外还讲求轻重音配置,这又是进一步的试验"。① 这段话表明我国现代译者常常采用与"音步"相同或相近的中国现代新诗音律去翻译外国诗歌,这主要是由于译者为了充分再现原作的形式而不得不尽可能地使用音律形式。但从另外一个角度来讲,闻一多、孙大雨、陆志韦、梁宗岱、卞之琳乃至屠岸等人的译诗因为应用并实践了中国新诗的音律而获得了文体形式的成功,不仅使现代译诗有效地实践了中国新诗的音律主张,而且证明了中国新诗格律理论的合理性和生命力。

正是有了现代译诗对中国新诗语言和格律理论的践行,新诗才逐渐赢得了文坛地位。而事实上,现代译诗之于中国新诗的这一功效很多时候并非译者有意为之,现代译诗能率先打破中国诗歌的文言禁锢并走上白话的道路,主要与翻译活动的特征及文言译诗的弊端有关;对中国现代格律诗音律的试验虽然具有更多的自觉意识,但与"音步"概念来自外国诗歌有关,故能更好地在翻译中传递出外国诗歌的音律特征。

二

在诗歌形式方面,现代译诗不仅是中国新诗运动中最早践行诗体解放的理想文本,促进了中国新诗形式的发展成熟,而且在不同时期试验了中国现代格律诗的形式主张。

现代译诗最早践行了中国新诗的"诗体大解放"。倘若译诗还是采用古体形式,没有胡适迥然有别于传统诗歌形式的译体,即便是新诗形式有了理论上的倡导,依然很难打开新的诗歌创作局面。五四新文学运动以前,清末有识之士如马君武、苏曼殊等人就翻译了大量的外国诗歌,"但是译的都是用文言旧诗体,影响有限,对于中国诗体的变革更无直接关系。"② 在古诗体步入僵化的发展境地时,新诗革命倡导白话自由诗,

---

① 卞之琳:《完成与开端:纪念诗人闻一多八十生辰》,《卞之琳文集》(中卷),合肥:安徽教育出版社,2002年,第157页。
② 卞之琳:《翻译对于中国现代诗的功过》,《卞之琳文集》(中卷),合肥:安徽教育出版社,2002年,第534页。

力图达到"作诗如作文"的自由境地,抛却严谨的古体诗律。最初的新诗作品保留着浓厚的古体诗味,"实在不过是一些刷洗过的旧诗,……都还脱不了词曲的气味与声调"。① 新诗包括整个新文学都面临着无人问津的尴尬局面,怎样创造新诗的新体成了新诗人亟待解决的难题。在这个关系到新诗生存的关键时期,有别于古体诗的译诗形式的出现打破了新诗坛的沉寂,为新诗开启了"合法"的创作道路。胡适"偶用白话译现代美国女诗人莎拉·替斯代尔(Sara Teasdale)平平常常的一首抒情小诗《关不住了!》(Over the Roofs),却好像'得来全不费功夫',居然用他自己的说法,开了'我的'新诗'成立的纪元'。说来也妙,胡适早决意要进行'诗体大解放',写白话诗要写得'自然',打破整齐句法……却一直像'踏破铁鞋无觅处',建不起'新诗'的格局,一朝用白话把一首原是普通的英语格调诗译得相当整齐,接近原诗的本色,就有理由使他自己得意,也易为大家接受。从此,稍经一些同道合力'尝试'的初步'成功',白话新诗的门路打开了。……这在中国诗史上确是一次革命性变易。"② 根据卞之琳的理解,翻译诗歌的形式实践了最初的白话诗主张,是中国新诗形式的最好体现,由是实现了中国诗歌形式的"变易",打开了"白话新诗的门路"。

现代译诗试验了中国新诗的形式主张。在中国现代新诗史上,新诗人模仿自己喜欢的外国诗人进行创作已经是公开的秘密,诗人的作品也无可避免地会受到自己所译作品的影响。但是这种影响不是单向度的,诗人的诗歌观念也会左右他对原作的选择以及译诗形式的选择,更多的时候,二者形成了不言自明的呼应。比如卞之琳曾翻译了大量的英国诗和12首法国诗,并专门为翻译布莱克、奥顿和瓦雷里等人的诗写了译序,介绍了这些诗人创作的文化背景以及作品的情感内容。这样做一方面显示出卞之琳是一位负责任的译者,另一方面也表明了他对这些诗人作品的青睐。具体而言,卞之琳的"英法两种文学的高深造诣使他汲取的营养比别的诗人要来得广泛,他又倾向于选择那些能对自己的口味、能打动自己的心的作家来译,这样就不限于英法,而旁及德语和

---

① 胡适:《〈尝试集〉再版自序》,《尝试集》,北京:人民文学出版社,2000年,第181页。

② 卞之琳:《翻译对于中国现代诗的功过》,《卞之琳文集》(中卷),合肥:安徽教育出版社,2002年,第535页。

西班牙语作家，也就因此，要比机械的为翻译而翻译更容易产生心灵的感应。……他与所译的对象之间秘密的交流，他的诗作与他的译诗之间微妙的呼应，在有限的篇幅里是难以抉发净尽的。"① 这说明诗人的译诗与创作之间在文体形式和情感内容的影响方面是互为因果的关系，与原文形式多有关联的译诗文体给诗人的创作输送了新鲜的表达，而他的诗歌形式观念又会部分地影响译诗的形式，从而使后者成为前者有力的支撑，并在一定程度上促进了前者的完善。

通过翻译外国诗歌来试验诗歌的形式主张还体现在闻一多对十四行体的翻译上。闻一多认为在中国介绍十四行诗体"恐怕一般新诗家纵不反对，也要怀疑。我个人的意见是在赞成一边。这个问题太重太复杂，不能在这里讨论。我作《爱底风波》，在想也用这个体式，但我的试验是个失败。恐怕一半因为我的力量不够，一半因为我诗里的意思较为复杂。"② 不管闻一多《爱底风波》是否是一首成功的十四行体诗，但从这段引文中我们可以肯定的是他对十四行诗体形式的推崇并对之加以试验，这种诗歌形式观念和实践行为必然会影响到闻一多对新诗形式观念的建构，甚或影响到他的译诗文体形式。1928年，闻一多在给饶孟侃的信中也谈到了自己试验十四行体的经历："昨天又试了两首商籁体，是一个题目，两种写法。我也不知道哪一种妥当，故此请你代为批评。这东西确乎不容易，正因为不容易，我才高兴做它。"③ 这表明闻一多曾多次试验十四行诗体，并对该形式有比较深刻的认识，他1931年曾专门写了一篇《谈商籁体》的文章，认为"最严格的商籁体，应以前八行为一段，后六行为一段；八行中又以每四行为一小段，六行中或以每三行为一小段；或以前四行为一小段，末二行为一小段。总计全篇的四小段，（我讲的依然是商籁体，而不是八股！）第一段起，第二承，第三转，第四合……总之，一首理想的商籁体，应该是个三百六十度的圆形；最忌的是一条直线。"④ 闻一多对十四行诗的认识基于他对十四行体的试验，也正是基于试验十四行体的意图，闻一多翻译了大量的十四行体诗。1928年3月至

---

① 江弱水：《卞之琳诗艺研究》，合肥：安徽教育出版社，2000年，第226页。
② 闻一多：《评本学年〈周刊〉里的新诗》，《清华周刊》（第7次增刊），1921年6月。
③ 闻一多：《致饶孟侃》（1928年4月），《闻一多全集》（12），武汉：湖北人民出版社，1993年，第247页。
④ 闻一多：《谈商籁体》，《新月》（3卷5—6合期），1931年4月。

4月间，闻一多在《新月》上发表了他翻译的21首勃朗宁夫人的情诗，①该组译诗完全采用十四行体形式，是闻一多诗歌创作和翻译中采用同种诗体形式最集中的一次，显然他对该诗体的理解已经融入了他的诗歌形式建构观念之中，是其现代格律诗形式主张的有机组成部分。

现代译诗实践了中国新诗的格律体主张。中国现代译诗在文体形式上采用律诗体基于两个方面的原因：一是译诗为了凑合外国诗律的角度来讲的，二是译诗因为凑合中国新诗律而被翻译成与原诗形式走样的新的格律体。闻一多和徐志摩从1925年以《晨报·副刊》为基地开始进行新格律诗的实验，同时翻译了伊丽莎白·勃朗宁（Elisabeth Browning）、A. E.霍斯曼（A. E. Houseman）等人的诗歌，以此实践并证明新格律诗主张。在此，翻译外国诗歌既是新月派诗人创作的来源，又是其格律诗主张的例证。有学者在谈到闻一多翻译赫斯曼的诗歌作品时认为："因为是诗人译诗，这几首译诗的质量很高。闻一多基本上保留了原诗的节奏和韵律，在形式上非常整齐，因此，这几首译诗可以被视为他的新格律诗的试验。"② 这种认识也许源于卞之琳类似的看法，后者在《翻译对于中国现代诗的功过》一文中曾说："闻一多当时就发表过参考英语诗律以音步建行的办法、凭'音尺'衡量每行长短的主张，据此写了一些诗，收入后来出版的《死水》一集，又据此翻译了伊丽莎白·白朗宁十四行体情诗一部分，后来发表在刊物上，基本上确立了这种主张。这一路主张，经过几十年的争论和一部分人翻译和创作实践的修订，扩大了影响。"③ 由此可见，译诗不仅实践了闻一多格律诗主张，而且和创作一道确立起了这种格律诗体的历史地位。无需过多赘述，闻一多等人的诗歌建构理念总是与外国诗歌紧密地联系在一起的，早在1923年他批评郭沫若的诗集《女神》时就认为，新诗"不但新于中国固有的诗，而且新于西方固有的诗；换言之，他不要做纯粹的本地诗，但还要保持本地的色彩，他不要做纯粹的外洋诗，但又尽量的呼吸外洋诗的长处；他要做

---

① 该组译诗载《新月》第1卷第1号和第2号，分别出版于1928年3月10日和4月10日。

② 南治国：《A·E·赫斯曼德诗及其在中国的译介》，《翻译的理论建构与文化透视》，谢天振编，上海：上海外语教育出版社，2000年，第185页。

③ 卞之琳：《翻译对于中国现代诗的功过》，《卞之琳文集》（中卷），合肥：安徽教育出版社，2002年，第540页。

中西艺术结婚后产生的宁馨儿"。① 不管是要求新诗成为"宁馨儿"也好，还是认为郭沫若的诗歌"过于欧化"也罢，闻一多的话至少让我们捕捉到了他这样的诗歌观念：中国新诗要彻底地摆脱传统诗歌的束缚，要真正的"新"，就不可避免地会和外国诗歌发生联系，要么在吸纳西方诗艺的基础上创新，要么将本国的诗歌形式观念运用到译诗文体上，再转而由该类型的译诗带动中国新诗形式的发展。

何其芳晚年开始翻译海涅、维尔特等人的诗歌，其译诗大都采用了格律诗体。对于何其芳为什么会在晚年从事诗歌翻译，卞之琳做了这样的说明："何其芳早年在陕北编选过陕北民歌的，1958年应刊物约稿，写一点关于诗歌发展问题的看法，并不反对民歌体，只因谈了新诗的百花齐放，重提了建立新格律诗，接着受到无知的'围剿'，他从不服气。现在他埋头从事海涅诗、维尔特诗的翻译工作，如被人说是暗中做'翻案'工作，实际上也何尝'翻'什么'案'！他只是在译诗上试图实践他的格律诗主张。"② 何其芳的现代格律诗"在格律上就只有这一点要求：按照现代的口语写诗，每行有整齐的顿数，每顿所占时间大致相等，而且有规律地押韵。"③ 以他翻译的海涅的《给格奥尔格·赫尔韦格》一诗为例：

赫尔韦格，｜你铁的｜云雀，
带着｜铿锵的｜欢呼，｜你豪迈
向着｜神圣的｜阳光｜高飞！
冬天｜真的｜早已｜衰颓？
德国｜真的｜已春暖｜花开？

何其芳的译诗采用了 abccb 的韵脚安排，除第一行诗之外，每行诗有四个顿数，基本实现了他"整齐的顿数"及"有规律地押韵"的格律诗主张，因此卞之琳说何的译诗是对他格律诗主张的实践，这个评价是有据可循的。

---

① 闻一多：《〈女神〉之地方色彩》，《创造周刊》（第5号），1923年6月10日。
② 卞之琳：《何其芳晚年译诗》，《收获》，1998年6期。
③ 何其芳：《关于现代格律》，《关于写诗和读诗》，北京：作家出版社，1958年，第56—57页。

现代译诗践行了诗人的创作理念。既然现代译诗实践了中国新诗的文体观念,那对兼事翻译和创作的诗人来说,译诗风格就会影响译者的创作风格,而译者的创作风格反过来也会影响译诗的风格。翻译与创作的密切关系至少包含了译诗对创作风格的实践,例如有人在论述徐志摩的译诗与他创作风格的关系时说:"徐志摩的翻译,几乎与他的创作是同步的。而他的翻译是与他的创作相配合的,他的创作偏向于诗歌,其译文也集中于诗歌;创作偏向于戏剧,其译文也偏向戏剧;旅游偏向于游记、散文,其译文也偏重于同类文体。"① 说明了诗人的创作观念会影响他对译文风格和文体的选择。戴望舒是中国上世纪 30 年代现代诗创作的代表性诗人,他的很多形式主张不仅体现在创作中,而且也应用到了其翻译诗歌的文体上。施蛰存在给戴望舒的译诗集写序的时候说:"望舒译诗的过程,正是他创作新诗的过程",② 此番话的初衷也许就是基于他把自己的形式观念融合进了翻译诗歌之中,翻译与创作折射出来的诗歌风格几近一致了。根据戴望舒创作的实际情况来分析,"他在诗创作的正与内容相应的形式上的变化过程和他译诗的变化过程确是恰好一致。他用有韵半格律体写他的少作诗,截至《雨巷》为止,正是他用类似的体式译陶孙(Downson)和魏尔伦的时期,他用圆熟的自由体表现更多的现代感性而写以《望舒草》一集为主的大部分诗,正是他译法国后期象征派果尔蒙(原作倒是格律体)、耶麦等人的时候;后来他用多半有韵的半自由体选译西班牙现代诗人、'抗战谣曲'、特别是洛尔迦的时候,他自己也就这样写了一些抗战诗(收在他最后一本诗集《灾难的岁月》里)。最后到了 40 年代末尾,他选译波德莱尔《恶之花》,又转而像梁宗岱后来译莎士比亚十四行一样,采用了保持原诗脚韵安排而照法国亚历山大体以十二音节建行的办法。他自己写诗也偶尔从已经高出一层面的半格律体进而朝合理的谨严格律体方向做出了试探(苗头见《灾难的岁月》一集中最后的个别首诗)。可见他翻译外国诗,不只是为了开拓艺术欣赏和借鉴的领域,也是为了磨练自己的诗传导利器"。③ 戴望舒的

---

① 刘介民:《类同研究的再发现:徐志摩在中西文化之间》,北京:中国社会科学出版社,2003 年,第 97 页。
② 施蛰存:《〈戴望舒译诗集〉序》,长沙:湖南人民出版社,1983 年,第 3 页。
③ 卞之琳:《翻译对于中国现代诗的功过》,《卞之琳文集》(中卷),合肥:安徽教育出版社,2002 年,第 550—551 页。

诗歌翻译收到了多重功效，对他本人而言，最主要的还是磨练了诗歌形式和语言表达。这也说明译诗不仅促进了诗人创作风格的成熟，而且有助于诗人提取更为合理的诗歌观念，从而指导翻译与创作的良性发展。

外国诗歌的翻译从选材到形式风格都会受到译者主观审美经验和诗歌文体理念的影响，往往使译本在文体上与译者的创作保持相近的特征，成为再现译者诗歌形式风格的合理路径。如冯至20世纪30—40年代的译诗在风格上也浸染了创作的特征，是对其诗歌文体观念的二度检验。"《芦苇歌》在《沉钟》半月刊初次发表时，朋友中不只一人向我说，《芦苇歌》跟我自己写的一样，他们很喜欢读。经他们一说，我也觉得这四首译诗像自己的创作。"① 因此，冯至也很乐意把这首奥地利诗人莱瑙（1802—1850）（N. Lenau）的《芦苇歌》当作自己创作的作品。他在编选《冯至选集》的时候给自己定了个标准——"决定不收译诗"，但是因为《芦苇歌》这首诗具有十分明显的冯至"诗风"，所以他决定还是"制法犯法"地把这首译诗收进了自己的选集中："这部选集，我决定不收译诗。但是我制法犯法，要来一个例外。……为了不辜负朋友们当年的赞许，我把《芦苇歌》视为自己的创作，收入第一辑里。"②

相对于语言和格律来讲，现代译诗对中国新诗形式观念和诗人创作理念的践行具有更多的文体自觉意识，很多主张格律诗创作的诗人均按照自己的形式观念去翻译外国诗歌，从而把外国的格律诗翻译成具有中国特色的格律体诗，在使外国诗歌形式发生误译的同时却在目标语文化语境中赋予了原作更具生命力的形式。

三

将外国诗歌翻译成符合民族诗歌的形式是诗歌翻译过程中十分常见的现象，将之作为论述的重心似乎并无学术创新；但倘若民族诗歌的形式还处于建构阶段，译者借助翻译诗歌的形式来率先实践自己的诗歌形式主张，或整个诗坛的创作实绩还无力支撑起某种诗歌观念而必须依赖译诗对之加以证明的时候，那探讨现代译诗对中国新诗文体观念的践行

---

① 冯至：《诗文自选琐记（代序）》，《冯至全集》（第二卷），石家庄：河北教育出版社，1999年，第177页。
② 冯至：《诗文自选琐记（代序）》，《冯至全集》（第二卷），石家庄：河北教育出版社，1999年，第177页。

无疑就具备了耐人寻味的学术品格。

为什么现代译诗会践行中国新诗的文体观念呢？这是个相当复杂的问题，涉及到跨语际书写、翻译活动的局限以及诗歌的文体特征等诸多因素。文学翻译是在两种不同的文化之间展开的跨文化交际和跨语际书写，对于现代译诗而言，其要在中国新文化语境中获得生存的空间就必须在传播和接受的层面上符合当时中国的新诗诉求。因此，翻译过程中的"创造性叛逆"使得译诗在文体上不得不适当地与原诗拉开距离而更多地去践行中国新诗的文体主张，外国诗歌只有这样才能在目标语文化中延续生命。从翻译活动自身的局限性来讲，由于语言系统的差异导致中国新诗语言和音律与外国诗歌殊异，目标语不可能完全呈现出源语诗歌的文体色彩，因此中国现代译者在翻译外国诗歌的过程中不得不采用中国新诗的语言形式，从而导致现代译诗对中国新诗文体观念的无奈"屈从"和践行。尤其对于诗歌的翻译来说，诗歌语言的凝练美和音乐美是难以被另外一种语言复制的，诗行的节奏和长短所体现出来的审美趣味也不可能在译作中达到"完全对等"，因此译者很多时候不得不"凑就"本国的诗歌文体主张。

诗歌翻译活动是复杂多变的，现代译诗对中国新诗文体观念的践行除了客观原因之外，也与译者的主观审美趣味密不可分。译诗过程中的创作成分会让外国诗歌被动地跟随译者的意愿去实践或试验中国现代新诗的文体主张，这就出现了闻一多、卞之琳与何其芳诸君借助译诗来检验诗歌形式主张的特殊现象。值得提及的是，在新文学运动早期，很多先驱者力图通过翻译诗歌来证明新诗形式自由化和语言白话化主张的合理性，为新诗理论的"合法性"寻找证据，这种主观愿望也是导致现代译诗践行中国新诗文体观念的重要原因。比如出于早期新诗语言观念的诉求，胡适、刘半农等提倡白话文运动最有力的人翻译了很多外国的白话诗，虽然他们没有直接宣称只翻译外国的白话诗，但他们对外国白话诗的偏爱透露出其希望依靠译诗来证明新诗语言观念。在译作《老洛伯》的"引言"中，胡适道出了翻译苏格兰女诗人林德塞（Lody A. Lindsay）作品的主观原因——该诗的语言带有"村妇口气"，是"当日之白话诗"，[①] 因此翻译该诗可以支持中国的白话文运动，可以为胡适

---

① 胡适：《老洛伯·引言》，《新青年》（4卷4号），1918年4月15日。

提倡的白话文运动提供有力的证据。

中国新诗的文体观念通过翻译的试验练习和运用实践而不断地得到了检验和修正，现代译诗与中国新诗共同促进了新诗文体的发展成熟。外国诗歌的翻译不仅为中国新诗引入了异质的文体要素，而且还检验了中国新诗的文体观念，正是从这个意义上讲，现代译诗在双向层面上促进了中国新诗文体的建构。

第三节 外国诗歌的翻译与中国现代新诗创作的文体选择

中国现代诗人或多或少地从译诗形式中汲取营养后开始踏上诗歌创作的征程，有的诗人是阅读他人翻译的诗歌而受到译诗的影响后开始诗歌创作，有的诗人则是自己在翻译外国诗歌的时候受到了启示而走上了诗歌创作的道路。接受了这两种影响情况的诗人最后都是从译诗选择了自己最终喜欢的诗歌形式，进而将该诗歌文体形式应用到自己的创作中，逐渐成为中国现代新诗创作中的常规文体。

一

卞之琳先生在纪念文章中曾回忆说："我在中学时代，还没有学会读一点法文以前，先后通过李金发、王独清、穆木天、冯乃超以至于赓虞的转手——大为走样的仿作与李金发率多完全失真的翻译——接触到一点作为西方现代主义文学先驱的法国象征派诗……但是它们炫奇立异而作践中国语言的纯正规范或平庸乏味而堆砌迷离恍惚的感伤滥调，至少给我真正翻译的印象，直到从《小说月报》上读了梁宗岱翻译的梵乐希（瓦雷里）《水仙辞》以及介绍瓦雷里的文章才感到耳目一新。我对瓦雷里这首早期作的内容和梁译太多的文言词藻（虽然远非李金发往往文白都欠通的语言所可企及）也并不倾倒，对梁阐释瓦雷里以至里尔克的创作精神却大受启迪。"① 这种对外国诗歌的接受方式在中国现代新诗上比较普遍，毕竟从事诗歌翻译或能理解外国诗歌原文的诗人是少数，很多

---

① 卞之琳：《人事固多乖——纪念梁宗岱》，《新文学史料》，1990 年 1 期。

诗人都是因为阅读译诗并受其影响后开始诗歌创作的。接下来，本小节将以冰心为例来论述小诗的翻译与冰心创作过程中对小诗文体的选择。研究泰戈尔诗歌及思想对冰心创作影响的成果斐然，循此思路继续探讨冰心诗歌创作的前因后果显然已无创新价值可言。但从译介学的角度考察冰心受到的外来影响却并不多见。我们承认泰戈尔对冰心诗歌创作的影响，但却很少有人思考这样一个问题：泰氏究竟是怎样影响冰心的？要真正厘清答案，我们还得从影响的中介——翻译为切入点进行分析。本书在确立冰心受到泰戈尔的影响实质上是在译诗的影响之基础上，从阅读译诗和翻译实践两个层面论述了译诗对冰心诗歌创作的影响。

周作人认为："中国现代的小诗的发达，很受外国的影响，是一个明了的事实。"① 冰心是20世纪20年代中期小诗创作的代表人物，她的小诗创作明显地受到了译诗的启示，处处显现出译诗影响的痕迹。接受泰戈尔诗歌的影响是五四新文化运动前后的一种时代风尚。徐志摩说过："太戈尔在中国，不仅已得普遍的知名，竟是受普遍的景仰。问他爱念谁的英文诗，十余岁的小学生就自信不疑地回答说太戈尔。在新诗界中，除了几位最有名神形毕肖的太戈尔的私淑弟子以外，十首作品里至少有八九首是受他直接或间接的影响的。这是很可惊的状况。一个外国的诗人，能有这样普及的引力。"② 虽然我们并不知道这情况是否属实，但它反映出的泰戈尔在上世纪二三十年代的强大影响力却是毋庸置疑的。新诗界中包括郭沫若、郑振铎、徐志摩、冰心等优秀诗人几乎都受到了泰戈尔的影响，只是接受的深浅不一，影响的程度不同而已。而冰心作为"最有名的神形毕肖的太戈尔的私淑弟子"，是公认的受泰戈尔影响最深的诗人，《繁星》、《春水》的创作就是典型的泰戈尔式的小诗。

冰心自己多次承认她的创作受到了翻译诗歌的影响。她在《从"五四"到"四五"》一文中说："我写《繁星》和《春水》的时候，并不是在写诗，只是受了泰戈尔《飞鸟集》的影响，把自己平时写在笔记本上的三言两语——这些'零碎的思想'，收集在一个集子里，送到《晨报》的《新文艺》栏内去发表。"③ 她在《〈繁星〉自序》中写道："一

---

① 周作人：《论小诗》，《周作人批评文集》，杨扬编，珠海：珠海出版社，1998年，第87页。
② 徐志摩：《太戈尔来华》，《小说月报》，14卷9期。
③ 冰心：《从"五四"到"四五"》，《文艺研究》，1979年1期。

九一九年的冬夜，和弟弟冰仲围炉读泰戈尔（R. Tagore）的《迷途之鸟》（Stray Birds），冰仲和我说：'你不是常说有时思想太零碎了，不易写成篇段么？其实也可以这样的收集起来。'从那时起，我有时就记下在一个小本子里。"① 如果没有看见泰戈尔诗歌的翻译体，冰心也许还不知道怎样去表达她那些零碎的思想，《繁星》一类的优秀小诗也许就不会在20年代初期如此流行。在《〈冰心全集〉自序——我的文学生活》一文中，冰心说："我写《繁星》，正如跋言中所说，因着看泰戈尔的《飞鸟集》，而仿用他的形式，来收集我零碎的思想"。② 建国后，冰心在谈创作经验时说："我偶然在一本什么杂志上，看到郑振铎译的泰戈尔的《飞鸟集》连载，（泰戈尔的诗歌，多是采用民歌的形式，语言美丽朴素，音乐性也强，深得印度人民的喜爱，当他自己将他的孟加拉文的诗歌译成英文的时候，为要保存诗的内容就不采取诗的分行的有韵律的形式，而译成诗的散文。这是我以后才知道的。《飞鸟集》原文是不是民歌的形式，我也不清楚。）这集里都是很短的充满了诗情画意和哲理的三言两语，我心里一动，我觉得我在笔记本上的眉批上的那些三言两语，也可以整理一下，抄了起来，在抄的时候，我挑选那些更有诗意的、更含蓄一些的，放在一起，因为是零碎的思想，就选了其中的一段，以'繁星'两个字起头的，放在第一部，名之为《繁星集》。"③ 在《创作谈》一文中，冰心再次说道："这以后不久（创作《伊人独憔悴》以后——引者），我又开始写《繁星》和《春水》。那是受了印度诗人泰戈尔的《飞鸟集》的影响，收集起我自己的'零碎的思想'"。④ 因此，泰戈尔对冰心创作的影响是通过阅读翻译诗歌这个中介环节来实现的，是翻译诗歌对她的创作产生了直接而具体的启示。

　　五四前后，外国诗歌在部分新文化者的翻译介绍下进入中国读者的视野。冰心也是在这次翻译浪潮开始接触泰戈尔的诗歌，并通过阅读泰诗的中译本走上了诗歌创作道路。冰心自己在"回忆录"和"创作谈"中多次承认阅读郑振铎翻译的泰诗对她诗歌创作带来的关键性影响。20

---

① 冰心：《〈繁星〉自序》，《繁星》，上海：上海商务印书馆，1923年。
② 冰心：《〈冰心全集〉自序——我的文学生活》，上海：北新书局，1932年。
③ 冰心：《我是怎样写〈繁星〉和〈春水〉的》，《诗刊》，1959年4期。
④ 冰心：《谈创作》，《冰心论创作》，吴重阳、萧汉栋、鲍秀芬编，上海：上海文艺出版社，1982年，第110页。

世纪20年代前后以郑振铎翻译的《飞鸟集》为泰诗中译的最佳版本，本书将以郑译《飞鸟集》对冰心创作《繁星》、《春水》的影响为例，论述泰戈尔诗歌的译本在内容、形式和意象等方面对冰心创作的启示。

从内容上讲，冰心从译本《飞鸟集》中首先阅读到了泰戈尔的泛神论思想，尤其是他对自然的热爱和对人性自由的向往初次奠定了冰心"爱的哲学"的内容。首先，泰戈尔的泛神论思想激发了冰心"爱的哲学"。泰戈尔的诗歌体现了印度宗教文化中大宇宙和小宇宙统一的"梵我合一"的观念，以及追求至爱的精神理想。他对上帝的理解不仅具有东方文化精神，又因他深受基督教的影响而具有西方的文化精神，这种东西方文化精神相结合的"上帝"在泰戈尔诗中演绎为"泛爱哲学"。在接触了郑译《飞鸟集》后，这种带有宗教思想和出世精神的泛爱哲学、泛神论小诗引起了冰心的共鸣，激发了冰心心中原本就具有的宗教情结，并与当时的社会环境相结合，唤醒了她潜在的"博爱"思想，于是冰心逐渐形成了"爱的哲学"。这种带有泛神论的"爱的哲学"更多的是对这社会现实空灵的冥想，比如《繁星》第1首："繁星闪烁着——/深蓝的太空，/何曾听得见他们对语？/沉默中，/微光中，/他们深深地互相颂赞了。"作者借用"繁星"的互相赞颂来表达自己对世界美好的向往与憧憬，她只能借用空灵的冥想在无奈的凡世中追寻美好的事物。又比如第99首："我们是生在海舟上的婴儿，/不知道/先从何处来，/要向何处去。"迷茫让诗人感觉就像婴儿般不知方向，她冥想着未来在哪里，哪里是出路。正是对自然和人性的真挚热爱，冰心才在失望的现实中通过冥想去建构空灵的世界。

其次，泰戈尔对自然的热爱和对人性自由的向往成就了冰心"爱的哲学"。冰心在《遥寄印度哲人太戈尔》的文章中说："谢谢你以超卓的哲理，慰藉我心灵的寂寞"，"你的极端的信仰——你的宇宙和个人的心灵中间有一大'调和'的信仰；你的存蓄'天然的美感'，发挥'天然美感'的诗词；都渗入我的脑海中，和我原来的'不能言说的思想'一缕缕的合成琴弦，奏出缥缈神奇无调无声的音乐。"[①] 正是这种超卓的哲理和天然美感的诗词渗入到了冰心的情思中，才使得她原来杂碎的思想能够有一个较统一的表达方式。在诗集《繁星》、《春水》中，诗人通过

---

① 王锦厚：《五四新文学与外国文学》，成都：四川大学出版社，1989年，第41页。

歌咏自然，抒发了对自由、生命的向往和对人性的礼赞，这些诗歌都是哲理和"爱"结合的缩影。比如《繁星》第 12 首："人类呵！/相爱罢，/我们都是长行的旅客，/向着同一的归宿。"作者就呼吁我们要团结相爱而不应该有暴力冲突，表达了渴望人类和平相处的愿望。又如《春水》第 170 首："为着断送百万生灵/不绝的炮声，/严静的夜里，/凄然的将捉进手里的灯蛾/放到窗外去了。"作者连"灯蛾"这样的很微小的生命都不愿伤害，足见作者怜爱万物的慈爱之心。而远方呢，正在响起的炮声不断吞噬着百万生灵，强烈的对比表达出诗人无奈与痛苦的"爱"。

从形式上讲，译本《飞鸟集》中所体现的散文化的形式与口语化的语言是冰心"春水体"的来源。第一，散文化形式的影响。冰心在《我是怎样写〈繁星〉和〈春水〉的》文章中曾说，郑振铎译的泰戈尔《飞鸟集》"为要保存诗的内容就不采取诗的分行的有韵律的形式，而译成诗的散文。"这自然是将泰戈尔诗歌翻译体形式的散文化归结于翻译自身的局限，说明了冰心诗的散文化不是泰戈尔原诗的影响，而是郑译泰诗的影响。译诗的散文化是为了保存诗的内容而采用了散文体与诗歌体相结合的形式，以便更好的表达出作品的内容和韵味，既吸收了诗歌表达主观心灵和情绪的功能，又有散文自由、随意抒情颂物的功能。冰心阅读了具有这种独特形式的《飞鸟集》译本之后，深受影响并找到了将"零碎的思想"收集起来的形式。这种无标题的自由小诗，不受形式的束缚，不受音韵的羁绊，晶莹清丽、轻柔隽逸，便是人们所谓的"春水体"。正是受了译诗那种充满了诗情画意和哲理的三言两语的散文化形式的影响，才会有了冰心把自己零碎的思想收集起来的念头，才会有了以后的"春水体"、"冰心体"，才会有了小诗在中国的流行。我们不妨这样说，如果没有郑译《飞鸟集》那种自由的散文化的形式，那么冰心的《繁星》、《春水》和中国小诗的潮流也许就不会成为诗坛风景了。

第二，口语化语言的影响。五四新文化运动提倡白话文，郑译泰戈尔的《飞鸟集》采用的是一种类似于日常口语化的语言，应合了时代文学发展的需要。郑振铎在翻译的时候，为了能够把泰戈尔轻松的口语化语言形式和他的哲理化内容准确地表达出来，把这种自由体诗翻译成中文而保留原来的味道，遂也用了口语化的语言去翻译了《飞鸟集》，致使《飞鸟集》中的诗句通俗易懂而又包含着哲理。冰心的《繁星》与

《春水》显然是受到这种口语化的语言的影响,"零碎的思想"的表达就需要用口语化的语言,它不可能像古诗一样要求格律、形式之美,它要表达她的思想,要表达她的情感,要随意的抒情状物,就必须采用口语化和散文化的诗体。冰心"遇有什么自己特别喜欢的句子,就三言两语歪歪斜斜地抄在笔记本的眉批上,这样做惯了,有时把自己一切随时随地的感想和回忆,也都拉杂地三言两语歪歪斜斜地写下去。"她写的就是一些拉杂的"三言两语",冰心说:"这是小杂感一类的东西……"①《飞鸟集》中的口语化的语言启示了她表达这种小杂感的方式,她也很好地使用了这种口语化的语言来表达出自己的情感。比如《繁星》第112首:"古人呵!/你已经欺哄了我,不要引导我再欺哄后人";第114首:"'家'是什么,/我不知道;/但烦闷——忧愁,/都在此中融化消灭"。这种口语化的语言,形成了冰心整个创作的一种风格,在散文《寄小读者》等作品中也能见出这样的语言表达方式。可见,郑振铎译本《飞鸟集》中的口语化语言对她的影响是很深的。

从意象方面讲,《繁星》、《春水》中采用的一些意象是吸收了《飞鸟集》中的意象。泰戈尔的《飞鸟集》中没有高深的意象,多是以一些自然常见的景物和现象来设喻,例如:"星"、"孩子"、"树"等等,用这些简单常见的意象所造出来的句子非常优美而富含深意。泰戈尔《飞鸟集》中出现了大量的"星"这个意象,如6首:"如果你为错过太阳而流泪,你也将为错过繁星而黯然神伤";第48首:"群星不怕显得像萤火虫那样";第81首:"这黑暗之不可见的火焰,它的火花是繁星";第92首:"绿叶的生与死乃是旋风的急骤的旋转,它的更广大的旋转的圈子乃是在天上繁星之间徐缓的转动";第113首:"山峰如群儿之喧嚷,高举双手,要捉住天上的繁星"等等。中国古诗中很少出现"星"这个意象,而冰心的诗歌中却出现了大量的"星",甚至她以《繁星》来命名自己的诗集,足以见出泰戈尔的深刻影响。

其次,泰戈尔《飞鸟集》中出现了大量的"孩子"这个意象,如第25首:"人是一个初生的孩子,他的力量,就是生长的力量";第27首:"光如一个裸体的孩子,快快活活地在绿叶当中游戏,他不知道人是会欺诈的";第77首:"每一个孩子生出时所带的神示说:上帝对于人尚未灰

---

① 冰心:《我是怎样写〈繁星〉和〈春水〉的》,《诗刊》,1959年4期。

心失望呢";第 125 首:"伟人是一个天生的孩子,当他死时,他把他的伟大的孩提时代给了世界"等等。泰戈尔《飞鸟集》中的通过对"孩子"这个意象的描写,巧妙地喻示人生的无限美好和绚丽多彩,"孩子"是很天真无瑕的,在快乐美好的生活着,在一种至善至爱的环境中生活着,这是上帝所赐予的,在这"孩子"这个意象表达出他的宗教情结和一种"泛爱哲学"。冰心的小诗《繁星》、《春水》也大量地使用这一意象,如:《繁星》第 4 首:"小弟弟呵!/我灵魂中三颗光明喜乐的星。/温柔的,/无可言说的,/灵魂深处的孩子呵!";第 14 首:"我们都是自然的婴儿,卧在宇宙的摇篮里";第 43 首:"真理,在婴儿的沉默中,不在聪明人的辩论里"; 《春水》第 128 首:"海洋将心情深深地分断了——十字架下的婴儿呵!隔着清波只能有泛泛的微笑么?"等等,冰心用"孩子"(婴儿)这个意象是对爱的肯定与赞扬,也是她的"宗教泛爱哲学"的表现,从某种意义上来说,也许正是受了译诗《飞鸟集》的影响,冰心采用了"孩子"这个意象来表达她的"宗教泛爱哲学"。总之,正是阅读郑振铎翻译的《飞鸟集》,冰心诗歌创作的内容、语言形式和意象等才受到了泰戈尔的深远影响。而泰戈尔对冰心的很多影响是通过其诗歌的翻译体得以实现的,离开了翻译,泰戈尔对冰心的影响就不会如此深刻了。

一个作家的创作倾向会影响到作家的翻译思想,那么反观之,从一个作家的翻译思想和对译本的青睐中,我们也可以看到作家的创作倾向。20 世纪 50 年代,冰心自己也走上了翻译泰戈尔诗歌的道路,她的翻译活动虽然是在创作小诗高潮之后,时间的逆差使我们难以理解冰心自身的翻译对其诗歌创作的影响,但冰心的翻译活动以及翻译思想却可以让我们返观出早年泰戈尔诗歌影响的痕迹。亦即从冰心后来的诗歌翻译中我们可以看到她在阅读泰戈尔诗歌译本后形成的诗歌翻译观念。

冰心翻译理论的核心是强调"读者的体会"和"以阅者为中心"。冰心在《译书的我见》中主张译者要为读者着想:"为供给那些不懂外国文字的人可以看诵读……","既然翻译出来了,就好能使它通俗。"①因此,冰心在诗歌翻译过程中,特别注意从语言形式、内容、意象等方面去实践自己的翻译观念。在语言形式上,冰心采用了口语体白话文去

---

① 谢婉莹:《译书的我见》,《燕大季刊》,1920 年 1 卷 3 期。

译介作品，消除了读者的语言障碍，诗读者更易于接受翻译文学。冰心在翻译的过程中常采用增词、减词、注释等方法，使读者很容易理解译文的内容。尤其在意象上，冰心采取注释的方法引导读者进入诗歌情感的内核，读者绝对不会因为意象喻义的陌生而难以理解作品。冰心的这些方法无疑促进了译文的接受和传播。在这种翻译观念的指导下，冰心翻译了大量通俗易懂的作品。比如为了让中国的儿童阅读更加容易，冰心在翻译穆·拉·安纳德的《印度童话集》时删节了一些过长的名字，增加了一些注释等。

冰心认为最好的翻译就是要让大家能够看懂，这一翻译观念的形成不仅与她的创作取向密不可分，而且也与她早年阅读郑译《飞鸟集》时建立的翻译文学印象休戚相关。在她早期的诗歌创作中，我们可以看见像《繁星》、《春水》中所使用的语言就是一种口语话的语言（关于这一点，前面已有论述），旨趣是为了让受众能够更好地去接受和理解诗歌。这部分是因为"五四"时期的文化的社会作用是为了满足大众的需要，达到"化大众"的启蒙目的，但也部分是由于作者表达自己自由思想的需要。在意象上，不管是《繁星》、《春水》还是《纸船》、《纪事》中的意象都是采用一些比较简单的意象，借这些简单的意象表达出深刻的情感，读者不会因为意象的陌生而妨碍对诗歌的理解。内容方面，《繁星》和《春水》通俗易懂，鲜少难以理解的字词。如果我们认定冰心的这种创作思想影响了她的翻译观念，那真正促使冰心形成这种创作观念的原因是什么呢？显然是郑译《飞鸟集》的影响。那么由此说来，阅读翻译诗歌不仅影响了冰心的诗歌创作，而且还影响了冰心对翻译文学的认识，进而影响了她后来的翻译实践和翻译思想。

从冰心阅读译诗对她诗歌创作的影响到阅读译诗建立的翻译文学概念对其诗歌翻译思想和实践的影响，我们可以看到冰心受到郑译本《飞鸟集》的影响是多方面的，并且有利于我们更直接地去认识冰心的诗歌创作是怎样受到泰戈尔影响的，避免了先前的影响研究中对翻译这一影响中介的忽略。当然，冰心的诗歌创作和诗歌翻译是丰富的，译介学的角度仅仅可以窥见一斑，对其研究还有待进一步深入和完善。

通过冰心的创作实践我们可以看出，外国诗歌的翻译对中国现代新诗创作过程中的文体选择所产生的影响。诗人阅读到的译诗形式由于契合了其审美观念或者情感表达的需要，必然会左右他在诗歌创作中的文体选择。

二

在论述了译诗形式对非译者诗歌创作中文体选择的影响之后，接下来本小节将论述翻译外国诗歌对译者诗歌创作中文体选择的影响。当然，有时候诗人阅读了外国诗歌而没有将其通过具体的文本呈现出来，这时候译者依然受到了外国诗歌翻译的影响，因为在潜意识中他会将外国诗歌翻译转化为中文才能更好地接受。下面以郭沫若和冯至为例来对此种情况进行考察分析。

外国诗歌在形式上开启了郭沫若诗歌创作的"觉醒期"。郭沫若所受到的外国诗人作品或译诗作品的影响非常广泛，除了我们熟知的泰戈尔、惠特曼和歌德之外，还有很多英国、美国、德国、法国和印度的诗人都是他的"朋友"。1920 年 9 月，郭沫若在致陈建雷①的一封信中列举了近 10 位他喜欢的外国诗人，他在信中说："我这人非常孤僻，我的诗多半是种反性格的诗，同德国的尼采 Niessche 相似。我的朋友极少。我的朋友只可说是些古代的诗人和异域的诗人。我喜欢德国的 Goethe，Heine，英国的 Shelly（Shelley），Coleridge，A. E. Yeats，美国的 W. Whitman，印度的 Kalidasa，Kabir，Tagore，法文我不懂，我读 Velaine（Verlaìne），Bandelaise（Baudelaìre）的诗，（英译或日译）我都喜欢，似乎都可以做我的朋友。"② 如果没有阅读这些诗人的作品，没有外国诗歌分节的对仗的形式的刺激，郭沫若的诗歌创作在形式上就难以突破古诗词严谨形式的束缚，也就难以创作出自由奔放的《女神》。郭沫若曾回忆说："民国二年进了高等学校的实科，英文读本仍然是匡伯伦。大约是在卷四或卷五里面，发现了美国的朗弗洛（Longfellow）的《箭与歌》（*Arrow and Song*）那首两节的短诗，一个字也没有翻字典的必要便念懂了。那首诗使我感觉着异常的清新，我就好像第一次才和'诗'见了面的一样……就这样一个简单的对仗式的反复，使我悟到了诗歌的真实的精神。并使我在那读得烂熟、但丝毫也没有感受着它的美感的一部《诗

---

① 陈建雷，上海新潮社成员，五四初期的白话诗作者，曾先后在《新青年》、《新的小说》、《新人》等刊物上发表了多首白话新诗。

② 郭沫若：《致陈建雷》，《郭沫若佚文集》（上），王锦厚等编，成都：四川大学出版社，1988 年，第 32 页。

经》中尤其《国风》中，才感受着了同样的清新，同样的美妙。"① 郭沫若的这段话如果不是刻意要和以《诗经》为代表的中国古诗断绝关系，那便是外国诗歌与中国古诗相比所凸现出来的新质征服了他，使他从外国诗歌"简单的对仗式的反复"的形式中感受到了创作新诗的冲动。换个角度来讲，郭沫若记忆中的《箭与歌》实际上已经被翻译转换成了中文，郭沫若所受到的外国诗歌形式的影响其实就是翻译诗歌的影响。

翻译诗歌的形式引燃了郭沫若诗歌创作的"爆发期"。郭沫若诗歌创作的爆发得益于他在日本阅读到了泰戈尔和惠特曼诗歌的日文译本，他亲身体验到了日本的泰戈尔热："在预科的第二学期，民国四年的上半年，一位同住的本科生有一次从学校里带了几页油印的英文诗回来，是英文的课外读物。我拿到手来看时，才是从太（泰）戈尔的《新月集》上抄选的几首，是《岸上》（*On the Seashore*），《睡眠的偷儿》（*Sleep-Stealer*）和其他一两首。那是没有韵脚的，而多是两节，或三节对仗的诗，那清新和平易径直使我吃惊，使我一跃便年青了二十年！当时日本正是太戈尔的热流行着的时候，因此我便和太戈尔的诗结了不解缘，他的《新月集》、《园丁集》、《吉檀迦利》、《爱人的赠品》。译诗《伽毗尔百吟》（*One Hundred Poems of Kabir*），戏剧《暗室王》，我都如饥似渴地买来读了。在他的诗里面我感受着诗美以上的欢悦。"② 从这段话里可以看出，泰戈尔的诗作对郭沫若震撼最剧烈的还是其翻译体的自由形式——没有韵脚、两节或者三节的对仗形式，郭沫若本人用了"径直使我吃惊"的话来描述泰戈尔英文译诗对他固有的诗歌审美观念造成的陌生化效果，古希腊的美学术语"崇高"③ 能够恰如其分地刻画出泰戈尔译诗的形式对郭氏心灵造成的"颤栗"。郭沫若在日本留学期间接触到了很多外国诗人的作品，"不期然而然地与欧美文学发生了关系"。④ 郭沫若《女神》中的很多作品受惠于惠特曼的《草叶集》，日本的惠特曼热

---

① 郭沫若：《我的作诗的经过》，《质文》月刊（2卷2期），1936年11月。
② 郭沫若：《我的作诗的经过》，《质文》月刊（2卷2期），1936年11月。
③ 朗吉弩斯在分析作品时虽大半只引片段的章句作证，但认为崇高风格的五大来源之一就是布局，而布局还特别重要，因为它把其余四个来源组织成为整体。他说："文章要靠布局才能达到高度的雄伟，正如人体要靠四肢五官的配合才能显得美。整体中任何一部分如果割裂开来孤立地看，是没有什么引人注意的，但是把所有各部分综合在一起，就形成一个完美的整体。"（朱光潜：《西方美学史》，北京：人民文学出版社，1983年，第111页。）
④ 郭沫若：《我的学生时代》，《学生时代》，北京：人民文学出版社，1979年，第13页。

促进了郭沫若对惠特曼及其诗歌的接触和了解。"在大学二年,正当我向《学灯》投稿的时候,我无心地买了一本有岛武郎的《叛逆者》。所介绍的三位艺术家,是法国雕塑家的罗丹(Rodan)、画家米勒(Millet)、美国的诗人惠特曼(Whitman)。因此又使我和惠特曼的《草叶集》接近了。他那豪放的自由诗使我开了闸的作诗欲又受到了一阵暴风雨般的煽动。我的《凤凰涅槃》、《晨安》、《地球,我的母亲!》、《匪徒颂》等,便是在他的影响之下做成的。"① 如果说郭沫若诗歌的觉醒得益于朗费罗《箭与歌》这首译诗,那他诗歌的爆发则得益于惠特曼诗歌译品的影响。郭沫若开创了中国新诗的自由风格,这不能不说是惠特曼"豪放的自由诗"的启示。五四时期的文学革命精神使郭沫若的诗歌在形式上能够比较强烈地趋向于接受惠特曼的自由风格,郭沫若自己也承认:"惠特曼的那种把一切的旧套摆脱干净了的诗风和五四时代的狂飙突进的精神十分合拍,我是彻底地为他那雄浑的豪放的宏朗的调子所动荡了。"②

除了郭沫若的创作受到了译诗形式的启示之外,梁宗岱中学时候就开始阅读英语诗歌,其创作受到了他所阅读的英语诗歌的影响。"培正中学是由美国人办的,校中藏书丰富,宗岱便贪婪地阅读各种古今中外名著。由于他英文水平进步很快,两年后便能直接看英文本,特别喜读屈原、李白、惠特曼、泰戈尔、歌德、拜伦、雪莱的诗歌。刚升上三年级时,他如饥似渴地攻读美国诗人郎佛罗译的但丁的《神曲》,其热忱连英文教员和他的美国朋友也惊诧不已。"③ 对外国诗歌的浓厚兴趣使他后来得以有语言能力和理解能力去致力于外国诗歌的翻译和介绍,他的译诗得到了学术界一致的好评。1937年上海商务印书馆出版了梁宗岱的译诗集《一切的峰顶》,"收入所译歌德、勃莱克、雪莱、雨果、波德莱尔等诗人的名篇,其中如歌德的《流浪者之夜歌》、《对月》、《迷娘曲》等,被公认为名作佳译,传诵一时,成为译诗界自马君武译拜伦《哀希腊》之后的又一盛事。"④ 也正是对外国诗歌的喜爱和对译诗事业的投

---

① 郭沫若:《我的作诗的经过》,《郭沫若论创作》,上海:上海文艺出版社,1983年,第205页。
② 郭沫若:《我的作诗的经过》,《郭沫若论创作》,上海:上海文艺出版社,1983年,第205页。
③ 张瑞龙:《诗人梁宗岱》,《新文学史料》,1982年3期。
④ 彭燕郊:《〈梁宗岱批评文集〉序》,《梁宗岱批评文集》,珠海:珠海出版社,1998年。

入,梁宗岱的诗歌创作受到了其译诗文体的影响,比如周良沛评价他的十四行诗"不仅不能说它是象征主义的,倒颇有古典的典雅,抒情的方式颇接近读者熟悉的莎士比亚、勃朗宁夫人的十四行译文。"① 此外,冯至的十四行诗的创作也受到了译诗形式的影响。冯至初写新诗时中国的自由诗风正盛,因此他说:"我那时学写新诗,对格律诗不感兴趣,认为新诗刚从旧诗的束缚里解放出来,无须这样迫不及待地给自己套上新的枷锁。我只求诗的语调要保持自然,适当注意形式,至于以格律谨严著称的十四行体,我实在望而生畏,不敢问津。"② 但是冯至为什么会翻译十四行诗,而且10多年后自己又踏上了创作十四行诗的旅程?

首先,冯至的译诗形式对十四行体的亲近源于他对译作的情感认同。上世纪40年代,冯至这位诗律的宽松论者之所以会选择形式谨严的十四行体创作新诗,是因为他在翻译的过程中经历了一个从关注原诗情感到关注原诗形式的过渡,逐渐体会到该形式能很好地表达情感。早在出版第二部诗集《北游及其他》时,冯至就将法国诗人阿维尔斯(1806—1850)(Arvers)的《十四行诗》纳入到集子中,这首诗是冯至第一次翻译十四行,也是他诗歌创作活动中的第一首十四行体,虽然仅仅是整理出了朋友口头翻译的诗作,但却和冯至"深有同感的心情"。冯至说:"我首次跟十四行发生关系,是由于一个偶然的机会翻译了一首法语的十四行诗,而法语又是我不懂得的一种语言。……我根据他(友人范希衡——引者)的讲解,逐字逐句地记下来,略加整理,形成了以下的一首译诗(诗略——引者)……我翻译阿维尔斯的这首诗,只是由于这点深有同感的心情,并不是要介绍十四行体。"③ 除了通过翻译与十四行诗有过亲密的接触之外,冯至对十四行诗产生兴趣的原因也与他接受了里尔克的十四行诗集《致奥尔弗斯的十四行》渗透出的存在主义情怀的感染分不开,他甚至翻译了这部集子中的很多作品,从中不仅领会了存在主义的精神,而且习得了十四行体的创作形式。冯至之所以要写《十四行集》,"一方面发自内心的要求,另一方面是受到里尔克《致奥尔弗斯

---

① 周良沛:《〈中国新诗库·梁宗岱卷〉序》(节选),《宗岱的世界·评说》,广东:广东人民出版社,2003年,第308页。
② 冯至:《我和十四行诗的因缘》,《世界文学》,1989年1期。
③ 冯至:《我和十四行诗的因缘》,《世界文学》,1989年1期。

的十四行》的启迪。"① 比如古希腊神话中的歌手奥尔弗斯为了唤醒死去的亡妻而到阴间弹奏和歌唱,音乐感动了主管死亡的女神,从而使他的妻子重回人间,里尔克借用奥尔弗斯的形象抒发了他的生死观;而里尔克对宇宙万物相互关联又不断变化的认识使他除了歌咏死亡外也赞美生命,于是冯至就翻译了这些反映生死存在的十四行诗。冯至1990年接受采访的时候说:"我只是翻译过一些诗,这些诗往往是在某种程度上与我有同感。我不是那种掌握熟练翻译技巧的翻译家。跟我的爱好有一定距离的作品,硬着头皮去翻译,往往是失败的。"② 因此,冯至的译诗文体中之所以会出现十四行体,主要还是基于对原作情思的感同身受,而出于译诗对原诗形式对应的考虑,冯至理所当然地把这些能引起共鸣的十四行诗相应地译成了十四行体。

其次,冯至敢于翻译并采用十四行体源于里尔克变革十四行体的勇气。这牵涉到很多问题,首先是里尔克的十四行诗本身经过他的革新在形式上就不如以前谨严了,这使冯至的翻译在形式层面变得更加容易;其次是里尔克"任意"处理十四行体的态度破坏了十四行体的诗律不可变更的神圣性,使冯至在翻译十四行诗的时候可以采用大体相当的形式而不会产生内心的愧疚;第三,里尔克在创作实践上的随意性和冯至在翻译过程中不得已丢失的形式元素给冯至创作十四行诗提供了双重的心理保障,使他认为十四行诗也可以创作成形式宽松的样态。这样,十四行体经过里尔克的简约化和翻译的损耗而更加符合冯至的诗歌文体观念——诗歌应讲求形式,但形式不能妨碍情感的表达。这也许就是评论者包括冯至自己经常评价《十四行集》时说采用的是"变体十四行"的主要依据,而所谓的"变体"主要是让十四行体不再遵守严格的诗律限制。里尔克1922年把十四行诗稿寄给出版家基贲贝格(Kippenberg)的夫人时在信中说:这本书稿"我总称为十四行。虽然是最自由,所谓最变革的形式,而一般都理解十四行是如此静止、固定的诗体。但正是:给十四行以变化、提高、几乎任意处理,在这情形下是我的一项特殊的实验和任务。"③ 我们从这段引文中可以看出冯至钟爱的里尔克的十四行诗是最自由且最不讲诗律的形式,有的作品在形式上甚至已经超出了十

---

① 冯至:《我和十四行诗的因缘》,《世界文学》,1989年1期。
② 冯至:《谈诗歌创作》,《诗双月刊》(冯至专号),1991年4期。
③ 引自冯至:《我和十四行诗的因缘》,《世界文学》,1989年1期。

四行体的审美范畴，这也许应该算是冯至十四行体观念的第一次"误读"。而冯至对这些被里尔克误读了的十四行诗的翻译在形式上不可避免地又会出现误读，比如他在翻译了一首里尔克关于"呼吸"的诗后说："这首诗冲破十四行的格律，我的拙劣的翻译使它更不像十四行了。"①这种始于里尔克的双重误读减轻了架在冯至身上的十四行体的形式枷锁，实现了冯至本人所说的"尽量不让十四行传统的格律约束我的思想，而让我的思想能在十四行的结构里运转自如"，② 最终使十四行体的形式和内容在冯至的创作中达到了融合，使形式意识比较淡漠的冯至不仅没有排斥具有严谨甚至刻板诗律的十四行体，反而创作出了评价颇高的《十四行集》。冯至在谈他和十四行诗的因缘时说他受到了里尔克简化十四行体诗律的"'特殊的实验'的启示，我才放胆写我的十四行"，可见译诗的文体直接导致了他对创作形式的选择。

第三，冯至译诗和创作中的十四行体主要借鉴了十四行体的结构。典型的英语十四行诗每行有十个音节，五个抑扬格音步，韵式为 abab，cdcd，efef，gg，这样就形成了四节，前面三节多为陈述，最后一节的两行结题。作为一种形式十分严格的格律诗，"十四行诗的输入与运用给了英国诗的一大好处是：纪律。以前的英国诗虽有众多优点，却有一个相当普遍的毛病，即散漫，无章法。现在来了十四行体，作者就必须考虑如何在短小的篇幅内组织好各个部分，调动各种手段来突出一个中心意思，但又要有点引申和发展，音韵也要节奏分明。"③ 冯至的诗歌文体观念决定了他的译诗文体观念，也就最终决定了他的译诗在文体形式上不会遵守严格的诗律，对于十四行体严密的形式也难以完全遵从。因此，我们看冯至翻译的十四行诗就会发现他除了在诗行的数量、诗节的数量上与原诗一致外，在韵式和"音步"上都和典型的十四行体有差距，这当然与里尔克对十四行诗格律的改变有关，与翻译活动不可克服的难度有关，但更与冯至的诗体观念不可分割。冯至自己承认他的十四行诗"不曾精雕细刻，去遵守十四行严密的格律，可以说，我主要是运用了十四行的结构。"④ 在谈翻译里尔克的十四行诗时，冯至尽管认为自己的翻

---

① 冯至：《我和十四行诗的因缘》，《世界文学》，1989 年 1 期。
② 冯至：《我和十四行诗的因缘》，《世界文学》，1989 年 1 期。
③ 王佐良：《英国诗史》，上海：译林出版社，1997 年版，第 57 页。
④ 冯至：《我和十四行诗的因缘》，《世界文学》，1989 年 1 期。

译在形式上难以匹配原诗，但让他自信的是其译诗的"内容和十四行的结构还是互相结合的。"① 因此，我们也可以说冯至的十四行译诗在文体上的要求是以诗行、诗节、韵脚等粗略的结构因素为底线的，如果译诗能再现原诗的情感内容并达到十四行体的结构，那就是一首上佳的译诗。

第四，冯至采纳十四行体是表达情感的需要，因为该诗体具有表情达意的优势。冯至在阅读中广泛地接触了十四行体，其时，莎士比亚和勃朗宁夫人的十四行诗当时在中国有多个译本，而且冯至自己在学习德文的时候阅读到了 17 世纪 30 年代战争时期德国诗人格吕菲乌斯（Andreas Gryphius）的《祖国之泪》以及 19 世纪前期的普拉藤（August Platen）的组诗《威尼斯十四行》，冯至体认到了十四行体表达情感的优势："沉痛也好，明净也好，我渐渐感觉到十四行与一般的抒情诗不同，它自成一格，具有其他诗体不能代替的特点，它的结构大都是有起有落，有张有弛，有期待有回答，有前题有后果，有穿梭般的韵脚，有一定数目的音步，它便于作者把主观的生活体验升华为客观的理性，而理性里蕴蓄着深厚的感情。"② 在认识到了十四行体表情达意的文体优势之后，冯至在烽火连天的战争年代常常将经验知识和现实的种种体验融合在一起，通过适当的语言安排和结构整理，最后写就了在中国现代诗歌史上极具盛名的《十四行集》。因此冯至不止一次在文章中阐述他创作十四行是出于表达自己情感的需要，而不是为着学习某种新诗体的需要。依照冯至的看法，诗歌的形式是为情感表达服务的，如果一种诗律本身就限制了诗人情感的抒发，那即便它再具有很强的音乐性和节奏感，也是不足以让诗人采纳的。时隔近半个世纪以后，冯至再次谈起自己创作十四行诗时依然认为这是一种很适合表现当时情感的诗体："我在 30 年代，读了一些有益的书，常常思考人世间和自然界的问题，有了自己的见解，我想把自己想到的和感受的事物表达出来，在西方的十四行体里找到适当的形式"。③

冯至最初在译诗或创作中采用十四行体的目的并不是出于建构中国新诗形式的考虑，而是为了更好地再现原诗的情感或表达自己的情感。冯至在《十四行集》序言中表露出采用十四行诗体完全是不自觉的行

---

① 冯至：《我和十四行诗的因缘》，《世界文学》，1989 年 1 期。
② 冯至：《我和十四行诗的因缘》，《世界文学》，1989 年 1 期。
③ 冯至：《谈诗歌创作》，《诗双月刊》（冯至专号），1991 年 4 期。

为，他在昆明的山上看到了飞翔在蓝得像结晶体的天空下的银色飞机，想到古人的鹏鸟梦，于是随着脚步的节奏信口说出一首有韵的诗，整理出来正巧就是一首变体的十四行。那为什么冯至会不自觉地采用十四行体来记录自己的心情呢？在此之前，冯至肯定阅读了别人翻译的莎士比亚或勃朗宁夫人的十四行诗，并且早在开始创作新诗的时候自己就翻译了一首法国诗人阿维尔斯的十四行诗，这些经验使他不自觉地记住了这种诗体的节奏和形式，遇到需要表达情感时就自然而然地使用了十四行体。在冯至看来，采用十四行体创作的"开端是偶然的，但是自己的内心里渐渐感到一个要求：有些体验，永远在我脑海里再现，有些人物，我不断地从他们那里吸收养分"。其中所谓的从他们那里吸收养分的人肯定包括译诗者，尤其是翻译十四行诗的人。下面这段话更明确地表明了冯至采用十四行体的直接原因是情感的抒发而非形式的"移植"：

> 至于我采用了十四行体，并没有想把这个形式移植到中国来的用意，纯然是为了自己的方便。我用这形式，只因为这形式帮助了我。正如李广田在论《十四行集》时所说的，"由于它的层层上升而又下降，渐渐集中而又解开，以及它的错综而又整齐，它的韵法之穿来而又插去"，它正宜于表现我要表现的事物；它不曾限制了我活动的思想，而是把我的思想接过来，给一个适当的安排。①

不管冯至是出于什么样的目的创作十四行体诗歌，在客观上他受到了外国十四行体及其翻译体的影响却是不容否定的，而他的《十四行集》又的确为中国新诗"移植"十四行体起到了不可忽视的推动作用。冯至的《十四行集》在中国现代新诗史上对情思的"处理手法是前所未有的"，② 尽管他本人说他采用十四行体的时候只是为了表达情感而没有想给中国诗坛"移植诗体"，但在客观上他的《十四行集》却为中国新诗的十四行体打下了基础。朱自清对冯至的《十四行集》做了较高的评价，该诗集"可以说建立了中国十四行的基础，使得向来怀疑这诗体的

---

① 冯至：《十四行集·序》，《冯至全集》（第一卷），石家庄：河北教育出版社，1999年，第214页。
② 黄灿然：《冯至〈十四行集〉的生疏效果》，《必要的角度》，香港：素叶出版社，1999年，第66页。

人也相信它可以在中国诗里活下去。无韵体和十四行（或商籁）值得继续发展，别种外国诗体也将融化在中国诗里。"①

冯至的译诗文体观念和新诗创作互为促进，说明了外国文学的翻译和介绍对中国新文学的发展"起了显著的促进作用的，我们早期写的中国现代文学史也谈到外国文学对中国新文学的影响，可是后来就很少谈这个问题了，更不必说关于这个问题的专门研究了。好像一谈到这个问题，便有损于中国现代文学的伟大意义。"② 因此，我们不仅要研究外国诗歌的翻译及其对中国新诗的影响，而且还要探讨诗歌的翻译理论以及译诗的文体理论。对冯至的研究应该是全方位的，希望有更多的人来关注他的文学翻译以及文学翻译观念。

第四节　外国诗歌的"翻译体"与中国现代新诗的文体建设

翻译文学研究领域至今鲜有人从文体学的角度对外国诗歌的翻译体进行论述，但这并不妨碍本书从译介学的角度去探讨"翻译体"对中国新诗形式的影响。作为一种特殊的文体形式，外国诗歌的翻译体③对中国新诗的形式建构起到了实在而深远的推动作用，在中国现代新诗的发展历程中扮演了多重"救世"的角色。

一

中国新诗在特殊的时代背景中诞生，理论先行的"革命"形势导致诗歌形式建设先天给养不足。新文化运动先驱者们曾力图通过自身创作去实践新诗理论，但收效甚微，在难以写出理想的新诗文本去对抗"守旧派"攻击的情况下，外国诗歌的翻译体却很好地契合了新诗革命的理

---

① 朱自清：《诗的形式》，《朱家的语言》，杨杨选编，天津：天津人民出版社，1998年版，第334页。
② 冯至：《继续解放思想，实事求是地开展外国文学工作——在中国外国文学学会第一届年会上的报告》，《外国文学评论》，1981年1期。
③ 本书所说的外国诗歌的翻译体指的是五四以后的白话文翻译，而非古诗词形式的翻译体。

论主张，成为中国新诗史上最早的具有新形式的理想文本。

外国诗歌的翻译体最早实践了新诗运动的形式主张，是中国新诗史上最早具有新形式的"新诗"，成为了新诗形式的理想"范本"。外国诗歌的白话翻译体比中国的白话体新诗出现的时间要早，在1917年2月胡适发表《白话诗八首》的头一年，人们已经开始使用白话文去译诗了。比如1916年6月，刘半农发表在《新青年》3卷4期上的《缝衣曲》(Song of the Shirt) 就是一首白话文译诗，给读者耳目一新的感觉，其在形式上与古诗的背离程度绝不在胡适的《朋友》之下。也即是说，外国诗歌的翻译体不但先于白话新诗产生，而且在形式上完全符合胡适等人倡导的白话新诗的目标。徐剑先生说："1917年前后，译者们开始试验着以白话译诗，终于摆脱了以中国旧有的文言诗歌形式套译英诗的老路，开辟了英诗汉译的新天地。"[①] 从后来新诗的发展情况来看，白话"翻译体"开辟的不只是翻译诗歌的新天地，而且是新诗创作的新天地。胡适发表在《新青年》（6卷3号，1919年3月15日）上的《关不住了!》这首译诗，无论从音韵、语言还是从排列上看，均很好地贯彻了胡适的"八不主义"和在《谈新诗》一文中对新诗文体的要求。该诗尽管是首译诗，但无疑比之前胡适创作的所有新诗都更符合他在新诗诞生前倡导的形式主张，所以，他要借助外国诗歌的翻译体来宣告白话新诗成立的新纪元。"胡适利用英语表述中的文法关系，摆脱了旧诗词的词汇和节奏模式，实现了新诗体的真正解放"。[②] 外国诗歌的翻译体在文法上使用的是英语表述方式，与中国旧有的诗词大相径庭，完全摆脱了传统形式的束缚。所以，包括胡适在内的五四新诗人们所谓的新诗形式其实是以优秀的翻译体为蓝本建构和发展起来的，外国诗歌的翻译体成为人们创作时的模仿对象，影响并规定了中国新诗形式建设的方向。

中国新诗形式发轫于外国诗歌的翻译体。"翻译体"是中国新诗形式最早的理想范本，宣告了中国新诗"新纪元"的到来，这绝非偶然，也不是胡适的一厢情愿。这首先与"翻译体"的特殊形式有关：译者因为顾及原诗的形式而不得不舍弃本国传统的诗歌观念（尽管实际上是不

---

① 徐剑:《英诗汉译与中国新诗》,《二十世纪中国诗歌理论》,徐荣街著,济南：山东教育出版社,2000年,第401页。

② 李岫、林廷芳等编著:《二十世纪中外文学交流史》,石家庄：河北教育出版社,2001年,第374页。

可能的），造成了译诗形式与传统诗歌形式的部分背离；但诗歌翻译活动的局限又决定了译诗形式不可能与原诗对等，致使译诗形式既不同于原诗的形式，又不同于译入语国固有的诗歌形式，遂在客观上形成了一种特殊的新诗体——"翻译体"。该诗体相对于民族诗歌而言包含了很多新鲜的形式因素，有利于在僵化的译语国语境中促成诗歌形式的变革。从世界范围来说，任何民族的诗歌变革都或多或少地依赖于翻译引进外国文学，奥克泰维欧·派茨（Octavio Paz）曾说："西方诗歌最伟大的创作时期总是先有或伴有各个诗歌传统之间的交织。有时，这种交织采取仿效的形式，有时又采取翻译的形式。"① 中国20世纪初的新诗运动和大洋彼岸的印象主义诗歌运动一样，也都受到了外国文学翻译的影响。难怪梁实秋非常肯定地认为"外国的影响是白话文运动的导火线"，他指出"美国印象主义者六戒条里也有不用典，不用陈腐的套话；新式标点和分段分行，也是模仿外国；而外国文学的翻译，更是明证。胡氏自己说《关不住了》一首是他的新诗成立的纪元，而这首诗却是译的，正是一个重要的例子。"② 所以，外国诗歌的翻译体能促进民族诗歌的变革是一种普遍的文化现象。

其次，中国新诗之所以会以外国诗歌的翻译体为最早的理想形式，也与五四前后中国新诗理论先行的"革命"语境相关。中国新诗发展有一个非常特殊的现象，那就是理论先行，即是说新诗先有理论的倡导，然后才有作品的出现。新诗人们不是从新诗创作的实际情况出发去总结新诗理论和文体观念，而是先在外国诗歌观念的影响下规划出中国新诗的发展模式。在这种情况下，恐怕连当事人胡适在当时也不知道中国新诗的理想模式究竟是什么样子。而且胡适诗歌革命的主张在提出之初就遭到了一起在美国留学的梅光迪和任永叔等人的反对，其实胡适本人也清楚，对"一个文学运动的历史的估价，必须包括它的出产品的估价。单有理论的接受，一般影响的普遍，都不够证实那个运动的成功。"③ 因此，要消除外界的质疑，唯一的办法就是拿出像样的可以彰显诗歌革命

---

① Octavio Paz. Translation：Literature and Letter. 引自《翻译文化史论》，王克菲著，上海：上海外语教育出版社，1997年，第354页。

② 朱自清：《中国新文学大系·诗集·导言》，上海：上海良友图书印刷公司，1935年，第1—2页。

③ 胡适：《中国新文学大系·建设理论集·导言》，上海：上海良友图书印刷公司印行，1935年，第1页。

主张的新诗文本。为了证明自己白话诗主张的可行性,胡适开始大胆地创作新诗,但他最先于1917年2月发表在《新青年》上的《白话诗八首》却没有受到好评,《朋友》、《江上》等诗篇几乎还是采用的五言体,在形式、音韵和排列上仍然具有浓厚的古诗体味道,只是语言相对浅近一些。胡适自己的诗歌创作并没有解除"保守"人士的攻击,也不足以证明新诗革命主张的可行性。在新诗运动面临着举步维艰的局促情况下,恰好是外国诗歌的白话翻译体的文体特征在无形中契合了胡适白话诗的某些理论主张。"胡适早决议要进行'诗体大解放'……却一直像'踏破铁鞋无觅处',建不起'新诗'的格局,一朝用白话把一首原是普通的英语格律诗译得相当整齐,接近原诗的本色,就有理由使他自己得意,也易为大家接受。"① 胡适"得意"的原因当然是他从外国诗歌的翻译体中找到了理想的新诗文本,有力地回击了反对派的论调,不仅解救了"革命"人士的尴尬处境,而且推动了中国新诗革命的顺利发展。

当然,这并不是说外国诗歌就是中国新诗的典范,而是说部分翻译体由于很好地贯彻并体现了中国新诗精神,才成为了中国新诗模仿的对象。胡适接近和翻译外国诗歌的目的并不是要为中国新诗寻找榜样,其旨趣是为诗歌的"自然口语化"寻找证据。在此,本书的出发点仍然是以中国的新诗理论精神为本位,翻译体仅仅是证明新诗理论的"工具",而不是新诗形式发生和发展的基点。

二

外国诗歌的翻译体既以"他者"的身份通过外部影响来促进民族诗歌的发展,又以民族诗歌构成要素的身份直接参与民族诗歌形式的建构。新诗坛的繁荣景观是由翻译诗歌和白话新诗共同缔造的,外国诗歌的翻译体是中国新诗的一种形式,反映了中国新诗形式变革的成就,帮助幼弱的中国新诗形式取代了旧体诗形式并确立了诗坛的正宗地位。

外国诗歌的翻译体可以而且应该被视为中国新诗自身的一种文体形式。五四时期的很多诗歌翻译者本身就是诗人,著译不分是五四时期译诗的一大特征,"我们对彼时文人'翻译'的定义,却须稍作厘清:它

---

① 王克非:《翻译文化史论》,上海:上海译文出版社,1997年,第207页。

至少包括意译、重写、删改、合译等方式。"① 翻译文学融入了译者的很多主观思想和译语国的文化因素，含有较多的创作和译语国文化色彩，许多新诗创作者因此视译诗为创作，将其收入自己的作品集中。"新文学作家中，假借外国文学之手催生创作的并不鲜见。边译边创作，互为推动，极其普遍，很少有只著不译或只译不著的作家，相反，二者是相互渗透，合而不分。结果，许多作者将个人的中文作品及外国译作合并成集出版，形成现代文坛的又一景观。"② 近年来，随着译介学学科的发展，人们在翻译文学的国别归属上基本赞同翻译文学是民族文学（译入语国文学）的说法。贾植芳先生说："由中国翻译家用汉语译出的、以汉文形式存在的外国文学作品，为创造和丰富中国现代文学所作出的贡献，与我们本民族的文学创作具有同等重要的意义和价值。"③ 谢天振先生说："既然翻译文学是文学作品的一种独立的存在形式，既然它不是外国文学，那么它就该是民族文学或国别文学的一部分，对我们来说，翻译文学就是中国文学的一个组成部分，这完全是顺理成章的事。"④ 胡适依靠《关不住了》这首译诗来确立了新诗的"新纪元"，说明了早期诗人已经将外国诗歌的翻译体视为新诗的创作形式了。

译诗与中国新诗一道为中国现代诗坛支撑起了一片蔚蓝的天空，确立了新诗在中国文学史上的地位。中国现代文学史上发表文学作品的刊物都会发表译诗，早期新诗著译不分的现象正好说明了当时人们普遍将译诗视为中国新诗园地中一朵绮丽的鲜花，它和中国人自己创作的新诗一起装点着新诗坛。赵毅衡先生在论述美国新诗运动时说："大杂志不得不接受新诗运动的胜利，其标志之一是它们紧跟小杂志发表中国诗的翻译。"⑤ 如果某一时期的杂志上大量发表与某一诗歌运动倡导的诗体相类的诗歌就标志着该诗歌运动的胜利的话，那白话译诗大量出现在五四时期的刊物上也就证明了中国新诗运动的成功。更为重要的是，赵先生的

---

① ［美］王德威：《想象中国的方法》，北京：生活·读书·新知三联书店，2003年，第5页。

② 王建开：《五四以来我国英美文学译介史》（1919—1949），上海：上海外语教育出版社，2003年，第103页。

③ 贾植芳：《译介学·序一》，《译介学》，谢天振著，上海：上海外语教育出版社，1999年，第3页。

④ 谢天振：《译介学》，上海：上海外语教育出版社，1999年，第239页。

⑤ 赵毅衡：《诗神远游——中国如何改变了美国诗》，上海：上海译文出版社，2003年，第190页。

话还从侧面说明了外国诗歌的翻译体在美国新诗运动中扮演了重要的角色，新诗运动的成功很大程度上与翻译诗歌的繁荣度呈顺向关系。这与五四时期的中国诗坛一样，在新诗创作不够充分的情况下，大量的"翻译体"不仅为新诗的成长提供了营养和参照对象，而且也成为新诗行列的"得力干将"，有力地支持了当时处境寒碜的新诗，改变了新诗在与传统古诗竞争中的劣势。以《新青年》、《小说月报》、《文学周报》、《少年中国》、《创造季刊》等为例，在这些刊物上发表的译诗数量堪与创作媲美，① 译诗占据了这一时期真正意义上的白话新诗的很大比重。胡适再版《尝试集》时曾说："我自己承认《老鸦》《老洛伯》《你莫忘记》《关不住了》《希望》《应该》《一颗星儿》《威权》《乐观》《上山》《周岁》《一颗遭劫的心》《许怡孙》《一笑》——这 14 篇是'白话新诗'。其余的，也还有几首可读的诗，两三首可读的词，但不是真正白话的新诗。"② 其中《老洛伯》、《关不住了》、《希望》三首是翻译诗歌，占了胡适所谓真正白话新诗的近 25%。

翻译诗歌是在社会上首先获得认同的新诗作品。拿美国新诗运动来说，人们首先承认以中国诗为榜样的新诗运动的成果便是承认中国诗歌的翻译："很难断定中国诗在为现代诗运动争取胜利的过程中起了多大作用，没有中国诗，现代诗运动也会成功。但是中国诗至少是现代诗运动首先获得承认的成果之一。现代诗没有长期成为在几个先锋派杂志上孤芳自赏的运动，而较快地成为美国诗歌的主流，对此，中国诗是起了相当大作用的。"③ 中国诗在美国是以英语翻译体存在的，犹如美国诗在中国是以中文翻译体存在一样，所以，只要将其中的主宾关系对调，该话就适用于论述中国新诗运动的成功得利于人们首先对外国诗歌的翻译体的认同。正是胡适翻译的美国诗歌宣告了中国新诗成立的新纪元，使之成为取得承认的早期新诗作品，为新诗文学地位的确立起到了声援作用。

外国诗歌的翻译体是民族诗歌文体的重要组成部分，是新诗文体中

---

① 据统计，《新青年》上发表的译诗数量为 80 首；《小说月报》上发表的译诗数量为 290 余首；《文学周报》上发表的译诗数量为 79 首左右；《诗》月刊上发表了大约 236 首等，相当丰富。此数据是作者查阅了以上每种杂志后统计计出来的，基本符合实际情况。

② 胡适：《〈尝试集〉再版自序》，《尝试集》，北京：人民文学出版社，2000 年，第 181 页。

③ 赵毅衡：《诗神远游——中国如何改变了美国诗》，上海：上海译文出版社，2003 年，第 191 页。

最先被人们认同和接受的形式,彰显了早期中国新诗形式建设的成就,在和古诗词的对抗中帮助新诗确立了文体地位。

三

"翻译体"在形式上可能与原诗一致,可能与译入语国诗歌形式的风尚一致,但也可能与以上二者俱不相同,是翻译者重新创造的第三种新体。本书将这种改变了原诗的风格且与译语国常用的诗歌形式不同的翻译体称为"第三者"翻译体。五四以前的诗歌翻译体由于多采用"归化"译法而在形式上与惯常的民族诗歌形式类似,不属于本书探讨的范围。五四以后的白话翻译体使用"异化"译法而在形式上偏重原诗,其对中国新诗形式建设的影响前文已作论述。而"第三者"翻译体属于外国诗歌翻译体的一种特例,本书最后专门从创作的角度来论述它对中国新诗形式的影响。

"冰心体"是20世纪30年代流行于中国诗坛的小诗的别称,作为中国新诗史上重要的诗歌形式,小诗创作的兴起与成熟实乃与"第三者"翻译体有关。作为小诗创作成就最高者,冰心多次在"回忆录"和"创作谈"中坦诚地认为郑振铎翻译的《飞鸟集》的"翻译体"具有的散文化的形式与口语化的语言是小诗形式的重要来源。她曾说:"我偶然在一本什么杂志上,看到郑振铎译的泰戈尔的《飞鸟集》连载,(泰戈尔的诗歌,多是采用民歌的形式,语言美丽朴素,音乐性也强,深得印度人民的喜爱,当他自己将他的孟加拉文的诗歌译成英文的时候,为要保存诗的内容就不采取诗的分行的有韵律的形式,而译成诗的散文。这是我以后才知道的。《飞鸟集》原文是不是民歌的形式,我也不清楚。)这集里都是很短的充满了诗情画意和哲理的三言两语,我心里一动,我觉得我在笔记本上的眉批上的那些三言两语,也可以整理一下,抄了起来,在抄的时候,我挑选那些更有诗意的、更含蓄一些的,放在一起,因为是零碎的思想,就选了其中的一段,以'繁星'两个字起头的,放在第一部,名之为《繁星集》。"① 郑振铎翻译的《飞鸟集》在语言和形式上自然与原诗拉开了距离,而其散文化倾向又与分行排列的中国新诗主流形式存在差异,因此是一种不折不扣的"第三者"翻译体。从小诗形式

---

① 冰心:《我是怎样写〈繁星〉和〈春水〉的》,《诗刊》,1959年4期。

的散文化角度讲,郑振铎译的泰戈尔《飞鸟集》(《飞鸟集》的翻译体)"为要保存诗的内容就不采取诗的分行的有韵律的形式,而译成诗的散文",这自然是将泰戈尔诗歌翻译体形式的散文化归结于翻译自身的局限,说明了冰心诗的散文化不是泰戈尔原诗的影响,而是泰戈尔诗歌翻译体的影响。冰心阅读了具有独特形式的《飞鸟集》译本之后,找到了将"零碎的思想"收集起来的形式,这种无标题的自由小诗,不受形式的束缚,不受音韵的羁绊,晶莹清丽、轻柔隽逸,便是人们所谓的"春水体"。因此,我们不妨这样说,是《飞鸟集》翻译体的形式而非原文形式启示了中国小诗的产生,如果没有郑译《飞鸟集》那种自由的散文化形式,那么冰心的《繁星》、《春水》和中国小诗的潮流也许就不会成为诗坛风景了。

外国诗歌的翻译体有助于为中国新诗引进新体。比如徐志摩在翻译中引入新体"土白诗"(方言诗)就是一例,他"学习并借鉴了彭斯的'土白诗'这种独白体,这种语体在中国,正像当时评论家指出的那样,属于徐志摩首创。"① 徐志摩的《卡尔弗利里》和《一条金色的光带》都是"土白诗"。译诗形式对中国新诗文体建构具有促动作用:"借此(外国诗的翻译)可以感发本国诗的革新。我们翻开各国文学史来,常常看见译本的传入是本国文学史上一个新运动的导线;翻译诗的传入,至少在诗坛方面,要有这等的发生。"② 中国新诗文体形式正是凭借外国诗歌的翻译体才逐渐建构和发展起来的,从最初胡适以译诗《关不住了》来宣布新诗成立的"新纪元"到刘半农的借助翻译增多诗体,前文已经说过,从朱自清认为译诗可以"试验种种诗体"到梁宗岱认为译诗是新诗诗体形式的"一大推动力",表明了翻译外国诗歌是中国新诗文体建构过程中非常重要和关键的环节,不仅可以为中国新诗提供形式经验,而且可以帮助中国新诗"增多诗体"。

中国的散文诗是伴随着新文化运动翻译浪潮的兴起而诞生的一种新的诗歌形式。一直以来学术界普遍关注"中国古典诗词和散文小品的美学追求对中国现代散文诗的影响",③ 忽略了散文诗受到的外国诗歌的翻

---

① 刘介民:《类同研究的再发现:徐志摩在中西文化之间》,北京:中国社会科学出版社,2003年,第337页。
② 茅盾:《译诗的一些意见》,《文学旬刊》(第52期),1922年10月10日。
③ 徐治平:《散文诗美学论·后记》,南宁:广西教育出版社,1994年。

译体的影响。刘半农在中国新诗史上的地位是通过创作方言民谣和散文诗确立起来的，他在《〈扬鞭集〉自序》中说："我在诗的体裁上是最会翻新鲜花样的。当初的无韵诗，散文诗，后来的用方言拟民歌，拟'拟曲'，都是我首先尝试。"① 为什么刘半农会最早尝试无韵体诗和散文诗的创作呢？主要还是受到了翻译诗歌的影响，刘半农早在新文化运动之前的1915年就翻译了屠格涅夫的4首散文诗，后来又翻译了印度诗人拉坦·德维的散文诗。最为重要的是，刘半农的散文诗创作得益于他在翻译过程中习得的新的诗歌文体，这种新文体与原诗文体和中国新诗固有的普通文体不同，是在翻译过程中创造出来的。

总之，从译介学的角度出发，外国诗歌的翻译体不管是否是一种成熟的诗体，一经翻译就会对移入语国诗歌的形式建设发生影响；从翻译诗歌国别归属的角度来看，研究中国新诗的文体形式就应该将外国诗歌的翻译体纳入观照范围。所以，研究外国诗歌的翻译体对中国新诗形式建设和创作的影响，研究外国诗歌翻译体自身的文体特征等内容应该成为比较文学影响研究和现代文学诗体研究的重要内容，对"翻译体"的探讨还有待深入和加强。

---

① 刘半农：《〈扬鞭集〉自序》，《语丝》（第70期），1926年3月15日。

结　语

中国现代新诗文体的发展当然与中国自身的文化和文学环境密切相关，外来文学或文化资源仅仅起到了必要的补足和丰富作用。本书坚持认为，新诗的文体营养来自中国古典诗歌、外国诗歌及其翻译体、中国新诗积淀的传统等三个方面。除了这点需要单独申明之外，对于本研究的学术价值似乎也不容否定。

在特定的时期和语境下探讨外国诗歌的翻译与中国现代新诗文体建构之间的关系，于中国新诗发展的实际情况而言是一项有价值的研究。在现代文学研究领域，以往的新诗文体研究主要从诗歌传统、民歌民谣或笼统的外国诗歌等方面着手论述影响与承传的关系，因而以诗歌翻译这一文化交流中介为依托所展开的新诗文体研究必然赋予本研究独特的价值和意义。在比较文学研究领域，本书是从比较文学的角度来研究翻译文学及其影响，与传统意义上的比较文学的影响研究相比，对"翻译"中介的强调必然会使本课题获得研究的新突破。在翻译文学研究领域，由于该文的写作具有系统的中国现代文学知识背景，因此架构起了比单纯地从事英语文学或比较文学研究的学者更为合理的研究框架和知识体系。本研究从诗歌翻译的角度来探讨中国新诗文体在建构过程中所受到的外来影响，是比较文学影响研究的具体例证和结果，对中国新诗研究而言也是可喜的收获。比如第一章从西方文化过滤的角度来分析五四前后中国对东方诗歌翻译的热潮，从翻译伦理道德的角度来论述创造社与胡适、文学研究会等之间发生的翻译论争，以及从新诗形式建构的立场来重新审视中国现代翻译史上的论争；第五章从中国新诗形式建构的角度来论述外国诗歌形式的误译，突破了之前人们从语言、翻译技巧或理解的层面对外国诗歌形式误译的认识。对翻译诗歌个案的研究或时代语境下翻译论争的研究等都具有创新价值，之前很少有人对这些处于外国文学研究和中国文学研究交叉地带的文学现象进行过如此深入的研究。比如第二章从翻译学的角度探讨译诗语言观，丰富了翻译学和语言学的内容；重新认识了欧化现象，从汉语自身的兼容性和发展的可持续性方面对新诗语言欧化的认识超越了影响和被影响的关系。第三章从翻译自身的困境和中国新诗的发展需要上去认识译诗对中国新诗形式的影响，突破了只从模仿层面来论述新诗形式丰富性根源的惯常做法。

还需要补充说明的是，本书探讨外国诗歌的翻译与中国现代新诗文体之间的关系，并不就意味着要否定外国诗歌的翻译与中国现代新诗情思抒发之间的关系。在整个现代新诗的发展进程中，翻译外国诗歌的目的是为了译者抒情的需要还是建构中国新诗文体的需要？文中已论述到有学者认为胡适接近和翻译外国诗歌的目的并不是要认识外国诗歌，其旨趣是为诗歌的"自然口语化"寻找证据，"是在为他的'活文学'寻找证明之时，以其目之所及，择取翻译了几首外国诗歌。于是，外国诗歌并不以其自身的思潮、流派特征熠熠生辉，引人注目，而是权作了胡适诗歌观念的一点旁证和说明。"① 也许这段话只看到了译诗功能的一个方面，在某些情况下，译诗似创作一样表达了诗人的情思，译诗与创作的同一性即体现为二者表达诗人感情的对等性。人们常常根据自己情感表达的需要去选择诗歌翻译文本，正如读者由于某些文本所表达的情思切合了自己的心境而兴奋不已一样。事实上，胡适翻译外国诗歌的目的不只是为了验证新诗形式的可操作性，他翻译了大量的爱情诗，对于一个一心要打破诗歌形式并倡导文学革命的人来说，其译诗题材的重要性远远逊色于体裁的重要性，但胡适译诗情感的类同性却告诉我们其题材选择的有意性。胡适到底为什么会选择爱情诗来翻译呢？《关不住了》一诗明显反映出胡适意欲冲破压抑人性的传统爱情理念；《老洛伯》中锦妮陷入了爱情和道义的两难境地中：一边是深爱着她且"并不曾待差了我"的老洛伯，一边是她们互相爱恋的吉梅，这似乎表达了胡适自身的情路历程：锦妮无异于胡适自己，老洛伯无异于胡适的夫人江冬秀，他们共同经营着传统的，也是很符合道义的婚姻，吉梅无异于与他相爱

---

① 李怡：《中国现代新诗与古典诗歌传统》，重庆：西南师范大学出版社，1994年，第189页。

多年（甚至一生）却始终没有步入婚姻殿堂的美国女士韦莲司。① 有学者认为，胡适翻译爱情诗是为了弥补他自身感情的缺陷，借译诗来抒发自己的感情，② 郭沫若1923年在翻译波斯诗人莪默伽亚谟的作品时说："本译稿不必是全部直译，诗中难解处多凭我一人的私见意译了。"③ 郭沫若所谓的"私见"即是他自己的情感体验，译诗也正因为有了这样的"私见"而进入了郭沫若的翻译视域。1935年，梁宗岱翻译了瓦雷里论歌德诗歌的文章《歌德论》，他从该文中"似乎比他从瓦雷里的《水仙辞》一诗更多看得见自身性格上、气质上具体而微的（当然远不足与歌德相提并论）一点映影。梁在瓦雷里论歌德的这篇宏文里，既无疑深感到其中不言自喻的追求无尽的浮士德精神的宣扬，也必有所憧悟于自身也就有瓦雷里所指的普露谛或善变因此多面的倾向。"④ 因此，从宏观的角度来讲，译者对外国诗歌的选择往往与某一时代对诗歌形式或情感的诉求有关，而从个人的角度来讲，译诗要适合译者情感表达的需要，后者在翻译作品的选择中往往起着支配作用。比如卞之琳在翻译阿左林的小品文时曾说："译这些小品，说句冒昧的话，仿佛是发泄自己的哀愁了。"⑤ 译诗对译者情感抒发的弥补作用是中国现代新诗史和诗歌翻译史上普遍的现象。因此，翻译过程中对原文的选择受制于译者情感表达的需要，而译者也借助所译诗歌抒发了个人化的情感，由此说明诗歌翻译并不是随意性的，它是情感抒发和形式建构这双重因素共同作用的结果。

要深入完整地研究一个课题需要时间和相关知识的积累，本书所做的研究也许只是窥见了其中的一斑；况且随着学术研究方法和视角的变化，随着研究成果的丰富和新材料新思想的发掘，本研究势必还会迎来更大的研究空间，这也是著者必将为之不懈努力的理由。

---

① 关于胡适和韦莲司的爱情故事参阅《中国十大情圣》之《胡适：封建壁垒下的情圣》一文，丁国旗著，郑州：郑州大学出版社，2005年。
② 廖七一：《译者意图与文本功能的转换——以胡适译诗为例》，《解放军外国语学院学报》，2004年1期。
③ 郭沫若：《波斯诗人莪默伽亚谟的100首诗·序》，《创造季刊》（1卷3号），1923年7月1日。
④ 卞之琳：《人事固多乖——纪念梁宗岱》，《新文学史料》，1990年1期。
⑤ 卞之琳：《译阿左林小品之夜》，天津《大公报·文艺副刊》，1934年3月7日。

参考文献

1. 阿英：《翻译史话》，上海：上海古籍出版社，1981年版。
2. ［英］Basil Hatim & Lan Mason：《话语与译者》（*Discourse and the Translator*），王文斌译，北京：外语教学与研究出版社，2005年版。
3. ［英］拜伦：《拜伦抒情诗选》，杨德豫译，长沙：湖南人民出版社，1981年版。
4. 鲍晶编：《刘半农研究资料》，天津：天津人民出版社，1985年版。
5. 卞之琳：《人与诗：忆旧新说》，北京：生活·读书·新知三联书店，1984年版。
6. 曹顺庆：《比较文学论》，成都：四川教育出版社，2002年版。
7. 曹万生：《现代派诗学与中西诗学》，北京：人民出版社，2003年版。
8. 陈本益：《中外诗歌与诗学论集》，重庆：西南师范大学出版社，2002年版。
9. 陈方竞：《多重对话：中国新文学的发生》，北京：人民文学出版社，2003年版。
10. 陈福康：《中国译学理论史稿》，上海：上海外语教育出版社，2000年版。
11. 陈平原：《二十世纪中国小说史》（1897—1916）（第一卷），北京：北京大学出版社，1989年版。
12. 陈思和：《中国当代文学史教程》，上海：复旦大学出版社，1999年版。
13. 陈万雄：《五四新文化的源流》，北京：生活·读书·新知三联书店，1997年版。

14. 陈伟：《中国现代美学思想史纲》，上海：上海人民出版社，1993 年版。

15. 陈永国编：《翻译与后现代性》，北京：中国人民大学出版社，2005 年版。

16. 陈玉刚：《中国翻译文学史稿》，北京：中国对外翻译出版公司，1989 年版。

17. 陈子善编：《洵美文存》，沈阳：辽宁教育出版社，2006 年版。

18. 陈子展：《中国近代文学之变迁、最近三十年中国文学史》，上海：上海古籍出版社，2000 年版。

19. 戴望舒：《戴望舒译诗集》，长沙：湖南人民出版社，1983 年版。

20. 丁伟志、陈崧：《中体西用之间》，北京：中国社会科学出版社，1995 年版。

21. 丁语和、瘦良辰主编：《近代中西文化交流史论》，太原：山西教育出版社，1996 年版。

22. 杜荣根：《寻求与超越——中国新诗形式批评》，上海：复旦大学出版社，1993 年版。

23. 方仁念选编：《新月派评论资料选》，上海：上海华东师范大学出版社，1993 年版。

24. 废名：《论新诗及其他》，沈阳：辽宁教育出版社，1998 年版。

25. ［美］费正清主编：《剑桥中国晚清史》（1800—1911）（下卷），北京：中国社会科学出版社，1993 年版。

26. 傅雷：《傅雷谈翻译》，北京：当代世界出版社，2006 年版。

27. 高玉：《现代汉语与中国现代文学》，北京：中国社会科学出版社，2003 年版。

28. 戈公振：《中国报学史》，上海：上海古籍出版社，2003 年版。

29. 葛桂录：《中英文学关系编年史》，上海：上海三联书店，2004 年版。

30. 辜正坤：《中西诗比较鉴赏与翻译理论》，北京：清华大学出版社，2003 年版。

31. 顾国柱：《新文学作家与外国文化》，上海：上海文艺出版社，1995 年版。

32. 郭沫若：《郭沫若论创作》，上海：上海文艺出版社，1983 年版。

33. 郭沫若：《沫若译诗集》，北京：人民文学出版社，1955 年版。

34. 郭建中编：《文化与翻译》，北京：中国对外翻译出版公司，2000 年版。

35. 郭建中编著：《当代美国翻译理论》，武汉：湖北教育出版社，2000 年版。

36. 郭延礼：《中国近代翻译文学概论》，武汉：湖北教育出版社，1998 年版。

37. 郭志刚、孙中田：《中国现代文学史》，北京：高等教育出版社，1996 年版。

38. 郭著章：《翻译名家研究》，武汉：湖北教育出版社，1999 年版。

39. [美] 哈罗德·布鲁姆：《影响的焦虑》，徐文博译，上海：三联书店，1989 年版。

40. [美] 韩南（Patrick Hanan）：《中国近代小说的兴起》，徐侠译，上海：上海教育出版社，2004 年版。

41. 海岸：《中西诗歌翻译百年论集》，上海：上海外语教育出版社，2007 年版。

42. 韩子满：《文学翻译杂合研究》，上海：上海译文出版社，2005 年版。

43. 胡翠娥：《晚清小说翻译研究》，博士学位论文，南开大学，2003 年提交。

44. 胡开宝：《英汉词典历史文本与汉语现代化进程》，上海：上海译文出版社，2005 年版。

45. 胡适：《论中国近世文学》，海口：海南出版社，1994 年版。

46. 胡适选编：《中国新文学大系·建设理论集》，上海：上海良友图书印刷公司印行，1935 年版。

47. 黄伯荣、廖序东：《现代汉语》（上册），北京：高等教育出版社，1997 年版。

48. 黄杲炘：《从柔巴依到坎特伯雷——英语诗汉译研究》，武汉：湖北教育出版社，1999 年版。

49. 黄修己：《20 世纪中国文学史》，广州：中山大学出版社，1999 年版。

50. [美] 惠特曼：《惠特曼诗歌精选》，李视歧译，太原：北岳文艺出版社，1994年版。

51. ［苏联］加切奇拉泽：《文艺翻译与文学交流》，蔡毅、虞杰译，北京：中国对外翻译出版公司，1987年版。

52. 贾植芳、陈思和主编：《中外文学关系史资料汇编》（1898—1937），桂林：广西师范大学出版社，2004年版。

53. 蒋绍愚、江蓝生编：《近代汉语研究》（二），北京：商务印书馆，1999年版。

54. 焦亚璐：《二十世纪初翻译文学对中国言情小说的影响》，硕士学位论文，陕西师范大学，2003年提交。

55. 金丝燕：《文学接受与文化过滤：中国对法国象征主义的接受》，北京：中国人民大学出版社，1994年版。

56. ［英］拉曼·塞尔登（Roman Selden）编：《文学批评理论：从柏拉图到现在》，刘象愚，陈永国等译，北京：北京大学出版社，2003年版。

57. 李寄：《鲁迅传统汉语翻译文体论》，上海：上海译文出版社，2008年版。

58. 李岫、林廷芳等编著：《二十世纪中外文学交流史》，石家庄：河北教育出版社，2001年版。

59. 李怡：《中国现代新诗与古典诗歌传统》，重庆：西南师范大学出版社，1999年版。

60. 李和庆等编著：《西方翻译研究方法论：70年代以后》，北京：北京大学出版社，2005年版。

61. 李泽厚：《中国现代思想史论》，合肥：安徽教育出版社，1997年版。

62. 李正栓、吴晓梅编：《英美诗歌教程》，北京：清华大学出版社，2004年版。

63. 连淑能：《英汉对比研究》，北京：高等教育出版社，1993年版。

64. 连燕堂：《二十世纪中国翻译文学史》（近代卷·英法美卷），天津：百花文艺出版社，2009年版。

65. 李今：《二十世纪中国翻译文学史》（三四十年代·俄苏卷），天津：百花文艺出版社，2009年版。

66. 李宪瑜：《二十世纪中国翻译文学史》（三四十年代·英法美

卷），天津：百花文艺出版社，2009 年版。

67. 梁启超：《清代学术概论》，上海：上海古籍出版社，1998 年版。

68. 梁宗岱：《梁宗岱译诗集》，长沙：湖南人民出版社，1983 年版。

69. 廖七一编著：《当代英语翻译理论》，武汉：湖北教育出版社，2004 年版。

70. 廖七一：《胡适翻译诗歌研究》，北京：清华大学出版社，2006 年版。

71. 林庚：《新诗格律与语言的诗化》，北京：北京经济日报出版社，2000 年版。

72. 刘介民：《类同研究的再发现：徐志摩在中西文化之间》，北京：中国社会科学出版社，2003 年版。

73. 刘纳：《论"五四"新文学》，杭州：浙江文艺出版社，1987 年版。

74. 刘烜：《闻一多评传》，北京：北京大学出版社，1983 年版。

75. 刘重德：《文学翻译十讲》，(*The Lectures on Literary Translation*, by Liu Chongde)，北京：中国对外翻译出版公司，2003 年版。

76. 龙泉明：《中国新诗流变论》，北京：人民文学出版社，1999 年版。

77. 鲁迅：《鲁迅全集》，北京：人民文学出版社，1981 年版。

78. 鲁迅：《译文序跋集》，北京：人民文学出版社，2006 年版。

79. 陆耀东：《中国新诗史》（1916—1949）（第一卷），武汉：长江文艺出版社，2005 年版。

80. 吕进：《中国现代诗学》，重庆：重庆出版社，1997 年版。

81. 罗念生遍：《朱湘书信集》，上海：上海书店，1983 年影印版。

82. 罗新璋编：《翻译论集》，北京：商务印书馆，1984 年版。

83. 罗新璋等著：《一本书和一个世界》，郑鲁南编，北京：昆仑出版社，2005 年版。

84. 骆寒超：《20 世纪新诗综论》，上海：学林出版社，2001 年版。

85. 马红军：《翻译批评散论》，北京：中国对外翻译出版公司，2000 年版。

86. ［美］马泰·卡林内斯库：《现代性的五副面孔》，顾爱彬等译，北京：商务印书馆，2004 年版。

87. 马以鑫：《中国现代文学接受史》，上海：华东师范大学出版社，1998年版。

88. 马祖毅：《中国翻译简史——五四以前部分》（增订版），北京：中国对外翻译出版公司，1998年版。

89. 毛迅：《徐志摩论稿》，成都：四川大学出版社，1991年版。

90. 孟昭毅、李载道主编：《中国翻译文学史》，北京：北京大学出版社，2005年版。

91. 穆雷等：《翻译研究中的性别视角》，武汉：武汉大学出版社，2008年版。

92. 潘颂德：《中国现代新诗理论批评史》，上海：上海学术出版社，2002年版。

93. ［英］彭斯：《彭斯抒情诗选》，袁可嘉译，长沙：湖南文艺出版社，1996年版。

94. 钱基博：《现代中国文学史》，北京：中国人民大学出版社，2004年版。

95. 钱理群、温儒敏、吴福辉：《中国现代文学三十年》（修订本），北京：北京大学出版社，1998年版。

96. 钱理群：《周作人研究二十一讲》，北京：中华书局，2004年版。

97. 任淑坤：《五四时期外国文学翻译研究》，北京：人民出版社，2009年版。

98. 《日本书学翻译论文集》，北京日本研究中心文学研究室编，北京：人民文学出版社，2004年版。

99. 邵汉明：《中国文化精神》，北京：商务印书馆，2000年版。

100. 邵洵美：《诗二十五首》，上海：上海书店，1988年影印版。

101. 沈尹默：《沈尹默诗词集》，北京：书目文献出版社，1983年版。

102. 沈用大：《中国新诗史》，福州：福建人民出版社，2006年版。

103. 施蛰存编：《中国近代文学大系·翻译文学集》（第二十六卷至第二十八卷），上海：上海书店，1991年版。

104. 宋剑华：《胡适与中国文化转型》，哈尔滨：黑龙江教育出版社，1996年版。

105. 宋学智：《翻译文学经典的影响与接收》，上海：上海译文出版社，2006 年版。

106. 孙近仁编：《孙大雨诗文集》，石家庄：河北教育出版社，1996 年版。

107. 孙玉石：《中国现代主义思潮史》，北京：北京大学出版社，1999 年版。

108. 孙玉石编：《中国现代作家选集·朱湘》，北京：人民文学出版社，1985 年版。

109. ［印度］泰戈尔：《心笛神韵》，吴岩译，上海：上海译文出版社，1997 年版。

110. 谈小兰：《近代翻译小说的文体研究》，硕士学位论文，南京师范大学，2002 年提交。

111. 谭载喜：《西方翻译简史》，北京：商务印书馆，1991 年版。

112. 唐四贵：《中国现代文学关系史》，广州：广东花城出版社，1998 年版。

113. 陶东风：《文体演变及其文化意味》，昆明：云南人民出版社，1994 年版。

114. 田汉、宗白华、郭沫若：《三叶集》，上海：亚东图书馆初版，1920 年版。

115. 王彬彬：《风高放火与振翅洒水》，北京：人民文学出版社，2004 年版。

116. 王秉钦：《20 世纪中国翻译思想史》，天津：南开大学出版社，2004 年版。

117. ［美］王德威：《想象中国的方法》，北京：生活·读书·新知三联书店，2003 年版。

118. 王尔敏：《中国近代思想史论》，北京：中国社会科学文献出版社，2003 年版。

119. 王富仁：《中国现代文化指掌图》，北京：人民文学出版社，2004 年版。

120. 王宏志：《重释"信、达、雅"——20 世纪中国翻译研究》，北京：清华大学出版社，2007 年版。

121. 王建开：《五四以来我国英美文学译介史》（1919—1949），上海：上海外语教育出版社，2003 年版。

122. 王锦厚：《闻一多与饶孟侃》，成都：电子科技大学出版社，1999年版。

123. 王锦厚：《五四新文学与外国文学》，成都：四川大学出版社，1989年版。

124. 王珂：《百年新诗诗体建设研究》，上海：上海三联书店，2004年版。

125. 王克非：《翻译文化史论》，上海：上海外语教育出版社，1997年版。

126. 王宁：《翻译研究的文化转向》，北京：清华大学出版社，2009年版。

127. 王向远：《翻译文学导论》，北京：北京师范大学出版社，2004年版。

128. 王向远、陈言：《二十世纪中国文学翻译之争》，南昌：百花洲文艺出版社，2006年版。

129. 王晓路等编著：《当代西方文化批评读本》，成都：四川大学出版社，2004年版。

130. 王晓明编：《二十世纪中国文学史论》，上海：东方出版中心，1997年版。

131. 王晓秋：《近代中日文化交流史》，北京：中华书局，1992年版。

132. 王训昭编：《湖畔诗社评论资料选》，上海：华东师范大学出版社，1986年版。

133. 王瑶：《中国现代文学史论集》，北京大学出版社，1998年版。

134. 王毅：《中国现代主义诗歌史论》，重庆：西南师范大学出版社，1998年版。

135. 王佐良：《英国诗史》，上海：译林出版社，1997年版。

136. 王佐良：《语言之间的恩怨》，天津：天津人民出版社，1998年版。

137. ［美］韦斯坦因：《比较文学与文学理论》，刘象愚译，沈阳：辽宁人民出版社，1987年版。

138. 温儒敏：《中国现代文学批评史》，北京：北京大学出版社，1993年版。

139. 吴立昌主编：《文学的消解与反消解——中国现代文学派别论争集》，上海：复旦大学出版社，2004 年版。

140. 吴中杰：《中国现代文艺思想史》，上海：复旦大学出版社，1996 年版，第 261 页。

141. 吴南松：《"第三类语言"面面观》，上海：上海译文出版社，2008 年版。

142. 吴重阳、萧汉栋、鲍秀芬编：《冰心论创作》，上海：上海文艺出版社，1982 年版。

143. 伍世昭：《郭沫若早期心灵诗学》，上海：上海文艺出版社，2003 年版。

144. 向天渊：《现代汉语诗学话语》，重庆：西南师范大学出版社，2002 年版。

145. 谢冕、吴思敬主编：《字思维与中国现代诗学》，天津：天津社会科学院出版社，2002 年版。

146. 谢天振、查明建：《中国现代翻译文学史》（1898—1949），上海：上海外语教育出版社，2004 年版。

147. 谢天振：《译介学》，上海：上海外语教育出版社，1999 年版。

148. 谢天振编：《翻译的理论建构与文化透视》，上海：上海外语教育出版社，2000 年版。

149. 辛晓征、郭银星编：《外国诗歌精品》，沈阳：春风文艺出版社，1995 年版。

150. 徐静波编：《梁实秋批评文集》，珠海：珠海出版社，1998 年版。

151. 徐荣街：《二十世纪中国诗歌理论》，济南：山东教育出版社，2000 年版。

152. 徐雪寒编：《徐雉的诗和小说》，北京：人民文学出版社，1982 年版。

153. 徐志摩：《徐志摩译诗集》，晨光辑注，长沙：湖南人民出版社，1989 年版。

154. 徐志啸：《近代中外文学关系》（19 世纪中叶——20 世纪初叶）：上海：华东师范大学出版社，2000 年版。

155. 许钧主编：《翻译思考录》，武汉：湖北教育出版社，1998

年版。

156. 许霆、鲁德俊:《十四行诗在中国》,苏州:苏州大学出版社,1995 年版。

157. 许余龙:《对比语言学概论》,上海:上海外语教育出版社,1992 年版。

158. [英] 雪莱:《雪莱抒情诗选》,查良铮译,北京:人民文学出版社,1958 年版。

159. 杨匡汉、刘福春编:《中国现代诗论》(上编),广州:花城出版社,1985 年版。

160. 乐黛云,王宁主编:《西方文艺思潮与二十世纪中国文学》,北京:中国社会科学出版社,1990 年版。

161. 杨联芬:《晚清至五四:中国文学现代性的发生》,北京:北京大学出版社,2003 年版。

162. 杨扬编:《周作人批评文集》,珠海:珠海出版社,1998 年版。

163. 叶水夫:《略论五四时期的外国文学介绍工作》,载《纪念五四运动六十周年学术讨论会论文选》(三),北京:中国社会科学出版社,1980 年版。

164. 叶维廉:《中国诗学》,北京:人民文学出版社,2006 年版。

165. 殷克琪:《尼采与中国现代文学》,洪天富译,南京:南京大学出版社,2000 年版。

166. 余光中:《余光中谈翻译》,北京:中国对外翻译出版公司,2002 年版。

167. 喻云根主编:《英美名著翻译比较》,武汉:湖北教育出版社,1996 年版。

168. 俞佳乐:《翻译的社会性研究》,上海:上海译文出版社,2006 年版。

169. 严晓江:《梁实秋中庸翻译观研究》,上海:上海译文出版社,2008 年版。

170. 曾小逸主编:《走向世界文学:中国现代作家与外国文学》,长沙:湖南人民出版社,1985 年版。

171. 张林海编著:《近代中外文化交流史》,南京:南京大学出版社,2003 年版。

172. 张首映：《西方二十世纪文论史》，北京：北京大学出版社，1999 年版。

173. 张新颖：《20 世纪上半期中国文学的现代意识》，北京：生活·读书·新知三联书店，2001 年版。

174. 张星烺：《欧化东渐史》，北京：商务印书馆，2000 年版。

175. 张中良：《五四时期的翻译文学》，台北：秀威资讯科技股份有限公司，2005 年版。

176. 张振玉：《翻译散论》，台北：东大图书股份有限公司，1993 年版。

177. 赵毅衡：《对岸的诱惑》，北京：知识出版社，2003 年版。

178. 赵毅衡：《诗神远游——中国如何改变了美国诗》，上海：上海译文出版社，2003 年版。

179. 《中日文化交流史论——户川芳朗先生古稀纪念》，户川芳朗先生古稀纪念论文集编辑委员会编，北京：中华书局，2002 年版。

180. 赵稀方：《二十世纪中国翻译文学史》（新时期卷），天津：百花文艺出版社，2009 年版。

181. ［美］周策纵：《五四运动史》，陈永明等译，长沙：岳麓书社，1998 年版。

182. 周发祥、李岫主编：《中外文学交流史》，长沙：湖南教育出版社，1999 年版。

183. 周作人：《中国新文学的源流》，石家庄：河北教育出版社，2002 年版。

184. 朱栋霖等：《中国现代文学史 1917—1997》，北京：高等教育出版社，1999 年版。

185. 朱光潜：《西方美学史》，北京：人民文学出版社，1979 年版。

186. 朱立元：《当代西方文艺理论》，上海：华东师范大学出版社，1997 年版。

187. 朱寿桐：《情绪：创造社的诗学宇宙》，上海：上海文艺出版社，1991 年版。

188. 朱文振：《翻译与语言环境》，成都：四川大学出版社，1987 年版。

189. 朱湘：《朱湘译诗集》，长沙：湖南人民出版社，1986 年版。

190. 朱自清：《新诗杂话》，北京：生活·读书·新知三联书店，1984年版。

191. 朱自清：《中国新文学大系·诗集》，上海：上海良友图书印刷公司，1935年版。

192. 朱自清：《朱自清全集》（第2卷），南京：江苏教育出版社，1988年版。

193. 祝宽：《五四新诗史》，西安：陕西师范大学出版社，1987年版。

194. 邹振环：《影响中国近代社会的一百种译作》，北京：中国对外翻译出版公司，1996年版。

195. André Lefevere. 1975. *Translating Poetry: Seven Strategies and a Blueprint*. Van Gorcum, Assen.

196. André Lefevere. 2004. *Translation, Rewriting and the Manipulation of Literary Fame*. Shanghai: Shanghai Foreign Language Education Press.

197. Barnston, Wills. 1993. *The Poetics of Translation: History, Theory, Practice*. U.S: Yale University Press.

198. Eagleton, Terry. 1996. *Literature Theory: An Introduction*. Oxford OX4 1JF, UK: Blackwell Publishers.

199. Goldman, Merle. 1977. *Modern Chinese Literature in the May Fourth Era*. U.S.A.: Harvard University Press.

200. Mark Shuttleworth & Moira Cowie. 1997. *Dictionary of Translation Studies*, Manchester. UK: St. Jerome Publishing.

201. 苗林：《1864—1966：中国英美诗歌翻译百年回顾》（A Brief Survey of British and American Poetry Translation in China, 1864—1966），武汉理工大学外国语学院，硕士学位论文，2003年4月提交。

202. Rogert T. Bell. 1991. *Translation and Translating: Theory and Practice*. Uk: Longman Group Ltd.

203. Steven G. Yao. 2002. *Translation and the languages of modernism: Gender, Politics, Language*. New York: Palgrave Macmillan.

204. Susan Bassnett & André Lefevere. 2001. *Constructing Cultures: Essays on Literary Translation*. Shanghai: Shanghai Foreign Language Education Press.

205. Ward, Jan de & Nida, Eugene A. 1986. *From One Language to Another: Functional Equivalence in Bible Translating*. New York: Thomas Nelson Publisher.

附录　现代译诗研究成果目录

附一：译诗语言研究的主要成果

胡适：《建设的文学革命论》，《新青年》4 卷 4 号，1918 年 4 月 15 日；

胡适：《通信》，《新青年》4 卷 6 号，1918 年 6 月 15 日；

傅斯年：《译书感言》，《新潮》1 卷 3 号，1919 年 3 月；

郑振铎：《审定文学上名词的提议》，《小说月报》第 12 卷 6 期，1921 年 6 月 10 日；

郭沫若：《海外归鸿》，《创造季刊》第 1 卷 1 期；1922 年 3 月 15 日；

郁达夫：《夕阳楼日记》，《创造季刊》第 1 卷 2 期，1922 年 8 月 25 日；

郭沫若：《批判〈意门湖〉及其他》，《创造季刊》第 1 卷 2 期，1922 年 8 月 25 日；

成仿吾：《学者的态度》，《创造季刊》第 1 卷 3 期，1922 年 11 月 25 日；

郭沫若：《雪莱的诗》，《创造季刊》第 1 卷 4 期，1923 年 2 月 1 日；

闻一多：《莪默伽亚谟之绝句》，《创造季刊》第 2 卷 1 期，1923 年 5 月 1 日；

成仿吾：《"雅典主义"》，《创造季刊》第 2 卷 1 期，1923 年 5 月 1 日；

成仿吾：《喜剧与手势戏——读张东荪的〈物质与记忆〉》，《创造季刊》第 2 卷 1 期，1923 年 5 月 1 日；

郭沫若：《讨论注释运动及其他》，《创造季刊》第 2 卷 1 期，1923 年 5 月 1 日；

梁实秋：《读郑振铎译的〈飞鸟集〉》，《创造周报》第 9 期，1923 年 7 月 7 日；

成仿吾：《郑译〈新月集〉正误》，《创造周报》第 30 期，1923 年 12 月 2 日；

敬隐渔：《〈小物件〉译文的商榷》，《创造周报》第 43 期，1924 年 3 月 9 日；

徐志摩：《征译启示》，《小说月报》第 15 卷 3 期，1924 年 3 月 10 日；①

华清：《读王靖译的〈泰谷儿小说〉后之质疑》，《创造周报》第 46 期，1924 年 3 月 28 日；

田楚侨：《雪莱译诗之商榷》，《创造周报》第 47 期，1924 年 4 月 5 日；

唐汉森：《瞿译〈春之循环〉的一瞥》，《创造周报》第 49、50 期，1924 年 4 月 19、27 日；

孙铭传：《论雪莱的郭译》，《创造日》第 33—36 期，1923 年 8 月 27—30 日；

郭沫若：《答孙铭传君》，《创造日》第 37 期，1923 年 8 月 31 日；

顾仁铸：《"胡译"》，《洪水》第 1 卷 4 期，1925 年 11 月 1 日；

洪为法：《写在〈胡译〉之后》，《洪水》第 1 卷 4 期，1925 年 11 月 1 日；

焦尹孚：《评田汉君的莎译〈罗密欧与朱丽叶〉》，《洪水》第 1 第 9 期和 10—11 合期，1926 年 1 月 16 日，2 月 5 日；

皑岚：《此图书馆大约以蟋蟀多而著名——王统照的胡译》，《洪水》第 2 卷 18 期，1926 年 6 月 1 日；

赵国栋：《论诗歌翻译中情感的表达》，《语言与翻译》，1987/03；②

卞况：《译诗也应以信为本——浅析〈行路人〉的误译》，《外语学刊》，1990/05；

陆钰明：《简析诗歌翻译中的理解与表达障碍》，《上海大学学报》（社会科学版），1991/02；

黄杲炘：《诗未必是"在翻译中丧失掉的东西"——兼谈汉语在译

---

① 徐志摩的目的是要证明白话译诗比文言译诗更具有优势。
② 该文主要涉及到语言意义的传达。

诗中的优势》,《外国语》,1995/02;

黄杲炘:《诗歌翻译是否"只分坏和次坏的两种"——兼谈汉字在译诗中的优势》,《现代外语》,1997/01;

冯玉律:《诗歌翻译中的关键词与文本语义场》,《外国语》,1997/04;

买买提·夏吾东、伊明·阿布拉:《论诗歌翻译中情感色彩的表达》,《语言与翻译》,1998/03;

剑平:《从译诗技巧的角度探讨〈叶甫盖尼·奥涅金〉中译本的语言锤炼——为纪念普希金诞辰200周年而作》,《国外文学》,1999/02;

王晓军:《英汉诗歌翻译等值的探讨》,《宁夏大学学报》(社会科学版),1999/02;

周方珠:《论诗歌的翻译》,《安徽大学学报》(哲学社会科学版),1999/04;[1]

敖得列、段初发:《译诗要传达原诗言少意多的技巧》,《江西教育学院学报》,2000/01;

姚勇芳:《论英汉语词汇和语篇的结构差异及其在诗歌翻译中的表现》,《中南工业大学学报》(社会科学版),2000/01;

曹山柯:《试论译诗在意义踪迹上的偏差》,《外语与外语教学》,2001/03;

王璐:《英汉诗歌翻译中语言美学功能的运用》,《外国语言文学》,2003/01;

张璘:《诗歌的翻译就是意义的阐释和重建吗?》,《江苏大学学报》(社会科学版),2003/04;

刘军:《诗歌翻译中的英汉语词义和语篇的结构差异及其表现》,《皖西学院学报》,2003/06;

陈婷、韩蕾:《诗歌翻译中文化意象的处理》,《山东理工大学学报》(社会科学版),2004/01;

姚振军:《"原始语言"与诗歌翻译中的"意象对等"》,《外语与外语教学》,2004/11;

张淑芬:《从一首英文诗的翻译来谈诗歌翻译中的"忠实性"原

---

[1] 该文认为译诗的选词决定了翻译的成败。

则》,《湖北大学成人教育学院学报》,2005/01;

黄俊彦:《论诗歌翻译中英汉词义和语篇的结构差异》,《云南师范大学学报》(对外汉语教学与研究版),2005/01;

张传彪:《诗性汉语与诗歌翻译之我见》,《宁德师专学报》(哲学社会科学版),2005/02;

师蕾:《诗歌翻译中的理解和表达障碍》,《忻州师范学院学报》,2005/03;

李林波:《论诗歌翻译批评的语言学模式》,《西安外国语学院学报》,2005/04;

黄灿然:《不增添不削减的诗歌翻译——关于诗歌翻译的通信》,《江汉大学学报》(人文科学版),2005/06;

谭逸之:《非语言语境在诗歌翻译中的作用》,《安徽工业大学学报》(社会科学版),2006/01;

王勇:《词的联想意义与译诗之神韵——论〈西风颂〉中"dead thought"一词之翻译》,《云南财贸学院学报》(社会科学版),2006/02;

周宵:《汉英诗歌翻译等值之我见》,《宁波广播电视大学学报》,2006/03;

葛朝霞:《从词汇的角度研究诗歌翻译》,《上海电机学院学报》,2006/06;

王丽:《语言的模糊性与诗歌翻译的模糊对等》,《美与时代》,2007/01;

王杨:《从泰戈尔诗的汉译看五四时期新诗语言的发展》,苏州大学,2007(学位论文);

刘丹、王丽:《浅析英汉词汇差异在诗歌翻译中的表现》,《湖北教育学院学报》,2007/07;

朱晓玲:《人同此心,心同此理——中外译家对诗歌翻译中"seed"的诠释》,成都大学学报(教育科学版),2007/08;

段贝、张森宽:《法语诗歌翻译中的语言实义》,《长沙铁道学院学报》(社会科学版),2008/02;

王琳、姚洪伟:《论胡适译诗〈六百男儿行〉中的误译》,《西南农业大学学报》(社会科学版),2008/04;

温骞:《从原作艺术意境出发探求诗歌翻译的语言形式美》,《科技信息》（学术研究），2008/21；

万华、冯奇：《形式与意义，谁主沉浮？——对诗歌翻译形式与意义对等争论的思考》，《同济大学学报》（社会科学版），2009/01；

刘华文：《诗歌翻译的审美距离》，《安徽大学学报》（哲学社会科学版），2009/03；①

附二：译诗音韵节奏研究的主要成果

飞白：《译诗漫笔——马雅可夫斯基诗的音韵和意境》，《外国文学研究》，1981/03；

吕俊、侯向群：《音美，诗歌翻译中不应失去的》，《外语研究》，1996/02；

孔慧怡：《译诗应否用韵的几点考虑》，《外国语》，1997/04；

王慧颖：《诗歌翻译中不应失去的音韵美》，《安顺师范高等专科学校学报》，2002/02；

张敏：《诗有双翼借译飞——论诗歌翻译中的韵律与意境》，《开封教育学院学报》，2002/03；②

肖海燕：《谈诗歌翻译中的押韵技巧》，《青海师专学报》，2002/04；

林海梅：《诗歌翻译中的韵律问题》，《钦州师范高等专科学校学报》，2004/02；

宋歌：《从里尔克〈沉重的时刻〉看译诗的用语与节奏》，《湖南人文科技学院学报》，2006/02；

晏虎：《试论英汉诗歌翻译中的节律制约》，《文教资料》，2006/28；

丁仁仑：《诗歌翻译与鉴赏之"节奏等效"原则》，《杭州电子科技大学学报》（社会科学版），2007/01；

贾红霞：《诗歌翻译中对艺术形式的再现与译文风格的一致性——评〈西风颂〉的中译本对呼告修辞格、韵律的处理手法》，《吉林师范大学学报》（人文社会科学版），2007/02；

王中强：《诗歌翻译中的押韵：从两个版本〈孤独的割麦女〉的翻译谈起》，《时代文学》（理论学术版），2007/02；

齐苗苗：《诗歌翻译中"音美"的再现》，《郑州航空工业管理学院

---

① 该文认为译诗语言与诗意之间存在审美距离。
② 该文同时还涉及到对译诗意境的探讨。

学报》（社会科学版），2008/01；

王卫红、侯婷：《现代诗歌节奏的初步尝试——胡适英译诗"关不住了"的节奏特征》，《世界文学评论》，2008/02；

晏丽：《诗歌翻译中声音的顺应性研究》，《江西科技师范学院学报》，2008/04；

武俊辉：《互文性视野中诗歌翻译的音美再现》，《哈尔滨学院学报》，2008/07；

索全兵：《音乐性在英语诗歌翻译中的传达》，《太原城市职业技术学院学报》，2008/09；

李金妹：《论诗歌翻译中的文体风格和押韵技巧——评吕志鲁的〈英语爱情名诗选译〉》，《黄石理工学院学报》（人文社会科学版），2009/02；

吴南松：《"第三类语言"面面观》，上海：上海译文出版社，2008年；

附三：译诗形式研究的主要成果

卞之琳：《译诗艺术的成年》，《读书》，1982/03；①

丁鲁：《关于诗歌翻译的我见》，《俄罗斯文艺》，1984/01；②

陶慕渊：《诗歌翻译的形式》，《上海大学学报》（社会科学版），1985/01；

王殿忠：《译诗二题》，《外语教学》，1985/04；

张少雄：《对译诗形式的回顾与思考》，《外国语》，1993/04；

陆钰明：《诗的形式与诗歌翻译》，《上海大学学报》（社会科学版），1994/06；

刘慧宝、郭厚文：《诗译与译诗》，《赣南师范学院学报》，1999/01；

黄炳麟：《从几首译诗看诗歌的形式美》，《语文知识》，2000/06；

张淑琴：《英语文体风格与诗歌翻译》，《宁夏社会科学》，2001/01；

牛云平、王京华：《以诗译诗——关于诗歌形式的翻译》，《河北大学学报》（哲学社会科学版），2001/02；

---

① 该文主要论述了格律体译诗和译诗的格律化问题。
② 该文主要涉及到译诗的重要性、译诗的方法和译诗的格律三个方面的问题。

崔艳秋：《诗歌翻译的美食美器》，《四川教育学院学报》，2001/03；①

易立新：《以诗译诗 诗人译诗——王佐良诗歌翻译述评》，《哈尔滨学院学报》，2001/06；

黄杲炘：《追求内容与形式的逼真——从看不懂的译诗谈起》，《中国翻译》，2002/05；

韩兆霞：《戴着脚镣的舞蹈——谈诗歌翻译不可能的可能》，《盐城工学院学报》（社会科学版），2003/04；

张保红：《论英诗中分行的功能及其在诗歌翻译中的应用》，《天津外国语学院学报》，2005/03；

张继文：《日语诗歌翻译过程中的审美——诗的形式、意境、语言与韵律》，《深圳职业技术学院学报》，2005/03；②

金奕彤：《论"形式对等"作为现代、后现代诗歌翻译之策略》，《浙江理工大学学报》，2006/03；

陈宏薇：《移植形式 妙手天成——评江枫译诗〈雪夜林边〉》，《解放军外国语学院学报》，2006/05；

刘云雁：《朱生豪译莎剧素体诗节律风格研究》，浙江大学，2007硕士论文；

刘小群、徐沂：《论诗歌翻译中的形美再现》，《武汉科技学院学报》，2008/02；

周琼：《从心所欲，不逾矩——论诗歌翻译中的形美问题》，《湖北经济学院学报》（人文社会科学版），2008/03；

杨柳川：《诗歌翻译形式和意境的把握——叶芝〈当你年老时〉四种中译文评析》，《四川教育学院学报》，2008/03；③

孙幼平：《中西诗歌翻译的改写与诗体移植》，《南京工程学院学报》（社会科学版），2008/04；

卢淑玲、陈可培：《形式移植在译诗中的重要性——评江枫译诗〈哦，船长，我的船长〉》，《重庆交通大学学报》（社会科学版），2009/02；

熊辉：《试论形式之维的诗歌误译》，《天津外国语学院学报》，

---

① 该文主要强调了形式美之于译诗的重要性。
② 该文除论述了译诗形式之外，还涉及到对译诗意境、语言和韵律的探讨。
③ 该文涉及到译诗的形式和意境两个方面的内容。

2009/02；

张旭：《"天籁之音"：吴芳吉译诗的创格寻踪》，《外国语文》，2009/03；

黄杲炘：《从柔巴依到坎特伯雷——英语诗汉译研究》，武汉：湖北教育出版社，1999年，参见97—230页；

李寄：《鲁迅传统汉语翻译问题论》，上海：上海译文出版社，2008年；

附四：意象/意境研究的主要成果

古绪满：《诗歌翻译中的情景交融》，《解放军外国语学院学报》，1992/02；

董务刚：《试论诗歌翻译中意境的传达》，《淮海工学院学报》，1994/01；

叶洪：《论诗歌翻译中的意象对等》，《邵阳师范高等专科学校学报》，1999/03；

黎定平：《诗歌翻译的意味与意境》，《广西师院学报》（哲学社会科学版），2000/01；

刘瑞强：《意境：译诗的起点和归宿》，《昌吉学院学报》，2001/02；

辛献云：《诗歌翻译中意象的改变》，《西安外国语学院学报》，2001/02；

习华林：《意象在英汉诗歌翻译中的地位》，《外语教学》，2001/06；

章彩云：《论诗歌翻译中意象美与情趣美的显现》，《信阳农业高等专科学校学报》，2002/01；

魏家海：《意象：诗歌翻译单位的"前景化"》，《山东外语教学》，2003/06；

高宏、王则发：《山水诗的意境在目的语中的传达——〈中国画论研究〉对诗歌翻译的启示》，《东南大学学报》（哲学社会科学版），2005/S1；

陆梅、罗晶：《诗歌翻译中的隐喻性意象》，《浙江工商职业技术学院学报》，2005/03；

朱明海：《诗歌翻译的意象重构》，《英语辅导》（疯狂英语教师版），2005/12；

刘少仙：《浅淡诗歌翻译中意象问题的处理》，《东南大学学报》（哲学社会科学版），2006/S1；

李翠娟：《汉英诗歌翻译中的意境转换》，《河南工业大学学报》（社会科学版），2006/02；

吕宝军、王治江：《诗歌翻译的意境再现》，《河北理工大学学报》（社会科学版），2006/02；

沈文霄：《诗歌翻译中的意象转换》，《南京林业大学学报》（人文社会科学版），2006/04；

徐卉、孙维：《谈英汉诗歌翻译中文化意境的传达》，《大众科技》，2006/06；

林玉鹏：《移植诗种——论意象是诗歌翻译的灵魂》，《安徽大学学报》（哲学社会科学版），2007/02；

张旭：《"桃梨之争"的美学蕴涵——朱湘译诗中文化意象传递的现代诠释》，《解放军外国语学院学报》，2007/04；

舒晓兰：《论意象的传递在诗歌翻译中的重要性》，《湖北师范学院学报》（哲学社会科学版），2007/05；

张树淼、周莹：《诗歌翻译的意境》，《科技信息》（科学教研），2007/16；

张清宏：《诗歌翻译中的意象处理》，《西安欧亚学院学报》，2008/01；

杨静：《诗歌翻译中的意象》，《孝感学院学报》，2008/S1；

黎倩莹：《诗歌翻译的意象再造与认知局限》，《佛山科学技术学院学报》（社会科学版），2008/03；

彭振川、王晶文：《意象重构与诗歌翻译》，《哈尔滨工业大学学报》（社会科学版），2009/03；

附五：译诗审美观照的主要研究成果

江枫：《译诗，应该力求形神皆似——〈雪莱诗选〉译后追记》，《外国文学研究》，1982/02；

李鑫华：《漫谈诗歌翻译的艺术美》，《湖北师范学院学报》（哲学社会科学版），1983/01；

刘湛秋：《译诗的神韵和自然流露——漫谈叶赛宁抒情诗的翻译》，

《外国文学研究》，1984/03；

许钧：《简论诗歌翻译的层次性》，《外语教学》，1987/04；①

田菱：《异域诗美的全方位展现——论诗歌翻译的审美视角》，《外国语》（上海外国语大学学报），1993/06；

符家钦：《译诗之妙在传神》，《译林》，1996/02；

陈志斌：《谈译诗的神形兼似问题》，《广东职业技术师范学院学报》，1997/S1；

顾珊：《漫话翻译（一）以译诗"雨ニモマケズ"为例》，《日语知识》，1997/03；

许丽玲：《从美学角度谈诗歌翻译》，《广州师院学报》，1998/08；

王才美：《如影随形 惟妙惟肖——浅谈译诗的风格》，《西南师范大学学报》哲学社会科学版），2000/01；

巴桑罗布：《试论诗歌的翻译艺术》，《西藏艺术研究》，2000/01；

江枫：《以似致信，形神兼备——卞之琳译诗的理论与实践》，《诗探索》，2001/Z1；

章礼霞：《论诗歌翻译的"立形以传神"》，《中国矿业大学学报》（社会科学版），2001/04；

王卫东：《形似：诗歌翻译的关键》，贵州社会科学，2002/06；

张广奎：《诗歌翻译原则和译文风格定向》，《中国矿业大学学报》（社会科学版），2003/04；

张和：《诗歌翻译中"三美"的功能对等与译者的读者意识》，《合肥工业大学学报》（社会科学版），2003/05；

郭欣航：《浅谈诗歌翻译中的几个问题》，《延安大学学报》（社会科学版），2003/05；②

刘慧梅：《小议译诗的"神似"与"形似"》，《外语与外语教学》，2004/08；

张传彪：《诗歌翻译：诗形、诗味、诗魂》，《鞍山师范学院学报》，2005/03；

余富斌、卢艳丽：《诗歌翻译应是科学与艺术的结合》，《中国翻译》，2005/05；

---

① 译诗是思维、语义和审美三个层次的结合。
② 译诗的形式美、意境美、语言美以及风格与原诗一致。

张传彪：《试论诗性汉语与诗歌翻译》，《乐山师范学院学报》，2005/08；

桑俊：《诗歌翻译中"立形以传神"的艺术》，《武汉科技学院学报》，2005/07；①

唐琪：《论诗歌翻译的"立形以传神"》，《文教资料》，2005/33；

佟晓梅：《试论诗歌翻译中的韵味处理》，《燕山大学学报》（哲学社会科学版），2006/01；

李琳：《论诗歌翻译的"创造性叛逆"与"三美"》，《南京航空航天大学学报》（社会科学版），2006/03；

石爱伟：《美学框架下中西诗论对比给诗歌翻译的启示》，《忻州师范学院学报》，2006/04；

张传彪：《贵在神韵话译诗》，《忻州师范学院学报》，2006/05；

庄苏：《论文学作品中诗歌翻译的形神兼似》，《科技资讯》，2006/06；

金春笙：《论译诗神似——管窥丁尼生〈鹰〉的两篇译文》，《天津外国语学院学报》；2006/06；

熊立久、韩云：《漫谈诗歌的翻译》，《陶瓷研究与职业教育》，2007/01；②

孙晓芸：《诗歌翻译中的审美符号转换》，《甘肃高师学报》，2007/03；

杨丽华：《诗歌翻译中美感的移植与再现——以雪莱〈歌〉汉译为例》，《外语教学》，2007/04；

白书婷、石爱伟：《"美"的思考对诗歌翻译的启示》，《忻州师范学院学报》，2007/04；

金春笙：《论诗歌翻译之韵味——从美学角度探讨华兹华斯〈水仙〉的两种译文》，《四川外语学院学报》，2007/04；

佟晓梅：《论诗歌翻译的美感》，《现代语文》（文学研究版），2007/04；

凤群：《英语诗歌翻译中的美学观》，《希望月报》（上半月），2007/11；

---

① 译诗的形式是为了传神的目的，神韵比形式更重要。
② 该文认为译诗主要应再现原诗的风格特征。

宋德文、葛文词：《诗歌翻译与艺韵再现管窥——兼评〈美国诗歌研究〉》，《时代文学》（上半月），2008/03；

王宏：《真情译诗 形神兼似》，《中国翻译》，2008/04；

卢忠雷：《译诗·译美·美诗》，《太原城市职业技术学院学报》，2008/08；

李秋霞：《古典的魅力——试论傅浩的译诗》，《井冈山学院学报》，2008/S2；

周苗苗：《浅谈诗歌翻译三美》，《职业》，2008/17；

陈凌：《"道"与"逻各斯"：论诗歌翻译中的审美辩证运动》，《名作欣赏》，2008/24；

邵蓓蓓：《诗歌翻译中美感缺失与补偿》，《科技信息》，2009/13；

附六：译诗标准研究的主要成果

沈雁冰、周作人：《翻译文学书的讨论》，《小说月报》第12卷2期，1921年2月10日；[1]

郑振铎：《译文学书的三个问题》，《小说月报》第12卷3期，1921年3月10日；

沈泽民：《译文学书三问题的讨论》，《小说月报》第12卷5期，1921年5月10日；

郭沫若：《论翻译的标准》，《创造周报》第10期，1923年7月14日；

丰华瞻：《略谈译诗的"信"和"达"》，《外国语》（上海外国语大学学报），1979/01；

绿原：《一个读者对译诗的几点浅见》，《外国文学研究》，1984/03；[2]

楚至大：《译诗须象原诗——与劳陇同志商榷》，《外国语》（上海外国语大学学报），1986/01

张梦井：《译诗重在达意——〈译诗须象原诗〉读后》，《解放军外

---

[1] 沈雁冰、周作人、郑振铎、沈泽民等人的文章涉及到翻译文学的语言、文体等方面的标准问题，比如郑振铎在该文中要求译者"不仅是要译文能含有原作的所有的意义并表现出同样的风格与态度，并且还要把所有原作中的'流利'（ease）完全具有。"

[2] 该文主要论述了优秀译诗的标准。

国语学院学报》，1986/04；

劳陇：《译诗要象中国诗？象西洋诗？——与楚至大同志商榷》，《外国语》（上海外国语大学学报），1986/05；

罗兴典：《谈谈"误译"与诗歌翻译的"信"——兼与卞况同志商榷》，《解放军外国语学院学报》，1991/04；

高健：《译诗八弊》，《山西大学学报》（哲学社会科学版），1992/03；

于警吾：《译诗与诗艺》，《昭乌达蒙族师专学报》，1992/04；[1]

陆钰明：《译诗的原则》，《上海大学学报》（社会科学版），1993/03；

覃学岚：《从"信达雅"到"多元互补论"——兼谈诗歌翻译》，《山东外语教学》，1997/02；

王国良：《"纵""横"译诗谈》，《语文知识》，1999/12，何谓优秀的译诗；

廖素云、黄瑛瑛：《诗歌翻译的模糊性》，《长沙民政职业技术学院学报》，2001/02；

张士民：《从"夜与晨"看理想的译诗》，《保定师范专科学校学报》，2003/01；

谢屏：《在译诗中传达审美感兴的高峰体验》，《长春大学学报》，2003/03；

郑海凌：《译诗与非诗》，《外国文学动态》，2003/03；

刘桂兰、刘磊夫：《译诗的生命在求真求美中延续》，《咸宁学院学报》，2005/01；

郭琦、李晓宁：《浅谈"信、达、雅"原则在诗歌翻译中的应用——弗洛斯特诗歌〈雪夜林边小驻〉的汉译心得》，《理论界》，2007/04；

王虹：《译诗重译味——再探英语古诗翻译》，《徐州教育学院学报》，2008/01；

覃军：《诗歌翻译的得与失》，重庆大学，2008，学位论文；

张喆：《译诗——打造璀璨的钻石》，《天津外国语学院学报》，2008/04；

---

[1] 该文探讨了翻译诗歌的标准和对译者的要求。

李晓燕：《译诗：原诗生命的延续》，《企业家天地下半月刊》（理论版），2008/05；

余书英：《关于诗歌翻译中流失的美感》，《安徽文学》（下半月），2009/07；①

刘志欣：《诗歌翻译中的同一律原则》，《科技信息》，2009/13；②

黄书霞：《谈谈诗歌翻译中艺术美的再现》，《黑龙江史志》，2009/15；

附七：译诗技法研究的主要成果

陈独秀：《西文译音私议》，《新青年》2卷4期，1916年12月1日；

沈雁冰：《译文学书方法的讨论》，《小说月报》第12卷4期，1921年4月10日；

郑振铎：《文学上名词的音译问题》，《小说月报》第13卷1期，1922年1月10日；

吴致觉：《关于诗歌名词的译例》，《小说月报》第13卷1期，1922年1月10日；

沈雁冰：《标准译名问题》，《小说月报》第13卷1期，1922年1月10日；

胡愈之：《翻译名词——一个无办法的办法》，《小说月报》第13卷1期，1922年1月10日；

西谛：《文学上名词译法的讨论发端》，《小说月报》第14卷2期，1923年2月10日；

李锡胤：《雪莱的〈奥西曼狄亚斯〉与译诗浅尝》，《外语学刊》，1983/02；③

卢永福：《略论译诗的"整体移植"》，《国外文学》，1988/02；④

郭著章：《The Solitary Reaper——对比名译学译诗》，《外语研究》，1990/04；

张俪：《译诗者与原诗作者的一次"对抗"》，《外国语》（上海外国

---

① 该文探讨了如何减少美感的流失，从而译就好诗。
② 该文认为译诗是音、形、意三者的完美结合。
③ 该文主要从翻译过程谈诗歌形式的翻译方法。
④ 该文论述了怎样使翻译的诗歌被更多的读者接受。

语大学学报》，1993/02；①

陈建中：《诗歌翻译中的模仿和超模仿》，《外语教学与研究》，1995/01；

丰华瞻：《小议译诗时专有名词的处理》，《外语与外语教学》，1998/02；

冯任远：《长短句译诗一得》，《日语学习与研究》，1997/01；

黄灿然：《译诗中的现代敏感》，《读书》，1998/05；②

敖得列、段初发：《译诗必须传达虚实相生的修辞手段》，《江西教育学院学报》，1999/01；

李贻荫、樊锦鑫：《浅析朱杰勤译诗的思想与技巧——学习〈英诗采译〉的心得》，《外语研究》，1990/02；

丁新华，洪文翰：《浅说译诗的几个问题》，《邵阳师范高等专科学校学报》，2000/06；③

高雷：《谈译诗》，《广西大学学报》（哲学社会科学版），2001/S2；④

程水英：《译诗"译气"可能性的探讨》，广西大学，2003；

吕志鲁：《谈谈诗歌翻译中增补的妙用》，《湖北大学成人教育学院学报》，2003/04；

朱晓菁：《浅论诗歌翻译》，《华北工学院学报》（社科版），2004/01；⑤

张传彪：《诗歌翻译有无定法？》，《宁德师专学报》（哲学社会科学版），2006/01；

陈以持、陈于思：《译诗何妨"三一致"——谈现代格律派译诗法》，《湖北经济学院学报》（人文社会科学版），2006/04；

李欣：《论诗的可译性及相关翻译策略》，上海外国语大学，2006；

赵佳：《英诗中的隐喻及其汉译》，首都师范大学，2007；

周瑞敏：《论诗歌翻译的平行对照》，《河南大学学报》（社会科学

---

① 该文主要论述了译者应该怎样译诗。
② 该文从现代汉语的特征出发谈诗歌语言形式的翻译问题。
③ 该文论述了诗歌是否可译以及怎样译两个层面的话题。
④ 该文反对逐字逐句的直译法，认为诗歌翻译重在传神。
⑤ 该文主要谈了诗歌翻译的方法与途径。

版），2007/05；

朱慧：《诗歌翻译之策略》，《考试周刊》，2007/15；

陶静：《小议诗歌翻译中的形象传递》，《科技信息》（学术研究），2007/31；

巩华锋：《诗歌翻译中意境传递变通技巧的实证探讨》，《山西青年管理干部学院学报》，2009/03；

张玉芬：《浅析诗歌翻译》，《科教文汇》上旬刊），2009/07；①

凌莉、刘露：《诗歌翻译的策略和方案》，《科技信息》，2009/17；

附八：译诗赏析和比较阅读的主要成果

郭沫若：《波斯诗人莪默伽亚谟》，《创造季刊》第 1 卷 3 期，1922 年 11 月 25 日；

赵景深：《济慈的夜莺歌》，《文学周报》7 卷 12 期，1928 年 9 月 30 日；

张崇鼎：《溶化——读译诗随笔》，《外语学刊》，1980/02；②

郭应阳：《谈译诗》，《华南师范大学学报》（社会科学版），1981/04；③

丰华瞻：《译诗漫笔》，《外国语》（上海外国语大学学报），1982/02；④

刘以焕：《〈鲁拜集〉的汉译、英译兼论诗歌的翻译》，《外语学刊》，1984/01；⑤

钟翔、苏晖：《读黄侃文〈（纟隽）秋华室说诗〉——关于拜伦〈赞大海〉等三译诗的辨析》，《外国文学研究》，1994/03；

段初发：《译诗〈夜莺颂〉再现了原作的美学魅力》，《萍乡高等专科学校学报》，1994/03；

李殿良：《译诗的多维美及其欣赏》，《张家口职业技术学院学报》，1997/02；

---

① 该文的主旨是如何才能翻译好诗歌。
② 对一则译诗的赏析评价。
③ 对几首译诗的对比阅读。
④ 对自己翻译的《世界神话传说选》中的译诗的介绍。
⑤ 对比鉴赏了两种文字的翻译。

葛桂录：《文学翻译中的文化传承——华兹华斯八首译诗论析》，《外语教学》，1999/04；

黄炳麟：《不薄新诗爱旧诗——裴多菲〈自由与爱情〉译诗比较》，《语文天地》，1999/15；

沙广辉：《刍议中英诗体运作和译诗鉴赏》，《乌鲁木齐职业大学学报》，2002/01；

廖七一：《秘密的分享者——论庞德与胡适的诗歌翻译》，《外语教学与研究》，2004/02；

穆诗雄：《诗歌鉴赏的差异性与诗歌翻译》，《外语与外语教学》，2005/02；

冯光荣：《诗歌翻译的三维审视——李恒基译〈湖〉评析》，《重庆大学学报》（社会科学版），2005/03；

毛梅兰：《情景交融，意境深远——罗伯特·弗罗斯特的两首诗歌的翻译与赏析》，《英语辅导》（疯狂英语教师版），2006/12；

张敏：《英语格律诗汉译的体制问题——拜伦〈当我俩分手时〉三种译诗比较》，《山东外语教学》，2006/03；

孙群力：《找寻新诗的灵魂——对〈蝈蝈与蟋蟀〉的三首译诗的对比赏读》，《现代语文》（文学研究版），2006/04；

初晓娜：《浪漫主义的华彩乐章——英国浪漫主义抒情诗歌翻译与赏析》，《大学英语》（学术版），2007/01；

黄杲炘：《要读什么样的译诗（译诗札记）》，《诗刊》，2007/11；

邓丽君：《译者意识形态对诗歌翻译的操控——分析"爱情"的徐志摩译本》，《北京教育学院学报》，2008/01；

咸立强、李岩：《胡适与郭沫若译诗比较研究——以〈鲁拜集〉中两首诗的汉译为例》，《北京联合大学学报》（人文社会科学版），2008/03；

蓝岚：《诗歌翻译中深层结构的传达—以朗费罗 A Psalm of Life 的三个译本为例》，《广西大学学报》（哲学社会科学版），2009/S1；

附九：译诗作品评价的主要成果

成仿吾：《诗之防御战》，《创造周报》第 1 期，1923 年 5 月 13 日；①

---

① 其中主要批评了周作人日本俳句和和歌翻译的不足，郑振铎等人泰戈尔诗歌翻译的不足。

劳陇：《译诗象诗——读郭老遗作〈英诗译稿〉》，《外国语》（上海外国语大学学报），1985/02；

袁锦翔：《诗僧苏曼殊的译诗》，《外语教学与研究》，1986/01；

孙倚娜：《漫论苏曼殊的译诗》，《苏州大学学报》（哲学社会科学版），1988/02；

王佐良：《以诗译诗 甘苦自知——评卞之琳〈莎士比亚悲剧论痕〉》，《读书》，1990/12；

江枫：《浅谈卞之琳的译诗艺术》，《外国文学研究》，1991/02；

陈建中：《吴宓的译诗（上）》，《外语教学与研究》，1993/02；

陈建中：《吴宓的译诗（下）》，《外语教学与研究》，1993/03；

高健：《论朱湘的译诗成就及其启示——为纪念诗人逝世六十周年而作》，《外国语》（上海外国语大学学报），1993/05；

傅勇林、误释及认同：《复义、氛围及诗歌翻译——兼评〈西风颂〉的两个中文译本》，《西南民族学院学报》（哲学社会科学版），1994/01；

戴继国：《率真与达雅——吴宓译诗管窥》，《外语教学》，1995/01；

侯泰炳：《两首英诗及其译诗》，《南平师专学报》，1996/03；

刘全福：《徐志摩与诗歌翻译》，《中国翻译》，1999/06；

河洛易：《中国现代诗歌翻译概述》，《解放军外国语学院学报》，2000/05；

彭予：《驶向拜占庭——袁可嘉和他的诗歌翻译》，《诗探索》，2001/Z2；

刘莉琼、李清娇：《诗歌翻译"三美"之探索——评王佐良译〈西风颂〉》，《牡丹江师范学院学报》（哲学社会科学版），2002/03；

林广泽：《中西合璧 辉耀诗史——郭沫若早期译诗浅论》，郭沫若学刊，2002/04；

廖七一：《硬币的另一面——论胡适诗歌翻译转型期中的译者主体性》，《中国比较文学》，2003/01；

廖七一：《诗歌翻译——胡适伸展情感的翅膀》，《四川外语学院学报》，2003/04；

廖七一：《论胡适诗歌翻译的转型》，《中国翻译》，2003/05；

薛伟中：《诗歌翻译与"化境"论——兼评王佐良的 A Red, Red Rose 英诗汉译》，《广州大学学报》（社会科学版），2005/02；

廖七一：《现代诗歌翻译的"独行之士"——论苏曼殊译诗中的"晦"与价值取向》，《中国比较文学》，2007/01；

剑平：《查良铮先生的诗歌翻译艺术——纪念查良铮先生逝世30周年》，《国外文学》，2007/01；

于小植：《论周作人的日本诗歌翻译》，《东北亚论坛》，2007/02；

金春笙：《论郭沫若与诗歌翻译》，《忻州师范学院学报》，2007/03；

郑元会、苗兴伟：《诗歌翻译中人际意义的建构——评莎士比亚第十八首十四行诗的翻译》，《四川外语学院学报》，2008/01；

陈琳、张春柏：《陌生化翻译：徐志摩诗歌翻译艺术研究》，《英美文学研究论丛》，2008/02；

崔学新：《治学严谨 务实求真——诗歌翻译家赵萝蕤逝世十周年纪念及其诗歌翻译述评》，《中国翻译》，2008/03（20世纪30年代翻译出版了艾略特的《荒原》）；

陈春香：《苏曼殊的外国诗歌翻译与日本》，《长江学术》，2008/04；

李铮：《"诗人译诗，以诗译诗"——查良铮与普希金的相遇》，时代文学（下半月），2008/12；

王鹏飞、李文凤：《论郭沫若诗歌翻译中的变异》，《社科纵横》，2009/03；

肖曼琼：《卞之琳诗歌翻译的文体选择及审美价值》，《外语学刊》，2009/03；

李磊：《诗学操控下胡适诗歌翻译特征》，《郑州轻工业学院学报》（社会科学版），2009/03；

张旭：《视界的融合：朱湘译诗研究》，北京：清华大学出版社，2008年；

王友贵：《翻译家鲁迅》，天津：南开大学出版社，2005年，参见176—184页；

刘全福：《翻译家周作人论》，上海：上海外语教育出版社，2007年，参见45—51页、90—97页、105—107页；

附十：社团流派或期刊译诗研究的主要成果

李玉良：《穆旦诗英译与解析与中国现代派诗歌翻译》，《外语与外语教学》，2006/07；

陈丹：《诗学观照下的诗歌翻译活动——以新月派的诗歌翻译为例》，《湖北广播电视大学学报》，2008/07；

熊辉：《简论创造社的诗歌翻译》，《兰州学刊》，2009年2期；

熊辉：《五四新文化语境与〈新青年〉的译诗》，《北京社会科学》，2009/02；

熊辉：《简论〈小说月报〉的译诗》，《中国现代文学研究丛刊》，2009/06；

附十一：外国诗歌在中国翻译情况研究的主要成果

袁席箴：《浅论俄汉诗歌的翻译》，《兰州大学学报》（社会科学版），1994/02；

佘协斌：《法国诗歌翻译在中国》，《外语教学与研究》，1996/02；

张旭：《美国现代诗歌翻译在中国》，《中国翻译》，1997/06；

王黎：《关于英语儿童诗歌的翻译》，《山东师范大学外国语学院学报》（基础英语教育），2003/02；

田原：《日本现代诗歌翻译论》，《中国翻译》，2006/05；

段贝：《论法汉诗歌翻译的再创造》，《肇庆学院学报》，2008/04；

王秋生、郭瑞：《1949年前的哈代诗歌翻译史》，《安徽文学》（下半月），2009/09；

马祖毅：《中国翻译简史（五四以前部分）》，北京：中国对外翻译出版公司，1998年；①

郭延礼：《中国近代翻译文学概论》，武汉：湖北教育出版社，1998年。②

陈玉刚：《中国翻译文学史稿》，北京：中国对外翻译出版公司，1989年；

谢天振、查明建主编：《中国现代翻译文学史》（1898—1949），上海：上海外语教育出版社，2004年；

孟昭毅、李载道主编：《中国翻译文学史》，北京：北京大学出版

---

① 该书第五章第五节"外国文学的翻译"中分别对小说、戏剧和诗歌的翻译做了简单的描述；

② 该书在上篇第三部分"中国近代翻译诗歌鸟瞰"和下篇第四部分"苏曼殊、马君武及其他诗歌翻译家"中比较详细地探讨了近代译诗；

社，2005年；

张中良：《五四时期的翻译文学》，台北：秀威资讯科技股份有限公司，2006年，参见73—108页；

附十二：译诗文化研究的主要成果

王宝童：《走民族化的译诗之路》；《河南大学学报》（社会科学版），1996/03；

戴继国：《试论译诗的接受》，《陕西师范大学学报》（哲学社会科学版），1997/S1；

王建开：《东边日出西边雨——诗歌翻译中的跨文化视角》，《中国翻译》，1997/04；

金明：《英汉诗歌翻译中的文化因素》，《东南大学学报》（哲学社会科学版），2001/S1；

杨全红：《诗人译诗，是耶？非耶？——徐志摩诗歌翻译研究及近年来徐氏翻译研究沉寂原因新探》，《重庆交通学院学报》（社会科学版），2001/02；

秦弓：《"泰戈尔热"——五四时期翻译文学研究之一》，《中国社会科学院研究生院学报》，2002/04；

祝朝伟、林萍：《诗歌：翻译与改写》，《外语研究》，2002/04；

李特夫：《诗歌翻译的社会属性》，《云南师范大学学报》（哲学社会科学版），2003/01；

黄希玲：《诗歌翻译中的文化传递》，《理论学刊》，2003/03；

廖七一：《庞德与胡适：诗歌翻译的文化思考》，《外国语》（上海外国语大学学报），2003/06；

夏廷德：《译诗与易诗：传统情结与时代精神的碰撞》，《四川外语学院学报》，2003/06；

廖七一：《译者意图与文本功能的转换——以胡适译诗为例》，《解放军外国语学院学报》，2004/01；

廖七一：《胡适译诗与经典构建》，《中国比较文学》，2004/02；

廖七一：《胡适译诗与传播媒介》，《新文学史料》，2004/03；

廖七一：《胡适的白话译诗与中国文艺复兴》，《四川外语学院学报》，2004/05；

李特夫：《关于20世纪二三十年代我国诗歌翻译研究的视域问题》，《西华师范大学学报》（哲学社会科学版），2004/06；

王宝童：《也谈诗歌翻译——兼论黄杲炘先生的"三兼顾"译诗法》，《中国翻译》，2005/01；①

刘婷：《试论英语诗歌翻译的文化适应性原则及其实践》，《黄石教育学院学报》，2005/01；

周谨平：《意识形态操纵下中国二三十年代译诗及经典建构》，武汉理工大学，2005，学位论文；

任东升：《经诗歌翻译的文学化》，《山东外语教学》，2005/03；

张守柱：《意识形态诗学赞助人与翻译操纵霍华德·法斯特部分作品汉译分析》，上海外国语大学，2005，学位论文；

曾文雄：《跨文化诗歌翻译语用美学》，《语文学刊》，2005/18；

廖七一：《胡适译诗的平民化倾向》，《外语与外语教学》，2006/01；

于建平、白塔娜：《文化语境对诗歌翻译中模糊语义的解释力》，《燕山大学学报》（哲学社会科学版），2006/01；②

李利：《诗歌翻译：跨文化的重新创造》，《辽宁工学院学报》（社会科学版），2006/03；

文军、林芳：《意识形态和诗学对译文的影响——以〈西风颂〉的三种译诗为例》，《外语教学》，2006/05；

刘晓华 刘晓：《也谈影响诗歌翻译的因素——以〈一朵红红的玫瑰花〉的不同中文译本为例》，《咸宁学院学报》，2006/05；

段龙江：《诗歌翻译中的跨文化互文性》，《内江科技》，2006/06；

徐卉、孙维：《中国诗学传统对诗歌翻译的影响》，《社会科学论坛》（学术研究卷），2006/06；

王云英：《诗歌翻译：文化与文学构建》，《湖北经济学院学报》（人文社会科学版），2006/06；

朱林：《刍析英汉诗歌翻译中的文化差异》，《河南理工大学学报》（社会科学版），2007/02；

肖琦、朱胜果：《浅论诗歌翻译的难点》，《山东电力高等专科学校

---

① 该文认为译诗应该走民族化道路。
② 该文也涉及到对语言的探讨。

学报》，2007/02；①

刘怡君、洪春：《诗歌翻译中文化意象的传递》，《中南林业科技大学学报》（社会科学版），2008/01；

张彩虹：《诗歌翻译中的文化缺省和补偿》，《沈阳大学学报》，2008/02；

姜伟：《文化意象的失落与扭曲：诗歌翻译之忌》，《江苏科技大学学报》（社会科学版），2008/03，涉及意象；

蒙兴灿：《五四前后英诗汉译的社会文化研究》，华东师范大学，2008，学位论文；②

朱文武：《一座沟通东西方文明的人桥》，浙江师范大学，2008，学位论文；

张晓梅：《从多元系统论看泰戈尔英诗汉译》，华中师范大学，2008，学位论文；

殷习芳、刘明东：《叶从领：文化图式与诗歌翻译》，《成都大学学报》（教育科学版），2008/04；

黄宇杰：《诗歌翻译中文化差异探讨》，《科技创新导报》，2009/01；

韩媛：《浅论文化适应性原则下的英语诗歌翻译》，《长沙铁道学院学报》（社会科学版），2009/01；

辜正坤：《英汉诗歌翻译批评与学术道德规范——评〈我读罗赛蒂"Sudden Light"一诗的四种汉译〉》，《世界文学评论》，2009/01；

王芳：《文化传播审美规律与诗歌翻译审美实践》，《湖南税务高等专科学校学报》，2009/01；

王学勤：《巴斯奈特文化翻译观与诗歌翻译》，《山西财经大学学报》，2009/S1；

盛萍：《论译者主体性在胡适白话译诗中的体现》，《芜湖职业技术学院学报》，2009/02；

熊辉：《民族文化审美与诗歌形式的误译》，《山东外语教学》，2009/02；

张静：《刍议英汉诗歌翻译中文化的传承》，《科教文汇》（下旬刊），2009/04；

---

① 从语言文化的层面来探索诗歌翻译。
② 该学位论文2009年由北京科学出版社出版。

附十三：译诗影响研究的主要成果

沈雁冰：《语体文欧化之我观（一）》，《小说月报》第 12 卷 6 期，1921 年 6 月 10 日；

郑振铎：《语体文欧化之我观（二）》，《小说月报》第 12 卷 6 期，1921 年 6 月 10 日；

周作人等：《语体文欧化讨论》，《小说月报》第 12 卷 9 期，1921 年 9 月 10 日；

胡天月等：《语体文欧化讨论》，《小说月报》第 12 卷 12 期，1921 年 12 月 10 日；

梁绳祎等：《语体文欧化问题》，《小说月报》第 13 卷 1 期，1922 年 1 月 10 日；

吕一鸣等：《语体文欧化的讨论》，《小说月报》第 13 卷 3 期，1922 年 3 月 10 日；

徐秋冲等：《语体文欧化问题和文学主义问题的讨论》，《小说月报》第 13 卷 4 期，1922 年 4 月 10 日；

王佐良：《译诗和写诗之间——读〈戴望舒译诗集〉随想录》，《外国文学》，1985/04；

卞之琳：《五四以来翻译对于中国新诗的功过》，《译林》，1989 年第 4 期；

耿纪永：《欧美象征派诗歌翻译与 30 年代中国现代派诗歌创作》，《中国比较文学》，2001/01；

张旭：《论穆旦的译诗与现代派诗歌创作》，《邵阳师范高等专科学校学报》，2002/03；

赵娜：《查良铮译诗与白话文诗歌语言》，苏州大学，2002，学位论文；

龙泉明、汪云霞：《论穆旦诗歌翻译对其后期创作的影响》，《中山大学学报》（社会科学版），2003/04；

赵普光：《论新月派诗歌翻译对新诗建设的影响——以闻一多、朱湘为例》，《文教资料》（初中版），2004/Z1；

廖七一：《胡适译诗与新诗体的建构》，《四川外语学院学报》，2005/06；

熊辉：《简论"五四"译诗对早期新诗的影响》，《重庆文理学院学报》(社会科学版)，2007/02；

卢文婷：《论波德莱尔诗歌翻译对戴望舒诗歌创作之影响》，《吉林省教育学院学报》，2007/07；

熊辉：《五四译诗与早期中国新诗》，四川大学，2007，学位论文；

熊辉：《五四译诗与中国新诗形式观念的确立》，《西南大学学报》(社会科学版)，2008/03；

邓庆周：《中国近代第一批外交使臣译诗中的"新诗"因素——以张德彝为主例》，《西南交通大学学报》(社会科学版)，2008/06；

邓卫望、熊辉：《译诗对冰心诗歌创作和翻译的影响》，《西华大学学报》(哲学社会科学版)；2008/06；

李红绿：《刘半农译诗对其作诗的影响——以译诗的主题为例》，《大连大学学报》，2009/01；

杨迎平：《施蛰存的诗歌翻译及其对当代诗歌的影响》，《齐鲁学刊》，2009/02；

李红绿：《从翻译他者到建构自我——刘半农对译诗主题的借鉴》，《牡丹江大学学报》，2009/03；

熊辉：《论译诗是外国诗歌影响中国新诗的中介》，《西华大学学报》(哲学社会科学版)，2009/03；

廖七一：《胡适诗歌翻译研究》，北京：清华大学出版社，2006年；

任淑坤：《五四时期外国文学翻译研究》，北京：人民出版社，2009年；

附十四：译者研究的主要成果

沈雁冰：《新文学研究者的责任与努力》，《小说月报》第12卷2期，1921年2月10日；

王乃倬：《译诗刍议》，《当代外国文学》，1992/02；①

杨全红：《诗人译诗，是耶？非耶？》，西南师范大学，2001，学位论文；

涂卫群：《译诗的原则和深不见底的贮藏》，《诗探索》，2003/Z1；

廖七一：《译耶？作耶？——胡适译诗与翻译的历史界定》，《外语

---

① 该文主要论述译者怎样才能翻译出一首好诗。

学刊》，2004/06；

海岸：《诗人译诗 译诗为诗》，《中国翻译》，2005/06；

姑丽娜尔·吾甫力：《译者的误读与误导——以欧玛尔·海亚姆诗歌的翻译为例》，《中国比较文学》，2006/03；

武霞：《浅谈诗歌翻译》，《和田师范专科学校学报》，2006/03；①

任莺：《论诗歌翻译中译者再创造的局限性》，《琼州大学学报》，2006/06；

任莺：《论诗歌翻译中局限译者再创造的因素》，《丽水学院学报》，2007/01；

附十五：国外译诗理论研究的主要成果

刘重德：《威尔斯·巴恩斯通论译诗的观点评介》，《福建外语》，1999/03；

刘重德：《伯顿·拉菲尔译诗论点概述与评论》，《上海科技翻译》，2000/02；

刘金龙：《纽马克翻译理论在译诗中的适应性与审美再现》，《鹭江职业大学学报》，2004/02；

李永毅：《雷克斯罗斯的诗歌翻译观》，《山东外语教学》，2006/01；

高金岭：《克罗齐的译诗思想》，《天津外国语学院学报》，2008/03；

李莉辉：《简析约翰·德莱顿的诗歌翻译观》，《长沙铁道学院学报》（社会科学版），2008/03；

郑燕虹：《肯尼斯·雷克思罗斯的"同情"诗歌翻译观》，《外语教学与研究》，2009/02；

附十六：国内译诗理论研究的主要成果

成仿吾：《论译诗》，《创造周报》第18期，1923年9月9日；

沈雁冰：《"直译"与"意译"》，《小说月报》第13卷8期，1922年8月10日；

朱湘：《说译诗》，《文学》第290号，1927年11月13日；

林同端：《译诗的一些体会》，《外语教学与研究》，1980/01；②

---

① 该文主要论述译者在翻译中应该具备的内在条件。
② 该文主要是对译诗难的探讨。

魏荒弩：《译诗小议》，《国外文学》，1983/02；①

洪振国：《试论朱湘译诗的观点与特色》，《湘潭大学社会科学学报》，1985/02；

斯宝昶：《从译诗难谈起》，《上海大学学报》（社会科学版），1988/01；

李端严：《诗歌翻译的特色及其实质》，《兰州大学学报》（社会科学版），1988/01；

刘重德：《译诗问题初探》，《外国语》（上海外国语大学学报），1989/05；

沈建太、蒋杰：《卞之琳的诗歌翻译理论与实践》，《晋阳学刊》，1989/06；

刘重德：《译诗问题初探（续）》，《外国语》（上海外国语大学学报），1989/06；

张景：《译诗小议》，《外国语》（上海外国语大学学报），1990/06；②

刘重德：《卞之琳的译诗理论和实践》，《现代外语》，1991/02；

刘金赋：《论诗歌的可译性与不可译性——兼论诗歌翻译》，《玉溪师范学院学报》，1991/04；

陆钰明：《中国诗歌翻译理论漫评》，《上海大学学报》（社会科学版），1992/01；

寇轶中：《闻一多论译诗》，《太原师范学院学报》（社会科学版），1995/02；

桂乾元：《翻译的"黄灯特区"——诗歌翻译的界定认识》，《外语研究》，1995/04；

李兰生、张少雄：《诗歌翻译及其符号学问题刍议》，《益阳师专学报》，1995/04；

王进：《由诗歌翻译看中西时空观念在艺术中的表现》，《理论学刊》，1998/04；

陈登：《诗歌翻译的局限性》，《外语与外语教学》，1999/02；

李赋宁：《构建新的诗歌翻译理论》，《出版广角》，1999/03；

---

① 该文主要对译诗作理论探讨。
② 该文主要探讨什么是译诗。

邬若蘅:《论诗歌翻译中组合关系与聚合关系的运用》,《解放军外国语学院学报》,2001/01;

余丽君:《诗歌翻译中的相似联想》,《常德师范学院学报》(社会科学版),2001/02;

南治国:《闻一多的译诗及译论》,《中国翻译》,2002/02;

朱纯深:《心的放歌(二之一)——假设诗歌翻译不难……》,《中国翻译》,2002/02;

朱纯深:《心的放歌(二之二)——假设诗歌翻译很难……》,《中国翻译》,2002/03;

金文宁:《从〈荒原〉的几种译文谈诗歌翻译的特殊性》,《中国翻译》,2002/03;

孙黎:《从诗歌翻译看直译和意译》,《浙江万里学院学报》,2002/04;

严敏芬:《诗歌隐喻共项与诗歌翻译》,《外语与外语教学》,2002/10;

彭长江:《评诗歌翻译中的"优势"、"竞赛"、"超越"》,《山东外语教学》,2003/06;

罗益民:《等效天平上的"内在语法"结构——接受美学理论与诗歌翻译的归化问题兼评汉译莎士比亚十四行诗》,《中国翻译》,2004/03;

蔡平:《在译与不译之间:诗歌翻译浅谈》,《湖南大学学报》(社会科学版),2004/03;

段贝、蔡学:《论诗歌翻译的不可译因素》,《长沙铁道学院学报》(社会科学版),2004/03;

李利:《诗歌翻译的审美创造》,《沈阳航空工业学院学报》,2005/06;

刘晓云:《中国二十世纪初诗歌翻译理论的发展》,《安徽工业大学学报》(社会科学版),2006/05;

易经:《诗歌翻译活动的本质》,《外语与外语教学》,2006/05;

张建佳:《诗歌翻译漫谈》,《怀化学院学报》,2007/02;①

---

① 该文论及了诗歌翻译的各个方面。

熊辉：《论郭沫若的"风韵译"观念及其历史意义》，《郭沫若学刊》，2008/01；

马曦：《浅议诗歌翻译中的模糊现象——兼谈诗歌译者的可视性》，《池州学院学报》，2008/01；

赵进明：《浅谈诗歌翻译的个性化》，《河北经贸大学学报》（综合版），2008/01；

何峻：《从散文和诗歌翻译谈文学翻译中的创作性》，《攀枝花学院学报》，2008/02；

张钟月：《试论诗歌翻译的模糊性》，《宿州教育学院学报》，2008/05；

陶思：《王佐良诗歌翻译思想述评》，《湘潮》（下半月）（理论），2008/06；

辜正坤：《中国诗歌翻译概论与理论研究新领域》，《中国翻译》，2008/04；

树才：《译诗批评：从一个到另一个——以〈米拉波桥〉的七种汉译为例》，《中国图书评论》，2008/10；

熊帝任：《英文诗歌翻译的一个要点》，《科技资讯》，2008/15；

管振彬：《从接受美学理论到诗歌翻译中的接受者》，《长沙大学学报》，2009/03；

谢宜辰：《诗歌翻译中动态注意理论和动态识解理论浅析》，《知识经济》，2009/12；

张广奎：《"翻译移民理论"与诗歌翻译美学研究方法及定位》，《湖北社会科学》，2009/08；

严晓江：《梁实秋中庸翻译观研究》，上海：上海译文出版社，2008年；

附十七：理论视角与译诗研究的主要成果

傅勇林：《文论模式与诗歌翻译阐释》，《中国比较文学》，1996/02；

翁羽、顾泉林：《从中国诗论的"入出"说看诗歌翻译》，《上海海运学院学报》，1997/04；

王天明：《模糊美与诗歌翻译》，《西安外国语学院学报》，2000/04；

祝朝伟、李萍：《文本类型理论与诗歌翻译》，《天津外国语学院学报》，2002/03；

刘立、张德让：《权力话语理论和晚清外国诗歌翻译》，《山东师范大学外国语学院学报》（基础英语教育），2002/04；

刘军平：《互文性与诗歌翻译》，《外语与外语教学》，2003/01；

李特夫、李国林：《诗歌翻译研究：传统思路与现代视野》，《天津外国语学院学报》，2004/01；

丁建江：《系统功能语法与诗歌翻译》，《盐城师范学院学报》（人文社会科学版），2004/02；

谭晓丽：《象似性与诗歌翻译》，《衡阳师范学院学报》，2004/04；

刘华文：《诗歌翻译中的同一性梯度与审美性梯度——诗歌翻译的认知修辞学考察》，《外语学刊》，2005/03；

张智中：《同源格、同异格与诗歌翻译》，《佛山科学技术学院学报》（社会科学版），2005/03；

郭立锦、任静生：《从翻译主体角度谈诗歌翻译中的创造性叛逆》，《合肥工业大学学报》（社会科学版），2005/06；

陈德用：《文学空白论与诗歌翻译》，《滁州学院学报》，2006/02；

李海洁：《功能翻译理论对于诗歌翻译的借鉴》，《湖南科技学院学报》，2006/03；

戴毓庭：《等值论与诗歌翻译》，《四川教育学院学报》，2006/11；

张震、刘慧超：《从改写理论的视角看诗歌翻译》，《大众科学》（科学研究与实践），2007/06；

闫朝晖、张波：《阐释学译论对于汉英诗歌翻译的局限》，《南阳师范学院学报》，2007/07；

张彩虹：《操纵理论与中国诗歌翻译领域的拓展》，《广西民族大学学报》（哲学社会科学版），2008/S1

左慧：《从理解历史性论诗歌翻译》，《安徽工业大学学报》（社会科学版），2008/01

李金红：《互文性在诗歌翻译中的运用》，《武汉船舶职业技术学院学报》，2008/02

潘玥、方文礼：《概念语法隐喻——诗歌翻译研究的新视角》，《江南大学学报》（人文社会科学版），2008/02；

武俊辉：《互文性视野中的诗歌翻译》，《郑州航空工业管理学院学报》（社会科学版），2008/03；

屈平：《从"诗言志"论诗歌翻译——以英国诗人豪斯曼诗歌四首汉译为例》，《河南理工大学学报》（社会科学版），2008/04；

佟晓梅：《功能翻译理论与诗歌翻译》，《理论界》，2008/06；

陈蕾：《语篇分析在诗歌翻译批评中的应用》，《科技资讯》，2008/12；

施汶邑、李波阳：《从前景化角度析诗歌翻译策略》，《杭州电子科技大学学报》（社科版），2009/02；

呼媛媛、白红：《原型理论关照下的诗歌翻译》，《延安职业技术学院学报》，2009/02；

谢睿玲：《模因论视角下诗歌翻译的归化与异化》，《重庆工学院学报》（社会科学版），2009/03；

王鹏飞：《从比较文学变异学视角看郭沫若诗歌翻译中的创造性叛逆》，《当代文坛》，2009/04；

附十八：译诗史料钩沉的主要成果

李允经：《关于〈七个怪物〉及其译诗》，《鲁迅研究月刊》，1987/09；

金监：《最早的译诗》，《阅读与写作》，1999/05；

吴晓樵：《鲁迅与海涅译诗及其他》，《鲁迅研究月刊》，2000/09；

强英良：《鲁迅手书〈你的姊妹〉译诗》，《鲁迅研究月刊》，2003/08；

《鲁迅一首译诗》，《出版史料》，2006/01；

后　记

　　从涉足翻译诗歌研究开始，我就设想过自己的研究应该包括翻译诗歌与中国新诗的发生，翻译诗歌与中国新诗的文体建构，翻译诗歌与诗歌创作，翻译诗歌与翻译理论建构等内容，这些研究形成了译诗与新诗之间以及译诗自身的研究体系。我的博士论文《五四译诗与早期中国新诗》阐明的是翻译诗歌与新诗发生的关系；去年完成的重庆市课题"中国现代诗人与翻译"的结题成果《两支笔的恋语：中国现代诗人的译与作》论述的是翻译诗歌与新诗创作的关系；而今，本论题《外国诗歌的翻译与中国现代新诗的文体建构》论述的是翻译诗歌与中国新诗文体建构的关系。

　　课题开展期间，我申请到中国社会科学院文学研究所做博士后研究工作。选择张中良老师作我的合作导师并非一时性起，而是我和先生有共同的学术志趣，比如对五四翻译文学的关注、对抗战文学的涉足等成为我们合作的纽带。当然，张老师质朴的为人和谦和的态度也是我选择与之合作的关键因素，人品高于一切世俗的成就。很荣幸张老师最终能接纳我进站，他很支持我继续研究翻译诗歌，多次和我交流博士后课题的选题，给了我宝贵的意见，推荐了有价值的参考书目，推进了我对翻译诗歌的理解。在两年的学习交流中，我感受到了张老师严谨的学术作风和务实的学术精神，他的处事原则、为人为学之风貌将照亮我以后长长的一生。本论题的顺利开展也与张老师的建议和帮助分不开，从架构到具体内容的写作都离不开他悉心的指导。中国社会科学杂志社的王兆胜研究员、中国人民大学的程光炜教授、北京师范大学的李怡教授和中国现代文学馆的傅光明研究员等为本研究提出了宝贵的建议，我内心一直心存感激！

　　整个课题的完成对我而言并不轻松。首先自然是因为选题和写作的难度，尽管之前能够从一些零星的研究成果中获得论文写作的启示，但很多材料和论据还得从自己的立场上去加以收集和梳理。其次是因为这两年来，我不得不面对单位层出不穷的杂务，经常感到心力交瘁。我平生感受到了似乎难以承受的重压，而我的所谓学术研究很多时候不得不让位给单位的工作。因此，我是在牺牲周末和节假日的情况下才会抽出整块儿的时间来经营我的"主业"。至于照顾家庭或陪伴妻子之类的事，我更是无法"问津"。所以，本研究凝聚着妻子刘丹的心血，没有她的理解和支持，要如期完成本论题是不可能的。

感谢全国哲学社会科学规划办的支持，感谢支持本论题申报的各级领导和专家，你们后期的帮助，是本论题得以顺利完成的有力保障。